世界文学评论

THE WORLD LITERATURE CRITICISM

第 20 辑

《世界文学评论》编辑部　编

天津出版传媒集团

天津人民出版社

世界文学评论

主　　编　雷雪峰

副 主 编　黄　琼

电子阅读 扫一扫
（点开中国知网学术辑刊可下载）

目　录

中外作家学者访谈

月明千里照平沙——黄宗之先生访谈录 ·················· 黄宗之　姜子卓（1）

春风秋月凭自悟——海村惟一教授访谈录 ·················· ［日］海村惟一　邹　茜（8）

后人文主体性探索者——王祖友教授访谈录 ·················· 王祖友　李文丽（15）

诺奖作家作品研究

论韩江诗歌中的身体感知 ·················· 杜　秋　叶雨其（23）

从《素食者》看韩国女性主义的困境、成因与解放策略 ·················· 余一力（30）

外国文学与地理研究

《复活日》中的身体空间：欲望的生成场域及艺术传达 ·················· 杜雪琴（38）

欲问孤鸿向何处——D.H.劳伦斯的寻"家"地图 ·················· 张　琼（45）

胡梅仙长篇小说研究

追问的价值和意义——读胡梅仙长篇小说《荆棘与珍珠》 ·················· 丁　纯（50）

我一直在警惕公共性——我谈《荆棘与珍珠》 ·················· 胡梅仙（53）

胡梅仙长篇小说《荆棘与珍珠》生态解读 ·················· 王文平（57）

现实和心灵的"诗与真"——论胡梅仙长篇小说《荆棘与珍珠》 ·················· 魏　雪（60）

诗性与隐喻的变奏——论胡梅仙长篇小说《荆棘与珍珠》 ·················· 徐　勇（64）

欧洲文学研究

《爱丽丝漫游奇境记》中空间意象"门"的探析 ……………………………… 何珺芳 （68）

论《二手时间》的人道主义情怀 …………………………… 张存霞 丁 玲 （71）

女性主义视域下"那不勒斯四部曲"中莉拉的抗争 ……………… 浦冬梅 王永奇 （77）

《查泰莱夫人的情人》中的伦理问题探究 ………………… 马礼霞 史育婷 （82）

匠心独运：论布罗茨基诗歌创作艺术特色 ……………………………… 刘添娇 （87）

朱利安·巴恩斯的传记实验与路径探索——以《福楼拜的鹦鹉》为例 …… 张 凡 （94）

论《乡村医生》的叙述张力 …………………………………………… 唐正宜 （100）

17—18世纪俄罗斯僭称王现象探究 …………………………………… 杨雪楠 （104）

言何以默：约恩·福瑟《一个夏日》的言说困境 ………………… 瞿心琪 孔 瑞 （109）

论《南方与北方》中的城市空间书写 ……………………… 易玮琪 央 泉 （114）

生态批评视域下的易卜生戏剧研究综述 ……………………………… 吴予昊 （120）

美洲文学研究

压迫与反抗：《好女人的爱情》的女性哥特式解读 ……………………… 王海燕 （124）

创伤视域下《唱吧！未安葬的魂灵》中莱奥妮的身份危机探寻 ………… 闫清泉 （127）

《伟大的盖茨比》中美国梦的人性幻灭 ……………………………… 周杨点点 （131）

露易丝·格丽克《诗歌1962—2012》中的土地共同体思想 ……… 吕爱晶 张振莹 （136）

东方文学研究

《黑暗的心》中的自然风景想象与表征 ………………………………… 计郑澳 （141）

志贺直哉《学徒的神仙》中人物形象对称美学分析 …………………… 任晓艾 （145）

中国古代文学研究

论《闺孝烈传》中的底层文人意识 ………………………………………… 赵 磊 （149）

《诗镜》经典地位与新时代价值………………………………………… 才让道吉 （153）

中国现当代文学研究

母狼灰儿的宽恕之路：超越仇恨的生态启示 …………………… 孔睿哲 张 陟（157）

"枯坐"与"到江南去"：都市声景的现代倾听者——从张枣的《悠悠》谈起 ………… 严 涵（162）

"骏马奖"云南获奖诗歌的审美特征 ………………………………… 姜子卓（167）

多模态隐喻视角下《宇宙探索编辑部》的主题表达 ……………… 周芷夷（173）

论赛珍珠的生态女性主义思想——以《庭院中的女人》为例 ……… 周亚萍 葛芳瑜（177）

比较文学研究

《文心雕龙·体性》与柯勒律治天才论的比较 ……………………… 杨洁荣（181）

西方视域下的中国女性形象审美传播研究——以"东方脸"为例 ………… 崔梦捷（185）

"虚壹而静"——胡塞尔现象学内涵 ………………………………… 余龙旭（188）

电影叙事空间转向的女性主义表征 ………………………………… 海 月 张 敏（191）

会议综述与图书评论

全球化时代文学教育创新：外国文学教学与比较文学的多维融合 ……… 侯 营（194）

"邹惟山文学思想与创作研讨会"笔谈 ……………………………

陈建军 王兴尧 [加拿大]郑南川 张三夕 [日]海村惟一 毕光明 余仲廉 [美]吕红 姜子卓（198）

江少川学术思想研究笔谈 ……………… [美]吕红 雷雪峰 陈鑫颖 李 强 余仲廉（213）

死亡问题的文化探索——《死亡之思与死亡之诗》评介 ………… 姚伟钧（225）

凤民俗的文化意涵及其传承发展——评徐金龙的《凤与中国民俗》 ………… 张明明（228）

Contents

Interview with Chinese and Foreign Writers and Scholars

Literary Moonlight Shines on the Road to My Hometown: An Interview with Huang Zongzhi

Huang Zongzhi   Jiang Zizhuo   1

Spring Breeze and Autumn Moon Reflects One's Inner Enlightenment — An Interview with Professor Amamura Yuiji

Amamura Yuiji   Zou Qian   8

A Researcher of Postmodernist Subjectivity — An Interview with Professor Wang Zuyou

Wang Zuyou   Li Wenli   15

Studies on Nobel Prize Winners for Literature

On the Perception of the Body in Han Jiang's Poetry

Du Qiu   Ye Yuqi   23

The Dilemma, Causes, and Liberation Strategies of Korean Feminism from the Perspective of *The Vegetarians*

Yu Yili   30

Foreign Literature and Geography Studies

The Body Space in *When We Dead Awaken*: The Generative Field of Desire and Its Artistic Expression

Du Xueqin   38

Where is home? — D.H.Lawrence's Map of Finding "Home"

Zhang Qiong   45

Hu Meixian's Long Novel Studies

The Value and Significance of Questioning — Reading Hu Meixian's Novel *Thorns and Pearls*

Ding Chun   50

I'm Always Wary of Publicity— I Talk about *Thorns and Pearls*

Hu Meixian   53

Ecological Interpretation of Hu Meixian's Novel *Thorns and Pearls*

Wang Wenping   57

"Poetry and Truth" of Reality and Soul — On Hu Meixian's Novel *Thorns and Pearls*

Wei Xue   60

Poetic and Metaphorical Variations — On Hu Meixian's Novel *Thorns and Pearls*

XuYong   64

European Literature Studies

Probing The Spatial Image "Door" in *Alice's Adventures in Wonderland*

He Junfang   68

On the Humanitarian Sentiment of *Secondhand Time*

Zhang Cunxia   Ding Ling   71

The Struggle by Lila in "The Neapolitan Tetralogy" from the Perspective of Feminism

Pu Dongmei   Wang Yongqi   77

An Exploration of Ethical Issues in *Lady Chatterley's Lover*

Ma Lixia   Shi Yuting   82

Unique Creativeness: An Analysis of the Artistic Characteristics of Brodsky's Poetic Creation

Liu Tianjiao   87

The Biographical Experimentation and Pathway Exploration of Julian Barnes: A Case Study of *Flaubert's Parrot*

Zhang Fan   94

On the Narrative Tension of *A Country Doctor*

Tang Zhengyi   100

The Phenomenon of the Impostor to the Throne in Russia the 17th-18th Centuries

Yang Xuenan   104

On the Difficulties of Expression in Jon Fosse's *A Summer's Day*

Qu Xinqi   Kong Rui   109

On Urban Space Writing in *North and South*

Yi Weiqi   Yang Quan   114

A Review of Ibsen's Drama Research from the Perspective of Ecological Criticism

Wu Yuhao   120

American Literature Studies

Oppression and Resistance: Femle Gothic Analysis of *The Love of a Good Woman*

Wang Haiyan   124

Exploring Leonie's Identity Crisis Through Trauma Theory in *Sing, Unburied, Sing*

Yan Qingquan   127

Humanity Disillusionment of the American Dream in *The Great Gatsby*

Zhou Yangdiandian   131

The Land Community in Louise Glück's *Poems 1962-2012*

Lu Aijing   Zhang Zhenying   136

Oriental Literature Studies

Landscape Imagination and Representation in *Heart of Darkness*

Ji Zheng'ao   141

Analysis of the Symmetrical Aesthetics in Character Representation Within Naoya Shiga's *The Shopboy's God*

Ren Xiao'ai   145

Ancient Chinese Literature Studies

On the Consciousness of Lower Literati in the *Women's Biography*

Zhao Lei   149

The Classic Status and New Era Value of the Masterpiece *Poetry Mirror Theory*

CaiRangDaoJi　153

Modern and Contemporary Chinese Literature Studies

The Pathway to Forgiveness of Gray the Mother Wolf: the Ecological Enlightenment beyond Hatred

Kong Ruizhe　Zhang Zhi　157

"Sitting in Silence" and "Going to Jiangnan": Modern Listeners of Urban Soundscapes — Rereading Zhang Zao's *Youyou*

Yan Han　162

The Aesthetic Characteristics of the Winning Poetry of the Horse Award in Yunnan

Jiang Zizhuo　167

Thematic Expression of *Journey to the West(film)* in the Perspective of Multimodal Metaphors

Zhou Zhiyi　173

The Ecological Feminist Thought of Pearl S. Buck: A Case Study of *Pavilion of Women*

Zhou Yaping　Ge Fangyu　177

Comparative Literature Studies

A Comparison between "Wen Xin Diao Long: Ti Xing" and Coleridge's Theory of Genius

Yang Jierong　181

A Study on the Aesthetic Communication of Chinese Women's Images from a Western Perspective — Taking "Oriental Face" as an Example

Cui Mengjie　185

"Xu Yi Er Jing" — The Connotation of Husserl's Phenomenology

Yu Longxu　188

Feminist Representation of the Shift in Film Space

Hai Yue　Zhang Min　191

Conference Overview and Book Reviews

Innovations in Literary Education in the Era of Globalization: Multidimensional Integration of Foreign Literature Teaching and Comparative Literature

Hou Ying　194

Discussion on "Zou Weishan's Literary Thought and Creation Seminar"

Chen JianJun　Wang Xingyao　Zheng Nanchuan　Zhang Sanxi　Amamura Yuiji　Bi Guangming

Yu Zhonglian　Lv Hong　Jiang Zizhuo　198

Discussion on Jiang Shaochuan's Academic Thought

Lv Hong　Lei Xuefeng　Chen Xinying　Li Qiang　Yu Zhonglian　213

Cultural Exploration of Death Issues: A Review of "Thoughts on Death and Poems of Death"

Yao Weijun　225

The Cultural and Humanistic Connotations of the Phoenix Folklore and Its Inheritance and Development — A Review of Xu Jinlong's *Phoenix and Chinese Folk Customs*

Zhang Mingming　228

月明千里照平沙

——黄宗之先生访谈录

黄宗之　姜子卓

内容提要：作为著名的华裔移民作家，黄宗之先生多年来深耕文学创作，落纸云烟，文江学海，曾在《人民日报》《北京文学》等报刊和美国华文报纸上发表中、短篇小说以及散文作品三十余篇，并与夫人朱雪梅合著发表六部长篇小说，个人署名发表一部长篇小说。他的作品关注东西方文化的深度交融，以动人的文字书写血脉之根，以深刻的思想传承中华文化，传递出海外华人同胞对祖国的深沉眷恋与文化认同，也借助文学的方式搭建起东西方文明沟通与交流的桥梁。黄宗之先生以敏锐的创作思维和独特的创作视角，关注新移民动向，从"怀旧"和"思乡"的传统角色中不断超越、前进，在记录时代、见证历史的同时，肩负起新移民作家的使命和担当。

关键词：黄宗之；文化寻根；移民文学；华人文学；新移民作家

作者简介：黄宗之，美国著名华文作家，现任美国洛杉矶华文作家协会会长、北美华人作家协会理事、《世界华人周刊》文字版和综合版主编、《洛城文苑》《洛城诗刊》文学专刊副主编等职务。姜子卓，华中师范大学博士研究生，中国音乐文学学会理事，主要从事中国民间文学和音乐文学研究。

Title: Literary Moonlight Shines on the Road to My Hometown: An Interview with Huang Zongzhi

Abstract: As a famous Chinese immigrant writer, Mr.Huang Zongzhi has been deeply engaged in literary creation for many years. He has published more than thirty short and medium-sized novels as well as essays in *People's Daily*, *Beijing Literature* and other newspapers in the U.S.A. He has co-authored and published six full-length novels with his wife, Zhu Xuemei, and has published a full-length novel with his personal signature. His works focus on the deep intermingling of Eastern and Western cultures, write the roots of bloodline with moving words, pass on Chinese culture with profound thoughts, convey the deep attachment of overseas Chinese compatriots to the motherland and cultural identity, and also build a bridge between Eastern and Western civilisations with the help of literature. Mr.Huang Zongzhi, with his keen creative thinking and unique creative perspective, pays attention to the trend of new immigrants, and constantly transcends and advances from the traditional roles of "nostalgia" and "homesickness", and shoulders the mission and responsibility of new immigrant writers while recording the times and witnessing history.

Key Words: Huang Zongzhi; tracing the roots of culture; immigrant literature; Chinese literature; new immigrant writers

About Author: Huang Zongzhi, a famous Chinese-American writer, is currently the president of the Chinese Writers Association of Los Angeles, the director of the North American Chinese Writers Association, the editor-in-chief of the text edition and the general edition of the *World Chinese Weekly*, and the deputy editor-in-chief of the *The LA Garden in Literature* and *The LA Poetry* specialised in literature, among other positions. **Jiang Zizhuo**, a doctoral candidate of Central China Normal University, is a director of the Chinese Society of Music Literature, mainly engaged in the research of Chinese folk literature and music literature.

姜子卓（以下简称"姜"）：黄老师，您好！很荣幸受到《世界文学评论》编辑部委托，对您进行书面采访。作为著名的移民作家，您从事文学创作二十余年，最主要的追求是什么呢？

黄宗之（以下简称"黄"）：我于1999年开始业余文学创作，2001年由百花文艺出版社出版处女长篇小说《阳光西海岸》，走过了二十余年。至今与妻子朱雪梅合著的六部长篇小说，在人民文学出版社、作家出版社、百花文艺出版社等出版，单独在《当代长篇小说选刊》发表一部长篇小说，并撰写了一部纪实文学作品自传《风雨兼程》，并在报纸杂志上发表了一些散文。

我是一个从事生物医学研究的科技人员，得益于中国的改革开放，随着出国大潮，离开当时贫穷落后的中国，来到富裕发达的美国。我经历了一个新移民会走过的连根拔起的移植过程，在异域他乡度过了最初几年的艰辛，亲身体验了与过去几十年完全不同的生活。我最初的文学创作主题均是聚焦在教育和科学研究方面，其原因是美国最为发达的便是大学教育和科学研究两个领域，而我在美国恰好是在世界一流大学和生物制药公司的研究室从事工作。我毕竟是中国培养出来的科技人员，定居在了美国，内心还是感到愧疚，所以希望能够尽自己的努力，在促进中国的社会进步和发展上做一点力所能及的事。而对当时的中国来说，最迫切需要的正是教育与科学这两个方面，所以，我自己最初的文学创作紧紧地扣住这两个领域，希望通过自己的笔把美国好的方面介绍到国内去。可是到后来，中国的进步与崛起，中美关系的变化，都是我们没有预想到的，我目睹了这个世界翻天覆地的巨大改变，我意识到仅关注教育和科学研究是远远不够的，我们必须关注我们自己以及后代的生存环境，必须关注与人类命运息息相关的这一更加重要的问题。所以，我在业余时间里进行文学创作，追求的不是文学成就本身，而是想用文学作为工具和表达形式实现自己的想法，达到目的。作为新移民，我生活在美国洛杉矶这个世界文化的重镇和交汇处，有幸成为这个伟大时代的亲历者和见证者。所以，我一直紧紧关注社会的变化，挖掘它潜在的意义，把我的所见所闻、所思所想写下来，用自己的笔作为这一段真实历史的记录者。

姜：文学艺术来源于深刻的现实，那么您小说作品的题材和主题主要来源于何处呢？

黄：我们的小说题材均来源于自己亲身经历的生活和自己周围新移民发生的事件。它的主题和社会意义是在书写的过程中，边写，边思考，边认识，边挖掘，才逐渐明晰起来的。诸如小说《阳光西海岸》的题材来源于我到美国最初三年的生活经历，那一段日子非常艰难，我离开中国时，父亲把他辛苦储蓄的两千元人民币全部交给了我，帮助我在美国生活。可是，我到达美国仅十天，他在家乡病故，我独自在美国，有家不能回，跪在租住的房间地板上，面朝东方痛哭。此后，我又被研究室的教授赶出实验室，差点失掉合法身份。挺过了最初艰难的三年，我们的物质生活一天天好了起来，并很快实现了当时新移民所梦寐以求的美国梦。有了一份收入稳定的研究工作，拿到了绿卡，买了车子，贷款买了房子。物质生活满足了，精神却没有了着落，找不到自己的归属。为此，我把自己的心路历程写了下来。这部小说记录了那一段真实的历史，并通过自己这一段的人生经历，反思科技学人出国对自身价值和生命意义的重新认识，诘问我们为什么要出国？我们追求的是什么？从而挖掘它的现实和历史意义，以及对中国社会的影响和中国在未来崛起的作用。

长篇小说《破茧》源自我大女儿在美国成长、接受教育的经历。我们援用传统的中国式教育方式，在我们不熟悉的美国教育体系里，领着她一步一步小心翼翼往前走。面对父母和学校所给予的两个完全不同的教育理念和环境，她不断挣扎、反抗，与我们产生尖锐的矛盾，发生了巨大的冲突。那一段时期，我们过得非常艰难，努力寻找出路，盼望解决与孩子之间的问题。我们不得不让自己深入到美国的教育实践中，分析和了解两个教育体系的差别，从而撰写这部成长小说，探讨教育的目的。这部小说记载了我们自己和孩子各自咬破束缚自己的茧子的故事，故取名为《破茧》。

长篇小说《藤校逐梦》同样源自我周围的生活，有不少国内家长把年幼的孩子送来美国读书，希望他们能够进入美国名校。可我们耳闻目睹在缺少父母关爱的环境里成长的孩子出了多少问题。为此，我们根据三个原型创作长篇小说《藤校逐梦》，探讨追求名校的目的何在？为什么非要读名校不可？名校究竟能够给孩子什么？我自己在大学和研究生阶段均就读于非常普通的学校。我们希望父母给孩子真正的爱，应该是他们在人生大海中前行的航灯，而不是他们避风停靠的港湾，要培养他们健全的人格、正确的人生观、高尚的品德、坚韧不拔的毅力和持之以恒的决心。

长篇小说《艰难抉择》的素材源自美国与中国在贸易、科技竞争中科技人员受到不公平对待，有华人科学家不断被捕、遭起诉，导致海外华人的生存环境日益恶化的社会现实。我们通过反映两个华人科学家因与中国有关研究单位合作项目而遭受不幸的经历进行创作，讲述美中关系恶化的后果，这不仅伤害到了第一代新移民，并已经对下一代华人在求学、工作等方面产生了不可忽视的影响。为此，我们的主题是糟糕的美中关系不仅对两个国家百害无一益，对我们海外华人更不利，为了给我们自己和下一代创造好的生存环境，我们应该成为两国人民友谊的桥梁，加强人民之间的相互了解，促进两国之间和平共处，求同存异，共同发展。

姜：您的作品有一些什么样的讲究？近年读到您创作的一些散文，您认为与写小说有什么不同？

黄：我们发表的小说与散文均是写自己所熟悉的生活。尽管小说是虚构的，但它们都有原型，是真实发生过的事件或故事。我不会刻意去追求文学技巧和写作表现手法，而会尽量采用朴素的语言，在感情上拉近与读者的距离，敞开胸怀把读者当成朋友，与他们站在同一层面交流。

在写每一部长篇小说之时，我都尽可能避免与类似题材雷同，会深入挖掘主题和它的社会与历史意义。我不写风花月夜，也不写家长里短，主要还是写与新移民息息相关的社会议题。同时，我在乎文学的社会影响，虽然文学创作属于非常私人性质的活动，但它具有社会性，当作品一经发表，进入公众视线，它就会对他人造成影响。为此，作家肩负有社会责任，应该传播正能量，作正面引导。

人们大多会认为，文学应该描写苦难，揭露社会阴暗，鞭打现实中的不义。这当然是一个作家的社会道义、责任和正义。但对任何一件事情，我都会尽量保持冷静的态度，采取相对客观的方式分析，远距离和历史性地看问题。特别是写散文，它与写小说不同的是，我不虚构、不武断、猜想或杜撰，而是实事求是，注重通过自己的亲身经历，用眼睛观察，写自己看到的。

正因为如此，在处理与他人的关系方面，我始终抱着看好的一面，不去苛求不足，这种态度无疑会直接反映到我的文学创作中。之所以如此，是我从与自己孩子相处的过程中获得的经验。过去在孩子的教育上，我采取中国传统的教育方式，"条子（打手掌的工具）底下出好人"，严管苛教。当她们出现问题时，我严厉地批评，结果，孩子根本不听，与我斗，我们之间的冲突越来越厉害。后来，我改变了方式，及时称赞她们每一点进步，分享她们所取得的成绩，肯定她们付出的努力。即使孩子做得不好，有过错，我也不指责和教训，仅是善意地讲出我的看法，以供参考。所以，我在文学创作中，在小说里塑造人物，不会塑造绝对的坏人。在纪实文学里，我会正面书写，尽量挖掘他人的长处和优点。抱有善意，保持客观，是我做人和文学创作的原则。其实，细想一下，世界上没有十全十美的人，也没有十全十美的事。我们每个人都有很多不足和不尽如人意之处，写人，对事，对一个国家，道理都是一样的，这一点，读者们会在我正在创作的一部纪实文学作品里得到验证的。

姜：您认为移民美国之后，作家的视野与眼界会有什么变化呢？

黄：移民美国后，作家的文学创作有非常大的不同。首先，一个经历了两个完全不同社会的作家，由于文化、传统、价值观、生存环境的不同，受到的冲击强烈，作品里会呈现崭新的生命体验。他们有了两个社会的经历，有了具体的参照物做比较，看问题的角度和深度也会不一样。更因为与其他族裔的接触，受多元文化的影响，视野也变得更为宽广。移民作家回望过去，或者书写曾经在国内的生活，由于距离远了，就会不再拘泥细节。作家回国探亲访问，通常是隔几年回去一趟，相比于每天处在同一环境里生活的国内作家，更能感受到变化，触动文学创作。在有感而发的作品里，也更易流露真情而生发出感人的艺术效果。另外，在海外，文学创作非常自由，没有条条框框，可以不受任何约束，想写什么就写什么。

姜：您认为美国新移民文学主要的成就是什么呢？

黄：在美国，新移民相对集中的三个区域：纽约及其周边地区、旧金山及其湾区，以及大洛杉矶地区。新移民作家的队伍不断庞大，文学创作日益活跃，产生了大量对海外华文文学有影响的作家和文学作品，在海内外引起了广泛的关注。

20世纪60年代到70年代，从台湾来美国留学的留学生作家，於梨华、聂华苓、白先勇、杨牧、郑愁予等，主要描写中国留学生在异域生活和心态的文学作品，反映的是文化边缘人的边缘生存状态，抒发了在中西文化冲突中漂泊流浪的孤独和无根失根的苦闷，并借此抒发自己的文化乡愁和爱国情绪，从而开启了留学生文学创作之路。

到了20世纪80年代，"新移民文学"崛起，海外华文文学的写作主力从台港留学生转向从中国大陆移居美国的留学、访学、经商、打工、陪读的华人群体。苏炜在美国发表他的第一篇小说《荷里活8号汽车旅馆》，被认为是这一文学的滥觞（lànshāng，江河发源之地）。曹桂林的《北京人在纽约》、周励的《曼哈顿的中国女人》这两部长篇自传体小说，以亲身经历为主要依据，向国内读者热切地讲述了他们在异国他乡经过挣扎奋斗而大获成功的传奇故事，在海内外引发了巨大的反响。随着新世纪的到来，新移民文学也出现了许多新气象，在美国涌现出一大批新移民作家，他们写漂泊的艰辛、淘金梦的破灭、中西文化冲突、文化乡愁等海内外热切关注的话题。海外华文文学移民题材的小说经历了二十多年的创作历程，大量的文学作品发表了，涌现出不少佳作。到了21世纪，美国的新移民作家的文学作品主题更是实现了新的突破，

教育小说、成长小说崛起，反映生存状态、文化传承、美中关系等的作品不断涌现，引领新移民文学朝向纵深发展。

2004年9月，在江西南昌大学举行的首届新移民作家笔会会议上，六十多名来自世界各地的新移民作家和大陆研究华文文学的知名学者汇聚南昌，交流创作经验，展望文学前景。大会期间，发起成立"新移民作家笔会"，此后，国际新移民作家笔会每两年召开一次大会。其中，新移民作家的主力军也是美国的作家，过去出版有三部重要文集，介绍海外作家和他们的作品，如融融与陈瑞琳合编的《一代飞鸿》、陈瑞琳主编的《横看成岭侧成峰——新移民文学纵览》以及江少川教授出版的《海山苍苍——海外华裔作家访谈录》，介绍的华文作家也主要是美国的华文作家。在洛杉矶、旧金山的作家协会，率先举办文学论坛，邀请国内学界专家学者互动，在海内外文学交流中同样发挥了积极的作用。

由此可见，美国新移民文学主要的成就涉及很多方面。美国是新移民文学的发源地，在新移民文学作品的创作、文学评论、文学交流、文学传播等各方面都起着举足轻重的作用，在促进新移民文学的进步和发展中是排头兵，是攻坚队，是播种机，是传承者。

姜：您最近几年的写作为什么聚焦在纪实文学方面？如何理解您曾发表的文章里所说的"当有一天她们和她们的下一代想寻找自己根的时候，能够从我写的纪实文学作品里，找到回乡的路。"这句话呢？

黄：我最近几年的写作主要放在两个方面，一方面编写家史和自传，另一方面写在海内外的所见所闻。我编写家史和撰写自传的原因，在我曾写的一篇文章里提到过，是由于我的小女儿黄珊妮在读大学时，教授要求学生写一篇《我的根》的作业，她要我给她讲家史，讲我的父亲。我讲不出来，因为我父亲是一个国民党起义将领，毕业于黄埔军校和陆军大学，过去曾因家庭成分对我造成过很大的影响，父亲在世时，我不愿意触碰他的过去。这件

事让我反思，华人新移民对自己家族史的不清楚，导致他们的后代"失根"的问题。未来，当我们这一代人离开这个世界之后，下一代很有可能不知道自己来自何处，当有一天他们的儿女也需要完成学校老师布置的家庭作业，写《我的根》时，必将陷入比我们更加窘迫的困境，所以，我尽力搜集父辈的历史资料，与家人共同撰写一部家族史，并写了一部自传《风雨兼程》，把我过去几十年的人生经历详细写了出来，给生活在美国的两个女儿留下我的人生足迹，让她们知道自己是谁，来自何处，她们是中国人，为何会待在美国。

之前你给我发过微信，希望我谈一下在作品中如何阐释和探索"文化寻根意识"的。首先我想说说文化寻根。根是什么？"根"是固有的存在，它所对应的是不可取消的"问题"。而"寻"则意味着缺失与焦虑中处置问题的方式。

"寻根"是对"根"的追溯与彰显，对"根"的生存环境和存活状态的寻找和索求，带有强烈的文化关切与问题意识，聚焦在解决精神危机中的深层焦虑。

文化是有根的。"文化的根"又是什么呢？它是民族传统文化的渊源，是传统思想和精神，是民族的家园故土和生存环境。一个国家的文化是考察这个国家的政治、经济、民族性格、民族精神、民族生命力的重要因素，这种文化培养了民族的性格，它根植于民族传统的土壤里。

"文化寻根"不是恋旧和复古，而是以现代意识重新认识长期积淀的民族文化，是对民族的重新认识、去揭示一些决定民族发展与人类生存的根本问题、根所深系的土地以及存活的土壤。

而我是如何在作品中阐释和探索"文化寻根意识"的呢？

我们过去发表的几部长篇小说均属于"问题小说"，它们的主题涉及的是社会现实问题。在作品中，我们关注在美华人移民的生存状态，有意识地把所遇到的问题与自己曾经生活的国家、故乡、民族联系到一起，在传统、思维方式、价值观念等诸多方面体现中国文化对我们的影响，追溯和探讨它

们的根和源，并对它们进行重新认识。在《阳光西海岸》中反思我们为什么出国，把如此巨大的一批科技人员流到海外，与一百五十多年前华工在美国修建西部铁路的历史做类比，阐释它对中国社会进步与发展的影响和历史意义。《破茧》探问教育的目的何在，我们讲述在孩子成长中，两代人观念的矛盾与文化冲突，比较美国与中国传统教育体系的差异。《藤校逐梦》提问为什么要追逐藤校，华人家庭重视教育，父母不明目的地追逐名校，对孩子的未来进行把控与干涉，揭示这样做可能造成的恶果。《艰难抉择》通过华裔学者为什么会被捕，讲述中美关系的交恶对在美华人生存状态的影响。我们在文学作品中承载社会政治、现实问题与时代历史，采用文学的形式正视与探索，用中国人特有的感受、固有的审美角度和认识问题的方式来阐释这些问题，回应社会积弊与现实的重大命题。

在海外生活的下一代移民存在文化断层现象。文化是一个民族的脊梁和灵魂，没有高度的文化自信，特别是在海外的华人，不知道自己究竟是谁，就会找不到自我。我们生活在美国，加入了美国籍，但美国白人并不认为我们这些黄皮肤华人是美国人，假如我们自己不能够认清楚自己究竟是谁的话，也就很容易在人生的道路上迷失，找不到方向。我们自己和我们的下一代对中华文化缺少了解，必将在海外的华人移民后代身上造成文化断层与失根。

所以，对于我们以及后代而言，"文化寻根"显得尤为重要。我们务必以现代人感受世界的方式去领略中华文化，寻找激发自己生命能量的源泉。对民族文化心理的深层结果做深入挖掘，发掘其积极向上的文化内核，站在现代性的高度上，在世界文化格局中思考中华文化的命运，来解决现代进程中的精神走向。当今信息时代，网络的发达，势必带来中西文化大冲撞和文化大交汇。特别是我们这些人，生活在海外的生存环境里，文化的冲撞更加激烈和直接，我们只有找到自己文化的根，文化上存有足够的自信，才能在与西方文化的碰撞中寻求互相理解、彼此接纳、和平共处和相互尊重。

寻根的过程，实际上也是深入生活、认识生活的过程，是加深对生活理解的过程。文化寻根为我本人在后续撰写纪实文学作品提供了创作的思想基础和动力。为了给生活在美国的两个女儿寻根，我主编家史和写自传。近几年，我多次回到中国，参加文学论坛、文学交流，以及探亲访友。我到过不少省市采风，深入中国社会，对中国重新认识，加深对中国的进步与发展的进一步了解。这种采风实际上也是在为我自己寻根。一个国家的文化是考察这个国家政治经济、民族性格、民族精神、民族生命力的重要因素。我在曾生活过的那一片故土上寻找民族文化之根，为此，我目前的写作重心便是把回国的所见所思以及在海外的所闻所想写下来。

无论写家史、写自传，还是写海内外所见所闻，我都是以华人重直觉，思维上重综合，从整体意义上来把握。我所撰写的作品直接面对客体，进而把自己的感觉和思考记录下来。我前面提到海外出生的下一代存在文化断层现象，而弥补这个断层需要付出更多的努力，我趁着现在人生已经处在黄昏之际，尽量留下一些真实的历史记录，而纪实作品要比小说里虚构的故事和事件的阐述更加具有现实价值和历史意义。只有我们这些亲历者，详尽地写下我们的故事和记录我们所经历的时代，这样，当未来有一天，我们的孩子想要了解她们是谁的时候，才能够从我们留下的自传和纪实作品中，找到历史的渊与自己的源。

姜：您目前的主要精力在主编《世界华人周刊》文学版和综合版，为什么？

黄：海外华文文学在近二十年来蓬勃发展，文学创作进入了一个鼎盛时期，产生出大量的优秀文学作品。

近十年来，由于科技进步迅猛，网络通信快速发展，纸质媒体受到严重冲击，在整个世界范围内，报社、杂志社、书店不断倒闭，出版社出版的图书销售艰难，严肃文学几乎无人问津，书卖不出去，纸质媒体难以为继。从事华文文学创作的作家与文友，受国际政治形势变化及陷入出刊作品渠道日渐紧缩和国家间相互关系不利的双重影响，面临

文学作品传播日益困难的局面。网络媒介和短视频的兴起，使得传统的文学传播方式发生巨大的变革。人们看手机在日常生活中占据了大量时间，文学作品经由网络传播是不可抗拒的历史潮流，我们无法改变现实，在新形势下，必须顺应时代的变化，为文学作品的传播寻找出路。在当今形势下，如何走出困境，成为摆在各国华人作协面前必须共同正视的当务之急。为此，我们美国洛杉矶华文作家协会与各国华文作协一样，把自己的努力方向，放在文学作品的传播如何与时俱进、跟上时代前进的步伐、适应新的形势发展上面。

如何走进人类进步的共同体，加强与海内外文化单位和华文文学团体的合作，在世界华文文学的发展进程中作出努力，都是我们要考虑的问题，为此，我们主编《世界华人周刊》文学专版和综合版，旨在创建一个具有跨域性与交流性的平台，给海外各地域作家发表作品提供一个高质量的资源共享和进行互动的园地，利用各地优势，拓展传播渠道，出刊和推介优秀文学作品与作家，促进五大洲华文作家与研究学者联手起来，以形成合力，扩大海外华文文学的整体影响，使其进一步受到中国当代文坛的关注，在海外华文文学的共同进步与发展进程中起到桥梁作用。

姜：新移民文学是中国当代文学连通世界的桥梁吗？海外华文文学作家面临的主要困境是什么？

黄：新移民文学是海外华文作家用中国人的视觉讲述中国人的故事，讲述中国人在世界的故事。海外作家是传播中华文化的主力军和架在中国与世界之间的桥梁。因为他们在中国与居住国都有相当长的生活经历，对双方的文化、传统、价值观都有详尽的了解，故能够融会贯通，用彼此都可以接受的观念和方式谈论问题，起到让世界了解中国和中国人的作用。

但目前新移民文学并没有真正起到中国当代文学链接世界的桥梁作用。

海外华文作家群队伍庞大，他们用中文书写文学作品，在中国国内或海外中文报纸和出版社发表，读者群仍旧是华人，故在这几十年里，海外华

文文学一直只是在中国人内部进行内循环。目前所处于这种状态的主因，是由于文学作品中语言表达要比日常生活中人际交往的语言表达困难很多。在文学作品中，同样一个词语，在不同场合出现，它所表达的意思可能完全不一样，绝大多数海外华文作家的第二语言程度，远没有达到熟练运用和区别它们。新移民后代中，文学水平不错的人虽然不少能够讲中文，但绝大部分人读不懂中文文学作品，更难以用中文写作。在海外仅有很少几位华人作家采用英文写作。

在美国大学东亚文学系里有一批华文文学教授，他们本可以承担华文作品翻译工作，但各大学重视文学评论和文本研究，对翻译作品并不待见，甚至不计入考核教授的业绩范畴之内。为此，需华文作家与翻译家抱团，由英文程度好的一批海外作家或者国内外国语学院的教师组建翻译队伍，这是链接中国当代文学与世界、海外华文文学走出内循环的当务之急。

海外华文文学作家面临的主要困境主要体现在两个方面，一是海外华文作家协会是自发组成的群众文学团体，没有经费来源，作家协会的日常运转和出版刊物等全靠自己出钱出力，协会工作全是义务劳动。这给协会开展文学交流、举办文学活动等造成了相当的困难和压力，制约了海外华文文学的进步与发展。二是作品出版困难。特别是在近年，纸质媒体受网络冲击，在整个大环境下，海外作家在国内出版文学作品已经是极为困难，而这些因素将会进一步阻碍海外华文文学的发展，期待未来海外华文文学能够克服这些困难，走向更广阔的天地。

春风秋月凭自悟
——海村惟一教授访谈录

[日]海村惟一 邹 茜

内容提要： 海村惟一教授是日本著名的汉学家、翻译家、艺术评论家和比较文化学者。他的学术研究领域广泛，涵盖汉字史、汉学史、禅史、东亚思想史以及东亚文学史等，且成果丰硕。他特别关注中日两国的文化交流史，强调汉字在中日文化交流中的重要作用。海村教授勤于问学，暂停其最爱的"琴棋书画"般的文人生活，但有"春风秋月"相伴其日常俳句创作的人文生活，似乎也减少一点遗憾。本刊在最近就相关问题对他进行了一次访问，他愉快地回答了其问学生涯与文艺写作的相关问题。本文就是根据访谈的原始记录整理而成的。

关键词： 海村惟一；汉字研究；文史哲研究；诗歌创作；文艺评论

作者简介： 海村惟一，文学博士，日本/福冈国际大学名誉教授，日本/一般社团法人惟精书院理事长，中国/深圳大学饶宗颐文化研究院客座教授，主要研究中国古代文学。邹茜，武汉大学文学院博士研究生、武汉理工大学外国语学院讲师，主要研究写作学和中日比较文学。

Title: Spring Breeze and Autumn Moon Reflects One's Inner Enlightenment — An Interview with Professor Amamura Yuiji

Abstract: Prof. Amamura Yuiji is a renowned Japanese sinologist, translator, art critic, and comparative culture scholar. His academic research has covered a wide range of fields, including the history of Chinese characters, the history of Sinology, the history of Zen, the history of East Asian thought, and the history of East Asian literature, all of which have been very fruitful. He paid special attention to the history of cultural exchanges between China and Japan, emphasizing the important role of Chinese characters in Chinese-Japanese cultural exchanges. Prof. Amamura's diligent study has paused his favorite elegant life with four arts. However, his regrets were lessened by the fact that he continued to compose haiku in his daily life, which was inspired by the "spring breeze and autumn moon". This magazine recently conducted an interview with him on related issues, and he happily answered questions about his academic career and literary writing. This article is based on the original record of the interview.

Key Words: Amamura Yuiji; Chinese character studies; literature, history and philosophy studies; poetry writing; literary criticism

About Author: Amamura Yuiji, PhD in literature, is an honorary professor of Fukuoka International University (Japan), director-general of the general shadan corporation Isei Academy (Japan), and visiting professor of Shenzhen University Rao Zongyi Culture Institute (China), specializing in ancient Chinese literature. **Zou Qian** is a PhD candidate at the College of Literature, Wuhan University, and a lecturer at the College of Foreign Languages, Wuhan University of Technology, focusing on writing and Sino-Japanese comparative literature.

邹茜（以下简称"邹"）： 可以介绍一下您的研究领域以及您在学术界的兼职情况吗？

海村惟一（以下简称"海村"）： 可以的。

我继承我们学派"经史子集"不分家、"文史哲"不分家的问学传统。师祖狩野直喜教授与中国硕学罗振玉、王国维交流所结学问之精华，经由其弟子吉川幸次郎教授、斯波六郎教授等传至冈村繁教授。我秉承恩师冈村繁教授之学思，力图践行"实事求是"问真津、"熟读精思"悟先贤，力图通过"人文比较研究"建构汉字文化圈人文思维体系，若用图示的话，即：汉字文化圈中的日本汉字（日本汉字史）→汉字→中国文字；汉字文化圈中的日本汉诗（日本汉诗史）→汉诗→中国诗歌；汉字文化圈中的日本汉学（日本汉学史）→汉学→中国古典学。研究范围：中国文学、日中比较文学、汉字史、汉学史、禅学史、思想史、美术史、汉字文化交流史、亚洲关系史、日本文学史、日中中日翻译理论、日中中日口译理论、汉字文化共同体论、汉字文化论、汉字音韵学、比较言语学、文学地理学、文学文化学、比较文化学、艺术文化学等。

原任：日本/九州学园评议员（校董），日本/九州学园福冈国际大学国际交流委员会委员长，日本/九州学园福冈国际大学国际关系学院院长、教授。现任：日本/福冈国际大学名誉教授，日本/一般社团法人惟精书院理事长兼东方文化研究所所长。曾任：中国/湖南科技大学"湘江学者"特聘教授。曾兼任：韩国中语中文学会《韩国中语中文学》海外编辑委员会委员（韩国）、澳门大学教授职称审查评定委员（中国澳门）、澳门大学博士学位论文审查评定委员（中国澳门）、东亚日本学研究学会创会副会长等。现兼任：福冈亚洲文化大奖推荐委员（日本），深圳大学饶宗颐文化研究院客座教授（中国），北京师范大学文化创新与传播研究院、首都文化创新与文化传播工程研究院学术委员（中国），清华大学美术学院教授职称审查评定委员（中国），中国教育部人文社会科学重点研究基地华东师范大学中国文字研究与应用中心兼职教授，《中国文字研究》（CSSCI）编委（中国），郑州大学汉字文明研究中心兼职研究员（中国），长春师范大学客座教授兼昭明文选研究所特约研究员（中国），河北传媒学院客座教授兼国际汉学研究中心学术主持人（中国），成都理工大学客座教授（中国），文学地理学会顾问（中国），中原王阳明书院顾问（中国），中央工艺美术学院师友

书法院顾问（中国），汉字文化共同体研究会创会会长（日本），世界汉字学会创会理事（韩国），世界汉字文化与设计学会创会常务副会长兼秘书长（日本），国际中江藤树（日本阳明学创始人）思想学会创会常务副会长兼秘书长（日本），国际二宫尊德思想学会创会副会长（日本），韩中日东亚人文学会副会长（韩国）等。

研究成果：著、译、主编、参编的学术书刊约60多部（1000多万字），学术论文200多篇（330多万字）、翻译学术论文50多篇（70多万字）发表在日本、韩国、中国大陆、中国台湾、中国香港、澳大利亚、美国等地。

近年与中国有关的学术著作：

（1）《王元化著作集》（常务副主编、译者，《文心雕龙讲疏》《思辨随笔》《九十年代反思录》全三卷，日本语，东京：汲古书院，2002—2010年）。

（2）《日藏唐代汉字抄本字形表》（日方主编，全九卷，中国语/日本语，上海：华东师范大学出版社，2016—2017年）。

（3）《阳明学与东亚文化》（主编，中国语，贵阳：贵州人民出版社，2017年）。

（4）《中国文学经典品鉴》（编委，中国语，北京：高等教育出版社，2023年）。

（5）《日本阳明学原典汇编研究与整理》（主编，全七卷，中国语/日本语，执笔中，贵阳：贵州人民出版社，待出版）。

（6）《日本五山汉诗史》[主撰，中国语，执笔中，江西教育出版社，中国/国家社会科学基金重大项目"东亚汉诗史（多卷本）"（批准号：19ZDA295）之成果，待出版]。

（7）《东夷文化与上古文明（海外篇）》（主撰，中国语，执笔中）。

近年在中国发表的学术论文：

（1）《日本早期赋学研究：〈经国集〉〈本朝文萃〉1》，《中国韵文学刊》2015年第1期。

（2）《有思想的文学和有文学的思想》，《小说评论》2017年第1期。

（3）《汉字文化圈中的日本汉诗诞生——以〈怀风藻〉的"明德"与"天真"为例》，《文化发展论丛》2017年第2卷总第14期。

（4）《从皇室到民间：日本的〈论语〉受容过程及其效能》，《深圳大学学报（人文社会科学版）》2017年第5期。

（5）《古代日本对〈论语义疏〉的扬弃——以圣德太子〈宪法十七条〉为主》，《孔学堂》2018年第1期（中英双语）。

（6）《跨文化交流视角下的日本假名文学"中国性"考——以〈白氏文集〉为例》，《中文论坛》2018年第2辑。

（7）《日本"自写本"汉字音训研究——以日本国宝岩崎本〈宪法十七条〉第一条为主》，《汉字文化》2019年第1期。

（8）《日本"自写本"汉字音训研究——以日本国宝岩崎本〈宪法十七条〉第二条为主》，《汉字汉语研究》2019年第1期。

（9）《日本五山汉诗的起源研究》[中国/国家社会科学基金重大项目"东亚汉诗史（多卷本）"（批准号：19ZDA295）、《五山汉诗史》之阶段性成果]，《中华诗学》（中国香港）2020第4卷第3期。

（10）《海上丝绸之路视域中的日本禅林文化》[中国/国家社会科学基金重大项目"东亚汉诗史（多卷本）"（批准号：19ZDA295）、《五山汉诗史》之阶段性成果]，《禅与人类文明研究》（香港中文大学）2021年总第9期。

（11）《轴心期视域中圣德太子的"和信"哲学》，《东亚视域中的儒家人文学》，北京：商务印书馆，2021年。

（12）《〈两界书〉"六合思想"的当下之用》，《界的叙事：〈两界书〉的多重阅读》，北京：生活·读书·新知三联书店，2022年。

（13）《骈文视域中日本五山禅林"疏"的中国古典受容1》[中国/国家社会科学基金重大项目"东亚汉诗史（多卷本）"（批准号：19ZDA295）、《五山汉诗史》之阶段性成果]，《骈文研究》2022年总第6辑。

（14）《日本"自写本"汉字音训研究——以日本国宝岩崎本〈宪法十七条〉第三条为主》，《汉学研究》2023年春夏卷，总第34集。

（15）《日中古典文学交融的边界意义——以日本首部汉诗集〈怀风藻〉的"智水仁山"为例》，《边界的意义：饶宗颐文化论坛文集》，北京：商务印书馆，2023年。

（16）《日本五山诗形的研究》（中国/国家社会科学基金重大项目"东亚汉诗史（多卷本）"（批准号：19ZDA295）、《五山汉诗史》之阶段性成果）、《东亚汉诗论丛（第一辑）》（南京：凤凰出版社，2023年）。

（17）《〈唐三体诗注〉王维资料辑补》，《王维研究（第九辑）》，上海：上海三联书店，2024年。

（18）《〈两界书〉创新向善之考略》，《创新向善：饶宗颐文化论坛文集》，北京：商务印书馆，2024年。

（19）《〈善的研究〉与〈两界书〉之"善"》，《国文天地》（中国台湾）2024年第5期总第468期。

邹：您刚刚提到建构汉字文化圈人文思维体系，能否展开谈一谈您对"汉字"的研究？

海村：汉字是研究汉学的基础，是汉字文化圈内文化交流的工具之一，是我研究中的重点部分，也是我研究班（ゼミナール/seminar）的重要课题之一。首先要说的是"汉字"的概念问题。"汉字"与"中国文字"是两个完全不同的学术概念。"中国文字"是"汉字"之源头，"中国文字"走出大陆，来到半岛、海岛，与其时空、风土融合，成为异国文字，谓之"汉字"。汉字可以分为"日本汉字""朝鲜汉字""越南汉字"，其学术内涵和概念完全不同。为了解决这些学术概念的难题以及以深入系统的多元视角来研究"中国文字"和"汉字"，我和中国、韩国、越南、美国、法国、德国、挪威等国的学术同道好友一起创建了"世界汉字学会"。"世界汉字学会"创立大会暨第一届年会在汉字之源头的中国"崇明岛"举行，由华东师范大学承办；第二届年会在日本的"志贺岛"举行，由福冈国际大学承办；第三届年会在越南河内举行，由越南社会科学院汉喃研究院承办；第四届年会在韩国釜山举行，由庆星大学承办；第六届年会在德国纽伦堡举行；今年已经是第十届了，将于10月17日至21日在华东师范大学举行。在第二届年会上，我的"中国文字"和"汉字"的主题演讲得到了中国学术同道好友的认同，我们立刻组成研究团队深化合作，同时由中方申请并得到国家资助出版项目的支持，2016—2017年完成的科研成果是《日藏唐代汉字抄本字形表》（共三期九卷），由华东师范大学出版社出版。该书于2016年4月在日本福冈太宰府天满宫举行第一期三卷的首发式，由我的团队承办。

同时为了在多元视角下推动"中国文字"和"汉字"在社会应用层面的研究和应用，我和中国、韩国、越南、意大利等国的美术界、设计界的学术同道好友一起创建了"世界汉字与设计学会"。创立大会暨第一届年会在日本汉字之源的"志贺岛"举行，由我的团队承办；第二届年会在中国的北京和石家庄举行，由北京理工大学和河北传媒大学分别承办。

此外，为了使"中国文字"和"汉字"走入全球年轻人的世界，北京师范大学主办了"汉字之美"2016全球青年设计大赛，邀请我为终审评委，参加"汉字之美"创意设计国际论坛暨2016全球青年设计大赛颁奖典礼，并做了主题演讲。次年，"汉字之美"2017全球青年设计大赛优秀作品国际巡展首站日本站在太宰府天满宫举行，由我的团队承办。

邹：您认为中国文字对日本文化的影响是怎样的？

海村：如果中国文字没有传入日本，那日本语的诞生和日本文化的记录将会推迟很久。当然，文字是文化的载体，文化如同江河从高处流向低处，不管是西流向东，还是东流向西。关于这个话题，我于2013年10月26日在韩国庆星大学举行的2013年

大韩中国学会上做了"初考《古事记》的字典功能"学术报告，详细地考证了中国文字对日本首部用汉字记载历史的《古事记》产生的巨大作用：日本语由此诞生。此演讲稿后经增补，刊登在韩国的《汉字研究》第九辑（庆星大学韩国汉字研究所，2013年12月）。中国文字进入海岛之后，日本汉字亦由此诞生，在记录历史的同时也记录了流传在海岛各处的诗歌，即《万叶集》。同样，日本在用汉字受容西方文明时所制作的词语，许多是学术用语，即明治翻译语，对中国和朝鲜半岛也都产生了极大的影响。

邹：那请再谈一谈您对中国文学以及日本汉学的研究吧。

海村：我研究的"中国文学"是日本中国文学，我也研究"中国语学"和"中国文字学"，那也是日本中国语学和日本中国文字学，与其对应有1946年创立的"中国语学研究会"（1989年改称为"日本中国语学会"，重点研究中国语学）和1949年创立的"日本中国学会"（重点研究中国哲学和中国文学）。我的日本中国学研究的侧重点在孔孟荀、张朱王、屈原、陶渊明与《昭明文选》《文心雕龙》及王维、白居易、苏东坡等，均以日本中国文学研究成果积累为纵向基点，以中国、韩国等的研究成果积累为横向基点，建构其真实文本，钩沉文本的文学本质以及历史价值。故与中国等相关的学术团体均有长期的联系，也均有相关的论文刊登在中国大陆以及香港、台湾等处。近期刊发有关王维的文章，有上述的《〈唐三体诗注〉王维资料辑补》等。

日本汉学（亦称为日本汉文学），是指从飞鸟时代（593年）至今的用日本汉字表达的诗文史书等，日本汉学研究则是以此文本为对象。如日本首部以日本汉字书写的治国大纲《宪法十七条》（604年），对于此课题，我有三篇从受容中国古典思想的视角来书写并发表在中国的论文，即上述的《从皇室到民间：日本的〈论语〉受容过程及其效能》《古代日本对〈论语义疏〉的扬弃——以圣德太子〈宪法十七条〉为主》《轴心期视域中

圣德太子的"和信"哲学》；还有三篇从日本汉字学的视角来书写并发表在中国的论文，即上述的《日本"自写本"汉字音训研究——以日本国宝岩崎本〈宪法十七条〉第一条为主》《日本"自写本"汉字音训研究——以日本国宝岩崎本〈宪法十七条〉第二条为主》《日本"自写本"汉字音训研究——以日本国宝岩崎本〈宪法十七条〉第三条为主》。再如用日本汉字创作的日本五山禅林汉诗，我也有4篇发表在中国的相关论文，即上述的《日本五山汉诗的起源研究》《海上丝绸之路视域中的日本禅林文化》《骈文视域中日本五山禅林"疏"的中国古典受容1》《日本五山诗形的研究》。眼下，我正在日夜兼程地撰写应邀担任的中国/国家社会科学基金重大项目"东亚汉诗史（多卷本）"（批准号：19ZDA295）研究成果中的《日本五山汉诗史》（将由江西教育出版社出版）。此书也是我正在执笔中的《日本汉学史》（全十卷本）中的一部分。为了深化日本汉学的学术个案研究，我与各国同道一起创立了国际二宫尊德（日本农民圣人）思想学会（日本，2003年）、国际中江藤树（日本阳明学创始人）思想学会（日本，2013年）、东亚日本学研究学（日本，2016年）。

邹： 您认为中国文学对日本文学有什么样的影响呢？

海村： 中国文学对日本汉文学以及假名物语的影响是相当大的。《文选》和《白氏文集》对奈良时代和平安时代的汉文学产生了巨大的影响，使日本学问之神菅原道真脱颖而出；对假名文学的影响也很大，使《源氏物语》等开花结果。有关中国文学对奈良时代汉文学的影响研究，在中国发表的论文有上述的《日本早期赋学研究：〈经国集〉〈本朝文萃〉1》《汉字文化圈中的日本汉诗诞生——以〈怀风藻〉的"明德"与"天真"为例》《日中古典文学交融的边界意义——以日本首部汉诗集〈怀风藻〉的"智水仁山"为例》。有关中国文学对平安时代汉文学的影响研究，在中国发表的论文有《跨文化交流视角下的日本假名文学"中国性"考——以〈白氏文集〉为例》。

邹： 再请谈谈您的汉诗创作。

海村： 汉字文化圈的（日本、朝鲜、越南）汉诗创作均以中国古典诗的声律为游戏规则。日本汉诗由来已久，首部日本汉诗集《怀风藻》诞生于奈良时代，其序文撰写于751年。收录64位作者（多为皇室公家僧侣）的116首汉诗，以五言诗为主，受中国六朝诗风的影响，略有初唐之风。平安初期勅撰3诗集《凌云集》（814年）、《文华秀丽集》（818年）、《经国集》（827年）大多为七言诗。空海（774—835年）的《性灵集》可谓最早的个人诗集。至镰仓时代开始的420年的五山文学时期，日本汉诗呈现出了繁荣景象。我在研究日本汉诗时，或研究中国唐诗宋词时，总有步先贤佳作之韵的习惯，跨越时空，与古人共享无尽诗意、共创优美诗境。也因为诗人朋友较多，我经常步友之韵，畅游在汉字哲思的海洋里，留下不少诗词作品。私淑恩师日本公羊学、易学大家滨久雄博士于96岁时集其42年所吟汉诗编辑成《三涯汉诗集》，并赐读于我。我也期盼着在我96岁时模仿恩师编辑我的《五涯汉诗词集》。接受访谈的今日（2024年9月24日），《中华诗词》（中华诗词杂志）出版的"《中华诗词》杂志老副主编周笃文九秩华诞"专辑发表了我步友之韵的贺诗《和诗友周文彰教授（中华诗词学会会长）"恭贺周老笃文先生九十寿诞"诗之韵以日本汉诗遥贺诗长晓川（周老之号）先生伞寿华诞》："晓川伞寿越三峰，声震东瀛格律功。一字之音差万里，童心百岁日光明"。原韵周文彰："词学素卷欲登峰，满腹深藏古典功。初版余诗夺目处，洋洋大序煜独明。"（注：大序，指周老笃文先生所作《周文彰诗词选》序。）亦是今日我获知学术挚友著名诗人邹惟山教授刚刚出版的《越溪集》里，亦有我的藏头贺诗《海村惟一以日本汉诗遥贺惟山〈越溪集〉刊行》："惟适故里跨时空，山有青龙俩母风。越古创新韩愈喜，溪流平仄颂文隆。"2024年8月30日，还写有《海村惟一以日本汉诗遥寄邹惟山文学思想与创作研讨会（从教行文四十周年纪念）》："文有情怀论越前，育人超众胜先贤。披红照耀青春美，奋起攀登泰岳巅。"

邹：也请谈谈您的俳句、和歌创作吧。

海村：我的俳句创作基本上是以我的摄影作品为据，即日即景地吟句。风月花鸟、山海湖川、虫鸣雨声、碧空白云、星辰银河等自然景观均是我吟句的题材，以十七音参天悟地，生活在春夏秋冬季语的日常大美里。目前已经积累了十几册的《惟一即日即景摄影俳句集》。此外，也创作汉俳（kanpai），以5、7、5为音拍的十七个汉字，有季语，押平声韵（惟一流）。今年9月20日，我们惟精书院与中韩两国联合主办了在中国上饶师范学院举行的"回顾与展望：中日韩朱子学与阳明学"学术研讨会，当日夜间参会者张哲教授在上饶的信江边散步时所拍之照上，我吟了汉俳以助会议之兴："漫步信江边，秋月清风思先贤，朱王奏心弦。"和歌是以5、7、5、7、7的31音构成的日本古代诗歌，我的创作基本上是以《万叶集》《百人一首》先贤的佳作为主，与先贤共享和歌的风土之美、情感之醇、性灵之空。

邹：再请谈谈您的文艺评论。

海村：文艺评论对于我来说，是一种艺术之美的享受。日常鉴赏文学作品和美术作品是我的生活方式之一。大美入眼，福中之福，每每有感，联字成文。美著美画美书美诗令我心旷神怡，笔自流情。评论文字，或为书序展序册序，或以单篇发表。仅以中文为例，为前沿精装书籍评论的有：中国匠人大学校长赵普文言文作品集《掇珍集》序（繁体字版，香港中华书局，2019年）；为广东美术馆馆长著名艺术家王绍强山水画个展评论的有：《后山——王绍强作品》画册序《与时空对话的山水画》（广州，2019年）；为书法展览评论的有：著名书法家黄象明书法个展序《点因灵性、线由造化》（澳门，2020年）；为古籍龙鳞装杰作个展评论的有：龙鳞装非遗传承人、经龙装书籍发明人、千页艺术创始人张晓栋个展序《形上与形下、禅意与造化——为鉴赏张晓栋的"空间性之雅与时间

性之美"》（上海，2020年）；为甲骨契书（甲骨文书法）展览评论的有：2021年辛丑纪念甲骨文书法100周年发现甲骨文120周年 一代国学大师罗振玉嫡孙女罗琳教授甲骨文书法艺术展《走进传承》画册序《融契书之魂》（西泠印社，2021年）；为中山国契书（中山篆）"向美而行：郝建文中山篆书法作品展"展览评论的有：《中山国文字美彻环宇慧及人间》（石家庄图书馆新馆，2024年）；为旧体诗词集评论的有：著名考古学家、著名诗词家周晓陆的《燃燃集》序《不为五斗米折腰的文人》（2024年）；为创新诗文集评论有：学术挚友著名诗人邹惟山的《越溪集》序《天下穹窿诗文涌》（2024年）等。以单篇发表的文艺评论有上述的《有思想的文学和有文学的思想》《〈两界书〉"六合思想"的当下之用》《〈两界书〉创新向善之考略》《〈善的研究〉与〈两界书〉之"善"》》等。

邹：听说您经常来中国讲学、座谈？

海村：是的。2020年之前，几乎每年都会多次出国讲学、座谈、讲演以及出席学术研讨会。最多的是中国大陆的大学，其次是韩国、中国香港、越南、澳大利亚、德国等。中国的有延边大学、长春师范学院、吉林大学、大连外国语大学、大连民族大学、北京大学、清华大学、中国社会科学院、北京师范大学、北京理工大学、河北传媒学院、西北师范大学、兰州大学、三峡大学、成都理工大学、武汉大学、湖北大学、浙江工商大学、浙江大学、扬州大学、江苏大学、华东师范大学、复旦大学、厦门大学、广州大学、广州外语外贸大学、中山大学、香港大学、香港中文大学、台湾大学、台湾师范大学等，此外还有中国禅宗圣地径山禅寺、中国地藏信仰圣地九华山。也多次接受像这样的访谈。如应清华大学美术学院著名美术家陈楠之邀，接受其为"甲骨文发现120周年"特别策划的访谈，其间：请您对"甲骨文入选联合国教科文组织世界记忆名录"以及"甲骨文发现120周年"说几句感想与祝福。我答：记得14年前的2005年8月我应邀与东京大学教授松丸道雄先生等出席在安阳市召开的

甲骨文学术国际研讨会暨殷墟甲骨文字出土遗址申遗活动。一年后，就申遗成功了，很激动！2017年12月26日，由教育部、国家语委、国家文物局、国家档案局、故宫博物院、中国联合国教科文组织全委会共同主办"甲骨文成功入选联合国教科文组织《世界记忆名录》"发布会在故宫博物院举行。正式宣布中国申报的甲骨文项目顺利通过联合国教科文组织评审，成功入选《世界记忆名录》。这是中国第13份文献遗产成功入选《世界记忆名录》。当时，我就非常感动。这不仅是中国的自豪，而且也是汉字文化圈的骄傲！今年是"甲骨文发现120周年"的大喜之年。感慨无量！120年前甲骨文字重现人间时就让世人震撼。这次访谈刊登于人民美术出版社出版的《中国艺术》杂志。在中国地藏信仰圣地九华山的演讲之前，我也接受了"凤凰网"对我的阳明学研究进行的采访，发表在了"凤凰网"。

邹：最后，请您谈一谈您的兴趣爱好吧。

海村：除了摄影之外，我的最爱是"琴棋书画"加篆刻。可是在问学的生涯里没有一点空余的时间让我自由于此。非常期待在完成执笔中的《日本汉学史》和《日本中国学研究史》之后，能沉浸于此。

后人文主体性探索者
——王祖友教授访谈录①

王祖友　李文丽

内容提要： 在访谈中，王祖友教授认为后人文主义是对人文主义的反思、批判与扬弃。后人文主义反对人类中心论，反对本质主义，主张重构世界观，认为人性是与物性无法割裂的，没有截然自足的"人性"。后人文主义摒弃等级和主客体分立主导的意识形态和思维框架，强调人及其话语的建构性，秉持一种后人文主义的主体（简称"后主体"）立场，它强调自我主体和对象主体间的交往和对话，这是从另一个角度肯定了人的社会性。既不陷入人类中心主义立场，也不步入非人类中心主义的"怪圈"，这种后人文主义的"中道"性深刻反映出从二元对立的现代性思维向多维整合的后现代性思维转变，这也是西方社会思潮从人文主义向后人文主义嬗变的最终结果。

关键词： 后人文主义；后主体性；现代性思维；后现代性思维

作者简介： 王祖友，博士，泰州学院外国语学院教授，研究方向为美国文学及西方文论。李文丽，博士，河南理工大学讲师，研究方向为文学及高等教育学。

Title: A Researcher of Postmodernist Subjectivity — An Interview with Professor Wang Zuyou

Abstract: In the interview, Professor Wang Zuyou holds that posthumanism reflects, criticizes and sublates humanism. Rejecting anthropocentrism in order to reconstruct world outlook, posthumanism holds that animality is an indispensable component of humanility. Discarding ideology and thinking paradigm dominated by binary separation and hierarchy, emphasizing the constructiveness of humans and their language, posthumanism sticks to postsubjectivity (short for posthumanist subjectivity), without getting trapped in either anthropocentrism or non anthropocentrism. It focuses on the communication and dialogue between one's self as subject and object as subject. The philosophy of the posthumanist "middle way" reflects the change from modernistic thinking paradigm of binary separation to postmodernist thinking paradigm of blending multiple dimensions, which is also the net result of the evolution of Western humanism towards posthumanism.

Key Words: posthumanist; postsubjectivity; modernist thinking paradigm; postmodernist thinking paradigm

About Author: Wang Zuyou, Ph. D, is a professor of English at the School of Foreign Languages, Taizhou University. His academic interest is in American literature and Western literary theories. Li Wenli, Ph. D, is a lecturer of English at the School of Foreign Studies, Henan Polytechnic University. Her academic interest is literature and higher education.

李文丽（以下简称"李"）： 王教授，您好！很高兴受《世界文学评论》编辑部委托，对您进行书面采访。2022年，我给您做过一篇访谈《后人文主义视角下高等教育的德育价值取向——王祖友教授访谈录》，而如今后人文主义依旧是外语界的研究热点，能否请您从后人文主义主体性（简称"后主体性"）角度阐释一下？

王祖友（以下简称"王"）： 自启蒙运动始，西方现代人文主义弘扬人的主体性，甚至以此作为一切知识和价值的源泉和标准。然而，从19世纪后期开始，作为现代人文主义核心的主体性原则所暴露出的反人性特征引发了西方思想界的强烈批判。后人文主义是发生在当代西方的以批判现代人文主义为己任的一股哲学文化思潮。后人文主义理论是继后结构主义、后现代主义、后现代文学伦理学批评之后另一种重要的后学。后人文主义思想解构作为人文主义基石"人"的概念，反思和批判人类引以为傲的主体地位，继承后现代主义"去人类中心化"的伟大事业，成为时代显学。哲学后人类理论始于对经典人文主义与人类中心主义的批判，并在吸收与批驳后现代理论的基础上，融合后人文主义与后人类中心主义理论，其中心问题即探讨人文主义与人类中心主义之后如何重新定位人类，也就是后人类主体问题。

李：主体即主动的、思考的自我，行动的发起者及经验的组织者。[2]"自我"指的是自我意识或自我概念。能否请您从哲学史的发展进程角度，谈谈"主体性"思想溯源？

王：主体性思想的渊源可以追溯到古希腊哲学。古希腊哲学中所隐含的主体性思想成为"人的主体性"思想的基石。普罗泰戈拉提出人是万物的尺度，开始把哲学研究的视角由物转向人。苏格拉底通过认识"自己"把研究的角度从感性的人转向了理性的人，第一次在哲学意义上发现了自我。晚期的古希腊最具代表性的哲学家伊壁鸠鲁认为人自身的每一种快乐都是善。文艺复兴时期，"人的主体性"思想得到了进一步发展，个人主义思潮涌现，人成为自身的主体登上了哲学的舞台。科学发展导致人的主体和客体分化，自我意识和对象意识产生，由此近代哲学转向了认识论的阶段。

从社会历史的发展看，西方近代的大工业和科学技术的发展，增强了人类改造自然的能力，转变了人类对自然的隶属关系，使人在对自然的关系上逐渐成为主体。近代哲学之父笛卡尔（Rene Descartes，1596—1650年）把主体性原则作为哲学的第一原则，以"我思故我在"的宣言开启心智哲学的思考范式。康德用无限的先验意识、共同性的普遍理性来弥补笛卡尔理论的短板，使"人的主体性"思想得到进一步的发展。如果说从笛卡尔到康德，主体性是从认识、思维角度来规定的话，那么黑格尔的"实体即主体"思想则把人的主体性推崇为推动世界自我显现、自我认识、自我运动的绝对精神，使理性主体的本体地位合法化。在黑格尔这里，主体性不仅是认识的能动性，而且是世界的本性，主体性的理论发展达到了顶峰。

李：黑格尔提出人的主体性就是现代性的核心。黑格尔在评价主体性就是现代性的原则时说："只有通过我的自由思索，才能在我心中证实，才能向我证实……凡是应当在世界上起作用的、得到确认的东西，人一定要通过自己的思想去洞察。"[3]"主体性"如何成为现代性原则的？

王："人类中心主义认为主体是人类，客体是自然"。[4]当主体成为人们认识世界的基础和实践原则的根据之后，主体性成为现代社会的根本原则。黑格尔认为："说到底，现代世界的原则就是主体性的自由，也就是说，精神总体性中关键的方方面面都应得到充分的发挥"。[5]但主体性发展过程中出现了主体性膨胀现象，主体性固有的二元对立导致了"时代的困境"。

黑格尔认为我们要想克服主体的膨胀就不能把主体看作脱离了普遍法则和绝对精神的独立存在。基于此，黑格尔把主体"实体化"看作"绝对精神"的一种表现形式。黑格尔的主体是理性的、思辨的、形上的，"费尔巴哈是唯一对黑格尔辩证法采取严肃的、批判的态度的人；只有他在这个领域做出了真正的发现"。[6]费尔巴哈提出："感性的个别的实在性，对我们来说是一个用我们的鲜血来打图章做担保的真理"。[7]费尔巴哈的主要缺陷即在于僵化地、片面地理解人的感性实践活动，把感性实践活动看作外在的、客体式的活动，而不是内在于人的主体式的活动。马克思因此批判道："从前的一切唯物主义——包括费尔巴哈的唯物主义——的主要缺点是对对象、现实、感性，只是从客体的或直观的形式去理解，而不是把它当作人的感性活动，当作实践去理解"。[8]在马克思看来费尔巴哈的"实践"是抽象的、唯心主义的主体，他不理解革命的、实践批判的具体的、现实的意义。

经由马克思对费尔巴哈和黑格尔的双重超越之

后，一方面，现实世界的运动发展是一个辩证的发展过程，另一方面主体对现实世界的理解也是一个辩证的发展过程。马克思主体性思想的一个主要功绩就是批判现代性，使得现代性不再束缚主体的自由。因此，马克思继承了黑格尔与费尔巴哈二者思想中的精华，使得主体实现了理性与感性、理论与现实的统一。在马克思那里，理性的主体与现实之间存在着内在的关联，现实是相对于主体而言的现实，主体是相对于现实而言的主体。马克思的"主体性"思想正是从现实实践中的这一"双重维度"出发，来批判现代性的弊病。

李：自古希腊哲学家普罗泰戈拉提出人是万物的尺度以来，人的主体性就处于不断地"去物质化"的过程。中世纪宗教神学以神性消解了人的主体性，笛卡尔以理性重建了人的主体性，开启了西方近现代主体哲学研究。现代性主体话语经过文艺复兴和启蒙运动塑造成西方思想启蒙利器，使人的思想从基督教神学的束缚中解放。请您谈谈思想史上对"主体性"的反思过程？

王：从认知到生存、从意识到人本身、从实体主体到人的生命活动，就是现代人本哲学不同于近代的认知主体哲学之处，在这方面，马克思提出"实践主体"概念，强调人和自然界的辩证统一性，更有效地克服主客体二元论色彩，但是马克思还是把实践当作一个物质概念。后来卢卡奇、葛兰西、阿尔都塞和哈贝马斯等人修正和改造了马克思的主体理论。例如，哈贝马斯（Juergen Habermas, 1929— ）提出"以言行事"的原则。从笛卡儿到康德，再到黑格尔以及20世纪的现象学传统，其对主体性的诉求大体上都以认知（意识）主体为核心的，希望使绝对的真理获得保证，大部分是以个体的主体性为主，部分涉及集体性的主体。大部分重视心灵、意识的纯化，部分已开始重视心灵中理性以外的势力以及身体的能动性（如梅洛-庞蒂的知觉现象学），已为后现代的主体观铺路。

现代主义的主体观把认知（意识）主体视为一种人的本质性、核心性的概念，并且赋予认知主体以自主性、独立性的无上价值。从尼采开始，西方

现代哲学家从根本上反对传统哲学把主体等同于自我、心灵、精神和理性的做法，主张意志、欲望、情感本能才是最根本的，理性不过是意欲的工具。然而，当尼采强调"权力意志"、柏格森主张"直觉"、海德格尔发现"此在"、弗洛伊德揭示非理性的"无意识"来对抗传统的、单一的、虚妄的、抽象的理性主体时，主体性问题不过是从一个极端走向了另一个极端，从一个片面走向了另一个片面，摒弃一种主体的同时又虚设了另一种主体的统治地位。

海德格尔（Martin Heidegger, 1889—1976年）认为主体不代表人，也与"我"无关。通过词源学的考察，海德格尔说："我们应该搞清楚，subjectum一词是希腊文hypokeimenon的迻译。这个词的意思是'呈现者'，它是根基性的东西，可以把万事万物聚集在它上面。主体概念的这种形而上学含义和'人'并无必然的联系，和'我'更是不搭界"。⑨因此，把主体性从人转移到自然，最重要的是对主体性的内涵进行根本变革。

在尼采（Friedrich Wilhelm Nietzsche, 1844—1900年）看来，身体才是人类的决定性基础，代表权力意志本身。历史和权力以身体作为落脚点，两者发生动态关系，呈现出一股力与力之间的纷争较量。它是生成着的，可变的，是偶然性的和非人格化的。认识丧失普遍性，迫使胡塞尔（Edmund G.A.Husserl, 1859—1938年）重拾对世界的总体性思考。胡塞尔提出"交互主体性"（intersubjectivity）概念，强调个体主体间的交互关系，使主体性走出自我中心论的思维怪圈。法国理论家罗兰·巴特（Roland Barthes, 1915—1980年）曾一度坚称："我和你不同，是因为我的身体和你的身体不同"⑩，个体与他者的差异最直观地表现在身体上。梅洛-庞蒂（Maurice Merleau-Ponty, 1908—1961年）进一步强化肉身互为主体性的观点，对身体的主体间性进行考察。身体与世界交互联系的背景和人类主体存在的媒介，"意识是身体的功能，是依赖外部实践的'内部'实践"⑪。梅洛-庞蒂主张身心统一，使得肉体和心理统一于身体中，从而超越了意识主体的超然性，并

将身体提升到世界本体的地位。⑫这颠覆了笛卡尔的"我思故我在","我在故我思"成为人的主体性的体现。

马克思宣称"工业的历史和工业的已经生成的对象性的存在,是一本打开了的关于人的本质力量的书,是感性地摆在我们面前的人的心理学"⑥p88。在这里,所谓"本质力量"显然就是人的主体性的代名词,也就是说工业活动正是主客体关系的现实展开。与此相一致,风靡当代西方的后形而上学或后主体性思想恰恰也是与后工业社会的出现相伴而生的。当自我意识的理性主体成为无意识的主体、臣服的主体、规训的主体,主体被抽象为了一个主体位置的存在—语言中的位置、象征秩序中的位置、话语位置。个人"只有认同话语所建构的那些位置,使他们自己受制于其规制,并因而成为其权力/知识的主体,才会取得意义"⑬。

1949年出版的《第二性》中,西蒙娜·德·波伏娃(Simone de Beauvoir,1908—1986年)揭示了"女人"这一身份范畴的权力话语内核。女人作为男人的他者(man's Other)而存在,被剥夺了主体性,被客体化,永远存活于"不真实"(inauthenticity)的状态之中。当性别、性向、种族联系在一起,主体理论在20世纪呈现出从单一身份到多元身份的复杂化、复数化倾向。盖儿·鲁宾(Gayle Rubin,1949—)1984年完成论文 "Thinking Sex: Notes for a Radical Theory of the Politics of Sexuality",她在全文的结尾处写道:"是时候认识到情色生活的政治面向了"⑭。佳亚特里·斯皮瓦克(Gayatri Spivak,1942—)则在 "Can the Subaltern Speak?" 中展示了性别压抑与阶级压迫、民族解放与女性解放的纠缠,也揭露了男权统治与帝国主义霸权、民族文化精英与权力话语结构的共谋。⑮

后结构女性主义理论家黛安娜·富斯(Diana Fuss,1960—)认为身份范畴既抑制主体性,又能赋予主体权力。她试图发现"本质主义的战略或干预价值",提醒人们"本质只是一个符号,因此,受制于历史而不断遭遇变化与再定义"⑯。她相信与性/别范畴的分类和定义保持距离而谨慎的

使用能带来社会变革。这样的理论预设让她将解放的可能性寄托于对身份范畴词汇内外翻转的再赋义。与富斯对身份范畴内/外的强调不同,克里斯蒂娃(Julia Kristeva,1941—)直接发起了对两性二元对立模式的挑战,推翻弗洛伊德式的"统一主体"(unitary subject)而坚称一个主体性永远都在形成与再形成的过程之中的"非中心"主体。⑰对统一、中心的拆解让开放、动态成为可能—文本间的流动带来反思与创造,而女性则以自我的存在对抗身份规范和话语霸权。伴随着日益恶化的生存危机和人文价值的失落,后现代哲学重新反思主体性问题已成为历史发展的必然。

李:20世纪下半叶,以福柯、利奥塔等为代表的后现代主义者采取了全盘否定的态度对待启蒙和现代性,造成对主体性消解的巨大声势。后主体性思想是如何涌现的?

王:在福柯(Michel Foucault,1926—1984年)那里,"我思"的主体性又遭遇解构。福柯将主体思想建立在"知识—权力"系统中,指出现代主体是由知识主体占据主导地位的。福柯将知识定义为:"由某种语言行为按它独有的规则构成"⑱。颠覆了西方传统主体哲学思想。福柯以考古学的办法对"人"进行了考察,揭示出"人"这一概念是特定历史时代的一种认识论建构。在《词与物》的篇末福柯宣告了"人之死":"人是近期的一项发明。并且也许正在接近其终点……人将被抹去,如同大海边沙地上的一种脸"⑲。福柯不仅猛烈地批判了西方近代以来占统治地位的现代主体性原则,并且声称要完全、彻底地消亡自笛卡尔以来无所不在的主体,甚至于用"人的死亡"这一口号来宣布主体的消解以及现代性的终结。

尼采宣布"上帝死了"之后,福柯又宣布了"人之死",举起了反人文主义的大旗,罗兰·巴特又于1968年发表《作者之死》。从表面上看来,"读者之死"的观点与尼采的"上帝死了"、福柯的"人之死"和罗兰·巴特的"作者之死"一脉相承,仿佛是合乎逻辑的推演。其实在尼采宣布"上帝之死"即那个作为伦理主体的、设定了终极价值意义的道德形象的人之死时,就内在地决定了建立

在其基础上"人之死""作者之死"以及"读者之死"了。主体的自我意识消失殆尽，人的主体性被边缘化。

随着人类社会的发展与进步，主体从单一、平面的主体走向多元、多维的主体，从自我主体的消解走向他者主体的崛起；主体性概念也从主客体二元对立的主体性，发展到主体与主体平等的主体间性，到非反思状态中的后主体性，乃至多元组合的多模态主体性。个人主体遭遇了拉康的证伪，从"镜像之我"的异化认同到"社会之我"遭遇的暴力强制。在福柯的理论体系中"人"成为"人的科学"的产物，"生命"则是"生命技术"压制、生产的对象。拉康将笛卡尔的"我思故我在"改写为"我非我所思，我思非我在（I am not where I think, and I think where I am not.）"。自此，现代主体的话语幻影性成为后现代理论家主体理论的前提与出发点。

"主体之死"的论述并非对主体的全盘否定，否定的只是那个笛卡尔所开创的建立在理性主义基础上的完全自足、能动主体。"主体"范畴并未被拒斥。理性主体走向终结，后现代主体成为后人类主体的过渡桥梁。法国后现代哲学家让-弗朗索瓦·利奥塔（Jean-Francois Lyotard，1924—1998年）提出人的"非人化"（the dehumanization of the human）概念。事实上，非人化没有否认人的重要性，而是试图引导人类重新思考置身于其他身体和事物中的人。利奥塔认为："不论是作为最高的价值、创造世界的上帝、绝对的本质还是作为理念、绝对精神、意义或交往的关联系统，或者在现代自然科学中作为认识一切、改造一切的主体，都只不过是人的精神创造出来，用以自我安慰、自我欺骗的东西而已"[20]。这正如梅洛-庞蒂所说的："我通过我的身体进入到那些事物中间去，它们也像肉体化的主体一样与我共同存在"[21]。

随着现代性、后现代性主体话语的追寻、质疑、反思与反抗，新科技革命席卷而来，后人类主体性话语登上历史舞台。进入"后人类"时代，数字技术走向"复多性"集群结构认知环境。正如凯瑟琳·海勒（N.Katherine Hayles，

1943—　）指出的那样："后人类主体是一种混合物（amalgam），是一种各异、异源成分的集合，一个物质—信息的独立实体，持续不断地建构并且重建自己的边界"[22]。借助技术假体和技术使能者（techno-enablers），人类不断突破碳基生命的构造局限，扩展和优化可接受的主体界限，形成"复多性"后人类。海勒强调，赛博空间里的赛博体不再是一个抽象概念，而是一种交互作用关系，使主体意识到异质间的差异性（otherness）。

尽管后人类不遗余力地解构自由人本主体，它始终强调的是观念而非具体的身体形式。在后人类主义的语境中，一方面，"肉身化主体"并不等同于"身体主体"，也不局限于人的躯体。现象学层面的主体不囿于身体的存在形态，都能够借助身体图式来实现对世界的感知和力所能及的行动。当肉身不再是人类生存所必需的唯一身体，所谓的"肉身化主体"的概念就不再显得局促，"身体主体"也便更容易理解了。在这个意义上，我们就是技术，技术就是我们，后人类形态朝向"无器官的身体"（body without organs）迈进。"无器官的身体"是德勒兹（Gilles L.R.Deleuze，1925—1995年）哲学中的重要概念。在他看来，"无器官的身体"将身体抽象为一种生产性的欲望，其无处不在，无影无形，极具流动性。20世纪中后期，计算机模拟、生物智能和遗传学技术的飞速发展引发了西方社会的后人文主义（posthumanism）转向，哈桑（Ihab Hassan）在《作为表演者的普罗米修斯：走向一种后人文主义文化？》（*Prometheus as Performer: Toward a Posthumanist Culture*?，1977年）明确提出了"后人文主义"（posthumanism）这一概念："虽然后人文主义可能作为一种含糊的新词以各种方式出现，像最新的标语，或者只是人周期性自我厌恶的另一种想象。然而，后人文主义也暗示了我们文化中的一种可能性……我们需要理解的是人文主义五百年的历史可能就要终结了，这种终结是以人文主义将其自身转变成我们不得不无可奈何地称为后人文主义的那个东西。"[23]他进而指出："我们并不了解的是：人类大脑自身并不真正知道其是否会过时，还是只是需要修正自我概

念……人工智能会取代人脑，纠正它还是仅仅简单地扩展它的力量？但我们确实了解的是：从简陋的计算器到最具超越性的计算机，这样的人工智能有助于改造人的形象，以及人类的概念，它们是一种新的后人文主义行动者。"㉓p844罗西·布拉伊多蒂在《后人类知识》（*Posthuman Knowledge*，2019年）中对"后人类"给出明确定义：

后人类既是我们历史状况的标记，又是一种理论的隐喻表达。后人类不是未来的反乌托邦想象，而是我们历史语境的决定性特征。我将后人类状况定义为发达资本主义经济中后人文主义与后人类中心主义的集合。前者侧重于对"人"（Man）作为万物一般尺度的人文主义理想的批判，后者则批判物种等级和人类中心的例外主义。㉔

布拉伊多蒂正面提出后人类主体是游牧主体："我们需要一个扩大的、分散的和横向的概念，以了解主体是什么以及主体如何发挥其关系能力。"㉕她为后人类主体找到的概念便是"游牧"（nomad）。这一概念借自德勒兹，"游牧"在具象上指"游牧民"，如哥特人既不属于其东方的帝国，也不属于其北方的日耳曼和凯尔特移民，"既不能演变成他们遭遇的帝国，又不能演变成他们开创的移民"㉖后人类主体是多元的、非本质的，同时与非人类动物、技术和环境交互生成。从人类历史进程来看，自从进入工业社会，人类对技术的依赖程度不断地加深。赛博格与超人类主义中可预见的是技术对人类身体的"技术殖民"，即技术逻辑植入到人的主体意识中，并规约着人的主体实践。人也被技术所驯化，且在技术的促逼中，人的主体性也异化。当代人类正在技术逻辑中试图将哈拉维的赛博格、利奥塔的"非人"概念现实化，在迈向人类纪的进程中重塑着一个新的生命政治哲学。

后人文主义把思想看作一种进一步产生复杂性的事物，并且认为不存在任何不证自明的思想。笛卡尔的"我思"不是认识的前提，而是认识的结果，而且是唯心主义的简单化认识的结果。此外，笛卡尔式的内省、自省、自我研究方法将不再起作用，因为对我们自己而言，我们"不再是自我透明

的"；相反，在大多数情况下，我们不知道我们将如何认识和我们将认识什么。㉗

尽管后人类不遗余力地解构自由人本主体，它始终强调的是观念而非具体的身体形式。在这个意义上，我们就是技术，技术就是我们，后人类形态朝向"无器官的身体"（body without organs）迈进。"无器官的身体"是德勒兹（Gilles L.R.Deleuze，1925—1995年）哲学中的重要概念，代表了德勒兹语境中的感性存在，并不是梅洛-庞蒂极力论证的肉。德勒兹认为："感觉的存在不是肉体，而是宇宙中各种非人类力量、人的非人类生成……"㉘美国哲学家唐娜·哈拉维（Donna Haraway）的文章《赛博格宣言》（"*A Cyborg Manifesto*"）中的"赛博格"（cyborg）是理想的主体，它超越目前各种身份认同（族群、种族、性别、阶级等）彼此矛盾冲突的困境，同时建构一个多元的非本质的主体概念。哈拉维力图通过赛博格式的书写，超越现代性中各种身份认同彼此矛盾冲突的困境，并重建一种多重的、差异的、多元的后现代主体，一种主客体以及主体间边界模糊、虚拟与真实交织并具备后现代破碎、不确定以及多重自我的混合主体。㉙伯恩斯（Jean E.Burns）曾指出，人与机器的本质区别在于，人类有主体"意识"，因而拥有"决断力"（volition）和"自由意志"（free will），但机器却不然。㉚然而，随着智能时代的到来，由"赛博格"所代表的智能生命体打破了这种人/机界限，获得了类脑"意识"。哈拉维（Donna Haraway）在《谦卑的见证者》一书中提出"身体跨界"的概念㉛，具体指的是人工智能的"无器官身体"作为隐喻和形象化的表达，其已经成为权力和身份的地图，超越了性和性别的约束。此时，后人类身体是"他者共在的身体"，是后人类主体性进入内在的身体延向着外在性的展开。身体主体性的感受是对于正确事物之间的间隔空间分享，在共在的空间中分享着彼此的身体。后人类主体性消解引发的迷失感，使个体试图在他者身上寻找主体。

后人文主义关注的与其说是"主体性"，不如说是"主体间性"。主体间性理论的出现有自身发

展的必然逻辑。主体间性理论在西方客体性哲学—美学和西方主体性哲学—美学的基础上产生，是对主体性哲学—美学的反思与超越。然而，主体间性理论的核心说到底还是主体性问题，所以主体间性不是反主体性，而是注重和强调主体之间的交互关系。既然如此，与主体自我相对的他者就必须置于与主体平等对话、相互交流的地位。他者是自我意识产生的必要条件，只有主体与客体、自我与他者和谐相处，主体才能成为真正自由的主体，世界也才能成为人与人、人与动物、人与技术、人与环境和谐共存的世界。

人工智能技术的发展与后人类概念的提出，不仅关乎人类与技术的共生关系中所进行的身体形态之演化，更是人类文明迈向后现代主义和后人文主义思潮的体现，对于"人的主体性"也应置于后人类主义的语境中重新审视。罗西·布拉伊多蒂在《后人类》一书的"导论"中宣称："后人类状况不是一系列看似无限而又专断的前缀词的罗列，而是提出一种思维方式的质变，思考关于我们自己是谁、我们的政治体制应该是什么样子、我们与地球上其他生物是一种什么样的关系等一系列重大问题；我们的共同参照系的基本单元应该是什么，从而引进一种全新的思维方式。"㉜无论是代表着传统人类的肉身主体性，超人类形态的赛博主体性，人工智能主体性，抑或是人与机器的交互主体性，都离不开"人"这一根本主体。所谓万变不离其宗，上述主体性正是扎根于人的发展演化与变迁而来的，理应以一个更为包容的心态接纳之。

李：所谓后现代性，是指以反思、批判资本主义现代性问题为出发点，倡导异于现代性的新的生产方式、生存方式、思维方式的文化思潮，其主要特征是反本质主义、反理性主义、反基础主义、反中心主义。后现代性思维是如何表现的呢？

王：后现代哲学所讲的"后现代"主要不是指一个历史时期，而是一种思维方式。利奥塔指出，传统哲学（现代主义）过于重视知识主体叙述的优越性，重视叙述主体性的结果是使得叙述成为主体的工具。虽然西方思想一直致力于主体建构知识的客观性，认为人类通过理性、概念的作用，

可以掌握客观的真理，但却使得追求客观、普遍、实证、效率、计算等价值高涨，助长了科学的霸权地位。㉝利奥塔认为，这些"宏大叙事"（grand narratives）将人的主体性与理性结合，产生了"知识英雄"（hero of knowledge）与"解放英雄"（hero of liberty）两大神话。㉞这两大神话使得理性主导的政治、伦理秩序排斥了边缘、异己，最终使理性主体及其所型塑的叙事、政体沦为霸权。

现代性思维缘于启蒙时期树立的两个理想与一个神话。它体现于一系列的思潮与主张中。如：追求一劳永逸的绝对真理的"基础主义"；试图从现象深处挖掘永恒不变的本质的"本质主义"；坚信存在人类普适的规律的"普遍主义"；认为世界是一幅人类心灵之镜可描绘的图景的"表象主义"；高扬人类主体性和科学霸权的"理性主义"。后现代思维打破了现代"宏大叙事"产生的"知识英雄"与"解放英雄"两大神话，主张反基础主义、本质主义、表象主义、理性主义、个体主义，主张去中心，对现代性所强调的人的主体性神话、科学的独霸、理性的权威进行消解。提出了一系列与现代性思维方式根本不同的新的思维方式，这些全新的思维方式可以高度概括为"整体有机论的思维方式"。

后人文主义摒弃等级和主客体分立主导的意识形态和思维框架，强调人及其话语的建构性，秉持一种"后主体"立场，强调自我主体和对象主体间的交往和对话，这是从另一个角度肯定了人的社会性。后人文主义并非决然地与人文主义决裂，也并非仅停留在反人文主义的主题上，而是同时对二者的解构和突围。非人类动物和无机技术物处于可沟通位置，人类能够与之建立关系、对之敞开并向之生成，这是一种肯定性的关系伦理。后人文主义既不陷入人类中心主义立场，也不步入非人类中心主义的"怪圈"，这种"中道"性深刻反映出从二元对立的现代性思维向多维整合的后现代性思维转变，这也是西方社会思潮从人文主义向后人文主义嬗变的最终结果。

李：非常感谢王教授拨冗再次接受我访谈，对"后主体性及后现代性思维"做出细致深刻的阐述，我很期待看到您在这方面新的研究成果。

　　王：你提出的问题也让我重新思考"后人文主义"领域许多相关问题。谢谢！

注释【Notes】

①本文系泰州学院科研启动项目"拉美当代文学的后现代性研究"（项目编号：QD2016013）的阶段性研究成果。

②Blackburn, Simon. *Oxford Dictionary of Philosophy*. Shanghai: Shanghai Foreign Language Education Press, 2000, p.114.

③[德]黑格尔：《黑格尔全集》（第1卷），第318页。转引自[德]哈贝马斯（Habermas, J.）《现代性的哲学话语》，刘东译，译林出版社2008年版，第60页。

④郑佰青、张中载：《为动物立传：〈阿弗小传〉的生态伦理解读》，载《外国文学》2015年第2期，第132页。

⑤[德]黑格尔：《哲学史讲演录》第4卷，贺麟、王太庆译，商务印书馆1978年版，第33页。

⑥马克思：《1844年经济学哲学手稿》，作（编）者：中共中央马克思恩格斯列宁斯大林著作编译局，人民出版社2002年版，第96页。以下只在文中注明页码，不再一一做注。

⑦[德]费尔巴哈：《费尔巴哈哲学著作选集》（上），荣震华等译，商务印书馆，1984年，第68页。

⑧马克思：《机器、自然力和科学的应用》，人民出版社1978年版，第16页。

⑨[德]海德格尔：《人，诗意地栖居》，郜元宝译，广西师范大学出版社2000年版，第8页。

⑩汪民安：《身体、空间与后现代性》，江苏人民出版社2015年版，第3页。

⑪Merleau-Ponty, Maurice. *The Structure of Behavior*. Pittsburgh: Duquesne University Press, 2011, p.15.

⑫杨大春：《语言·身体·他者：当代法国哲学的三大主题》，生活·读书·新知三联书店2007年版，第149页。

⑬[英]斯图亚特·霍尔：《表征：文化表象与意指实践》，徐亮、陆兴华译，商务印书馆2003年版，第57页。

⑭Rubin, Gayle. "Thinking Sex: Notes for a Radical Theory of the Politics of Sexuality", in *Culture, Society and Sexuality*. Richard Parker & Peter Aggleton ed. London: Routledge, 1992, p.172.

⑮Spivak, Gayatri. "Can the Subaltern Speak?", in *Colonial Discourse and Post-Colonial Theory: A Reader*. Patrick Williams & Laura Chrisman ed. New York: Columbia University Press, 1994, pp.66-111.

⑯Fuss, Diana. *Essentially Speaking: Feminism, Nature and Difference*. London: Routledge,1989, p.20.

⑰Kristeva, Julia. "The Subject in Process". *The Tel Quel Reader*. Patrick French and Roland-François Lack. London: Routledge, 1998, pp.133-177.

⑱[法]福柯：《知识考古学》，谢强、马月译，上海三联书店1998年版，第21页。

⑲[法]福柯：《词与物——人文科学考古学》，莫伟民译，上海三联书店2002年版，第506页。

⑳李东东、赵媛媛：《现代主体的建构》，载《云南社会科学》2015年第1期，第50页。

㉑[法]梅洛-庞蒂：《眼与心》，刘韵涵译，中国社会科学出版社1992年版，第185页。

㉒[美]凯瑟琳·海勒：《我们何以成为后人类：文学、信息科学和控制论中的虚拟身体》，刘宇清译，北京大学出版社2017年版，第4—5页。

㉓Hassan, Ihab. "Prometheus as Performer: Toward a Posthumanist Culture". *The Georgia Review*, 1977(4), pp.830-850.

㉔Braidotti, Rosi. *Posthuman Knowledge*. Cambridge: Polity Press, 2019, p.22.

㉕Braidotti, Rosi. *Transpositions: On Nomadic Ethics*, Cambridge: Polity Press, 2006, p.80.

㉖汪民安：《生产（第五辑）：德勒兹机器》，广西师范大学出版社2008年版，第139页。

㉗王治河：《后人道主义》，见王治河主编：《后现代主义辞典》中央编译出版社2005年版，第218页。

㉘[法]德勒兹：《弗兰西斯·培根：感觉的逻辑》，董强译，广西师范大学出版社2007年版，第63页。

㉙Haraway, Donna. "A Cyborg Manifesto: Science, Technology, and Socialist-Feminism in the Late Twentieth Century". *Simians, Cyborgs and Women: The Reinvention of Nature*. Donna Haraway eds. New York: Routledge, 1991, pp. 149-81.

㉚Burns, Jean E. "Volition and Physical Law.". *The Journal of Consciousness Studies: Controversies in Science and the Humanities*, 1999(10), p.32.

㉛Haraway, Donna. *Simians, Cyborg, and Women: The Reinvention of Nature*, London: Free Association Books, 1991, p.200.

㉜[意]布拉伊多蒂：《后人类》，宋根成译，河南大学出版社2016年版，第2页。

㉝Smith, R. "Poststructuralism, Postmodernism and Education". R. Bailey, Barrow, R, Carr, D. and McCarthy, C. *The SAGE Handbook of Philosophy of Education*. London: SAGE, 2010, pp.140-42.

㉞陈幼慧：《现代与后现代之争：利奥塔对后现代知识状态的反省》，见苏永明主编：《教育哲学与文化4：科技对教育的冲击》，五南图书出版公司2002年版，第2—38页。

论韩江诗歌中的身体感知①

杜　秋　叶雨其

内容提要：在诗集《把晚餐放进抽屉》中，韩江格外重视人的"身体"。她在对日常生活进行本真式描写的同时，以一种"身体书写"的方式来凸显个体意识，即以对于身体的极端感知来表达内在的精神世界，从而实现个体精神与现实世界的交流与共通。韩江诗歌中的身体感知是通过三个方面来得到呈现的：首先，具象化的"身体解剖"呈现出了破碎的身体，表达了诗人对实现整全人格的尝试；其次，"视觉"与"反视觉"这两类身体感知的媒介赋予了其诗歌中的身体超越个体性的意义；最后，在人文关怀与对于韩国传统文化之忧思的层面，韩江诗歌中的身体感知亦体现出了独特的价值。

关键词：韩江；《把晚餐放进抽屉》；诗歌；身体感知

作者简介：杜秋，湖北大学文学院硕士研究生，研究方向为比较文学与世界文学。叶雨其，文学博士，湖北大学文学院副教授、硕士生导师，研究方向为比较文学与跨文化研究。

Title: On the Perception of the Body in Han Jiang's Poetry

Abstract: In the poetry collection *Put Dinner in the Drawer*, Han Jiang attaches great importance to the "body" of human beings. While she depicts daily life in a true way, she also highlights individual consciousness in a way of "body writing", that is, she expresses the inner spiritual world with the extreme perception of the body, so as to realize the communication and commonality between the individual spirit and the real world. The perception of the body in Han Jiang's poetry is presented through three specific aspects: first, the embodied "anatomy of the body" presents the broken body, expressing the poet's attempt to achieve a complete personality; Secondly, the two kinds of media of bodily perception, "visual" and "anti-visual", give the body in her poems meaning that transcends individuality. Finally, the body perception in Han Jiang's poetry has a unique value in the aspects of humanistic concern and concern for South Korean traditional culture.

Key Words: Han Jiang; *Put Dinner in the Drawer*; poetry; body perception

About Author: Du Qiu, master's student of College of Literature, Hubei University, specializing in Comparative and World Literature. **Ye Yuqi**, associate professor of College of Literature, Hubei University, master's supervisor, specializing in Comparative Literature and Intercultural Studies.

作为亚洲首位荣获诺贝尔文学奖的女性作家，韩江以多样而深刻的文学创作直面生命的真相。"身体书写"是韩江主要的书写方式之一，对她来说，"身体"充当着书中人物反抗暴力与外界压迫的武器，有着重要的社会价值与文化意义。在诗集《把晚餐放进抽屉》中，韩江对于"身体"的理解与诠释达到了全新的高度：借助诗歌这一独特的文学体裁，她以更为深刻与真实的方式诠释出了身为韩国女性的独特身体感知——在韩江这里，"身体感知"不仅指向了对身体各器官的肢解式描摹与破碎化感知，更涵盖了对身体之下的自我无意识、集体文化记忆等方面的锐利剖析。韩江诗歌中的身体感知既呈现了诗人自身丰富的生命体验，又隐含了诗人对女性权力、暴力事件等社会现实问题的深思。对这一问题进行文本细读与意义剖析，能在诠释诗歌文本、理解诗人自我之余，捕获到人与自我、社会及文化的复杂关联，从而切中生而为人的使命与意义。

一、被感知的身体：破碎的身体与整全的人格

在韩江的诗歌中，"身体"往往被呈现为一种破碎的状态。作者在众多诗篇中详细论述了身体被迫支离破碎的过程，呈现了身体从抗议到解脱的路径，展现了当代韩国社会中女性于苦痛中挣扎却无奈失语的生存境况。在《名为心脏的东西》《解剖剧场2》等诗歌中，韩江曾表示："没有完全抹去的刀/长长地分开我的嘴唇/我圆润且后退的舌头/寻找更漆黑的地方"②，"比如回答/是真的之时/弯弯曲曲的舌头/碰到/我的上颚"②p38，"没有舌头和嘴唇/没有任何鲜红的热血"②p41，以及"把坚硬的拳头藏在口袋里/我把它们刻在舌头的背面"②p73等。这些对于"舌头"和"嘴唇"等器官的分离式描述，将诗人身处黑暗且"无法言说"的境况加以呈现，所指涉的则是韩国女性尊严缺失的生存境况与社会地位，表达出了身为韩国女性之"痛"。

在《当眼泪袭来时，我的身体就会变成空坛子》中，诗人曾这样自述："当眼泪袭来时/我的身体就会变成空坛子伫立等候/期待它盛满的时刻。"②p30韩江把自己的身体比作空虚且无实际生命的空坛子，将身体器官全部抛诸其外，显示出了体内器官与空旷躯壳的分裂。而在《解剖剧场2》里，诗人再现了"撕成碎片的身体"，将其分为"难以忍受"的"舌头和嘴唇""心脏""冰冷的头发和指甲""扭伤的脚踝""受伤的膝盖""压伤的手腕""空洞的瞳孔"②p38-44等，表现出了割裂的、肢解的身体意象。在这种对于自我身体的破碎化感知中，韩江看似在将个人的生命体验以身体的受伤与器官的疼痛等形式加以表现，实则宣告了西方文学传统中"身体"的破碎本质，揭露出了知识、权力等外在"他者"对身体的支配、压迫以及解构。与此同时，在面对女性身份的缺失时，韩江所做出的自我身体解剖实际意味着：在外在他者的压抑之下，女性的心理状态只能通过极端的自我言说来得到实现——唯有以充满"痛感"的极端形式，才能直言个体的痛苦，从而唤醒人对自身生命感受的关注，对他人生命境遇的共情。

韩江对于破碎身体的诗化呈现是为了更好地完成整全人格的建构。在诗人对自我身体之破碎的感知中，我们能够窥见她所饱含的生命期待：在《当眼泪袭来时，我的身体就会变成空坛子》的结尾，韩江呼唤"我心中的生命"的"苏醒"，并表示在"阳光"的"照射"以及"海风"的"浇灌"下自己生命的"额外加添"②p30，这"加添"的正是希望，是重组，是对分裂自我的克服，是人格的新生。在《解剖剧场》中，诗人对于破碎的身体则有了更全面的阐释。诗篇首先引入17世纪比利时解剖学家安德烈·维萨里（Andreas Vesalius）书中刊载的独特骸骨图画，将两幅骸骨相互凝望的画面呈现在读者面前。作者将人的骨骼从身体中抽离，却以骨骼"将手放在石碑上另一副骸骨的额头上"的亲密动作构建了两者之间的联系，正合乎维萨里书中所传达的"人体的所有器官、骨骼、肌肉、血管和神经都是密切相互联系的，每一部分都是有活力的组织单位"③这一理念。在此，诗人呈现的虽仍是支离破碎的身体，却于无形之中使身体各部分乃至自我身体与他人身体的联系密切了，彰显的是她平衡个人与自我、个人与他者所做出的努力。因此，在"破碎的身体"背后，实际上是反复写下的"生命、生命"②p42，是对生命的言说与渴望，是诗人整全人格及欲望的呈现——对于诗人来说，破碎的身体感知，意味着克服自我分裂之可能，也意味着整全人格的苏醒。

韩江将身体的各部分进行"肢解式"书写，同时也等待着身体的意义重构。而为何身体的破碎与分离能够促成人格的整全？这一问题或许可以追溯到德勒兹（Gilles Louis Réné Deleuze）所推崇的"无器官身体"（body without organs，简称BWO）④。在德勒兹看来，身体并不需要组织体与组织体的固定联系，它是自由而流动的，不需要中心意义的生成。④p98韩江对身体进行了破碎化呈现，将身体从有机体变为无机体，恰恰阻隔了其中

心意义的生成与发展。可以说，在她眼中，人的身体实际上是精神世界的一种映射。而身体之所以要承受诸种被割裂的痛感，则是为了摆脱外在的禁锢，以疼痛的感觉超越肉身的局限。无论是如同"空坛子"的身体，还是被手术刀切开的"温暖的肉体"[2]p42，都为具体的器官留存了流动空间。正因为"无器官身体"与"被固定的器官"相对立，寄寓"灵魂"的器官才能够游走在具象、可触的身体之外，挣脱具体场所的束缚，心脏才得以保持"喷出热血"[2]p40的状态，持续为精神世界输送再生的动力。除此之外，诗人通过暴力、破碎的书写所表露出的强烈生命意识也是构成其整全人格的关键。在《流血的眼睛3》中，诗人"领悟到灵魂破碎的瞬间"，但是"即便如此破碎"，她"仍然活着"[2]p46。而在《傍晚的素描4》中，她有着"碎裂的舌头和嘴唇"，却也"有什么东西在闪亮着"[2]p75。于《六月》中，她同样呼唤着"活着吧，活着/说出你还活着"[2]p123。在充斥着暴力与破碎的身体感知中，韩江试图击中读者的内心世界，并以现实社会的黑暗与苦痛，去唤醒人类对体内整全人格的自觉与深思。

韩江的诗中固然有对"黑暗"与"破碎"的深刻书写，但同时也有着对"闪亮"以及"活着"的追求。以肢解自己的躯体为方式，她从庸俗的日常生活中跳脱而出，更为纯粹、直接地捍卫自己的心灵。她在《名为心脏的东西2》中提及"死亡"成为"某一件事情"，而不一定是"痛苦"[2]p74，并在《镜子彼端的冬天9》中呼吁人们战胜"无法直视的东西——死亡"[2]p98。在《镜子彼端的冬天》里，诗人看见了凝望着自己且"流着两行烛泪"的眼睛，看见了"日全食""重力线""啼叫的鸟"以及"绣着被杀孩子名字"的"白色头巾"[2]p81-104，以影片播放的形式，将世界呈现在面前。对于这些充满悲伤甚至残忍的事物，作者表达了自身强烈的生命欲望，这一欲望展现为对他人生命以及生活境况的密切关注，也表现在对未知世界的强烈探知欲。由此，我们得以看到韩江的身体书写中所带有的强烈的反叛色彩与积极意味，彰显的是诗人对打破常规、追求自由生命、实现人格之整全的渴望。

二、身体感知的媒介："视觉"与"反视觉"

韩江将进行身体感知的媒介分为"视觉"与"反视觉"两类。自古至今，"看"都是东西方文化中人类认识世界的主要方式：柏拉图将视觉视为人类于洞穴之中窥见光明的重要工具，亚里士多德亦将视觉排在人类五感之首，认为其对应"五种感官在头部和身体上的高低位置"[5]。欧洲启蒙运动以来，"黑暗/光明""盲见/洞见"等二元对立的逻辑正式形成了以视觉理性为中心的文化传统，而在东方文化中，视觉也具有同样重要的意义：在中国古代文化中，不论是仓颉的"四目重光"、舜帝的"重瞳子"，还是《述异记》所记载的蚩尤"四目"、方相氏"黄金四目"等内容，均意味着中国在先秦时期就已形成了向往超凡的视觉能力的普遍文化心理。[6]对于韩国人而言，在韩国民画等民俗文化传统中，"观看"行为一直是韩国统治阶级体察韩国民族审美意识和情感的重要工具——人们根据民族审美及情感创造民画，而"观看"行为则帮助统治阶级洞察民画中的民族美，捕获蕴含其中的大众情感动向。[7]在韩江的诗歌中，作为身体用以感知外界与自我的重要媒介，"视觉"意象抑或"看"这一行为贯穿了始终，占据了大量的篇幅，体现出韩江对于视觉媒介的关注与重视。

首先，"我看见"这样的句式在韩江的作品中随处可见，如"我看见透明的水波之下/雪白、圆润的/鹅卵石"[2]p27"十年前在梦里看见的蓝色石头/这期间有没有捡到过/是否也曾错过"[2]p27等。动词"看见"在韩江的诗作中共出现了近30次，诗人通过"看见"这一行为来为读者呈现出视觉所感知到的诸种画面，在更多时候，她所"看见"的实为痛苦的个体经验与家国历史。就个体经验而言，"看见"意味着朝向内心回溯：韩江认为自己有一双"流血的眼睛"，常常"浑身是血"[2]p50，她在《某一天，我的身体》中所写到的"生活啊，又再次回到我的血管里"②p115则无奈地表述了客观生活对于主观世界的压迫。在家国历史的维度，韩江的"看见"还意味着超出个体生命的集体记忆：她在"仰望用马蹄踏着杀戮记忆的罗卡的铜像时"②p93看到了"镜子此端和相反一端的屠杀"②p94，以视觉隐喻描摹了韩国光州事件中学生与百姓遭血腥镇压的情状，叙述了1948年至1954年由韩国军警在济州岛造成三万多名无辜民众死亡的暴力镇压事件。她形容这种因"屠杀"和"乱刺"形成的"直线"②p94冷酷而残忍，将个体的官能体验与情感冲击融入对暴力与历史的批判和反思之中，这使其作品的创作从个人叙事拓展到了历史叙事，凸显出了浓厚的社会责任感和家国情怀。

其次，韩江大量运用了色彩词语来呈现视觉感知。韩江诗中对"绿色"的呈现往往彰显出无限的生命力："青绿而朦胧的树木"②p29"微绿的蜷缩在黑暗中的傍晚叶子"②p58"我的身体是绿豆芽"②p123……这些绿色都与自然界的生灵相关，意味着无论是"树木"还是"叶子"，又或者"我的身体"，在诗人看来都是自然界中的一员。诗人将安宁、生命的活力等意蕴与绿色相联系，并在《夜晚的对话》中力证："黑色的影子是墨绿色的影子。"②p23"死亡"对"我"致以歉意并表示"你会被吞没的"②p23，但"我不会被吞噬的"②p23；"我"的影子是遭受磨难却仍有生命力的墨绿色，这些苦难智慧让"我"的颜色更深邃。与绿色相对应，诗中对"黑色"的呈现则指向了阴暗事物。诗人常常将"黑色"与"白色"或是"光亮"进行对比呈现，如《傍晚的素描》中所写到的"如果我们的眼睛/偶尔是黑白镜片的话/黑与白/在此期间随着无数阴影"②p50，以及在《安静的日子》里提到的"流着血的黯黑太阳/围绕在你明亮的周围"②p34，视觉中"黑"的呈现在"白"和"光"的对比中更加显眼，她以"白""光"作为希望和向往，于"失语"和"沉默"中绝望控诉现实社会中的不正和罪恶。此外，韩江在诗歌中也常用黑色意象来言说死亡，如"春光/与蔓延的黑暗/从缝隙中/映照出/死去一半的灵魂"②p6。日本学者滝本孝雄认为黑色

象征了"寂静、悲哀、绝望、沉默、黑暗、坚实、不正、严肃、罪恶"⑧，而韩江通过黑色所表达的身体感知则几乎囊括以上所有内涵。

诗人将视觉经验融入诗歌文本，所呈现出的视觉感知往往是幻觉，而非具体、真实的现实体验。这似乎也隐含了诗人对于视觉的不信任，在一定程度上道出了诗人的反视觉观念。针对"反视觉性"问题，米尔佐夫（Nicholas Mirzoeff）曾认为："反视觉性就是对视觉性整体进行重新配置的尝试。"⑨如果说视觉性是关于权力的领域，那么反视觉性实质上关注的是反权力的领域，所试图达到的是对于视觉所可能带来谬误的补全与克服，对于虚幻视像的纠偏，乃至对于视觉中心的解构。韩江诗作中的"反视觉"主要体现在两个方面：其一，以嗅觉而非视觉来言说对于生命的本真状态。例如《马克·罗斯科和我2》里写道："如果将一个人的灵魂割开/展示其内部的话"就会"散发出血腥味/用海绵代替画笔/涂抹在永恒蔓延的颜料中/静静地发出/灵魂的血腥味。"②p13-15尼采（Friedrich Wilhelm Nietzsche）曾对于嗅觉的感知作用致以极大认可，甚至称其为"精细的观察工具"⑩"我们可以支配的最精巧的仪器"⑩p37，并表示它"能够分辨即使分光镜也无法辨别的运动的最小差异"⑩p37。对于韩江而言，"嗅觉"这一源自生命本能的感官认知同样是获取真理的绝佳媒介，而其真理性则在于它能表达生命本能的冲动，能无谬误地直接接触到人的灵魂。通过嗅觉，读者领略到痛苦而"充满血腥味"却依然坚毅的灵魂，而这意味着：生命的本真状态，唯有通过嗅觉而非视觉，才能得到无谬误的、真切的感知。

其二，以听觉而非视觉来预示死亡的降临。如在《马戏团女郎》中，诗人以听觉感知到生命的坠落："每次解开缠绕在你身上的布条时/啪嗒/啪嗒/生命坠落的声音。"②p24而后再次提及"啪嗒/啪嗒/如果听到/举行葬礼的声音/哭喊的声音/我会出去迎接"②p25-26。马丁·杰伊（Martin Jay）称"听觉"为犹太传统影响下挑战视觉的主要感官，并认为后现代思想中的反视觉冲动深受其影响。

"耳朵不仅能够接收信息，并且能够记录时间的序列；声音需要持续。"[11]声音在时间的推移中形成了一系列印象，这种时间性的印象为读者呈现对于未来的想象。于是声音的优势——"想象性"得到了淋漓尽致的显现。诗人以连续的"啪嗒"声预示生命的坠落以及葬礼的举行，似乎以其重力性带领读者聆听死亡的来临。韩江认为听觉可以产生联觉感知的想象力，她在诗篇中为我们构建了一个充满反叛意味的听觉空间，并利用马戏台女郎的高难度动作给观众所带来的感觉感知（恐惧、紧张等），将读者的目光聚焦于女郎或者诗人的内心世界，将听觉感知和内心感受密切联动，以此来不断加剧剧场中的紧张氛围，渲染了逐步临近的死亡气氛。此后，诗人似乎在给这位女郎同时也给自己些许鼓励，她呼吁着"再轻巧地坠落一次吧"[②p25]，同时表示"我有九条命/不，也许是十九条、九十九条都未可知"[②p24]。正因如此，她会"出去迎接""葬礼的声音"[②p25-26]。通过听觉，韩江所感知的不仅是死亡，是朝向死亡敞开的勇气与决心，更是死亡背后所隐含的生命的复苏与重生。

三、身体感知的意义：人文关怀与文化忧思

"身体"既是现代叙事的中心，又是后现代文化所试图解构的重心。在《权力意志》中，尼采肯定了身体在个体生命中的活力，并认为"身体乃是比陈旧的'灵魂'更令人惊异的思想"[12]。因此，通过身体来感知自我、他人及社会，不啻为一种新颖且科学的书写方式。韩江诗歌中的"身体感知"所承载的丰富内涵，具有鲜明的先锋性，它既能够体现作者的独特人文关怀，还展现了韩国传统文化影响下诗人的深刻文化忧思。在接受采访时，韩江曾说道："对我来说，人性的问题从我很小的时候就开始跟随我。"[⑧]而她的作品中反复隐射的光州事件让她发出"人生在世有何意义"这一沉重的疑问，并表示："我至今都忘不了一张照片：光州事件后，医院门口排着长龙，人们在等着为伤者献血。这本记载当时这段历史的影集，向我呈现的是解不开的两个谜：一个关于人类暴力行为，一个关

于人性的尊严。"[⑧]韩江本出生在光州，在光州生活长达九年，但就在她们一家人搬走后的几个月就发生了"光州大屠杀"事件。对此，她与家人多次表示出震撼。在决定以文学形式表达这一充满暴力的事件后，韩江阅读了大量关于光州事件的资料，在满是血腥与暴力的图片中，她看到一位温良、和善的老师在日记中的写道："噢，上帝啊，为何这种叫做良心的东西如此刺痛我？"[⑧]这位老师明知会遭受不幸，引来杀身之祸，却仍坚守在市政办公室。在这一瞬间，韩江深深地意识到，在这场暴力事件中，选择留在市政办公室里的人们并不只是被动的牺牲品，或许，他们只是想要做点什么，来为自己赢得一些身而为人的尊严。于是，在诗歌《镜子彼端的冬天2》中，她遥遥回应了这位老师所提及的"良心"，认为"从噩梦中醒来/又是等待另一个噩梦的时节/有些梦像良心一样/像作业一样/挂在心口"[②p86]。在这里，"良心"犹如"噩梦"，始终萦绕在人的心头，促成了挥之不去的自省与反思。

韩江以一颗灼热的文人之心去感知这"噩梦"，感知这些无法言说的黑暗与残酷，而正是因为目睹和经历了这些黑暗，她偏好渲染黑暗氛围，偏爱以破碎或空无的身体彰显抗争；她描述黑暗、刺痛以及"血"，进而展现受害者在经历了伤害后用脆弱而又坚强的姿态，诉说自己的伤痛。然而，实际上，她是在通过"血"来感知自我的灵魂，感受他者的伤痛，以实现肉体与灵魂、自我与他者的情感共振。在血腥之中，韩江"投掷光线"，久久地"凝视着好不容易用双手握住收集到的/光线的球"[②p87]。她以身体感知去试图捕捉光线、捕捉良心与正义、捕捉未来可能的光明，在这一充满人文关怀的意义上，"身体"不仅仅是韩江诗歌所要表现的对象，也不再单纯为其媒介——在被书写的同时，身体实际也主动地、积极地展开了自己的言说。

在表现出对他者的同情与关怀之外，韩江诗歌中的身体感知还在两个方面体现出了其对于韩国传统文化的传承、忧虑以及反思。首先，韩江诗歌

重述了韩国人情感中独特的"恨"文化。"恨"文化是根植于韩国本土的一种民族文化，也是深埋在每一个韩国人内心深处的集体无意识。长期处于中国、日本这两个大国的夹击之下，韩国的国族焦虑不言而喻。徐南同在《民众神学》里也对"恨"文化做出以下解释：韩国独特的政治制度使得韩国民众长期饱受不同统治者的暴政之苦，而在针对女性的儒家清规戒律下，女性的生存状况本身就是一种满是怨怼的"恨"的情状。⑭在诗歌中，韩江以极端的身体感知为方式，将心内的"恨"意呈现在了读者面前：一方面，她对身体做出了"破碎化"诠释，极致地展现出身体于黑暗中所承受之苦痛；另一方面，"恨"所最终指向的是奋起抗争，是于怨恨中彻底顿悟并采取行动，这也是韩江之"恨"的积极意涵。如《凌晨时分聆听的歌2》中，"树"的扎根土壤以及为"我"和"天空"②p19所搭建的沟通桥梁等，都表达了诗人对于自由的呼唤与呐喊，表达了个体那强烈的生命力和势必坚守的生命姿态。这种强大的生命力定会为积蓄已久的"恨"找到一个出口，一个真正能够改变韩国女性生活现状的契机，这也正是作者想通过身体感知去传达的"恨"的积极意义。

其次，韩江诗歌中的身体感知在体现韩国佛学、巫学、儒学"三学合一"的独特文化之外，还紧扣韩国的社会现状，对其中的儒学文化进行了改写与颠覆。韩江对于"佛"学的阐释主要体现在诗人对身体之"空"的感知——"身体"像一个"空坛子"。在佛学之中，"空"恰巧是与"有"相对，意为"空无、空虚、空寂、空净、非有"。它所提倡的"空"并不指向虚无和放弃，而是在试图引导人们透过充满谬误与混乱的现实来窥见生命之本相，进而超越痛苦和迷惑，以此达到解脱。而韩江以身体感知所传达的"空"恰巧是对身体之自由和流动的诠释，是对生命意识与本真状态的描述和想象。佛教中的"忍度"同样在韩江诗歌的身体感知中得到表达。佛教中的"克己"与"忍度"往往是相连的，而韩江诗篇中的"忍"随处可见，如"我强忍着说/我有红色的东西"②p40，以及"我似乎能忍受/这些静静转过身去的背影"②p48等，都能够体现出诗人在感知"身体器官（嘴、舌）"和"分别"时的苦痛与坎坷，以及与之相对应的强大的忍力。此外，我们也无法忽视巫文化在韩江笔下借由身体感知所得到的独特表达。韩国民间信仰的基础是巫教，它是传统艺术的承载者。巫文化信奉万物有灵论，认为宇宙万物都由神灵来支配，而对动物和植物的崇拜也是萨满教信仰体系中的关键元素。韩国巫教中常用树木达到通灵的效果，在韩江的小说《不做告别》中，女主人公用黑圆木去祭祀济州大屠杀中死去的平民，以达到沟通人神的效果。在诗歌之中，韩江频频将身体比作"树""花"等植物意象，一定程度上体现出了人与植物感应互通的巫术意识。在《凌晨时分聆听的歌3》中，韩江提及"我觉得现在/不需绽放的花苞或/花瓣已经凋落的花梗/也无妨"②p21，接着称赞"黎明时分/青绿而/朦胧的树木/内部未曾冻住"②p21，似乎她的感官也已纷纷嫁接于草木的躯体之上，诉说着身为植物而非人类的身体感知。在上述诗篇中，"树""花"等都是生命力的显现，诗人以巫文化入诗，试图构建自我与植物神性的内在关联，以此参透生命本源，实现人与神的沟通，最终借助神力来让人的生命重获灵性。

对于"儒"学的传承与颠覆则与诗人的女性立场紧密相关。在对"仁"的表述中，诗人通常也会将其与"忧患"意识相关联。她试图以身体感知社会现实，感知女性的生存境况，如"广场上还在下雨的时候/女人们戴着绣有被杀孩子们名字的/白色头巾/以缓慢的步履前进"②p102等。此种对身体感知的表述实际上是为了揭示身体所承受的苦难，表达对边缘化的社会群体的忧患，并试图以这种"忧患"和"仁爱"来唤起社会的关注。一直以来，以"孝"为主导的儒家伦理制度在韩国根深蒂固，这一强调父权制家庭结构的传统文化造就了韩国人民所普遍具有的"超道德的家庭教理观"，让许多女性长期以来在家庭中丧失话语权，逐渐失掉"自我"，最终沦为社会的边缘人物。1980年，西方女性主义知识话语传入韩国，引发了女性主义浪潮，所产生的影响一直持续至今。对于女性的力量，韩江曾表示："女性的声音是无声但尖锐的，她们确实在反抗传统。"⑬她从独特的女性视角对女性的内心世界进行捕捉和刻画，在她的笔下，"她/她们"是"闪亮的树林"②p45，似乎女性与自然有着天然的关联。当"她们"遭受到暴力压迫而无法发声时，韩江助她们逃离父权社会，回归自己天然的本源，在"在纷飞的雪中""两眼紧闭地躺卧着"②p45，以关闭视觉感知、剔除儒家父权话语为方式，去实现对于生命的纯粹体验与唯美感知。在韩江的诗学王国中，女性的最终归宿，是用自我的身体超脱满是暴力的世界，上升到充斥着"光亮"，能够"言说"的自由世界。这似乎体现了韩江构建纯净女性世界的理想，从更具普遍性的角度来看，也蕴含着对于被良心所照亮的未来世界的祝咒与期盼。

四、结语

　　韩江诗歌中的身体主要被感知为一种"破碎的身体"，而其进行感知的媒介则分为"视觉"与"反视觉"两种。对于身体感知的独特书写传达出韩江的强烈人文关怀与文化忧思，其意义与价值并未仅仅停留在诗人的个体层面，还突破了个人世界的束缚，将对于整个韩国民族乃至全人类的关切纳入文学创作的领域之中。借由对于身体感知的破碎化表达，韩江关注男权社会之下女性的生存境况，直视被民族遗忘或抹杀的历史真相，持续对韩国传统文化做出反思。可以说，韩江从未停下思考的脚步，她将丰富的生命体验、深刻的生命之思融入了诗歌的字里行间；在因诺贝尔文学奖而被更多世界读者所知晓的今天，韩江诗作中所承载的艺术价值与人文内涵仍亟待更多学者深入挖掘。

注释【Notes】

①本文为湖北大学2020年青年基金项目的研究成果（编号：202010203444006）。

②[韩]韩江：《把晚餐放进抽屉》，卢鸿金译，九州出版社2024年版，第8页。以下只在文中注明页码，不再一一做注。

③朱石生：《天才永生：维萨里与实证剖析》，新星出版社2020年版，第45页。

④李震、钟芝红：《无器官身体：论德勒兹身体美学的生成》，载《文艺争鸣》2019年第4期，第98—109页。

⑤杨向荣：《图像的话语深渊——从古希腊和中世纪的视觉文化观谈起》，载《学术月刊》2018年第6期，第113—120页。

⑥刘泰然：《中国古代视觉意识》，社会科学文献出版社2018年版，第31页。

⑦[韩]金镐然：《韩国民书》，悦话堂出版社1976年版，第11页。

⑧[日]滝本孝雄：《色彩心理学》，成同社译，科学技术文献出版社1989年版，第12页。

⑨[美]尼古拉斯·米尔佐夫：《视觉文化导论》，倪伟译，江苏人民出版社2006年版，第67页。以下只在文中注明页码，不再一一做注。

⑩[德]尼采：《偶像的黄昏》，卫茂平译，华东师范大学出版社2007年版，第37页。

⑪[美]马丁·杰伊：《低垂之眼——20世纪法国思想对视觉的贬损》，孔锐才译，重庆大学出版社2021年版，第28页。

⑫[德]弗里德里希·尼采：《权力意志》，孙周兴译，商务印书馆2007年版，第557页。

⑬张璐诗：《为何这种叫作良心的东西如此刺痛我？》，腾讯网（2024年10月10日）（访问时间：2024年10月27日），https://news.qq.com/rain/a/20241010A08YZE00。以下只在文中注明，不再一一做注。

⑭[美]闵应畯、[韩]朱真淑、[韩]郭汉周：《韩国电影历史、反抗与民主的想象》，金虎译，中国电影出版社2013年版，第11页。

从《素食者》看韩国女性主义的困境、成因与解放策略①

余一力

内容提要：在小说《素食者》中，韩江以其对日常生活的真切描述，凸显了韩国女性由于受历史传统、地理环境、社会变迁的影响所面临的三种不同形式的困境。通过视角的来回切换，现实与梦境的相互叠加，韩江既展现了作为个体的女性在精神上的无可奈何，又从审美意义上表达了对于改变现实的坚定和对追寻理想的坚守。《素食者》通过对主人公一生的叙述，指出了造成她的精神脆弱和心灵创伤的直接因素并非女性个体的孱弱，而是长期存在于韩国社会的暴力因子和虚伪道德。韩江以灵性的语言和富有诗意的阐述，展现了当代韩国女性主义者对于理想社会当中女性之间、人与人之间和谐、温柔的关系。当代韩国文学研究者应当充分汲取《素食者》当中的肯定性力量，顺着作者的指引，探寻到一条能够真正实现自由与发展的韩国社会现代化道路。

关键词：韩江；《素食者》；韩国女性主义

作者简介：余一力，文学博士，巢湖学院讲师，研究方向为中西文论比较与当代文艺批评。

Title: The Dilemma, Causes, and Liberation Strategies of Korean Feminism from the Perspective of *The Vegetarians*

Abstract: In *The Vegetarians*, Han Jiang highlights three different forms of difficulties faced by Korean women due to the influence of historical traditions, geographical environment, and social changes through his vivid description of daily life. Through the back and forth switching of perspectives and the overlapping of reality and dreams, Han Jiang not only portrays the helplessness of women as individuals in spirit, but also expresses her firm determination to change reality and her adherence to pursuing ideals from an aesthetic perspective. Through the narrative of the protagonists life, *The Vegetarians* points out that the direct factor causing her mental fragility and emotional trauma is not the weakness of the female individual, but the long-term existence of violent factors and hypocritical morality in Korean society. Han Jiang uses spiritual language and poetic exposition to showcase contemporary Korean feminists' views on the harmonious and gentle relationships between women and people in an ideal society. Contemporary Korean literature researchers should fully draw on the affirmative power in *The Vegetarians* and follow the author's guidance to explore a path towards modernization of Korean society that can truly achieve freedom and development.

Key Words: Hanjiang; *The Vegetarians*; Korean feminism

About Author: Yu Yili, master's supervisor, lecturer at Chaohu University, with a research focus on the comparison of Chinese and Western literary theory and contemporary literary criticism.

2024年10月10日，韩国女作家韩江凭借长篇小说《素食者》获得诺贝尔文学奖，成为亚洲第一位获此殊荣的女性作家。她的文字既有清丽透彻、纤细敏感的女性柔美风格，又不乏以诗性探索人性的隽永与深刻。在获奖词中，瑞典文学院把关注点放在Frauma（创伤）和Fragility（脆弱）两个词②上，肯定了韩江独特的叙事语言中所蕴含的对现代社会当中的人性、家庭关系等重要议题的思考。然而，诺贝尔文学奖固然对作为作家个体的韩江进行了充分的肯定，但是却未能充分显示出当代韩国女性主义当中的重重危机。从《素食者》当中，我们不难发现，女性缺乏书写自我、表达自我的途径，不仅是韩国女性主义发展和抗争的历史，更是当下正在发生的社会事件。众所周知，由于朝鲜复杂的历史背景和地缘政治因素，韩国女性主义始终面临着内部发展不平衡，外部对立因素又过于强大的困境。因此，韩江在其小说当中所书写的"创伤"和"脆弱"，实际上也是这种历史与现实重重交叠下的女性困境，或者说是女性主义由于无法真实、顺利地表达自身诉求而陷入贫困的体现。

一、生活、艺术、孤独：《素食者》当中女性困境的三种形式

在小说《素食者》的三个独立章节"素食者""胎记""树火"③当中，韩江通过三个不同视角的叙述（女主角英惠和她的丈夫交替、英惠的姐夫、英惠的姐姐），为读者呈现一个以食物选择为话题，深入探索现代韩国社会中陷入孤立的女性个体如何与外部世界的束缚进行对抗，以求内心自由而归于失败的悲剧。这三个不同的视角，实际上是主人公英惠与外部世界抗争所面临三种困境的呈现。

第一种困境是基于韩国社会现实的生活困境。小说首先从英惠丈夫的叙述出发，描述了英惠作为"平凡"妻子，少言寡语，安心服务家庭和丈夫的形象："她每天早上六点起床，为我准备一桌有汤、有饭、有鱼的早餐。"③p3在丈夫看来，这样的妻子平平无奇，没有什么爱欲的魅力，但也不会给自己惹麻烦。但是，他并没有真正关心过妻子英惠的想法，和妻子进行如同例行公事的男女情爱之外的任何深入交流。以至于当某一天英惠突然做了一个恐怖的梦，由此开始拒绝吃肉，丈夫面对发生了如此巨大改变的生活，展现出的情绪是暴跳如雷的愤怒和无所适从的懦弱。他不仅在身体上呈现出虚弱的状态（小腹隆起、缺乏肌肉、疑似毫无男子气概）③p2，而且在精神上也是一个不折不扣的弱者。对于妻子突如其来的变化，丈夫既没有展现出夫妻之间同舟共济、互相扶助的责任感，也没有耐心和勇气去了解梦境的具体内容。

他在意的是作为妻子的英惠因为奇怪的梦，

不仅自己不吃肉，还不再烹饪有肉类的早餐使得他无所适从，在意的是因为英惠产生素食和厌食的想法，导致身体日益虚弱之后，在夫妻生活和对外社交当中给自己带来的不便，絮叨着诸如"她也太以自我为中心了吧"③p11"更让我头疼的是，她再也不肯跟我做爱了"③p14"同情我的人偶尔会问我些无关痛痒的问题，但我知道大家已经开始对我敬而远之了"③p23这样的破碎话语。在发现妻子的精神状态日益差下去之后，他没有具体地询问英惠到底是怎样的梦导致她开始拒绝吃肉，而是先后打电话给她的姐姐和父母，试图依靠亲属的力量来改变英惠，回到他自认为正常的生活轨迹当中。至此，即使读者对韩国的了解仅限于韩剧这类文化输出产品，也很清楚在韩国社会"大家庭遵循着'长幼有序、尊卑有分'的文化传统秩序与价值规范。家庭中的个体均有固定的位置，每个人都需按照应有的未知行动和做事。父辈有绝对权威，每个人都维护和遵守着这样的家庭秩序、信仰和规范"④。在英惠丈夫的计划里，妻子出格的举动自然会遭到家庭的反对，最终向自己服软只是时间问题。

面对这样一个缺乏担当的男性，无论是读者还是女主角英惠本人，自然都不敢对他讲述梦境中那些血腥、残忍、令人不寒而栗的意象："数百块硕大的、红彤彤的肉块……还在滴着鲜红的血""咽下肉汁与血水。那时，我看到了仓库地面的血坑里映照出的那双闪闪发光的眼睛""那是我见过无数次的脸，但那不是我的脸"③p10。梦境是如此的清晰、怪异和恐怖，以至于英惠产生了似曾相识又倍感陌生的感觉⑤——那可能不是梦，而是现实当中那些既软弱又暴躁的男性习以为常的残酷行为。因此，对于亲人的劝说，英惠并没有服从，而是继续坚持素食——也许这是她摆脱梦魇、反抗外界的唯一途径。丈夫在发现妻子并没有听从岳父和大姨子的劝说后，一边自我安慰着"权当她是个外人"，一边又在自己情不自禁的时候强暴和折磨妻子："当我按住她拼命反抗的胳膊，扒下她的裤子时，竟然感受到了一种莫名的快感。我低声谩骂拼死挣扎的妻子，试了三次才成功。"③p29读者面对这样

的文字几乎不忍卒读，但女主角英惠，或者说当代韩国女性面临的困境还不止于此。英惠的丈夫干出如此禽兽的举动后居然还把责任都推到了精神受到巨大创伤的妻子身上："她那副像是历经过千难万险、饱经风霜的表情，简直令我厌恶不已。"③p29和自己理应最为亲密无间的丈夫如此，在小说中被作者冠以"大男子主义"的英惠父亲也没有好到哪里去。他把自己当仆从军参加美国侵略越南的行为美化成某种英雄主义的事迹③p29，坚持己见、顽固不化。面对女儿在精神上遇到的问题，作为父亲不仅没有给予必要的关心，而且还大发雷霆，在家庭聚餐上打了英惠，并用暴力方式把糖醋肉强行塞到英惠嘴里。这种野蛮的行径无疑成了压垮英惠的最后一根稻草。在第一节的最后一个梦里，英惠像一个溺水者一样发出了最为痛切的声音："没有人可以帮我/没有人可以救我/没有人可以让我呼吸。"③p49最终，她以割腕自杀的方式决绝地对自己的家庭说不，与丈夫、父母都脱离了关系。

第二种困境是小说第二节"胎记"中在艺术的形而上的层面对英惠的否定。这一章节中，作者以柔美、轻盈的笔法向读者讲述着更为残酷的故事。英惠的姐夫，在艺术创作陷入瓶颈期时，由于机缘巧合了解到了小姨子臀部的胎记并看到了她的裸体，并从自己的情欲中获得了所谓的"艺术灵感"。然而，这位"艺术家"并未因此将之升华为某种超越性的艺术创作。他为了满足自己的欲望，先是要求英惠担任自己的艺术模特，在她的裸体上作画；随之又在同事J不知情的情况下，以拍摄艺术照片的名义哄骗他与英惠摆出各种饱含欲望与挑逗的动作，以至于对他十分崇拜的J都忍不住指责英惠姐夫的荒唐："够了，真的够了。在丑态百出以前赶快结束吧。我充分得到了灵感，也明白了那些色情演员的感受。真是够悲惨的。"③p106在这一章的最后，他变本加厉地在自己身上画上巨大的花朵，从而与英惠身上的图案相匹配。两人以艺术的名义，迅速陷入一场禁忌情爱当中。事后，英惠姐姐发现了录像并选择报警，"艺术家"身陷囹圄长期忙于应付各种诉讼，而英惠也在巨大的打击中精

神进一步崩溃，被姐姐送往精神病院长期治疗。

在这一节当中，韩江并没有像韩国影视作品当中习以为常的套路那样去描写婚外情："只有让她们（女观众）看到分裂的裂缝被缝补上了，她们才能联系到自己家庭的安慰，在精神上感到维持家庭的幸福有了保障。"⑥韩江对英惠和姐夫采取了截然不同的两种语言风格。对于英惠姐夫，她的语言是冷峻的，尽量用客观的态度反映出这位自视甚高但却始终沉迷于表象和肉欲，因而无法在艺术上更进一步的"艺术家"。对于英惠，作者则借姐夫的目光，不吝用最富灵性的语言来描述她的身体与油画艺术的完美融合："她拥有着排除了一切欲望的肉体，这是与年轻女子所拥有的美丽肉体相互矛盾的。一种奇异的虚无从这种矛盾中渗了出来，但它不只是虚无，更是强有力的虚无。就像从宽敞的窗户照射进来的阳光，以及虽然肉眼看不到却不停散落四处的肉体之美。"③p85韩江在这里对英惠身体的美化，无疑是反击了第一节当中英惠丈夫因为英惠精神遭遇挫折日渐消瘦后对她的种种丑化。同时，在二人的不伦之恋当中，作者还以不经心的方式插入了英惠在梦境后的自我治愈：英惠发现了不吃肉不能解决问题，因为"那都是我肚子里的脸，都是从我肚里浮现出来的脸"③p118。但是在一场禁忌情爱之后，英惠却坦言恐惧感消失了，因为在面对身上画满花朵的姐夫时，她仿佛化身为一棵植物去迎接它的绽放："他身上的红花反复地绽放和收缩，他浑身战栗。这是世上最丑陋的、也是最魅力的画面，是一种可怕的结合。"③p116

通过具有耻感的艺术形式，以对社会的反动作为获得快乐和治愈的基础，这是韩江文字的灵性之处，是她于不动声色间，对韩国女性在日常生活中所遭受的压迫和规训进行的反击。只能通过这种艺术形式来进行反抗，是韩江在《素食者》当中所展现出的女性第二重困境：她们不能把现实世界当中的挫折，转化为形而上的思想纲领和意识形态号召，而只能在表象和表象的缝隙间转圈，通过对问题重重的社会现实进行反讽，彰显出游离的反抗姿态。无论是走向艺术，还是走向哲学，女性都是拘

泥在男性引导的道路中，充当一个感觉经验的外部事实，借以唤起某种特殊的情感。在小说中，作者把这种情感描述为一个缺乏天赋的"艺术家"自鸣得意的"艺术灵感"，继而又借他的崇拜者同事J之口，说出了对这种情感的否定："人家不是妓女，就算是妓女也不能做这种事啊！"③p105正是J的无心之言戳穿了"艺术家"姐夫的新衣——那些图案和视频说到底仍然是打着艺术旗帜的男女情欲。英惠在这样的事情发生之后，没有感到羞耻、痛苦、愤怒，这自然不失为一种行之有效的反抗路径。但如果韩国的女性主义书写只能依赖于这条道路，那么在形而上的道路上，韩国女性就必然无法突破感觉经验的"玻璃天花板"。

第三种困境是作者在《素食者》的最后一节"树火"当中，通过英惠姐姐仁惠的视角，叙述姐妹间的复杂情愫得到体现的。仁惠是小说着力塑造的完美韩国女性的形象："从小她就拥有白手起家的人所具备的坚韧性格和与生俱来的诚实品性，这让她懂得必须独自承受生命里发生的一切。身为女儿、姐姐、妻子、母亲和经营店铺的生意人，甚至作为在地铁里与陌生人擦肩而过的行人，她都会竭尽所能地努力扮演好自己的角色。"③p140但是，在照顾妹妹的漫长时光里，一方面她对妹妹的遭遇感到同情和怜悯，想尽各种办法努力想让妹妹恢复正常生活。另一方面，同样遭受到社会压力的仁惠自始至终都不能理解妹妹的想法。在小说一开始，她就劝说英惠"吃肉才能有力气，人活在世，要有活力啊"③p35。在得知了妹妹与丈夫的不伦之恋以后，她虽然表面上努力为妹妹治病，可是在心底里仍然会忍不住"憎恨着妹妹，憎恨她放纵自己的精神跨越疆界。她无法原谅妹妹的不负责任"③p143。

仁惠的困境实际上与英惠是一体的。在仁惠的语境里，她是具有奋斗精神的独立女性，她甚至可以不依赖丈夫独自抚养孩子。因此，对于英惠在精神上的软弱与困苦，她始终缺乏必要的同情。但是在目睹着英惠因为素食、因为精神疾病日益消瘦，幻视越来越严重时，作者把具有英惠风格的视角和喃喃自语安置在了仁惠身上，向读者揭示了同为女

性的仁惠也并不是一味地坚强，她也有无法忍受的痛楚与梦魇，也会发出类似英惠的声音："再也无法忍受了/再也过不下去了/不想过下去了"③p167。但是，正如由于她不能理解英惠，所以无法真正共情英惠的痛苦一样，英惠也没办法从自己的精神体验当中，赋予仁惠重新坚强的力量。在仁惠的梦境里，树和植物的意象远不像英惠所感受到的那样亲近，而是威严、冷酷、恐惧："不管她怎么环顾四周，都找寻不到那棵可以接纳自己生命的大树。没有一棵树愿意接受她，它们就像一群活生生的拒收，顽强而森严地守在原地。"③p171即使作者在小说的最后，于英惠生命垂危时刻，安排了一场姐姐仁惠感受到自我觉醒的力量，感受到表达抗议的必要性，但这种抗议仍然是孤独的。女性的反抗始终局限在个体的顿悟，在同为女性的亲人和朋友那里得不到必要的理解，每个人都将自己所面临的具体困难视为不可逾越的障碍、不可抹去的创伤、不可修缮的脆弱。每个人都将由此而产生的孤独视为个人精神的终极归属，那么孤独就是韩国女性难以超越的困境。

韩江在《素食者》当中对于韩国女性从个体精神到日常生活所面临的三重困境的精细描绘，不仅质疑了新时期以来理论界从韩国新兴文化的繁荣和对外输出中发掘的积极力量，如认为"在新的时代背景下，女性的性意识自由地觉醒了，她们不但在外部的政治和经济上，而且在内部的'身体'上得到了地位提升"⑦，而且有力地讽刺了在文化繁荣的幻象之下，韩国社会当中仍然存在着抑制女性自由思考与表达的强大力量。

二、暴力与虚伪：韩国女性困境的两种直接因素

通过小说《素食者》，读者得以窥见影响当代韩国女性、造成她们普遍困境的两股重要力量。其一是无处不在的暴力。《素食者》主要是通过英惠的亲人和英惠住院后给她强制喂食的护工来展现这种被滥用的强制力量。在小说的第一节，作者不厌其烦地描述了曾经参与过美军侵略越南暴行的英

惠父亲是如何将这种暴力因子带回到退役后的日常生活当中："妻子被这样的父亲打小腿肚一直打到了十八岁"③p28"岳父强有力的手掌劈开了虚空。妻子的手捂住了侧脸"③p37。英惠父亲的暴力行径不仅表现在对人的残忍上，对于动物他更是把这种暴力因子发展到登峰造极的程度。在英惠梦境里的喃喃自语中，父亲在她小的时候将一只咬了自己的狗残忍地折磨到死，并强迫英惠吃它的肉来治疗伤口："至今我还记得那碗汤饭和那只边跑边口吐鲜血、白沫的狗，还有它望向我的眼睛。"③p41身强力壮的父亲会用暴力压迫女儿，身材瘦小的丈夫也会在欲望的驱使下强暴英惠——暴力行径的不断深入使得英惠的梦境里始终充满着鲜血和杀人、作为凶器的刀以及置身梦中同时感受杀人与被杀的双重恐惧："亲手杀人和被杀的感觉，若不曾经历便无法感受的那种……坚定地、幻灭的，像是留有余温的血一样的感觉。"③p27

到了小说的第三部分，在英惠由于精神问题引发的厌食症住进精神病院后，护工们为了给她喂食不得不采取暴力手段。护工的出发点并不是坏的，但在韩江的书写中，读者仍然能感受到一种深入骨髓的暴力："护工强有力的大手固定住英惠凹陷的双颊后，主治医生趁机把胃管插进了她的鼻孔。"③p177此时已经陷入极端孤独的英惠则完全理解不了他们的用意，报之以激烈的反抗和到处喷涌的鲜血。韩江通过自己的叙述隐晦地展现了在真实世界中，对暴力的使用及其可怕后果，这或许也是少年韩江自己的历史创伤："（韩江）是全罗南道光州人。虽然1980年的'光州事件'爆发时，韩江年幼且当时正居住在首尔，但她始终是光州人，这一点决定了她无法侥幸错过受到这一事件的影响。她在家中衣橱深处发现了被'捆绑'得严严实实的影像资料，照片上记录着'光州事件'中充斥的杀戮和虐待，因此她很早就对暴力有明晰概念，对人性持有怀疑。"⑧在谈到《素食者》当中的暴力因素时，韩江本人也明确指出："在英惠的世界里，所有的暴力都存在问题性，让她无法忍受。无论是从身体上、语言上，还是思想上，她都变成了

一个不愿再归属于人类的人。"⑧这种无孔不入的暴力，不仅摧毁了英惠，也是伤害当代韩国女性的直接力量。韩江在《素食者》当中对暴力的思考，实际上也是当代韩国女性主义的一种认识和思考方式。正如《韩江小说中的暴力主题研究》所言，在韩江笔下"女性的世界则是一种静止的、倦怠的世界，这种世界剥去了野心、暴力、攫取，代之以温和的审视、观察、倾听，是一个消弭了争端的世界……是一种更高的哲学愿景"⑨。但这样的理想世界如何摆脱宗教和哲学的外衣，在韩国社会当中真正得以实现，韩江没有给出更好的答案。

除了暴力的滥用之外，在《素食者》当中，韩江还向我们展示了另一种不易察觉的隐秘因素，即由于复杂的历史和社会因素，韩国社会当中随处可见近乎极端的虚伪。为了在社交当中有足够的话题打发时间，男人女人们可以一边表达着虚伪的关心，一边用极端恶毒的话语来攻击和伤害被梦魇折磨的英惠："这就像你把还在蠕动的章鱼缠绕在筷子上，然后一口吞进肚子里津津有味地吃着，坐在对面的女人却像看到了禽兽一样盯着你。"③p22为了满足自己作为男性的欲望和自尊心，英惠的丈夫、姐夫都打着各种堂而皇之的名义侮辱、伤害英惠，而事后又一走了之，让英惠独自承受随之而来的精神压力与社会虐待。甚至表面上看起来最关心英惠的姐姐仁惠，也在英惠住院时用虚伪的关心来掩盖她对英惠与自己的丈夫做出禁忌之事的憎恨。韩国社会表面上的光鲜亮丽和私底下触目惊心的内心戕害在作者笔下仿佛阴阳两面——小说人物愈是一本正经地讲着冠冕堂皇的道德观念、拍案叫绝的艺术理想和美好生活的日常图景，韩江就愈是要在接下来的叙述当中通过主人公英惠来讽刺他们的虚伪。韩国学者李孝仁指出，在韩国近代社会当中，存在着一种被冠以"快乐"的隐喻概念。他不是在表达人类基于本能的喜悦之情，而是"为了默默地熬过或消极回避充满肮脏和痛苦的、被人强制的漫漫近代岁月，而产生的一种生存方式或方法"⑩。

尽管暴力和虚伪在韩国社会当中的存在并不专门以女性作为侵害对象，但作为在身体、经济、

政治权利当中相对更缺乏独立性的一方，女性更容易受到戕害，或者说更容易被各种保护性的力量所忽视。韩国学者李晨阳在其研究中就指出韩国儒家思想"将女性排除在仁的实践领域之外，因为他们不相信女性是像男性一样的完全的人"。⑪与此同时，韩国社会当中，也缺乏真正的解放意义的思想力量。以韩国的儒学思想为例，尽管从儒学的观点可以发掘出"肯定性的一面，探讨克服韩国民族性的缺陷的途径"，但这种依附性和分裂性很强的思想"这也是现在韩国人存在的真实状态"⑫。另外，从历史上来看，1945年在美国影响下发生的以反苏为目的的"反托管"运动，客观上抑制了当时韩国社会的民族主义和爱国主义思潮，为李承晚为代表的朝鲜右翼分子洗白自身的"亲日派"立场，建立独裁国家和财阀统治提供了必要的条件。⑬自此之后，韩国开始了五十多年的独裁统治，暴力和虚伪在这样的集权社会中不仅缺乏必要的制衡力量，专政者还利用自己的统治地位，冠冕堂皇地使用残酷手段镇压呼吁民主、和平和自由的政治诉求。在网络上所流传的韩国政治研究者私人翻译，一手主导"光州事件"的全斗焕政府核心幕僚许和平的回忆录《我的思想、我的回答》中，这位政治官员把责任都推向了"反政府"的民众："如果要有镇压光州的想法，空输部队就不能去。应该派步兵旅或师团。恰恰相反的是由于空输部队数量少，初期镇压失败，问题才变得复杂起来。反政府武装看到空输兵人数后，轻视了空输数量，我认为这助长了不幸。"⑭实际上，正是由于这些热爱使用暴力又以冠冕堂皇的理由搪塞暴行的虚伪军人、政客的存在，才导致了韩国民众的苦难和历史创伤，才导致了少年韩江对于暴力的阴影。

在这样的社会当中，女性在现实世界中无时无刻不感受到种种或直接或间接的压迫力量。既不能从亲人、家庭当中获得精神抚慰，又不能在艺术、哲学的层面形而上地超越这种苦难。女性精神流亡于种种表象的缝隙之间，并使这样的缝隙成为思想的黑暗深渊。孤独的个体在被夸张放大的深渊当中沉沦，只能依赖树木、鸟、梦境等客观意象⑮来表达自己的不满——这毫无疑问是韩国女性主义的普遍贫困。

三、真正的平等：韩国女性主义的一种解放策略

尽管有着这样那样的问题，韩国女性主义在20世纪八九十年代以来所兴起的"民主化"浪潮当中还是取得了一定的发展成果。值得注意的是，韩国女性主义的发展，与这一时期韩国政府采取新自由主义的全球化政策及外向型经济战略，利用全球政治格局大变动的机会，把握窗口期，实现经济的迅猛发展，尤其是在除军事之外的其他国家实力方面增长明显，韩国女性的权利意识和社会活动参与率也在逐步提高。然而，这种提高并不是没有代价的，一方面，经济的快速转型使得很多不具备相应技能的女性被挤出社会劳动领域，退回到家庭；另一方面，这一时期的女性主义运动回避了最应该关心的资本主义基本矛盾、女性在社会当中平等的劳动待遇和福利保障，把一部分女性收入的增长和教育水平的提高看成是这一时期的重要斗争成果。因此，尽管在就业人数、参政比率、教育程度等方面的数字十分喜人，但韩国女性的状况并没有获得根本性的改变，尤其是在新自由主义于意识形态领域打着"自由"的旗帜，将女性的注意力吸引到文化消费和婚姻情感当中，资本对女性的压迫开始从社会层面深入到个人生活甚至是身体和思想层面。2011年，自杀的韩国艺人张紫妍的遗书被SBS电视台公布，其中记录了经纪人公司逼迫其向政府高官、议员、企业主、媒体高层等权力阶层提供性服务的事实。⑯由此可见，对于女性的侮辱和伤害有着广泛的社会文化基础。韩国女性在生活中承受了大量两性之间的不平等待遇。《素食者》当中英惠的际遇，也生动地说明了这种不平等的现象并不是女性的杞人忧天，而是亟须解决的社会问题。

在《素食者》当中，韩江虽然没有明确地给出自己的答案，但从她把姐姐仁惠与妹妹英惠的情感交流放在最后一节，安排仁惠向读者诉说她作为女性的私人秘密与痛苦，在妹妹弥留之际产生了与妹

妹病中相近的幻觉来看，自己对于女性主义的理想是有所期待的。之前一直埋怨甚至暗暗憎恨妹妹的姐姐仁惠，成了小说当中唯一一个表现出对英惠的内心世界给予一定理解的人。或许，韩江对理想女性主义的期待是面对来自社会的暴力与压迫，同样能够感受到这些负面能量的女性之间不要以孤独的个体存在着，更不要因为表层的矛盾而放弃对彼此的心灵支持与抚慰。试想一下，如果在英惠初次发现自己的心理疾病时，她的母亲和姐姐不是一味用关心的语气劝她好好吃饭，而是能够仔细询问英惠的具体情况，甚至在一定程度上约束英惠父亲和丈夫的暴力行为，也许英惠的病情就不会恶化得那么快。如果在丈夫单位组织的聚会中，丈夫同事的夫人不是用戏谑甚至恶毒的语言来打压和攻击英惠，"吃肉是人类的本性，吃素等于是违背本能，显然是有违常理的"③p21，而是站在同为女性的立场上，即使观点不同也尽可能地去理解英惠的选择，也许英惠对于社会的自我拒绝就不会那么明显。正是由于在《素食者》当中这些来自同性的亲人和其他社会成员做出了相反的选择，其产生的压力使得英惠更加不堪重负，所做的梦也越来越恐怖、痛苦，最终发展到割腕自尽和患上神经厌食症。借英惠之死，韩江除了讽刺社会对于女性的暴力与压迫之外，也在为现实当中更多的"英惠"发声。她在小说末尾中，像一个乐天派一样肯定自己的坚持，感谢在她的写作过程中对她给予过帮助和支持的人——这何尝不是韩江对于"英惠"这一形象更加深入的理解？

要为韩国女性主义的困境寻找出路，除了同性之间的团结之外，也需要在女性主义思想和行动纲领上摆脱新自由主义在意识形态层面的枷锁，把妇女解放的视角置于更广泛的社会运动领域加以考量。有研究者指出："（韩国）女性主义应该能够与其他社会运动合作，运动之间的团结一致可能是韩国女性运动的另一个宝贵财富。而要进行富有成效的合作与沟通，首先应该认识到不同运动的议程是相互关联的。换句话说，只有在想要解决'我的问题'（如性别问题）需要解决'其他问题'（例如阶级）时，运动之间的团结才有可能，这当然会使关于'我的问题'的议程变得更加复杂，但这是个必须的过程。"⑦具体到小说文本当中，英惠的困境，就在于作为家庭主妇除了陷入一种自毁的精神折磨以外，她没有任何其他行之有效的反抗手段。而这种自我厌弃、自我毁灭的做法，反过来又可能会加深那些想要真正、堂堂正正活着的同伴所产生的刻板印象。在"胎记"这一节中，英惠最终在一个打着"艺术家"幌子的色情骗子那里找到了精神解脱的"密钥"，其实恰恰说明了这种解脱方式的不稳定性和不可靠性。

关于韩国的女性主义，一种更深入的思考是在历史层面如何终结困扰韩国社会的暴力泛滥和道德虚伪，从而为女性的自由发展真正开辟道路。关于这一问题的政治经济学解读，马克思在对蒲鲁东的批判中说得比较明确："（小资产者）同时既是资产者又是人民。他在自己的心灵深处引以为傲的，是他不偏不倚，是他找到了一个自诩不同于中庸之道的真正的平衡。这样的小资产者把矛盾加以神化。因为矛盾是他存在的基础。"⑧面对以财阀政治为基础，充当帝国主义世界体系一环的韩国社会，单纯依靠自身的力量，从大财阀那里讨来一点残羹冷炙是不足以改变千万韩国女性的命运的。只有和广大韩国民众一道，在追求国家的现代化进程中坚持独立自主和和平发展，逐步消灭军人政治、暴力政治、财阀政治在社会当中赖以生存的经济基础，未来的"韩江"们才有可能不再生活在暴力、杀人和"被吃"的社会创伤和童年阴影之中。

四、结语

借由对于身体感知的破碎化表达，韩江关注男权社会之下女性的生存境况，直视被民族遗忘或抹杀的历史真相，持续对韩国传统文化做出反思。可以说，韩江从未停下思考的脚步，她将丰富的生命体验、深刻的生命之思融入了诗歌的字里行间；在因诺贝尔文学奖而被更多世界读者所知晓的今天，韩江诗作中所承载的艺术价值与人文内涵仍亟待更多学者深入挖掘。

女性主义是韩江小说中的重要主题，它不仅意味着对外部环境的批判，更是作家通过写作的方式展现对女性自身意识觉醒的关注。韩江小说的丰富性，就在于她在以女性的细腻揭露社会中针对女性的不平等和压迫时，不仅以现实主义的勇气批判社会，激发了人们对这些问题的关注，还体现在她以思想者的敏锐，在自己力所能及之内感觉到了拘泥于个体女性主义的在人性的解放和个体的自由发展中的局限性。当代女性主义者不仅应该从《素食者》和韩江的书写当中汲取力量，还应当顺着作家的思路，大胆地探索新时期女性主义的未知发展之路，在社会文化领域积极探索实现包括韩国民族在内各国家、各民族之间美美与共、和平发展的有效途径。

注释【Notes】

①本文系2022年度安徽省高等学校省级质量工程"汉语言文学专业改造提升项目"（项目编号：2022zygzts073）、安徽省文艺评论地基阶段性成果。

②《刚刚，2024年诺贝尔文学奖揭晓！》，新浪网（2024年10月10日）（访问时间：2024年10月7日），http://k.sina.com.cn/article_2803636482_a71c190201901dnue.html?from=news&subch=star。

③[韩]韩江：《素食者》，胡椒筒译，四川文艺出版社2024年版，目录页。以下只在文中注明页码，不再一一做注。

④曾一果、冷冰：《社会变迁与家庭认同的差异——中韩"家庭剧"比较》，载《中国电视》2008年第10期，第33—36页。

⑤笔者认为，此处韩江可能采取了俄国文艺批评家别林斯基的说法："似曾相识的不相识者"。英惠梦中看到的疑似"自己"的脸，实际上是她长期以来在社会、家庭所了解和感受到的压力在梦境中扭曲为一个与自己高度相关但又不是自己的典型形象。参见[俄]别林斯基：《别林斯基选集》第一卷，满涛译，人民出版社1958年版，第191页。

⑥[韩]李孝仁：《追寻快乐：战后韩国电影与社会文化》，张敏译，上海人民出版社2008年版，第252页。

⑦曲德煊：《论韩国当代电影的性别角色颠覆策略》，载《当代电影》2006年第4期，第52—55页。

⑧《专访诺奖得主韩江｜这届诺贝尔文学奖，颁给了韩国女作家》，搜狐网（2024年10月11日）（访问时间：2024年10月7日），https://www.sohu.com/a/815484451_585752。

⑨何佳容：《韩江小说中的暴力主题研究》，河北大学2024年硕士学位论文，第54—55页。

⑩参见[韩]李孝仁：《追寻快乐：战后韩国电影与社会文化》，张敏译，上海人民出版社2008年版，序言页。作者认为，这种快乐是对强迫的逆反，是在先后受到日本法西斯主义、美国帝国主义的残暴统治和殖民压迫后韩国民众心理状态的直接表达。

⑪[韩]金荷淑、李红霞：《韩国语境中的儒家思想与女性主义》，载《第欧根尼》2017年第2期，第54—64、125页。转引自：Li, C. "The Confucian Concept of Jen and the Feminist Ethics of Care: A Comparative Study", *Hypatia*, 1994, 9(1), p.70-89.

⑫[韩]权相佑、元永浩：《从日本统治时期儒学与民族性的关系问题的研究成果看韩国儒学的整体特点》，载《当代儒学》2017年第2期，第217—243页。

⑬参见金英兰：《韩国的社会结构与民族主义》，上海大学2012年博士学位论文，第190页。

⑭许和平：《我的思想、我的回答》，知乎网（2022年1月13日）（访问时间：2024年10月7日），https://zhuanlan.zhihu.com/p/456831471。

⑮这几种事物都是韩江在《素食者》中常用的意象。

⑯《张紫妍两周年忌日 完整遗书曝光》，新浪网（2011年3月8日）（访问时间：2024年10月7日），https://news.sina.com.cn/o/2011-03-08/034622070957.shtml。

⑰许潇：《二战后韩国女性运动研究》，厦门大学2018年硕士学位论文，第39页。

⑱马克思：《马克思致安年柯夫（节选）》，见《马克思恩格斯全集》第5卷，人民出版社1995年版，第542页。

《复活日》中的身体空间：欲望的生成场域及艺术传达[①]

杜雪琴

内容提要： 易卜生在戏剧创作中多次运用象征艺术对身体空间进行阐释，于此身体既成为各类人物内在欲望的生成场域，又成为其情感乃至生命传达的艺术通道。最后一部戏剧《复活日》中的身体空间尤其值得关注，其独特意义在于对人物的欲望传达和深邃哲思的彰显。剧中鲁贝克和爱吕尼两个人的身体在亲近与远离、开放与封闭的博弈间充满张力，同时对于彼此而言具有重要意义，可以上升到与生命等价的高度。易卜生戏剧中众多人物身体空间的艺术呈现，预示着人的情感的孕育性和人的灵魂的隐匿性，其中也充满了剧作家对生命存在和艺术家本质的反思。

关键词：《复活日》；身体空间；欲望表达；存在的虚无；象征艺术

作者简介： 杜雪琴，三峡大学文学与传媒学院副教授，主要研究方向为中外戏剧与文艺理论、比较文学和文学地理学。

Title: The Body Space in *When We Dead Awaken*: The Generative Field of Desire and Its Artistic Expression

Abstract: Ibsen has repeatedly used symbolic art to interpret body space in his plays. Thus, the body has become not only a field for the generation of various characters' inner desires, but also an artistic channel for the expression of their emotions and even their lives. The body space in the last drama, *Easter Sunday*, is especially worth paying attention to, and its unique significance is manifested in the desire transmission and deep philosophical thinking to the characters. In the play, Rubek and Irene's bodies are full of tension between intimacy and distance, opening and closing, and are both important to each other, rising to the level of life itself. The artistic presentation of the body space of many characters in Ibsen's plays indicates the breeding of human emotion and the concealment of human soul, which is also full of the playwright's reflection on the existence of life and the essence of the artist.

Key Words: *When We Dead Awaken*; body space; expression of desire; nothingness of existence; symbolic art

About Author: Du Xueqin, associate professor at the College of Art & Communication, China Three Gorges University, specializes in the study of Chinese and Foreign Drama and Literature Theory, Comparative Literature and Literary Geographical Criticism.

易卜生在他七十岁生日的演讲中提道："我要写一本书，把我的一生与我的作品，做一个整体的说明。"[②]一年以后，《咱们死人醒来的时候》（*When We Dead Awaken*，1899年，亦称《复活日》《戏剧收场白》）得以完成，是他最后一部剧作，于1899年译成德语，1900年译成英语和法语。[③]此剧的成功为剧作家赢得众多支持。1899年4月17日，该剧在德国剧院第一次演出，由勃拉姆斯扮演鲁贝克，随后在德国演出215次，同年在英国、斯堪的纳维亚半岛、澳大利亚、意大利、俄罗斯及其他国家相继演出。[③]p116《复活日》"给

评论家留下的印象是太过主观而让有些人不能忍受，因此受到人们的谴责。但也有人高度评价，他们看到的是其中无限宁静的意境。学者利尔认为，此剧可以让人从过去和神秘中汲取力量的悲剧的音调海洋中，看到动人的旋律。主人公身上有着一种顺应命运的忧郁动机，他们的内心对此做出了回应"[③]p116。在艺术建构方面，有学者认为该剧"达到了结构的对称性，单纯与人物组合的高度成就。而在次要人物的描写上，也达到了最大程度的风格化表现。此外，又把象征与写实，做了一种独特的融合"[②]p176。也有学者认为女主人

公"爱吕尼（Irene）是一个象征，一种抽象的符号。她是幽灵——不，是幽灵的图像。观众从来不会误以为她是一个真正的女人。易卜生在此剧中反复阐述了自己的思想。这是对其一生戏剧化的表达"④。恰如此言，剧作家在众多戏剧中采用了象征的艺术，在《复活日》中表现为对人物身体空间的隐喻性表达。男主人公鲁贝克与妻子梅遏的婚姻已陷入绝境，模特爱吕尼已成为一个没有生气的"活死人"，人物身上所表达出的孤独、空虚、性欲与死亡等让人几近无法呼吸。剧作家为了减少这种恐惧与痛苦的情绪，让他们重新进行了组合，鲁贝克与爱吕尼这对曾经的恋人再次相遇，猎人乌尔费姆约梅遏一起到高山打猎；但是，每一个人精神的痛苦并没有因此得到缓解，反而在不断延续甚至加剧，以至无法呼吸。人物的身体空间与精神空间相互映照，在身体之间的碰撞、情感纠结的流动中，可以窥见其中潜隐着的一股力量，正是肉欲与精神、世俗与圣洁之间永不停息的斗争。

一、身体作为欲望生成的空间场域

　　文学作品中对于人物身体的描写，成为艺术传达的一种关键而必要的表现方式，其中最为重要的是对于人物自身欲望的展呈及表达。

　　爱吕尼的"身体"是鲁贝克艺术创作的源泉。爱吕尼是鲁贝克的模特，他们互相之间很有好感，却并没有成为情侣，也没有享受过身体的欢愉，因而爱吕尼一气之下离开了他，从此各自天涯，两个人的生命也如同死去了一般。多年以后，当两人再次见面的时候，爱吕尼对鲁贝克有更多的怨尤。

　　爱吕尼：阿诺尔得，我跪在你面前，为你出力！（捏紧拳头对着他）然而你，你，你——！

　　鲁贝克教授：（维护自己）我从来没干过损害你的事！爱吕尼，我从来没有！

　　爱吕尼：你干过！你损害了我内在的本性。

　　鲁贝克教授：（惊退）我——！

　　爱吕尼：可不是你吗！我毫无遮掩地光着全身，让你细看——（压低声音）你却从来没碰我一碰。

　　鲁贝克教授：爱吕尼，难道你不知道，看了你的迷人的美丽丰姿，有好几次我几乎发疯？

　　爱吕尼：（不动声色地说下去）然而——如果你碰了我，我想我会当场把你弄死，因为我经常带着一支尖针——藏在头发里——（摸摸前额，回忆往事）然而终究——终究——你居然——⑤

　　鲁贝克教授持有的观点与柏拉图的有点儿相似。柏拉图在《高尔吉亚篇》中拼命贬低身体，他认为身体的欲望和需求导致了尘世间的苦难和罪恶；在《理想国》中，他同样对身体的满足感嗤之以鼻，认为灵魂的快乐足以压倒身体的满足。鲁贝克天天看着爱吕尼赤裸的身体，却并没有去触碰她，他告诉爱吕尼："我渐渐把你当作一件神圣的东西看待，只许在心里供养，不许触犯。爱吕尼，那时我还年轻。我还抱着一种迷信：如果我触犯了你的身体，如果我对你发生了感官欲望，我就会亵渎自己的灵魂，因此就不能完成我的事业。至今我还觉得这种想法颇有道理。"⑤p290在他看来，爱吕尼并不是他的模特，而是他艺术灵感的来源："你不是我的模特儿，你是我的创作泉源。"⑤p291对于艺术事业成功的欲望，超越了生理上的需求，而让他不敢去触碰爱吕尼的身体。他认为她的身体如同他们雕塑的"复活日"雕像一样，是圣洁而不能亵渎的。他们把雕像叫作"咱们的孩子"："那时我还年轻——不懂世情。我以为这座《复活日》的形象应该是一个极美丽、极精致、一尘不染的少女，不沾一丝咱们尘世的经验，醒来的时候光阴荣耀，不必涤除什么丑恶污秽。"⑤p312在鲁贝克看来，"复活日"雕像凝聚了爱吕尼的灵魂，因而是一种生命的传承与延续，它预示了人的身体的孕育性和人的灵魂的隐匿性，印证了艺术家对于艺术的追求与理想。

　　爱吕尼离开之后，似乎带走了他的艺术生命，他只是去制作一些"活死人"、群鬼或妖魔的雕像。更为讽刺的是，被鲁贝克视为神圣不可侵犯的爱吕尼的身体，她自己却并不珍惜，一气之下到全世界去流浪了，在很多国家过着放荡不羁的生活，据她所言："在杂耍场的转台上表演过，在活动画片一里表演过裸体像……后来我还颠倒过各种各样的男人。"[⑤p286]她在南美洲的一个国家居住过，第一任丈夫是一位外交家；还在俄国乌拉尔山居住过，第二任丈夫在一座金矿里。她的丈夫与孩子们先后死去。据爱吕尼回忆，他们的死亡好像与她有关。她的身体渐渐枯萎，再次遇到鲁贝克的时候，"脸色苍白，脸上皱纹似乎已经很深，眼皮下垂，眼睛好像什么都看不见。她的衣服罩到脚上，紧贴身子，垂着笔直的折纹。她的头、颈、胸、肩、臂，都被一幅白绉纱大围巾蒙住。两臂又在胸前，身子笔直，步法僵硬匀缓"[⑤p278]。她历经人间的沧桑，从一个年轻纯洁的少女变成了一个"活死人"。2014年11月29日，笔者观看了来自印度东北边境曼尼普尔邦首府英帕尔的合唱演剧团（Ratan Thiyam, Chorus Repertory Theatre），在北京天桥剧场借助"第六届戏剧奥林匹克"的平台，演出改编的此剧（演出剧名叫《当死人醒来时》）。导演拉坦·提亚姆在改编时较为忠实于原著的故事情节与人物形象。爱吕尼穿着一身洁白的衣服出场，一头长长的白发，脸色苍白而恐怖，以一个刚从坟墓中爬起来的"活死人"形象出现在鲁贝克面前，让他感到震惊，人们唯有从她低沉却有力的话语中可见出其内在的激情。该剧富含浓重的象征主义意味，具有浓烈的曼尼普尔色彩，以高度仪式性的肢体语言、歇斯底里的语言表现以及鲜明饱和的视觉效果，通过东方的假定性表演得到了充分演绎。在现场演出中，爱吕尼与鲁贝克之间，从多年后再见时的并不陌生，到回忆从前美好记忆时的亲近，再到相互埋怨中的远离，最后两人相拥着一起走向高山，两人身体的空间便在开放、封闭与融合之间构成一种张力。有学者这样认为：

身体永远是冲创性的，永远要外溢扩张，永远要冲出自己的领域，身体的特征就是要非空间化，非固定化，非辖域化，身体的本质就是要游牧，就是要在成千上万座无边无际的高原上狂奔。在这个意义上，身体和密闭的空间永远处于一种紧张状态，身体总是要突破禁锢自己的空间。只有相互对峙的两种身体之力达到临时的平衡，只有两种身体经过盘算后的相互踌躇，只有它们各自的空间暂时能够承受身体之力撞击的时候，身体的空间界限才能保持相对的稳定。⑥

如此看来，作为模特的爱吕尼的身体，在面对鲁贝克的时候，她是一个开放的空间，其内在的欲望不断外溢与扩张，似乎要冲破自我的领域；但是，对于鲁贝克而言，他有着自我的信仰，虽然她的身体是鲜亮与诱人的，但他把她当作具有生命体征的艺术道具，是神圣不可侵犯的，因此，她只能属于一个封闭的空间。两个不同的身体之间在经历着一场战争，其间有着相互的吸引，也有相互的冲撞与相互的踌躇，而最终以一方的离开而趋于平静。于此可见，两个人的身体在进行博弈，在亲近与远离、开放与封闭之间充满张力，身体的空间对于彼此而言具有重要意义。

二、身体作为欲望空间的意义回释

在鲁贝克和爱吕尼之间，他们的身体对于彼此都有着与生命等同的价值。爱吕尼离开鲁贝克之后，其身体的意义便发生了改变。正如有学者所言："生命和身体紧密相关，身体是生命的根基。但生命只有变成阿甘本（Giorgio Agamben）所说的'赤裸生命'（bare life）的时候，它和身体才是等同的。赤裸生命就是剥去了意义的身体，是一个拨去了人性的身体，拨去了生命形式和价值的身体，是一个纯粹的动物一般的身体。"[⑥p24]当模特爱吕尼赤身裸体面对鲁贝克时，她的身体如同"一个纯粹的动物一般的身体"——即"赤裸生命"——代表着原始的欲望与冲动，然而，鲁贝克似乎对此无动于衷，这极大伤害了她的"内在的本性"，因而她一气之下选择远离。她告诉鲁贝克，她之所以要离开，是因为"那时候有一个人不再需要我的爱情——和我的生命"[⑤p286]。由此可见，爱吕尼的"身体"具有多重意蕴：一是"一个纯粹的动物一般的身体"；二是具有鉴赏功能的"艺术道具"；三是具有"生命"意义与价值的"身体"。

年轻时候的爱吕尼与鲁贝克分别选择了第一、二项，他们并没有弄明白，对于一个艺术家而言，身体的意义不仅在于自我的本能欲望，也在于艺术的鉴赏境界，更在于生命的价值与意义，三者的结合才是完美的人生。但是，当他们真正明了什么才是真正的生命乐趣与人生境界之后，一切都太迟了；他们虚度了太多的光阴，以往的岁月只是在糟蹋自己的身体与灵魂。鲁贝克发出感叹："那时我心里想的是这个：什么艺术家的任务、艺术家的使命这一套说法，我开始觉得都是空空洞洞、毫无意义的。""在充满阳光和美丽的世界上过生活，难道不比一辈子钻在阴寒潮湿的洞里、耗尽精力、永远跟泥团石块拼命打交道，胜过百倍吗？"⑤p303然而，鲁贝克与爱吕尼自我本能的欲望，已在漫长的人生中渐渐耗尽，他们已再无权利享受生命的乐趣，如此唯有以彼此的生命作为代价，去追求一种至为纯净、唯美的艺术境界。

易卜生在戏剧创作中持有这样一个观点：一个人的身体死了，不可能再复活；一个人浪费了生命，也不可能再重新来过；一个人对于生命和爱情的背弃与不忠，毁掉的是他的艺术作品甚至整个人生，他们注定会以失败作为结局。鲁贝克在年轻的时候破坏了生命与艺术，背弃了爱吕尼的爱情，因此被她宣布为一个"谋杀者"。但他并没有像博克曼那样用一些卑劣的手段去获得利益，没有到不可救药的地步，他对于爱吕尼"身体"的"背叛"，只是为了自己的艺术追求而缺少一种承诺，也并没有其他的不良用心。鲁贝克像建筑师索尔尼斯一样，勇敢地承认了自己年轻时候的过错，也敢于面对自己人生的失败，他们最后均在努力弥补这种失败中悲剧性地毁灭。晚年的易卜生变得越来越孤独，正像鲁贝克教授一样，知道生命的时间所剩无几，渴望去弥补从前虚度的人生，因而，他在这部"挽歌"⑦式的作品中所表达的情感相当复杂。尽管他渴望追求一种至高无上的艺术境界，然而，对于乌尔费姆与梅遏的生活方式，其实是抱有一种宽容或者默许态度的。乌尔费姆"瘦高身材、筋粗骨硬的汉子，须发蓬松，声音洪亮"⑤p280，梅遏"非

常年轻，神气活泼，双目灵活慧黠"⑤p269，从两人的外表可见他们精力旺盛、生气蓬勃。他们以享受生命作为第一选择，以满足自己的欲望作为最高宗旨，梅遏爱好打扮和游乐，其身体透露出来的就是一种情欲或欲望的召唤与引诱，因而，喜好勾引女性的乌尔费姆很快便与其走到了一起，两人相约一起到高山去探险。有学者认为："动荡的空间，正是身体和身体的冲撞场所，是战争的场所，是尼采式的权力意志勃发的场所。战争，绝不是屠杀本身的快感所致，战争是解决身体生存的方式，是满足身体本能的方式，是满足身体对空间扩大再生产欲望的方式。"⑥p36如果将这里所说的"战争"理解为人与人之间战争的话，那么，乌尔费姆和梅遏身体与身体之间的战争，正是因为两个不安分的身体系统形成的。两个动荡空间有着不断向外扩张的欲望，也有征服与被征服的意志，亦有相互冲撞的藕合愿望。易卜生在"戏剧收场白"里，对四个主要人物的身体及思想，都有生动形象的描写，也许他在忏悔自己虚度的一生，忏悔自己以前只是将艺术放在第一位而将生活放在了第二位，其中有一种老年艺术家对自我罪过的反省与承担。鲁贝克与爱吕尼所追求的是易卜生毕其一生所希望的艺术境界，然而，当一位面容枯槁、激情丧失的老人也就是一位已近耄耋之年的艺术家，在面对乌尔费姆和梅遏的精力充沛与追求享乐时，可能发出这样的感叹，这一对年轻人着眼于现世享乐的生活方式，又何尝不是人间的一种幸福呢？

易卜生的戏剧在象征中充满了对生命本质和艺术家作用的反思。年轻的时候，鲁贝克有一颗执着于追求艺术的灵魂，却因此失去自己最为心爱的模特爱吕尼。伴随着爱吕尼的离开，他失去了全部的生活激情，不得不重新去寻找已经逝去的记忆，直至他们两个同样悲情的灵魂再次相遇并最终走到了一起，相约走向了雪山峭壁的最高处，去追寻"全世界的荣华"⑤p275。再次相遇时，鲁贝克向爱吕尼坦白从前雕刻群像时的构思，他将自我安放在群像的前方——在一股泉水旁边，对自己的人生发出感慨："想起了他的事业永无成功之日，心里煎

熬得好生难受。即使到了地老天荒的年代，他也休想获得自由和新生活。他只能永久幽禁在自己的地狱里。"⑤p313鲁贝克作为一位雕刻家是自私的，他有肉欲的需求，也有净化灵魂的要求，处于两难的境地。毫无疑问，他深爱着以前的模特爱吕尼，一方面贪图肉体的享受，另一方面也有自己的艺术追求。他要成名还是成家，这两种念头常在他的心头徘徊而让他矛盾至极。因此，他说到了地老天荒的年代，也休想获得自由和新生活，要把自己永久幽禁在地狱的牢笼里。那么，这里的地狱是指什么呢？对于他而言，就是他内心不可遏制的欲望，包括高尚的和卑劣的欲望，卑劣的欲望是无限地去贪恋肉体的欢乐，高尚的欲望就是成为一个伟大的艺术家，两种欲望折磨着他自己，何去何从常常让他心存困扰。

三、身体的空间与欲望表达的艺术

包括《复活日》在内的所有剧本，其意义的激活及映射因为对人物身体空间的艺术传达而得到强化，剧中人物的情感记忆和精神世界等的展现，剧作家对于生命、爱情等的思考以及对艺术的反思，也因此显得更加突出而炽烈。易卜生对于象征艺术的运用有一个发展的过程，从早期的戏剧到后来的象征剧，其表达越来越潜隐，到后期戏剧中每一个人物的设置，每一个情节的发展，每一个空间的安排，都具有深刻的隐喻意义，因此其中的人与物等几乎都成为象征性的存在，这也是众多读者认为其后期戏剧越来越让人费解的主要因由之一。诚如学者所言："易卜生的艺术不久后便从社会现实主义的剧作转向了从《野鸭》到《罗斯默庄》和《海达·高布乐》等更多地带有象征性的剧作了……随着他把握了探索人们互相关系的技巧和表达非理性的越来越多的暗示性方法，他传达无言中更深的微妙含意的能力也增长起来了。冲突显得更富寓意性了，而全部人物在舞台上也更具象征性了。"⑧易卜生戏剧中很多人物的身体，既具有个人的显著特征，又是作为一种隐喻性的存在。学者汪民安认为："身体是自我的一个标志性特征。"⑥p23"身

体是生命的限度，正是在身体这一根基上，生命及其各种各样的意义才爆发出来。"⑥p23无论是作为文本的戏剧还是作为表演艺术的戏剧，戏剧人物的身体或舞台上演员的身体都是较为重要的载体之一。戏剧人物的呼吸、声音、动作渗透到字里行间或舞台空间的每一个角落，并由此得到完整统一；人物的性格、思想、情感等，也因为形体的丰富表现而得以显现。戏剧人物的动作表现是其本质冲动的外化，人物的身体不可避免地成为戏剧空间中重要的表现元素之一，人物的身体以及与他者之间的联系，实现了物质空间与情感空间的统一。《咱们死人醒来的时候》中爱吕尼的身体，《小艾友夫》中吕达的身体，《群鬼》中吕嘉纳的身体，《博克曼》中肌肤丰腴、美艳动人的威尔敦太太，甚至《海上夫人》《建筑师》中年轻的姑娘希尔达、《培尔·金特》中培尔与绿衣公主所生的"一瘸一拐"的丑男孩等等，都是"欲望"的象征。《小艾友夫》中身体残疾的小艾友夫——"他是瘸子，左腿短缩，左胳臂底下拄着拐架走路"⑨，表现的是沃尔茂与吕达之间无度的情欲以及内心绝望的挣扎。《海上夫人》中小孩"神秘的眼神"：三年前，艾梨达发现自己与房格尔的小孩眼睛会"跟着海变颜色"⑩，更为神奇的是，"孩子的眼睛长得跟那陌生人的一样"⑩p271，剧作家引导读者以小孩的"眼神"窥视艾梨达矛盾的内心世界。这些人物以及他们的身体特征，是剧作家的精心组织与安排，在剧中不时浮现并让人觉得神秘与难解，他们似乎是现实生活中真实存在的人物，却又好像是其他人物内心的影像，映射出他人内心深处的欲望与隐忧。

易卜生剧作中的人物通过身体展现自我的爱恨情愁，特别是后期作品中的一些女性人物，她们体内的爱欲不断膨胀，不仅折磨着自己，也折磨着他人，从而陷入一种虚无的深渊而无法自拔。《海达·高布乐》中海达凭借着潜藏在内心深处的邪念让乐务博格自杀，并烧掉了他的"书稿"，但她却并没有为此感到开心。更让她觉得悲惨的是，当泰遏和泰斯曼决定重新编写乐务博格的"书稿"时，

她感觉自己又一次成为局外人，自己丈夫的生命似已被泰遏控制，就像泰遏控制乐务博格的生命一样，她再次成为世界上最没用的人，她的整个人生陷入一种虚无的深渊。海达在万念俱灰的情形下，拿起另一把手枪，打在自己的太阳穴上死去。海达的悲剧在于她将自己困在高布乐家族天地里却又不安分守己，或者说有着自我无尽的欲望，却又没有为之付出努力的勇气。她在上等贵族男性权威的社会中长大，贵族生活的因循守旧让她不敢违背自己的本性，以至于把对自由的需要以及爱人的能力全部压抑在内心深处。她有对真正爱情的渴望，也有获得绝对自由的追求，也有极端肆意妄为的决心，但这些都是建立在一幢富丽堂皇的大厦之上，如白日梦一般没有牢固的根基，只是依靠自己任性固执的意志，还有潜藏于心的嫉妒怨恨，痴心妄想地去追求所谓的个性主义解放，结果走向虚无主义的深渊而酿成悲剧。

《小艾友夫》也塑造了一位独特的女性角色吕达，她与海达·高布乐一样来自一个贵族家庭，有着丰厚的田园家产，是一个"有血有肉"的女性，对生命和幸福有着强烈需求，但是她又与海达·高布乐不同，她会接受别人的爱情，并主动去爱他人，但一旦遭到拒绝，也会变得可怕。就她身体的健康与生理的疯狂需求而言，是易卜生剧作中最为突出的人物，她无度的情欲间接害死了儿子小艾友夫，最后差点闹得家庭破裂。吕达是一位需求特别旺盛且相当贪婪的女性，母亲的身份并没有让她意识到要约束自己的情欲，相反更加专注于自己的肉欲享受。由于她的放荡不羁、放纵不止的行为，小艾友夫因为没有得到良好的照顾而造成身体残疾，他的最后死亡或许也正是吕达内心的强烈愿望，因为对于她而言，小艾友夫的存在明显是一个障碍。小艾友夫的突然死亡引发了他父母间的巨大冲突，沃尔茂与吕达执着于自我的悲哀，念念不忘小艾友夫死亡时的情景（如他的"拐杖""两只大眼睛"等），而且对彼此有着尖刻的指责。与其说他们心中呈现的是一种悲痛，还不如说是一种后悔与绝望，因为他们的内心深处从未喜欢过这个男孩。但是，他的死亡却让众人看清了各自的处境，并时刻折磨着沃尔茂、吕达与艾斯达等人的内心：他的死亡就像那些老鼠一样日夜啃啮着他们的良心，让他们的精神备受煎熬以至于到了无法突破的困境。小艾友夫的那根成天拄着的、不离身的"拐杖"，就像一面镜子一样，照出了各种人物灵魂之中的丑恶来，令人惨不忍睹。

易卜生的剧作中还有很多其他"恶魔"式的人物，他们常常承受着各种欲望的折磨，因此不自觉地破坏着自己与他人的生活。对于海达·高布乐而言，她意在反抗一切，内心有着无法言明的爱欲；对于吕达而言，其身体的欲望更是无止境的，最后发展成为邪恶的意念。正如学者比昂·亨默所言："约翰·盖勃吕尔·博克曼为了获取权力和荣誉牺牲了爱情。建筑师索尔尼斯为了要成为本行业中的一名'艺术家'而毁了自己的家庭生活。海达·高布乐为了实现自由和独立的梦想执意去改变别人的命运。这些人为了达到自己的目的不自觉地破坏了别人的生活。易卜生最后十年所创作的都是这类人物。剧作家以心理分析的手法揭露了这些人物思想中的消极因素（他称这种人物为'恶魔'和'侏儒'）。"⑪虽然众多"恶魔"式的人物走向了虚无的深渊而无法自拔，但剧作家却总会将他们的欲望引向另外一个时空，那就是沃尔茂与吕达所向往的："往上走——朝着山顶走，朝着星球走，朝着伟大肃静的地方走。"⑨p173沃尔茂以及众多人们在痛苦中获得了一种"新生"——"或者可以说是再生。它是走向高级生命的过渡。"⑨p166鲁贝克和爱吕尼也携手走向的"全世界的荣华"。……这正是易卜生剧作中众多人物的结局。也许在剧作家看来，众多人物并非是要在最后赢得一个彻底的"虚无"，其真正的意图不在于营造一个虚幻的假象世界，而在于创造出一种"新的期盼""新的存在"或者"新的意义"，从而获得一种"新的生命"。

注释【Notes】

①本文为教育部人文社会科学研究规划基金项目"汉英世界'易卜生学'建构及文献研究"（编号：20YJA751007）、国家社科基金后期资助项目"易卜生戏剧空间美学问题研

究"（编号：23FWWB023）、湖北省人文社科重点研究基地影视文化与产业发展研究中心开放基金项目"跨文化视阈下易卜生戏剧的电影改编研究"（编号：2022YSKF11）的阶段性成果。

②转引自[挪威]爱德伍德·贝尔：《易卜生传》，杜若洲译，中华日报社1982年版，第176页。以下引用只在文中注明页码，不再一一做注。

③ Eller, William Henri. *Ibsen in Germany, 1870-1900*. Boston: The Gorham Press, 1918, p.116.

④Schanke, Robert A. *Ibsen in America: A Century of Change*. Metuchen, N. J. Scarecrow Press, 1988, p. 208.

⑤本文所引《咱们死人醒来的时候》中的文字，皆出自《易卜生文集》（第七卷），潘家洵译，人民文学出版社1995年版，第289—290页。以下只在文中注明页码，不再一一做注。

⑥汪民安：《身体，空间与后现代性》，江苏人民出版社2005年版，第36页。以下只在文中注明页码，不再一一

做注。

⑦日耳曼研究易卜生的学者柯特·魏斯（Kurt Wais）将易卜生最后一部戏剧《咱们死人醒来的时候》称作一首"挽歌"，转引自[挪威]爱德伍德·贝尔：《易卜生传》，杜若洲译，中华日报社1982年版，第161页。

⑧[英]斯泰恩（Steyn, J. L.）：《现代戏剧的理论与实践（一）》，周诚等译，中国戏剧出版社1986年版，第44—45页。

⑨本文所引《小艾友夫》中的文字，皆出自《易卜生文集》（第七卷），潘家洵译，人民文学出版社1995年版，第104页。以下只在文中注明页码，不再一一做注。

⑩本文所引《海上夫人》中的文字，皆出自《易卜生文集》（第六卷），潘家洵译，人民文学出版社1995年版，第271页。以下只在文中注明页码，不再一一做注。

⑪[挪威]比昂·亨默：《挪威戏剧家亨利克·易卜生》，见孟胜德、[挪威]阿斯特里德·萨瑟编选：《易卜生研究论文集》，中国文学出版社1995年版，第128—129页。

欲问孤鸿向何处
——D.H.劳伦斯的寻"家"地图

张 琼

内容提要：D.H.劳伦斯的成长环境是分裂的。从家庭意义上讲，是面对父母关系异化时的无助和对正常家庭关系的渴求，从家园意义上讲，是人性面对被工业文明异化时的痛苦和挣扎。英国是劳伦斯的祖国，但却并不是他完整意义上的家。劳伦斯对英国的情感的复杂性导致他笔下的英国在某些地方甚至呈现出一种含混不清、相互矛盾的状态，究其实质，是现实的英国与他所构建的"家"空间产生了偏离与错位。

关键词：文学地理学；D.H.劳伦斯；寻"家"地图

作者简介：张琼，湖北科技学院人文与传媒学院副教授，文学博士，主要研究方向为英美文学和文学地理学。

Title: Where is home? — D.H.Lawrence's Map of Finding "Home"

Abstract: Being discorded is the state of D.H.Lawrenc's growth environment. He felt helpless and desired for normal family relations when facing the relationship of alienation between his parents, in a sence of belonging, it is the form of expression of painful struggle of human nature.England is Lawrence's homeland but not home.The complexity of Lawrence's feelings towards the British brought us a image of Britain full of contradictions and ambiguous meaning. Essentially, the image reflected the deviation and dislocation between the real British and "home" space constructed by Lawrence.

Key Words: literary geography; D.H.Lawrence; the map of finding "home"

About Author: Zhang Qiong is an associate professor at the School of Literature and Media, Hubei University of Science and Technology, mainly engaged in the study of British-American Literature and Literary Geography.

雷蒙德·威廉斯（Raymond Williams）曾在《文化与社会》一书中指出"劳伦斯这位工人阶级儿子的悲剧是，他没有能活着回到家。"[1]这里的"家"指的是英国，威廉斯认为劳伦斯是想回家的，"他不是一个以逃避为生的流浪汉，而是一个追求另一种社会原则的被驱逐者。流浪汉只要能继续逃避制度、又能继续靠制度苟延残喘，就可以让制度维持原状。被驱逐者与此相反，他要看到制度改变，他好回家"[1p267-268]。这个"家"或者说"英国"没有在他有生之年建立起他理想中的共同体，所以两者互不相容，而之所以要"回家"，是因为"离开并不能创造出'一个活生生的、有机的、

有信念的共同体'"[1p277]。威廉斯的这一观点受到了杰夫·戴尔（Geoff Dyer）的挑战，在《一怒之下——与D.H.劳伦斯搏斗》中，他的阐释被看成是一种"短视的行为"[2]，戴尔指出劳伦斯"以超越威廉斯的方式向前看"[2p151]，这一观点不仅是肯定了劳伦斯超越阶级的身份和视角，同时也表达了戴尔认为威廉斯对劳伦斯的"家"的观念的理解过于狭隘的观点，戴尔重新勾勒了劳伦斯矛盾的心理状态："一段时间之后人对归家会产生抵抗力，人的满意度会被新的冒险活动所削弱。也许你离家越远越觉得家的沉闷无聊。人归家后得到的不是心灵的平静而是窒息感，减轻这种感觉的唯一方式便是

痛苦的远行。"②p153当我们对劳伦斯一生的游历版图和创作轨迹进行描绘时，会发现劳伦斯的旅程是一个不断在寻找"家"的过程。

一、"家"的困境

　　劳伦斯父母的关系似乎暗含了一种隐喻，表面上看是因阶级的差异而带来的价值观的冲突导致了两人的婚姻悲剧，究其本质则是所谓工业文明对个体家庭的冲击，人被异化的具体实现是全方位的，工作、生活、家庭、社会共同成为异化的牢笼，无法打破，只有自我异化，相互异化，虽然残存于本体中的自然本性会时不时冒出头来，但终究只是刹那的烟火，燃尽便杳无踪迹。劳伦斯的母亲莉迪亚并没有清晰地认知这个问题，却做出了本能的反抗，所以她故意策划和实施了家庭中"没有亚瑟"的状态：她偏执的坚守着自己中产阶级家庭的传统，她通过生活的细节牢牢支配着孩子们对自我的认知和对生活方式的认定，她霸道地占领着家庭生活的领域，把丈夫硬生生挤出了家庭的视野。正因为无法在社会生活中实践自己的价值观，以莉迪亚为代表的具有中产阶级价值观的女性营造着属于自己的领域——家庭，她们在家里对下一代实行中产阶级价值观的教育，从精神上将代表着劳工价值观的另一半从家庭中驱逐出去，重新构建了家庭秩序。她在异化的边缘挣扎，希望通过与儿子的亲密关系的建立避免被拖入一个她并不了解的深渊。劳伦斯看到了她的伟大，劳伦斯切身地认识到"我母亲那一代女人是第一代具有自我意识的工人阶级的母亲。她们至少在精神上挣脱了丈夫的支配。而后，她们成为一种强有力的群体，成为一种性格塑造的力量，成为我这一代人的母亲。可以肯定的说，我们这一代中有百分之九十的男人的性格是由母亲塑造的"③。劳伦斯的母亲莉迪亚在家庭中展示着绝对的权威，在精神上以母亲为中心的家庭结构："她以一种神圣的母亲权威治理着这个家庭，她俨然是一个女牧师而不像一个母亲。她的特权是不可逾越；对她权威的怀疑就好像是一种对神物的亵渎。"④对阿瑟的精神孤立让莉迪亚与孩子们特别是与劳伦斯之间建立起了更紧密的联系。

　　因为父母的关系不好，家里总是充满了争吵，在学校，孱弱的身体也总是遭到同学们的嘲笑，美丽的大自然成为劳伦斯的避难所，让他获得心灵的平静，这也让他对故乡的一山一水、一草一木都熟稔于心。在1926年12月3日给朋友的一封信中劳伦斯详细地描绘了一幅自己在故乡生活的路线图："走到沃克街，站在第3座房子前面，从左边的克里奇看过去，安德伍德就在前边，海帕克森林和安奈斯列在右边：我从6岁到18岁都住在这所房子里，我比世界上任何人都更熟悉这里的风景。然后越过一片空地，来到伯瑞奇，对着栅栏门拐角处的房子，我从1岁到6岁住在那里。沿着恩景巷，往前跨过在莫格瑞恩煤矿的铁道口，一直走，就到了阿尔弗瑞顿公路……向左转，朝着舍伍德，走到一处靠近水库的农场门房前。穿过这道门，向上走过车行道，到了下一道门。继续沿着车行道左边的人行道，穿过森林，就到了菲利磨坊（这是《白孔雀》中写到的那个农场）。你跨过一条小溪后向右，穿过菲利磨坊的大门，登上去安奈斯列的小路。或者最好还是向右转，上坡，在你下到小溪前，继续上坡，直到一处崎岖不平已经废弃的牧场。在过去，它叫安奈斯列·克耐尔斯……那是我心中的故乡。"⑤路线图上的每一处风景都记录着劳伦斯的生活印记：童年时的劳伦斯和自己的姐妹们穿过田野，去布里斯利矿井看望自己的祖父母和三位姑姑；天气好时在林地里郊游，在父亲的指导下辨认各种植物，圣诞节时采摘冬青枝；恋爱后，同样也是踏着这些林间小道去见自己的初恋情人。故乡的每一寸土地都承载着劳伦斯的回忆，响彻在青山绿水间的是他心灵的回声，这样的风景对于他有着特别的意义与价值。青年时代的劳伦斯常常踏着熟悉的林间小道往海格斯农场，也就是他的初恋情人吉西的家。从方位上来看，海格斯农场处于劳伦斯"我心中的故乡"的中心，四周由远及近地分布着山峦、山谷、湖泊、树林和草地，放眼望去，穆尔格林水库波光粼粼，安尼斯利山挺拔青翠。农场住宅的前后都有花园，后面的花园比较大，里面种植着樱桃、苹果、醋栗、鹅莓和李子等果树。这种融入自然的生活环境让劳伦斯充分感受到了生命的气息，正是因为如此，1901年12月染上肺炎的劳伦斯才会在1902年初春病情好转后就来到海格斯农场进行康复休养，此后劳伦斯就经常出入海格斯农场，那里几乎就像他的第二个家。而在这片带给他安慰和力量的土地上，劳伦斯亲眼看见发生在自己的故乡的现代对传统的蚕食，在他的心中，故乡被分成了两个部分：一个部分是以矿井为中心的工业区，是现代文明催生的产物；另一个部分则是由森林、水库、农田、磨坊、农场和历史遗迹所构成的充满自然气息的区域，代表着古老英格兰的历史和精神。

劳伦斯的成长环境是分裂的，从家庭意义上讲，是面对父母关系异化时的无助和对正常家庭关系的渴求；从家园意义上讲，是人性面对被工业文明异化时的痛苦和挣扎。劳伦斯出生于伊斯特伍德煤矿业的辉煌时期，也在生命的后半段见证了它走向衰落的情景。在煤矿业鼎盛的时期，大大小小的煤矿公司吞噬着伊斯特伍德，从自然环境到社会秩序打造着这个时代的工业模板，煤矿自然而然地成为了人们生活的中心和重心。就拿劳伦斯家族来说，从劳伦斯的祖辈开始，他的家族和煤矿紧密地联系在一起，他们出生和居住在煤矿公司的房子里，直接或间接依靠煤矿公司生活。他憎恶养活自己和家人的矿井，这也注定了他此后为了寻找心灵归属而不断逃离的一生。

二、逃离与追寻

劳伦斯的一生有一大半的时间都在逃离，逃离家庭，逃离母亲，逃离婚姻，逃离英国。他想逃离家庭却渴望家庭的温暖，他想逃离母亲却始终无法摆脱母亲的影响，他想逃离婚姻却和自己老师的妻子私奔结合，他想逃离英国却无法放弃对故土的依恋。在不断地渴望逃离和渴望回归中，他的一生仿佛一个圈，但他却始终走入不了这个圈的内部，他在这个圈的边缘小心翼翼地试探着。劳伦斯在自己的私人书信中曾反复表达过对英国的矛盾心态，

漂泊异乡之人对家的情感依恋。1915年11月和12月劳伦斯夫妇接连两次拜访了奥托琳·莫雷尔夫人位于牛津郡的加辛顿庄园，劳伦斯深深地被这座16世纪的宅邸所震撼，他在给奥托琳夫人的信中强烈地表达了自己的感受。宅邸的一草一木，一花一叶，一窗一石，形状、色调，黎明、清晨、白天和远方，"唤醒了所有关于英格兰的回忆"[⑥]。在他眼里，这座宅邸是一栋有灵魂的建筑，宅邸及其周围的环境化身成为了往昔的英格兰，而他则以一位"溺水者"的形象审视着英格兰往昔的图景，直到人与景融为一体："那就是我，我已经变成这样并至死方休。它就是我，一代又一代的我，我的每一根闪闪发亮的纤维，诞生时的每一次阵痛。"[⑥p460]

此时，"溺水者"对加辛顿庄园景象的审视也成为一种自我审视，或者说此时的劳伦斯就是英格兰，"劳伦斯对英格兰的感觉揭示了他不仅准备离开他的祖国，而且，当它被一场新的滔滔洪水淹没之际，向它做仪式上的告别"[⑦]。劳伦斯很珍视自己英国人、英国作家的身份，他热爱自己的祖国，对英国的责任感从未改变，"我是英国人、我的英国本性就是我的眼光"[⑥p414]。他认为自己有责任去警醒这个正在堕落的国家，即使是被自己的祖国羞辱和驱逐，即使是在异国他乡漂泊多年，他也从来没有改变过自己的国籍，"他感到家才是他想去的地方"[⑦p334]。

然而英国已经变成了一个被工业吞噬的大矿乡。1917年10月劳伦斯夫妇被驱逐出康沃尔，"劳伦斯感到英国再也没有自由公民了；被从康沃尔驱逐出来永远改变了他"[⑦p197]。后来，依靠妹妹艾达的帮助，定居在英国中部米德尔顿一处租下的房子中，劳伦斯形容此时的自己回了家，这让劳伦斯感到痛苦，因为这个"家"正是他和弗里达私奔时想要逃离的地方。回到伊斯特伍德这个地理上真正的故乡时，"他感到自己是个痛苦的异乡人了。这是北方，工业精神渗透了一切：这是煤和铁那异化的精神。人们活着就是为了煤和铁，仅此而已"[⑧]。劳伦斯夫妇被驱逐出康沃尔后回到伦敦，可他们如此怀念康沃尔，在小说《袋鼠》中，索默尔称之为

"思乡的折磨"[⑧p284]。1924年在墨西哥城，由已经肺结核三期的劳伦斯口述，弗里达记录下了他构思的一篇新的短篇小说的开头，小说主人公格辛·戴与劳伦斯一样身染重病，他身上暗藏着病重的劳伦斯对"回家"的渴望，"劳伦斯重新将英国改变成具有浓厚神话色彩的乡村世界，他显然深切地依恋着这个地方"[⑦p334]。1925年回英国前，劳伦斯在与霍克夫妇的通信中写道："一个人身在异乡，他的祖国就有某种无法抗拒的吸引力。"[⑦p341]经历了一战期间的磨难的劳伦斯于1919年底离开英国后，他分别于1923年、1925年和1926年回到英国，但都只做了短暂的停留，"他生命中的最后十年半时间，在英国总共待了不到十二周"[⑦p216]。身体的逃离是劳伦斯无奈的反抗，心灵的庇护才是他追求的理想。"他曾经在嘎达湖畔写《儿子与情人》，在海边的菲亚斯切里诺写'姐妹们'，在康沃尔居高临下对着大海写《恋爱中的女人》，俯瞰着墨西哥海峡写《迷途女》和《努恩先生》，《袋鼠》则出自澳大利亚的大西洋海岸边。"[⑦p299]《羽蛇》的初稿"开特撒寇亚托"则孕育于墨西哥查帕拉湖边的旅馆。从欧洲大陆到澳洲再到美洲，以及在漂泊的旅途中无数次午夜梦回的英国，劳伦斯作品中的"家"空间也在此基础上构建。伴随着劳伦斯对人类自身归属的思考，贯穿于作家整个的精神探索过程，劳伦斯从普遍层面上对工业文明的批判也因此被赋予了更具理性价值的意义。

三、矿乡里的故乡

劳伦斯之所以成为一个伟大的作家，他之所以能够写出如此众多和杰出的长篇小说，与他所出生的地方以及这个地方的历史和文化传统密切相关，同时也与他所生活的时代直接相连。劳伦斯的故乡伊斯特伍德是英国典型的矿乡，由于英国工业革命的需要煤矿业兴旺了，使得这一个从前只是零星分布着住户的小村庄，成为那个时代英国煤矿生产的重镇；而由于煤矿业的发达矿工家庭聚集在一起，成为英国一道亮丽的风景线。作为现代工业动力的煤矿业之兴衰，给这个地方性的空间打上了现代文

明的烙印，村民世代生存所依托的青山绿水，虽然倔强地展示着固有的田园牧歌传统，而两者之间碰撞与交锋的火花，点亮了这片独特的文化区域。作为作家的劳伦斯，正是在这样的自然山水和文化环境中成长起来的。他的矿乡记忆与人生体验，为其长篇小说创作提供了现实的基础，进一步成为他构筑其小说空间、展示其情感结构的重要依据。同时，矿工家庭的出生背景及其曲折的人生经历，也为劳伦斯的长篇小说创作提供了极具个性的视角。因此，在他的多部长篇小说中，矿乡不仅仅是故事的发生地，同时矿乡的自然面貌、那里的生活方式和社会生活中的文化形态，成为英国在工业化进程中所产生的情感结构与美学形态的表征。这里的矿乡环境成就了劳伦斯和他的小说，劳伦斯和他的所有的作品都是这一片土地所赋予的，并且也是这一片神奇土地以及生活于其上的人们的一面镜子。

英国是劳伦斯的祖国，但却并不是他完整意义上的"家"。劳伦斯对英国的情感的复杂性导致他笔下的英国在某些地方甚至呈现出一种含混不清、相互矛盾的状态，究其实质，是现实的英国与他所构建的家空间产生了偏离与错位。在西方社会文化转型的大背景下分析，劳伦斯笔下的矿乡空间体现了多重意义的叠加。就矿乡本身而言，其存在有着深刻的时代原因，是社会现实发展的需要，是人类社会发展到一定阶段的必然现象，正是因为劳伦斯敏锐地捕捉到矿乡空间的时代的、社会的、文化的等诸多方面的意义，才会将其展现在小说中。劳伦斯小说中展现的人的异化首先反映的是整个时代的生存方式的转变，从农耕时代向工业时代的转型，机械性取代了血性联系。其次是人类面对现代社会发展的无奈选择。最后劳伦斯通过矿乡空间探讨的是人类自身的存在方式的问题，指向的是对人的存在意义的终极追问，人们应该以什么样的方式存在？综合这些意义来看，矿乡在劳伦斯本人的生命中、在英国的文化传统和文明进程中、在整个社会发展中都扮演着重要角色。

"家园是一个庇护性空间，亦即一个直观形态，一个神话性的力量场，而且也是一种心灵上

的现实。"⑨劳伦斯继承了英国文学的田园牧歌传统,以饱含激情的笔墨热烈地赞美着农耕文化滋养着的乡村,以充满梦幻的笔调赞颂着血性意识的价值,从对乡村田园景观的描写到对血液交融的有机群体的形象的刻画,劳伦斯心中的乡村是一片未受工业文明侵害,彰显着自然与人性本能的和谐共生的净土。劳伦斯一直站在"个人"的角度进行着避免被社会机械化和理性化的抗争,从心灵的意义上追寻着家园的庇护,他在为保护生命的完整性而努力。威廉斯曾指出经过时代的更迭和作家们充满想象的描述,"乡村已然聚集了一种自然的生活方式的观念:宁静、质朴和善良的美德。城市已经聚集了一种已完成的中心的观念:学识、交流、光明。充满强烈的不友善的联想也已经出现:城市是充满噪音、物欲和野心的一个空间;乡村是充满了落后、无知和局限的一个空间。"(Williams,1973年,第1页)矿乡就屹立在乡村与城市冲突的边界上,它是工业文明染指农耕文明而产下的畸形儿,也是社会发展的必然产物,它以展现人性的失落过程为代价,警示着现代社会走向毁灭的危机,从这个角度看,"这里强调的是劳伦斯的经验而不是地方本身"⑩。在吉西的印象中,"劳伦斯和死亡是截然不同的两个极端。对我来说他一直象征着盎然的生命。他不仅拥有人的生命,而且他好像还能与其他的大自然生命融为一体。他与野花飞鸟,陷阱中的野兔和地穴里的雀蛋合二为一,息息相通,所以我一直认为他是不朽的,最严格意义上的不朽。"④p164-165正因为劳伦斯以尊重自然的理念为基础生发对古老农耕传统的缅怀,英国文艺评论家福克斯(Ralph Fox)就曾经把劳伦斯作为现代小说家的意义定位在"他是了解英国乡村和英国土地之美

的最后一个作家"⑪。

注释【Notes】

①[英]雷蒙德·威廉斯:《文化与社会》,吴松江、张文定译,北京大学出版社1991年版,第277页。以下只在文中注明页码,不再一一做注。

②[英]杰夫·戴尔:《一怒之下——与D.H.劳伦斯搏斗》,浙江文艺出版社2016年版,第149页。以下只在文中注明页码,不再一一做注。

③MacDonald, Edward D. eds. *Phoenix: The Posthumous Papers of D. H. Lawrence*, London: Heinemann, 1936, p.188.

④[英]吉西·钱伯斯、弗丽达·劳伦斯:《一份私人档案:劳伦斯与两个女人》,叶兴国、张健译,知识出版社1991年版,第99页。

⑤转引自刘洪涛:《荒原与拯救——现代主义语境中的劳伦斯小说》,中国社会科学出版社2007年版,第93页。

⑥Lawrence, D. H. *The Letters of D. H. Lawrence, Vol. ii.* George J. Zytaruk and James T. Boulton ed. Cambirdge: Cambrige UP, 1987, p.459.以下只在文中注明页码,不再一一做注。

⑦[英]约翰·沃森:《劳伦斯:局外人的一生》,石磊译,上海书店出版社2012年版,第171页。以下只在文中注明页码,不再一一做注。

⑧[英]D. H. 劳伦斯:《袋鼠》,黑马译,译林出版社2000年版,第287—288页。以下只在文中注明页码,不再一一做注。

⑨[德]宾德:《荷尔德林诗中"故乡"的含义与形态》,见刘小枫、陈少明主编《荷尔德林的心神话》,华夏出版社2004年版,第131页。

⑩Bridget Pugh. "Locations in Lawrence's fiction and travel writings", in Keith Sagar eds. *A D. H. Lawrence Handbook.* Manchester: Manchester University Press, 1982, p.242.

⑪[英]福克斯:《人民与小说》,何家槐译,作家出版社1957年版,第105页。

追问的价值和意义
——读胡梅仙长篇小说《荆棘与珍珠》

丁　纯

内容提要：胡梅仙长篇小说《荆棘与珍珠》通过主人公明珠月的生存境遇、所思所感来表达作者对情感、人生、命运等的思考。是一部深刻隽永的诗意小说。

关键词：《荆棘与珍珠》；人生；追问；意义

作者简介：丁纯，华南师范大学审美文化中心副教授，专业研究方向：文艺学。

Title: The Value and Significance of Questioning — Reading Hu Meixian's Novel *Thorns and Pearls*

Abstract: Hu Meixian's novel *Thorns and Pearls* expresses the author's thoughts on emotion, life and fate through the living situation, thinking and feeling of the Mingzhuyue. It is a profound poetic novel.

Key Words: *Thorns and Pearls*; life; inquire; significance

About Author: Ding Chun, Associate Professor, Center of Aesthetic Culture, South China Normal University, majoring in theory of literature and art.

胡梅仙的长篇小说《荆棘与珍珠》拿到手里许久了，阅读缓慢，如同跋涉一段山路，沿途品味美景。这部小说具有80万字的体量，它涉及生活面之广，始料不及，生活就是现实的各个层面，作家与常人同异参半，胡梅仙与我们所处几无区别，这是与我们的"同"，而她在我们每天感知的生活中，漫游出自己文字，超拔出自己的想法，难能可贵。就像作者在自序中所言："马尔克斯说《百年孤独》是为了把他所有的童年经验用一种完美的形式写出来……我也想把我目前为止的所有人生体验都写出来，用一种方式，就是梦幻现实主义。"①作者交代很清楚，一个是童年经验，一个是梦幻，乃为其叙述的关键词。

一

生活在很多人看来，就是一日三餐，就是流年岁月。海德格尔在《存在与时间》说的"烦畏死"，是"此在"的状态，以海氏的存在主义思想来打量《荆棘与珍珠》之主题，是进入这部小说的一种方式。

小说起点时间是"十一"假期，外出旅游的明珠月做了一个不寻常的关于大水的梦，这梦读起来简单，其实仔细分析起来内涵丰富。一是一场大水，隐喻生活的基本面，可以诠释为压力，也可以理解为困境。这也是她在梦中想拼命逃脱的原因；二是这场大水是她爱人想赠给她的，是不是也暗喻了夫妻生活的关系，微妙？微弱？还是其他……在作者没有交代具体的细节之间，读者是很容易联想到的。

事实上，现实中的明珠月的生活"颇不宁静"，状态类似海德格尔说的"烦"，在人际、亲情、爱情等方面都有着不同程度的纠结和郁烦。人生而自由，却被枷锁所捆缚。明珠月是一个乐于奉献的人，愿意和生活中的矛盾取得和解，愿意换位思考，不把自己的得失放在眼里，而她却困顿于爱情、婚姻，爱人近在咫尺，却隔着难以逾越的藩篱，无法靠近。她无法自己挣脱"锁链"，只能"强说愁滋味"般的苦恋爱，想要奈何却无可奈何。整个故事背景有浓郁的后现代色调，作者用新的叙述颠覆了人们习以为常的东西。作者应该是将"我"和"物"巧妙嫁接，她把对生活的体悟安置在珠月身上。珠月所经历的喜怒哀乐，是作者力图展示的自己的所思所感。

珠月在感情上处于被动位置，以这种方式对待感情的女子，遇到的挫折和困扰定不会少，因为主动是处理问题的重要手段。我们会纳闷读过很多书的珠月对待生活的棘手之事，为何会手足失措？或许这也是作者在书中试图回答的问题。

因为单纯的、没有社会经验的珠月在爱情上经常是迷离的，她在所难免地经常被爱的苦恼侵扰，如何摆脱现实中无力、苍白的窘境？珠月没有更好的办法，作者自言："我不负胜荷。只能把梦的一角放在人们面前，无论是魔鬼还是天使构织的梦幻，总有一些梦验证了人的丑陋，人心的柔软和善良，以及无畏一切的英雄勇气。"[1]p1在这里作者阐释了珠月的困境产生的缘由。这缘由与你我生存在这个世界上的烦忧没有两样。你认识到了，就等于烦恼，你没有发觉等于一切没发生。作者的表达路径恰好是对当下价值多元社会的一种破解方式，正如法国哲学家德里达在《声音与现象》一书所说的："让我们继续着我们的探讨，比如任何表达都会这样不由自主地被捕抓到一个技术过程中。"[2]珠月以梦的方式进行叙述，便是对"生活意义"的最佳书写。我们毫不怀疑作者深谙此理。梦可以说是现实，也可以说是回避现实，有了梦，现实没有那么复杂，梦在现实中不再是梦，是我们真实的体验，我们可以在梦中悠游，梦也是现实生活的写照。

小说中，珠月在梦境的表现非常酷似我们经常说的自白，自白折现的是内心活动，是心灵独语，是他者无法理喻的内心波动。珠月的自白就是说出心里的话。珠月在我看来是孤独的，孤独是什么呢？人无不孤独，除了野兽和上帝。我们生活在

人群中，所表现出的孤独是遮蔽了自己内心世界的存在。珠月在梦中的所念是生活的寄寓，梦中的自由补偿了现实的遭际，她把现实生活的价值和意义，引入梦中，她的自由解脱是他者体会不到的，作者的雄心是"人的灵魂遨游于天地之间"。《荆棘与珍珠》一书中的"自白"或者自我对话甚多，如德里达所说的："在内心独白中，词仅仅是被再现。"[2]p55我们通过语词去感悟"人类心灵若星般的璀璨"，因此，《荆棘与珍珠》在主旨上有形而上的追求。形而上追求的根本意思就是远离现实的功利，无物质无欲求去看待问题、解决问题。

二

刘勇认为这部小说有"宗教叩问的人性"的内蕴。作者也认为"人心即宗教"，珠月做了一个梦，梦见旷诗只能活到43岁，旷诗偷看了女主人公的日记，从此就在背后无端地伤害珠月。而珠月非但不记恨在心，而且根本没把这当回事，甚至豁达宽容地为旷诗祈祷，希望他从阴霾中走出来。这说明了珠月心胸开阔，与人为善。她内心向善，似乎有宗教的影子。

对于小说开始部分的珠月去南海拜菩萨，作者做了较为细致的描写。接下来作者还写了珠月十几年前去杭州，碰到道教的观也进去拜了。人们在现实中，遇到的坎坷和尴尬比比皆是，精神上的穷途让人叫苦不迭，人们在尝试寻找心灵治疗剂，而通过宗教或者传统文化的浸濡，这些问题颇易化解。所以，作者一方面直面珠月遇到的问题，另一方面又拈出"宗教是人心"的溶解办法。现代哲人认为宗教是理解世界的一种方式，珠月对世界的理解也是对宗教的理解，她每当遇到困难时，便仔细拷问自己的灵魂，有没有违背内心？有没有愧对心灵？珠月这样对自己发出质问。质问过关了才会内心无悔，质问不过关那就存疑，再继续梳理现实中存在的疑难杂症。

崇善、向善应成为社会的主流价值。珠月逢庙即拜，其实就是一种追求善的行为。将"善"的意念深植心底，是人的人格健全的潜在力量。我们知道，珠月接受过高等教育，传统文化中的《四书》

《五经》都是讲怎么做人的，比如："仁、义"是处理社会关系的要旨，"仁、义"当然有善的成分。以此推理，很多问题是相通的，我们现在提倡"人类命运共同体"也是为了关注大家所面临的问题。这些问题，我们大家都可能遇到，都可能被现实打击陷入泥淖。珠月的所思所做解决的是普遍存在的问题。这也是哲学基本问题。

荆棘是女主人公珠月的艰难人生路，不要说珠月，任何人在前进的人生道路上，难免遇到荆棘，有了这些荆棘才能磨砺人格，才能去回答和努力回答哲学或宗教所提出的问题。"珍珠"，没有披荆斩棘，何谈珍珠？珍珠是人生的硕果，有了璀璨的珍珠，再回观荆棘，是喜？是泪？不得而知。

所以，这部小说尊奉的价值观根源在宗教，宗教不费任何气力，不费任何周折就抓住了本质问题，这点是非常难得的。宗教有种梦幻的感觉，与现实中的人隔了好几层。作者用的梦幻绝非梦幻，梦幻是委婉的写实。

三

有了"人心即宗教"的结论，作者尝试做一些本体论的探赜，这就是"终极"。"To be or not to be"，我想作者让珠月生于凡尘，又要让她从俗世中解放出来。用"使命"一词或许过当，但是优秀的作者不会只满足写一个人，写一个故事。

初读《荆棘与珍珠》，你会突然觉得这本小说的笔触特像《灵山》，娓娓道来，如雨天行路般，一步又一步，还像一个人对你不耐其烦地讲一个传奇故事。《灵山》中的山，实际上是作者思考的终极，终极是人们逃避不了的问题，是每个人都要碰触的问题。《荆棘与珍珠》既然把宗教作为行为的圭臬，思考终极这样的问题是明摆的事了。人总有一死，每个人"必死无疑"。这多少让大千世界、

芸芸众生为之怅惘。女主人公珠月也时常经历亲人死亡，她用了很多记述死亡，这些她不愿看到的"生死别离"，却常常遇到。就像人们都喜欢探讨人生的意义，也有人劝珠月多思考人生的意义，珠月认为"人生的意义其实是飘渺的，悲观就是剩下的结局"③。如此悲观的想法，无形中增加了《荆棘与珍珠》的厚度。

既然，珠月思考了终极，那么如何"救赎"？如何超脱这样的麻烦？作者也做了深入的思考。你问我活着的意义，我便来回答这个意义。作者写道："一棵树笔直笔直的，无欲无求，心思正直，腰杆挺直，枝叶繁茂，青翠欲滴，如果心有旁骛，这棵树可能好长歪，它的面容总是会有些沧桑的。"③p888作者在这里以树为例，写出如何在"生命都要逝去"的情况活着？树如此，人也如此。作者就这些问题不停地追问，想把问题弄得"水落石出"。这也是学者创作小说的优势和特点。读完《荆棘与珍珠》，就相当于手里拿着一颗美丽的珍珠，可以透过它的光泽，去思考人生的意义。

最后值得一提的是作者创作的特色：语言像诗，意味隽永，读来如观山泉。胡梅仙也是一名优秀的诗人，出版过诗集，她的小说有诗的特质，是理所当然的。我们读这部小说，毋宁说我们在读一部深隽的诗集。

注释【Notes】

①胡梅仙：《荆棘与珍珠》（上册），长江文艺出版社2018年版，第1页。以下只在文中注明页码，不再一一做注。

②[法]德里达：《声音与现象》，商务印书馆2017年版，第25页。以下只在文中注明页码，不再一一做注。

③胡梅仙：《荆棘与珍珠》（下册），长江文艺出版社2018年版，第714页。以下只在文中注明页码，不再一一做注。

我一直在警惕公共性
——我谈《荆棘与珍珠》

胡梅仙

内容提要：守住生活和内心、有自己的独立思考、拒绝公共性，在很大程度上会让文学的独创意义呈现出来。作者常常不自觉地觉得与众不同的真实体验和语言似乎不应该或者不合适放在小说中，因为我们脑中有一个模式，就是小说应该是怎么写的，它应该有一个模式。这一心理局限常常让我们遗漏了好的细节、心理和语言。我希望能探讨创立一种新的宗教，既不是上帝、神、泛神论，而是人心。除了"人心即宗教"等主题，"人生是一个检验的过程""神是成为的"与"黄金世界"的实现之间的关系都是我要探讨的重要主题。我感到我捕捉住了这些主题而没有辜负生活给予我的磨难。

关键词：《荆棘与珍珠》；警惕公共性；真实；"人心即宗教"；"神是成为的"

作者简介：胡梅仙，广州大学人文学院教授，研究方向：中国现当代文学。

Title: I'm Always Wary of Publicity— I Talk about *Thorns and Pearls*

Abstract: To hold on to life and heart, to have their own independent thinking, and to reject publicity, to a large extent, make the original meaning of literature appear. The author often unconsciously feels that different real experiences and language should not or should not be put in the novel, because we have a pattern in our mind, that is, how the novel should be written, it should have a pattern. This mental limitation often causes us to miss the good details, psychology, and language. I wish to discuss the creation of a new religion, neither God, nor pantheism, but the human heart. In addition to themes such as "the human heart is religion", "Life is a process of testing", "God is becoming" and the relationship between the realization of the "golden world" are all important themes that I will explore. I feel that I have captured these subjects without living up to the tribulations that life has given me.

Key Words: *Thorns and Pearls*; be wary of publicity; true; "the human heart is religion"; "God is becoming"

About Author: Hu Meixian, Professor, School of Humanities, Guangzhou University, majoring in Chinese modern and contemporary literature.

对于我来说，守住、挖掘内心和生活的真实，在某种意义上意味着文学创作中一种新质的出现。十几岁时以为小说的背景几乎只能是黄土地，那是因为有关黄土地的小说和电影电视铺天盖地，它似乎已经变成一种公共说话的方式、一种主题表达最好的背景。我以为我山清水秀的家乡不能入小说的眼。我写《荆棘与珍珠》时对小说的看法可以说变得成熟了。在写作的过程中，我一直在努力捡拾真实的生活和自己，力图避免与前有的成果无论是手法还是思想意蕴相同。虽然写每句话时都在叮嘱警

惕自己，我仍然感觉我还没彻底地放开自己。可见，公共经验话语思想意蕴不仅阻止语言表达的创造性，而且还阻止思想的创造性。我虽然我一直在试图反抗公共性，但仍觉得隐藏了什么。我常常不可避免地陷入公共性的说话方式、思想意蕴的表现中，这时，我会提醒自己，紧紧地捉住生活、捉住自己真实的内心，你所逃避的正可能是这篇作品中最与众不同的，而你因为它太与众不同没有胆量用，甚至怀疑它放在文学中是否具有足够的文学性？常常不自觉地觉得真实的体验和语言似乎不应

该或者不恰当放在小说中，是因为我们脑中有一个模式，就是小说应该是怎么写的，它应该有一个模式。这一心理局限常常让我们遗漏了好的细节、心理和语言。

我不想自己的创作重复别人，我希望我的笔能从生活、人心的底处摸出泥土，摸出真经。可我仍然还没能做到。还有一些精彩的细节未能写上，因为我隐约中对它们是否具有公共性的疑虑。事实证明我的疑虑是错误的。我还没能彻底地解放自我，让自我在写作的公共性话语经验思想中解放出来。同时，我们必须警惕公共性概念的误区，以为写政治、历史、大事件等就是公共性。公共性不是公共经验、公共话语公、共主题。通过个人体验，然后达到对公共性问题比如人性、情感等的探讨，不能说这部作品是缺乏公共性的。

中国当代文坛主流仍非常注重你是否书写了一种宏大话语，它表现为宏大的政治、时代主题。在一些批评家的眼中，如你的作品涉及这些问题，就是具有公共性的，似乎也是意义更为重大的写作。这是一个评价体系的误区。文学在更多时候不一定要负载这些所谓的大主题。难道家庭、人性、情感不是大的主题吗？如果你的作品写的是情感，他们可能会说，你写的是琐碎的生活。《红楼梦》也就是家长里短。最重要的是这些看起来琐碎的事情中包含着什么，它会将我们的思考引向什么？作品可以引导时代的文学创作潮流，同时，正确的文学批评会让当代文坛更健康生态，更能发现、引荐、鼓励天才的作品。

小说看起来是琐碎的事情，其实是精心选材构织的。小说不是说教，而是通过具体的生活而达到对事实透彻的领悟。写出有感觉的语言也即是属于自己的语言方式，有自己说话的面容、姿态、样子、语感、腔调等，让别人觉得这是你在说话，而不是别人在说话。每个人的写作声音都需像自己的声音一样独一无二，我想我们的文学一定像一座花园一样缤纷、多彩、美丽。

让语言直接抵达生活的底处，而不是浮在上面，漂在面上写作是不痛不痒的写作，更是顺应写作潮流的公共写作。公共写作写得很快也很轻松，因为那些语言、思想、意蕴、情节、细节都是现有的，你只要组织它们。即使你组织得再精巧，也仍是别人的。还不如从自己的生活和所见所闻中挖掘材料和细节，不要担心它符不符合现在流行的写作潮流和方向，遵循自己内心的真实，那也许就是你的作品中最为闪光与出彩的部分。

在《荆棘与珍珠》中，主人公因做了一个梦经历了一系列挫折艰难，最终作者悟到人生就是一个检验的过程，因为天堂里装不下那么多人，所以人的品格需要检验。通过检验，知道哪些人是神，哪些人是君子，哪些人是小人、恶人。哪些人该上天堂，哪些人该下地狱，哪些人该钉在历史的耻辱柱上。就像没有黑暗，哪有光明之说。没有人性的丑恶被检视，又怎能识到真金、钻石？由一个荒谬的梦来检验人的为人品格，由此连带着检验了一群人，他们在这一场人性检验中，充分暴露出人心、人的品格的高低。他们在旷诗的请求、教唆下压制迫害珠月，一棍子紧接着一榔头，旷诗让乐城乌烟瘴气，而且影响到周围的一些人，让他们失去做人的标准和尺度。很多人做事没有道德底线，即使是一些高级知识分子，他们也跟着压制迫害珠月。他们或者趋炎附势或者根本不知道什么原因也不想知道什么原因，只是盲目听从，作为打棍。他们是这样想的，珠月受压制，肯定有原因，他们也不想探究这原因，只要紧跟着氛围或者领导就可以了。压制迫害珠月已成为一种常态，不压制迫害她反而于他们来说显得不正常。开会时，学院同事不敢和珠月坐在一起，因为谁和珠月好，谁就会莫名其妙地遭殃。那些迫害珠月的人安然无事，就是旷诗用了手段。他要让珠月知道，你不是说人心好就会有好报吗？迫害你的人都得到了好报，说明他们的行为是正义的。

在《荆棘与珍珠》小说后部的开始，珠月几乎一直处于一种恐惧迫害随时到来的担惊受怕中。不但珠月的肢体受到严重的灼伤，她的心灵更是伤痕累累。我自己觉得这个检验的过程是很有意味的，这就是神检验人间审判人间的时刻。我感到我捕捉住了这个主题而没有辜负生活给予我的磨难。人需要善良做底子，需要有反思的能力和觉悟，每个人都有成神的机会，但必须经受神的考验和抵抗魔鬼的诱惑。人的一生就是一个不断和魔作战最终屈服于魔或者战胜魔的过程。当你战胜了魔，经受了考验，你就成为了神。人人皆能成神。在《荆棘与珍珠》中，开始神把旷诗当成神培养，但他必须经受考验，神让魔鬼告诉旷诗，你只能活43岁，你有办法活得更长，就是去害珠月和其他人。旷诗不断地害珠月害她的亲人、学生、朋友等，每一次都得了手，他就更加欲壑难填，得寸进尺地害珠月。他每一次害人逃脱了罪责或者自以为太平无事，就像一个逃脱了被追赶的小偷一样侥幸，因为这样他就觉得可以多活一些时间。

珠月在神的考验下完成了神的检验。她为人处世无私奉献，对旷诗未来的死亡忧心忡忡，神对她说讲课不用讲得那么完美，她仍然把课讲好，哪怕被人搞鬼、篡改网评成绩，哪怕被人阻拦晋升之路，哪怕评奖被人压下，她仍然努力做好自己的事。有远大理想的人不忧不惧不怒，她只是默默做事，凭自己的人格做人。虽然她的善良一再遭到嘲弄，她自己也一再遭到恶意的冷暴力，可她仍然坚强坚韧地挺受着，她相信神一直在看着她，即使在她没意识到神在看着她时，她心里自始至终都有一个上天在看着她。她做事有自己的良心尺度，而旷诗却是胡作非为、指鹿为马的代表，他让园城蒙羞，让中国知识分子蒙羞，让全中国蒙羞。

我尽量用一种善良、悲悯、克制的态度和笔调写完整篇小说，其实我心中常常在大叫。我还是想尽量让故事显现出美好的一面，把责任让珠月来承担，后发现不该承担的不能承担，不能善良的不能善良，不该宽容的不能宽容。一个人没帮你，你说是他帮的，你是客气，别人就会觉得你欠他的。

《荆棘与珍珠》中出现很多"完美"的字样，说明珠月是多么想做一个完美的人。她一直都在努力让自己做一个完人、一个圣人、一个神人。旷诗是一个堕入魔道的精致的利己主义者。而且他害人害得理直气壮，他以为是神教他的，然而实际上是

魔鬼在诱惑他。这世上没有说害人能延命的。如果害人不受惩罚反而还能延命，那么所有的恶都可以被原谅、都不用受法律惩罚了，世间就没有公平正义了。如果说是孽，连现世的公平正义都不能实现，何谈下一世呢？怎么在现世实现最大的公平正义是我现在思考的问题。因为现在不是黄金世界，所以仍然有小人恶人生发争斗，因为他们经受不了神的考验和魔鬼的诱惑，也可以说魔鬼的诱惑就是神的考验，神不是一个人一个幽魂，他是宇宙的法则和良心。神可以扮成各种形状，可以叫动物发出声音，可以让太阳的阴影移动位置，神看着你，就像一个智慧的老人，就像你的父母，就像一杆秤一面镜子。当魔鬼诱惑你时，如果你有良心、尺度和道德准则，你怎么都不会为之所动，因为你知道你不能做伤害别人的事。这样是不是战争狂人就不会发动战争？就不会有害人不眨眼的恶人？就不会有背地里扔刀子的小人？只要每个人都让自己修养成完人、圣人、神人，能经受魔鬼的诱惑，这个世界的人是不是会减少做违背良心道德的事？犯罪率会少很多？黄金世界只是乌托邦，就像鲁迅所说："我疑心将来的黄金世界里，也会有将叛徒处死刑。"①这是鲁迅对人性的幽暗和缺陷的洞察，但我们可以无限地接近它。苦难决不是均等的，不是这人受就是那人受，如果是这样，人人都可以躺平无为了。只有每个人都完善了自己的人格，每个人都能抵抗魔鬼的诱惑，就可以接近黄金世界。这就是我现在思索的"神是成为的"和"黄金世界"的实现的关系的重大问题。虽然世间仍有疾病、自然灾害火山地震海啸等，但至少我们可以减少很多人为的灾难。许由洗耳、荆轲刺秦的故事远比一场战争有更大的历史和人心的反响。我们每个人都能成为神，这让我乐观有信心。人类历史不会无限延长，宇宙也有消亡的时候，唯有人心之美能使人类文明光芒万丈。

写作中我一直在回避已有的小说成果对我的影响，我希望在结构上它就像生活一样自然，自然得就像生活本身，就像一块天然的璞玉和和氏璧，就像山川、河流布满大地，就像家乡的田地、菜园

顺势而建。希望我的语言能够直接抵达生活的底处，以此来触摸风吹过大地的声音，稻麦的发芽吐穗，珠月脚踩在田埂的霜上发出的清脆的咔嚓咔嚓声。希望自己的语言能更贴近生活中的真实和人物内心的真实，让人物内心不要受到任何矫揉造作的影响，将人物内心最深处的秘密直露无遗地展示出来。我希望语言能软一点，更生活化一点，软的语言有着更多的文学语言应该具有的好的品质特性，它的朦胧多义与含混性能带来多重解释的意蕴空间。生活和生活中的人不是硬邦邦的，他们是可以变化、可以改造的人，他们是可以作恶、可以从善的人，也是可以改变的人。

在写作过程中，对于人物曾有过的心理、细节等，我力图深入到自己的个人体验中，把自己在生活中感受到的、经历过的、看到的、听到的凭自己内心的感觉和愿望写出，而不因为这细节那心理大家都不这样写，我就放弃写。我想我还可以更大胆些，更无情地让读者去评价，而不是根据自己的意愿去选择入文的人物和行动。

个人的体验是作品中最为闪光的部分，它保证了作品的原创性和纯粹性，是没有来自于任何公共话语、经验、思想的自我属性。当我们经历、体会了生活，我们就把它真实地展露出来，那就是属于你的独特的生活、体验和思想，它不是别人生活、书本上记录的生活。

我用心用劲贴近生活和真实，因此写出了有质感的小说，小说中的每一个细节都来自生活，都和别人不一样，我感到满意并欣慰。来自自己生命血肉的写作和来自于别人和知识的写作，这是两种不一样的写作方式和面貌，呈现出的作品的质量也是不一样的。属于自己的体验和思考是有限的，弥足珍贵，你敢于把它揭示出来，还原成生活本来的模样。这需要我们不断地警惕自己、提醒自己，你需真实，紧紧抓住生活和内心的真实，以免忽略了有价值的细节和心理，更不能觉得这些不能上大雅之堂。敢于面对生活和内心的真实，这是当代作家必须时刻警醒自己的一个非常重大的问题，否则我们很难有个人性和创新性，即使有好的想法、好的细节也会在符不符合公共性中消泯，这是极其可怕的。

注释【Notes】

①鲁迅：《两地书·四》，见《鲁迅全集》（第11卷），人民文学出版社2005年版，第20页。

胡梅仙长篇小说《荆棘与珍珠》生态解读

王文平

内容提要：胡梅仙长篇小说《荆棘与珍珠》通过作者对乡村美境诗意的再现，构筑出浪漫的想象世界，创造了理想的精神乌托邦。从对至亲至情、乡村美景的吟唱到艺术折射乡愁诗意的美学追求，揭示农村自然生态走向，警示人们树立理想生态观念，引发人们对生态问题的深刻反思。

关键词：《荆棘与珍珠》；生态批评；反思

作者简介：王文平，重庆对外经贸学院文学与创意传播学院教授，研究方向外国文学。

Title: Ecological Interpretation of Hu Meixian's Novel *Thorns and Pearls*

Abstract: Hu Meixian's novel *Thorns and Pearls* constructs a romantic imaginary world and creates an ideal spiritual utopia through the author's poetic representation of rural beauty. From the singing of close relatives, affection, and rural beauty to the aesthetic pursuit of art reflecting nostalgia and poetry, it reveals the natural ecological trend in rural areas, warns people to establish ideal ecological concepts, and triggers profound reflection on ecological issues.

Key Words: *Thorns and Pearls*; ecological criticism; introspection

About Author: Wang Wenping, Professor, School of Literature and Creative Communication, Chongqing University of Foreign Business and Economics at the School of Literature, majoring in foreign literature.

胡梅仙小说《荆棘与珍珠》通过构筑主人公生活、学习、恋爱、婚姻、工作的人生经历情节，塑造了当代知识女性明珠月秀外慧中、慈悲善良、踏实奋斗、经历坎坷、学有所成的人物形象。在环境书写中，作者运用自己在诗歌散文创作上的艺术修养优势，通过文字的纵横捭阖、汪洋恣肆，铺排出浪漫诗意的华美篇章。本文梳理胡梅仙写景状物的运笔线索，探究其构思的深刻含义，价值显要，意义非凡。

生态是生物与环境以及生物与生物之间的相互关系，生态批评是探讨文学与自然环境之关系的批评。胡梅仙的华美篇章，大多用于摹画乡村美景，首先从直觉出发表现对人间至情乡愁的吟唱；其次是环境勾勒，艺术地折射出对农村劳动生产景象的回忆，对父母亲人亲情的怀想，热爱生活的深厚感情，从而外化为乡愁诗的美学追求；最后更为深刻，是对当今农村生态伦理的尖锐揭示和深邃反思。

一

胡梅仙的生态描写饱蘸浓郁的乡村旧时记忆，为塑造主人公形象服务。作者描写主人公的成长环境，大多泼墨于乡村劳动生产景象：挖山、捡柴火、打猪草、切猪草、犁地、耕种、采摘瓜果、割油菜，从中展现主人公性格的刚毅、坚韧、善良，富有责任感。比如描写打猪草情节："几个小伙伴提着篮子去挑猪叶，见牵牛花爬满了山坡，觉得好漂亮，蓝色的，就像梦幻，粉红色的，就像闪烁的火苗。珠月把那些牵牛花拿在手上仔仔细细地看着。……珠月动作迅速地铲着猪叶，每天她的篮子里的猪叶都是最多的。"①这里表现主人公充满热情和对美好生活的希望。明珠月剁猪草时不小心剁伤了手，医生在没给其打麻药的情形下缝针，明珠月一声不吭。童年时代的遭际，正是明珠月踏入社会遭受到心灵精神的创痛而不屈不挠的铺垫。

就连犁地这样劳苦费力的艰苦劳动，在笔者眼睛里，竟然流溢出心心念念的美好追忆。"早晨，翻新的土地散发着泥土的芳香，珠月使劲地吸着空气中的泥土香气。……她在田埂上走来走去，心里充溢的是欢快欢喜。她一会儿蹦着一会儿跳着，把每一条田埂都仔仔细细地走过遍。"①p74作者描写的初生旭日，饱蘸充沛激情，抒发着对故乡、故土、自然、乡亲的热爱。"初春的太阳是那么温柔和蔼，薄薄的曦光照在田地里，照在牛、扶犁、胜利叔身上，珠月觉得牛和胜利叔都是那么幸福。空气中摇曳着泥土的芳香分子，阳光好像就是为了照着珠月的村庄而升起在家乡的山顶上。"①p74

酷烈的阳光和干裂的土地的暴热在作者的理念中，也是值得怀念享受的，尤其是收割之后，傍晚烧田埂，把刚割下不久的草木、稻草燃烧。作者的乡村描写，瓜豆蔬果，横塘柳絮，都抒发了对父亲母亲、爷爷奶奶、外公外婆、儿时玩伴、亲人朋友、故去亲人的黯然神伤，也抒发了断肠销魂的乡愁。例如通过劳动场景回忆与母亲劳作的场景："黄昏时候的夕阳照在靠山边的油菜地里，竟然觉得割油菜的镰刀也闪着金光。珠月和妈妈一边割着油菜籽一边唱着歌。"①p78村庄被水淹了，每天晚上七十岁的爷爷背着五六岁的珠月去矿上睡。爷爷床旁有个竹筒子，里面装着糖、饼干、麻块、红薯片、米泡等。珠月每晚都有零食吃。爷爷房间的灯光温暖明亮，是主人公心中的温馨记忆。每逢暑假，主人公回到慈祥的奶奶家住十天半个月。奶奶家群山绵延，有野猪叫，有狐狸出没，小叔打来山鸡，珠月用美丽的山鸡羽毛做毽子。奶奶家的菜园和田地，光滑的石板路，让珠月流连忘返。瓜架上结满了扁豆、南瓜；清澈小河、古树，绿树成荫，即使在夏天，也有清幽幽的凉意。锤衣棒敲出山间回音。

小说中那些痛断肝肠、魂牵梦绕的文字，是割舍不掉的对逝去挚爱亲人怀想悲悼的乡愁。由于贫穷被延误治疗而早逝的聪颖智慧、善良宽容、明达情理的乡村知识分子父亲，是作者心中永远的痛；勤劳劳作，扎笤帚、织席子，慈祥善良，疼爱儿孙，患甲状腺癌症去世的大家闺秀，知书达理的奶奶李五英——她精心调制的孩子们爱吃的酒糟、干豆角、干竹笋，成为作者心中永远的念想；因为复杂的家庭矛盾和社会关系，自绝人世的亲朋好友王思美、范阳、叶曦等，都艺术地鲜活在作者心海、梦境、生活点滴中，装点、萦绕、辉映着作者岁月的长河。胡梅仙对乡村美境的诗意再现，构筑出浪漫的想象世界，创造了理想的精神乌托邦。作者流连、徜徉、遨游曾经过往的幻妙世界。胡梅仙表现的乡村是神与物游、艺术加工过的自然。她笔下蓝色的像梦幻，粉红色的像闪烁火苗的牵牛花；空气中摇曳着泥土的芳香分子诗化的艺术表现，显示作者诗意灵性的美学追求。田野一片片的红花娘（紫云英）开花的时候，"那些在风中摇摆的红花娘随风一吹都往一个方向摇着头，就像一片花浪，这比风中的金黄或青色的稻谷波浪更美。它让小珠月联想到那些诗意的美丽的锦屏画卷"①p95。泥土芳香，炊烟缭绕轻扬，让人心旷神怡："田地里散发出的泥土的芳香，这种芳香特别是在犁田地时几乎是直灌入你的鼻子，让你不由得不张开嘴呼吸着。这种泥土的芳香和烧田塍的烟草味以及青草地被割时那种翠绿青涩感觉的清新空气是家乡最让人心醉神迷的香味。"①p74

胡梅仙再现的诗意环境，是作者个体主观深切的意愿、思绪的自然流露，倾注了作者对乡村、自然、故乡亲人的深切思恋和真挚情感，隐含作者割不断、理还乱的淡淡乡愁，表达着作者的生态伦理观念和美学追求。"岁有其物，物有其容，情以物迁，辞以情发。"②那些洋洋洒洒恣意纵横的文字，流溢出作者的情感宣言："童年和故乡一次次潜入珠月的梦中，它们是珠月所有理想和向往的发源地。"①p74-75"人禀七情，应物思感；感物吟志，莫非自然。"②p54明珠月躺在暗夜漆黑的草垛上无限遐想："珠月躺在草垛上感到自己像神仙似的。远处的青山还有山上瀑布的响声，她只是静静地看着听着，心中生起了对于天地和人生的无限热爱和抱负。她爬起来，站在草垛旁边，一丝不苟地望着前面连绵的青山，现在只剩一个轮廓了。可珠月知道那轮廓里面现在是一个静谧又伟大的世界，特别到了明天，它又是一片青绿的树林竹林。田野里也黑漆漆的，可是这黑漆漆里却蕴藏着无限的生机，待收割的稻谷，绿绿的青菜地，还有那不停歇的蛙鸣。"①p68胡梅仙就是凭借自己深厚的诗歌、散文写作底蕴，在长篇小说创作中，用非同凡响的笔触，讴歌乡音乡情、自然景色，勾画自己的生态伦理观念，表现其"山沓水匝，树杂云合。目既往返，心亦吐纳。春日迟迟，秋风飒飒。情往似赠，兴来如答"②p378的美学追求。

二

《荆棘与珍珠》展现的作者的生态文学观是广大宏阔的。"生态文学是一个包容智慧、理智的美丽并有世间万物相伴随的生命境界和大宇宙境界。自然不仅包括我们脚下的大地，还包括天空和宇宙空间。"③作者的宏愿"让宇宙空间都呈现健康、活力、绿意，让宏观深远的生态视野延续到无穷广域，宇宙生态文学把我们的精神追求、安身立命之所置于更广阔而充满活力的宇宙空间，一个生命之神灵可以翱翔或歇息的自由、自在居所。"③p146王国维论及摹景抒情言志："大家之作，其言情也必沁人心脾，其写景也必豁人耳目。其辞脱口而出，无矫揉妆束之态。以其所见者真，所知者深也。"④胡梅仙描摹事物，是为了服务人物形象的塑造，抒发对故乡对亲人的依恋之情，表达柔情缱绻的乡愁情结，更为重要的是对乡村在城镇化进程中深刻的生态反思。

《荆棘与珍珠》建构了理性睿智的生态观念以对抗冰冷、世俗、势利的现实。珠月对故乡、自然、亲人友朋持之以恒与坚韧异常的爱，成为珠月日后应对生活困难、事业挫折、人生绝望的利器。"每到绝望时，她就会想念童年的阳光。那时候的阳光真是称得上明媚，是充满着初生的希望。所有的希望、理想、对美好生活的想象都在阳光的普照下就像往土地上撒着欢喜的带彩的光粒。"①p113

伴随城镇化进程，有担当的作者对乡村生态不免产生深深的忧虑。故乡亲人宽敞明亮的房屋，或者由于各种各样的原因被迫搬离。农村老屋随着岁月的流逝颓败衰朽，或许因为没有人居住而成为废墟。山间清澈的小溪失去了往日的甘甜，村庄里乡亲们打渔、给童年带来无限欢乐的清水荡漾的池塘被填埋，今已荡然无存。绿油油的山坡由于某种活动开展的挖坟，造成深深的伦理生态灾难。作者的理想是"让生态成为意识，成为人们血液中的自然成分，让作品充溢着生态之美生态关怀，对于自然的爱惜、理想融入人们的意识和国民意识形态"⑤。由此，她塑造了理性智慧的主人公形象，"呼唤干净、纯洁、尺度、规范以及怎样做一个美丽的光辉的人"⑥。甚而，作者冀求"和命运抗争窥探命运，回避命运的灾难，抓住命运的机会"⑦。

作者富有地域色彩、个性特色的生态描写，昭示抵御社会危机的前瞻和睿智。人类处在深刻的生存危机时刻，有识之士左奔右突寻求解决途径，"以甚至不畏惧进行无限斗争的勇气与之进行斗争。从无信仰的毁灭大火中，从对西方人类使命绝望之余火中，从巨大的厌倦之灰烬中，作为伟大的、遥远的人类未来的象征，具有新的生命内在生命本质的、升华为精神的不死之鸟将再生。因为唯有精神是永生的"⑧。

注释【Notes】

①胡梅仙：《荆棘与珍珠》，长江文艺出版社2018年版，第72页。以下只在文中注明页码，不再一一做注。

②赵仲邑：《〈文心雕龙〉译注》，广西人民出版社1987年版，第377页。以下只在文中注明页码，不再一一做注。

③胡梅仙：《宇宙生态观与空间生态诗学》，载《学术研究》2017年第7期，第146页。以下只在文中注明页码，不再一一做注。

④王国维.《人间词话》，齐鲁书社1986年版，第8页。

⑤胡梅仙：《我想象的生态文学》，载《社会科学论坛》2019年第3期，第116页。

⑥胡梅仙：《人生是一个检验的过程》，载《名作欣赏》2021年第35期，第33页。

⑦胡梅仙：《谶言、事实和命运》，载《名作欣赏》2021年第35期，第34页。

⑧胡塞尔：《欧洲科学的危机与超越论的现象学》，王炳文译，商务印书馆2017年版，第421页。

现实和心灵的"诗与真"
——论胡梅仙长篇小说《荆棘与珍珠》

魏 雪

内容提要：在胡梅仙的长篇小说《荆棘与珍珠》中梦幻与现实交织，抒情与写实杂糅，现实生活的凄苦经历与心灵世界的爱欲追求相映衬，构造了一种沉郁凝重而又空灵回旋的灵性艺术空间。浓厚的生活沉思和真诚的欲望抒发，呈现出人性的善与恶、美与丑。童年回忆和梦境幻想构筑出人性至善的乐土和爱欲自由的乐园。梦幻现实主义手法表达了现实和心灵的"诗与真"。

关键词：《荆棘与珍珠》；诗与真；梦幻现实主义

作者简介：魏雪，荆楚理工学院文学与传媒学院副教授，研究方向：中国现当代文学。

Title: "Poetry and Truth" of Reality and Soul — On Hu Meixian's Novel *Thorns and Pearls*

Abstract: In Hu Meixian's novel *Thorns and Pearls*, dream and reality are interwoven, lyricism and realism are blended, and the bitter experience of real life is set off against the pursuit of love in the spiritual world, which creates a kind of spiritual art space that is solemn and ethereal. The deep contemplation of life and the sincere expression of desire show the good and evil, beauty and ugliness of human nature. The childhood memories and dreams construct the paradise of human goodness and the paradise of love freedom. The technique of fantasy realism expresses the "Poetry and Truth" of reality and soul.

Key Words: *Thorns and Pearls*; poetry and truth; dream realism

About Author: Wei Xue, Associate Professor, School of Literature and Media, Jingchu University of Technology, majoring in Chinese modern and contemporary literature.

歌德将自传命名为《诗与真》（*Dichtung und Wahrheit*，英文译为 *Truth and Poetry, from My Own Life*），意为回忆中的"诗与真"，文学的幻想与事实之真并重，为此，后人普遍将"诗与真"用于形容文艺作品的文学性和历史性。梁宗岱在诗论著作集《诗与真·诗与真二集》中将歌德的"诗与真"进一步阐发，"真是诗底唯一深固的始基，诗是真底最高与最终实现"[①]，强调艺术上的"心灵之真"。笔者借用梁宗岱先生"诗与真"的阐发之意，认为"诗与真"不仅代表着文学作品的现实性与文学性统一，而且意味着作家创作的真实而真诚的艺术传达，无论是描写现实还是梦幻想象，都来源于作者对于生活的感动和生命的体验，是创作主体内在经验的表达。《荆棘与珍珠》通过主人公明珠月的视角，描写复杂真实的现实生活的同时，通过梦境幻想细腻地展示主人公对于爱欲的追求，以现实为主体、梦幻为翅膀，将现实与梦幻交织。小说于无形中升腾为一个富有神性和灵性的艺术空间，这种淋漓尽致的艺术表现力来源于作者的"心灵之真"。

一、现实之真实

现实的真实感是一部小说重要的优点。《荆棘与珍珠》通过对主人公明珠月的回忆和现实生活碎片式的描写，串联起明珠月从童年到成年的人生经历。无论是表现纯真美好的童年时光，还是展现孤独落寞的成年生活，小说均对现实生活场景进行了细腻的描摹和刻画，大量的细节描写带来一种现场的逼真感。同时，小说还通过描写表现了人生之苦难、生活之艰辛的主题，这种描写近乎是对现实生活原生态的还原，这是作者对现实生活的真实感受，对于社会人生的真切洞察。艺术来源于生活，文学作品现实的真实感出自作家对于生活的细致观察和深刻体悟，以及在此基础上精细的描摹和典型的再现。

小说对明珠月家乡的生活场景的生动描写使人读来倍感真实。这些细节来源于作者的亲身经历和细致观察，小说主人公的人生经历是否为作者亲历我们无法揣测，但是明珠月的童年生活的环境取自于作者胡梅仙的家乡湖北咸宁，乡村的自然风貌、民风民俗均来自于作者少时所熟悉的家乡。小年腊月二十四打扬尘，腊月二十六七打豆腐，二十九或大年三十晚上炸糯米圆子，这些都"是珠月家乡过年的一个显著标志"，湖北其他乡村过年也有着类似的习俗。"珠月妈除了过年炸圆子、卷之外，还会炸麻花、苕片、苕糕等，过年之前好多天她已做了很多'麻块'。是用爆米花和红薯熬成的糖搅在一起做的，很好吃，切成一块一块的，放在防潮的坛子里。每到过年，珠月家一定有几坛这样的'麻块'。"②此"麻块"即为湖北咸宁一带的特产，湖北乡村几乎家家户户都有过年储备零食的罐子，这些充满了生活气息的细节出自于作者的童年经历。作者在小说中以轻松的笔调不厌其烦地描绘童年美好时光，而童年生活的真实回忆同样散发着原汁原味儿的泥土的芬芳气息，美好温馨的情调清新动人。

现实生活之艰难是小说给读者展现的另一种真实。《荆棘与珍珠》以明珠月的人生经历为中心，穿插复杂百态的现实生活，通过珠月及普通人的遭遇展现人之生来不易，世间苍凉之感就油然而生。正如小说标题"荆棘与珍珠"所示，生活本身即是一片"荆棘"，需要经历磨砺才能变成"珍珠"。明珠月的一生是苦难的，童年的贫苦、青年的坎坷、中年的孤独……珠月周围的人也经历了各种人生的苦难和生活的艰辛，小说从多维度展现的"生之艰难"具有普遍性。虽然是女作家写作的、以反映女性生活和心理为主的作品，但不同于一般女性文学拘泥于女性生存现状的表达，《荆棘与珍珠》对于现实人生的表现是多方位的，涉及爱情、家庭、学习、工作诸多方面，不局限于女性主人公的个人生活，还大量描写了主人公周围人的生存状态，囊括了亲人、乡民、同学、同事等诸多人物形象。现实空间也是多方位的，乡村、校园、医院、市井……涉及现实社会的多个层面，所有的人和事都让读者感觉貌似曾经历过或听闻过。这种来源于作者对生活深切体认的表现力已经远远超出了一般女性文学表现女性个体的范畴，扩展到了关于人的现实生活和人性共性的层次。

二、心灵之真挚

小说的另一个维度是明珠月的梦境，如果说"现实之真实"侧重的是主人公的现实生活，那么穿插其间的梦境描写则给读者充分展现了明珠月的心理空间，这一空间呈现的是女主人公对于爱欲的追求，对于真善美的渴望。孤独的珠月与现实世界的社会空间相剥离，沉浸在自己的个人世界中，与两位男性的爱情幻想大胆而热烈，小说中这种梦幻描写折射出作者真挚的心灵之境。

爱欲的追求是珠月梦幻中的主体，明珠月的爱欲幻想从因颉到旷诗，经历了由精神之爱到灵肉合一之爱的发展，这种变化象征着女性个体情爱观的逐渐成熟。因颉在明珠月的生命中是美好精神的象征、神性的存在。尽管现实中珠月给因颉的消息得不到回应，被因颉拒绝，但这并不妨碍珠月在精神世界中幻想着与因颉的种种相遇，因颉是她在现实婚姻受到不幸的伤害中唯一能够寻求的情感寄托，这份感情珠月苦苦追求、念念不舍，爱因颉在珠月看来就是爱自己。"每一个人都会爱自己，在珠月的身体有一个因颉，是这个因颉让珠月感到了圣洁纯粹的极致快乐。"②p227因为因颉的存在，珠月的内心如天空一样明净而安宁。但是珠月对因颉的爱在梦中总是受到各种阻拦，因颉的妻子以及周围的人，梦中的阻隔其实也象征着珠月内心对于这份爱的迟疑和生涩。在长期思念因颉无果的情况下，明珠月遇到了现实中的旷诗，旷诗成为她几年中唯一想去见面的人。二十多年对因颉无望的相思在旷诗的巨大引力中，使珠月的梦境发生了转移。与因颉在梦中相会总是受到重重阻拦不同，与旷诗相会的梦中两人无惧旁人地相爱。尤其是珠月与余清离婚之后的梦境，充满了灵与肉的纠缠，梦境变得大胆而热烈。如果说与因颉的梦吐露着青涩芬芳的清香，与旷诗的梦则是爱与欲无所畏惧地尽情展示。梦中情欲的花朵犹如凡·高的向日葵一样怒放，这种变化象征着珠月的内心逐渐摆脱世俗的束缚，是苦苦追求爱欲而不得的一种全面自我释放。但是正当珠月沉浸在这种梦境中时，旷诗却逐渐显露出他凶恶的一面，开始暗中阻挠与破坏珠月的工作和生活。在经历了种种被迫害之后，珠月在梦中与旷诗逐渐分离，珠月想起了因颉以前说的那句话"爱就是灾"，最终旷诗自杀。作者的这种描写是否隐喻着情欲的过度放纵会导致现实的灾难？犹如莎士比亚的《安东尼与克莉奥佩特拉》，情欲的纵情燃烧之后即是彻底的毁灭。

　　除了爱欲的追求，小说的心灵之境还有明珠月对于善与美的祈求。童年的美好是珠月精神的原乡，梦中的因颉是珠月精神的方向。每每遭遇不幸时，童年甜美的回忆使疲惫不堪的珠月洗涤尘世的污浊，重新获得纯净和清新；梦中聪明的因颉使孤独无助的珠月赶走内心笼罩的阴霾，重新获得启示和力量。梦境中因颉是美好的化身，是神性的象征，是珠月的护身符。珠月通过梦幻中因颉的暗示和指引，由软弱走向坚强，由单纯变得成熟，虽然历经艰险，但最终渡过难关，实现精神境界的升华。珠月的因颉仿佛但丁的贝阿特丽采一样，能够带领她走向至善至美的天堂，沐浴神性的光辉。尽管在现实生活中遇到诸多困难，但是在梦境幻想中珠月会得到启示获得力量化解苦难。童年生活虽然在物质上贫苦，但是珠月能够体会到乡间的乐趣

和家庭的温暖。婚姻中的珠月遭受丈夫无情的背叛和漠视，但她仍然记得余清的一点好，梦中"珠月知道余清就是那条被农夫救起来的蛇，最终它会咬那个可怜的农夫。珠月知道余清会咬她伤害她糟蹋她，可是她还是愿意去救他"[②p396]。现实中珠月的父亲爱说大话、花钱如流水，但珠月心中的爸爸是正直善良的，梦中的爸爸是神仙下凡，会告诉珠月很多事情，让她知道吉凶祸福。在梦中，珠月尽管被旷诗伤害得千疮百孔，但是她仍然爱着旷诗，希望旷诗能拥有幸福快乐的生活。面对苦难和挫折，珠月总是在梦中汲取力量，用一颗宽容的心去化解。珠月幻想着因为自己的纯洁、美好、正义，自己成了不败之神。珠月的种种美好的期盼和幻想其实是作者在经历了人世的复杂之后获得的一种人生大智慧。爱欲的自由与美好、人际关系的平等与和谐、普遍的正直与良善是作者在小说中渗透出的心灵之光。

三、梦幻与现实的诗性表达

　　如果说"现实之真实"和"心灵之真挚"体现的是小说"写什么"，那么小说"怎么写"的问题也值得笔者进行分析。关于小说采用何种创作方式，作者胡梅仙在《梦幻现实主义的荷花（自序）》中明确指出：

　　马尔克斯说《百年孤独》是为了把他所有的童年体验用一种最完美的形式表现出来，他用的是魔幻现实主义，我也想把我目前为止所有的人生体验写出来，用一种我自己独有的方式，就是梦幻现实主义。[②p1]

　　作者的梦幻现实主义强调的是通过梦幻写现实，采用梦幻幻想的方式表现现实和心灵的真实。这种梦幻现实主义与魔幻现实主义看似相似，实则有着鲜明的区分。梦幻现实主义中梦幻的载体是主人公的梦境，呈现的是梦境中的内容；而魔幻现实主义的载体是作家的想象，主要采用夸张、荒诞描写等手法加工变异的现实。两种创作方法的最终指向不同，梦幻现实主义指向现实，是客体在梦境中

的投影，通过梦境反映现实；而魔幻现实主义指向想象，是创作主体把某种现实变成幻想的或魔幻的新现实。同时，《荆棘与珍珠》的梦幻现实主义与梦幻体作品也有所不同。梦幻体作品"通常"表现叙述者昏然入睡，通常是在一派春色中，并且梦到他将要叙述的事件；他通常"是由一位向导（人或动物）引领，他的梦中经历至少在一定程度上是个寓言"③。但丁的《神曲》、刘易斯·卡罗尔的《爱丽丝漫游奇境记》就是典型的梦幻体作品。但是，《荆棘与珍珠》的梦幻现实主义是梦幻和现实两大部分被分成若干碎片并同时存在于小说中，并不是像梦幻体作品呈现一个完整的梦境。《荆棘与珍珠》的梦幻现实主义在某种程度上更接近于超现实主义。超现实主义强调梦的真实性，描写对象是潜意识、梦境，采用摆脱理性约束的自动写作法，运用象征、寓意等艺术手段。这些特征与《荆棘与珍珠》的创作方式有着相似之处。小说中明珠月的现实与回忆、梦境穿插，很多片段似是幻想，亦似回忆，又似乎是梦境，时空被切割成若干碎片，珠月梦中的因颉象征着珠月的理想，旷诗象征着珠月理想的幻灭。"荆棘"寓意着人生之艰难，"珍珠"则寓意着真善美。超现实主义的代表人物布勒东在《连接的容器》中指出："日常生活中的各种事件都是围绕着人的感情、心愿和欲望而产生的；至于梦中的情景，那只是日常生活中各种事件的再现……人在清醒状态中常常自觉或不自觉地加以控制和压抑的感情、欲望便在梦境中强烈地表现出来。""表面上似乎完全对立的梦境和清醒状态实际上是彼此相通的，如同两个连接的容器一样，它们有一个共同的主导力量，那就是人的欲望"④。小说中明珠月的梦境和现实互相矛盾而又互相观照，梦境反映她的现实种种，并且能预示和引导珠月的现实生活。珠月的梦境包含着她内心希望进入的状态，对于爱欲的渴求，对于生活幸福的追求，

对于纯真、善良、美好的期盼。梦幻现实主义这种奇特的创作方式将现实和幻想融为一体，反映了现实和心灵之真。

与梦幻现实主义创作方式相协调的是诗化的语言，这也是小说的一个显著特点。打开小说，扑面而来的是一种空灵唯美的浪漫气息。优美的田园风光、晦暗的都市生活、神秘的宗教寺庙、扑朔迷离的梦境、忧郁敏感的珠月的内心世界……诗意的语言点缀在整部小说中发出珍珠般的光泽。"每个作家并且应该要创造他自己底文字——能够充分表现他底个性，他底特殊的感受，特殊的观察，特殊的内心生活的文字。"①p58《荆棘与珍珠》诗意的语言与作者所要表达的充满了爱的真善美的浪漫主义风格相得益彰，亦真亦幻的情节结构方式，通篇洋溢着灵性和神性，诗化的语言形成了别致的抒情情调。值得注意的是，小说诗化语言具有一定的哲理色彩，这种人生哲理关于爱，关于人生、命运，与宗教思想相关。同时，与新时期汪曾祺、何立伟等作家倾向于古典风格的诗化语言不同，《荆棘与珍珠》的语言更多地倾向于现代诗歌的风格，甚至在小说中根据抒情需要直接出现现代诗的片段。诗化的语言直白地展现主人公明珠月的内心世界以及对于生活的感悟。现实生活虽然充满了苦难，但明珠月亦可在历经磨砺之后将其变成美丽的珍珠。

注释【Notes】

①梁宗岱：《诗与真·诗与真二集》，外国文学出版社1984年版，第5页。以下只在文中注明页码，不再一一做注。

②胡梅仙：《荆棘与珍珠（上册）》，长江文艺出版社2018年版，第77页。以下只在文中注明页码，不再一一做注。

③[美]M.H.艾布拉姆斯：《文学术语词典》，吴松江等译，北京大学出版社2014年版，第95页。

④柳鸣九：《未来主义 超现实主义 魔幻现实主义》，中国社会科学出版社1987年版，第133—134页。

诗性与隐喻的变奏
——论胡梅仙长篇小说《荆棘与珍珠》

徐 勇

内容提要：胡梅仙的长篇小说《荆棘与珍珠》是一部呓语体的小说。它不是回忆体，也不是故事体，颇类似于意识流，但与意识流又不太一样，称其为"自由间接体"或许更为合适。这种书写方式使得小说章节和内容间的逻辑呈现为一种情感和想象思绪的逻辑，决定了这部小说中主人公形象和作者形象常常是缠绕在一起的。《荆棘与珍珠》再一次表明了黑格尔的理念命题的正确性：理念在经过了经验界或现象界的混乱和有节奏的散布后总能回归自身，实现自己。

关键词：《荆棘与珍珠》；"自由间接体"；梦幻现实主义；诗性；救赎

作者简介：徐勇，厦门大学中文系教授，研究方向：中国现当代文学。

Title: Poetic and Metaphorical Variations — On Hu Meixian's Novel *Thorns and Pearls*

Abstract: Hu Meixian's novel *Thorns and Pearls* is a novel of whispering style. It is not a body of memory, nor is it a body of story, quite similar to the stream of consciousness, but not quite the same as the stream of consciousness, and it may be more appropriate to call it the "free indirect body". This way of writing makes the logic between chapters and contents of the novel appear as a logic of emotions and imaginary thoughts, which determines that the image of the hero and the image of the author in this novel are often intertwined. *Thorns and Pearls* once again shows the correctness of Hegel's idea proposition: the idea can always return to itself and realize itself after passing through the chaotic and rhythmic dispersion of the empirical or phenomenal world.

Key Words: *Thorns and Pearls*; "free indirect body"; dream realism; poetic character; redemption

About Author: XuYong, Professor, Department of Chinese, Xiamen University, majoring in Chinese modern and contemporary literature.

胡梅仙洋洋洒洒85.8万字的长篇小说《荆棘与珍珠》是一部"表现出个人独特思想和叙述的魅力"（《荆棘与珍珠》封底语）的小说，其显露出来的语言的繁复、叙述的张力及女性主义气质，确实让人惊叹：凭借一种怎样的耐力才能完成如此庞大的巨制？不仅如此，这部小说对读者来说似乎也是一次巨大的挑战：不耐下心来，摒除杂念，是绝难想象能把小说从头读到终了的。与挑战一起出现的，是这部小说所提出的如下问题：什么样的小说才算是好的小说？小说在何种程度上的创新才能被广为接受？德里克•阿特里奇曾把"创新"和"独特性"来定义包括文学在内的艺术①，对《荆棘与珍珠》的理解，也应从这一脉络中展开。

一

胡梅仙并不仅仅是一个小说家，她还有两重重要的身份，即学者和诗人。对理解《荆棘与珍珠》来说，身份的差异并非可有可无。虽然很难从她的文学研究和小说写作中找到两者之间的实际关联，但从她所一直关注的命题来看，胡梅仙其实是一个颇为崇尚自由主义的人。在现实生活中，我们可能会受到各种规范的限制，个体性难免要服从于集体性，个人自由的发挥因而总是有限的；但在写作中，我们却可以做到尽可能的无拘无束。可以说，正是在这个意义上，《荆棘与珍珠》是一次充分自由的写作：在这部小说中，作者充分发挥了自己的想象力和自由力，文学规范和惯例被打破或无视，在叙述者和主人公之间随意穿梭，现实和梦境之间率性往返。这使我们想起她的另一重身份，即诗人的身份。从她这部皇皇巨著中，我们更多感觉到的是作为诗人的胡梅仙的存在，即是说，《荆棘与珍珠》是一个作为诗人形象的胡梅仙创作的一部介于诗和小说之间的文本。这是就以下三个层面说的。首先，这是一部充满诗性的小说。如果说小说性是一种叙事性的话，《荆棘与珍珠》就是一种诗性的表现。小说并不以故事的讲述作为其追求和目标，小说自始至终都没有讲述一个完整的故事。小说也没有创造一个立体、丰富和完整的人物形象。但这并不意味着小说就是线索漫漶的，相反的，小说是以主人公明珠月这一人物形象及其思绪作为贯穿始终的线索的。拒绝故事和叙事，拒绝人物塑造，其实就是为了凸显思绪的波折和演进，从这个角度看，《荆棘与珍珠》可以说是一部严格意义上的心路历程小说。这里的诗性是一种心灵性的表象。其次，小说的主人公明珠月也是一个具有诗性气质的人物形象。说其具有诗性气质是指，她并不是一个理性的人，在她身上，感性往往大于理性的存在。她是一个耽于想象且被想象所左右和塑造的人。最后，这是一部呓语体的小说。它不是回忆体，也不是故事体，颇类似于意识流，但与意识流又不太一样。称其为"自由间接体"或许更为合适："只要一开始讲关于某个角色的故事，叙述就似乎想要把自己围绕那个角色折起来，想要融入那个角色，想要呈现出他或她思考和言谈的方式。一个小说家的全知很快就成了一种秘密的分享，这就叫'自由间接体'"，"叙述似乎从小说家那里飘远了，带上了人物的种种特征，人物现在似乎'拥有'了这些词。……我们离意识流十分接近了。"②表现在小说中，是如下这样的句式即"珠月梦见""珠月想""珠月不怕死"③之间界限的模糊和随意转

换。读着读着，我们便会疑惑：到底哪里是珠月梦见的，哪里是珠月的想象，哪里又是叙述者的叙述，它们之间的界限何在？这样一种"自由间接体"，使得小说章节和内容间的逻辑呈现为一种情感的逻辑，它是一种呓语的逻辑。连贯不是小说的追求，时间上的起承转合也不是它的表象，它追求的是一种情感体验和想象思绪的逻辑。读者稍不留神，追不上这一逻辑的脚步，便会被小说叙述的迷雾裹挟，不知所踪。

小说虽然是以第三人称展开叙述，但却不是客观节制的，它是主观的、随意的和恣肆的。"自由间接体"的叙述方式，决定了这部小说中主人公形象和作者形象常常是缠绕在一起的。这当然不是说我们要从传记的角度解读这部小说，而是说我们要从诗人的感情、思想和思绪灌注的角度去理解珠月这一形象的塑造。不理解这一点，就不能真正理解这一小说。就此而论，珠月这一形象的塑造是颇为独特的。通过阅读小说，我们可以大致还原出小说的故事框架和人物形象的整体特征。就故事框架而言，小说呈现的是明珠月同三个男人——余清、因颉和旷诗——之间的感情纠葛。虽然说我们不能还原珠月与这三个男人之间的感情的起承转合，但我们能感受到珠月这一主人公的心路历程。她情感丰富，颇为自恋，耽于想象而行动力不强；某种程度上，还有轻微的受虐倾向。这是明珠月这一形象的整体特征，另外还应加上：来自农村，吃过苦，博士毕业。

这样我们就可以说，小说是在讲述"70后"一代女性的心路历程，即理想目标处于茫然状态中的一代人在情感上无所依托之表征。既对物质有一定的追求，又在想象的层面视金钱为粪土；既对感情有所希望，但又不知道何种感情才是自己所最为看重的；既执着，又深深地迷惘。正所谓是中间状态的情感人生。因此，这三个男人与珠月之间的关系就具有了某种隐喻关系。这是一女三男模式的原型表达。作为丈夫的余清，属于现实层面和物质层面——虽然在现实层面上，珠月并没有得到余清很多物质上的满足；因颉属于情感层面上的

内在需求，具有某种超越性，常常对珠月造成身体和精神上的压迫。情感需要是更为内在的，也更为持久的，因此宿命般地决定了珠月不能很好地处理同丈夫与旷诗的关系。她始终感到生活在远方：因颉是一种远方的隐喻。旷诗则象征着两者之间的杂糅状态。珠月在因颉和余清身上所体验到的矛盾、纠葛、痛苦和压抑，都在她和旷诗的复杂纠葛中得到淋漓尽致地呈现。她既渴望又惧怕，既被深深伤害，又无法挣脱出去。因此，最后只能寄希望于旷诗的自杀来解决这一内在矛盾了。

二

虽然，这部作品可以用诗性来概括，但正如胡梅仙在一篇创作谈中所说，她写作此书的一个意图是"想表现的一个重大主题即'人心即宗教'"④，即是说，这部作品的写作有着某种隐喻性。这种隐喻性当然可以说是作者的某种强大的野心的表征，她想写出张承志《心灵史》式的作品，"《荆棘与珍珠》不仅是一个文学梦想的实现，而且是一个价值和意义的实现。"⑤这种隐喻性更多表现在另一个层面，即混沌性上。借用拉康三界说，这是一部有意打破想象、象征和实在三界的小说。小说中，其乱花迷人眼的程度，让人分不清现实、想象和实在的区别，而事实上，作者/叙述者也似乎有意要让读者产生迷惑。因此，某种程度上可以说这是一部特别富有想象力的小说。她调用了各种资源，而且是具有预设性的资源来为自己的叙述服务。其中最典型者就是梦境。小说中有特别多的梦境描写。但这种梦境描写与通常意义上的其他作家的梦境描写不太一样，它不是补充，不是现实中的矛盾无法解决时的想象性的解决之道或恐惧的隐喻式表达（比如说李陀《无名指》的结尾），它具有现实的指向性。作者用"梦幻现实主义的风格"⑤来指称自己的作品应该说是很准确的，只是这里的"梦幻现实主义"应该从另外的意义上加以理解。

这里的梦幻现实主义应理解为小说风格上的梦幻和现实之间的界限的混淆。这一混淆可以从以下几个层面加以把握。首先是主人公层面。主人公经常受其梦境层面的引导，以至于分不清梦境与现实的区别，其结果是现实成了梦境的延伸，梦境成了现实的隐喻性表达。现实的恐惧在梦中得到呈现，梦境的表象又左右主人公的现实生活，两者之间常常难以两分。这是一种梦与现实的互文性关系的表征。主人公白天所经历的任何一件事，任何一个所思、所想、所虑、所惧的痕迹，都可能在梦中以另一种形式呈现出来，两者之间有着某种隐喻性的对应关系，即是说，可以直接找到梦境的现实线索。梦境的描写并不是我们理解中的那样具有非逻辑性、混乱，梦境在这部作品中具有逻辑性和隐喻性内涵。主人公的生活具有"魔幻现实主义的风格"正体现在这里。

这是不能很好地区分现实和梦境的结果。主人公常常生活在梦境的逻辑里，她不是一个生活在现实当中的人。这是一个和梦对话的主人公形象。可能，这也是这一部作品的价值之所在。胡梅仙创造了一部和梦对话的主人公形象。这一形象，容易使我们想起乔伊斯的《尤利西斯》和他的主人公。《荆棘与珍珠》可能不会被读者理解，实际情况也确实如此。珠月虽然生活在梦境与现实的交织之中，难以走出，但她有着强大的宗教情怀，她是她自己的宗教，是她的心灵的宗教的守护者，所以，珠月在旷诗不断地伤害她时，仍对旷诗充满期待并能宽宥、宽恕甚至爱着对方。这是宗教的力量在支撑着主人公，使她免于精神分裂和自闭症的困扰。因此，从这个角度看，小说呈现的是具有精神分裂倾向的主人公的自我救赎的表象。

其次是创作层面。所谓"梦幻现实主义"是指把现实作为梦境来加以描写的倾向，即是说，小说的写作也是一次梦的过程，它服从的是梦的不连贯和非连续性的逻辑。这并不是"梦境加现实"的写法，而是将写作变成了梦的隐喻和梦的样本。梦境不仅左右了主人公的生活，同时也左右了作者的写作。作者是在梦的逻辑下展开写作，这样额情况下，作品再沿用传统现实主义或新写实主义模式是难以有效阐释的。小说故事、情节和人物，是以一种互文性和散布的方式显示其存在，甚至可以说前后充满着矛盾，并具有反逻辑的倾向。但这种反逻辑，又都在梦境的逻辑下显示出其合理性和可阐释性。

而也正是梦的逻辑的制约之下，这部作品才真正并充分释放其想象力，才成就其絮语体。所谓想象是在不受现实的逻辑的支配下的自在状态，是在不顾或忽视现实逻辑下的自我放纵，因而也可以说是自我救赎。这与明珠月的形象特征是一致的。她是一个想象大于行动的人，她宁愿沉浸于遐想和写作中，也不愿或不曾付诸于实际行动。她宁愿在想象中自我满足、自我安慰，也不愿走出哪怕只是一小步。因而可以说，小说中的因颉和旷诗，都只是明珠月想象中的存在，是她想象出来的她自己的"他者"式存在——这是在对话中完成的自我的想象运作和自我的完成。虽然，这部小说自始至终都带有一种非逻辑、反故事的倾向，但其隐喻性却指向了黑格尔式的理念命题；《荆棘与珍珠》再一次表明了黑格尔的理念命题的正确性：理念在经过了经验界或现象界的混乱和有节奏的散布后总能回归自身，实现自己。说《荆棘与珍珠》是一部自我救赎的隐喻之作正是在这个层面上成立的。

当然，这样一种诗性的文体，并不是每一个读者——甚至包括专业读者——都能接受或能体会的。只有静下心来，放慢自己，卸下负担或束缚，想主人公之所想，感主人公之所感，才能进入其中，体会其中三昧。但终究，在这样一个他人即地狱的他者式语境中，当作者/叙述者/主人公只是在做着现实与梦境间的互文性指涉和自我想象时，我们怎能或如何才能做到移情式的阅读呢？另外，我们能否真正说服自己，静下心来，这似乎也是一个需要面对的疑问或问题。是耶，非耶？我们拭目以待。

注释【Notes】

①德里克·阿特里奇：《文学的独特性》，知识产权出版社2019年版，第4—5页。

②詹姆斯·伍德：《小说机杼》，河南大学出版社2015年版，第4—6页，

③胡梅仙：《荆棘与珍珠》，长江文艺出版社2018年版，第694页。

④胡梅仙：《人心即宗教——我谈〈荆棘与珍珠〉》，载《社会科学动态》2019年第4期。

⑤胡梅仙：《文学的最高意义是创造——〈荆棘与珍珠〉创作谈》，载《名作欣赏》2020年第11期。

《爱丽丝漫游奇境记》中空间意象 "门" 的探析

何珺芳

内容提要：《爱丽丝漫游奇境记》作为一部著名的儿童文学经典作品，自1865年出版后经久不衰，深受读者喜爱。相关的研究作品比比皆是，但研究内容主要局限于身份认同或文学翻译视角。20世纪末空间叙事理论得到长足发展，新的文学理论和方法的出现为我们研究这部文学经典提供了新的可能。本文运用空间叙事理论解析《爱丽丝漫游奇境记》中 "门" 的空间意象：小说中的空间意象 "门" 具有丰富的隐喻意义，对小说的人物形象的塑造、情节叙事的发展和主题思想的表达起重要作用。

关键词：《爱丽丝漫游奇境记》；门的意象

作者简介：何珺芳，毕业于华中农业大学外国语学院，主要研究方向为英语语言文学。

Title: Probing The Spatial Image "Door" in *Alice's Adventures in Wonderland*

Abstract: *Alice's Adventures in Wonderland*, a famous classic of children's literature, has been loved by readers since its publication in 1865. There are many related research works, but these researches are mainly limited to identity and translation perspectives. The theory of spatial narrative was well developed at the end of the 20th century, and the emergence of new literary theory and method open up new possibilities for the study of this literary classic. This paper uses spatial narrative theory to analyze the spatial image "door" in *Alice's Adventures in Wonderland*: "door" in the novel has a rich metaphorical meaning and plays an important role in shaping the characters, developing the narrative and expressing the thematic ideas of the novel.

Key Words: *Alice's Adventures in Wonderland*; Door Image; Image Metaphor

About Author: He Junfang, Graduated from College of Foreign Languages, Huazhong Agricultural University, Research direction in English Literature and Language

《爱丽丝漫游奇境记》（以下简称《爱丽丝》)是英国作家刘易斯·卡罗尔于1865年出版的一部经典儿童文学作品。这本小说因其独特的文学魅力，不仅深受孩子们的喜爱，也吸引了很多成年人。自出版以来经久不衰、历久弥坚。相关研究有李霞的《从评价理论视角看〈爱丽丝漫游奇境〉中儿童成长的自我认同》[1]，有彭华从生态批评视域角度研究的《〈爱丽丝漫游奇境〉的生态蕴涵》[2]，还有许多学者从文学翻译视角进行的研究。但运用空间叙事相关理论进行的研究所知甚少。虽然《爱丽丝漫游奇境记》作为维多利亚时期文学的典型代表并不像现代小说那样注重空间叙事，但它还是别具一格的，值得深入研究。

空间意象是物理空间与心理空间的复合体中的意象，在特定时空中产生、参与过程，建构小说的叙事意义。[3]本文将以空间中 "门" 的意象为切入点，主要从 "空间意象的隐喻义" 入手，从三个方面：身份隐喻、过滤机制和人物成长展开分析。

一、空间意象的内涵及特征

张世君教授在《红楼梦的空间叙事》中，点明了空间意象的内涵。"空间在叙事中的作用不容忽视。构成小说叙事从来都要靠空间意象的展开。"[4]伏东杰在文章《无声告白厨房意象解读》

中对空间意象的内涵作了详细阐述，"所谓空间意象，就是具有"意象性"特征的空间物体。这些空间物体在小说文本中反复出现，形成隐喻，成为空间意象"⑤。至于空间意象的特征，可以参照把握杜华平教授在《地理空间批评的几条路径》中提出的关于地理意象界定的三基点，可得出关于空间意象的三基点：一是与空间客体或空间事物相关，二是有形象感，三是有较丰富的意蕴。⑥作为建筑物中不可或缺的一部分，门与空间客体紧密相关。门的样式，门的开关给人以丰富的形象感。门的功用也很有讲究，像中国古代社会的门，门分大门、侧门、后门等等，出入门分高下，什么身份的人走什么门，《红楼梦》中贾府的大门，只有在迎接圣旨，元妃省亲时才打开。⑦可以说门与身份、礼仪、社会等级有着密切的关联。毫无疑问，《爱丽丝漫游奇境记》中的门就是一个典型的空间意象。小说中有多处提到门，比如爱丽丝由现实世界进入奇境途经的那个黑洞，可看作是隔离现实世界和奇境的"门"。白兔家挂着黄铜名牌的门，公爵夫人家被守卫看护的门以及皇后景色优美的后花园的门。不断出现的"门"，作者建构出"门"这个空间意象。

二、作为身份隐喻的"门"

在《爱丽丝》中关于房屋及其相关物"门"的描述非常丰富，其中最重要的就是白兔先生和公爵夫人家的门。"来到一个小巧玲珑的房子前面，门上钉着一块黄铜的名牌，上面刻着：'白兔'。"⑧加上之前对白兔着装的描述，一个中产阶级的形象就浮现在我们眼前。公爵夫人家，从"一片空地上，中间还有一座大约四尺高的房子"⑧p39门前还有身穿制服的青蛙仆人，也可以看出该住宅主人的社会地位不凡。

什么阶级的人就该居住在什么样的房子里，住宅形象地表现出社会等级。法国著名哲学家米歇尔·福柯在他的著作《规训与惩罚》一书中就阐明了权力如何通过空间来构建一个无所不在的规训与惩戒机制以便达到其统治的目标。⑨在这种空间和权力的相互结合中，现实中的物理空间已经开始具

备了高低贵贱的关系，空间已经成为人们身份建构的重要组成因素及衡量标准。结合小说的成书背景维多利亚时期，城市的快速发展，人口的急剧膨胀，造成了巨大的住房压力。那个时期的工人阶级要么居住在阴冷潮湿的地下室，要么生活在多户合租的廉价公寓里，或是住在背对而建的高密度住房里。对比白兔先生的住房和公爵夫人家的花园洋房还有门卫的住宅情况，深刻反映了社会地位的不同。门是人们接触住宅的第一步，门首要展现该住宅的情况，由此体现该住宅主人的社会阶层和地位。所以门在《爱丽丝漫游奇境记》中有重要的身份隐喻作用。

三、作为过滤机制的"门"

《爱丽丝》中也有许多和门相关的行为描写，在白兔家，"来到一个小巧玲珑的房子前面，门上钉着一块黄铜的名牌，上面刻着：'白兔'。她不敲门就推门进去，匆匆往楼上跑，心里慌得要命，真害怕遇上真的玛丽·安"。⑧p24"兔子马上就来到门口，想把门推开，但是，因为门是往里面开的，爱丽丝的胳膊肘紧紧抵在门上，兔子只能是白费劲。"⑧p25在公爵夫人家，"爱丽丝怯生生地走到门口，敲响了门"⑧p39。"她打开门走了进去。"在花园的门前，"她拿那把金钥匙打开通向花园的小门，然后才从口袋里掏出蘑菇，咬了一点点，直到自己的身子变成大约一尺高为止"⑧p55。《爱丽丝》的门开关与进门、出门，都有艺术上的考量，并具有特殊的意味。米克·巴尔在《叙述学：叙事理论导论》中就曾谈及"两个对立场所的界线可以起到一种特殊的作。"⑩空间与空间之间总是存在着边界，往往是建筑可见的一部分，比如：门、窗户、墙。安装在建筑墙上的窗户主要用于透光通风，和门比起来，窗户的空间交流性更弱。而墙的作用是绝对地分隔空间，与门相比，墙的隔绝性更强。门作为出入建筑的关键部分，发挥了重要的作用，既可以形成两个空间的交流，也可以隔离室内外形成两个空间。门的"开"可以将两个环境不同的空间连接，门的"闭"则界定分割开两个空间，使之各自构成相对完整封闭的空间结

构。所以门在确定建筑存在的同时，通过自身的开合划分界定了空间的"内部""外部"。进入中产阶级的代表白兔家时，爱丽丝被误认为是白兔家中的女仆玛丽·安，被白兔指使拿东西才进去人家中的。在公爵夫人家，起初爱丽丝想用一种礼貌的方式"敲门"拜访，青蛙仆人说"敲门什么用处也没有"，"这是因为两个原因。第一，我跟你一样也在门外；第二，他们在里面闹得乱糟糟，谁也不可能听见你敲门"。文明礼貌的开门方式在贵族阶级——公爵夫人家失去效力。而唯一的开门方式是"假如你在里面，你可以敲门，好让我开门放你出来"⑧p39。里面的人敲门才可以打开，强调了空间森严的规则与社会阶层的不可超越。书中还体现了门作为一种过滤机制的存在，我们看到爱丽丝不是正常地打开走进住宅里，相反她需要伪装成家中的女仆或者通过神奇的魔法使自己身形改变来适应门的大小，才能打开门进入到房屋里。门阻挡着不属于住宅主人同一社会等级的人，巩固维护着自身所隐喻的社会阶层。

四、作为突破隐喻的"门"

小说的一开始，爱丽丝就想打开那扇通往皇后花园的小门。在经历几次努力无果后，转而从中产阶级"白兔家"，到贵族阶级"公爵夫人家"再到统治阶级别——"皇后的花园"。最后爱丽丝拿着钥匙，通过蘑菇掌控自己的大小开门进入花园。门等级的升高伴随的是爱丽丝开门的方式变得更加理性成熟。一个摆脱懵懂、幼稚、怯畏，且越发理性、成熟、丰富的爱丽丝出现在我们眼前。由最初面对各种奇异生物的唯唯诺诺，到最后高声直呼"你们不过是一副纸牌罢了"，爱丽丝完成了她的成长与蜕变。她不仅学会了独立，还勇敢批判、反抗、颠覆所谓的权威秩序。爱丽丝从一开始的懵懂误入，惨招白兔先生及仆人的打击，到径直走入公爵夫人家，到用钥匙和蘑菇进入皇后的后花园参加槌球比赛，再到最后审判会上对皇后的公然反抗。她的成长突破在一步一步、一扇扇门中显现出来。身为房屋主人身份象征的门，一开始发挥其过滤机

制将爱丽丝排除在外，她却并没有就此放弃，而是先让自己通过门的过滤——因为空间的进入并非顺从的，而爱丽丝奋起反抗的是整个等级森严的上层阶级。

五、结语

《爱丽丝漫游奇境记》中的"门"既是住宅主人的身份地位的隐喻，又是一种过滤机制，同时表现出小说主人公的成长和自我突破。通过对小说中空间意象"门"进行的分析，再一次验证了空间意象不仅具有空间叙事的核心功能，还能够体现小说人物性格命运的变化，并推动整个故事情节的发展。本文从整体上对《爱丽丝漫游奇境记》中"门"的蕴含作用进行了研究，无论是从丰富《爱丽丝漫游奇境记》的研究方面，还是从促进空间意象的研究来看，都具有非常积极的意义。

注释【Notes】

①李霞：《从评价理论视角看爱丽丝漫游奇境中儿童成长的自我认同》，天津理工大学2014年硕士学位论文，第1页。

②彭华：《爱丽丝漫游奇境的生态蕴涵》，载《中华女子学院学报》2016年第28期，第124、128页。

③陆扬：《现代性与都市文化理论》，上海社会科学出版社2008年版，第114页。

④张世君：《〈红楼梦〉的空间叙事》，中国社会出版社1999年，第263、264页。

⑤伏东杰：《〈无声告白〉厨房意象解读》，载《南风》2016年第1期，第9、10页。

⑥杜华平：《地理空间批评的几条路径》，载《青海师范大学学报（哲学社会科学版）》2017第4期，第85、91页。

⑦陈梦盈：《浅析〈红楼梦〉中的"门"对于文本叙事的作用》，载《长春师范大学学报》2016年第1期。

⑧[英]刘易斯·卡洛尔：《爱丽丝漫游奇境记》，王永年译，二十一世纪出版社2010年版，第24页。以下只在文中注明页码，不再一一做注。

⑨[法]米歇尔·福柯：《规训与惩罚》，刘北成、杨远缨译，生活·读书·新知三联书店2003年版。

⑩[荷]米克·巴尔：《叙述学：叙事理论导论》，谭君强译，中国社会科学出版社1998年版。

论《二手时间》的人道主义情怀[①]

张存霞　丁　玲

内容提要： 人道主义精神是俄罗斯文学乃至世界文学的永恒主题，阿列克谢耶维奇的《二手时间》无疑为精彩之作。本文立足其中人道主义情怀的表达，深入探究其人道主义情怀形成的根源及其现实价值，以期为当前全球普遍存在的理想缺失、道德退化以及人性沉沦的困境提炼精神指向，更为读者反思历史、审视当下提供参考。

关键词： 《二手时间》；人道主义情怀；俄罗斯文学

作者简介： 张存霞，宁夏师范大学文学院教授，硕士，研究方向：比较文学。丁玲，宁夏师范大学汉语言文学专业学生。

Title: On the Humanitarian Sentiment of *Secondhand Time*

Abstract: Humanitarianism is an eternal theme in Russian literature and even world literature, and Alexievich's *Secondhand Time* is undoubtedly a wonderful work. This paper bases on the expression of humanitarian feelings, deeply probes the root causes of the formation of humanitarian feelings and its practical value, in order to refine the spiritual direction for the current global widespread ideal deficiency, moral degradation, and the plight of human nature sinking, and provide reference for readers to reflect on the history and examin the present.

Key Words: *Secondhand Time*; humanitarian sentiment; Russian Literature

About Author: Zhang Cunxia, Professor, College of Letters, Ningxia Normal University, M.A., research direction: Comparative Literature. **Ding Ling**, a student majoring in Chinese Language and Literature at Ningxia Normal University.

阿列克谢耶维奇的《二手时间》是一部呐喊之作，它向读者展示了无数普通人在宏大历史背景下的真实生活和感受。作者以深邃的同情心和细腻的笔触，捕捉被政治话语边缘化的人和事，勾勒出一幅人性尊严和挣扎生存的广阔画卷。该作品不仅是对苏联解体前后社会的翔实记录，更是对人道主义精神的一次深刻探讨，同时也揭示了一个真理：无论历史如何翻篇，每个人的生命和经历都值得被看见和尊重。

一、人道主义情怀之表达

在《二手时间》中，阿列克谢耶维奇精心编织了20则关于苏联解体前后的叙述篇章，聚焦22位核心角色的生活轨迹。通过对这些背景复杂、社会阶层多样、职业丰富的人物深入采访，表达了对其命运的深切同情、对其美好精神的高度赞扬以及对战争强烈谴责的人道主义情怀。

（一）体恤命途多舛的普通人

1.没落恍惚的政治精英

《二手时间》描绘了一群在社会主义与资本主义交错地带挣扎求存的政治精英。他们曾是坚定的共产主义战士，经历过战火洗礼的老兵，曾在苏联时期享有荣耀与尊崇。然而，随着政权的更迭，他们的命运急转直下，从巅峰坠入谷底。面对毕生奋斗成果的破灭和国家命运的剧变，他们陷入了深深的迷茫与无力；面对理想与现实的巨大落差，他们承受着巨大的冲击和屈辱。

老兵吉纳托夫，征战沙场，九死一生。退休后，他每年往返数千千米到布列斯特要塞，因为在那里他才能感受到自己是一个真正被捍卫的英雄。然而，这样一位布列斯特要塞的保卫者、1941年血腥战争的幸存者，在苏联解体后，受到资本主义意识形态的强烈冲击和侮辱。他亲身体会了后共产主义国家的"新主人"对"昨日英雄"的鄙视和厌恶，最终不甘受辱选择卧轨自杀。"如果说战争和核事故是导致死亡的外部力量，那么苏联解体则是从内部摧毁了人民的信仰。"②目睹毕生倾注心血的革命理想土崩瓦解，这种痛苦与绝望无疑是毁灭性的。但吉纳托夫"我宁可站着死去，也不愿意跪着去乞求可悲的补贴"③的遗言又折射出其深厚的"社会主义"情结。作者将这类饱经沧桑的政治精英呈现给世人，加深读者对那个时代不可逆转的国家命运的认识，即苏联的解体不仅仅是政治体制的崩溃，更是无数人信仰体系的坍塌和个人青春梦想的破灭。

2.困窘迷茫的知识分子

在苏联时代，众多知识分子经历了动荡不安的社会巨变。这些学者和思想家在学术领域获得了建树，形成了对国家和社会独到的见解，也曾寄希望于国家转型能够孕育新的生机，憧憬着一个更加关注人民福祉的社会主义。然而，苏维埃政权的崩溃如同晴空霹雳，顷刻间，人们积累的财富与成就化为乌有。知识分子群体的生活境遇骤降谷底，贫困与窘迫让他们尊严扫地。他们不再是为人们所尊重的对象，而是为生活被迫从事各种底层劳动；知识不再是摆脱贫困的武器，而沦为生活的笑柄。

《街上的噪声和厨房里的谈话》中，从圣彼得堡哲学系毕业的高材生在锅炉房做司炉工。他情愿少拿40卢布，以换取绝对的自由——在"赫鲁晓夫"式的厨房里读书、听BBC。他认为自己在产生思想。但实际上，走出逼仄狭小的厨房，他才意识到，时代剧变发出的巨大噪声早已将厨房里充满自由、文学、艺术的高谈阔论淹没。尖刻的抨击、生活的意义、普世的幸福在现实面前均为夸夸其谈的幻梦。

在特殊的历史时期，知识分子为了生存不得已加入追逐金钱的竞争中。大学生们投身到零售、洗碗或是清洁这些原本不属于他们的工作中；水管修理工竟是持有博士学位的专家；高等学府的教授在街头捡拾烟头……经济状况急剧恶化、民族冲突不断以及无处不在的资本掠夺，使许多人开始质疑并悔恨过去的选择。然而在时代的喧嚣与变迁中，个体的声音往往被历史的洪流所淹没。知识分子精神的困境和内心的迷茫，是作者难以言尽的心痛。

《二手时间》的创作深植于个体经验，作者以独特的视角聚焦社会中的边缘群体，为他们赋予声音。建筑师、工人……这些普通民众身份卑微、生活艰辛，是社会矛盾和冲突的受害者。作者不断切换长短焦距，广泛扫描小人物的生活现状，探究那些遭受心理创伤和身体磨难者的内心世界，记录他们的生活历程和精神印记。小人物的生活点滴为社会的真实面貌提供了鲜活的注脚。关注普通人的生活与生存，展现他们在逆境中顽强的生存状态和对美好生活的渴望，能够填补那些被忽视的历史细节，也可以捕捉历史宏观脉络中的亮色。因为普通人在历史长河中留下的每一道痕迹，都为审视和反思过往提供了最佳视角。

（二）观照追求自由的新式女性

《二手时间》中的女性大多是独立的，她们对于生活、爱情和理想有着深刻的体认。面对社会转型期的种种挑战，她们展现出了不同于男性的反映和应对方式。她们的故事为理解那个时代提供了另一视角，弥补了对后苏联时代社会转型的片面认识，也反映了作者对社会变迁中女性角色的关注和思考。

面对生活的困境，她们坚持追求自由的生活，坚定自己的原则和观念，展现出独立自主的精神。不同于传统俄罗斯女性的任劳任怨、顺从温良，她们根据自己的兴趣和能力去发展自己的人生道路。她们拒绝附属于男人，也不愿再被以自我为中心的丈夫所消耗。49岁的音乐家奥尔加·卡里莫娃，年轻时，发现怀孕后依然选择离开对她毫无爱意的丈夫，去追求全新的生活——工作、自由以及真正的爱情。她自始至终都在为自己而活，追求生命最本真的欲望和最浪漫的天性，拒绝将自己围于社会期望的评价体系中。

她们坚持耕耘精神世界，有丰富的内心世界和深刻的思考。《施舍的回忆和欲望的感觉》中，伊戈尔的朋友讲述她构筑精神的经历。她从十年级开始恋爱，在莫斯科看望男友的三天里，她近乎"贪婪"地把大部分时间都花在了读书上。她确信，书籍是战胜一切的秘密武器，语言有撼动世界的伟大力量。"只要给我读多夫拉托夫，还有维克托·涅科索夫，再让我听听加里奇的演唱，对我就足够了。我并不梦想到巴黎蒙马特去，也不梦想去看高迪的神圣家族大教堂，只要让我们自由地读书和说话就行了。读书！"③p175这种渴求知识，不断润色心灵的生活，坚持构筑精神的防空洞，积极向上的生命热情，展露了俄罗斯新女性独特的人格魅力。

《二手时间》中的女性形象是多面的，她们以真挚的情感和生活经历展现了社会转型期女性的挣扎与希望。在遭遇苦难的创伤后，她们并没有因此而变得歇斯底里、面目可憎，而是仍然坚守人性中最纯粹最可爱的情感，为自己的生活创造希望和可能。即便是烟火漫天之际，她们依然饱含对幸福的憧憬和对爱情的热望。她们是时代的缩影，更是新女性对生活和理想的深刻思考和努力追求。

（三）理性反思残酷的战争

阿列克谢耶维奇用数年时间采访了很多退伍军官，得知了他们的经历。他们的口述再现了战争的残酷，但也强调了人类面对苦难时的勇气、友爱和坚韧。

李安的电影《比利·林恩的中场战事》的主人公参加伊拉克战争后患上了严重的创伤后应激障碍，他会对巨大的声音以及绚丽的烟花感到恐惧。而《专政之美和水泥中的蝴蝶》中叶莲娜·尤里耶夫娜的父亲就患有这一后遗症。战后的他只要看到被杀死的动物、闻到血液的气味就大发雷霆。他也拒绝进入有灌木丛的森林，因为受困于参战的痛苦经历，他条件反射地联想到这里会隐藏着狙击手。战时，由于接受了敌人的救助，他成了战俘；战

后，他又以叛国罪被判处六年劳改，叛徒的身份使他被拒绝参加1941年的卫国战争。渴求生存的本能和接受敌人救助的罪恶感使他陷入肉体和精神的矛盾与割裂。战争、劳改以及被国家唾弃带来的精神梦魇和重压萦损着他的整个生命。

但人们对于生命的渴求和向往并没有被剧烈的炮火毁灭，人心灵深处对于同类的悲悯和哀怜并没有被战争的血泊冲淡。叶莲娜·尤里耶夫娜的父亲回忆，在芬兰战争期间，他成了战俘。是作为敌人的芬兰人将他从冰冷的湖里救出，本能地对他施以同情和关怀。在同类命若悬丝之际，他们心中无国界、无狭隘的民族主义，有的只是对于人本身的关注和对个体生命的珍视。作者将人性的高光时刻呈现出来，使饱受战争伤害的人们看到了人性的胜利，这比战争的胜利更具有抚慰人心的力量。

战争的真实面目往往被层层迷雾所掩盖，留给人们的印象似乎总是英勇牺牲、无私奉献、沉重的责任以及战争可能带来的长远福祉。然而，随着人类思想的演进与成熟，越来越多的人开始质疑战争的本质和真相：战争是否真的具有正义性和必要性？是否能够转化为真正的自由与解放？作者通过对退役老兵们的深入访谈与细腻观察，给予他们深切的同情与理解的同时传达出强烈的反战立场，以及对和平的殷切呼唤。

阿列克谢耶维奇以其长达四十多年的写作生涯和以记者身份身体力行地深入一个个鲜活的生命空间，以坚定的人道主义立场和悲悯的人道主义情怀，为人民奔走呼号，为时代鞠躬尽瘁。

二、人道主义情怀之形成

《二手时间》充分表达了自由、平等、博爱的人道主义情怀，这种人道主义情怀的形成有时间的沉淀、有作者对俄罗斯民族的热爱和对俄国文学人道主义精神的传承，更有对斯拉夫文化的深度弘扬。

（一）秉传俄国文学的人道主义精神

1.创作思想的继承

人道主义一直是俄国文学的母题，特别在19

世纪有浓重体现。普希金、陀思妥耶夫斯基、托尔斯泰，契诃夫……这些世界文学史上璀璨的"明珠"，一直以来都以宽阔的胸怀和无限的悲悯探究并发扬博爱世界、追求自由的人道主义精神，积淀了俄国文学的厚度。

普希金就是一位毕生弘扬人道主义精神的文学大师。"他的整个创作植根于基督教文化的土壤中，渗透着基督精神——博爱、宽容、忍让、行善"④。《叶甫盖尼·奥涅金》中达吉雅娜所展现的独立人格，凸显了普希金对于人本身的关注。陀思妥耶夫斯基始终保持对人的关怀。"地下室人"无法摆脱悲观封闭的"地下"状态，也不能融入虚伪复杂的"地上"世界，充满了矛盾、纠结和病态的自卑。"地下室人"的内心透射出陀思妥耶夫斯基对被侮辱和被损害人的深层观照，怜悯他们的不幸，更尊重他们的人格。蜚声文坛的托尔斯泰致力于对复杂人性和人类道德的探讨。《复活》中玛丝洛娃和聂赫留朵夫的复活历程表明，在人不断成长的道路上，爱的追求、善性的渴望最终都会成为一个"人"重生的元素。与前辈作家不约而同，契诃夫则以最温和的人间理论关爱劳苦者。不论聚焦底层人的悲惨生活还是深刻挖掘小人物的卑躬屈膝，都彰显了契诃夫对小人物的理解和宽慰。

秉传人道主义精神是俄国文学毋庸置疑的重要传统，像使命一样担负在每一位作家身上。作家们都以独特的视角和方式，探讨人类社会的存在以及人生命的价值。阿列克谢耶维奇就是在俄国文学人道情怀的沐浴下赓续前行。"阿列克谢耶维奇的文学写作，证明着俄罗斯文学传统的强大，也证明着俄罗斯文学精神的伟大。她的文学写作是对伟大的俄罗斯文学传统的完美接续。"⑤

此外，阿列克谢耶维奇出生地是前苏联的斯坦尼斯拉夫，父母分别是白俄罗斯人和乌克兰人。纯正的东斯拉夫血统使她对斯拉夫文化有着天然的亲近感。"作为斯拉夫民族中的普通一员，她的情绪与感情当中总是既包含普通民众的激情又含有本人的某些特质，因而她总是能够利用自己的身体感受与情绪思维诉说某些隐藏在夹缝里的微小情感颗粒，并且情感颗粒的不断结合与壮大也在向世界宣告斯拉夫文化世界的人道主义精神。"⑥她也曾表达："我有三个家：我的白俄罗斯土地，我父亲的故乡，我一直生活在这里；乌克兰，我妈妈的故乡，我的出生地；还有伟大的俄罗斯文化，没有伟大的俄罗斯文化就没有我。"⑦俄罗斯文化中蕴含对苦难的正视、对人性的拷问、对历史的责任，这都孕育了作家直面历史，直面真实，用生命写作的态度，构建了她的人道主义视野和立场。

2.叙述手法的继承

在叙述手法上，阿列克谢耶维奇也撷采于俄国文学人道主义独特的表达，其复调手法就是对陀思妥耶夫斯基的师承。"她以复调的眼光看待事件和人物，对任何一个故事，都不会只从一个方面去观察和表述。用她的话说：'在一个人的身上会发生所有的一切。'她不但写一个社会的两面和多面，还写一个人的两面和多面，而且让他们自己去讲述。"③p519《二手时间》完全呈现的是对话的主人公，作家只以采访者的身份出现甚至根本不出现。她始终扮演着倾听者的角色，捕捉在社会边缘角落里孤寂回响的声音，并将其生动地转化为文字，将微不足道的个体命运巧妙地融入到宏大的历史叙事之中。通过多声部的叙述手法，让在历史洪流中失语的人们都拥有平等的话语权。通过展现不同人群的生存状态，驱散遮蔽在人们眼前的迷雾，揭示出个人命运背后潜藏的历史真谛。

"阿列克谢耶维奇的纪实性文学作品，毫无疑问其主流方向遵循的是现实主义传统的，但是作家的写作方式不是对传统的完全照搬，而是融入了自己的创新风格。"⑧阿列克谢耶维奇不仅继承俄国文学人道主义悲天悯人、观照心灵的精神传统，而且在以往现实主义的基础上，形成自己颇有个性的人道主义体验和有分寸的表达：她采用复调写作的手法，让最平凡的个体道出现实真相，开拓了非虚构文学的新纪元，极大地拓深了俄国文学人道主义的内涵。

（二）作家的人道主义情怀

1.探寻事实真相

"在世界文学尤其是俄国文学当中，关于人灵魂的悲悯一直是斯拉夫民族知识分子书写的重要元素。从根本上来说，作家本身抵抗苦难与挫折的创作就是这种悲悯情怀的体现。"⑥p26在创作中，阿列克谢耶维奇展现了强大的共情精神与悲悯情怀以及超群轶类的抗压能力。她通过录音及反复裁剪整合将苦难深重甚至引起人强烈心理不适的人物与事件真实呈现。她完全尊重真相，忠实地记录事实。《切尔诺贝利的悲鸣》追悼切尔诺贝利事件的殉难者；《二手时间》讲述前苏联的解体影响普通个体的生存状态。残酷的真相是人们共同的记忆及伤痛，作者的目的是揭开虚伪的面纱，引导世人正视现状并积极疗愈。

阿列克谢耶维奇终其一生致力于修补这个世界的破碎，无论是为了减轻他人的苦难，还是为了公正和自由。她以旷日持久的坚持和身体力行的努力完美阐释了深厚的人道主义情怀，她的行为和态度激励人们思考如何在这个复杂世界中实践人道主义精神。

2.关怀人类命运

阿列克谢耶维奇的作品以其对人类命运的深情关注和对未来的深切忧虑而著称。她坚信人类应当从历史的沉淀中吸取智慧，以构筑一个和谐、公正、自由的世界为己任。她的笔触深入历史与人文的脉络，特别对在重大历史洪流中挣扎求存的普通人更是投以真挚的关怀。

阿列克谢耶维奇细致地记录战争、政变以及核灾难等重大事件，并分析了这些历史节点对人类社会乃至个体生活的巨大影响。她通过与当事人的深度访谈，让他们亲口诉说自己的故事，从而构筑起一幅苏联历史转折时期的全景图。这些故事不仅映射出时代的变迁，更揭示了人类在信仰、梦想和恐惧中的挣扎与追求。虽然作者隐身于叙述的背后，但读者依然能够感受到作者放眼全人类的宽大胸怀和富有人性温度的真诚情感。

她朴实无华的叙述风格和真诚细腻的文字表达呈现了战争的残酷与人性的矛盾复杂，但也透露出纷乱复杂背后的温情和友爱。也正是这关怀人类的普世情怀激发读者共同参与到反思历史、关注现实、展望未来的理性征程中。

三、人道主义情怀之价值

《二手时间》是一面镜子，映照出苏联解体后俄罗斯社会在政治、经济和文化等各个层面所经历的深刻变迁，为读者提供了一个反思现实、审视人性的视角。但《二手时间》的价值远不止于对过去的回顾，它同样对当今时代产生重要辐射。

（一）追求人文关怀

《二手时间》通过深入的人性剖析和对社会现象的敏锐观察，揭示了人类多维度的存在形态和幽微复杂的艰难处境。但真实再现历史不是作者写作的终极目标，而是"阿列克西耶维奇关心的核心永远是人性，是人在灾难面前呈现出的本真状态——每个人在各自的口述里，透出的愤怒、恐惧、坚忍、勇气、同情和爱"⑨。这种对个体的关注、对世界的博爱恰是照亮生活阴暗的正义之光，激发人们对生命价值和社会责任的深层认识。

当今是一个充满冲突和变革的时代。技术的快速发展带来了信息传播的平等性，但同时也导致了信息过载和混淆。技术工具便于人们表达自己的观点和故事，而技术也让信息的真实性变得扑朔迷离。人们面临着不同声音的影响，可能会在众多观点中迷失自我。《二手时间》所展现的自我反省和批判精神，促使人们关注在快速发展和变迁中被边缘化的人群，唤起人们的人文关怀，提醒人们在时代狂流中坚守价值观：尊重人的尊严和价值；关爱他人，维护他人权益；反对一切形式的歧视和压迫，关心和帮助困境中的人；提倡公平竞争，保障每个人的权利。"人道主义文学就是尊重人和同情人的文学。它关注人类命运，将人当作最高目的。它常常选择从人的内心世界和情感世界来观察人和表现人。"⑤p10在快节奏和高压力的现代社会中，《二手时间》传达的人道主义思想为人们及时提供了精神引导，帮助人们建立更为坚实的内心世界。它也明确提示：保持对人的尊重和关爱，对社会的深刻理解与批判性思考，是构建更加公正、和谐世界的重要途径。

（二）传承俄罗斯优秀文化

"她的作品印证了这个民族的成长、改变以及蜕变的艰难历程,全方位地记录了这个民族的心路历程。而对于整个世界来说,其主要文学作品也再次向人类展现出斯拉夫民族的精神特质,推动了民族文化与世界文化的融合。"⑥p37毫无疑问,《二手时间》是直面历史、直面真实的力作。《我是女兵,也是女人》记录二战中的苏联女兵……无论镜头转向哪里,都呈现的是俄罗斯的人与事,体现作者对俄罗斯的深厚情愫和用生命写作的态度,这是对俄罗斯优秀文化血脉的传承和发扬。

"文学的问题意识也应该是时代性的。也就是说,它应该关注时代生活中的重大问题和迫切性问题。密切关注时代生活的问题,深刻体验时代生活的痛苦,这是俄罗斯文学非常重要和伟大的精神传统。"⑤p8《二手时间》中作者通过对权力腐败、社会不公、人性弱点的披露和批判,不仅激发公众对正义和道德的追求,也为社会改革和进步提供了动力。通过精心构建的叙事结构和丰富的文化元素,将俄罗斯的历史、民俗和哲学融为一体,使读者走进历史的同时,也深度感受到俄罗斯文学的使命感,这恰是传承俄罗斯文学拯救社会、拯救人的光荣传统。这种血脉传承不仅增强了民族认同感,也架起世界文化交流的桥梁,促进不同文化之间的理解和尊重。而跨越国界和民族界限的人道主义情怀,把俄罗斯与世界连接为一个充满温情的共同体,让全世界的读者感受了俄罗斯优秀文化的动人。

《二手时间》的每个故事都是对个体价值的肯定,每段经历都彰显了人类在逆境中的韧性和希望。这些叙述汇集出作者川流不息的人道主义情怀,这必将对生存艰难、精神枯竭的人们给予强大的精神支撑和激励。

注释【Notes】

①本文系2020年宁夏高校一流本科课程《外国文学史》和宁夏高校本科教育教学改革研究与实践项目《新文科视域下汉语言文学专业外国文学课程立体化教学模式构建》(bjg2021069)的阶段成果。

②于婷:《阿列克谢耶维奇的苦难叙事研究》,西华师范大学2023年硕士学位论文,第35页。

③[白俄]S.A.阿列克谢耶维奇:《二手时间》,吕宁思译,中信出版社2016年版,第216页。以下只在文中注明页码,不再一一做注。

④[俄]别林斯基:《别林斯基选集·第四卷》,满涛、辛未艾译,上海译文出版社1991年版,第311页。

⑤李建军:《对俄罗斯文学传统的完美接续——阿列克谢耶维奇的巨型人道主义叙事》,载《当代文坛》2019年第3期,第5页。以下只在文中注明页码,不再一一做注。

⑥张娜:《论阿列克谢耶维奇作品中的俄国人道主义精神》,黑龙江大学2019年硕士学位论文,第17页。以下只在文中注明页码,不再一一做注。

⑦[白俄]S.A.阿列克谢耶维奇:《关于一场输掉的战争——诺贝尔奖演讲》,刘文飞译,载《世界文学》2016年第2期,第24页。

⑧梁雪飞:《阿列克谢耶维奇〈二手时间〉中的创作诗学研究》,黑龙江大学2019年硕士论文,第50页。

⑨全群艳:《阿列克西耶维奇:倾听世界的声音,书写灵魂的历史》,中国金融新闻网,https://www.financialnews.com.cn/cul/renwu/201510/t20151016_85478.html,2015年10月16日。

女性主义视域下"那不勒斯四部曲"中莉拉的抗争

浦冬梅　王永奇

内容提要：在当代意大利文学"那不勒斯四部曲"中，二战后底层出身的莉拉在童年失去教育机会后，终其一生都进行着精疲力竭的生存斗争。莉拉凭借自己卓越的敏感力和惊人的勇气与决心，从争取教育机会、逃离婚姻困境到获取经济独立的过程，是数以亿计的女性为了生存进行艰难斗争的缩影。不被规训、不被暴力胁迫、拒绝现存不合理的制度是莉拉留给女性斗争的宝贵经验。

关键词：女性主义；埃莱娜·费兰特；"那不勒斯四部曲"；莉拉

作者简介：浦冬梅，宝鸡文理学院文学与新闻传播学院比较文学与世界文学在读硕士研究生。王永奇，宝鸡文理学院文学与新闻传播学院副教授，研究方向为比较文学、西方文学。

Title: The Struggle by Lila in "The Neapolitan Tetralogy" from the Perspective of Feminism

Abstract: In "The Neapolitan Tetralogy" in contemporary Italian literature, after the Second World War, Lila, who came from the bottom class, lost the opportunity of education in her childhood, and spent her whole life in an exhausting struggle for survival. With her remarkable sensitivity and incredible courage and determination, Leila's journey from fighting for educational opportunities and escaping marital difficulties to gaining economic independence is a microcosm of the struggles of hundreds of millions of women to survive. Not being disciplined, not being coerced by violence, and rejecting the existing unreasonable system are the valuable experiences that Lila left to women in the struggle.

Key Words: feminism; Elena Ferrante; "The Neapolitan Tetralogy"; Lila

About Author: Pu Dongmei, a postgraduate student of Comparative Literature and World Literature, College of Literature and Journalism, Baoji University of Arts and Sciences. **Wang Yongqi**, an associate professor of the College of Literature and Journalism at Baoji University of Arts and Sciences, specializes in comparative literature and Western literature.

"那不勒斯四部曲"是当代意大利著名作家埃莱娜·费兰特在2011年至2014年间相继出版的四本小说。小说讲述了两个出生于二战之后的女性在贫穷、混乱、暴力的环境中为生存而抗争的故事。故事的主人公之一莉拉在生存斗争中竭尽全力地抗争着压迫她的一切不合理关系。莉拉的抗争历程是无数女性自我觉醒，为争取女性权力而斗争的缩影：意识到不合理的制度然后拒绝它，不被制度规训同化，不被暴力胁迫。

一、对父权制的抗争

莉拉为自己争取受教育权而被父亲扔出窗外是她在童年时期遭遇到的最严重的暴力。《我的天才女友》中对人物未来命运发展起至关重要的事件是莉拉和莱农能否继续上学。要明白莉拉为什么没有获得继续上学的机会，这里需要回顾一下二战之后意大利人对教育的观念。意大利作为一个国家在历史上长期处于分裂状态，直到1861年才实现统一。意大利的精英阶层统治者需要快速推进意大利的现代化进程，将地理上的意大利转化为一个具有统一民族意识的国家，实现这一目的最有力的思想武器就是学校教育。于是，在1923年，时任教育部长的乔瓦尼·詹蒂莱（Giovanni Gentile）带头进行了一场重要的教育改革：国家开始为大众建立专业和技术学校，工人阶级的后代接受专业培训，成为工人；统治阶级的精英后代接受古典教育，对不同阶层的人实现不同的教育模式保证了严格的阶级分化。但直到二战之后的很多年，教育对于大多数意大利人来说都是一件遥不可及的事情。"'那不勒斯四部曲'中的人物是在1962年义务教育政策规定所有孩子都必须完成中学教育之前的最后一代人。1962年教育部改革规定每个人都必须上学到14岁。"①在《我的天才女友》中，莉拉和莱农以及她们的同龄人都上过小学，而她们的父母一代则从未学过阅读与写字。里诺在为莉拉向父亲争取教育机会的时候，父亲问到："读书？为什么要读书，我读过书吗？""没有。""你读书了吗？""没有。""那为什么你妹妹要读书？而且她还是个女孩……"②

正因为莉拉父母那一代人都没有读过书，因此她的父亲完全不明白教育的力量，她父亲的职业是一个鞋匠，每天生活在城区里，从未在其他人身上看到过教育对人命运的改变，他是真诚地信奉着读书无用论的。贫穷的现实条件和泥古不化的思想观念促使他拒绝在教育上做任何投资。

在老师发现莉拉的天才为莉拉争取受教育机会的时候，这个从未上过学对教育的力量一无所知的鞋匠父亲专横地阻断了周围人的劝告，莉拉的母亲尝试说服他，里诺和他对抗。"她母亲农齐亚不是很肯定，她想说服莉拉的父亲，但是他连商量的余地都没有，还扇了里诺一耳光，因为里诺说这么做不对。"②p47他拒绝了妻子想要沟通的愿望，以暴力形式"一耳光"压制儿子对他的质疑。"在年长男性的统治下按照性和年龄的组合原理，家庭之中年少的成员以及女性处于从属地位且其劳动被剥削和榨取。其中未婚、不婚的男性亲属也同样被一家之主所占有，他们没有对劳动和劳动生产物的自我

决定权。"③里诺一开始是在父亲的鞋铺里干活，没有对劳动和劳动生产物的自主决定权。二战之后的意大利青年在美国流行文化的入侵下有了与父辈不一样的思想观念。新风气的改变让里诺有了反抗的意识，受到新风气的感染，他虽然也没上过学，但能认识到教育的重要性，因此，他设想向父亲索要工资从而送莉拉去上学。父亲对于里诺要求支付工资的行为感到十分气愤，他认为教会儿子制鞋的手艺就足够偿付儿子的劳动价值。里诺生产的剩余价值已经在家庭制度的掩盖下被父亲合理地占有了。新生的一代只能在父亲的支持下生存，父亲的思想意识决定了孩子的未来走向。在这个家庭中，唯一支持莉拉上学的人失败了。

莉拉想要改变自己贫穷处境的热烈希望促使她想到写一本像《小妇人》那样的书，要写书就要先上学，因此莉拉的心中埋下了上学的希望。希望破灭了。父权制对家庭成员进行统治的有效工具之一就是诉诸在他人肉体上的直接暴力，通过暴力维持家长的绝对权威，从而使比自己力量弱小的附属成员被迫屈服。父亲对莉拉教育之路的截断是通过暴力实现的。虽然手臂被摔断了，但莉拉开始了自我教育。

二、对婚姻制度的反抗

失去教育机会的莉拉敏锐地把握住了市场动向，设计了新鞋子。斯特凡诺被莉拉吸引，在婚前对莉拉表现得大方又尊重。但在婚礼举行过程中，莉拉才发现自己还是被利用了，最终沦为了父亲和丈夫这两个男人之间的交易品。斯特凡诺用金钱"购买"了莉拉以及莉拉设计的鞋子。

（一）家庭暴力

正如费兰特所描述的那样，斯特凡诺关于婚姻、两性的观念是在"模仿一个古老的咒语——他出生前就有的准则：要让你的妻子明白她是女人，而你是男人，因此她应该顺从你"④。这个古老的咒语是父权制社会中男性对待女性的最基本态度，男性对女性的一切行为逻辑都是从这个咒语出发，由此确立自己的主体地位，将另一性别贬

为客体，对其物化、工具化。一旦主体的权威受到威胁，暴力就会出场。新婚之夜，斯特凡诺理所当然地命令莉拉照顾他的饮食起居，莉拉拒绝了他的要求。当莉拉拒绝发生性关系时，莉拉遭到了殴打和强奸。"直接的身体暴力和间接或结构性的暴力仍被普遍当作一种方法，用来'让女性待在她们的位置'"⑤。当斯特凡诺无法让莉拉自愿顺从自己时，他使用了直接暴力威胁莉拉待在她作为妻子的位置上，履行她作为妻子的职责。而结构性暴力的存在又默许了丈夫对妻子使用暴力。莉拉不断遭遇家暴，法律和社会风俗都站在了丈夫这一边，所有人都无视了丈夫对妻子的暴力行为，认为这一切都是正常的。"没有任何人提到了她发肿发黑的右眼、破裂的下嘴唇以及淤青的胳膊，包括莉拉一直沉默不语的母亲"④p32。在伊斯基亚岛上，斯特凡诺又一次对莉拉施暴，莉拉拽住门反抗，却被斯特凡诺连门都拽了过去，如此大的动静，但整个世界就好像失聪了一样，除了莱农，似乎没有一个人听到甚至察觉到家暴者的叫喊。整个社会都默许了在家庭之内发生暴力，"国家对直接暴力的垄断显然止于私人家庭的门口"⑤p185。在莉拉她们生活的20世纪五六十年代，从家庭空间到社会空间，女性遭遇暴力时找不到一个可以庇护自己的地方。女性在家庭这个范围中完全被交给她们的丈夫，任凭处置。

在这漫长的允许家庭暴力存在的社会风俗中，女性已经逐渐内化了这些暴力并将这种直接暴力转向对准自己。上一辈的母亲们在遭受家庭暴力之后会怨恨会哭喊，但最后她们会在心里一如既往地尊敬她们的丈夫。暴力对上一代女性起作用，但对莉拉却不起作用。莉拉虽然表现得顺从，却毫无敬意。莉拉蔑视自己的丈夫就仿佛他是地上的一滩污水，斯特凡诺希望用暴力"教育"莉拉，使莉拉屈服，可是莉拉从没因为暴力生出过一丝顺服之心。莉拉拒绝暴力的同时也拒绝了男权文化用来训服女性的手段。

（二）经济剥削

莉拉借由婚姻实现了社会地位的阶级流动，得到了小时候梦想的财富。但现实是，她自身被作为一个免费劳动力和商品广告资源被剥削。玛丽亚罗莎·达拉·科斯塔和玛丽亚·米斯认为女性"她们被男人剥削，不仅在经济上被剥削，而且作为人被剥削"⑤p225。资本主义以一夫一妻制为中心的核心家庭结构规定了男性作为户主掌握家中的一切经济大权，女性被置于丈夫的监护之下，是一个永远无法长大的未成年人，因此妻子并不享有同丈夫平等的公民权力。莉拉凭借自己的才智赚到了大量的金钱，但这些钱不是真的属于她。资本主义将社会划分为公共领域和私人领域，在公共领域中，人的劳动价值可以通过工资得到偿还，但在私人领域中，妻子以"爱"的名义进行劳动，妻子生产使用价值的劳动被生产剩余价值的劳动掩盖了。妻子的劳动被认为是自然的，无需得到补偿。从资本主义的运作逻辑来看，莉拉的家务劳动、工作、思想以及进行劳动力再生产的劳动所产生的价值都被掩盖了，最终这些劳动产生的价值都被作为一家之主的斯特凡诺合理占有了。在婚礼举行之前，斯特凡诺将莉拉制作的鞋子送给了马尔切诺·索拉拉，从而与索拉拉兄弟达成了商业联盟。更进一步，莉拉的结婚照被挂在马蒂里广场商店的橱窗里作为广告吸引顾客，这张结婚照是斯特凡诺与索拉拉兄弟的又一场交易，是将莉拉作为商品广告，被剥削其经济价值、被无视自主意愿的证据。

婚姻中的不平等关系和剥削关系经过几个世纪的合理化之后，莉拉在面对这种不合理的现象时暂时迷失了。她不仅感受到自己的劳动价值被抹去了，同时也感受到她作为一个独立的个体被抹去，个体的"我"逐渐变成了某某太太。莉拉在马蒂里广场运用自己的婚纱照进行艺术创作的时候对埃莱娜解释她是什么时候意识到自己是卡拉奇太太的。因为她结了婚，"拉法埃拉·赛鲁罗这个名字会逐渐消失，逐渐被拉法埃拉·卡拉奇取代，她的孩子们要很费力才能记住自己母亲的姓氏，孙辈们根本就会忽略奶奶的姓氏"④p115。莉拉在这里看到了冠夫姓的诡异之处，感受到女性的主体性在婚姻制度中被抹去，女性的劳动成果被占有。通过对结婚照的再创造，莉拉瓦解了自己作为客体的被动处境。

（三）精神牢笼

莉拉在婚姻中的第三个处境是精神的无聊烦闷。莉拉结婚之后比她单身的时候更孤独，她的朋友们不会来新城区看她，即使在路上看见她也只是打个招呼。莉拉整天待在家里走来走去，什么也做不了。她的创造力她的智慧她的想象力在这样的处境中逐渐枯竭了，她再也设计不出新鞋子了。"妻子这个身份好像让她被关在了容器中，就像一条帆船在一个没人靠近的海域中航行，甚至可以说在没有海的地方扬帆。"④p46生活展现在她面前的是平静，是死一样的沉寂，在没有海的地方扬帆就意味着不会遇到任何惊涛骇浪，不会出发也不会到达。妻子这个身份将莉拉置于这样一个没有任何希望和生机的境地中。贝蒂·弗里丹将家庭主妇的生活比作一座舒适的集中营，其中的人正遭受着心理上和精神上的慢性死亡。因为她们在家庭中已经学会了"适应"自己的生物作用。她们无法参与到社会活动中去面对真正的难题，她们"做的工作并不要求她们制定真正的计划，拥有成人的能力，相反，这类工作单调乏味，劳而无功"⑥。莉拉清醒地意识到自己的处境是在和莱农参加加利亚尼老师家的那次聚会。后来埃莱娜在莉拉写作的文字里看到莉拉对自己当时心情的描述："她第一次感到她的生活永远都会围绕着斯特凡诺和肉食店，围绕着她哥哥和皮诺奇娅的婚姻，她的生活只能是和帕斯卡莱以及卡门聊天，还有和索拉拉兄弟的低俗斗争。"④p154莉拉看到了自己的可怕处境，意识到了婚姻的悲剧性——"婚姻摧残她，使她注定要过重复和千篇一律的生活。"⑦在和尼诺的相处中，莉拉进一步深刻地意识到自从结婚以来她就处于一种死亡的边缘。

为了摆脱这种慢性死亡，莉拉以一种非常绝然的方式挣脱了婚姻这个牢笼，以一种意味深长的方式恢复了单身。莉拉自始至终都没有和斯特凡诺办理过离婚手续，并且和恩佐在一起也没有结过婚。这里表现了莉拉的拒绝，她忽视了整个婚姻制度，就好像这个制度并不存在。在意大利轰轰烈烈的1968年妇女运动中，女性们曾提出了"我是我自己的"的口号。群体的觉醒依赖的是个体的觉醒，这些概念是莉拉活生生感知并且早已为之斗争过的东西。

三、对资本主义文明的抗争

挣脱了婚姻束缚的莉拉，开始了自我谋生的斗争。这是一场艰难但意义重大的行动。但在资本主义社会的公共劳动场域中，女性遭遇的是市场暴力和双重剥削。

莉拉在工厂中的处境十分复杂。工人们在恶劣的环境下工作，身体健康时刻遭到威胁。埃莱娜去找莉拉的时候强烈地感受到了工厂糟糕的气味。后来莉拉在试图改变工厂的环境时也发现，"都是工作环境导致了对工人的手、骨头和支气管的损害"⑧。工人要用身体承担艰辛的体力劳动赚取微薄的工资。其次，女工们在工厂中还会遭到老板、男同事的性骚扰。他们毫不顾忌地侵犯女性的边界，理所当然地将女性看作可以随意使用的客体。莉拉在工厂遭到男同事艾多的骚扰，在反抗了索卡沃的冒犯之后她害怕自己被解雇，会失去这份工资微薄的工作。此时莉拉受到的胁迫是市场暴力，无产者"受'沉默的经济关系'胁迫，那就是市场的暴力。如果普通民众无法获得钱来购买维生的商品，他们就会死亡，这种市场暴力迫使劳动者成为雇佣劳动者"⑨。在这样的市场暴力下，雇佣劳动者的生死掌握在雇主手里，他们只能被迫接受资本家安排给他们的工作环境以及工资。莉拉面临着被侵犯的危险仍然要在工厂上班，就是因为如果失去了这份工作那将导致自己流落街头。甚至在意识形态层面上，资本家还会欺骗雇佣劳动者——他帮助无产者活下来，他是拯救者。工厂里的女工们处境艰难，反抗并不能制止男同事的恶意和冒犯，他们会以一种更加隐晦的方式来惩罚那些无法驯服的女性。

需要工作的莉拉根本无法兼顾养育儿子的任务，只能把儿子交给邻居照管。由于无法延续对儿子的教育，早些年她对儿子的精心教育最终没有起到作用。经过整天的艰苦的工作之后，她回到家还要承担家务劳动做饭洗衣，并和恩佐一起学习计算机课程。生活和工作几乎耗尽了她的精力。"当把女性奴隶当作男人来剥削更加有利可图时，她们实际上被认为是没有性别的，但当她们只适合以女性的方式被剥削、惩罚和压制时，她们就锁定在她们独有的女性角色中。"⑨p83进入公共劳动领域迎接她们的并不是解放，在工作场所，她们被当作男性使用，而在家庭领域中，她们又要承担起传统的女性角色。这双重的矛盾使莉拉生活在持续的矛盾和生死疲劳中。

莉拉在工厂中的处境是所有女工们生存困境的缩影。女性在进入公共劳动领域之后"体验到的父权制是同工不同酬，是工作室的性骚扰，是无偿的沉重的家务劳动，是公私领域的划分和恶性分裂"⑩。莉拉又一次证明了任何暴力都无法打败她，市场暴力起了一时的作用，却困不住拥有鱼死网破决心的莉拉。她每一次的挣脱都是一个极大的动作，带着赴死的决心摆脱困境，庆幸的是换来了新生。离开工厂之后的莉拉成为程序员莉拉，战后经济的起飞，莉拉靠着自学的计算机知识彻底实现了经济独立。从未放弃过自我教育的莉拉最终靠自我教育打了一场漂亮的翻身仗。

四、结论

莉拉在城区这个纠缠着血缘亲情又参杂着善恶、暴力、贫穷、混乱的地方，用一种惊人的勇气和决心，不断尝试做出改变。学习是莉拉对抗周围极端混乱的环境并用作日常斗争的工具。"埃莱娜按照之前的体制，实现了出人头地的目标，但莉拉却在竭尽全力挑战这种体制，展示出另外一种可能性，让之前的体制陷入危机。"⑪莉拉在教育体制之外通过自我教育也获得了巨大的成功。她挑战了现存的教育体制，忽视了整个婚姻制度的存在，工产的经历又让她看到了资本主义剥削员工进行资本

积累的真面目。莉拉一次次看见才能一次次逃离。

莉拉成长斗争的过程是千千万万个女性寻找自我主体性、守住女性自身的边界在社会场域中艰难求生存的缩影。莉拉已经学会了拒绝那些看似合理却仍然是以男性统治为根基的并不适应女性的存在方式。

注释[Notes]

①Grace Russo Bullaro, Stephanie V. Love. *The Works of Elena Ferrante: Reconfiguring the Margins*. New York: Springer Nature, 2016, p.79.

②[意大利]埃莱娜·费兰特：《我的天才女友》，陈英译，人民文学出版社2016年版，第53页。以下只在文中注明页码，不再一一做注。

③[日]上野千鹤子：《父权制与资本主义》，邹韵、薛梅译，浙江大学出版社2020年版，第52页。

④[意大利]埃莱娜·费兰特：《新名字的故事》，陈英译，人民文学出版社2017年版，第29页。以下只在文中注明页码，不再一一做注。

⑤[德]玛丽亚·米斯：《父权制与资本积累：国际劳动分工中的女性》，李昕一、徐明强译，上海书店出版社2023年版，第47页。以下只在文中注明页码，不再一一做注。

⑥[美]贝蒂·弗里丹：《女性的奥秘》，程锡麟、朱徽、王晓路译，北方文艺出版社1999年版，第259页。

⑦[法]波伏娃：《第二性》，郑克鲁译，上海译文出版社2014年版，第571页。

⑧[意大利]埃莱娜·费兰特：《离开的，留下的》，陈英译，人民文学出版社2017年版，第135页。

⑨[英]克里斯蒂安·富克斯：《数字时代的资本主义、父权制、奴隶制与种族主义》，王珍译，载《社会科学前沿》2020年第9期，第85页。以下转引只在文中注明页码，不再一一做注。

⑩虞晖：《性别分工和女性受压迫问题——艾里斯·杨的女权主义思想解读》，载《理论月刊》2008年第5期，第132页。

⑪[意大利]埃莱娜·费兰特：《埃莱娜·费兰特作品系列：碎片》，陈英译，人民文学出版社2020年版，第360页。

《查泰莱夫人的情人》中的伦理问题探究①

马礼霞　史育婷

内容提要： 戴维·赫伯特·劳伦斯是20世纪英国文学史上饱受争议的作家之一，也是最独特的现代主义小说家之一。《查泰莱夫人的情人》（1928年）是劳伦斯生前最后一部小说，因直白的性描写饱受诟病，并遭到长期封禁，直到1960年才在英国解封，并逐渐进入读者的视野。小说以英国中部矿区为背景，讲述了一个女人和两个男人的生命故事。劳伦斯对他所处时代凸显的问题，尤其是社会伦理问题，深表忧虑并给予深切关注：一是揭示资本主义工业文明对自然生态的蹂躏和破坏，呼吁人们对和谐自然的追求和向往；二是抗议机器文明对人性的异化和摧残，试图重建人与人尤其是男性与女性之间和谐共生的关系，反对虚伪的资本主义道德对人的羁绊，帮助当代人从传统道德的束缚中解脱出来。至今，小说中折射的这些伦理问题仍具有极强的现实意义，值得人们深思。

关键词： 《查泰莱夫人的情人》；生态伦理；两性伦理

作者简介： 马礼霞，江西师范大学外国语学院副教授，研究方向为英美文学和文学地理学批评研究。史育婷，江西师范大学外国语学院讲师，研究方向为英美文学。

Title: An Exploration of Ethical Issues in *Lady Chatterley's Lover*

Abstract: David Herbert Lawrence is one of the most controversial writers in 20th-century British literature and one of the most unique modernist novelists. *Lady Chatterley's Lover* (1928) is the last novel published during Lawrence's lifetime, and it faced criticism for its explicit sexual content, leading to a long ban. It wasn't until 1960 that the ban was lifted in the UK and gradually came into the public's view. Set against the backdrop of the coal mining regions of central England, the novel tells the life stories of a woman and two men. Lawrence expressed deep concern and attention to the pressing issues of his time, particularly social and ethical issues. Firstly, he reveals the destruction of natural ecology by capitalist industrial civilization, calling for a pursuit and longing for harmony with nature. Secondly, he protests against the alienation and destruction of humanity by machine civilization, attempting to rebuild harmonious coexistence between people, especially between men and women. He opposes the constraints of hypocritical capitalist morality, helping contemporary individuals break free from the shackles of traditional ethics. To this day, the ethical issues reflected in the novel still hold significant relevance and merit deep reflection.

Key Words: *Lady Chatterley's Lover*; ecological ethic; sexual ethic

About Author: Ma Lixia, an associate professor in Foreign Languages College, Jiangxi Normal University, specializes in British and American Literature, and Literary Geographical Criticism Study. **Shi Yuting**, a lecturer in Foreign Languages College, Jiangxi Normal University, specializes in British and American Literature.

　　戴维·赫伯特·劳伦斯（David Herbert Lawrence）是20世纪英国文学史上饱受争议的作家之一，也是最独特的现代主义小说家之一。这位矿工之子，身体虚弱，却有惊人的文学天赋，为世人留下了脍炙人口的文学经典。长篇小说代表作有《儿子与情人》《虹》《恋爱中的女人》及《查泰莱夫人的情人》（以下简称《查》）等，其中《查》（1928年）是劳伦斯生前最后一部小说，因直白的性描写饱受诟病，并遭到长期封禁，直到1960年在英国解封，才逐渐进入读者的视野。小说以英国中部矿区为背景，讲述了一个女人和两个男人的生命故事，即以康妮与克利福德、康妮与梅勒斯的两性关系来推动故事情节。健康活泼的贵族少女康妮与同为贵族阶级的陆军中尉克利福德门当户对，顺利结婚，但克利福德在战争中身负重伤，下身瘫痪，永远丧失了男性功能，康妮的身心也因此遭受重创，生命逐渐枯萎。然而在绝望之际，康妮的生命之火被拉格比庄园健硕的猎场看守梅勒斯点燃，同时也激发了他的性爱激情。彼此在远离工业文明的地方体验着纯粹的生命之欢，都获得了灵与肉的复苏。法国小说家、评论家安德烈·马尔罗1933年为法国版的《查》作序时说"这种技巧使他以热烈的激情，以令人眼花缭乱的缤纷色彩把生活中的黑暗揭示出来"[②]。小说第一句话"我们这个时代根本是场悲剧"[③]，劳伦斯对他所处时代凸显的问题，尤其是社会伦理问题，深表忧虑并给予深切关注：一是谴责资本主义工业文明对自然生态的蹂躏和破坏，呼吁人们对和谐自然的追求和向往；二是抗议机器文明对人性的异化和摧残，试图重建人与人尤其是男性与女性之间和谐共生的关系，反对虚伪的资本主义道德对人的羁绊，帮助当代人从传统道德的束缚中解脱出来。至今，《查》中折射的这些伦理问题仍具有极强的现实意义，值得人们深思。

一、生态伦理

劳伦斯一生热爱自然，在多部长篇小说中都有丰富的自然书写。工业文明与大自然相对立，为从生态批评视角分析小说的内容和意义提供了丰富的材料。苗福光的《生态批评视角下的劳伦斯》[④]（2007年）从自然生态、社会生态和精神生态三个方面，非常深刻地分析了劳伦斯小说中的生态思想。庄文泉的《文学地理学批评视野下的劳伦斯长篇小说研究》[⑤]（2017年）细致全面地论述了诸多意蕴丰富的自然意象。张琼的博士论文《D.H.劳

伦斯长篇小说矿乡空间研究》[⑥]（2014年）关注到了矿乡空间中的自然地理景观形态。张玮玮的《D.H.劳伦斯文学批评中的生态意识研究》[⑦]（2014年）、蒯正轶的《劳伦斯生态伦理批判》[⑧]（2013年），以及张丽红的《无爱的荒原 和谐的生态——〈查泰莱夫人的情人〉的生态伦理解读》[⑨]（2012年）都分别从生态伦理的角度分析了劳伦斯小说中生态思想的渊源和内涵。那么，《查》中体现的生态伦理思想又是怎样的呢？仍然值得读者进一步探究。

《查》中的故事背景大部分设置在树林中，树林孕育万物，林中不仅有种类繁多的植物，也有多种动物，是女主人公康妮的避难所。康妮为了躲避生活的虚幻，经常到邸园的树林里散步。树林还是当年罗宾汉狩猎的森林的剩余部分，充满了神秘和浪漫的气息。林中花草树木如橡树、榛树、落叶松、冷杉、蒲公英、雏菊、地黄连、风信子、楼斗菜、杨花、银莲花、报春花、茉莉花、水仙花、风铃花、紫罗兰等，滋养、抚慰着康妮孤寂、落寞的内心。劳伦斯认为人们活着是为了自己同生机勃勃的世界建立一种纯粹的联系，从而拯救自己的灵魂。"我与其他的人，我与一个民族，我与动物，我与树木花草，我与地球，我与天空、太阳、星星、我与月亮……这些纯粹的关系使我们每个人永恒"[⑩]。"康斯坦丝背靠着一棵小松树坐了下来，那松树摇晃着，让她感到一种奇特的生命在冲撞着自己，富有弹性和力度，在向上挺着身子。这挺直的活生生的东西，树梢沐浴在阳光中！看着水仙花在阳光下光鲜夺目，她的手和腿都感到了温暖。"[③p123]松树向上勃勃生长的生命力震撼着康妮的内心，水仙花在阳光下的灿烂鲜活温暖着她的身体。小说中广袤的草地树林不仅是各种植物的栖息地，而且是各种动物的庇护所，野兔、乌鸦、松鸦、啄木鸟等在林中愉快自由地生活。当康妮来到猎场看守梅勒斯的林中小屋，看着热血涌动的抱蛋母鸡，反观自己的生活，觉得自己因丈夫不能孕育生命而更加孤寂，一种母性的忧伤油然而生。但同时母鸡也给她一份母性的温暖，当看到破壳而出的小鸡雏，她激动不已，同名电影也给了这个细节一

个特写镜头，康妮将娇小的生命捧在手心，忘乎所以，喜极而泣。"生命！生命！纯粹、充满活力、无所畏惧的新生命！"③p164雏鸡展现的生命活力深深地打动了康妮，她触景生情，感叹自己多年来在拉格比庄园过着缺乏生命活力死气沉沉的生活。由此可见，无论是林中摇曳多姿而充满生机的花草树木，还是灵动而富有生命气息的小动物，都不同程度地帮助康妮排遣了她内心深处的孤独。"她是那么孤寂，似乎陷入了自己命运的湍流中。她一直都被一根绳子束缚着，像一条被拴住的船颠簸着，但逃不出绳子的圈套。现在她则解了套，开始自由漂流了。"③p123在万物生长充满活力的自然世界中，康妮不仅暂时摆脱了孤寂、萎靡的心绪，而且挣脱了命运圈套的束缚，获得了一种在沉闷、压抑的拉格比府永远也感受不到的自由，而这份无拘无束的自由对她而言是何等弥足珍贵。

劳伦斯一方面表达对自然万物的热爱，倡导人们投入自然的怀抱，另一方面揭示自然环境正在遭受工业文明的侵蚀和破坏，谴责资本主义社会金钱至上、追名逐利的价值观。当克利福德战后拖着残破的身体同妻子回到位于英国中部诺丁汉一带的祖宅拉格比府，那里烟雾弥漫，因为附近就是特瓦萧煤矿。煤矿业的发展改变了乡村的生活方式，乡村同时也遭到了机器大生产的反噬。"在阴沉的拉格比府房间里，她听到了矿井上筛煤机的咣当声、卷扬机的噗噗声、火车转轨的咯噔声和矿车嘶哑的汽笛声。"③p15工业文明的发展如火如荼，煤矿开采时的机器轰鸣声打破了村庄静谧的氛围。"即使在无风的日子里，空气里也总是弥漫着地下冒出来的杂味：硫磺、煤炭、铁或硫酸"③p15，"近处的地平线上灰蒙蒙一片，烟雾缭绕"③p56。那时采矿技术落后，烟囱里喷出的煤烟含有毒物质，对附近的自然环境造成严重污染，不仅使村庄的住宅肮脏不堪，而且污染植被水源，"羊群在杂乱的干草丛中咳嗽着"③p56，人们和牲口的健康都受到严重威胁，以致康妮抱怨"是人毒化宇宙"③p133。梅勒斯注意到在物欲横流的世界里，贪婪的机械化正在毁灭异己，"很快森林就会被毁灭掉，风铃花将不再绽放"③p172，这景象将自然的美感彻底泯灭，

把生命的快乐完全毁灭，"人类直觉功能的死亡在这里真是触目惊心。"③p222不难看出，劳伦斯把树林精心构建成现代"伊甸园"⑪，与丑恶的工业文明相对抗，谴责工业化生产对和谐的自然环境的破坏。当克利福德的轮椅在爬坡时，刹车闸被草缠住不能前进，只得靠康妮和梅勒斯帮忙推抬，碾碎一地风铃花。机器文明让克利福德在战争中瘫痪，不仅是身体上的瘫痪，更是在"情感与激情深处的瘫痪"③p483，同时象征机器文明的轮椅在此时此地无情地破坏着象征英国春天的自然环境。劳伦斯深切地悲叹这个工业时代的悲剧，一个英国抹去另一个英国，工业的英国取代了农业的英国，对工业文明秉持着明显的批判态度。

二、两性伦理

劳伦斯长篇小说中另一个突出的主题则是两性伦理问题，有学者从伦理批判的视角来研究他的作品。杜隽的《论D.H.劳伦斯的道德理想与社会的冲突》⑫（2005年），阐述了劳伦斯的道德理想，并揭示作家在小说中描写性爱的真正目的。张建佳、蒋家国的《论劳伦斯小说的性伦理》⑬（2006年）则通过劳伦斯作品透视英国社会性伦理的嬗变和作家自己反对理性、道德对人性的干预，主张回归人的自然本性的性伦理观。王晓妍的《论D.H.劳伦斯的两性伦理观》⑭（2013年）则主要对《虹》和《恋爱中的女人》中的两性伦理关系进行动态考察。那么，在《查》中，劳伦斯又是如何表现两性伦理问题呢？莫拉格·希阿赫（Morag Shiach）认为商业主义和工业主义占主导地位，不仅仅因为阶级之间和个人之间的经济关系，而且因为小说中所有人物之间的家庭、性和文化关系。小说设置在工业化中部的克利福德的府邸，周围是创造财富的煤矿，工业化景观不断被叙述者提及，蕴含广泛的社会和伦理的意义⑮。劳伦斯主要通过康妮与丈夫克利福德、康妮与情人梅勒斯的两性关系来表达他的性爱伦理观。

《查》是劳伦斯探讨两性伦理关系的最后一部长篇小说。冯季庆在《劳伦斯评传》前言中认为："性爱描写的哲学化，归咎于劳伦斯对工业文明侵

蚀了人类生命所发出的慨叹。正当人类向着工业文明顶礼膜拜的时候，劳伦斯却敏锐地察觉到：文明正在腐败。而衰败的主要征象，就是人类潜在的野性和未经驯化的精神的沦丧，是人类失却了两性各自固有的品质，并且导致了生趣盎然的生存方式的永不复还。"⑯作为陆军中尉的克利福德和贵族少女康妮本该拥有幸福的婚姻生活，但是残暴的战争机器却把他们的幸福炸得灰飞烟灭。克利福德的身心已经被彻底摧毁，只剩一具没有感觉的空壳，而一度健康活泼的康妮也因为丈夫的机体失能万念俱灰，日渐消瘦，在拉格比府邸过着了无生趣的生活。更让她沮丧的是，克利福德自私、冷漠，根本无法感知她内心的苦闷。他和作家朋友高谈阔论时要求妻子在场，无视妻子的百无聊赖；他把性看作是"心血来潮"毫无意义的事情，贬低妻子正常的生理需求；他允许妻子找个体面的人生孩子以传宗接代，却不容许妻子离开自己；他致力于利用新技术开采煤矿，控制矿工的权力感使他的生命获得重生，却忽略妻子生命的精神需求。虽然康妮过着锦衣玉食的生活，但由于缺乏爱和性的滋养，她的身体日渐干枯，变得无精打采。生活成了一种痛苦的煎熬，无聊而空虚。她甚至萌生了可怕的死亡意识，感觉自己的生命即将殒灭。

"生命之树枯萎了，生命被机器、被飘浮于世的阉割精神所抑制、所束缚。社会进入了爱的时代的终结期。而作为拯救个人与社会再生的唯一方式，便是劳伦斯认为的，使那些被柏拉图耶稣、工业机器杀死的身体获得复苏，把性关系的调整作为解决生命和精神再生的钥匙。"⑯p2康妮因为丈夫克利福德的写作，认识了爱尔兰剧作家米凯利斯，他的出现唤醒了康妮的欲望，但彼此缺乏真情的投入，单纯的性爱让他们之间的关系无疾而终。直到在树林里邂逅猎场看守，康妮才找到与之灵肉相通的爱人。梅勒斯是作家试图塑造"一个介于文明与自然之间的第三者"③p494，是一个拒绝被工业文明异化的人物形象。他参过军，在埃及干过铁匠、侍弄过马，在印度担任过中尉，本可以升官发财，但痛恨金钱和阶级的无耻，决心回到自己的阶级中去，因而隐居树林，做拉格比府的猎场看守，坚守

一份远离喧嚣的孤独，保持与自然亲近的闲适。不像克利福德在机械化的贪欲中沉浮，梅勒斯拒绝关心金钱。至于两性生活，他拒绝与女友柏拉图式的精神恋爱，也厌恶与妻子伯莎·库茨在肉体方面的不和谐。当他和康妮在一起时，他感受到了生命的交融，康妮感到"体内生出了另一个自己"③p196，变得生机勃勃。当他们赤裸全身在雨中奔跑、交欢，就像伊甸园中的亚当和夏娃，回到了生命的原初状态，实现了灵与肉的和谐统一。"小说赞美的是彻底的、纯正而辉煌的性爱，这种性爱超越了伦理道德的层次，只求得一个人的肉体的、鲜活的、生命的自我，只求人在本体的而不是其他的意义上，得到真正的尊重。"⑯p209

在传统伦理道德的范畴里，康妮和梅勒斯的私情有违伦理道德。梅勒斯曾提醒她，"你要记住自己的身份。一个贵妇人和一个猎场看守厮混"③p179，但她对自己的身份充满蔑视，因为"她心中有一个自我意志的魔鬼"③p197。自我意志可以表现出理性和非理性，她认为她的理性能驾驭她的激情。但毫无疑问，她在发挥自我意志的时候，她的内心难免会陷入一种伦理困境。理智与欲望的博弈结果是生命的激情占了上风，她冲破了传统道德的束缚，一次次来到树林中的小木屋与梅勒斯幽会。劳伦斯为《查》辩护说，生活中有我们赖以生存的渺小的道德，还有一种影响男人女人、民族、种族和阶级的深层道德，是"头脑、灵魂、肉体、精神和性的需要"③p477。"劳伦斯的伟大教义是对血性和肉体的信仰，他以为它们比理智要明智，我们在头脑里可能搞错，但是，我们的血所感到、所相信、所说的事情总是真的。"⑯p4这是劳伦斯表达的潜藏在人们心底的"血性意识"，是一种对情感和原始生命的欲望。男人和女人只有实现完美的两性融合，才能使"血性意识"得到提升，也才能使男性和女性充满生命活力和创造力，达到两性伦理关系的理想境界。

结语

劳伦斯生活的时代是英国工业文明迅速发展的时期，作为矿工的儿子，他亲眼目睹了诺丁

汉一带的煤矿业给家乡带来的生态问题，不仅严重破坏了人们生活的自然环境，还极大地扭曲了人性。工业文明在大自然中大肆攫取原材料，把人当作机器部件，甚至把人变成"怪物"，既把自然破坏得满目疮痍，也使人的精神世界委顿不堪。作家在小说《查》中，一方面强烈谴责工业化给自然环境带来了巨大危机，另一方面表达对自然的崇尚和热爱，对和谐自然的向往。同时，他揭示工业文明对良善人性的吞噬，对和谐夫妻关系的破坏，呼吁两性融洽相处，帮助人们摆脱传统道德伦理观念对肉体和心灵的束缚。劳伦斯在"为《查泰莱夫人的情人》一辩"中说："我绝不是撺掇所有的女人都去追求猎场看守做情人，我毫无建议她们追求任何人的意图。"③p449他呼吁人们应该"树立起应有的尊重，对肉体的奇特体验产生应有的敬畏"，因为"若想要生活变得可以令人忍受，就得让灵与肉和谐，就得让灵与肉自然平衡、相互自然地尊重才行"。③p450只有当人类真正回归自然，回归人的本性，人类才能挽救自身。当然，人们也要批判地看待劳伦斯倡导的"两性平衡"，人们在追求两性和谐的同时，不能放纵个人欲望，个人的行为规范不能超越社会道德的标准。劳伦斯强调尊重生命，尊重人性，呼吁建立人与自然、人与人、人与社会的和谐关系，对促进和谐社会仍有积极的现实意义和社会意义。

注释【Notes】

①本文系江西省社科规划项目"D.H.劳伦斯小说的伦理叙事研究"（项目编号：23WX06）的阶段性成果。

②[法]安德烈·马尔罗：《〈查特里夫人的情人〉序言（1933）》，见蒋炳贤编选：《劳伦斯评论集》，上海文艺出版社1995年版，第60页。

③D.H.劳伦斯：《查泰莱夫人的情人》，黑马译，译林出版社2021年版，第1页。以下只在文中注明页码，不再一一做注。

④苗福光：《生态批评视角下的劳伦斯》，上海大学出版社2007年版，第1—216页。

⑤庄文泉：《文学地理学批评视野下的劳伦斯长篇小说研究》，中国社会科学出版社2017年版，第229—319页。

⑥张琼：《D.H.劳伦斯长篇小说矿乡空间研究》，华中师范大学2014年博士论文，第34—76页。

⑦张玮玮：《D.H.劳伦斯文学批评中的生态意识研究》，载《文艺争鸣》2014年第8期，第165—169页。

⑧蒯正轶：《劳伦斯生态伦理批判》，载《东南学术》2013年第3期，第143—147页。

⑨张丽红：《无爱的荒原 和谐的生态——〈查泰莱夫人的情人〉的生态伦理解读》，载《湖南社会科学》2012年第6期，第211—213页。

⑩[英] D.H.劳伦斯：《劳伦斯经典散文选》，陈庆勋译，外语教学与研究出版社2020年版，第21页。

⑪丁礼明：《劳伦斯文学的多维度研究》，清华大学出版社2018年版，第49页。

⑫杜隽：《论D.H.劳伦斯的道德理想与社会的冲突》，载《外国文学研究》2005年第2期，第74—78页。

⑬张建佳、蒋家国：《论劳伦斯小说的性伦理》，载《外国文学研究》2006年第1期，第90—95页。

⑭王晓妍：《论D.H.劳伦斯的两性伦理观》，载《湖北社会科学》2013年第8期，第128—130页。

⑮Morag Shiach. "Work and Selfhood in Lady Chatterley's Lover". In Anne Fernihough eds. *The Cambridge to D. H. Lawrence*. 上海外语教育出版社2003年版，第91页。

⑯冯季庆：《劳伦斯评传》，上海文艺出版社1995年版，第2页。以下只在文中注明页码，不再一一做注。

匠心独运：论布罗茨基诗歌创作艺术特色

刘添娇

内容提要： 约瑟夫·布罗茨基被誉为俄罗斯现代诗坛的开拓者，于1987年荣获诺贝尔文学奖。布罗茨基的诗歌极具审美价值，其创作的鲜明特色体现在独特的形式结构、富有特色的词汇语言及精湛的艺术手法之中，呈现精湛凝练、别出心裁的艺术风貌。对这些方面进行深入剖析，能更精准地展现其诗歌中不落窠臼、匠心独运的艺术特质，从而领略到布罗茨基在诗歌创作领域的非凡造诣与独特魅力。

关键词： 约瑟夫·布罗茨基；诗歌特色；形式结构；词汇；艺术手法

作者简介： 刘添娇，华东师范大学外语学院俄语语言文学硕士研究生，研究方向为俄罗斯文学。

Title: Unique Creativeness: An Analysis of the Artistic Characteristics of Brodsky's Poetic Creation

Abstract: Joseph Brodsky, renowned as a pioneer of the modern Russian poetry scene, was awarded the Nobel Prize in Literature in 1987. Brodsky's works are characterized by great aesthetic value, and the distinctive features of his creation are reflected in his unique formal structure, rich vocabulary, as well as his exquisite artistic techniques, presenting a superbly condensed and original artistic style. Thorough analysis of these aspects can more accurately reveal the unconventional and ingenious artistic traits in his poetry, thus affording a glimpse into Brodsky's extraordinary achievements and unique charm in the field of poetic creation.

Key Words: Joseph Brodsky; poetic characteristic; formal structure; vocabulary; artistic technique

About Author: Liu Tianjiao, a postgraduate student at the School of Foreign Languages, East China Normal University, majoring in Russian Language and Literature. Her research field is Russian literature.

约瑟夫·亚历山德罗维奇·布罗茨基（Иосиф Александрович Бродский，1940—1996年），俄裔美籍诗人，诺贝尔文学奖的获得者，被誉为俄罗斯现代诗坛的开拓者。

布罗茨基早年辍学，历经多职，社会经验丰富。他自学诗歌，技巧受多元文化传统影响，与苏联官方文艺倡导大相径庭。布罗茨基的诗歌往往充满消极颓废的色彩，并且始终真诚地关注生活的意义，探讨诸如不可避免的痛苦和死亡、性的美好与丑陋、贫困的困境、失去自由的威胁，以及个体如何在世界中确立自我等深刻的问题①。由于其作品与官方主流文学相悖，布罗茨基不仅在文学界遭受排斥，个人生活也屡陷困境，甚至一度被判处流放。然而，布罗茨基创作中所蕴含的深厚人文关怀与独特艺术魅力却赢得了广大青年读者的青睐。在民间，布罗茨基被誉为"流浪诗人""街头诗人"，这些称号既是对他坎坷生活的贴切描绘，也是对他独特的诗歌创作风格的赞誉。1987年，因"包罗万象的创作，饱含思想之明朗，诗歌之激情"，布罗茨基被授予诺贝尔文学奖，成为俄罗斯第五位获此殊荣者。

布罗茨基致力于追求一种近乎无拘无束的表达方式，生活中凡所触及者皆成为他灵感的源泉。其作品在主题与风格上不拘一格，没有固定的框架，但这种高度的自由性并未削弱其创作水平，反而赋予了其作品深邃的艺术内涵与别具一格的审美体验。本文将对布罗茨基不落窠臼的诗歌创作艺术进行分析，进而阐发其独特的诗学贡献与审美意蕴。

一、自成一格的形式：句子结构的反叛表达

布罗茨基诗歌创作的形式自成一格，其独特之处在于复杂的句法结构和另类的移行断句。一方面，俄罗斯诗歌向来崇尚简短精炼，而布罗茨基冗长的诗句构造明显是对传统的叛离突破；另一方面，复杂形式助推诗歌中消极情绪与悲观思想的表达，与官方的主流创作要求相悖。因此，布罗茨基诗歌中的独特句子结构被视为一种反叛的表达。

（一）复杂的句法结构

布罗茨基的诗歌追求以有限的诗句承载高度集中的内容，故其充分地利用句法完成潜台词的表达。尽管这使得阅读和理解完整的诗歌内容变得困难，但却能够营造某种特定的氛围或意境，加强诗歌的情感印象。

复杂的句法结构有两大主要特征：饱和的句法成分与众多的从句句式。饱和的句法成分，即大量地采用定语、状语、同位语等句子次要成分来对诗句进行内容扩充。布罗茨基1967年的诗作《附言》（*Postscriptum*），虽篇幅精炼仅三句，却凭借丰富的状语运用，细腻地勾勒出主人公在"古老荒原"上通过电话尝试连接爱人的画面。"……曾多少次在古老的荒原上/我把自己一枚印有国徽的铜币/投入通讯的宇宙，/绝望地试图延长/连接的片刻……"②。诗中，"в который раз（曾多少次）"强调主人公的多次尝试，凸显其对挽回爱情的执着，"на старом пустыре（在古老的荒原上）"则喻指主人公内心的荒芜与孤独，反映其失去爱情后的心境，而"в отчаянной попытке возвеличить момент соединения（绝望地试图延长/连接的片刻）"不仅揭示了主人公在绝望中的挣扎，还展现了其卑微的企盼与无果的痛苦。此作背景为布罗茨基与爱人巴斯马诺娃爱情终结之际，借诗抒发对不可挽回之爱的深切哀伤与绝望。

此外，从句作为构建复杂语句的关键工具，在布罗茨基的诗歌中亦是尤为显著。他擅长联合多个从句以增强情感表达，如在诗歌《圣诞节浪漫曲》的末节中，布罗茨基连用三个以"как будтно（仿佛）"为引导词的比较从句来表达其对未来生活的悲观看法："你的新年在茫然不解的/忧伤中沿着城市喧嚣/的暗蓝色浪潮漂移，/仿佛生活又重新开始，/仿佛会有光明和荣耀，/迎来好日子和充足的面包，/仿佛生活即将向右摆动，/在向左摆动之后"①p146-147。20世纪20年代末，由于苏联当局的反宗教政策，庆祝圣诞节和其他宗教节日被官方禁止，圣诞节的正式节日地位被取消，并以新年庆祝活动取代相应的假期，不过在民间却一直保持着过圣诞的传统。在诗人看来，抛弃传统的苏联社会上到处弥漫着难以名状的忧伤。人们憧憬着美好的新生活，但诗歌中的每一处"仿佛"都如同一声沉重的质疑，持续地叩在读者心上——生活是否真的会重新开始？是否真的会有所谓的光明、荣耀、好日子以及充足的面包？最后一句更加揭示诗人的悲观思想，如同小船一般左右摆动的生活暗示着对新生活的希冀不过是虚妄与徒劳，人们不过是在忧伤中来回重复。三个连续的比较从句使得质疑情绪逐渐加强，大大提升诗歌的悲观思想量级。另一例，诗歌《与天人交谈》则展现了布罗茨基对"苦难"与"存在"的哲学思考："这里，在人间/在这里我时而陷入传统，时而陷入异端，/在这里生活，在别人的回忆中取暖，/如同灰烬中的老鼠/在这里比老鼠还不如/啃咬着亲切字典的小号铅字……"②p335在开篇中通过多个地点状语从句，构建了一个从"人"到"动物（老鼠）"再到"非动物（不如老鼠）"的生存降级序列，反向构造出苦难的升级的环境空间，不仅描绘出生存现状的艰辛，还通过隐去主语"我"，将苦难从个体经验上升为普遍存在的哲学议题，实现了对苦难深刻而艺术化的论述。

（二）另类的移行断句

移行（анжамбеман/enjambement），又被称为句法转置（синтаксический перенос），即切断

长诗句，将诗句未完部分转置下一诗行。移行断句是诗歌创作必不可少的手段，有时在诗行末尾续写诗句以增强整体的流畅性，使读者更快地进入下一行的阅读。布罗茨基或是移行于诗句转折处，或是断句于固定搭配间，这种突兀的移行断句反倒强化了诗句衔接处的冲突，又赋予了诗句额外的艺术效果或情感含义，使布罗茨基的诗歌创作达到怪诞的程度。

写于1975年的《秋日的鹰唳》（《Осенний крик ястреба》）描写了一只飞在高空的鹰遇到强大的高空气流无法再按照自己的意愿飞行，不断在空中被迫升起跌落，直至死于寒冷的高气层："但上升的气流将它托起/越来越高……/他感到一种混合着惊恐的/骄傲。翻转/翅膀，他掉落下来。但一层弹性的/空气将它送回天空/送至无色的冰层中。/黄色的瞳孔中邪恶的/光芒闪烁。那是愤怒混合着/恐惧。它又一次/跌落……"③。诗中，移行断句精准置于鹰飞行状态骤变之处，使形式与内容相辅相成、文本张力增强，凸显外界力量的绝对优势与主体的无力挣扎，命运无常的捉弄与世界的荒诞，赋予了作品深刻的悲剧意味。创作这首诗歌时，布罗茨基被迫移民已有三年，在这首诗歌中诗人以鹰喻己，而移行断句不仅映射了个人悲剧，也深刻表达了面对生活突变时的无奈与抗争。

又如，在《附言》一诗中："Как жаль, что тем, чем стало для меня/ твоё существование, не стало/ моё существованье для тебя.（多么遗憾，比起于我而言/你的存在，并非如之所是/我之于你的存在。）"②p108按照语义划分应当为"Как жаль, что тем, чем/стало для меня твоё существование,/ не стало моё существованье для тебя.（多么遗憾，比起/你的存在于我之所是，/我之于你的存在却并非此。）"②p108布罗茨基通过两次主谓结构的刻意割裂，加深理解难度，但传达了主人公在情感天平上的失衡——对方的存在对自己意义非凡，而自己却未能同等占据对方的心房，哀叹了爱情的不对等，揭示其爱情以悲剧收场的根源。从形式上来看，这种错乱移行与突兀断句，虽挑战阅读的流畅

性，却巧妙地在整体上构建出情感的破碎感，映射出主人公的深切痛苦与心碎。诗人以混乱的断句、断续的节奏等非常规的诗歌形式来完成慌乱与压抑的悲恸等情绪的抒发，增强了诗歌的情感张力与艺术表现力。

二、匠心独妙的词汇：语言内涵的创新延展

布罗茨基对诗歌语言的塑造别具一格。在他看来，语言是最古老、最永恒的范畴之一，是克服时间与空间的强大存在。布罗茨基对语言极为偏爱，十分注重语言的功用，其典型的诗歌语言特点有遣词大胆严谨，善用词汇游戏等。

（一）遣词大胆严谨，不忌口语表达

布罗茨基并不拘泥崇高的书面词汇，常大胆地采用口语词汇，甚至脏话。在布罗茨基的诗歌中，日常口语词汇的出现并不与诗歌本身相违和，而成为一种恰到好处的宣泄、情感的自然迸发。

组诗《言语的一部分》（《Часть речи》）中的一首《不知来自何处的爱，三月十几号，……》（《Ниоткуда с любовью, надцатого мартобря,...》）模拟日常书信形式创作，整首诗歌好似一封无法寄出的、没有收件人的信，诉说着别离的痛苦："Ниоткуда с любовью, надцатого мартобря,/дорогой, уважаемый, милая, но не важно/ даже кто, ибо черт лица, говоря/ откровенно, не вспомнить уже,...（不知来自何处的爱，三月十几号，/亲爱的，尊敬的，可爱的，但是谁/都不重要，因为面庞，说/实话，已经记不清……）"④。诗歌写于布罗茨基被迫移民时期，颠倒的词序、不完整的句型等典型口语化表达为诗歌奠定了日常随意的基调，使诗人将被迫移民后长期的漂泊、孤独、无助、渴望归属娓娓道来。而后诗句"я взбиваю подушку мычащим «ты»（我拍打着枕头含糊地喊着'你'）"更是将这种压抑的痛苦尽情展现。"мычать"一词为俄语中的口语色彩词，义为"发出含糊不清的声音"，生动展现了主人公埋首于枕头中，以含糊不清之声呼唤爱人的压抑与绝望，暗示了其情感无处宣泄的孤独状态。此外，

"мычать"原义为"哞哞叫",即牛的叫声。诗人将人的声音比作牛的叫声,"以牛这种被驯化的动物来暗示和隐喻自身的不自由状态"⑤,加深了其悲剧色彩。

又如,在哲理诗歌《静物》中,布罗茨基发挥出脏话词的最大功效,赋予其丰富的内涵和极强的情感性。"一个物可能被砸烂,/焚毁,掏空,击碎,/抛弃。然而它,永远不诅咒'他妈的!'"⑥诗人使用各种动作词汇展现"物"历经磨难而不失静默坚韧,反衬人类容易情绪化的脆弱。此脏话成为点睛,彰显"物"之安静、忍耐、坚强及不屈精神,同时揭示人类距理想文明之遥远,以及肮脏的世界对人性的摧残。诗人将情感的宣泄灌注无生命词句,使"他妈的!"与前文的"物"相互激发,情感连环,诗句内涵得以无限延展。

(二)善用词汇游戏,激发语言张力

词汇和表达方式往往会因为习惯、规则或社会约定而变得固定和僵化。然而,在布罗茨基的诗歌中,诗人常常通过对词汇的变形和陌生化,打破固定模式,运用词汇间的联系激发语言张力,创造出独特的语言表达。

如组诗《言语的一部分》的其中一首"…и при слове 'грядущее' из русского языка/ выбегают черные мыши и всей оравойкуска/ отгрызают от лакомого куска/ памяти, что твой сыр дырявой④p89(……而在有俄语词'未来'的时代/几只耗子跑出来并成群地/啃掉诱人的美味食品的/记忆,因为你的乳酪有窟窿)"⑦。诗人由"мыши(老鼠,耗子)"的另一表达"грызуны(耗子,啮齿动物)"发散到近音词"грядущее(未来)"一词⑧。同时,老鼠成群啃咬记忆的画面,不仅揭示了时间的无情侵蚀,更是隐喻了记忆的脆弱——在古希腊神话中,老鼠象征着记忆的消失,任何尝过被老鼠触碰过的食物的人,都会失去过去的记忆⑦p540。布罗茨基借用"老鼠"这一符号,将"未来"与"过去"两个看似相对立的概念联结在一起,并以"记忆"的消失抹去二者之间的明确

界限。时间流逝,人的记忆不断被湮灭,没有什么能够被牢牢记得,以此展现了生命的短暂与存在的虚无。在诗歌的结尾,布罗茨基明确提出了他的观点:在漫长的时间长河中,唯一能够永存不朽的,便是语言。他写道:"От всего человека вам остается часть/речи. Часть речи вообще. Часть речи.(整个人只剩下言语的一部分。总是言语的一部分。言语的一部分。)"④p89在他看来,语言不仅是人类沟通的桥梁,更是生命的延续,是我们在时间洪流中留下的唯一痕迹。诗人以词汇游戏表达了对时间、存在和语言力量的思考,这首诗歌不仅展现了布罗茨基对语言力量的深深推崇,更是他自身作为诗人存在的一个鲜明确证。

三、精巧别致的手法:诗歌世界的艺术构建

布罗茨基的诗歌是精心构建的艺术世界,其诗歌的美妙并不仅在于优美的韵律或精湛的诗句,更在于诗人所运用的精巧别致的手法,这一手法既增强了语言表现力,完善了诗歌内容,又助其构筑独特的美学世界,交予读者诗句外的情感表达与思想延伸。其中,最具特点的表现手法之一就是声响表现法和矛盾修饰法。

(一)声响表现法(Звукопись)

声响表现法,是一种通过语音重复而完成特定创作目的的艺术手法,它可以在文字中实现对现实世界声音的模仿,引起读者对特定情感或思想的联想。布罗茨基十分注重语音层面的设计,声响表现法是其常用的一种艺术表现手法,他认为:"诗人的创作来自声音,内容却并不像人们通常认为的那样重要。"⑨布罗茨基诗歌中精巧设计的声响表达往往能够超越文字内容,诗行间的语音也因灵活性而使作品在思想方面紧密相联。

布罗茨基的早期作品《朝圣者》(《Пилигримы》)是声响表现的典范,此诗歌通过描绘朝圣者无尽的流浪,揭示世界虚假的本质,体现其早期颓废的思想。诗歌的前半部分遍是头语重复,以"мимо"(经过,走过)一词为始,反复六次,不断道出朝圣者路过的地点:"走

过竞技场、殿堂，/走过庙宇和教堂，/走过豪华的墓地，/走过巨大的集市，/和平与苦难也走过，/走过麦加和罗马，/蓝色的太阳在燃烧，/朝圣者在大地上行走"⑩。诗人以听觉上的多次重复构建朝圣者穿越历史与地理的流浪图景，却无明确目的地，即便是被视为圣地的麦加与罗马朝圣者亦不停留。朝圣本是一场道德的旅程与探寻，而诗中不断重复的语音却暗示着"朝圣"是一种跨越时间与空间之外的流浪与徘徊，是一份永远得不到的答案，是永远无法获得的救赎，是看透世界虚假本质的幻灭。后半部分每个诗行尾部都是以[м']音为主的辅音重复："...мир останется прежним,/ да, останется прежним,/ ослепительно снежным,/ и сомнительно нежным,/ мир останется лживым,/ мир останется вечным,/ может быть, постижимым,/ но все-таки бесконечным（世界将依旧如故，/对，一成不变，/炫目的雪白，/可疑的温柔，/世界仍将虚假，/世界永恒不变，/也许，可以理解，/但依然无休无止）"⑩。[м']音的发音特色是共鸣的鼻音，闭合鼻音的反复运用，在听觉层面营造出一种催眠般的效应，完成了从动态流浪场景向静态虚无氛围的转换。在诗歌中诗人毫不避讳地指出静态的实质——世界本质中虚假与虚假的永恒性。整首诗所表现的悲观情绪与当时苏联激情高涨的社会建设情绪是完全脱节的，布罗茨基将幸福的未来视为人类的幻想，苦难、悲哀和虚假才是这个世界一成不变的本质。诗人在前后两处重复运用声响表达的手法，既展现无限延伸的永恒，又构成永恒不变的静止，从而揭示了世界荒诞存在的真谛，展现其对虚假世界的悲观态度。

作于1965年的《七月。割草期》（《Июль. Сенокос》）同样以别致的声响设计传达有关人与自然的思考。诗歌整体结构简单，仅由两节四行诗歌构成，前半节主体为自然，后半节主体为人："整夜寂静无声，一俄寸之距，/小草已然生长。垄沟某处的蝈蝈/整夜，像发动机似的，急促鸣响。/花楸树在星与星之间徘徊//三个割草者在河对岸的浓雾中沉睡。/他们的心脏彻夜友好地跳动。/他们在寂静中张开双手/在梦中徘徊在星与星之间。"⑩诗歌描绘了七月割草期的夜晚图景，在寂静的夜晚中，人与自然短暂地达到和谐共存的理想状态。诗歌的前半段存在极多的[с'][ш'][ч']等音素的交替重复，这些辅音的共同发音特点为轻微的摩擦音，而摩擦辅音的交替则很容易让人联想到诗歌中草木生长所产生的窸窸窣窣声。诗人借辅音重复将读者的听觉放大，并引导至草木间极其细微的声音，同时以动衬静，揭示割草期夜晚的静谧，展现一幅平静谐和的自然图景。此外，诗中还存在着语句的重复。"Брести от звезды к звезде（在星与星之间徘徊）"这一表达不仅运用于对自然的勾画，也出现在对人的描绘上，这种重合隐喻人与自然之间本质上的同一性与和谐共生。"Всю ночь（整夜，彻夜）"这一表达在整首诗歌中出现了三次，分别对应着"植物""动物"与"人"三个元素。这种重复不仅再次强调了人与自然之间的和谐状态，同时这种带有时间限定意义的表达也暗含深意：这种人与自然和谐共存的理想状态只是短暂的，仅限于夜晚。诗人通过对时间的重复强调，明确地展现了自己对这一问题的悲观思考，同时也引导读者在更广泛的时间尺度上深入思考人与自然的关系。

（二）矛盾修饰法（Оксюморон）

矛盾修饰法，也称逆喻，即将两种相互冲突或矛盾的特征加以组合，完成对某一事物的描绘，是一种具有悖论性质的表现手法。矛盾修饰法因其内在的逻辑对立而构成了一种独特的表达方式，为语言注入了丰富的内涵，并引导读者深入体会句子背后的深意。矛盾修饰法是布罗茨基常用的一种艺术表现手法。俄罗斯学者米·克雷普斯与（М. Крепс）与马·利波维茨基（М. Липовецкий）注意到这一点，并将其与英美玄学派诗歌的传统相联系。他们认为："布罗茨基诗歌中独特的反义组合与矛盾表达手法，正是其深受英美玄学派诗歌影响的结果。矛盾修饰法的运用不仅赋予了布罗茨基诗歌情感上的克制与内敛，更助其在诗作中注入了深刻的普遍意义和引人深思的荒诞特质。"

在有关"衰老"与"死亡"主题的诗歌《1972年》（《1972 год》）中，布罗茨基在其中采用了矛盾修饰法来完成对衰老的具象描绘："Старение! В теле все больше смертного./ То есть ненужного жизни. С медного/ лба исчезает сиянье местного/ света. И черный прожектор в полдень/ мне заливает глазные впадины.（衰老！身体里死亡的元素越来越多。/也就是生命不再需要的。死板的/脑子也不再惦念故土的/光辉。而正午黑色的照明灯/光洒进我的眼窝）"[④]p26-27。第一视角的细腻描绘赋予读者深入体验衰老所带来的感知变化。照在眼窝的正午照明灯是太阳的隐喻，而诗人特意将其与"黑色"组合，构建出多重意义。首先，光对应着人的视觉接收，一般意义上的光在人的感知里是明亮的或是有鲜明色彩的，诗歌中黑色的光暗示视觉功能的弱化，以矛盾的表达触及衰老所伴随的细微体验。其次，太阳是希望的象征，而当黑色作为太阳的限定语时，这一象征意义发生了戏剧性的转变，指向了与之截然相反的表达——希望的破灭与消失，展现衰老的必然与不可抗拒，表达普遍意义的无奈。此外，黑色在文学作品中往往与死亡相关。黑色的光洒入抒情主人公眼窝，喻指死亡伴随着衰老悄然而至，凸显存在的脆弱性。最后，黑色与死亡、结束有关，但太阳则代表新生、开始。因此，"黑色的照明灯"也隐喻着某种结束与新的开始之间的过渡，一种转变和重生。

又如，作于布罗茨基四十岁生日前夕的《我代替野兽步入了牢笼》（《Я входил вместо дикого зверя в клетку》）。在诗歌中他对自己的前半生进行了回顾，用寥寥几句就点出了前半生的坎坷不易："Я слонялся в степях, помнящих вопли гунна,/ надевал на себя что сызнова входит в моду,/ сеял рожь, покрывал черной толью гумна/ и не пил только сухую воду.（我曾在草原漫步，记得匈奴人的呐喊，/总是在穿重新流行的衣服，/播种黑麦，给谷仓铺上黑色油毡/唯有'干水'之味我未曾品尝）。"[③]p212"Сухая вода（干水）"这一荒诞概念，如同锋利的笔触，在诗句中勾勒出一幅认知与现实激烈碰撞的画面。诗人借此不存在之物，挑战着逻辑与想象的极限，将自己经历的广度与深度推向了极致的艺术境界。一句"唯有'干水'之味我未曾品尝"，彰显了诗人遍历人生百态的非凡经历，唯一没有体验过的是超出认知的事物。此外，经历一切本身就是一种夸张的、不可能实现的设想，蕴含着一种夸张的荒诞美学，仿佛无厘头的现实戏剧一般，把生活的复杂性与不可预测性展现得淋漓尽致，以此将诗歌的意蕴推向了无尽的丰富与深邃。

四、结论

布罗茨基诗歌中所蕴含的深邃思想及其追求的价值理念，正是其独特魅力的源泉。爱与痛苦、存在的荒谬、死亡的必然、人与自然的不和谐、美好理想与残酷现实的冲突等深刻主题贯穿其诗作，无一不透露诗人对个体存在的关注，对美好与和谐的极度渴望以及对这一理想无法实现的深刻悲怆，这些情感与思想的交织，使得布罗茨基的诗歌充满了引人深思的力量。与此同时，布罗茨基的诗歌创作展现出凝练而匠心独运的美学特色，其复杂精巧的结构、深邃独特的用词以及高超的艺术手法都堪称典范，其精湛的艺术手法与深刻的思想内涵相得益彰，共同构建了其多维且深邃的诗歌艺术世界，使其作品既有卓越的艺术造诣，又有引人深思的思想内涵，在20世纪的俄罗斯文坛，乃至世界文坛独树一帜，熠熠发光。

然而，布罗茨基诗歌的魅力远不止于此，其创作特色蕴含着极其丰富的探索空间和研究价值，如他诗歌中独特的韵律美感，他对典故和互文手法的巧妙运用以及他诗歌中深奥而独特的隐喻等都有待深入挖掘，对此的进一步研究将会为我们提供更多理解和欣赏其诗歌艺术魅力的维度。

注释【Notes】

①[美]约瑟夫·布罗茨基：《布罗茨基诗歌全集 第一卷（上）》，娄自良译，上海译文出版社2019年版，第20页。以下只在文中注明页码，不再一一做注。

②Иосиф Бродский, 《Остановка в пустыне, Конец прекрасной эпохи》, Азбука-Аттикус 2023, p.108. 以下只在文中注明页码，不再一一做注（未标注译文均为笔者译）。

③Иосиф Бродский, 《Урания, Пейзаж с наводнением》, Азбука-Аттикус 2022, p.60.以下只在文中注明页码，不再一一做注。

④Иосиф Бродский, 《Часть речи, Новые стансы к Августе》, Азбука-Аттикус 2022, p.240.以下只在文中注明页码，不再一一做注。

⑤ФурсановаТ.В., Голощук А.В.. Языковые особенности стихотворения И. Бродского 《Ниоткуда с любовью…》. 2018. URL: https://articlekz.com/article/29993.[2024-04-20]

⑥[美]约瑟夫·布罗茨基：《从彼得堡到斯德哥尔摩》，王希苏、常晖译，漓江出版社1990年版，第218页。

⑦[美] 约瑟夫·布罗茨基：《布罗茨基诗歌全集 第一卷（下）》，娄自良译，上海译文出版社2021年版，第263页。以下只在文中注明页码，不再一一做注。

⑧Полухина Валентина.Иосиф Бродский. Большая книга интервью. Издатель Захаров. 2000, pp.59-60.

⑨Трифонова Анастасия. 《Птичкиным языком》: поэтика звука в поэзии Иосифа Бродского. Вестник Ленинградского государственного университета им. А.С. Пушкина. 2013, p.63.

⑩Иосиф Бродский. Стихотворения. URL: https://iosif-brodskiy.ru [2024-09-02] 以下只在文中注明出处，不再一一做注。

朱利安·巴恩斯的传记实验与路径探索

——以《福楼拜的鹦鹉》为例

张　凡

内容提要：《福楼拜的鹦鹉》是英国作家朱利安·巴恩斯蜚声国际文坛的第一部力作。作品对法国作家居斯塔夫·福楼拜进行追忆，展现了其不为人知的独特个性。作为一部不同寻常的传记，作品在叙事层面通过文类融合与叙事视角转换，并采用戏仿与互文性策略，颠覆了传统传记文本话语。在传主塑造方面，巴恩斯关注事实中的"他者"，并在虚实交织中对福楼拜进行复原性想象。在拓展传记边界的进程中，巴恩斯深刻反思民族性，并实现从民族性到世界性的跨越，构建了全新的传记书写理念。本文旨在探讨《福楼拜的鹦鹉》在传记文本、传主塑造和传记理念方面的创新，在考察巴恩斯对传记革新的重要贡献的同时，进一步探索传记文学在当代文化语境中的发展路径与可能。

关键词：朱利安·巴恩斯；《福楼拜的鹦鹉》；传记实验

作者简介：张凡，中国海洋大学外国语学院英语语言文学在读硕士，主要从事英美文学研究。

Title: The Biographical Experimentation and Pathway Exploration of Julian Barnes: A Case Study of *Flaubert's Parrot*

Abstract: *Flaubert's Parrot* is the first major work that British author Julian Barnes garnered international recognition. The text engages in a retrospective exploration of the life of French writer Gustave Flaubert, unveiling his unique and often overlooked personality traits. As an unconventional biography, the work challenges traditional biographical narratives through its use of genre hybridization, shifts in narrative perspective, and the employment of parody and intertextuality. In crafting the biographical subject, Barnes concentrates on the "other" within factual accounts, employing a blend of fiction and reality to imaginatively reconstruct Flaubert's persona. In the process of expanding the boundaries of biography, Julian Barnes deeply reflects on nationality and achieves a transition from the national to the global, constructing a new concept of biographical writing. This paper aims to explore the innovations in *Flaubert's Parrot* regarding biographical texts, the portrayal of the biographical subject, and the concept of biography itself. While examining Barnes' significant contributions to the renewal of biography, it further seeks to explore the development paths and possibilities of biographical literature in the context of contemporary culture.

Key Words: Julian Barnes; *Flaubert's Parrot*; biographical experimentation

About Author: Zhang Fan, a master's student majoring in English Language and Literature at the College of Foreign Languages, Ocean University of China. Research Direction: English and American Literature.

《福楼拜的鹦鹉》（*Flaubert's Parrot*，1984年，以下简称《鹦鹉》）是英国作家朱利安·巴恩斯（Julian Barnes）蜚声国际文坛的第一部力作，入围1984年布克奖（Man Booker Prize）的决赛名单，并荣获1986年法国美第奇文学奖（Prix Médicis）。

作品以虚构人物杰弗里·布雷斯韦特（Geoffrey Braithwaite）为第一视角，对法国作家居斯塔夫·福楼拜（Gustave Flaubert）进行追忆和"追踪"，糅合虚构与现实，以富有想象力和幽默感的笔法，展现了福楼拜不为人知的独特个性，同时也折射了作家对于文学、历史和人生意义的思考。

《鹦鹉》问世以来，针对其文体的划分莫衷一是，现有研究多将其视为小说或历史文本进行解读，或企图对其体裁进行重新定义，如斯科特称其为"跨文体散文文本"（trans-generic prose text）①。对于《鹦鹉》是否可以称为关于福楼拜的传记，目前学界仍未有定论。威廉·贝尔（William Bell）是较早将《鹦鹉》归为传记并进行研究的学者。他认为巴恩斯"并非否定传统的传记形式，而是促进了这种形式的更新"，并"以不同的方式实现了传记的目的"②。瓦内莎·吉格内里（Vanessa Guignery）则认为巴恩斯利用传记或历史书写等传统体裁，通过揭示这些体裁的不足来对其进行颠覆③。之后，奈杰尔·汉密尔顿（Nigel Hamilton）在其专著《传记简史》（Biography: A Brief History）中把《鹦鹉》作为"恶搞传记"纳入其中④。事实上，巴恩斯本人对《鹦鹉》属于何种文类也并未下定论。如他在2005年的一篇文章中论及《鹦鹉》的创作时称自己"只知道不想写什么样的书——比如任何类型的传记"⑤。但他在另一篇采访中，又称此作是一部"颠倒的、非正式的传记小说"⑥。可见，尽管《鹦鹉》不能被定义为传统意义上的传记，学界和巴恩斯本人已经认识到，在当代语境中，传记写作在形式和内容上面临全新的挑战和要求。本文旨在探讨巴恩斯《鹦鹉》在传记文本、传主塑造和传记理念方面的创新，通过考察巴恩斯对传记革新的重要贡献，进一步探索传记文学在当代文化语境中的发展路径与可能性。

一、《福楼拜的鹦鹉》的传记叙事革新

传记书写强调文本形式和内容的统一性。在形式上，时间顺序是传记的基础，传记书写通常依赖线性叙事，按照因果关系呈现传主的生平，这符合传记作为叙述历史个体生命经验的特性。在内容上，传记作家可能选择完整呈现传主一生，或选取其人生中的片段，务求真实客观。形式和内容的统一性长久以来一直被传记作家遵循。自20世纪20年代开始，以里顿·斯特拉奇（Lytton Strachey）和弗吉尼亚·伍尔夫（Virginia Woolf）为代表的新型

传记打破了传统传记的严肃、冗长的特性。巴恩斯在承袭新型传记实验精神的基础上，进一步对传记叙事的形式和内容提出了挑战。

从文内的文体层面讲，《鹦鹉》呈现出文体杂糅和拼贴的特征。传统传记往往注重文类的同性以及外部形式与内部意义的统一性。在后现代求新求变的语境下，不少作者不再满足于单一化的叙事方式，企图突破秩序，探索文类的边界，传记也不例外。在《鹦鹉》中，除正常的叙事外，巴恩斯将年表、寓言集、指南、词典、考卷等多种文体融入其中，不同文类的狂欢化构建了一个意义开放的文本空间。文类的越界实现了奈德尔（Ira B. Nadel）所说的对文体潜能的挖掘，"通过文体的多变表现出的共时性叙事增强了生平的修饰性，为读者和作者提供了兴趣和乐趣"⑦。

文类的越界也意味着作品打破了传统传记的线性叙事结构，呈现碎片化特征。巴恩斯选择挑战传统传记的连贯性和完整性，凸显后现代主义对历史和个体经验的解构与重构。作品以叙述者布雷斯韦特探寻福楼拜在创作《一颗质朴的心》（A Simple Soul，1877年）时所借用的鹦鹉标本为引，但直至最后一章之前并未围绕此条线索进行线性叙述，而是将福楼拜的生活、创作、思想过程切割成多个碎片，以不同的文体进行呈现，每个碎片都独立而又相互关联，形成了一种独特的叙事节奏和深度。此外，《鹦鹉》也突破传统传记的单一叙事视角，实现了叙事视角层面的"复调"。作品除了以虚构的叙述者布雷斯韦特为主要的第一人称视角外，还虚构福楼拜本人以及福楼拜情人的视角。这些不同的视角呈现了不同角色的声音，所有的声音被平等地表现出来，实现了巴赫金所说的"有着众多的各自独立而不相融合的声音和意识，由具有充分价值的不同声音组成真正的复调"⑧。这些声音在丰富作品表现力的同时，也增强了读者对福楼拜及其周围人物复杂关系的理解，为读者提供了更多元的解读空间。

需要指出的是，巴恩斯的文类拼贴并不是随机而为，而是基于对福楼拜作品的戏仿，并以此实现了和福楼拜作品的文际互文性。巴恩斯对于历史事

实的质疑表明他不可能"为这位法国作家制作同质的传记，或者说任何同质的传记"⑨。因此，他选择模仿福楼拜进行创作：福楼拜擅长譬喻，他便用一整个年表罗列福楼拜在人生的不同阶段使用的譬喻；福楼拜擅长反讽，巴恩斯同样多用反讽手法，赋予作品独特的喜剧意蕴；福楼拜曾创作过一本《庸见词典》，巴恩斯便通过模仿创作了《布雷斯韦特的庸见词典》一章。如加西奥雷克（Andrzej Gasiorek）所言："布雷斯韦特以福楼拜为榜样。他采用了福楼拜的讽刺口吻，模仿他的虚情假意，并希望读者能像他理解福楼拜一样理解他"⑩。

除文体的互文性，巴恩斯在人物塑造方面也呼应了福楼拜笔下的人物。《鹦鹉》表面上以福楼拜为焦点，但巧妙地将虚构的叙述者布雷斯韦特的个人情感、生活经历以及思想融入其中，形成了两个相互交织的叙事进程。布雷斯韦特在讲述福楼拜时总是不经意间提到自己，并呈现出次数逐渐增加、篇幅逐渐变长的趋势，甚至在第13章中抢过话语权，讲述了一个关于自己和妻子的"纯粹故事"。他发现自己和妻子就像是福楼拜笔下的包法利夫妇。他的医生职业、妻子的出轨等，都与小说有着惊人的吻合。这些个人经历与他对福楼拜的探寻相互交织，形成了一种复杂的情感纠葛。如佩特·怀特所说："在他支离破碎的福楼拜传记中隐藏着一本同样支离破碎且不完整的布雷斯韦特自传。"⑪布雷斯韦特试图通过了解福楼拜来理解自己的情感，疗愈创伤，并最终得以释放自己的情感。

巴恩斯在叙事形式和内容上的大胆突破并未造成二者的割裂，其根源是文本间性的实现。通过文内和文际两个层面的互文，巴恩斯不仅是作为一位传记家，更是作为一位文学家对福楼拜进行体认，其研究超越了单纯的语言修辞和社会语境考察。在继承传主的精神和意志的同时，巴恩斯以其希望的方式呈现传主，同福楼拜产生真正的对话。

二、福楼拜形象的多维重构

传记家的重要任务之一是追求文本主体和历史主体的无限接近，实现二者跨越时空的交互和对话。然而，在巴恩斯看来，历史主体并非一成不变，而是一个已经被无数文本、解读和观点所塑造的复杂集合体。传记家构建的文本主体也不可避免地带有传记家的个人色彩和解读偏见。因此，在《鹦鹉》中，巴恩斯选择通过发现和再现历史事实中的"他者"以及以虚实结合的方式来重构福楼拜的形象。

（一）"他者"事实的发现与再现

在选材的过程中，巴恩斯不再关注和福楼拜相关的具有普适性认可的叙述。这种叙述一类书写关于福楼拜的"生命神话"，将福楼拜塑造为崇高的伟人、大文豪；另一类以萨特（Jean-Paul Sartre）等学者为代表，试图将福楼拜贬低为中产阶级魁首、敌人、"家庭中的白痴"等。巴恩斯有意识地避开这些论述，选择关注有关福楼拜事实中的"他者"，以求对福楼拜的创作、生活、思想等有更全面的认识。

相较于基于现有文本进行考察，布雷斯韦特决定回到福楼拜曾经生活过的地方进行直观体验，以期还原他的真实经历和思想变化。也正是在这一路途中，布雷斯韦特发现了贯穿全文的重要线索——鹦鹉。通过对鹦鹉这一特殊意象的关注，布雷斯韦特进一步分析了福楼拜对于语言的观点，即语言存在潜在的不足，具有表达上的局限性。除鹦鹉外，布雷斯韦特还关注到福楼拜在创作中对于譬喻和反讽的热爱，并且这种热爱已然深入到福楼拜的日常生活中。此外，布雷斯韦特利用第9章一整章来论述福楼拜的未成之书，如传记、翻译、虚构作品等。

除福楼拜的创作之外，巴恩斯也从不一样的角度对福楼拜的生活进行了一定的还原。如在第4章福楼拜动物寓言集中，巴恩斯收集并罗列了和福楼拜相关的各种动物，不论是作为比喻和意象的动物，还是福楼拜生活中出现的动物。这些表述均基于福楼拜的书信。他将自己比作熊、奶牛、骆驼等动物。熊孤独、倔强、易怒，奶牛温柔而紧张，骆驼既严肃又滑稽，同时持之以恒。这些描述一方面照应了福楼拜对于譬喻的喜爱，另一方面揭示了其复杂而多变的性格。

巴恩斯的关注点犀利且独到，通过鹦鹉、譬喻、反讽、动物等通常不会被人关注到的"他者"

事实，还原了福楼拜动态而复杂的形象。在《鹦鹉》中，叙述者提出，传记作家如同在用网捕鱼，但是没有捕获的鱼远多于捞起来的。而布雷韦斯特，或者是巴恩斯想做的，是捕获那些从来没有被捕获的鱼，也就是那些福楼拜生命中的小型叙事，避免对其进行单一的认识和解读。

（二）虚实交织中的复原性想象

巴恩斯还原福楼拜的另一途径，便是在虚实结合中对其进行复原性想象。真实性是传记的生命线。但是不论传记家如何努力，关于传主总会有多多少少的空白，这些空白可能会造成传主事迹的不连贯或形象的不完整。杨正润提出："在必要的时候，传记家可以以史实为依据，通过想象来推测、填补传材中的缺漏。"⑫巴恩斯在这一点上则更为大胆，譬如他以福楼拜的情人露易丝·科莱为第一视角，讲述她和福楼拜之间的故事。以往人们认为科莱轻浮、肤浅，依附于福楼拜，并崇拜福楼拜的才华。这种认识多少是基于人们将福楼拜作为文学巨匠经典化、崇高化，并且以男性视角对女性进行"凝视"的后果。但是从女方的角度进行考察，福楼拜经常以科莱的活泼、自由以及与男性的平等感为由侮辱科莱，而女方则小心翼翼地维护着其男子气概。科莱无奈地写道："人们会站在居斯塔夫那边。他们会匆忙对我做出解读。"⑬科莱的故事版本填补了关于福楼拜的空白，甚至纠正了以往对于二人关系的误见。同时，叙事视角的转变和边缘化人物的叙述也丰富了福楼拜形象，使其更为人性化、复杂化，并揭示了历史进程中小人物和边缘群体的价值和意义。

然而，巴恩斯也在提醒着读者，不是所有的还原都是一帆风顺的，在对历史真实的不断探寻中，叙述者屡屡受挫。在经过两年的考证后，叙述者再次回到鹦鹉的问题上，并最终得知标本数量的可能性从2只变成了50只。但是，巴恩斯也告诉我们，这并不能否认福楼拜的鹦鹉已被销毁或不存在。所谓的本质、真相并非一片虚无，而是流动的、开放的。此时作品的重点早已不是福楼拜是否存在或者是什么样的存在，而是回归到了存在本身，是对于存在意义的追问。福楼拜这个人物是真实存在的，

其意识活动中普遍的和不变的结构就在于他的变化。福楼拜的文学创作和思想深邃而复杂，在每个时期都有其独特的表现形式和深层内涵，难以用简单的本质来概括，所以想要把握一个单面的福楼拜形象是徒劳的。在经历了一系列的探索和尝试后，叙述者最终意识到，把握生活和艺术的本质，就像是找寻福楼拜的鹦鹉一样，是一个难以完成的任务。但历史即便难以追寻，不可避免地是人类建构的结果，也向人类提供了证据，证明"在创造历史的过程中，人们可能会与当下和解，并以开放的姿态面对未来"⑭。

通过"他者"事实的呈现和基于事实的虚构性想象，巴恩斯也展示了想要平衡传记书写企图融合事实中和想象中的个体的两难困境的努力。以往的传记家在主流事实和理想个体之间"穿针引线"，努力搭建二者一致的桥梁，但是往往忽视传记和历史一样都不是完全客观的。也许去除对于传主的先验性认识，本着不是为了发现真相，而是为了还原传主作为个体的多样性，就能够在打破客观传记神话的同时，回应传记作为人学，尊重个体和个性的初衷。

三、巴恩斯传记书写的理念探索

巴恩斯对传统传记叙事的解构以及对传主的创新型复原，并不仅仅是为了书写一部异质性的实验传记。在这背后是巴恩斯对于构建其传记书写理念的尝试和探索。巴恩斯的传记书写一方面体现在其以传记书写反思民族性；另一方面其传记又超越了民族性，具有世界性。

（一）传记书写中的民族性反思

巴恩斯深受法国文化和文学的影响。其父母均是法语教师。巴恩斯自儿时便经常随家人一起前往法国度假。在中学和大学期间他也修习了法语。他不仅了解法国文化，更对法国文学情有独钟。巴恩斯在十五岁时第一次阅读了《包法利夫人》，这一作品对其产生了终身影响。在1987年的采访中，巴恩斯提出福楼拜是他"最仔细斟酌其文字的作家"，并认为福楼拜"说出了最多关于写作的真理"⑥pxiii。

然而，巴恩斯对于法国的喜爱对于当时的英国人来说并不常见。和巴恩斯一同成长的一代人正是见证了大英帝国"从一个伟大的国家衰落到野蛮的地步"⑥p40。20世纪40年代之后的英国经历着民族性危机，面临内忧外患。政治上，英国昔日帝国地位的荣耀不再；文化上，大量外来移民不仅影响了英国人们的本土生活，而且对他们的民族身份产生了威胁；经济上，撒切尔保守政府实行的自由放任政策使英国经济发生了巨大变化。面对一系列巨变，大部分英国人不甘沦落至此，仍抱有英国昔日帝国地位的情结，并对轻易对德国妥协的法国嗤之以鼻。因此很少有人像巴恩斯一样崇尚法国文化与文学。但是在心有不甘的同时，英国人，尤其是占英国人口绝大多数的中产阶级，却陷入一种空虚、麻木的状态中，他们因无法改变现状而感到深深的无力。知识分子，尤其是文学家，对这些变化更为敏感。一直以来，文学是形成国族理念与归属感的重要源泉。文学作品，如小说，被认为是"最具影响力的思想和民族特性表达的源泉。为后世所喜爱和欣赏的艺术作品在传承和传播民族形象、记忆和神话方面发挥着关键作用"⑮。巴恩斯作为英国当代的重要作家，也在书写英国性方面具有不可估量的重要性。巴恩斯笔下的人物，如《鹦鹉》中的布雷斯韦特、《终结的感觉》（The Sense of an Ending，2011年）中的韦布斯特，都具有相同的英国性特质：男性、中产阶级、知识分子、婚姻失败、生活平淡而空虚，试图找寻生活的意义。这种同质化的民族性特征也并非在现代才形成，如帕林德所提出的，"最早关于英国'民族性格'的论述之一认为，这一概念本身是自相矛盾的，相对于爱尔兰人、苏格兰人或威尔士人而言，英国人的本质就是缺乏鲜明的性格"⑮p22。这种同质化在现代被进一步放大。

对于如何改变这种现状，巴恩斯试图在英法文化的对比间找到出路。法国文化对于巴恩斯来说，代表着个性、突破和革新。巴恩斯对法国文化的喜爱溢于言表。他曾坦言："斯威本与兰博根本没有办法相提并论，伏尔泰似乎比约翰逊博士更聪明。"⑯兰波、伏尔泰，以及巴恩斯非常欣赏的

左拉、福楼拜等人，他们的作品风格各异，均敢于创新，和理性、单调的英国文学形成鲜明的对比。法国元素在巴恩斯的作品中随处可见，法国之于巴恩斯，有如充满生命力和希望的异国乌托邦。通过对福楼拜的考察进一步表明，可以发现19世纪的福楼拜所代表的个性化的法国文化，在今天仍对叙述者，或者对巴恩斯本人有极强的吸引力，在其看来这种个性化正是英国文化所缺少的。巴恩斯对福楼拜的评价之一，是其"从来不会写出两本相同的书"⑥p15。深受福楼拜影响的巴恩斯在其创作中突破同质化，以独特的风格将其与英国其他当代作家加以区分，书写如《福楼拜的鹦鹉》这样一部异质性十足的实验传记，或《10½章世界史》（A History of the World in 10½ Chapters）这样一部与众不同的历史小说，从形式和内容两个层面为英国的文学以及文化带来了新的土壤。

（二）从民族性到世界性

从历时和共时两个角度考察，巴恩斯的传记实验和文学创作远不止于书写和反思英国的民族性，还具有超民族性的全球视野。

首先，对于巴恩斯来说，考察对象福楼拜不仅象征着个性化的法国文化，更是具有跨时代性及跨文化性的特征。在科学、理性之风大行其道之时，福楼拜却不相信进步，尤其是道德进步。他的时代是巴尔扎克和雨果的时代，是所谓浪漫主义、象征主义的时代。但福楼拜却不属于任何一方，并且刻意地藏起自己。同时，在巴恩斯看来，福楼拜具有伟大的前瞻性：在现代主义作家们质疑语言表达的局限性时，福楼拜早就意识到了这一点，并在《包法利夫人》中悲观地提出："为人从来不能准确无误地说出自己的需要、观念、痛苦，而人的语言只像走江湖卖艺人耍猴戏时敲打的破锣，哪能妄想感动天上的星辰呢？"⑰在20世纪以罗兰·巴特（Roland Bartes）为代表的解构主义者大肆宣扬"作者已死"时，一个世纪之前的福楼拜就在经营文本，否认自己这个个体的重要性。福楼拜的作品、思想均具有跨时代性、超民族性，在今天仍熠熠生辉。巴恩斯选择以福楼拜作为传主，为其立传，无形中赋予了这部传记一种世界性。

其次，巴恩斯笔下的角色不仅是英国性的代表，更具有现代人的普遍性。19世纪末期以来，哲学家和思想家在反理性主义思潮下，对科学主义和理性主义的真理观进行彻底的反思。尼采的著名论断"没有什么事实，一切都是流动的、不可把握的、退缩性的"⑱，揭示了事物本质的相对性和流动性。解构主义、后现代主义更是进一步主张对一切真理、权威和意义的解构，质疑传统实在论的历史客观性，认为历史的客观性不过是话语的建构，从而引发了对历史文本及其真实性的重新评估。在一切都是不确定的、流动的情况下，现代人也失去了生活的方向，处于一种虚无的状态中。《鹦鹉》中的叙述者布雷斯韦特便是现代人的代表，读者从布雷斯韦特身上能窥探到现代人普遍的生存危机和困境。其对于福楼拜的追寻不仅是为了考察关于福楼拜的真相，更是为了在这场圣杯式的追寻中找寻人生的意义，体现了巴恩斯希望为现代人寻找出路的尝试。

通过选择福楼拜这样一位具有跨时代、跨文化性特征的人物，以及塑造布雷斯韦特这样一位现代人的代表，巴恩斯可以说是以传记搭建了一个不同文化平等对话与交流的平台。巴恩斯的《鹦鹉》通过反思英国的民族性，以及实现超民族性的世界性，成功构建了属于自己的传记理念。传记不仅展现了有关传主的形象和事实，更是通过传主和历史反思当下、思考未来的过程。对文化个性的追寻，以及对文化交流的希望，体现了巴恩斯构建存异求同的文化间性的尝试，也是新时代传记精神的旨归。

在巴恩斯笔下，传记书写不仅是一种文学形式，更是一种思考方式和文化实践。他将福楼拜的生活与思想置于一个更广阔的背景下，通过文学实验和叙事创新，使读者不仅了解了传主的个人经历，更反思了时代精神和文化变迁。《鹦鹉》的成功不仅在于其对福楼拜的独特解读，更在于其开创了新时代传记书写的全新路径，彰显了传记文学在当代文化中的重要性和可能性。通过这种方式，巴恩斯不仅为福楼拜立传，更为传记文学注入了新的活力和深度，体现了他对文学形式和文化内涵的不懈追求。

注释【Notes】

①Scott, James B. "Parrot as paradigms: infinite deferral of meaning in Flaubert's Parrot". *ARIEL: A Review of International English Literature*, 1990 (3).

②Ellis, David eds. *Imitating Art: Essays in Biography*. London: Pluto Press, 1993, p.167.

③Guignery, Vanessa. *The Fiction of Julian Barnes*. London: Palgrave Macmillan, 2006, p.37.

④Nigel, Hamilton. *Biography: A Brief History*. Massachusetts: Harvard University Press, 2007, p.216.

⑤Barnes, Julian. "When Flaubert Took Wing". *The Guardian*, 5 Mar. 2005. https://www.theguardian.com/books/2005/mar/05/fiction.julianbarnes.

⑥Guignery, Vanessa, Roberts, Ryan ed. *Conversations with Julian Barnes*. University Press of Mississippi, 2009, p.105. 以下只在文中注明页码，不再一一做注。

⑦Nadel, Ira B. *Biography: Fiction, Fact & Form*. New York: Macmillan, 1984, p.159.

⑧[俄]巴赫金：《巴赫金全集第五卷》，白春仁等译，河北教育出版社1998年版，第4页。

⑨Dobrogoszcz, Tomasz. "Getting to the truth: the narrator of Julian Barnes's Flaubert's Parrot". *Acta Universitatis Lodziensis. Folia Litteraria Anglica*, 1999 (3).

⑩Gasiorek, A. *Postwar British Fiction: Realism and After*. London: Edward Arnold, 1995, p. 160.

⑪White, Patti. *Gatsby's Party: The System and the List in Contemporary Narrative*. Indiana: Purdue University Press, 1992, p. 114.

⑫杨正润：《现代传记学》，南京大学出版社2009年版，第532页。

⑬[英]朱利安·巴恩斯：《福楼拜的鹦鹉》，但汉松译，译林出版社2013年版，第202页。

⑭Janik, Del I. "No end of history: evidence from the contemporary English novel". *Twentieth Century Literature*, 1995(2).

⑮Parrinder, Patrick. *Nation and Novel*. Oxford University Press, 2006, p. 6. 以下只在文中注明页码，不再一一做注。

⑯Barnes, J. *Something to Declare*. Vintage Books, 2003, p. XIV.

⑰[法]福楼拜：《包法利夫人》，许渊冲译，译林出版社2019年版，第159页。

⑱[德]尼采：《权力意志》，孙周兴译，商务印书馆2007年版，第119页。

论《乡村医生》的叙述张力

唐正宜

内容提要： 卡夫卡的《乡村医生》以其独特的文本分析价值著称，其通过叙述视角、空间急迫感和人物关系错位构建内在张力。固定式人物的有限视角使叙述者通过医生的视角揭示其与环境的紧张关系及恐惧心理。空间转换的快节奏反映叙述的急迫感，强化了文本张力。人物关系错位中的矛盾与冲突展示医生在社会结构中的无力感和荒诞性。这些元素共同形成多重叙述张力，模糊了梦幻与现实的界限，体现了卡夫卡作品的哲学色彩及其对现代主义文学的贡献。

关键词： 《乡村医生》；张力；恐惧视角；空间急迫感；关系错位

作者简介： 唐正宜，广东外语外贸大学中国语言文化学院硕士研究生，主要从事现当代文学研究。

Title: On the Narrative Tension of *A Country Doctor*

Abstract: Kafka's *A Country Doctor* is known for its unique value of textual analysis, which builds inherent tension through narrative perspective, sense of spatial urgency, and dislocated character relationships. The fixed character's limited perspective enables the narrator to reveal his tension with the environment and his fear through the doctor's point of view. The fast pace of spatial transition reflects the urgency of the narrative and strengthens the textual tension. The contradictions and conflicts in the dislocated character relationships demonstrate the doctor's powerlessness and absurdity in the social structure. These elements together form multiple narrative tensions, blurring the boundaries between fantasy and reality, reflecting the philosophy underlying Kafka's work and his contribution to modernist literature.

Key Words: *A Country Doctor*; tension; fear perspective; Sense of spatial urgency; relational dislocation

About Author: Tang Zhengyi, master's degree student at the School of Chinese Language and Culture, Guangdong University of Foreign Studies, mainly engaged in the research of contemporary literature.

卡夫卡的作品因其探讨人类在面对无法理解和控制的世界时的孤独、焦虑和绝望而具有文学史价值。卡夫卡的作品之所以被经典化，除了文学史价值，更有文本自身的原因。文本正因其独特的艺术成就，在不同时期的不同语境下被理解。《乡村医生》就是经典文本之一，它讲述了一个医生在暴雪天出诊的故事，带有卡夫卡式的梦幻色彩。

之所以说《乡村医生》具有梦幻色彩，是因为在文本中，叙述者在理性与非理性之间不断游移变换，且边界模糊，某种程度上使得叙述话语多了一层扑朔迷离的意味。《乡村医生》存在的梦境元素是文本得以阐释的基础，由此可对文本的叙述视角、叙述空间和人物情节塑造等展开论述。

在文本中，非常态环境下的点缀与主体精神面上的深入开掘相结合，使文本呈现出某种内在的张力。罗吉·福勒说："一般而论，凡是存在着对立而又相互联系的力量、冲动或意义的地方，都存在着张力。"①因此，"叙述张力"可以理解为文本中存在着矛盾冲突却又相互影响的部分。这种对立与联系使文本中的各部分形成互相延展、点染和渲染的关系。这一特点体现在叙述的方式、内容和过程中，使文本紧凑而富有弹性，具有深度。因此，本文试图从叙述视角下的恐惧、空间上的急迫感和人物关系上的错位三方面论述文本的叙述张力。

一、叙述视角下的恐惧

文本从固定式人物的有限视角展开叙述，即固定地从一个人物（往往是主要人物）的有限视角来叙述，也称为"固定式内聚焦"。巴尔认为"如果聚焦者与人物重合，那么，这个人物将具有超越其他人物的技巧上的优势。读者以这一人物的眼睛去观察，原则上将会倾向于接受由这一人物所提供的视觉"[②]。文本中所发生的事件基本上是通过医生的聚焦来把场面展示给读者的。这种叙述方式不仅使小说有统一和连贯的特性，同时还外化出医生内心的恐惧。叙述者进入医生这一人物的内心世界，并从这一视角放大每一个细微的反应，医生的心理状态由此得以铺开。

首先，故事开头，医生所目击的生活画面是恐惧和无助的，一出门就诊就发现自家的马死亡，身边的雪也越积越厚。因为这些医生举步维艰，无助地站在茫茫的雪地上。接着一个蹲着的马夫突然带着两匹马在黑暗中出现，并开始套马，而帮忙套马的女仆一走近马夫身边，就被马夫所侵犯。女仆的尖叫和她脸颊上的齿印都显示出她的恐惧。这时医生是无助的，一方面马夫的帮忙很重要，因为没有马车他去不了病人家；另一方面他不能抛弃女仆，医生在这一纠葛下呈现出张力关系，他需要在出诊还是保护女仆做出抉择。因此，医生的无助、愤怒以及权衡利弊的想法与其目击的无助、被侵犯的恐惧相关联。这些无助、恐惧不在于场景中的表现形式，或各种细节和氛围的营造，而在于他们都指向恐惧感本身。也就是说，内心的恐惧幻化出了不同的场面和情节，而这些正是医生目击到并感受到的各种被剥夺权利、被侵犯隐私的场面。这正是内聚焦叙事视角下所能呈现出的共鸣及张力。

其次，医生所受到的病人家属的对待也在叙述中体现出其恐惧的原因。医生来到病人家里时，病人家人把医生抬下车。接着，病人姐姐把医生衣服脱了；老人无意义地倒酒示好；家人和村中长老们又脱掉医生衣服；一合唱队突然唱了起来。所有这

些细节并未指向对医生看病的帮助，反而阻碍其诊断和回家，同时，两次"脱衣服"的过程预示医生的主体性一步步被侵犯，而这些侵犯医生的举动都转化为其想逃离的愿望，当他想离开病人家里时，却发现自己被他人抬进病人的床上。在这里，医生这一人物有一种被观望的状态，借由其身份，叙述者总是言说着人们相处之间的恐惧，即说出了医生面对病人家属时的无奈和恐惧，也凸显了个体的孤独感。叙述者借由医生的困境，重新揭开了人类的某种生存困境，即集体社会中个体的脆弱和被侵犯。因此这些细节进一步说明了医生在这个环境中的无奈与挣扎，也加强了对人际关系中恐惧和隔阂的刻画。无助感使得医生的每一步都充满了不确定性和焦虑，他的专业知识和身份在此刻变得无足轻重。面对不断涌来的干扰和不合常理的行为，医生只能被动应对，失去了对自身处境的掌控权。

最后，马、伤口等也是医生所聚焦的对象，他们在言说中逐渐带有一种创伤特性。文本中意象马出现多次——既有现实中的马，在医生出诊时出现；也有"非尘世的马"，在医生回家时出现。前者能使医生快速来到病人家，后者则在医生归家的路程中缓慢地行进，二者状态的不同和医生的需求呈现出对立状态。医生不想离开家，现实的马把他带到病人家；医生着急回家时，"非尘世的马"则似乎永远带他回不了家。在文本中，马是一种不受掌控的象征，也是需要依附的事物，医生从来没能在马身上得到任何好处，却又需要其在两个地方往返。如果说意象马代表难以驾驭，那么病人身上的伤口则是难以察觉的隐痛。伤口是玫瑰红色，周围有着白色的蛆虫在蠕动，开始医生并未察觉，发现时也难以拯救病人。可以说，伤口承载的是人们脆弱的一面。叙述者把意象"马""伤口"聚焦在一起，在超自然的世界里生成自己对于恐惧的理解，隐喻着人们的不确定性和脆弱性，叙述出其对世界的恐怖认识。

二、空间上的急迫感

视角与空间存在着联系。"除了为人物提供了必需的活动场所，'故事空间'也是展示人物心

理活动、塑造人物形象、揭示作品题旨的重要方式"③，第一人称视角下展现的空间既是环境，也是人物内心状态的反映，体现了心境与环境的相互映照。因此，空间转换的快节奏也呈现出一种急迫感。文本中主要涉及医生家与病人家两个空间的转换：一个是从医生家到病人家，另外一个则是从病人家回医生家。二者在节奏、压迫感和环境氛围三方面都在空间上有着不同的描述，如果说前者是空间环境所营造出的急迫感，那么后者则是在单一空间下人物心境所营造出来的急迫感。现试分析之。

第一，在节奏上，从医生家到病人家的快节奏体现在场景的快速切换，当马夫让马车出发时，是以"一刹那的工夫"到达病人家，仿佛医生的院门前径直就是病人院子，空间几乎是无缝衔接，造成一种事件接踵而至的观感。医生没有时间思考，这使得其紧张感持续存在。而从病人家往返回到自己家的快节奏则体现在医生的焦急独白上，医生"飞身上马"，马车却缓缓前行，"这样下去，我永远回不了家；我的生意兴隆的诊所完了；一个接班人在抢我的生意，可这没用，因为他代替不了我；那混蛋马夫在我的房子里胡作非为；罗莎成了他的牺牲品；我不愿再想下去了"④。医生对未来一系列的焦虑感知呈现出密集的心理动态，尽管慢速的空间移动是其产生这一心理状态的原因，但反过来可衬托出医生高度焦虑的心理状态。

第二，在压迫感上，从医生家出发时，马车"应声疾驰"，"宛如被冲入激流的木头"；在马夫的凌厉攻势下，医生家的房门猛地被撞开，接着就是医生的眼里和耳里全是穿透所有感官的风驰电掣。马车"应声疾驰"是一种象征，象征着医生对于自己命运的无力感。他虽然急于出诊，但最终是被马车带到了目的地，这即是他个人意志的失败。房门被撞开则是另外的象征：突然的冲击让医生感到不知所措，同时也试图映射出个体面对外界压力时的脆弱和无助，侧面反映出文本环境的压迫感。

第三，在环境氛围上，文本环境贯穿在暴雪天气下。两个空间环境下的细小区别是，出诊前，天气是"猛烈的暴雪风"；而回程时，暴雪天气则被描述为"冰雪荒原"。而环境的区别也映照着医

生的不同心境，出诊前，医生对当前天气出门不抱任何希望；回程时，医生赤身裸体，生意完蛋，女仆被侵犯。在这里，叙述者和人物呈现出明显地分离：人物所目击的这幅绝望的画面，而借由人物之视角说出来的叙述声音，表现了一个濒临崩溃的主体意识。叙述者是无助的，这是他认为的上当受骗后永远无法挽回的处境。叙述者对故事空间环境的描述不仅展现了环境的特性，也反映了叙述者的印象和感受。通过人物视角描绘故事空间，可以有效透露出人物在特定条件下的感受，同时揭示其性格，强调主题。

从上述三点我们可以看到，空间转换的快慢有着明显的对照，而通过空间的快慢我们能感知到时间的快慢，空间可以认知时间。有了空间才让我们真实地感觉到叙事的速度感，也能体现出人物对于时间的感知。两段空间转移的描写可以看到医生被抛入不由自己决定的世界里：急速就诊和回家无门。空间的转换和时间的流逝并不是线性的或单向的，而是通过叙述者的心理状态和感知体验来呈现的。叙述者在不同空间中的感受变化，实际上反映了时间在其内心世界中的流动方式。时间的主观性和空间的客观性在叙事中交织在一起，人物的心理状态和情感波动更好地表现出来，使得人物在空间下的张力得到更真切的感知。

三、人物关系上的错位

在文本空间之下，医生与各人物之间的关系也存在着一种内在张力，医生与女仆、马夫、病人家属及病人之间的错位关系构成了叙述张力的重要来源。医生与各人物之间的互动，展现出一种多指向且扭曲的关系复杂的网络，医生深陷其中而不能超脱的矛盾情绪也贯穿在文本的脉络之中。

首先，从医生与女仆之间的情节可以看到：医生的愿望与行动是相互背离的。医生与女仆的关系是所有物的归属问题，当医生发现马夫正试图侵犯女仆时，他的"归属权"就受到了侵犯，在这里医生其实已认定拯救女仆优先于就诊的事情，他不愿意以女仆作为换取马的条件。但这一愿望被迫中止，在愿望与行动的错位的状况下，医生内心的矛

盾与无力感在情节推进下愈加凸显，他试图说服自己得到神明的帮助获得了马来到了病人家里，却又时刻想回去解救女仆。这种错位借由医生之口叙述出一种不可控的生命状态，想与做的冲突时刻存在，纠缠着医生。

其次，医生与马夫之间的关系错位涉及身份地位的问题，具体表现为医生对于马夫诚恳与兽性的矛盾感受。马夫是做错事就要"挨鞭子"的存在，而医生则是挥动鞭子、大声呵斥的那个上位者。但马夫的诚恳、帮忙套马的原因却又让医生陷入自我矛盾，在权衡利益时上下位的关系随时可能进行逆转，而马夫也正好看到了这一点，所以他才不畏惧医生的呵斥，放纵自己对于女仆的侵犯。医生依赖马夫提供的交通工具，却无法接受马夫可能带来的潜在威胁。在对马夫的感激与对"交易"的不值当并存的情感张力下，我们可以透析出医生在权力关系中的被动地位。

医生与病人家属之间的需求错位，进一步凸显了人物关系上的冲突和不可控。家属对于医生的救治存有希望，而医生却觉得病人总要求其做一些力不能及的事情。在病人家属的需求与医生的疏离的对比下，家属强制要求医生诊治无意中阻碍了医生拯救女仆的愿望，也就是说，病人家属希望医生救治病人，而医生的注意力却投向无法拯救的女仆身上。双方之间的拉扯不仅延宕了医生下一步行动，医生也在面对病人家属与病人的需求时，感受到强烈的身份错位。这种错位不仅表现在医生对这一社会角色的无力履行，更表现为一种深层次的存在焦虑。萨特认为，人在面对自己无法掌控的环境时，会产生一种"被抛"的感觉，即意识到自己处于一种无法选择和控制的情境中。这一感觉贯穿于医生与病人及其家属的互动中，凸显了医生作为个体在社会结构中的无力感。

最后，医生与病人之间的紧张关系呈现出医生无奈的心理状态。病人拒绝救治的想法和对医生的不信任感与医生无法履行职责的现状，构成一种互相折磨的状态。医生面对病人的无理要求和抗拒姿态时，他既要应对病人及家属的期望，又无法真

正实现救治的目标。二者关系的张力表现在医生与病人之间充满了无法解决的矛盾与紧张。医生的无奈、逃离又不得不面对的内心纠缠贯穿于文本的叙述状态中。

多重错位所形成的叙述张力可以看到人际关系的纠缠及其中的无力感和荒诞性，还能从叙述背后看到一种结构悖论。结构悖论指的是对单个人正确的事情不一定对每个人都正确，对整体正确的事情不一定对单个人正确。医生就诊从整体上对病人家属及病人甚至是马夫来说是合理的选择，而对他自己来说保护不了女仆则是无利的选项。可以说，医生的行动受集体选择的驱使而非以自身的意志来主宰。在这里，叙述者某种程度上道出了人类处境中的悖谬，这使得文本在叙述的张力下看到其中的哲学色彩。

四、结语

《乡村医生》从叙述视角、空间描写和人物关系三方面展现了文本中复杂的张力关系。用固定式人物的有限视角，卡夫卡成功地将读者带入医生的内心世界，使我们能够直接感受到他的恐惧和无助。空间转换中的急迫感则进一步强化了这种情感体验，而人物关系的错位则揭示了个体在社会结构中的无力感。《乡村医生》中的叙述张力体现了卡夫卡式的梦幻色彩，隐喻了现代人的生存困境和存在焦虑。文本的内在结构和意义生成机制便由此得以展开：他即由文本的叙述张力得以构造出内在结构，又在结构中看到人类的普遍生存困境，这是现代主义文学的里程碑之一。

注释【Notes】

①转引自王先霈等：《文学批评术语词典》，上海文艺出版社1999年版，第287页。

②[荷]米克·巴尔：《叙述学：叙事理论导论》（第二版），谭君强译，中国社会科学出版社2003版，第173页。

③申丹、王丽亚：《西方叙事学：经典与后经典》，北京大学出版社2010年版，第132页。

④[奥]卡夫卡：《卡夫卡全集III》，王炳钧译，人民文学出版社，2003年，第62页。

17—18世纪俄罗斯僭称王现象探究

杨雪楠

内容提要：僭称王现象作为俄罗斯独特的社会文化现象，在17—18世纪的俄罗斯发展得尤为明显。本文从僭称王现象的概念阐释、产生原因、特点等方面进行探究，发现僭称王现象与跌宕的社会政治形势、俄罗斯人民对沙皇的神圣崇拜、东正教世界观紧密相关。对该现象探究有利于我们把握俄罗斯的整体历史,包括社会各阶层对专制王权的态度及中央集权和社会、人民之间的关系。

关键词：僭称王；东正教；混乱时期

作者简介：杨雪楠，北京外国语大学俄语学院在读博士，主要从事俄罗斯社会与文化、区域学研究。

Title: The Phenomenon of the Impostor to the Throne in Russia the 17th-18th Centuries

Abstract: As a unique social and cultural phenomenon in Russia, the impostor to the throne developed particularly in the 17th and 18th centuries. This article explores the conceptualization, causes, and characteristics of the phenomenon of the impostor to the throne, and finds that the phenomenon is closely related to the tumultuous socio-political situation, the Russian people's sacred worship of the tsar, and the Orthodox worldview. The study of this phenomenon helps us to grasp the overall history of Russia, including the attitudes of different social strata towards the authoritarian kingship, and the relationship between centralized power, society, and the people.

Key Words: the impostor to the throne; Orthodox Church; time of troubles

About Author: Yang Xuenan is a doctoral candidate at the School of Russian language, Beijing Foreign Studies University, majoring in Russian society and culture, Regional Studies.

引言

僭称王现象[①]是俄罗斯最具民族特点的历史文化现象之一，在世界上其他任何国家都没有如此深刻、显著以及久远的表现。正如历史学家克柳切夫斯基（В.О. Ключевский）所言，"从伪德米特里一世（Лжедмитрий I）[②]开始僭称王现象即成为我们国家的痼疾，从那时起几乎到18世纪末鲜有王朝不伴随着僭称王现象……"[③]它与王朝危机紧密相关，加剧了俄罗斯17—18世纪的混乱局面，反映出内忧外患的俄罗斯各种力量的纠缠搏斗，底层人民在宗教世界观下对"拯救者沙皇"的渴望、对剥削和压迫的反抗。

一、僭称王现象的概念阐释

根据牛津词典的英文释义，僭称王是指伪装者为了欺骗他人而冒充别人，尤其是以骗取利益为目的。世界历史上僭称王现象在不同国家也有着本国文化语境下的独特阐释。例如高马达（又称伪巴尔狄亚）和拿破仑·波拿巴的替身弗朗索瓦·罗布德。在中国也有类似的现象，我们称之为僭伪，其表现有四种：一是挑战华夷秩序。十六国对于东晋谓之僭伪，北朝对于南朝谓之僭伪，辽夏金元对于两宋谓之僭伪，后金对于明朝谓之僭伪。二是挑战正统王朝。西楚与新朝对于西汉谓之僭伪，玄汉和赤眉汉对于东汉谓之僭伪，十国对于五代谓之僭伪，太平天国对于清朝谓之僭伪，例如《旧五代史·僭伪列传》。三是取而代之。建文帝对于明成祖谓之僭伪，明代宗对于明英宗谓之僭伪。四是叛乱自立，安禄山、史思明对于唐玄宗谓之僭伪，吴三桂、吴应熊、吴世璠对于康熙帝谓之僭伪。而在俄罗斯，根据俄语达里详解词典，僭称王是指占用别人的姓名或称呼，假装或扮演成其他人的人。奥日科夫也给出了类似的释义，即冒充其他人并占用了他的姓名和称呼。尽管不同的俄罗斯历史学家或学者的表述有些许内涵上的差异，但明显可以感受到他们对该现象持否定态度。在俄罗斯文学作品中僭称王现象也得到反映。在这里，冒名者形象经过变形更具有投机主义的特点，例如果戈理在作品《钦差大臣》中刻画出极具讽刺性的主人公赫列斯塔科夫，普希金的长篇小说《上尉的女儿》中的普加乔夫则是十分悲剧的结局。

俄罗斯学者对僭称王现象的研究更为深入。例如阿尔坎尼科夫（М.С. Арканников）认为僭称王可以分为庇护者、骗子、傀儡三类，这三种类型可能相结合并同时反映在一个僭伪沙皇身上。最受人民欢迎和需要的毫无疑问是作为庇护者的僭称王，他们受到了极大的社会支持。院士班琴科（А.М. Панченко）则提出应分为违背教规的僭称王（如伪德米特里一世）和农民兄弟似的僭伪沙皇[如普加乔夫（Емельян Пугачев）]，他认为第一类僭称王以改革者的身份行动，常被旧规派视为叛教者、异教徒、巫师。而农民沙皇的出现则符合俄罗斯自古以来就存在的概念"真正的沙皇""归来的拯救者"等传说。学者乌先科（О.Г. Усенко）的分类也得到了学界的广泛认同，他认为应将其分为世俗的和宗教的两类僭称者。伪沙皇属于世俗僭称者类别，又可分为"投机者"（仅为了个人利益，甚至出于贪欲允诺给人民制定福利政策等）、"改革者"（将个人利益和其支持者的利益相结合）、"圣者"（其相信在表明身份之后最终可以登上高位），与前两者冒名只是他们达到目的和获取利益的手段不同，对于第三种僭称者来说，这本身就是其目的。此外还有一些依据其他维度的分类研究，各位学者的侧重点不同，在分类上往往也会存在一

些争议和不足。本文则以宏观的视角对僭称王（僭伪沙皇）现象进行研究。

二、僭称王现象在俄罗斯产生与发展的背景

俄罗斯僭称王现象的产生具有其独特性。古罗斯村社制度统治下的农民无法跳出封建专制政权，在揭竿而起时需要借助僭称王的外壳进行起义，而17—18世纪的俄罗斯社会政治混乱，王朝更迭频繁，民怨沸腾，也为该现象的产生与发展提供了契机。

（一）混乱时期的社会政治危机

17世纪的罗斯封建国家和专制制度获得进一步的发展，成为僭称王现象出现的必然条件之一。根据这一时期不同阶段所面临的最紧要的问题，学者将其划分为三个连续的阶段，依次为王朝阶段、社会阶段和民族阶段。王朝方面的问题来源于沙皇费奥多尔去世后俄罗斯的统治家族绝嗣的现实。在俄罗斯的历史上第一次出现没有自然的皇位继承人的问题，俄罗斯又没有"王位继承法"，因而出现了众多觊觎王位的人。社会阶段的问题方面，正是由于这一时期社会的涣散、冲突和解体加剧了王朝问题的严峻性，并使得外国阴谋者和进犯势力有了可乘之机。民族问题则与俄罗斯边境数百年来卷入的冲突有关。

僭称王现象与王朝断裂、统治者频繁更迭关系密切，同时也加剧了混乱时期的复杂局面。彼时的俄罗斯社会处于内忧外患、各种矛盾难以调和的艰难境地。伊凡雷帝的恐怖统治给社会带来难以愈合的伤害，16世纪末至17世纪初随着留里克王朝的结束以及大贵族沙皇鲍里斯·戈杜诺夫（Борис Годунов）和瓦西里·舒伊斯基（Василий Шуйский）的即位，俄罗斯迎来了历史上第一个混乱时期，政府权威丧失，各种不满和反抗的势力如火如荼。农奴制的加强、苦役的增加、专制政权下的强硬体制不断压迫剥削引起人民的不满，再加上三年前所未有的歉收和饥荒，导致成千上万的人死于饥饿。在各种因素的作用下，政治紧张局势转化为社会冲突，17世纪甚至被称为"暴动"年代，僭称王则成为人民暴动的"外壳"，民众以沙皇的名

义而战，伪沙皇被当作救星得到人民的拥护。

（二）俄罗斯人民在宗教世界观下对"真正的沙皇"的渴望

随着拜占庭被土耳其消灭，莫斯科罗斯取代了其位置，成为世界东正教中心。16—17世纪人们的宗教意识中关于沙皇和政权的合法性概念，与"莫斯科——第三罗马"学说紧密相关。伟大的莫斯科只能被东正教统治者所领导，即东正教世界的独立君主。④沙皇是俄罗斯国家的具体表现，被认为是东正教信仰的捍卫者。罗斯人民对待专制君主的态度是建立在君主权力神圣化基础之上的。沙皇登基时除了加冕礼以外还有传统的敷圣油⑤仪式，这赋予罗斯专制沙皇神授的超凡地位。在人民心目中，决定谁是真正沙皇的不是君主的行为而是神的授意，沙皇象征着至高的公平真理，其地位仅次于上帝。这样，当沙皇的行为辜负了人民的期待，人民对其公正性产生怀疑时，僭称王便出现了。人民所认可的沙皇应该是具有留里克王朝血统的，拥有此血统的才是正统沙皇。⑥历史上所有大型的农民起义都与解决"谁是真正的沙皇""谁是正统的沙皇"问题有关。⑥拉辛（С.Т. Разин）农民起义的目标就是确立真正的沙皇，普加乔夫则直接冠以彼得三世的名字领导农民起义。

混乱时期同时流传着鲍里斯·戈杜诺夫下令杀害王储德米特里的传言，更加动摇了人民心目中这位新沙皇的合法地位。戈杜诺夫残忍杀害王储的行为与马太福音中残暴的大希律王试图杀害婴儿耶稣（真正的犹太王）的情节相对应，杀婴对于俄罗斯人民是具有深刻象征意义的，意味着扼杀了人身上最纯洁原生的耶稣的力量④p106。遭受迫害的王储德米特里成为无辜受难的牺牲者，得到人们的同情，而戈杜诺夫则是杀害真正的沙皇的凶手。

（三）俄罗斯国内外势力的激烈碰撞

首先是沙皇与贵族之间的矛盾。因特辖制而在经济上受削弱、在道德上受辱的莫斯科波雅尔贵族展开了混乱的夺权斗争，竭力且不惜任何代价地要把自己的傀儡推上皇位。⑦但实际上直到瓦西里·舒伊斯基统治期间，波雅尔的势力尽管达到了顶点，但因为缺乏普遍支持也未能长久。在君主专制制度新的威权之下，波雅尔沦为沙皇的奴仆。其次是沙皇与教会的矛盾。从伊凡四世起对教会的管理开始加强，沙皇的形象更加接近上帝，再加上教会内部神职人员道德堕落、多神教杂余等，导致教会影响式微，教会分裂趋向明显。此外，教会领袖支持现政府，挑起权力更迭，还有一些保守派不支持进步的政策。但当因为没有沙皇，面临外部势力的入侵，而莫斯科城内的波雅尔和其他政府部门也无能为力时，教会会挺身而出，并在动乱最艰难的时期支持人民民兵。此外还有国家与外部势力的矛盾。波兰、立陶宛、瑞典等外部入侵者虎视眈眈，把僭称王当作对抗沙皇的有力武器。例如，1604年，波兰国王西吉蒙特三世（1587—1632年）认为混乱时期是夺取俄国皇位和统治俄国的千载难逢的机会，开始对俄国实行武装干涉。他支持伪德米特里一世和二世，先后推翻了两个沙皇鲍里斯·戈都诺夫和瓦西里·舒伊斯基的政权⑧。哥萨克与沙皇的关系也日益紧张，他们选择支持僭称王，并成为农民起义的主力军。

三、俄罗斯僭称王现象的特点

实际上，早在伊凡四世时期俄罗斯就已经出现僭伪现象⑨。伪德米特里一世则被认为是俄罗斯历史上最成功的僭称王，成为俄罗斯僭称王现象的开端。仅17—18世纪的俄罗斯历史就有几十位僭称王，尽管他们中大部分人并没有在历史上留下自己的印记，如过眼云烟，很快被历史遗忘，但那些获得了广泛支持的僭称王，却在历史上留下了浓墨重彩的一笔。笔者在对俄罗斯历史上僭称王现象进行整体考察的基础上，总结出以下三个特点。

（一）"只反地主，不反沙皇"

在俄罗斯历史上与农奴制长期并存的还有村社制度，它成为俄罗斯社会文化的特有现象。中世纪的俄罗斯仍处在村社占统治地位的自然经济阶段，在封闭的村社环境下，农民遵循着自己对于世界的认识，与现实脱轨，在这里"内部的"和"外部的"规范相矛盾。"村社（мир）"概念集中反映出的是"我们""自己的",它与这个集体以外未知的或是异己的人和事物是对立的。但是村社概念除了包括"我们的""自己的",还包括沙皇和上帝。在农民的意识中,沙皇和上帝是使其免于所有"他们的"事物侵害的保护者,是自己的"同盟"。基于俄罗斯农民的这种社会意识,沙皇和国家的形象共存于一个互相依赖的统一体。⑨p107

王权是进步的因素,在混乱中代表着秩序⑩。俄国农民对沙皇神圣的偶像崇拜导致起义并未提出关于限制封建专制王权的政治主张,相反,起义领导者常常利用冒名沙皇来赋予其行动的合法性,在起义军的文告中对农民利益和反封建要求的承诺也主要是以沙皇赏赐的形式来表现的。斯大林在评论俄国农民起义时曾说"他们只反地主,不反沙皇"。恩格斯在《论俄国的社会关系》中也指出,俄国固然曾举行无数次零星农民起义反对过贵族和反对过个别官吏,但是,除掉冒名沙皇者充任人民首领并且要求王位的场合从来是没有反对过沙皇的。⑪

(二)狂欢节式的表演

"真正的沙皇"是合法的、上帝所选的,僭称王则仅仅在外部条件上与其相似,二者实际上是对立的。僭称王是带着国王面具进行狂欢节式的化装表演。巴赫金(М.М. Бахтин)指出,在狂欢节中,"国王"的形象实质上与他的假死、与他的出乎意料的复活和跃起联系在一起。⑫僭称王的行动是利用外部条件的类比试图获得真正的沙皇所独具的神圣性和合法性,是一种亵渎神灵式的戏仿。人民(尤其是起义的参与者)对冒名沙皇自己宣称的身份真实性也并不是深信不疑,因此,冒名沙皇周围常常有其行为反常的流言,并被指责是魔鬼、巫师等。例如当伪德米特里一世刚出现时,他宣称自己是被迫害的合法王储沙皇,戈杜诺夫政府立刻发布文书,呼吁人民不要被迷惑,并指责僭称王是出逃的修士,是赤裸裸的骗子、巫师和恶魔的奴仆。也因此,当僭称王小丑似的面具被揭穿时,他便只能被人民无情地抛弃,俄罗斯历史上的僭称王也并未获得过真正意义上的成功。

(三)信仰-沙皇-国家

在俄罗斯沙皇政权稳固的基础是人民对专制君主独特的情感,表达出其对统治者的爱与信任,因为俄罗斯是东正教信仰、人民信仰的保护者,而沙皇则是俄罗斯的具体体现。⑬"信仰-沙皇-国家"意识深刻地扎根在人民对真理的认识中,这就要求沙皇东正教信仰的纯洁性。而僭称王常常与外部势力相互利用,他们需要外部势力支持其向在位沙皇宣战,外部势力则为了谋求更多利益选择拥护他。僭称王表现出对人民和对西方(主要是波兰和立陶宛)的矛盾的双重性。例如在僭称王伪德米特里一世短暂的执政生涯中,尽管他演技高超,表现出惊人的天赋和意愿,对待民众亲切,采取宽松仁慈的统治,一定程度上减轻了对农奴的束缚和压迫。但他与波兰大贵族之女玛琳娜·姆尼什克(Марина Мнишек)联姻,婚后玛琳娜仍然坚持信仰天主教激怒了俄国东正教廷与不少贵族。沙皇为感谢天主教会的支持宣布东正教与天主教享有平等地位更是使他彻底失去了俄国宗教势力的支持。随行玛琳娜的波兰人倚仗僭称王的亲波兰政策,去东正教堂祈祷,并在莫斯科嚣张跋扈,引起莫斯科当地人民的不满,人民觉得东正教受到了侮辱。最终,在舒伊斯基散布的流言的作用下,人民发现僭称王是叛教者,感受到极大的欺骗,对伪德米特里一世被残酷处刑也无动于衷了。人民对信仰与沙皇的统一也解释了为什么在伪德米特里一世垮台之后出现的伪德米特里二世及三世仍然获得了一定的支持,因为沙皇的合法性是由神来决定的,这也成为僭称王证明自己真实性的必然要求。

四、结语

通过对僭称王本身定义、形成原因、特点等的分析,我们发现这是俄罗斯社会一种独特的、深深扎根在人民历史中甚至熔铸成为一种固有印象的独特存在。几个世纪发展以来,俄罗斯一直在经历着不断选择、挣扎、前进,而僭称王与执政者也始终如影随形,相互影响。克柳切夫斯基也强调了僭称王现象(伪沙皇)的特殊作用和重要性,认为这说明了俄国人在政治上的不成熟。对于17世纪的混乱时期，包括后来面临着充满选择的动荡岁月，僭称王现象像是打破传统秩序的一种化装舞会式的狂欢，这是惶恐不安的人民的无奈之举，是分崩离析的社会试图摆脱困境之路。中央集权的加强却导致权力丧失和离心倾向，专制的升级则带来对自由的无限渴望和混乱无序；紧随伊凡雷帝暴政的是混乱时期，彼得大帝割裂式改革之后的是一系列的宫廷政变。⑭俄罗斯历史发展轨迹在引发我们思考的同时，也印证了僭称王现象出现在这个国家的合理性。

注释【Notes】

①僭称王，俄语表述самозванец。

②据传说此人是莫斯科丘多夫修道院的修士格里高利·奥特列皮耶夫（Григорий Отрепьев），他自称是王储德米特里（沙皇雷帝伊凡四世的小儿子，实际上在乌戈里奇修道院神秘死亡）。

③Ключевский В.О. Русская история. Полный курс лекций в 2-х книгах. Книга 1. Послесловие, комментарии А.Ф. Смирнова. [M]. ОЛМАПРЕСС, 2003. C.632.

④Ламакина Г.П. Религиозные аспекты идеологии самозванства на Руси в период Смуты XVII в. Вестник Московского университета МВД России. 2010(2). C.107. 以下只在文中注明页码，不再一一做注。

⑤在敷圣油仪式中，沙皇被比作耶稣，这同时赋予了专制君主真实性和合法性。

⑥Мажников В.И. Бунт как тип политического конфликта в традиционной политической системе. Вестник ВолГУ. Серия 4, История. Регионоведение. Международные отношения.2009(1). C.107. 以下只在文中注明页码，不再一一做注。

⑦周厚琴：《俄国大动乱年代的政治机遇与选择》，载《俄罗斯东欧中亚研究》2016年第3期，第126页。

⑧刘祖熙：《试论波兰被俄国灭亡的原因》，载《世界历史》1982年第5期，第37页。

⑨伊凡四世加封贝克布拉托维奇为全罗斯大公，11个月之后贝克布拉托维奇又将全罗斯大公让给了伊凡四世，这其实就是一种僭称王现象。后来伪德米特里一世的出现则成为僭称王现象的开端，本文研究的重点也是僭称王。

⑩[德]恩格斯：《论封建制度的瓦解和民族国家的产生》，见《马克思恩格斯全集》，人民出版社1965年版，第448页。

⑪罗秉英：《"反对坏皇帝，拥护好皇帝"质疑》，载《思想战线》1978年第6期，第49页。

⑫[苏]米·巴赫金：《巴赫金全集》，李兆林、夏忠宪等译，河北教育出版社1998年版，第225页。

⑬Рыжова Е.А. Феномен самозванства. Генезис и истоки. История изучения. Вестник ТГУ. 2009(10).

⑭Кондаков И.В. Культурология: история культуры России: Курс лекций. М.: ИКФ Омега-Л, Высш. К64 шк., 2003. C.59.

言何以默：约恩·福瑟《一个夏日》的言说困境①

瞿心琪　孔　瑞

内容提要：2023年诺贝尔文学奖获得者、挪威剧作家约恩·福瑟的戏剧《一个夏日》通过婚姻关系的疏离与隔阂揭示现代社会深刻的孤独。戏剧有声语言的罅隙潜藏着沉默，戏剧台词之间充斥着沉默、短暂沉默、极短沉默等舞台指示，戏剧静场停顿中的无言式沉默、重复话语中的含混式沉默、意识流独白碎片中的断裂式沉默等阻滞了有声语言交流，渲染了个体深度的孤独，深化了人生困顿主题。

关键词：约恩·福瑟；《一个夏日》；沉默

作者简介：瞿心琪，山西师范大学外国语学院英语语言文学硕士研究生。孔瑞，山西师范大学外国语学院教授、硕士生导师，研究方向：西方戏剧。

Title: On the Difficulties of Expression in Jon Fosse's *A Summer's Day*

Abstract: The play *A Summer's Day* by the contemporary Norwegian playwright John Fosse, winner of the 2023 Nobel Prize in Literature, reveals profound loneliness in modern society by showing the alienation in marriage relationship. The play uses wordless pauses in quiet scenes, ambiguous silence in repeated dialogues and fragmented silence in stream-of-consciousness monologues, aiming at deconstructing function of language communication, portraying a deep sense of loneliness and deepening the theme of struggling life.

Key Words: Jon Fosse; *A Summer's Day*; silence

About Author: Qu Xinqi, postgraduate in English Language and Literature at School of Foreign Languages, Shanxi Normal University. **Kong Rui**, professor and master's supervisor of the School of Foreign Languages, Shanxi Normal University, specializing in Western drama.

引言

2023年诺贝尔文学奖获得者约恩·福瑟（Jon Fosse，1959—　）是当今世界剧坛备受瞩目的剧作家，《一个夏日》（*A Summer's Day*，1999年）荣获北欧剧协最佳作品奖。该剧突破传统戏剧的线性叙事方式，构建了现实与回忆交织的双线并行与时空并置。国外学者有对比研究，分析了记忆戏剧化的创作手法；②有解读作品的戏剧性和距离性③等。国内学者有从空间视角入手解读作品；有对国内搬演的剧场性评介。④而已有研究对《一个夏日》从对比视域、空间设置、剧作搬演等方面的分析，有助于理解戏剧舞台形式及其主题内蕴。《一个夏日》通过展示婚姻关系中难以交流沟通的疏离与隔阂，揭露现代社会异化的人际关系。戏剧语言并非全然囿于交流与传递意义，也可成为精心编织的语言"肉身"，而沉默是其中重要的因素。戏剧台词之间充斥着"沉默、短暂沉默、极短沉默"等频繁出现的舞台指示，戏剧静场停顿中的无言式沉默、重复话语中的含混式沉默、意识流独白碎片中的断裂式沉默等阻滞了有声语言交流，渲染了个体深度的孤独，深化了人生困顿主题。

一、静场停顿中的无言式沉默

《一个夏日》中静场和停顿在对话中同时出现，共同组成了无言式沉默。沉默（silence）一词源于拉丁语silentium，为安静之意，在不同语境中的运用可以传达难以言表的信息。沉默作为语言符号，在指称功能中传达信息，在情感功能中表达情感。⑤戏剧对话中的停顿同样产生沉默效果，用以展现纷扰的结束，即将到来的情绪爆发，或静默带来的紧张氛围。

《一个夏日》剧名与英国剧作家莎士比亚的十四行诗《我可否把你比作一个夏日》形成互文性，主题均关涉死亡。剧中年迈女人因丈夫阿瑟在秋季雨夜出海后再没有回来，无法接受现实，固执地选择困守于回忆之中，丈夫在她的记忆中成为永恒，正如莎士比亚的诗歌"你在不朽的诗中永葆盛时"。戏剧运用闪回技法，第二幕时空切换回到女人年轻时光，夫妻对话伊始出现大量静场和停顿。

年轻女人：是啊我也是……（短暂静场。）/可是现在……/现在我们已经有了/一幢美丽的老房子/就在峡湾边……⑥

年轻女人与丈夫阿瑟的对白交谈并不顺畅，静场现象使话语中断，信息传达受阻。女人与阿瑟讨论现在居住的地方是否令他满意时，出现了突然中断、一语不发的静场，几秒之后又重新开始交谈。阿瑟抱怨现在住的地方死气沉沉，渺无人烟，女人表示这正是他们想要的生活，阿瑟的回答略显冷淡。女人似乎意识到了阿瑟的不悦，紧接着给予肯定回复并强调别误会其意思，旋即静场出现。静场后是女人的自说自话，出现了短暂的停顿，随后就是她的自我言说，停顿发生在说话者不愿说出口的真相。戏剧里的短暂沉默既是语言现象，更是无声胜有声的内在心理外现，停顿往往出现在人物心理发生重大变化的时刻。女人无法理解男人心中所想，她不明白当初两人共同决定远离喧嚣，而如今男人似乎后悔生活在这孤寂无人之地。女人却无法将自己的感受说出口，她选择了沉默，内心害怕男人厌倦了二人世界，两人分歧初露端倪。

第二幕年轻女人与丈夫一直在努力对话交流，

停顿就穿插其中。当谈及女人的朋友，停顿和静场交替频次明显升高。年轻女人执着询问为什么阿瑟突然厌倦了现在的生活，是否也已经厌倦了她，男人急忙否定。

阿瑟：别这么想

年轻女人：我知道/可

阿瑟：我想今天你的朋友要来/她（突然停下来不说了）

年轻女人：……你害怕/她来吗

阿瑟：不/不是（短暂静场）/她丈夫/会和他一起来吗⑥p247

短暂对话出现了三次停滞。第一次是女人还要说什么，就被男人打断，强行中止了关于问题的问答，男人另起话题谈及女人的朋友，显然他不想继续纠缠前一个问题，强行转移话题。男人恐惧女人刨根问底，两人之间的矛盾与隔阂十分明显。强行结束话题的方式更是阻碍了彼此了解，存在的问题在逃避与隐藏中愈发严峻。话题转向了女人朋友后，第二次停顿出现，他突然停下来不说了，男人似乎有什么未尽之语，却戛然而止，他没有选择把话说出口，而是突然停止，留下了悬念。停顿可能是阿瑟内心思考的结果，他在权衡利弊，思考后果，内心充斥着犹豫和不确定。而有关女人朋友的悬念马上被再度加深，女人以他是否害怕朋友的到来抛出问题，男人在连说了两个否定词否定了女人后，又出现了一个短暂的静场，第三次停顿出现。男人又谈及女人朋友的丈夫，与第一次停顿相似，都是突兀地转移话题。第一次停顿把话题从感情转变到了女人的朋友身上，但这似乎不是一个好问题，因此阿瑟又一次引导话题转向。阿瑟的停顿，是急于掩盖谎言，担心露出破绽。随着剧情展开，关于女人朋友的谜底似乎被揭开了一角。阿瑟却为了躲开女人的朋友、放松心情，在雨夜里执意出门，去了海上却从此一去不复返。

戏剧角色会对自身处境进行审慎思忖，并权衡各种应对之策，从而产生话语中断的停顿现象，这实质上是一种心理层面的过渡，表现为停顿及静场的无言形式，产生沉默效果，为人物后续系列动作和台词展开铺垫。无言式沉默以停顿和静场的方式消解了话语冲突，在即将产生冲突话语之际骤然停止，解构了语言桎梏，形成了交互式沉默。人与人之间的沟通看似有来有往，但无声沉默阻碍了交流，人物以不合作的对话态度在反复的字里行间展开博弈，以无声形式重构对话。

二、重复话语中的含混式沉默

含混（ambiguity）指无法明确表达意思的状态，即言不尽意。燕卜荪将其视为一种普遍存在的语言现象，任何在信息交流中所出现的差异都有着含混的特性。[⑦]在无声沉默之外，有声沉默的地位不容小觑，有声沉默外在表现为人物滔滔不绝的话语，而实际上使有效信息的交流受限。广义上一切白话陈述都可以说是含混的，那么建立在白话与陈述基础上的戏剧对话也同样有着含混式色彩。福瑟戏剧的典型特征之一是重复，而重复正是剧中人物言不尽意的表现。

《一个夏日》出现多达百次的重复，重复话语贯穿始终，时而是自我话语重复，时而是对话双方的问答重复。第二幕年轻女人谈及丈夫阿瑟时常不在家，宁愿经常在海上度过一整天，阿瑟的回答一直在逃避，不愿说出待在海上的原因。

> 年轻女人：你不再喜欢/和我在一起了吗
>
> 阿瑟：我当然喜欢了/可是这里太安静了
>
> 年轻女人：可这不正是我们想要的吗
>
> 阿瑟：可有时候这里实在是/太死气沉沉了
>
> 年轻女人：可这不正是我们想要的吗[⑥p241-242]

女人持续追问阿瑟，阿瑟结结巴巴地运用含混话语搪塞，两人的交流隔着屏障。阿瑟回答女人时出现虽不完全相同但意义相同的重复话语，女人的重复话语甚至与之前的回复完全一致。短短的两个会话回合，双方都使用重复话语，两人只是在进行表面上的交流，无法越过界限触及彼此。男人说海边的房子太冷清，无所适从；女人说这样的安静是当初他们一起选择的，他们正是厌倦了城市的喧嚣，才搬到海边远离人群。二者的无效性重复对话，出现了含混式沉默。福瑟精心设计重复性话语

既是戏剧创作的手段，也是戏剧效果。对话双方的重复话语，导致了沟通的失败，需要不断重新架构新的对话。重复台词使人物的有效交流被打断，大量的重复展现出气氛的凝滞，戏剧情节再次停滞不前，人物又陷入了进退维谷的状态，"他们处在危机之中，却无法表达内心的感受"[⑧]。

此外，女人和朋友对话的重复话语频现。前来探望女人的朋友想要劝说女人放下过去。

> 年老朋友：你又要/站在那儿望着窗外吗/你就不烦吗/……/我眼前总是浮现起你站在窗前/的样子……/这就是我眼前你的样子/你就不烦吗[⑥p234]

朋友重复多次劝说女人走出房间，走出伤痛，而不是囿于回忆。女人多年与世隔绝，朋友是其对外交流的唯一窗口。而每一次朋友的到来都无法让女人走出家门，她只静静地站在窗边任由思绪萦绕，久而久之，朋友对女人的印象只剩下了窗边那个悲怆凄凉的背影。但朋友对于女人丈夫的离去心怀愧疚，自己似乎是男人独自出走海上，一去不复返的导火索。她时常探望独居的朋友，总想劝慰女人拥抱新生活。因此，女人朋友的抱怨之语在反复述说，而含混对话里的沉默又掩藏着二人难以交流沟通的事实。女人只远远地靠在窗边与朋友交谈，身体距离彰显了内心的龃龉。

福瑟戏剧中重复语言运用并非简单的完全重复，而是重复中有变化，变化中又不断重复，这正是福瑟作为极简主义者追求的语句简化。福瑟通过反复重复一句话，表现剧中人物复杂的思想和情感，使戏剧形成了有声的含混式沉默。福瑟摒弃了传统叙事模式，转而通过重复节奏的运用，以直击感官的艺术形式，"穿透个体具身化的感知，从而产生强烈的艺术效果"[⑨]。重复对话使相似话语产生不同的理解，生出含混效果，人物的各种交流时常出现词不达意或言不由衷的情况，对话双方心中所想与说出口的语言截然相反，说得越多离真相越远。对话双方虽然在对话，但大量的重复话语含混了有效信息，导致会话模棱两可，说话人迷失在含混式沉默里，在模糊话语中徘徊犹疑，找不到真相的出口。

三、意识流独白碎片中的断裂式沉默

独白（Monologue）在戏剧中是指人物独自说出的表现心理、思维活动的台词，其呈现形式是人物独自思考时心理过程的言语外化，是人物独处时内心活动的自我表述，是一种假设的有声思考。⑩独白具有意识流特点，话语缺乏结构性，以意识碎片的形式出现，人物在说话过程中表现出动态性、无逻辑性、非理性，是人物内心的外显，揭开了人物深层的心理。独白通过角色的自我陈述来展示其内心世界和情感状态，福瑟笔下的独白与对白穿插进行，并有意模糊人物独白和对白之间的界限，二者在对话过程中自由切换。人物独白和对白穿插有益于塑造人物形象，增强戏剧张力，揭示戏剧主题。

《一个夏日》人物对话常常围绕着一个话题反复叙述却毫无进展，同时角色的独白穿插着出现，对话中难以说出口的话语展示在独白中。独白弥补了由于角色之间的有效对话太少而导致的叙事进程困难，人物对白中不能充分表现的主体的情感、思考和焦虑可以被直接表现出来，从而使内容更加丰富，具备指向叙事的功能。

《一个夏日》出场人物有年轻女人、年轻朋友、阿瑟、年老女人、年老朋友和朋友的丈夫。年轻人物与年老人物是同一角色，她们处在不同的时空。时空交汇，舞台上年老女人一边独白一边望向年轻女人，继而以年轻女人的视角讲述故事。年老女人贯穿始终，她联结着两个时空。人物在对话中都时常出现独白，最典型的是年老女人。年老女人基于回忆展开大段独白推动情节发展。当丈夫阿瑟执意要离开家去海上时，年轻女人转换为年老女人，进行大段独白。

年老女人：突然我觉得有点儿不安/……可我当时以为没什么/那突如其来的不安……觉得我一定得去追他……/想起我的朋友就要到了……/所以当时我想我的这种不安/多半没什么要紧的……我也用不着心烦……/可我还是觉得非常不安/看上去一定像是要发疯了……⑥p269-270

舞台大段独白展示了年老女人的内心纷乱。起初，她目送丈夫走向大海，引发了她某种莫名的不安情绪。然而，她试图告诉自己这只是一种突如其来的感觉。她决定追出去请求他走向大海，但又想起需要在家等待朋友。于是她开始权衡利弊，认为单独与朋友聊天会更愉快，自己的隐隐不安可能是毫无来由的想象。然而，当她望向大海却没有船，她无法专心看书，坐立不安。焦躁感、情感挣扎和纷乱思绪显现，独白展示了人物纠结犹疑的复杂内心。她试图从自身找到答案，思考自己是否是导致阿瑟行为改变的原因。独白揭示了女人对婚姻关系和自身价值的质疑。这段独白让观众身临其境体会到女人的不安与困惑，反映了人类常常面临的情感冲突和选择困境，同时预示了故事的结局。

视角转换到年轻女人，女人对朋友讲述了她内心的忧虑。朋友的独白意在安慰女人：

年轻朋友：现在他一定/很快就会回来的/毕竟他只能回来/不能一直留在海上/他一定很快就会回来的/……/现在他很快就会回来的/别害怕……/所以他不会/有什么事儿的/绝对不会⑥p304

阿瑟踪迹不明，朋友的独白打破沉默的氛围，抚平女人内心的不安，缓解女人的担心焦虑，给予女人情感上的支持和安慰。在这种担心和不确定的情况下，年轻朋友通过强调阿瑟必定会回来的事实来稳定女人的情绪。通过这些话语，年轻朋友试图建立情感联系和共鸣，缓解女人的孤立无助。朋友试图传达出乐观态度和对未来的希望。朋友的独白是在紧张气氛下，从意识流碎片中努力选择可用的语言进行重构，最终只是独白者的自说自话，词不达意，真实性则被掩埋在重构的真相之下。

独白因其意识流特点构成了有声沉默的另一种形式，独白在剧中表现为意识碎片的产物，人物内心自我对话，产生各种意识状态并相互联结，共同形成整体。这个整体的组成部分并不遵循逻辑结构，而是人物的意识以碎片化形式相联系构成的。不同时期的意识可以同时被用来重构，独白展现的是真相的某一部分，却并不能将其归结成真相。人物以独白的形式重塑记忆，建构自身所想的真相，完成自我安慰的目的。

结语

福瑟戏剧有声语言之间潜藏着另一种沉默的语言，这存在于人物之间以及戏剧文本不同元素之间的罅隙里，这种紧密编织但存有空隙的沉默借助静场，借助无以言说来表达出最强烈的情感，并且确保着连续性。《一个夏日》语言极简而意蕴丰富，戏剧语言的停顿、静场、重复等恰如其分地调控着戏剧节奏和情节发展，引发关于现代社会人物孤独、疏离、隔阂等问题的深度思考，展示了福瑟对于21世纪社会问题的深刻洞察。

注释【Notes】

① 本文系2024年度山西省社会科学界联合会专项课题"约恩·福瑟小说跨艺术诗学研究"（项目编号：WYYJZXKT2024036）、2021年度山西师范大学教材建设项目"美国当代戏剧"（项目编号：2021JCLX-20）的阶段成果。

② Song, Seon-Ho. "The dramatization method of memory in Jon Fosse's plays: Focusing on comparison with Harold Pinter". *Drama Studies*, 2016(48), p.255.

③ Ioan, Daria. "Theatricality and distance in jon fosse's *A Summer's Day*". *Studia Universitatis Babes-Bolyai-Dramatica*, 2011(1), p.10.

④ 张青：《穿过一座座孤岛和自己相遇观话剧〈一个夏日〉》，载《上海戏剧》2023年第4期，第18页。

⑤ Michal, Ephratt. "The functions of silence". *Journal of Pragmatics*, 2008, 40(11), p.1909-1938.

⑥ [挪威]约恩·福瑟：《有人将至：约恩·福瑟戏剧选》，邹鲁路译，上海译文出版社2014版，第243页。以下只在文中标明页码，不再一一做注。

⑦ [英]威廉·燕卜荪：《朦胧的七种类型》，周邦宪译，中国美术学院出版社1996版，第1页。

⑧ Sunde, Sarah Cameron. "Silence and Space: The New Drama of Jon Fosse". *PAJ: A Journal of Performance and Art*, 2007(3), p.58.

⑨ 汪余礼：《体感渊深处，静透梦影风——自审感通论视域下的福瑟戏剧》，载《广东外语外贸大学学报》2024年第2期，第71页。

⑩ 李智伟：《戏剧独白的特征与体现》，载《戏剧》2011年第3期，第62页。

论《南方与北方》中的城市空间书写

易玮琪 央 泉

内容提要： 曼彻斯特是维多利亚现实主义作家伊丽莎白·盖斯凯尔多部小说中城市空间书写的主要现实来源。作为以曼彻斯特为北方工业城市原型的文学作品，《南方与北方》描摹了19世纪中期英国棉纺之都的多维景象。与工业革命的空前繁荣相伴而生的是城市的肮脏混乱，失序的城市空间促使焦虑的中产阶级寻求空间区隔，将住宅搬至郊外。然而小说中的资本家桑顿宅邸矗立于工厂旁侧，昭示其权力监督与规训的本质功能。面对岌岌可危的城市空间，盖斯凯尔试图借助会堂这一具有教育功能的空间载体解决工业无序发展带来的城市问题，构建和谐美好的城市空间。

关键词：《南方与北方》；伊丽莎白·盖斯凯尔；城市空间；权力规训

作者简介： 易玮琪，中南大学外国语学院英语语言文学在读硕士，主要从事维多利亚文学研究。央泉，中南大学外国语学院教授，研究方向：比较文学与世界文学、生态文学。

Title: On Urban Space Writing in *North and South*

Abstract: Manchester is the main source in reality for the urban space writing in many novels of Victorian realist writer Elizabeth Gaskell. As a literary work with Manchester as the prototype of the northern industrial city, *North and South* describes the multidimensional scenes of Cottonopolis of England in the mid-19th century. The unprecedented prosperity of the industrial revolution came with dirt and chaos in city space, which prompted the anxious middle class to seek spatial division and move their houses to the suburbs. The house of the mill owner Mr. Thornton in the novel stands next to his factory, showing its essential function of discipline and power supervision. Facing the precarious urban space, Gaskell attempts to solve the urban problems brought by the disorderly development of industry and build a harmonious and beautiful urban space with the help of the Lyceum, a space carrier with educational function.

Key Words: *North and South*; Elizabeth Gaskell; Urban Space; Power Discipline

About Author: **Yi Weiqi**, a master student in the school of foreign languages of Central South University. Her research field: Victorian literature. **Yang Quan**, the professor in the school of foreign languages of Central South University. His research field: comparative literature and world literature and ecocriticism.

引言

《南方与北方》（*North and South*）是维多利亚现实主义小说家伊丽莎白·盖斯凯尔（Elizabeth Gaskell）创作的工业小说，凭借其中"向世界揭示的政治和社会真理"[1]成为经典。盖斯凯尔身处19世纪英国工业革命进程加速的历史语境之中，目睹土地经济庇护下乡绅贵族阶层的日渐衰落以及中产阶级依靠工商业发家致富的时代之变，其作品反映了维多利亚时期的社会转型危机，是英格兰乡村与城市空间的文学表征。小说中的工业之城米尔顿是盖斯凯尔城市书写的聚焦点，承载了作者对城市空间的辩证态度——既认可机器生产带来的进步神话，又批判盲目物质崇拜造成的环境污染与阶级矛盾。现有研究大多关注《南方与北方》中社会空间与性别政治之间的联系，如女主角玛格丽特在公共空间活动并施展女性力量背后的意识形态陷阱。[2]然而，鲜有学者考察小说里米尔顿城市空间中住宅区域的政治内涵，揭示工厂主桑顿宅邸位置一反中产阶级的空间焦虑的特殊性。因此，本文通过分析米尔顿城市空间中肮脏混乱环境的文学表征引出中产阶级的住房焦虑，进而揭露桑顿住宅独树一格的现象与原因，借用福柯的权力规训理论解读桑顿住宅与工厂的压迫性，并探讨盖斯凯尔书写的会堂作为教育公众的公共空间在解决城市疾病中发挥的作用。

一、秩序失范：污秽之城与中产阶级空间焦虑

霍布斯鲍姆曾这样评价19世纪中叶工业革命对于英国城市环境的影响："工业革命创造了人类曾居住过的最丑陋环境，例如曼彻斯特后街曾经历过的邪恶腐臭与满天废气。"[3]盖斯凯尔在《南方与北方》中书写的北方工业之城米尔顿恰是以曼彻斯特为原型，以虚构言说现实，将与宁静美好的乡村风光迥然不同的肮脏混乱的城市图景在读者眼前展开。婚后随夫在曼彻斯特生活的盖斯凯尔在信中咬牙切齿地表达出对这座城市复杂的情感——"亲爱的、沉闷无味、丑陋难看、烟雾弥漫、令人抑郁、阴沉昏暗的曼彻斯特（dear dull ugly smoky grim grey Manchester）。"[4]这一串长达六个词的修饰语扩展延伸，化为小说中米尔顿城市空间书写的主要情感基调，在盖斯凯尔生动的叙事中具象为臭水沟河、逼仄街道与工业烟雾等水、陆、空无处不在的城市景观与意象，揭示了工业革命造成的城市恶疾及其令人绝望的后果。

穿城而过的河流不仅作为生产过程中的基础资源托举了纺织业蓬勃的发展，而且见证了投河自尽的织工鲍彻的人生哀歌。根据威廉·帕特里奇1823年出版的《关于羊毛、棉花和丝绸印染的使用论述》，化学印染技术是深加工过程中的重要一环，依靠的就是平原上的河水。然而，由于废水处理系统的缺乏与厂主盲目的逐利性，工业污水直接排放至河中，堤岸边"淤泥和垃圾积成厚厚的一层并且在腐烂着"[5]。讽刺的是，因罢工而走投

无路的工人鲍彻在河里结束自己的生命，"他的皮肤也被河水染上了色，因为那条河一直给印染业在使用"[6]。"成也小河，败也小河"的命运无情嘲弄着鲍彻，他皮肤上的印记既代表米尔顿工业的繁荣，也警示着生态污染与劳资矛盾会成为深渊。

从污浊的河水到堤岸的聚居区，米尔顿的建筑与街道同样令人窒息。这些被玛格丽特称为"逼仄的、把人拘在里面的"房屋遍布全城[6]p344，构成了压抑闭塞的都市空间。从外部观察，平房胡乱排列、几近倒塌；走进屋内，简陋的家具填满房间，凌乱肮脏的环境与室外别无二致。据统计，此类肮脏破旧、违反卫生通风等居住条件的房屋容纳着三万多名工人。塞托（Michel de Certeau）指出，城市生活的实践者行走于街道，用身体依循城市"文章"的粗细笔画。[7]对于从乡村迁居而来的玛格丽特而言，独自一人走上喧嚣吵闹且臭气熏天的街头，是一种考验。若穹顶之下的城市空间混乱无序、污秽遍地，那么目光朝上时所见的米尔顿天空依旧令人沮丧。"一阵铅灰色的云层高悬"在米尔顿上空，空气中充斥着烟味，这归咎于大工厂烟囱里喷出的"议会所不允许的黑烟"[6]p65。1847年，英国议会通过了《改善城市环境条例》，要求所有工厂改建高炉，不准排放黑烟，否则每周需要缴纳40先令罚款。然而，烟雾依旧透过窗子进入室内，"房里弥漫着阴沉沉的烟气"[6]p73，干净的细布窗帘不到一周就会被烟熏得黢黑，造成居民疾病恶化，加速死亡的降临。

米尔顿城市空间的污秽与混乱，在地位日益上升的中产阶级眼中，是秩序失范与道德堕落的产物。污垢在19世纪被视为阶级的标志，因为充满道德感的清洁观念是中产阶级自我形象的重要组成部分，他们试图将自己与工人阶级区分开来。[8]面对受到严重工业污染的城市环境及其滋生的疾病和治安问题，中产阶级感到恐惧与焦虑，于是选择将住宅外迁至空气清新、生态宜居的郊外。由此，在恩格斯的记录里，"工人区和资产阶级所占的区域是极严格地分开的"[5]p54。曼彻斯特的中等资产阶级住在离工人区不远的街道上，更富裕的资产阶级会

住在城郊别墅中。维兰（Lara Whelan）分析了中产阶级住宅焦虑的原因和他们的郊区愿景："郊区理想鼓励一种私人家庭生活的区隔，几乎在每一个可以想象的方面都与城市商业世界保持距离。"⑨盖斯凯尔在曼彻斯特居住三十余载，先后搬家三次，逐渐搬离城市的中心。空间的区隔似乎已经成为享受城市工业力量带来的财富却不愿承担治理与清洁责任的中产阶级的盾牌，能够替他们挡住污秽的侵袭与疾病的传染，却无法抵御道德和生态的攻击。

二、"权力之眼"：马尔巴勒工厂中的规训与反抗

城市空间肮脏混乱的情形使中产阶级惶恐不安，担心受到城中贫民的影响，因而环境优美的郊区住宅兴起，成为他们的避难所。吊诡的是，小说中马尔巴勒工厂主桑顿先生似乎并未受此焦虑情绪影响，而是选择居住在距离工厂极近的年代老旧的石顶房子里。这显然不是出于经济因素，因为桑顿宅邸虽然已给烟熏黑、外部不甚美观，但是室内的装潢富丽堂皇，与工厂大院的光秃丑陋景象形成鲜明的对比。被问及为何不栖居于郊外的世外桃源而是与厂房为邻，与污染与噪声共同生活时，桑顿太太直言，机器与工人带来的噪音并不会扰她心烦，反而会产生一种居于上位监管全局的自豪感："要是我想到这种声音的话，我也是把它跟我儿子联系起来，觉得一切怎样全属于他，他就是指挥这一切的首脑。"⑥p183桑顿母子不愿忘却财富与力量的来源，因而坚守在机器轰鸣与黑烟弥漫的工厂旁侧，以欣赏的目光打量自家产业，并借助宅邸有利的地理位置树立厂主权威，达到监视的目的，以持续不断地督促工人生产商品、攫取利润。盖斯凯尔在《南方与北方》中对马尔巴勒工厂的描摹与建构，在外部建筑形式与内部运行模式方面，均为全景敞视机制的展演。

福柯继承英国功利主义思想家边沁的衣钵，提出全景敞视主义（panopticism）的概念。他认为，"全景敞视监狱"作为一种权力规训的原型，在工厂、学校、兵营和医院等空间发挥监督与驯服的作用。⑩在马尔巴勒工厂，封闭的空间与单向的可视性令权力规训完美运行，守纪律与被驯服的身体验证了其有效性，最终目的指向经济效益最大化。

工厂位于一堵阴沉沉的围墙尽头，与其他街区形成明显区隔，属于"封闭的、被割裂的空间，处处受到监视"⑩p221。工人们进入工厂前需要走过这堵长长的围墙，再踏入门房的小门，穿过长方形的院子。这一系列空间布局酷似关卡重重的监狱，无疑昭示着工厂利用区隔营构出的压制属性，甫一踏入此地之人便自然生发出对权力的掌控者的畏惧感。马尔巴勒厂房高耸、占地面积大，"单单一间房就有两百二十个平方"⑥p183，给人造成极大的压迫感。厂楼"阴森森地高耸起来，从那许多层楼上投下一片暗影，使夏日的傍晚没到天黑已经黑下来了"⑥p183，其外观让初次到访的玛格丽特望而生畏，对于日复一日劳作于此的工人们，其威慑力不言自明。工厂内环境嘈杂，"机器的不停的隆隆声和蒸汽机经久不息的、嘤嘤的轰响"⑥p126麻痹并损害被规训的肉体。年轻女织工贝西描述自己因工厂恶劣环境患上的肺疾与头痛："我过去常感到窒息……在工厂里，就是那种声音使我头痛得厉害。"⑥p114在生产车间，资本主义的规训所带来的肉身戕害和精神折磨使工人客体化，身体成为灵魂的监狱，成为逐利生产机器的流水线上的一环。

如果可直观感受到的操纵与规训让人被迫屈服于权威，那么在隐蔽的"权力之眼"下，工人"都会逐渐自觉地变成自己的监视者，这样就可以实现自我监禁"⑪。马尔巴勒厂房的窗子数量众多，俨然是边沁构筑的环形监狱各囚室所嵌入窗户的变体——一扇窗面对中心的瞭望塔，另一扇朝外，使得来自塔楼的强光能穿透每一寸被监视的空间。而与之对应的瞭望塔是院子另一端的桑顿住宅。宅邸的客厅开了三扇窗，其中至少两扇窗可以清晰地观看工厂院子大坪及厂内的景象。根据边沁的描述，为了保证监视者不可知的在场性，中心瞭望厅的窗户应装上软百叶窗，隐藏窗后监视者的影子。桑顿客厅的窗玻璃同样被软百叶窗帘遮了起来，凝视者可以巧妙隐身于窗后。宅邸的窗户犹如"权力之

眼",作为厂主桑顿的化身,持续不断地扫视工厂的运行情况,监管着马尔巴勒工厂内工人们的一举一动。

福柯指出,"在环形边缘,人彻底被观看,但不能观看;在中心瞭望塔,人能观看一切,但不会被观看到。"⑩p226在此模式下,工人们自知受到监视而小心翼翼地遵守工厂规章制度,被驯服成庞大工业系统中的麻木零件,乃至不自觉地化身为自我监禁的客体。工人希金斯在与玛格丽特简单交谈后的告别并非礼节性的话语,而是自我规训式的陈述:"来吧,贝斯,厂里的铃在响啦。"⑥p81在遍布"权力之眼"的场域,受到监视的人感受到无处不在却又无处可寻的目光,被迫遵守规则,甚至将规训内化,实现自我监视。"鲜明的隔离和妥善地安排门窗开口"⑩p227,以最为经济的方式管理并征服着工人,使非暴力形式的凝视发挥着最大化的权力效能。

然而,福柯认为与权力规训相伴而生的是反抗。在《南方与北方》中,噤若寒蝉的工人们亦会奋起反抗权力规训,使无形的凝视者被迫失去隐身性,并遭受凝视的反噬。由于厂内工人罢工,桑顿招募了一些爱尔兰工人来顶替,此举引发群愤,工人们走上街头,逼近厂主的住宅。马尔巴勒街成为所有人目光的焦点,无数双眼睛积蓄着力量,形成一股紧张愤怒、汹涌澎湃的氛围,推动他们一步步推倒工厂大门、迫使厂主现身给出解释。上千只愤怒的眼睛注视和野兽般的叫喊让桑顿不由得带着惊愕与畏惧后退一步。最为致命的反噬是马尔巴勒工厂产业的破落,使桑顿引以为傲的机械力与桑顿太太得意不已的权力规训机制轰然倒塌。

三、中间地带:米尔顿会堂的溯源与救赎

面对维多利亚转型时期社会秩序失衡与人文关怀危机,马修·阿诺德在《文化与无政府状态》中提出以古典文化的精华实现人的"全面的完美境界"与社会的和谐。⑫其中希腊精神对"美好与光明"(sweetness and light)的追求是阿诺德所推崇文化的核心,而知识文化教育是实现此理想的手

段,是解决社会转型带来的混乱迷茫的根本动力。盖斯凯尔同样尝试找寻调和矛盾的方式,她所倡导的富有同情心的阶级调和思想与阿诺德的观点有相似之处:《南方与北方》中米尔顿会堂这一公共空间是黑尔先生向工人们传道授业的场所,使得"文化使社会成员人文化、文明化的积极责任"的主张具象化。⑬莫尔(Ben Moore)认为会堂是充盈着盖斯凯尔社会理想的空间载体,在他看来,会堂这一建筑借用古希腊学园的外壳,是"工人阶级与中产阶级的城市居民会面的中间地带"⑭。在这样一个公共空间中,盖斯凯尔试图通过古典文化知识教育,使劳资阶级向着"更全面的完美境地"发展,实现社会和谐。

米尔顿会堂之名可以追溯到希腊哲学家亚里士多德创办的吕克昂学园(Lyceum)。盖斯凯尔在小说中提到,放弃国教信仰的黑尔先生迁居米尔顿,从事的工作包括"在附近的一个会堂里向工人们演讲"⑥p160。英文原文中会堂为"Lyceum",这是因为19世纪初期英国成立的许多学术机构借用了吕克昂学园的名字,希冀公众教育的精神得到复兴。不同于柏拉图的教学根据地阿卡米德学园(the Academy),吕克昂学园招收的学生大多是来自中等阶层的市民,学习的内容更丰富多彩,涵盖哲学、天文、生物等众多方面的知识,是阿诺德追求的"真正的知识",帮助个人超越一己之私或"普通的自我",获得"健全的理智"(right reason),成就"最优秀的自我(best self)"。⑮吕克昂精神所表征的不区分阶层的智慧与理性的启蒙借由教育和知识的传播生发实现,而教育落地生根的场所就是学园与会堂。

虽然盖斯凯尔对会堂的着墨不多,但我们可以从同时代的历史学家本杰明·洛夫(Benjamin Love)的记录中管窥19世纪30年代曼彻斯特会堂的基本情况。洛夫记录了八所与文学传播和公众教育相关的学会,其中三所以"lyceum"命名,体现了维多利亚人对亚里士多德教育精神的怀念与复兴。这些学会的目标是"通过讲座的形式向工人们传授工业领域的'艺术原理以及其他有用的知识'⑯,

以促进文学文化的发展，并在工人阶级中传播知识"⑯p109。与小说中的黑尔先生相似，作者的丈夫威廉·盖斯凯尔（William Gaskell）是唯一神论牧师和工人阶级教育的先驱，曾任波提哥图书馆（the Portico Library）主席，并在曼彻斯特的多所学会给工人讲课。盖斯凯尔在给友人的信中写道："最近，我丈夫为曼彻斯特最贫困地区的织工们做了四次讲座，主题是'谦卑的诗人与诗歌'。"④p33她毫不吝啬地表达了对该讲题的欣赏，认为讲学效果极佳，"听众数量众多，听得津津有味"④p33。

想要维持社会的稳定秩序，古典文化的力量必然在队伍日渐庞大且占据社会主导地位的中产阶级中发挥作用。在阿诺德看来，牛津精神中的"优美与温雅"（beauty and sweetness）是人实现全面完美的基本品格，亦是"非利士人"克服拜金主义、提高文艺修养的源泉。⑫p46在小说开篇，黑尔先生前往米尔顿担任家庭教师的工作是他曾经在牛津求学时的老友贝尔先生介绍的。作为生于米尔顿、学在牛津的学院派代表，贝尔先生对机器力量嗤之以鼻，认为自己"有权责骂"家乡，并毫不掩饰对"牛津的优美、学问以及古老的历史"的自豪之情。⑥p381黑尔先生则为牛津精神的践行者，遵循着一视同仁却因材施教的教育理念。面对玛格丽特的质疑"厂主们要古典作品、文学或是一位有教养的先生的学问造诣究竟有什么用呢"⑥p41，他肯定了部分处于阶层跃迁进程中的商人的好学品质，并与桑顿先生共读《荷马史诗》与《理想国》等古典名作。

盖斯凯尔不仅诉诸知识的传播，还强调情感教育的重要性。在《南方与北方》中，桑顿先生被塑造为一位诚信正直但冷酷无情的工厂主，他直言自己并不愿意模仿贝尔先生倡导的以美为尊的希腊精神，而是秉承着条顿族的传统，重视"行动和努力"的意志。⑥p381然而，正如约翰·穆勒（John Mill）对边沁功利主义哲学的批评，"在人类天性的许多最自然最强烈的感情中，他缺少同情心"⑰，这会导致人性的失衡甚至外化为与他人之间的矛盾，小说中工人的罢工暴动与桑顿的破产俨然是穆

勒观点的写照。而后，因黑尔先生的古典文学课的滋养，且受到玛格丽特的善举影响，桑顿在情感方面的匮乏有所改善。桑顿与工人建立起友善的交往，愿意出于"共同的关心"与人们相互了解进而融洽相处。⑥p492

会堂作为一个能指符号，指向知识和教育的功效，指向社会转型期个体与大众的精神救赎。作为承载知识交换与教育实践的公共空间，会堂代表一种古典文化的呼唤：呼唤理性精神，唤醒知识的力量，使得劳资双方得到教化，从而缓解冲突，实现和谐共生。小说结局写道，贝尔先生将遗产赠予玛格丽特，使之摆脱窘迫的经济状况，并且间接地支持了桑顿先生的棉纺事业。盖斯凯尔的仓促收尾虽然被威廉斯诟病为一种惯常的借遗产逃避现实的情节设置⑧，但这影射了古典精神作为调和社会矛盾与恢复失衡的社会秩序的动力。

值得注意的是，小说中组织讲座的学会因"负下债务"⑥p160，对于讲题内容没有要求，只求能请到一位学识渊博的人免费讲学，所以黑尔先生选择教会的建筑作为讲座内容并没有受到限制。这一细节指涉19世纪40年代学术机构的没落，由于经济萧条，定期缴纳会费的学员失去工作，只能选择退出。我们可以从狄更斯口中得到佐证，在1843年于主要面向中产阶级的曼彻斯特学会（the Manchester Atheneum）的演讲中，他表示学会的"预期资金相应减少，并产生了3000英镑的债务"⑲。学会没落的事实质疑着理想化教育精神的可操作性，会堂这一公共空间对于现代人而言似乎有些陌生，但其追求的核心本质——人之完满、社会之和谐——依旧给我们留下宝贵的精神财富。

四、结语

在西方古典的形而上哲学中，空间被视作空洞均质的载体，如《蒂迈欧篇》中柏拉图将空间描述为如同理型一般恒定不变的存在，孕育现象世界的万物。然而，盖斯凯尔的城市空间不再是空洞的容器，而是肮脏混乱的物质环境，是权力规训与阶级斗争发生的场所，同样是中产阶级感到焦虑的空

间在场，亦是维多利亚文人试图营造和谐社会而寄托希望的理想化空间。波德莱尔曾在1851年写下工业污染下现代人的状况："病态的大众吞噬着工厂的烟尘……这些衰弱憔悴的大众，'大地为之惊愕'。"⑳在一定程度上说，盖斯凯尔是本雅明笔下的游荡者，投身人群中观察城市的人间百态，并用文字记录发表在狄更斯主编的刊物之上流入资本主义文学市场。另外，盖斯凯尔不仅不限于书写现代工业社会的无序现状，还积极探寻公众教育和古典文学思想复兴的可能性。19世纪公共会堂的存在犹如一场理想与现实的对谈，探讨工业发展迅猛时期城市空间中阶级冲突的解决方案，寻觅以教育作为方法的共同体理想的实现。虽然小说中米尔顿会堂的经营状况不佳，但盖斯凯尔的丈夫曾任职的波提哥图书馆仍矗立于曼彻斯特城，旨在"与多元化的社群和阅览者合作，探索、分享和庆祝他们的故事以及这座城市的文学和全球遗产"㉑。公众教育面向所有社会成员，是人类进步发展的基石，盖斯凯尔的书写进一步启发了读者的思考，给后世留下宝贵财富。

注释【Notes】

①[德]马克思、恩格斯：《马克思恩格斯全集》，北京人民出版社2008第二版，第686页。

②陈礼珍：《社会空间分界的性别政治——〈北方和南方〉性别力量背后的意识形态陷阱》，载《外国文学研究》2011年第6期，第147页。

③[英]艾瑞克·霍布斯鲍姆：《革命的年代：1789—1848》，南京江苏人民出版社1999版，第404页。

④Chapple, J. A. V., and Arthur Pollard ed. *The Letters of Mrs. Gaskell*. Mandolin, 1997, p.489. 以下只在文中注明页码，不再一一做注。

⑤Engels, Friedrich. *The Condition of the Working Class in England*. Translated by W. O. Henderson et al., Stanford UP, 1968, p.60. 以下只在文中注明页码，不再一一做注。

⑥[英]伊丽莎白·盖斯凯尔：《南方与北方》，主万译，北京人民文学出版社2019年版，第337页。以下只在文中注明页码，不再一一做注。

⑦[法]米歇尔·德·赛托：《日常生活实践1. 实践的艺术》，南京大学出版社2009版，第169页。

⑧Schülting, Sabine. *Dirt in Victorian Literature and Culture: Writing Materiality*. Routledge, 2016, p.6.

⑨Whelan, Lara Baker. *Class, Culture and Suburban Anxieties in the Victorian Era*. New York: Routledge, 2010, p.18.

⑩[法]米歇尔·福柯：《规训与惩罚》，刘北成、杨远樱译，北京三联书店2012版，第224页。以下只在文中注明页码，不再一一做注。

⑪[法]米歇尔·福柯：《权力的眼睛：福柯访谈录》，严锋译，上海人民出版社1997版，第158页。

⑫[英]马修·阿诺德：《文化与无政府状态》，韩敏译，北京三联书店2008版，第132页。以下只在文中注明页码，不再一一做注。

⑬Jump, John. *Mathew Arnold*. London: Longmans, 1955, p.42.

⑭Moore, Ben. "Invisible Architecture and Social Space in North and South". *The Gaskell Journal*, vol. 32, 2018, pp. 17-36, 31.

⑮高晓玲：《马修·阿诺德的知识话语》，载《国外文学》2013年第3期，第28页。

⑯Love, Benjamin. *Manchester As It Is*. Manchester: Love and Barton, 1839, p.106. 以下只在文中注明页码，不再一一做注。

⑰[英]约翰·穆勒：《论边沁与柯勒律治》，余廷明译，北京中国文学出版社2000版，第68页。

⑱[英]雷蒙德·威廉斯：《文化与社会：1780—1950》，高晓玲译，北京商务印书馆2018版，第148页。

⑲Dickens, Charles. "Speech: Manchester, October 5, 1843." *Speeches Literary and Social*. N.P.: The Floating Press, 2014 [1870], p.76.

⑳[德]本雅明：《发达资本主义时代的抒情诗人》，张旭东、魏文生译，北京三联书店2014版，第99页。

㉑"About the Portico". The Portico Library, 23 Sept. 2024, https://www.theportico.org.uk/.

生态批评视域下的易卜生戏剧研究综述

吴予昊

内容提要： 随着全球生态危机的不断加剧，生态批评作为一种文学批评方法自20世纪70年代诞生以来，逐渐受到了国内外学界的广泛关注。在这一背景下，易卜生戏剧作品也被纳入了生态批评的视野之中，国内外的研究者们纷纷尝试从生态视角出发，深入挖掘其中蕴含的生态智慧。研究者们在这一领域取得了丰富的成果。然而，尽管生态批评视域下的易卜生戏剧研究取得了丰硕成果，但仍存在一些不足之处。例如，精神生态研究相对偏少，对生态伦理等问题的关注也不够充分等。因此，未来易卜生戏剧的生态批评研究仍有待学者们进一步深化和拓展。

关键词： 生态批评；易卜生戏剧；综述

作者简介： 吴予昊，云南大学文学院硕士研究生，研究方向：生态文学与生态批评。

Title: A Review of Ibsen's Drama Research from the Perspective of Ecological Criticism

Abstract: With the continuous intensification of the global ecological crisis, ecological criticism, as a literary criticism method, has gradually received widespread attention from the academic community at home and abroad since its birth in the 1970s. In this context, Ibsen's dramatic works have also been included in the field of ecological criticism, and researchers at home and abroad have attempted to explore the ecological wisdom contained therein from an ecological perspective.Researchers have achieved rich results in this field. However, despite the fruitful achievements in the study of Ibsen's plays from the perspective of ecological criticism, there are still some shortcomings. For example, there is relatively little research on spiritual ecology and insufficient attention to issues such as ecological ethics.Therefore,the ecological criticism research on Ibsen's plays in the future still needs to be further deepened and expanded by scholars.

Key Words: ecological criticism; Ibsen's plays; overview

About Author: Wu Yuhao, a master's student at the School of Literature, Yunnan University, with a research focus on ecological literature and ecological criticism.

一、国外研究综述

生态批评自20世纪70年代诞生以来，便备受西方学界的青睐。哈佛大学教授劳伦斯·布伊尔（Lawrence Buell，1939—　）将生态批评的演进分为两波浪潮，第一波浪潮主要关注工业文明背景下的人与自然的异化，着重探讨诸如空气污染、过度采伐、生物多样性锐减等具体生态环境问题；第二波浪潮则将批判对象的范围扩大，从自然小说转向所有文学文本，批评方法也随之更加多元化。[①]但是需要特别注意的是，"波浪"只是一个比喻，主要用来说明生态批评的发展态势是"一波未平，一波又起""后浪推前浪"，且"波"与"波"之间的分界线大体清晰，前一"浪"的研究内容并未随着后一"浪"的兴起而消失，而是依然延续不断、继续受到学术界的关注。从这两次生态批评浪潮出发，可将外国学者对易卜生的研究大致分为两类。

（一）第一波生态批评：生态中心主义批评

林恩·雅各布斯在《一个生态记录者的告白：绿色戏剧》（*Confession of an Eco Reporter: Green Theater*）一文中首次提出了"生态经典戏剧（Eco-Classic Drama）"。雅各布斯指出，在以往的经典戏剧中往往都存在着值得学者们去挖掘的生态元素——无论经典剧作家们是否将生态问题放在戏剧讨论的核心地位——这些经典戏剧就被他称为"生态经典戏剧"。在该文中，他认为《人民公敌》（*En Folkefiende*）一剧首次涉及了"温泉浴场污染"对环境的影响，可被视为"生态经典戏剧"的鼻祖。②美国塔夫茨大学（Tufts University）教授唐宁·克莱斯（Downing Cless）于2010年出版了《欧洲戏剧中的生态与环境》（*Ecology and Environment in European Drama*）一书。唐宁从生态批评的视角分析了易卜生的全部戏剧。首先是关于《布朗德》和《培尔·金特》，唐宁认为在易卜生的早期浪漫剧创作中，自然仅仅是作为一个事件发展的"背景板"而存在，没有多余的意义。直到工业化进程在欧洲持续推进与发展，易卜生才真正地感受到了自然的价值，对待自然的态度也随之改变。

（二）第二波生态批评

1.从政治的视角研究易卜生戏剧

奥斯陆大学易卜生研究中心的克努特·布莱恩希尔兹沃教授（Knot Brynhildsvoll）指出《培尔·金特》应是易卜生最早体现"绿色意识（Green Awareness）"的作品。在文中，克努特将培尔定义为第一代全球化者，认为培尔对自然绿洲的征服与开发，促使了人类对自然的忽视，培尔的行为应受到生态批评学者的关注。挪威沃尔达大学的雷克德尔（Anne Marie Rekdal）的《多色彩的易卜生》（*The Multicolored Ibsen*）一文在梳理了易卜生一生戏剧创作的绿色脉络后，提出了与布莱恩希尔兹沃不同的观点，认为《布朗德》才是易卜生最早具有生态意识萌芽的作品。③

2.从社会学的视角研究易卜生戏剧

挪威学者赫兰德（Frode Hellad）论述了《群鬼》中的三大政治问题，即"经济关系的重要性、关于自然的讨论、关于意识形态或霸权"。④日本学者三津屋森（Mitsuya Mori）则采用跨社会文化的视角，对《人民公敌》一剧进行了重审，他认为《人民公敌》在日本的改编上映，有力地反映了当时日本中部地区的铜矿污染问题，同时也展现了日本充满曲折的现代化进程。⑤哈比布尔·拉哈曼（Habibur Rahaman）认为《人民公敌》中斯托克芒对城市污染的勇敢揭露，影响了当代瑞典环保少女格雷塔·通贝里（Greta Thunberg）所倡导的气候罢课运动。在拉哈曼看来，格雷塔和斯托克芒都是知识分子抵抗反生态潮流的典型，他们在为社会集体承担环保责任时，显示出了自己的大无畏精神。⑥

3.生态正义和生态美学批评

日本学者森光雅（Mitsuya Moril）将目光聚集在《人民公敌》中的生态正义问题。作者指出，《人民公敌》是最早在日本上演的易剧之一，当时的日本剧作家在创造性地改编该剧的过程中，有意识地保留了其中的生态因素，并且放大了易剧中的生态正义等问题。日本明治维新之后，现代化进程加快，西方列强带来技术的同时也将污染带到了日本。因此日本版的《人民公敌》才会大多围绕着当时日本中部地区备受争议的铜矿污染问题展开。⑤p26-56

荷兰奈美廷大学的胡布·扎尔塔（Hub Zwart）认为在易卜生的戏剧中，原始自然被当代依赖技术的自然观所掩盖，人类被赶出自然位置或栖息地，长期变得错位。我们渴望不可能的事情，并且似乎已经忘记了什么是自然，而《海上夫人》中的自然则是第一次摆脱了背景板式的存在，象征着治愈和异性的力量，这对艾莉达精神生态危机的和解起着至关重要的作用。⑦

综上所述，国外学界对于易卜生生态思想的研究既有深层生态学批评，又不乏第二波生态批评浪潮所倡导的各种方法，如从政治视角出发的批评、从社会视角出发的批评以及生态正义和生态美学批评。值得注意的是，精神生态批评在国外的研究中几乎是处于边缘化的状态，偶有提及也大多是作为最后结论的附带产品。在新时代，精神文明的建设更应得到我们的重视，因此在笔者看来对易卜生戏剧进行精神生态的挖掘不仅是可行的，更是必需的。

二、国内研究综述

中文学界关于易卜生的研究始于1907年。鲁迅是将易卜生作品引进中国的第一人，在《摩罗诗力说》和《文化偏至论》中均有提及易卜生的社会问题剧《玩偶之家》。1978年，曹禺在《人民日报》发表题为《纪念易卜生诞辰一百五十周年》的文章，标志着中文学界开始正式关注易卜生及其作品。21世纪以来，中国学者对西方新兴的文学批评理论加以广泛吸收，其中相当一部分研究者开始尝试运用生态的视角去重新审视易卜生的戏剧，试图发掘出易卜生戏剧中蕴含的生态智慧，以期为当今中国面临的生态污染等问题提供思想意识上的指导。

（一）自然生态批评

易卜生的戏剧中充盈着对人类自然本性的追求以及对回归自然的渴望，这一理想的一部分反映在其所书写的社会问题剧中。杨迎平认为易卜生戏剧，特别是《人民公敌》在中国的译介和传播，对中国生态戏剧的兴起起到了启蒙的作用。在《人民公敌》中，易卜生向我们展现了生态环境与资本主义政治、经济以及大众启蒙之间的关系。姜小卫认为此剧展现了人与自然之间的关联性，而这种关联性只有通过社会组织形式才能真正发挥作用。彭松乔在考察了易卜生早期的民族戏剧后，指出易卜生的生态诉求就是人与人、人与社会、人与自然、人与自我达到全面的和谐。

易卜生对于人与自然关系的思考并没有简单地停留在回归自然和融入自然的层面上，其思考的重心在于人类怎样才能和自然和谐相处，以及如何才能真正找到灵魂的归宿。戴丹妮认为易卜生在《海上夫人》中传达了一种观点，人类只有在自由自觉的状态中，在真爱中，才能实现人与自然的和谐，并且找到自己灵魂安妥的家园。

不少学者还注意到，易卜生之生态理想的展现，也体现在其戏剧对诗意生活、自然美景的描绘。刘明厚发现，易卜生将挪威森林中的绿色播撒在《培尔·金特》之中，培尔的一生都行走在复归绿色神话的途中。

（二）社会生态批评

这方面的成果，多集中于对易卜生中期社会问题剧的探讨。生态危机并不仅仅是自然生态危机，它往往也反映着人类社会的危机。王馨、赵旭峰基于美国学者默里·布克金（Murray Bookkin）所提出的"社会生态学"（social ecology）概念重新探讨了《人民公敌》，认为易卜生在剧中为我们呈现了一个因人类的贪婪而濒临毁灭的自然生态系统，以此警醒现代人应该反思人与自然之间的关系，努力重构健康和谐的人类社会。

（三）精神生态批评

部分研究者发现易卜生后期的戏剧开始逐渐转向现代人的精神生态问题的探索，这些探索对我们从根源上反思生态危机、建构生态文明颇具启发性。在周昕看来，《小艾友夫》真切地表达了主人公对"神性"的寻找，自然的力量和人的责任感使沃尔茂和吕达的精神世界发生了深刻的转变，进而试图探讨人类精神生态发生转变的外部动机。[8]此外，不少研究者尝试从精神生态方面重新审读易卜生的社会问题剧。在从事精神生态研究的学者看来，易卜生后期的戏剧，从探讨社会问题转向了人性问题，重视对西方现代人精神生态系统的建构。应涛在分析了《海上夫人》之后，认为在易卜生的剧本里，精神生态系统的和谐建构从客观上说离不开人与自然的交流，从主观上说更离不开人类本身对于美好的追求。汪余礼认为易卜生秉持生态神学的世界观，相信上帝的存在和宇宙中的神圣秩序，强调了人类与自然、社会、神的和谐共处。

总体看来，国内有关易卜生戏剧的相关研究成果蔚为可观，但也存在着一些尚未完善的地方，首先便是有关精神生态的研究相对偏少。易卜生后期的戏剧多偏重于对人性灵魂的自审以及艺术家本人的反省，所以对易卜生后期戏剧进行深入的精神生态研究是很有必要的。因此，从生态批评的角度去重新发掘易卜生的戏剧尚有很多空间，需要新时代的学人们继续努力，力争取得丰硕的成果。

三、总评

通过梳理国内外相关研究文献，可以加深研究者们对易卜生生态文明思想的理解。在中国，研究者将《人民公敌》进行了多角度的生态主义阐释，解读剧中所蕴含的生态思想和生态理想；与此同时，部分外国学者也在挖掘《人民公敌》中的生态思想以及该剧在本国的改编、流传等情况，以期能对本国的生存现状有所改善。对于易卜生后期的戏剧，由于其中所含的自然生态资源有限，甚至于有些剧作根本就未涉及自然描写，因而外国学者的关注点大多在其晚期剧中的生态美学思想，在这一点上中外学者是殊途同归的。

在易卜生晚期戏剧的研究上，部分中国学者选择从精神生态的角度切入。做出这一选择的原因主要有两方面。首先，易卜生的戏剧往往呈现出一种"环境无意识"的特点，即"环境"在多数剧中更多是作为故事背景而非核心要素，因而传统的自然生态批评方法难以充分发挥其效用。其次，易卜生在后期作品中深刻触及了人性的自我审视，深入探索人类精神的深层奥秘。这种对原始人性的批判与生态批评的核心诉求相契合，即关注人类与自然、社会以及自我之间的和谐关系。

生态批评致力于揭示生态危机的根源并提出解决方案。虽然有人将问题归咎于人口增长或技术失控⑨，但这些仅是表象而非根本原因。真正的根源在于人类观念的偏差，即精神生态的危机。因此，

采用精神生态批评的方法来研究易卜生后期的戏剧，探索人类精神顽疾的根源，或许能为我们提供一条可行的道路。这种方法有助于我们更深入地理解易卜生的作品，并为我们解决当代生态问题提供新的视角和思路。

注释【 Notes 】

①胡志红：《世界生态批评50年：演进、挑战与前景》，载《鄱阳湖学刊》2022年第2期。

②Lynn Jacobson. "Green Theatre: Confessions of an Eco-Reporter". *American Theater*, 1992, 8(11), p.46.

③Anne Marie Rekdal：《多色彩的易卜生（英文）》，见聂珍钊、周昕主编：《易卜生创作的生态价值研究》，华中师范大学出版社2011年版，第33—43页。

④Frode Hellad：《原始而强悍的批判——从〈群鬼〉看易卜生的政治观》，载《上海戏剧》2007年第11期，第23—24页。

⑤Mitsuya Mori. "Ibsen's An Enemy of the People: An Inter-sociocultural Perspective". *Scandinavica*, 2017, 56(2), pp.26-56. 以下只在文中注明页码，不再一一做注。

⑥Habibur Rahaman. "Doctor Stockmann and Greta Thunberg: Some Implications of Intellectual Resistance, Eco-activism and Unschooling". *Journal of Unschooling and Alternative Learning*, 2021, 15(29), pp.36-61.

⑦Hub Zwart. "The Call from Afar:A Heideggerian — Lacanian rereading of Ibsen's *The Lady from the Sea*", Ibsen Studies, 2015, 15(2), pp.172-202.

⑧周昕：《寻求和谐的精神生态——评〈小艾友夫〉人物的思想转变》，见聂珍钊、周昕主编：《易卜生创作的生态价值研究》，华中师范大学出版社2011年版，第259—265页。

⑨[美]巴里·康芒纳：《封闭的循环》，侯文蕙译，吉林人民出版社1997年版。

压迫与反抗：《好女人的爱情》的女性哥特式解读

王海燕

内容提要： 诺贝尔文学奖得主艾丽丝·门罗的《好女人的爱情》体现了典型的"女性哥特"风格。作品中表面"天使"内心"魔鬼"的女性形象打破了哥特小说的传统，探索女性复杂立体的新形象；从小镇背景到前厅环境，不同维度的空间规训压抑了小镇女性的身体和情感。门罗还打破了传统的叙事结构，用多视角叙事和非线性的叙事结构解构权威和传统，体现出门罗作品不可靠叙事的独特风格。

关键词： 艾丽丝·门罗；《好女人的爱情》；女性哥特；空间

作者简介： 王海燕，苏州大学外国语学院英语语言文学专业研究生，主要研究方向为英美文学。

Title: Oppression and Resistance: Femle Gothic Analysis of *The Love of a Good Woman*

Abstract: The Nobel Prize-winning writer Alice Munro's *The Love of a Good Woman* embodies the typical "female Gothic" style. The female figure in the work, who appears as an "angel" on the surface but a "devil" inside, breaks the tradition of Gothic novels and explores the new image of complex and vivid women. From the background of small town to the atmosphere of parlor, the repression of the body and emotions of the women in the small town is imposed across different dimensions of space. Munro also breaks the traditional narrative structure, deconstructing authority and tradition with multi-perspective narration and nonlinear narrative structure, embodying Munro's unique style of uncertain narration.

Key Words: Alice Munro; *The Love of a Good Woman*; female Gothic, space

About Author: Wang Haiyan, postgraduate student of English Literature, School of Foreign Languages, Soochow University, mainly specializes in American and British Literature.

2024年5月刚刚离世的作家艾丽丝·门罗是当今加拿大文坛最负盛名的女作家之一，她于2013年击败了村上春树和阿特伍德等著名作家获得诺贝尔文学奖。门罗的职业生涯可追溯到20世纪50年代初在文学杂志上发表短篇小说，随着时间的推移，她的声誉逐渐增加，曾获得加拿大总督文学奖和美国国家图书奖等多个奖项。门罗的作品以其精细的叙事技巧和对人性深刻的洞察而著称，她的故事通常聚焦于普通人的日常生活，但通过对细节的敏锐观察和对情感的细腻描绘，她能够展现出普遍的人生真相和情感共鸣。故事背景常常设定在自己生活居住的安大略省西南小镇，以小镇居民的日常生活为

素材，乡土气息浓郁。

短篇小说《好女人的爱情》是同名短篇小说集的开篇之作。它体现了门罗超高的叙事技巧，凯瑟琳·罗斯认为门罗这部作品中结尾设置的悬置和作家自身的个人经验息息相关，另一方面尝试这种模式也是小说家对现实的质疑和背叛。国内评论界主要从女性主义、叙事技巧、自然生态、互文性等方面研究门罗，但是对于这部小说的女性哥特元素却鲜有人提及。此小说以小镇为背景，描写在看似平淡无奇的生活表象之下的暗流涌动。与直接展现暴力血腥的恐怖场面的传统哥特小说不同，门罗更愿意用细腻的笔触带领读者窥探到在小镇生活平静的

外表下的黑色隐秘。

一、女性哥特与双重自我

18世纪后期，英国伯爵霍勒斯·沃波尔创作的《奥特兰托城堡》创立了早期古典哥特式小说的模式，其通常表现为黑暗压抑的环境、充满激情但内心邪恶的人物和超自然元素的巧妙融合。1976年艾伦·莫尔在《文学女性：伟大的作家》中提出"女性哥特"的概念，女作家立足自身独特视角创作的哥特作品，不仅丰富了女性主义文学的体裁，女性体验也为哥特小说的核心"暗恐"概念提供新的丰富内涵。莫尔指出，在典型的女性哥特小说中，女主角常常具有天使和魔鬼两重身份。通常情况下，她们会隐藏自己的魔鬼一面，而将天使的形象展现给公众。这是因为在父权社会中，人们更倾向于接受和赞美女性的天使一面，而对她们的魔鬼一面则持有偏见。在这样的社会环境中，女性被期望符合天使般的形象，而她们内心深处的真实欲望和情感则被压抑和隐藏。这种双重自我也体现在门罗作为女性的个体经验中，生活在20世纪五六十年代的加拿大、热爱写作的门罗被认为是"越轨"的、不安分守己的女人。因此，她分裂出了双重自我，一个是操持家务的贤妻良母，另一个是挑灯写作的女性作家。

"仁慈的天使"是女主角伊内德的母亲对她的嘲讽，而随着时间过去，不仅伊内德母亲认可了这个称号，连病人和医生也这样称呼她。伊内德在表面上是符合父权制期望的"好女人"。首先，她具有"天使"般的美丽外表。伊内德在奎因夫人葬礼后的穿戴——"墨绿色绉绸裙子，脚踏相配的小山羊皮鞋子"①。家境殷实、品位不俗的她内心也真挚善良。在照顾奎因夫人期间，她不仅尽心照顾病人，将奎因夫人的女儿也照顾得很好，给女孩们提供蜡笔彩画本、教她们刷牙和祷告、调肥皂水让她们吹泡泡。出于同情心她自觉替代母亲角色，也符合对"好女人"的社会期望。此外，她有正义的道德观。得知鲁伯特有可能是杀害验光师的凶手之后，她心中的正义感驱使她决定和鲁伯特对

峙。虽然她出于嫉妒心，也曾怀疑奎因夫人证词的可信度，但她的道德感依然驱使她与鲁伯特当面对质。"她会等待，直到他们打给她，她会去监狱看他。每天都去，或者在他们允许的情况下尽可能多去"①p60，她已经提前做好鲁伯特的确是杀人凶手的心理准备，即使如此，她也试图想用爱和仁慈帮助和感化鲁伯特。

然而，在"天使"的外表下，伊内德的内心却并不善良。鲁伯特曾是她上学时"折磨过的男孩"①p27。她曾羞辱过鲁伯特，后来上高中之后意识到错误，想要弥补。她故意找鲁伯特借东西，甚至对他暗生情愫。在鲁伯特家与其重逢后，她内心深处对他的感情渐渐复苏，甚至开始做起了纯粹由欲望驱使的"可怕的梦"①p42。当伊内德对鲁伯特产生感情之后，她便开始无法克制对奎因夫人这个"厄运当头、痛苦不堪"①p31的女人产生厌恶。霸凌同学、嫉妒病人，这些恶意都是伊内德的"魔鬼"一面。

通过双重自我，门罗立体地刻画出表面符合父权制期望但内心却充满黑暗想法的"好女人"，打破传统哥特小说中女性不是被拯救的"天使"就是站在主角对立面的"魔鬼"的扁平形象，增加女性角色的复杂性。女性角色由此逃离了传统哥特中非黑即白的窠臼，拥有更加复杂的情感与人性。

二、父权制压迫下的女性囚笼

不同于传统哥特小说的城堡背景，门罗式哥特小说主要发生在小镇瓦利镇上。瓦利镇位于多伦多和鲸湾之间，在现代化的城市文明和荒芜野性的原始文明之间发展出保守而严苛的道德标准，认为女性的独立是对女性美好品德的背叛。哈钦在《加拿大的后现代性》中指出，加拿大文学自诞生便有着强烈的"小镇情节"②。小镇具有双重性，既是抵御北方荒原的安全壁垒，又是繁华都市的落后对立面。这种"边疆概念"在文学作品中得以体现，又与加拿大国民意识的"边缘感"契合，因此小镇是加拿大乡村社会的隐喻。门罗的小镇故事沿袭了加拿大"小镇文学"的传统，继承了"安大略传

统"，作为故事背景的小镇呈现出哥特式的风貌和人文氛围。

小镇内部，主角还受困于父权制压迫的家庭。小说中的奎因夫人被囚禁在前厅这个本该用于待客的公共空间，一方面影射了奎因夫人和鲁伯特扭曲的夫妻关系，另一方面也是将奎因夫人的身体和精神双重囚禁。作为丈夫的鲁伯特总是故意晚归或是只待几分钟就离开，也表现出鲁伯特故意逃避责任的冷漠和这对夫妻感情的消磨殆尽。待奎因夫人病入膏肓，她甚至要求伊内德拉下百叶窗、挂上厚被子，至此，前厅彻底成为狭窄黑暗的囚笼，囚禁了生病的奎因夫人和照顾她的伊内德。

无论是小镇还是前厅，门罗式哥特中的女性依然没有打破生活在囚笼中的诅咒，不同于传统哥特的城堡囚笼，门罗式囚禁更隐蔽，以无孔不入的方式包围女性，在她们觉察之前将其永远困住，使其无处可逃。

三、打破传统的叙事策略

哥特女性叙事是一个"充满主观视角的心理活动"③，因此哥特女性叙事大多围绕女性的"主观视角"展开，刻画女性的心理活动。在小说中，门罗通过多视角叙事和非线性叙事来展现平铺直叙"主观视角"，模糊了谎言与真相、虚假与真实的边界，阐释了女性生命中无法治愈的创伤以及女性自我意识的觉醒。

小说开头博物馆展出了一套验光师工具；接着时间回溯到三个男孩发现验光师在河中溺死的尸体；奎因夫人死前不仅告知伊内德鲁伯特杀死验光师的真相，还将验光师工具藏于家中；最后伊内德回忆起验光师不慎溺水而亡的报道。从发现者、凶手（同伙）、警察（官方媒体）三重视角叙述验光师之死，使小说游离于谎言与真相、想象与现实之间，更让读者感受到不寒而栗的恐惧。

不满传统哥特小说的线性叙事，女性哥特小说通过非线性叙事使故事碎片化，让读者在阅读完所有的破碎的"主观视角"之后，回溯整个小说，思考事实的真相。故事的高潮是伊内德得知验光师之死后在奎因夫人死后决定和鲁伯特对峙真相。但门罗没有平铺直叙，当伊内德发现真相时，她不停回忆二人的校园时光，夹杂着违逆父亲的遗愿的纠结。看似毫无逻辑的碎片自由分布在小说中，让读者不禁质疑所谓"真实"。

通过多视角叙事和非线性叙事，门罗颠覆了传统哥特叙事中充满男性沙文主义的叙事权威，游离于谎言与真相、想象与现实之间，也让读者反思怀疑生活中的真相与事实，解构了父权专制的叙事。

四、总结

借用诺贝尔颁奖词对门罗的形容："她笔下的世界，如福克纳笔下的约克纳帕塔法，坐落于安大略省的西南一隅，成为她大部分小说的展开之所。然而其中的沉静与简单却极具欺骗性。"她笔下事无巨细的河流中潜藏着某种微妙的情感，在日复一日的麻木中会突然决堤，旋即又潜伏不见，只余下风和日丽。作为安大略哥特流派的代表作家，艾丽丝·门罗以小镇女人的生活为题材，以细腻的笔触、冷静的姿态，让读者窥见波澜不惊的平凡生活表象下，隐藏着黑暗的、令人绝望和毛骨悚然的秘密，彰显门罗式哥特的风采。

注释【Notes】

①[加]艾丽丝·门罗：《好女人的爱情》，殷杲译，译林出版社2013年版，第58页。以下只在文中注明页码，不再一一做注。

②Hutcheon Linda. *The Canadian Postmodern: A Study of Contemporary English Canadian Fiction*. Toronto: Oxford UP, 1991, p.193.

③Fleenor Juliann E. *The Female Gothic*. London: Eden Press, 1983, p235.

创伤视域下《唱吧！未安葬的魂灵》中莱奥妮的身份危机探寻

闫清泉

内容提要： 莱奥妮是杰丝米妮·瓦德小说《唱吧！未安葬的魂灵》中的主要受创角色之一，种族歧视、家庭破碎和婚姻不幸等因素使该非裔女性逐渐丧失自我认同，陷入身份危机。本文从创伤视角出发，系统探讨了莱奥妮的多重身份危机，并分析她如何在面对种族歧视和性别不平等的压迫下，逐渐在孤独与绝望中迷失自我。同时本文还进一步研究了女主人公在身份危机中的重建过程，揭示创伤对个人心理和社会身份的深远影响，以及创伤复原在复杂的社会环境中所面临的挑战。

关键词：《唱吧！未安葬的魂灵》；莱奥妮；创伤；身份危机

作者简介： 闫清泉，宁夏大学外国语学院在读研究生，研究方向为英美文学。

Title: Exploring Leonie's Identity Crisis Through Trauma Theory in *Sing, Unburied, Sing*

Abstract: Leonie, one of the primary trauma-affected characters in Jesmyn Ward's novel *Sing, Unburied, Sing*, gradually loses her sense of self as a result of racial discrimination, family breakdown, and an unhappy marriage, ultimately falling into an identity crisis. This paper systematically examines Leonie's multiple identity crises from the perspective of trauma theory, analyzing how she progressively loses herself amid loneliness and despair in the face of racial and gender oppression. Additionally, the study explores the protagonist's attempts at identity reconstruction, revealing the profound impact of trauma on both personal psychology and social identity, as well as the challenges that trauma recovery faces within complex social contexts.

Key Words: *Sing, Unburied, Sing*; Leonie; trauma; identity crisis

About Author: Yan Qingquan, a postgraduate student at the School of Foreign Languages and Cultures, Ningxia University, specializing in British and American Literature.

一、引言

杰丝米妮·瓦德，当代美国非裔女性作家，《出版商周刊》称其为"美国文学界的一个新声音"，并评价她"毫不畏惧地描述了一个充满绝望但并非毫无希望的世界"①。瓦德的第三部小说《唱吧！未安葬的魂灵》（以下简称《唱吧！》）使其再度摘得美国国家图书奖。小说以"黑白"混血男孩约约、黑人母亲莱奥妮及亡灵里奇为叙述者，他们各自以第一人称的口吻向读者交替讲述书中十五章的故事。创伤研究专家朱迪斯·赫尔曼指出，"创伤事件造成人们对一些基本人际关系产生怀疑。它撕裂了家庭、朋友、情人、社群的依附关系，粉碎了借由建立和维系与他人关系所架构起来的自我，破坏了将人类经验赋予意义的信念体系，并将受害者丢入充满生存危机的深渊中"②，故创伤与身份危机问题密切相关。本文将以莱奥妮为中心，采用创伤理论探讨其身份危机，并分析她如何在创伤的漩涡中重建身份。

二、莱奥妮的身份危机

（一）自我认同危机

安东尼·吉登斯认为："自我认同是个体依据其个人经历所形成的，作为反思性理解的自我。"③国内学者吴玉军也曾指出："自我认同涉及三个方面的问题，自我同一性的建构、自我归属感的获得、自我意义感的追寻。而自我认同焦虑恰好与以上三个方面相对应，即自我同一性的解构、自我归属感的匮乏和自我意义感的丧失。"④事实上，自我认同焦虑是创伤患者的普遍特征，创伤事件破坏了受害者对环境安全、自我价值的基本认知，从而导致其心理层面受损，具体表现为主动性丧失并伴有无助感。文中，在种族歧视、家庭破碎等创伤的重压下，莱奥妮的自我意识发生变化，频繁被创伤记忆侵扰。兄长吉文去世后，莱奥妮发现在吸食可卡因后可不自觉地再次看到他，并由此回忆起过去的点点滴滴。该幻象的出现使莱奥妮感到既欣慰又痛苦，同时也让她沉迷于药物所带来的短暂解脱，并逐渐依赖这种虚幻的重逢。然而，赫尔曼指出："在伤痛记忆的反复侵扰下，受创经验阻碍了人生的正常发展。"②p33莱奥妮受创经历的反复侵扰从而使其沉浸在自己的虚无世界中，逐渐丧失主动性，最终导致自己的正常意识受损，出现自我认同危机，在生活中难以找寻自身定位。

受创者也会因自我感的基本架构受损而痛苦不堪，从而呈现出人格解体的现象，即自我同一性解构。"基本信赖感的严重瓦解，常见的羞耻感、负罪感和自卑感，所有这些困扰，都促使患者从亲近关系中退缩。但对创伤事件的恐惧感，又使患者有被保护和依附他人的强烈需求，受创者因此不断在隔离孤立和渴望依附他人之间来回摆荡。"②p55事实上，创伤迫使患者既渴望逃离亲密关系，又极力想维持它。文中，莱奥妮对待儿女的态度正是这种矛盾人格的体现。她时而表现出强烈的保护欲，时而又因内心的痛苦和不安而将他们推开，陷入了复杂的情感纠葛之中。"他们的脸让我同时冒出两种想法：他们面对面睡得那么香，我真想让他们就这样睡着。但另一个我又想把两个孩子摇醒，弯腰冲他们大吼，把他们吓得坐起来，这样我就不用看着他们依偎在一起。"⑤此种矛盾的情感和行为正是莱奥妮人格解体的具体体现，也使其在爱与痛苦之间反复挣扎，不断失衡，陷入自我认同危机之中。

（二）角色身份危机

创伤经历"会使受害者对本应为他们创造秩序和安全感的社会文化与家庭结构丧失信心，通常在生理或情感上与家庭或社会疏离"⑥，陷入角色身份危机。书中，长期的心理创伤切断了莱奥妮与父母之间的亲密关系。吉文去世前，莱奥妮一家生活平淡而幸福，父亲里弗会带领他们两兄妹一起为母亲菲洛梅纳准备礼物，还在身上刻下专属家庭的刺青图案；莱奥妮拿着多是A、B得分的成绩报告单回家时，父亲也会毫不吝啬地夸奖她，"囡囡，你真聪明"⑤p42。然而，吉文的离世改变了一切。父母从昔日的关怀变得沉默寡言，家庭氛围愈发冷漠，这加深了莱奥妮的孤独与无助，使她与父母渐行渐远。长大后，莱奥妮不断寻觅救助者，与白人男友"迈克尔"组建了"新"家庭，但她仍难以给自身定位。作为妻子，莱奥妮未获得正式名分，在婚姻中的角色未得到社会和家庭的认可；作为母亲，莱奥妮几乎未尽到养育责任，约约与凯拉主要由外祖父母抚养长大，缺失母亲这一角色；作为儿媳，莱奥妮更是不被接受，十几年来，她从未单独踏入过公婆家门。可见，生活中的困境与情感上的挫折使莱奥妮难以应对，并使其陷入了多重角色危机的深渊。

事实上，作者瓦德的经历与书中莱奥妮的命运有诸多相似之处。通过该角色，瓦德巧妙地反映了自己的身份危机，并表达了对身份问题的深刻思考。瓦德刚获硕士学位时，其胞弟在车祸中丧生，而肇事的白人司机逃逸且未被追责。至亲的离世不仅加深了瓦德对社会不公的认知，也深刻影响了她日后的创作。书中，瓦德赋予女主人公莱奥妮相似的命运，其兄长在一次与白人的狩猎活动中被开枪射杀，而凶手只获刑三年，并保释两年。借助莱奥妮这一角色，瓦德深刻反映了自身在现实中所面临的身份危机和心理创伤。她在作品中展现了莱奥妮的痛苦挣扎，同时隐喻性地表达了自己在面临亲人去世、社会不公以及种族身份困境中的痛苦与困惑。

（三）社会身份危机

一个人的社会身份通常被定义为"个人对他/她从属于特定群体的认知，而且群体成员资格对他/她具有情感和价值意义"⑦。此种情感与价值意义在于"可以提高尊严，还可以降低无常感或提高认知安全感，满足归属感和个人的需要，消除对死亡的恐惧，找到存在的意义等"[8]。对莱奥妮而言，心理创伤及种族歧视的影响使她明确自身难以获得社会群体成员的认可与接纳，因此，在与他人交往的过程中始终保持着猜疑与"过度警觉"的状态。莱奥妮与白人米斯蒂因双方都有跨越肤色界限的恋爱关系而成为朋友，但在与其相处中，莱奥妮始终避免与其发生正面冲突，她知道，"归根到底我是黑人她是白人，如果有人听到我们的扭打声报了警，我十有八九会坐牢，她却不会，所以她是我最好的也是唯一的朋友"[5]p36。莱奥妮与米斯蒂之间形成了一组二元对立关系，其背后体现的是非裔群体与白人群体的对立。事实上，莱奥妮内心渴望融入主流社会，得到其他社会成员的接纳，但在这种二元对立下，非裔美国人成为被支配者，因此，莱奥妮在两种族裔身份之间摇摆，其人际关系生活也在逐步退化。

此外，性别因素带来的创伤是莱奥妮陷入社会身份危机的另一重要原因。作为女性，她承受着来自社会的双重压迫，既包括种族上的歧视，也包括性别上的不平等。从传统意义上看，莱奥妮在家庭中应承担照顾子女、处理家务等责任。然而，由于社会压力和个人境遇，她未能履行期望，反而因这些未尽到的责任而受到严厉的批评和指责。莱奥妮在抚养子女方面的缺失被社会和家庭视为失败，这不仅损害了她的自尊心，还强化了社会对女性在母职上的高要求和苛刻评判。在与迈克尔的关系中，莱奥妮也始终处于从属地位。她知道迈克尔入狱的确切天数——三年两个月零十天，后又不顾父母反对执意带孩子接其出狱，并坚定地认为自己是迈克尔的家人。但事实上，莱奥妮没有得到正式的婚姻名分，这使她在法律和社会层面上均缺乏保护和认可，同时无法享有婚姻应有的权利和尊重。显然，由于性别因素，莱奥妮在社会中遭遇了多重不平等，这些不平等使其社会身份不断受到挑战，并陷入身份危机。

（四）文化身份危机

斯图亚特·霍尔曾指出，文化身份是一种集体认同，拥有共同历史的人有着相同的文化身份，同时，文化身份也因受现在和将来的影响而发生变化，从而具有连续性和差异性[9]。作为非裔美国人，莱奥妮面临着多重文化身份的困扰，而创伤进一步加剧了其文化身份危机。文中，莱奥妮的母亲是典型的非裔文化践行者。在非洲文化中，医者擅长使用各种植物和草药治疗疾病，而且不同地区有不同的配方和方法。一些巫医不仅提供医疗服务，还使用占卜、祈祷、祭祀和驱邪等手段治疗病人。莱奥妮的母亲在医术领域极具天赋，经常向莱奥妮讲解药草的功效和毒性，望其继承自己的衣钵，传承民族文化。但生活在复杂社会环境中的莱奥妮无法深入学习，"我一般会看向别的地方，希望自己正坐在电视机前面，而不是和妈妈费大劲走进树林聊月经"[5]p99。然而，母亲病倒后，她时常又为自己当初没认真听讲而感到后悔。该矛盾心理正是她成为本民族文化"他者"的典型表现。

兄长的离世为莱奥妮带来了无尽的伤痛，为寻求慰藉，本就游离于本民族文化之外的她转向白人迈克尔，开启了一段跨文化"婚姻"，并希望融入西方主流文化。然而，她并未被接纳，在美国文化中同样面临"他者"的困境。迈克尔出狱后想带莱奥妮及子女回家与白人父母相认，经过一番心理建设，心存一丝希望的她决意前往。然而，刚进门，莱奥妮与孩子们遭受到的便是辱骂和冷眼相待，"滚他妈的皮肤"[5]p201，"我告诉过你，这里不是他们的家"[5]p202。西方文化虽倡导平等、自由，但事实上，美国社会默许歧视黑人的现象始终存在。在接迈克尔出狱的归家途中，莱奥妮一行人被警察拦下，本以为警察简单盘问过后便会放行，但当警察听到他们是从帕奇曼监狱归来的黑人后，他们手上立马多了一副手铐。显然，西方社会对黑人群体仍持有根深蒂固的偏见，他们常常被不公正地视为具有更高的犯罪倾向，从而导致在司法系统中面临着更多的不公正待遇。可见，莱奥妮既无法完全接受本民族文化，又被西方文化所排斥，在此种跨文化的漩涡中，其文化身份陷入前所未有的危机。

（五）走向身份迷失

创伤复原的首要任务是建立安全感，并在此基础上重建自我意识。莱奥妮受创后，其自我意识、人际关系及角色定位等都遭到了严重破坏。彼时种族平等者迈克尔的出现正如一道亮光，照进了她灰暗的内心世界。迈克尔主动替堂兄向莱奥妮道歉，并为吉文的死感到惋惜，"他透过我的清咖色皮肤、黑眼睛、紫红色嘴唇，看到了我这个人，他看到了我疼痛的伤口，上前为我疗伤"⑤p53。显然，迈克尔成为莱奥妮精神支柱，也是她复原支持系统中最重要的一员。在迈克尔陪伴下，莱奥妮重拾安全感，并逐渐靠近外部世界。为了生存，莱奥妮鼓起勇气打电话给"婆婆"，希望通过她的帮助进入酒吧工作，获取稳定收入。期间，她与白人米斯蒂成为朋友，两人一起开车、购物、探访朋友，跨越种族界限的友谊为莱奥妮带来了希望。她开始憧憬未来，梦想拥有一套属于自己的房子，与迈克尔长相厮守。这不仅是对未来的希望，更是对自我价值的重新肯定。通过不懈努力，莱奥妮逐步重建安全感与自我意识，并在有限的范围内找到了继续前行的动力。

但事实上，莱奥妮最终未能成功走出创伤与身份危机，上述重建的安全感与自我意识也仅限在与迈克尔相关的有限范围内，她并未与真正的外部世界恢复联系。复原创伤的第二阶段是重建创伤故事、转化创伤记忆，"患者原先在创伤记忆中所做的不正常加工处理，可经由一个处于安全可靠关系中'讲故事的行动'得到改变"②p172。可见，创伤患者需向他人讲述创伤故事，将"创伤记忆"转化为"叙述记忆"，以促进创伤复原。然而，莱奥妮在创伤记忆频繁闪回时，却没有可以倾诉的对象。迈克尔入狱，母亲重病，孤立无援的境况加剧了她的心理困境。创伤记忆的分享不仅有助于个体疗愈，还能促进社会的理解与接纳。然而，现实环境剥夺了莱奥妮的这一途径，导致其身份重建频遭挫折。创伤复原的第三阶段要求患者与自己和解，并重建与他人的心理联系。然而，由于社会偏见，莱奥妮未能在此阶段取得实质进展，与白人朋友米斯蒂的关系也仅停留在表面。同时，莱奥妮也无法与下一代发展联系，她对子女的态度时常在回避与过分保护之间游荡，正如她在其他人际关系里会在亲密和冷漠的极端之间游走。"我现在还当不了妈。

我也做不了女儿。我记不住。我看不见。我无法呼吸。"⑤p266最终，莱奥妮无法建立自我认同，选择逃避，走向身份迷失。

三、结语

《唱吧！》深刻揭示了黑人群体在种族歧视背景下的困境与迫害，女主人公莱奥妮的创伤经历更是凸显了创伤与身份危机的复杂关系。她通过跨文化恋爱和重建人际关系寻找自我，但频繁的创伤记忆闪回和情感支持缺失阻碍了复原。同时，莱奥妮未能完成与自我和解和重建社会联系，表明社会支持和心理辅导在创伤复原中的关键作用。瓦德通过莱奥妮这一角色，呼吁社会关注和理解创伤患者的多层次需求，强调社会支持在促进创伤复原中的关键作用，为创伤治疗和身份重建提供了新的视角和思考。

注释【Notes】

①Publishers Weekly. Fiction review: Where the Line Bleeds by Jesmyn Ward. 2011, 12. https://web.archive.org/web/201112190000000/http://www.publishersweekly.com/.

②[美]朱迪斯·赫尔曼：《创伤与复原》，施宏达、陈文琪译，机械工业出版社2015年版，第57页。以下只在文中注明页码，不再一一做注。

③[英]安东尼·吉登斯：《现代性与自我认同》，赵旭东、方文译，生活·读书·新知三联书店1998年版，第58页。

④吴玉军：《现代社会与自我认同焦虑》，载《天津社会科学》2005年第6期，第38—43页。

⑤[美]杰丝米妮·瓦德：《唱吧！未安葬的魂灵》，孙麟译，中信出版社2021年版，第145页。以下只在文中注明页码，不再一一做注。

⑥刘白：《论〈我从未告诉你的一切〉的创伤书写》，载《文学跨学科研究》2018年第2期，第437—445页。

⑦[澳]迈克尔·A·豪格，[英]多米尼克·阿布拉姆斯：《社会认同过程》，高明华译，中国人民大学出版社2011年版，第7页。

⑧王莹：《身份认同与身份建构研究评析》，载《河南师范大学学报（哲学社会科学版）》，2008年第1期，第50—53页。

⑨Hall S. "Cultural Identity and Diaspora". *Colonial Discourse and Post-colonial Theory: A Reader*. Patrick William and Laura Chrisman eds. London: Harvester Wheatsheef, 1994, pp. 227-237.

《伟大的盖茨比》中美国梦的人性幻灭

周杨点点

内容提要：《了不起的盖茨比》中的美国梦已从最初的重物质和精神合——异化为物质化的美国梦，正是这丧失了精神内涵的美国梦主导了盖茨比所在的社会和圈子。在物欲横流、惨无人性的社会环境中，富裕后依然执着追求纯真爱情的盖茨比无疑只能遭遇失败。盖茨比的死是美国梦中人性幻灭的必然结果，他仅存的一点人性关辉，在追求爱情中被毫无人性的美国梦击得粉碎。

关键词：《了不起的盖茨比》；美国梦；人性幻灭

作者简介：周杨点点，山东大学（威海）澳国立联合理学院应用化学专业本科生。

Title: Humanity Disillusionment of the American Dream in *The Great Gatsby*

Abstract: The American Dream in *The Great Gatsby* has been alienated from the original emphasis on the unity of material and spirit to a materialistic American Dream. It is this American Dream that has lost its spiritual connotation that dominates the society and circle in which Gatsby lives. In a materialistic and inhumane social environment, Gatsby, who still persists in pursuing pure love after becoming rich, will undoubtedly fail. Gatsby's death is the inevitable result of the disillusionment of humanity in the American Dream. His only remaining humanity was shattered by the inhuman American Dream in the pursuit of love.

Key Words: *The Great Gatsby*; American Dream; Disillusionment of Humanity

About Author: Zhou Yangdiandian, SDU-ANU Joint Science College, Shandong University, Weihai, an undergraduate student majoring in Applied Chemistry.

一、引论

1925年出版的《伟大的盖茨比》（*The Great Gatsby*）是美国20世纪20年代"爵士时代的杰出代表"[1]和"迷惘一代"杰出作家之一弗朗西斯·斯科特·菲茨杰拉德（F. Scott Fitzgerald，1896—1940年）的代表作，翌年被改编成戏剧在纽约上演，20世纪70年代末被拍成电影，享有极高声誉，是"最严谨、文笔最优美的美国小说之一"[2]。美国著名诗人兼文学评论家T.S.艾略特（T. S. Eliot，1888—1965年）称它是"美国小说从亨利·詹姆士以来迈出的第一步"[3]，经过了一个世纪的考验，这部小说的"持久意义部分来自菲兹杰拉德认识并紧紧地把握住了美国二十世纪的一些根本问题"[4]，评论

家A.E.戴森在该书出版36年后说"它不仅超越了它的时代和作者，而且将流芳百世"[5]。此书奠定了菲茨杰拉德在美国现代文学史上的经典作家地位，是美国梦主题作品的经典代表，主要描写美国20世纪20年代青年人对美国梦的追求和幻灭。主人公盖茨比（Jay Gatsby）年轻时是一位不名一文的普通少尉军官，他爱上了美丽的黛西（Daisy），但未等爱情修成正果，黛西就在盖茨比参战期间嫁给了富裕的纨绔子弟汤姆（Tom Buchanan）。盖茨比痛感贫穷是使他失去爱情的主因，于是他在利用贩酒等非法手段获得大量财富后，妄图挽回"真爱"。两人重逢后黛西被盖茨比的挥金如土打动，主动向他投怀送抱，并因此与丈夫发生矛盾，在精神恍惚

中开车上路，碰巧撞死了丈夫的情妇默特尔·威尔逊（Myrtle Wilson）。盖茨比主动顶替黛西作为肇事者并因此被默特尔·威尔逊的丈夫乔治·威尔逊（George Wilson）枪杀于家中。文章的结尾处，盖茨比葬礼上除了盖茨比的父亲和小说的叙述者尼克（Nick Carraway）及参加过盖茨比宴会的一位来客外，无人吊唁，而黛西却在通往欧洲旅行的路上憧憬着美好时光。

《伟大的盖茨比》中，盖茨比由最初的穷小子通过努力钻营获得物质财富，但最后在阶层倾轧和爱情缠斗中不幸成为替死鬼的过程，被普遍认为代表了美国梦的破灭，盖茨比本人就是"美国梦的牺牲品"⑥"盖茨比的失败就是美国梦的失败"⑦。所谓"美国梦"，广义上指美国的平等、自由、民主；狭义上指"相信只要在美国努力奋斗便能获得更好生活的理想"，无须"依赖于特定的社会阶级和他人的援助"⑧。自《伟大的盖茨比》出版以来，其"美国梦"破灭的主题一直被广泛探讨，其中破灭的原因是热点问题，众多研究者进行了深入研究，但鲜有人提及美国梦中的人性幻灭问题。

二、文献综述

《伟大的盖茨比》中，追梦人盖茨比通过钻营，获得了巨额财富，过上了富足的生活，但却在追爱的路上惨遭失败，付出了生命的代价。他的失败就是美国梦的失败，他的人生是一曲悲歌，他的悲剧就是美国梦的悲剧。那么他失败和以悲剧收场的原因是什么？长期以来诸多学人一直尝试探讨和解答这个问题。以"盖茨比"和"盖茨比，美国梦"两组关键词作为主题词在中国知网上搜索，搜得论文2548篇，可见相关问题是一个长期被关注的问题，其中探究盖茨比美国梦破灭原因的论文有203篇，其中不少是重复研究。综而观之，这203篇论文对盖茨比美国梦破灭原因的探究涉及三个方面，即：个人内因，如个人执拗性格、个人盲目幻想等；环境外因，如社会风气、阶层鸿沟等；个人内因和环境外因的综合作用。

在个人内因方面，有学者认为盖茨比的悲剧是盖茨比个人金钱崇拜的结果，"盖茨比的悲剧就

在于，他不断在金钱至上的价值体系挣扎、屈服，他对美国梦的追求本质就是建立在其基础上的"，因此他的美国梦的破灭是必然的。⑨有学者认为盖茨比误解了物质财富对于爱情的作用，他错误地认为金钱能买到爱情，因此"总是生活在幻觉之中"⑩，迷失于"爱情梦幻"中的他为此不倦地追求金钱，以"实现自己所追求的用毕生精力编织的一个梦"⑪。他竭尽一生去追求财富。"以为财富可以让他赢回黛茜。但最终金钱没给他带来任何好处，他的梦想也彻底破灭了"。他为追求黛茜葬送了自己的性命⑫。还有学者认为是"盖茨比性格的天真与盲目"，让他认为"只要有足够的钱就能赢回黛西"⑬，他不能认清客观现实的盲目主义，他"对爱情及金钱的盲目"⑭，还有对金钱的迷信和对上流社会的误读，以及"美化了黛西"和受"美国社会价值观的误导"⑮等，都是导致盖茨比美国梦破灭的原因。还有学者从伦理和精神分析的角度解读，认为盖茨比美国梦的失败是由于个人伦理选择的错误⑯或受个人"本我的操控而表现出对欲望盲目的冲动"⑰。

在环境外因方面，有学者认为是"无法逾越的社会阶层之间的鸿沟"造成盖茨比的悲剧⑱，还有"爱情中的欺骗"⑲，黛西的"爱情的背叛"和"利益的诱惑"⑳，"错位的爱情"和"难于跨越的阶级鸿沟"㉑也是重要的外部原因，还有学者认为"盖茨比美国梦的破灭是消费社会的必然"㉒，原因在于消费社会本身，此外美国梦本身的虚幻性也是导致盖茨比追求失败的重要因素㉓。

有些学者认为盖茨比追求美国梦的失败是个人内因和环境外因综合作用的结果，是"理想与现实的冲突"㉔"理想与现实激烈碰撞的结果"，是"理想与现实的矛盾造成了他的悲剧"㉕。在"他自身的缺陷和爵士乐时代背景下"，盖茨比梦想破灭的悲剧有其"必然性"㉖，"腐败的个人价值观，金钱至上的时代环境"㉗，或者"盖茨比性格中的不足以及社会历史原因"是导致盖茨比梦毁人亡这一悲剧的必然因素㉘；是盖茨比的性格和社会因素造成他美国梦的破灭，即在性格方面他天真的"认为只要自己努力就会成功"，他执拗地"想

要与黛西重新开始"他们的爱情，但"社会环境注定了他的悲剧"㉙，盖茨比"错位的自身价值取向"和"阶级对立无法调和的社会环境"导致其悲剧㉚。他的悲剧也是他个人和集体的盲目行为造成的，即"盖茨比美国梦的幻灭，一方面是他自己的盲目造成的，另一方面是由于他周围人的集体盲目引发的"㉛，他的悲剧也是"人与自然、他人以及自身关系不和"造成的一出"生态悲剧"㉜。还有学者认为，盖茨比的悲剧是"不可控的命运因素、异化了的社会环境和个人的主体选择三重作用下的结果"㉝，或者是"个人的盲目理想主义、社会的现实主义和黛西的物质主义共同作用的结果"㉞。

可见，过往的研究探讨了盖茨比美国梦破灭的内因、外因以及内因外因综合因素的作用，但鲜有论及美国梦中的人性幻灭的这一因素，这便是本文的论述重点。本文认为，盖茨比美国梦的失败是源于美国梦中的人性幻灭，即在盖茨比生活的时代美国梦是缺失人性的、冷酷的，而茫然无知的盖茨比却仍率性痴求，自然只有失败的结局。

三、美国梦的人性幻灭

美国梦的源头可以追溯到建立美国的最早期的先民身上。自16世纪英国国王亨利八世（Henry VIII，1491—1547年）进行宗教改革后，一些宗教分离主义者（separatists）既不愿加入英国国教，不信英国国教能够进行真正的宗教改革，也对旧的罗马天主教的腐朽败坏失望透顶，他们只愿在世界别处重新建立一个宗教纯洁的世界。这些虔诚的宗教纯洁者即清教徒（puritans），起初在欧洲大陆到处流浪，寻找机会，但没有结果。1620年9月6日，五十多位怀着宗教理想的虔诚朝圣者（pilgrims）在牧师威廉·布拉德福德（William Bradford）的带领下，踏上了五月花号（Mayflower）船，前往新大陆，试图在那里建立一个人人向往、万世垂范的"山巅之城"（City Upon the Hill）。他们在海上因遭遇风暴而迷航，所幸在66天后的11月11日，乘坐的船被吹到了科德角（Cape Cod）海岸边，即今天马萨诸塞州湾的海边，全船102名乘客确信是上帝拯救了他们，于是全部自觉地承继在新大陆

努力建设模范之国的宗教使命，他们中的41位成年男子代表签署了共同治理殖民地的五月花公约（The Mayflower Compact），建立了普利茅斯殖民地（Plymouth Colony）。这些最早期的美国先民，在新大陆艰苦的外部环境里，勤奋劳作，同时虔诚敬拜上帝，努力在新世界通过勤奋和虔诚，建立一个生活富足、精神丰盈的且在宗教上虔诚纯洁的清教社会。这便是具有浓厚理想主义色彩的美国梦的最早萌芽，可见最初的美国梦的内涵主要是精神性而非物质性的。及至美国独立战争时期及建国后，美国开国元勋、《独立宣言》（Declaration of Independence）起草人之一、因勤奋工作而富裕的富兰克林（Benjamin Franklin，1706—1790年）成为美国梦的最新象征，他写的《自传》（Autobiography）、《穷理查年鉴》（Poor Richard's Almanac）风靡全国，成为人人争读、个个效仿的对象。《穷理查年鉴》一书中源于古希腊寓言故事和戏剧的名言"上帝帮助自助者"（Good helps them who help themselves）更是深入人心，令人们相信只要勤奋努力工作，便可以像富兰克林那样富裕。在这个时期及此后相当长一段时期，富兰克林和他的书极大激励人们努力工作，追求财富增长，生活富足。在物质渴望的刺激下，此时的美国梦在美国建国早期第一次出现了变异，成为劳动致富的象征，其中蕴含的宗教精神内涵逐渐淡化了。此后，随着北方工业生产地区战胜南方种植园农业区的南北战争（American Civil War，1861—1865年），美国生产力大解放，工业生产大发展，生产效率大提高，物质生活大改善。到1890年，美国已经成为世界经济强国。到1918年第一次世界大战结束时，美国通过提供给交战双方战争物质，不仅大发战争财，国家富裕，而且国内经济和军事生产规模与生产能力跃居世界前茅，成为名副其实的世界经济和军事强国。那时的美国经济繁荣，在城市里到处是灯红酒绿，歌舞升平，人们沉浸在物质享受中，美国20世纪20年代被称为"喧嚣的20年代"（Roaring Twenties）和"爵士时代"（The Jazz Age）便是明证。但整日沉迷于世俗欲望中也令人陷入精神迷失，20世纪20年代的年轻人因此被

称为"迷惘的一代"（The Lost Generation）。他们沉溺于世俗物质的享受里，过着毫无目的的生活，失去人生奋斗的目标。很显然，在举国物质繁荣的背景下，此时美国梦的内涵就只剩下通过诚实或不诚实的劳动，攫取物质财富，从而过上物质富足的美好生活，其中的精神追求早已丧失殆尽，但凡有点精神渴望、思想追求的人，在这个时代都会感到"迷失"，成为"迷惘的一代"的一分子。《伟大的盖茨比》的作者菲茨杰拉德就生活在那个时代，见证了那个时代，同时也参与了那个时代物质上的享乐。他和他的夫人泽尔达（Zelda Sayre，1900—1948年）既是物质财富的追求者，也是物质享乐主义者。他见证了那个时代无数人对美国梦的追逐和失败，《伟大的盖茨比》便是那个时代早已物质化的美国梦的反映和反思。

书中主人公盖茨比同样怀揣着美国梦，并被最初的美国梦所激励。他来自乡下，相信只要通过个人努力奋斗，就可以成功。他自小就制定严格的作息时间表，努力学习，随后又勤奋工作，虽然最后使他富裕发达的不是勤勤恳恳的诚实劳动，而是通过贩卖私酒和其他见不得人的非法活动。但他就像当时通过各种手段获得物质成功的许许多多其他人一样，并没有什么特别值得谴责的，只羡慕财富不追究手段的时代风气早已遮蔽了传统的道德评判。他成功了，至少在物质上是如此。但对他而言，美好的生活不仅是物质富足，还需要精神的慰藉，那就是美好的爱情，也即他真心爱慕的对象——黛西。可见他心中的美国梦是最早期的美国梦——通过奋斗获得物质富足，借此建构垂世典范的纯洁精神世界。为此，他通过各种物质手段，努力追求黛西，想让已经嫁人的黛西回心转意，重新投入他的怀抱。他建起堂皇的大房子，里面装饰得富丽辉煌，夜夜举行盛大晚会，吸引各界名流盛装参加，以借此吸引黛西，同时也想令对方觉得自己在物质财富上够得上她，值得她依靠。他还在自己房间的墙上画上书架和书籍，附庸风雅，以在外人面前提升自己的文化品位，借此令自己显得与有钱有文化的上流社会人士齐平比肩。成为上流社会享有美好爱情的一分子便是他心中美好生活的样

子。毫无疑问，他追求物质和精神双丰收的早期美国梦与现实格格不入。当时的美国梦早已庸俗化，丧失了早期美国梦的精神内涵。今时不同往日，在经济繁荣的背景下，当时的美国梦只关注物质财富的成功，与精神追求无关，人人期盼一夜暴富，甚至为了攫取财富，不择手段，人性沦丧。这个时期的美国梦是人性幻灭的物质化美国梦，而盖茨比却依然天真的在物欲横流、人性丧失的社会里追求纯真的爱情。他在物质财富的加持下，执迷于黛西的回归。很显然，他是与时代错位的，他所保持人性的光辉并执着于纯真的爱情，追求他的美国梦，殊不知当时物质主义下的美国梦早已是人性幻灭的美国梦，在物质化美国梦照耀和激励下的人们人性早已沦丧，所谓纯洁、爱情、忠诚等人性美德被弃之如敝履。这也是为何黛西与盖茨比重逢后虽然对盖茨比依然心动，但最后依然选择与更有钱、更有地位的工业巨子汤姆在一起，也不会屈从于她与盖茨比之间的所谓的爱情。汤姆跟黛西结婚也不是出于爱情，他很快出轨汽车维修工的妻子默特尔·威尔逊，但仅是玩乐而已，并非出于爱情。默特尔·威尔逊贪图物质享受而与汤姆鬼混，她看不起社会地位低微的丈夫乔治·威尔逊，经常抱怨丈夫，抱怨生活清贫，渴望改变现状。盖茨比也没有被以汤姆为代表的上流社会接纳，他被汤姆和黛西愚弄，天真地为黛西的交通肇事顶罪，以为自己为爱而值得，但最后换来背叛，被汤姆和黛西共同陷害。汤姆和黛西向被撞死的默特尔·威尔逊的丈夫乔治·威尔逊诬告是盖茨比撞死了默特尔·威尔逊，因为肇事车是盖茨比的车，导致乔治·威尔逊枪杀了盖茨比。可见，在盖茨比的周围，在他生活的人人追求美国梦的社会，早已惨无人性。盖茨比到生命的最后，都不知自己死期将至，更不知死于谁手，表明天真的他不知道自己做错了什么，为何和被谁惩罚。实际上，盖茨比周围的人都怀着追求物质享受的美国梦，但他们的美国梦早已丧失人性，为达目的不择手段，盖茨比的死是无人性的美国梦下的社会造成的。也正因如此，盖茨比的葬礼几乎无人吊唁，他迅速被人遗忘，而他心心念念痴心爱慕的黛西，在他葬礼期间正在去往欧洲快乐旅行的

路上，爱情对她而言不值一顾。

可见，正是美国梦中的人性幻灭，导致了真心执着的盖茨比的死亡，它象征着，在物质化的美国梦的笼罩下，所有人性者终将像盖茨比那样毁灭，所有无人性者才可能获得成功，这无疑是美国梦的悲哀。盖茨比的死意味着他的美国梦的破灭，而盖茨比的周围人如黛西和汤姆的美国梦在世俗上的成功，也意味着美国梦的破灭，因为它是没有人性的美国梦。生而为人，却追求无人性的美国梦，过无人性的物质生活，岂能言之为幸事？美国梦中的人性幻灭，不仅是导致纯真者如盖茨比死亡的主因，也是令世俗者如黛西和汤姆人生失败的罪魁祸首。

注释[Notes]

①Eble, Kenneth E. "Preface", *F. Scott Fitzgerald*. New York: Twayne Publishers, Inc., 1963.

②Bruccoli, Mathew J and Jackson R. Bryer ed. *F. Scott Fitzgerald In His Own Times*. New York: Popular Library, 1971, p.474.

③Chase, Richard. *The American Novel and Its Tradition*. New York:Garden City, 1957, p.166.

④Lockridge, Ernest."Introduction", *Twentieth Century Interpretations of The Great Gatsby*. New Jersey: Prentice-Hall, Inc., 1968, p.4.

⑤Dyson, A. E. "The Great Gatsby: Thirty-Six Years After". Arthur Mizener eds. *F. Scott Fitzgerald: A Collection Of Critical Essays*. Englewood Cliffs, N.J.: Prentice-Hall, Inc., 1963, p.112.

⑥王盛：《〈了不起的盖茨比〉中"美国梦"的破碎》，载《电影文学》2014年第14期，第107页。

⑦金铠：《盖茨比的悲剧与美国梦的破灭》，载《佳木斯教育学院学报》2004年第1期，第14页。

⑧刘军：《关于"美国梦"的思考》，载《吉林广播电视大学学报》2012年第9期，第58页。

⑨蔡静一：《盖茨比的美国梦破灭的必然性》，载《延安职业技术学院学报》2014年第2期，第11—13页。

⑩熊文：《菲次杰拉德和他的"美国梦想"》，载《山东社会科学》2005年第5期，第90—92页。

⑪田花月：《被爱情梦幻迷失的盖茨比》，载《河南工程学院学报（社会科学版）》2009年第1期，第86页。

⑫黄文红：《美国梦的幻灭》，厦门大学2009年硕士学位论文，第iv页。

⑬于春荣：《空中楼阁：盖茨比梦想幻灭的根源》，山东师范大学2006年硕士学位论文，第41—49页。

⑭于新颖、朱默瑶、吴佳宣：《了不起的盖茨比与凋谢的美国梦》，载《考试周刊》2016年第51期，第16页。

⑮蒋颖：《〈了不起的盖茨比〉中盖茨比的梦想及其悲剧成因》，四川师范大学2013年硕士学位大学，第40页。

⑯方钰：《从伦理选择角度分析〈了不起的盖茨比〉中的人物悲剧命运》，载《辽宁师专学报（社会科学版）》2022年第6期，第32—34页。

⑰李冬青：《人格与命运——论〈了不起的盖茨比〉人物悲剧的必然性》，载《开封教育学院学报》2017年第7期，第41—42页。

⑱代小丽：《无法逾越的障碍——评〈了不起的盖茨比〉中的悲剧》，载《中国民族博览》2018年第6期，第193—194页。

⑲宋青：《〈了不起的盖茨比〉中爱情的悲剧性及成因》，载《大舞台》2015年第7期，第88页。

⑳张建花：《〈了不起的盖茨比〉中主人公盖茨比的悲剧探析》，载《鄂州大学学报》2020年第4期，第60—61页。

㉑金威：《从〈了不起的盖茨比〉看"美国梦"的幻灭》，载《辽宁师范大学学报（社会科学版）》2013年第5期，第743—746页。

㉒庄严：《从消费社会学看〈了不起的盖茨比〉中美国梦的破灭》，载《四川外语学院学报》2004年第2期，第56—60页。

㉓李习俭：《"美国梦"的幻灭——评菲兹杰拉德的〈了不起的盖茨比〉》，载《外国文学研究》1985年第04期，第123—128页。

㉔黄娜娜：《〈了不起的盖茨比〉中理想现实的冲突及美国梦的破灭》，载《鄂州大学学报》2018年第6期，第43—44页。

㉕彭亮：《盖茨比的理想主义与美国梦的幻灭》，载《重庆文理学院学报（社会科学版）》2012年第6期，第61—64页。

㉖张晓蕊、靳远川：《论盖茨比悲剧的必然性》，载《山西煤炭管理干部学院学报》2013年第3期，第89—91页。

㉗孔健：《盖茨比的悲剧原因研究》，河北师范大学2011年硕士学位论文，第vii页。

㉘周新平：《论盖茨比悲剧的必然性》，载《黄冈师范学院学报》2002年第5期，第11—14页。

㉙吴宏：《〈了不起的盖茨比〉中主人公的悲剧成因探析》，载《郑州铁路职业技术学院学报》2013年第2期，第29页。

㉚马丽娣：《〈伟大的盖茨比〉中盖茨比之悲剧结局探析》，载《电影评介》2013年第7期，第104—105页。

㉛黄廷：《〈了不起的盖茨比〉中美国梦幻灭的原因解析》，载《开封教育学院学报》2014年第10期，第13页。

㉜温赤新：《〈了不起的盖茨比〉之生态悲剧分析解读》，载《内蒙古农业大学学报（社会科学版）》2010年第4期，第377—379页。

㉝周隽：《浅析〈了不起的盖茨比〉主人公的悲剧性》，载《海外英语》2012年第14期，第241—242页。

㉞单炎：《再论〈了不起的盖茨比〉中美国梦的幻灭》，安徽大学2015年硕士学位论文，第22—45页。

露易丝·格丽克《诗歌1962—2012》中的土地共同体思想①

吕爱晶　张振莹

内容提要：《诗歌1962—2012》是2020年诺贝尔文学奖得主露易丝·格丽克（Louise Glück）目前涵盖诗歌最多、内容最丰富的一本诗集。包含了诗人诸多获奖诗歌。不仅描写了人、地、物等和谐共生的生态共同体景象，而且描写了土地、植物、动物等遭受人类活动的无情伤害，揭示诗人对生态危机的忧虑与思考。着墨于土地健康、人与土地等互联关系的书写，凸显了格丽克土地伦理思想的核心内容。呼吁人类尊敬和热爱土地，形塑生态良知，共建土地共同体。

关键词：露易丝·格丽克；《诗歌1962—2012》；土地共同体；土地金字塔

作者简介：吕爱晶，湖南科技大学外国语学院教授，文学博士，主要从事英美文学研究。张振莹，湖南科技大学外国语学院毕业生，研究方向：外国语言文学，英美文学。

Title: The Land Community in Louise Glück's *Poems 1962-2012*

Abstract: *Poems 1962-2012* is the most comprehensive collection of poems by Louise Glück, the 2020 Nobel Laureate in Literature, published in 2012. It includes many of the poet's award-winning poems. Not only does it depict harmonious coexistence among humanity, earth, and things, but it also portrays the land, plants, and animals suffering from the relentless harm of human activities, revealing the poet's concerns and reflections on the ecological crisis. The focus on the land health, the interconnected relationships between humanity and the land, highlights the core of Glück's land ethics. It calls for humanity to respect and love the land, to shape an ecological conscience, and to build a land t community together.

Key Words: Louise Glück; *Poems 1962-2012*; Land community; land pyramid

About Author: Lu Aijing, a professor at the School of Foreign Languages, Hunan University of Science and Technology, with a Doctorate in Literature, mainly engages in the study of English and American literature. **Zhang Zhenying**, a postgraduate of the School of Foreign Languages, Hunan University of Science and Technology, with a research focus on foreign language literature, specializing in English and American literature.

　　露易丝·格丽克（Louise Glück，1943—2023年），美国现当代文坛女诗人，2020年诺贝尔文学奖的获得者。她《诗歌1962—2012》（*Poems 1962-2012*）作品集不仅较全面地展现了格丽克从早期诗集《下降的形象》（*Descending Figure*）到中后期作品如《野鸢尾》（*The Wild Iris*）及《村居生活》（*A Viliage Life*）的创作历程，还深刻地蕴含了她独特的生态思想。格丽克对土地的细腻描绘，更是凸显了她别具一格的土地伦理思想。

　　随着人类对食物、空间等的需求增加，世界

土地资源面临着严峻危机。美国新环保活动的"先知""美国新环境理论的奠基人"和"生态伦理学之父"奥尔多·利奥波德（Aldo Leopold，1887—1948年）认为土地伦理是一种处理人与土地和动植物关系的伦理。"土地健康""土地金字塔""生态良知"等是利奥波德土地伦理思想的内核，批判了人类过度利用和随意破坏土地等行为。格丽克诗歌对土地的书写与利奥波德的土地伦理思想有诸多契合之处。格丽克以其诗歌中所描绘的人与土地、植物、动物等命运相连、和谐共生的土地伦理思想规劝人类：土地是一个有生命、会呼吸的实体，与全球生命紧密相连。须珍惜和合理利用每寸土地，构建人与土地之间的命运共同体。

一、土地健康的自我更新密码

土地是生态系统健康的核心，支持生物多样性和生态平衡。但科技与城市等的发展给土地带来压力，恢复土地健康成为紧迫问题。自然界具有自我更新的密码，土地健康依赖于土壤有机质的循环、微生物的活动、植物的生长死亡和水循环等自然过程，这些共同维护生态平衡。

格丽克的诗歌经常赞美土地的自我恢复能力，认为这是土地健康的重要指标。例如，在诗集《阿弗尔诺》（*Averno*）[②]，她提到阿弗尔诺——一个位于意大利那不勒斯西部的火山湖，也被称为地狱之门。诗集中包含两首名为《漂泊者珀耳塞福涅》的诗，但它们讲述的故事截然不同。第一篇，根植于古希腊神话的土壤，珀耳塞福涅在此非但非主角，反成德默忒尔与哈德斯间力量博弈之象征，一介被无形之手牵引的悲情道具。而在第二首诗人自拟的版本中，珀耳塞福涅被细腻地描绘成一个持续"生成"[③]的女孩/女人。诗歌中珀耳塞福涅的多面孔形象与贯穿整部诗集的大地意象相契合：冬天来临，万物萧索，"大地/不知道如何哀悼，相反，它会改变"[②p548]。诗歌中的土地意象随季节更迭而变幻。诗集之名，或许寓意着大地如同阿弗尔诺火山湖一般，历经死亡后重获新生，循环不息。[④]利奥波德认为："健康是土地自我更新的能力，而资源保护则是我们为理解和保护这种能力所做出的努力。"[⑤]格丽克在诗歌中细腻地勾勒了土地历经自然变迁、战火洗礼及火灾肆虐后的复苏景象，展现了土地强大的自我修复能力与持续的生产力。诗歌描述了大地在烈焰之后的重生，植物重新生长，充满生机。过去的火灾痕迹已消失，好像灾难未曾发生："这样一场灾难/在大地上不留下标记。/而人们喜欢这样——他们觉得这样能给他们/一个新的开始。"[②p543]诗歌描述了一位少女不慎引发田间火灾，导致土地上的生物瞬间消失。诗歌又写道："田地被雪覆盖，洁白无瑕。/这里发生过什么，

没有一点痕迹。"[②p544]大火虽摧毁一切，但随后的大雪覆盖了创伤。春天来临时，土地将恢复生机，田地也将迎来新生。诗人对田地的破坏感到遗憾。"我伫立很久，盯着虚无。/过了一会儿，我才觉察到天多么暗，多么冷。"[②p546]发话者对田地烧伤深感痛心和惋惜，同时坚信土地有强大的自我恢复能力。自然界的恢复力不同于人类，它能逐渐消除人类造成的伤害，并在时间流逝中自我疗愈。即使土地暂时沉寂和凋零，也可能预示着新生。这体现了健康土地自我更新和持续生长的特殊能力。但在诗歌《烧树叶》（"Burning leaves"）中，发话者提出了一个问题："燃烧树叶给人类带来的是死亡还是生命？"[②p582]这个开放式的结尾引发读者的反思：大火给土地带来的是新生还是死亡？《阿弗尔诺》虽然描绘了土地的自我更新能力，但《烧树叶》引导了读者思考土地资源的珍贵性和有限性。诗歌中的大火指代人类活动，而"贪婪"一字表明了对人类过度、不合理活动的担忧，而诗句"用穿靴子的脚把那大火踩灭"提示人类应该及时采取行动，避免大火造成的严重后果。诗歌表明土地有自我修复能力，但有限。人类应适度开发，避免浪费，确保土地可持续利用。人类必须维护土地原始状态，防止过度使用。人类利用土地一旦超出界限，应立即采取措施保持生态平衡和可持续发展，同时要平衡土地利用和收益，实现和谐共赢。

土地资源包括耕地、林地、草地和水域，是人类生存和发展的基础。植物作为土地资源的一部分，通过生长和繁殖维持种群和生态平衡。它们通过光合作用繁殖后代，是生态系统的关键部分，并具备自我更新能力。诗歌《收获》（"Harvest"）写道："似乎人们还相信/农民们会努力让一切回归正常：/藤子会重新结出豆荚"[②p597]，藤架之上的绿植会再度焕发新生。同样地，格丽克在另一首诗歌中也坚定地宣称，植物的生命是循环不息的："不管你们希望什么，/你们都将无法找到自己，在花园里，/在生长的植物中间。/你们的生命不像它们那样是循环的。"[②p258]诗歌揭示了人的生命短暂且脆弱，类似天边的飞鸟。格丽克的诗既赞美植物的再生能力，也批评人类因贪婪而忽视甚至破坏

边缘植物的行为。"动植物群落对于保持土地健康同样意义重大。"⑤p185利奥波德认为荒野中的植物至关重要，它们遵循自然周期，从春天生长到冬天凋谢。由于植物种类迅速减少，格丽克在诗中表达了对这些边缘化生物的关切。

格丽克曾在《证据与理论：诗学随笔》（Proofs and Theories）⑥中坦诚表示她对追求真实的美学观念的执着。格丽克的诗歌揭示了自然界细节的深层意义，并强调了生态平衡的重要性。她的作品不仅是对自然的颂歌，也是对人类与自然关系的深思。她主张人类应尊重并保护自然，特别是那些在边缘生存的生物，因为它们对土地的健康至关重要。她的诗歌描绘了一个和谐的世界，其中人类与自然和谐相处，共同维护土地和美丽的花园。格丽克在《野鸢尾》中精心构筑了一个蕴含宗教韵味的"花园"作为独特的对话空间，巧妙地虚构了多重身份，将花朵、园丁与上帝置于其中，展开了一场场深邃的对话。这样的安排不仅实现了抒情主体与诗人自身之间的间离效果，更引领读者进行了一场具有本体论深度的哲学思考。诗集的末尾，诗人借植物白百合之口，发出了"我不在乎/我活着还能回到多少个夏天"②p303的声音，因为"这一个夏天我们已经进入了永恒"②p303。格丽克赞美植物的再生能力，并呼吁关注边缘植物。她通过野鸢尾和延龄草等例子，强调这些植物的生命力和独特价值，认为它们对生态平衡至关重要。格丽克的诗歌强调人类应谦卑并尊重所有生命，无论大小。她鼓励人们欣赏日常生活中不显眼的美，以促进与自然的和谐共存。她认为这种和谐不仅对生态平衡至关重要，还反映了人类对美好事物的内在渴望。

动物对于土地资源至关重要，它们维持生态平衡，促进土地健康。例如，蚯蚓改善土壤结构，提升土壤的通气性和肥力，从而利于植物生长。动物还传播种子和花粉，助力植物繁殖和生态系统多样性。动物与植物间复杂的相互依存关系，共同维护了稳定且充满活力的生态系统。格丽克呼吁保护动物栖息地，并强调尊重它们的生存方式。她的诗作常描绘动物捕猎的场景，反映了自然界的残酷

与美。

在自然界中，捕食关系是生态系统的基础，维持生物多样性和推动动物进化。捕食者和被捕食者相互依赖，形成生存法则。动物的捕猎行为展示了生态平衡和自然界循环的复杂性，体现了每个生命体在维护生物多样性和地球生命繁荣中的作用。诗歌《捕猎者》（"Hunters"）②p587描绘了猫夜晚机警地捕捉老鼠。猫继承了祖先的机敏和狡猾，其身体结构经过了长期进化，能更有效地捕猎。与此同时，老鼠也进化出更精妙的逃生技巧。从进化的角度看，猫成为老鼠的天敌是自然选择的结果。达尔文最初提出的理念是"物竞天择"（即"struggle for existence"）；随后，在《物种起源》问世后不久，斯宾塞基于达尔文的理论，提出了"适者生存"⑦的概念。这一概念随后被达尔文采纳，并融入其著作的后续版本中，最终成为进化论的核心观念之一。达尔文主义者认为动物间为了生存而进行的斗争与捕猎是自然界中的常态，这一观点与利奥波德所倡导的自然更新理念不谋而合。格丽克在诗中描述了鹰的狩猎。老鹰是白天活动的大型肉食猛禽，捕食小型动物如老鼠、蛇、野兔和小鸟。大型鹰类甚至能捕食山羊、绵羊和小鹿。它们在空中盘旋后迅速俯冲捕捉猎物。老鹰的身体结构适应了高效的狩猎：锐利的视力，能使其在高空中锁定远处的猎物；高超的飞行技巧，能使其快速俯冲并执行复杂的空中动作；强而尖锐爪子和喙部，成为狩猎的有力武器。猫和鹰隼等动物为了生存不断优化自己的技能，而像老鼠这样的生物也在不断进化以应对生存挑战。动物的存亡是自然选择的结果，也是自然界更新的方式。尽管过程中有生命消逝，但总体保持平衡。人类干预可能破坏这种平衡，导致物种灭绝。因此，人类应尊重动物，避免过度干预。保护动物环境，确保它们健康繁衍，对维护土地更新能力至关重要。

格丽克的诗歌强调土地健康和自我更新密码的重要性。健康的土地对于自然平衡和人类福祉至关重要，因为它提供清洁的水源、肥沃的土壤、多样

的生物和清新的空气。保护和恢复土地健康是每个
人的责任，也是可持续发展的关键。诗歌呼吁人们
共同保护自然，珍惜土地的自我更新能力，为地球
的未来做出贡献。

二、土地金字塔：人、动植物和土地共生

　　格丽克的诗歌强调土地的自我更新，尤其突
出土地金字塔的概念。花园作为土地的象征，在她
的作品中占据重要地位。花园不仅是人类生活中的
自然美景，也是她诗中常见的意象，她的诗歌描绘
了人与动物在花团锦簇中漫步的温馨场景。花园在
她的作品中不仅是视觉享受，也是土地和情感的象
征。"人类的命运只能在亲自耕作而非天赐的花园
中展开，在那里，他与诞生自他手中的植物分享岁
时荣枯、光阴变迁、风霜雨雪。"[8]在格丽克笔下
描绘的花园景致中，人类与万千动植物共同依偎于
这片生机盎然的绿洲，彼此依存。人类自土地孕育
而生，最终亦将深情地融入大地的怀抱，完成生命
的轮回。利奥波德认为："在土地金字塔中，土壤
是最底层，其上是植物层，昆虫在植物层上，鸟儿
和啮齿动物在昆虫层之上，依此类推，各种动物群
体通过不同的方式排列直至金字塔顶层，顶层通常
由更大的肉食动物构成。"[5]p198土地是人与自然和
谐共存的基础。每个人内心深处都藏有一座绚烂的
花园，只需遇见适宜的土壤，这座花园便会自然而
然地绽放出勃勃生机。

　　花园是人类追求美好生活的象征，不仅是一
片空间，也是高尚和爱之所在。它作为自然界能量
的源泉，默默见证着生命的生长、消亡和循环。
在格丽克诗歌中花园描写比比皆是。如《晨祷》
（"Matins"）里天国的"复制品"正是一座人间
花园：

> 不可抵达的父啊，想当初
> 　我们被逐出天堂时，你制造了
> 　一个复制品，在一种意义上
> 　是与天堂不同的地方：为了给予教训而制造；
> 其他
> 　都相同——两面都美，美

没有不同——只除了
我们不知道那教训是什么。被独自留下，
我们让彼此精疲力竭。随后是
黑暗的年月；我们轮流
在花园里劳动。[2]p247

　　格丽克描述了辛勤的园丁，生活在自己耕耘的
花园中。诗中展现了亚当和夏娃离开伊甸园后，生
活在上帝创造的人间乐园。上帝创造这个花园不仅
是为了惩罚，还是因为亚当和夏娃的生命与这片土
地紧密相连。失去土地，意味着失去食物来源和生
存基础。格丽克强调了人类对自然环境的依赖，以
及生物链崩溃对所有生物生存的威胁。

　　植物在生态系统中扮演关键角色，它们扎根
土壤，提供能量，同时防止土地沙漠化。枯萎后，
它们的残骸成为土壤肥料，促进新的生长，形成循
环。格丽克的诗中描绘了多种植物，包括常见的和
罕见的，反映了她对自然的热爱和深刻理解。她不
仅细致描绘了植物，还揭示了它们的象征意义，使
它们成为情感和哲思的载体。特别是三叶草，作为
幸福的象征，在她的诗中频繁出现，并被赋予了
更丰富的幸福寓意。"什么被撒播在/我们中间，
你称之为/幸福的标志？/虽然它是一棵草，/就像我
们，是将要/被连根拔起的一物——"[2]p69诗歌认为
三叶草代表幸福，它对人类具有独特且深远的意
义。诗歌的第二节写人类"却收藏了它单独的一根
卷须"[2]p69，尽管三叶草不是人类的食物，人们在
除草时仍会保留它作为纪念，这表明每种植物对人
类都有其价值。格丽克认为，三叶草既不是食物链
的一部分，也不是主要的观赏植物。那么，三叶草
对人类的意义何在？诗人通过反问的方式，在诗歌
中提出了这一问题："难道它不应该被繁殖，造福
这可爱的花园？"三叶草虽非粮食作物，却能给花
园增添色彩，满足人们对幸福的追求。格丽克通过
诗歌强调了植物在生态系统中的关键作用，以及人
类和动物对植物的依赖。

　　动物对土壤改良有显著贡献，改善了土壤结
构和通透性。例如，蚯蚓通过其颌部搅拌土壤，改
善了其中空气和水分的流通。它们的排泄物还提高

了土壤的保水性和肥力。人类通过耕作和施肥提高土地肥沃度，动物则帮助植物繁殖和提供养分。因此，动物在土地金字塔生态系统中扮演着关键角色。在诗歌《蚯蚓》（"Earthworm"）中，格丽克深情地颂扬了土壤中的勤劳生物——蚯蚓。诗歌开篇即以鲜明的对比，勾勒出地表生物对地下世界的深深畏惧。这些鲜活的生命，视潜入土壤为死亡的预兆，因而对入土之途充满了难以言喻的恐慌与抗拒。[2]p576蚯蚓一生都在泥土中度过，其勤勉的挖掘和探索行为在诗歌中被生动描绘，为土壤带来松软和生机。诗歌又表明："死亡也不过是织一张地道或暗沟的网，就像海绵或蜂窝，这些都已成为我们的一部分，你尽可自由探索。"[2]p576诗人将死亡比作一张复杂的网，让大地得以休息。同时，蚯蚓以土地为生，其排泄物丰富了土壤肥力，改善了土壤的营养。诗歌继续写道："我们可以一断两截，/但你要残就残在内核，你的灵魂。"[2]p576蚯蚓即使身体断裂也能生存，展现了极强的生命力。格丽克在其诗作中赞扬了蚯蚓的勇敢和坚韧，并肯定了它们在保持土壤健康上的重要作用。格丽克在另一首诗歌中也表明，蚯蚓"做不了人并没什么可悲的，完全生活在泥土中也不会卑贱"[2]p609。蚯蚓在地下默默工作，维护土壤健康。它们松软土壤，助力植物生长和水分渗透，改善土壤结构，促进有机物的分解和营养的循环。蚯蚓的努力使荒地变成花园和农田，展现了生命与土地的深刻联系。人类、土地和生物是平等的共生关系，相互依存。土地滋养植物，植物供养动物，动物通过活动改善土壤，促进植物生长。这个共生体系中，每个环节都至关重要。

格丽克诗歌所蕴含的土地伦理思想，其核心聚焦于重塑人类在"土地—群体"共生体系中的角色定位，主张人类应从征服者转变为与自然平等共生的成员。这一深刻的转型倡导对所有生物和生态系统的尊重与保护，可促进人与自然和谐共存，共同繁荣，共建土地共同体。

注释【Notes】

①本文系湖南省哲学社会科学基金项目"当代美国诗歌人类共同价值书写研究"（项目编号：21YBA112）的阶段性成果。

②Louise Glück. *Poems 1962-2012*. New York: Farrar, Straus and Giroux, 2012, p.543-544. 以下只在文中注明页码，不再一一做注。

③Gilles Deleuze. *Pourparlers: 1972-1990*. Paris: Les Éditions de Minuit, 2003, p.235.

④林大江：《骑士隐入暗夜：格吕克的生成诗艺》，载《外国文学》2021年第3期，第63页。

⑤Aldo Leopold. *Sand County Almanac*. New York: Oxford University Press, 1968, p.208. 以下只在文中注明页码，不再一一做注。

⑥Louise Glück. *Proofs & Theories: Essays on Poetry*. New York: The Echo Press, 1994, p.135.

⑦Lawrence I. Berkove. Jack London and evolution: From Spencer to Huxley . In H. Bloom eds. *Jack London*. New York: Infobase, 2011, p.27-40.

⑧包慧怡：《格丽克诗歌中的多声部"花园"叙事》，载《外国文学研究》2021年第1期，第51—63页。

《黑暗的心》中的自然风景想象与表征

计郑澳

内容提要： 康拉德的小说《黑暗的心》主题丰富，但其中的自然风景意象是一个经常被忽略的元素。小说中的自然风景不仅是故事的背景，更是带有浓厚主观与社会色彩的符号。主人公马洛是一个"不可靠"的叙述者和观察者，其观看风景的过程极大程度上受到其主观心理和视角的影响，使得小说中的风景描绘成为一种人为的建构，映射出马洛的"暗恐"心理。此外，在马洛的风景想象中，殖民地的风景在暗恐心理的扭曲下，被有意识的人格化，这削弱了殖民话语中的二元对立，并反映出康拉德的反殖民主义倾向。

关键词：《黑暗的心》；暗恐；风景；殖民主义

作者简介： 计郑澳，杭州师范大学外国语学院英语语言文学专业研究生，主要研究方向为英美文学。

Title: Landscape Imagination and Representation in *Heart of Darkness*

Abstract: Conrad's novel *Heart of Darkness* abound with different themes, however, the portrayal of natural landscape is an often-overlooked element. The natural landscape in the novel serves not merely as a backdrop but also functions as a potent symbol imbued with subjective and social significance. The protagonist, Marlow, embodies the role of an "unreliable" narrator and observer, with his perceptions heavily shaped by his subjective psychology and perspective. This subjectivity renders the depiction of the landscape an artificial construction that mirrors Marlow's "uncanny." Furthermore, Marlow's imaginative colonial landscape reveals a conscious personification, distorted by uncanny, which diminishes the duality of colonial discourse and underscores Conrad's anti-colonial sentiments.

Key Words: *Heart of Darkness*; uncanny; landscape; colonialism

About Author: Ji Zheng'ao, postgraduate student of English Literature, School of International Studies, Hangzhou Normal University, mainly specializes in English and American Literature.

　　《黑暗的心》是英国现代作家康拉德的代表作之一，小说含混的主题表达和复杂的叙事手段，一直受到国内外学者的广泛关注和讨论，伊恩·瓦特就指出《黑暗的心》比以往任何小说都更彻底地代表着不确定性和怀疑的态度①，哈罗德·布鲁姆也认为小说的主要叙述者马洛"时常似乎不知道自己在说什么，这几乎可以肯定是这种叙事的刻意为之"②。无论是在主题思想、叙事技巧还是意象运用上，小说展现出的模糊和含混为小说的解读提供了广阔的空间。

　　《黑暗的心》中，马洛逐渐深入非洲腹地的过程常被认为具有丰富的象征意义，但沿途的风景同样充满了神秘感，给予读者一种模糊不清的形式。在这些看似可以被忽略的风景背后，隐藏着价值观念和社会话语的交织与斗争，这使得《黑暗的心》中的风景具有丰富的解读空间。许多国内外研究者开始将研究焦点转向小说文本中的特定意象和一些并不突出的元素。以风景批评理论为视角，关注文本中的"风景"意象，就是这种研究转向的一个具体实例。在一些先行研究中，已经有学者关注到了"风景"这一概念背后的哲学观念，或者从地形学（topography）与现实的关系角度对小说进行了解读。

本文旨在探讨《黑暗的心》中风景意象的象征意义，以及这些意象作为一种叙事话语如何深层次呈现小说的主题。风景批评理论提供了一种新的视角，使研究者从风景的描写中解读出小说的深层意义。本文认为，小说中存在大量马洛主观上构建的风景想象，其中折射出马洛的暗恐心理；而对风景的"重现"背后又隐藏着价值观念和社会话语的交织与斗争，展示了康拉德坚定的反殖民主义立场。

一、风景书写复现"暗恐"

"暗恐"（uncanny）是弗洛伊德心理学中的一个重要概念，弗洛伊德认为它"一方面指涉熟悉的和惬意的事物，另一方面指涉隐蔽的和看不见的东西"③。这一理论常被用于解释文学作品中人物的心理症候。主要叙述者马洛曾多次提及"不安"（ominous）一词，在前往非洲前，马洛似乎就有一种先验的预感："我开始觉得有些不安……而且，周围有一种不祥的氛围……"④许多先行研究关注马洛情感的成因，这是一种由"暗恐"驱动的不安感。风景常被认为是客观实在，但西蒙·沙玛曾指出："虽然风景吸引我们的感官，但我们首先应该注意到，它是意识的产物。"⑤这一论断对近些年来基于风景理论的批评实践产生了深远的影响，文本中的风景书写更多受到来自主观建构的影响，这种现象也得到了其他学者的认同，普拉特在《帝国之眼》一书中，指出19世纪欧洲人写作的非洲游记中的风景描写"将当地居民与其所居之地分割开来"⑥，风景往往会在观察者眼中被重新建构。

在《黑暗的心》中，读者基本完全通过马洛的叙述得以窥见故事，这种结构就容易构成了叙事上的"不可靠叙事"，正如马洛所说："像是在试着讲一个梦……对梦的讲述无法传达梦里的感觉。"④p30"风景"这一本该是客观意象的存在，在小说中不可避免地蒙上了主观的色彩，从小说的最开始，就暗示了小说中的风景意象是从主观视角描述并重新建构的非洲风景，只不过这种风景的成因被刻意隐藏，需要通过"解码"得到解答。

尽管叙事者不等同于作者，但作者本人的经历有时会不可避免地折射在小说中的人物，尤其是主要叙事者的身上。康拉德在《私人札记》中，如此描述自己的童年经历："我差不多九岁的时候，看着当时的非洲地图，手指着上面的空白，我对自己说：'长大后，我要去那里'"，"是的，我的确去了'那里'……在1868年，该处还是世界地图上空白区域中最空白的地方。"⑦康拉德生活的时代，以非洲为背景的书籍大量出版并流行于整个欧洲，其中又以斯坦利所著的《最黑暗的非洲》一书最为著名，正如诺尔曼·谢里指出的："康拉德在刚果河逆流而上的时候，要做到意识中没有斯坦利是很难的。"⑧

略显矛盾的是，马洛眼中的刚果丛林，与康拉德眼中的相去甚远。首先，马洛先入为主地将刚果称作"不再是神秘且令人愉悦的空白——让一个男孩梦想辉煌的白白的一块，变成了黑暗之地"④p7，整个旅程"像一场疲倦的漫游，穿行在梦魇般的暗示里"④p14。尤其值得注意的是，马洛眼中的风景与康拉德的叙述甚至出现了明显的相悖之处，在康拉德本人的游记中，如此记录到："月亮为一切洒落了一层薄薄的银色：它洒在杂草上，河泥上和扭结在一起的植被所形成的高墙上——这墙耸立着，它高过了庙宇的围墙。"⑦p34在康拉德的叙述中，视野开阔、树木"稀疏"。有学者就曾指出，马洛的叙述中将船比作甲虫，又使用主语的重叠，暗示了马洛"用甲虫的视角观看风景""从风景内部感知风景"⑨，这是一种视角转换和"幽闭空间"的隐喻，暗指马洛在主观上无法理解或者拒斥理解非洲的自然风景。此外，马洛自进入刚果盆地后，将其称作"黑暗的心"，马洛和康拉德所处的时代背景带来的先验印象不可避免地渗透到他们的意识中，形成了一种熟悉感和"非家"感，而这种混合揭示了风景的成因："非家的和家的并存、不熟悉的和熟悉的并存。"⑩即弗洛伊德提出的"暗恐"（uncanny）理论。

在小说中，具体表现为，当马洛对非洲的想象与现实的非洲景象重合之时，便产生了"暗恐"，这种情绪在"想象与现实的界限模糊时出现"⑪。马洛流露出的"恐惧"与"不安"的情绪源于暗恐心理，并随着旅程的深入进一步加剧、扩散。沿着刚果河逆流而上时，马洛产生了时空上的错乱感，将时间与风景所在的空间混淆了起来："沿着那条河逆流而上，回到了世界最初的时代。"④p38当马洛最终临近库尔茨的所在地时，这种无序和混淆达到了顶点：马洛曾希望与库尔茨进行交谈从而获得某种启示，但这种希望落空了，作者巧妙地将这一场景设置在了森林的深处，借用森林这一风景的"中心"和"边缘"做哲学上"中心"和"边缘"的隐喻，矛盾的是，库尔茨在醒来后却疯狂地奔向与"中心"相对的"边缘"："我相信，就是这个，驱使着他来到森林的边缘。"④p77当库尔茨喊出那句"恐怖"后，马洛认为"他跨越了边缘，而我得以被允许，在边缘收回我迟疑的脚步"④p83。由此，中心和边缘的含义和象征便发生了模糊甚至颠倒，小说陷入了一种悖论：走向边缘就是在中心处发现自己，接近中心则像是站在边缘。连自己处在中心还是边缘都无法理解，自然风景的地理特征极大地放大了马洛的"暗恐"情绪。

在《黑暗的心》中，风景的描绘在马洛的自我叙述和自我发现的过程中，被赋予了主观想象，一定程度上成为马洛情感的投射对象。在马洛强烈的"暗恐"情绪的影响下，主观塑造了一幅阴郁恐怖的非洲荒野。而这些风景的再现，又反过来塑造了马洛本人的精神症候及其成因。非洲的自然风景作为马洛叙述中的一种重要媒介，极大程度上折射甚至放大了马洛的"暗恐"。

二、风景与殖民主义话语

前一部分中已经讨论了自然风景如何在小说中作为一种叙事话语，建构自马洛的主观臆想，又反作用于马洛的心理。这一部分将主要关注自然风景与殖民主义文化话语之间的联系。风景不仅在一定程度上表现殖民话语，米歇尔指出"风景不仅仅表示或者象征……它是文化权力的工具，也甚至是权力的手段"⑫，在殖民地风景的书写中，往往是一种"将当地人的风景（landscape）退化成土地（land），再通过殖民主义视角重新进行观赏和定义，形成殖民者风景（landscape）的过程"⑬。

"中心"与"边缘"的空间意义在前一部分做

了初步的讨论。在19世纪西方社会的语境下，"中心"和"边缘"可以进一步延伸，这一观念可以追溯到新柏拉图主义的重要人物普罗提诺。在这一观念的主张中，"仅由于与中心的距离，便有了恶的可能性。救赎与此相反：灵魂流回中心，在'一'中接近绝对统一"⑭。这一观念的普遍接受，对19世纪到20世纪初"欧洲中心论"的盛行提供了丰厚的思想土壤，越靠近所谓的"中心"越有可能获得真理和救赎。

"中心"与"边缘"的空间观念讨论蕴含的是一种二元对立的思维方式，常用于区分欧洲和非欧洲，文明和野蛮，光明和黑暗等对立的范畴。"中心"代表了欧洲的优越性和权威性，而"边缘"则代表了非欧洲的落后性和边缘性。文明与野蛮、光明与黑暗、西方与东方、白色人种与非白色人种之间的对立，构成了欧洲中心主义的基本内容。19世纪的欧洲对非洲的殖民活动大多打着"传播文明/光明"的旗号进行，比利时国王如此宣扬自己的殖民活动："在我们这个星球上，还有唯一一个有待于穿透的地区——我们要去刺穿包裹着整个人口的黑暗，让它向文明开放。这是一场运动，配得上这个进步的世纪。"⑮但在《黑暗的心》这部殖民主题的小说中，这种对立关系在一定程度上反而被消解了。

前文中已经提及，小说中的自然风景很大程度上取决于马洛的主观想象。在前往腹地贸易站的旅途中，一路上本应留下"文明"的痕迹，但映入马洛眼帘的，却是大量被奴役的非洲原住民，这令马洛对于殖民行为的正当性产生了怀疑，这种怀疑使马洛主观意义上的自然风景被扭曲，走入树荫"就像是进了一层阴郁的地狱"④p17，殖民主义为殖民地带来的不是所谓的"文明"，而是野蛮和奴役。殖民者们没有将文明和光明带给非洲的原住民和自然风景，反而将更深的"黑暗"暴露出来。这些叙述与小说开头中马洛对于"文明"与"野蛮"暧昧的态度产生了呼应，"中心"与"边缘"的概念愈发模糊，小说中风景呈现的方式不仅揭示了殖民主义的虚伪和暴力，也暗示了欧洲文明和道德的危机和衰落。

风景的运作通过与其中居住的当地人的相互作用得以体现。小说中的一处描述值得探讨："赤裸的人们——手执长矛、弓箭、盾牌，目光狂野，动作粗蛮，被黑脸的、忧郁的森林倾吐到了空地上。"④p68这一处叙述中的语态使用了被动语态（"were poured"），如此一来，森林和自然就成为主语，而非原住民。在这一语法结构中，风景被描述为能动的主体，有意识地对殖民者进行反抗甚至是"凝视"。白人的凝视作为维系殖民统治的必要，被视为是理所应当的，然而在此处，当凝视的主体成为被凝视的客体时，权力关系的颠倒令马洛产生"不安"的感觉："我经常感觉到它神秘的寂静在注视着我。"④p43风景以"不祥"的面目示人，面对以马洛为首的入侵者们展示獠牙，事实上是一种殖民地风景能动性和反抗性的展示。马洛对于"野蛮""黑暗"的恐惧以自然风景的形式展示了出来。

在殖民主义话语中，有选择地表现殖民地空间，将自然的蛮荒与非洲人民及其明显的野蛮性联系在一起，是一种常见的施为方式。尽管怀有对殖民主义话语的怀疑，但马洛作为欧洲白人，叙述中也时常不自觉将非洲原住民这一"他者"形象与风景联系起来："在纠缠不清的幽暗的深处，我辨认出——灌木丛里挤满了行动中的人"④p51，二者视觉上的结合象征一种本质上的联系。但这种固有的联系最终被证实是谬误的，因为库尔茨随后同样被吸引"荒野巨大而无声的魔咒……就是这个，诱使他不法的灵魂，越过了被允许的志向的边界。"④p77。如果认为自然世界的风景使非洲人变得"野蛮"，那么它同样威胁着欧洲人的文明本质。在康拉德的风景观中，通过风景的描绘，"中心与边缘""文明与野蛮"、"光明与黑暗"的对立话语得到了消解甚至颠倒，这种书写揭示了殖民主义的野蛮、为殖民地辩驳。

三、结语

小说中马洛的自然风景想象构成了作品的一个重要组成部分。一方面，康拉德通过风景的描绘和"暗恐"心理的运用，在塑造阅读体验、传达作品

的寓意方面发挥了重要的作用；另一方面，康拉德通过有意识的风景描绘，批判和颠覆了殖民主义赖以存在的欧洲中心论和相关的哲学思想。他将风景描绘为一个有意识的主体，这个主体不仅对殖民者进行反抗，而且对殖民主义话语进行了挑战。这种描绘方式使读者重新审视欧洲中心论，从而达到对殖民主义话语的批判。

注释【Notes】

①Ian Watt. *Conrad in the Nineteenth Century*. London: Chatto & Windus, 1980, p.174.

②Harold Bloom. *Joseph Conrad's Heart of Darkness*. London: Chelsea House Publisher, 2008, p.3.

③Sigmund Freud. *The "Uncanny" in Art and Literature*. Harmondsworth: Penguin, 1990, p.63.

④[英]约瑟夫·康拉德：《黑暗的心》，安宁译，译林出版社2022年版，第14页。以下只在文中注明页码，不再一一做注。

⑤Simon Schama. *Landscape and Memory*. New York: Alfred A. Knopf, 1995, pp.6-7.

⑥Mary Pratt. *Imperial Eyes: Travel Writing and Transculturation*. London: Routledge, 2007, p.126.

⑦Joseph Conrad. *A Personal Record*. London: J. M. Dent, 1923, p.13.以下只在文中注明页码，不再一一做注。

⑧Norman Sherry. *Conrad's Western World*. Cambridge: Cambridge UP, 1971, p.14.

⑨乔修峰：《〈黑暗的心〉中的幽闭空间与风景的"再发现"》，载《外国文学研究》2024年第1期，第107—108页。

⑩童明：《暗恐/非家幻觉》，载《外国文学》2011年第4期，第112页。

⑪Julia Kristeva. *Strangers to Ourselves*. Trans. Leon S. Roudiez. New York: Columbia UP, 1991, p.118.

⑫William J.T. Mitchell. *Landscape and Power*. Chicago: University of Chicago Press, 2002, p.2.

⑬韩秀：《后殖民时期的加勒比海地区——论莫里森〈柏油娃娃〉中的风景政治》，载《外语与外语教学》2021年第3期，第140页。

⑭Anne McClintock. "'Unspeakable Secrets': The Ideology of Landscape in Conrad's *Heart of Darkness*". *The Journal of the Midwest Modern Language Association*, 1984(1), p.39.

⑮Jocelyn Baine. *Joseph Conrad: A Critical Biography*. London: Weidenfeld & Nicolson Publisher, 1960, p.136.

志贺直哉《学徒的神仙》中人物形象对称美学分析

任晓艾

内容提要：志贺直哉是日本白桦派的代表人物，其文学特色注重调和。《学徒的神仙》全篇充满人道主义思想，也是他被誉为"小说之神"的重要因素之一。小说通过不断变化的叙述视角、巧妙的结构设定揭露了当时社会阶级差距导致的不平等问题。本文从小说中的背景及细节设定出发，结合文本对人物形象以及作者运用的对称艺术手法进行分析。

关键词：志贺直哉；《学徒的神仙》；人道主义；对称美学

作者简介：任晓艾，上海大学外国语学院日语语言文学专业硕士，研究方向：日本文学。

Title: Analysis of the Symmetrical Aesthetics in Character Representation Within Naoya Shiga's *The Shopboy's God*

Abstract: Naoya Shiga is a prominent figure of White Birch School, characterized by its emphasis on harmony. *The Shopboy's God* is imbued with humanitarian insights, and significantly contributes to his reputation as "the God of fiction". The novel elucidates the inequalities stemming from social class disparities during that era through a dynamic narrative perspective, astute structural design. This paper analyzes the novel by examining its background, detailed settings, character portrayals, and the author's use of symmetry as an artistic technique.

Key Words: Naoya Shiga; *The Shopboy's God*; humanitarianism; symmetrical aesthetics

About Author: Ren Xiao'ai, a postgraduate student in Japanese Language and Literature at School of Foreign Languages Shanghai University, main research: Japanese Literature.

　　白桦派是日本现代文学中的重要流派之一，讴歌理想主义，赞扬个人主义，主张人道主义。主要由贵族和资产阶级出身的作家组成，强调真善美的三位调和，并以此为文学创作基点。白桦派思想的根底，横亘着的是积极的个人主义和向上的自由主义。[1]

　　志贺直哉作为白桦派的领军人物，在日本近代文学史上占据重要的地位。他在作品中对命运悲惨者、受侮辱的社会弱者，给予强烈而真挚的同情；对玷污人性和摧残人的正当权利的社会浊流，他或者无情地批判，或者表示深深的厌恶。[2]

　　因其人生阅历和时代思潮等原因，志贺直哉主张的人道主义内涵丰富，强调个人本位的同时兼具仁爱精神。发表《和解》后，他强烈的自我意识开始淡化，将目光放到当时的社会现状上，创作主题转变为以调和精神为宗旨。[3]《学徒的神仙》便是这一时期的代表作。

　　高田瑞穗曾这样评价志贺："志贺之所以被誉为'小说之神'，《学徒的神仙》构成其原因之一。那圆满的结构形态似凝固的古代美术品。志贺的心灵是跃动着的同时又是平静的。"[2]p88本多秋五认为，A和学徒之间虽有同甘但并没有共苦，因此两人终究是不同世界的人，并将A产生寂寞的原因归咎于此。[4]高田瑞穗则指出，寿司店里A的踌躇是因为他在意不同阶层的人的目光，这种寂寞感是一个人的同理心被阶级意识所疏远的结果。[5]关于小说的构成方式，宫越勉指出《学徒的神仙》所描绘的世界具有"线对称性"的结构。[6]

一、志贺直哉与《学徒的神仙》

《学徒的神仙》创作于大正八年（1919年），主要讲述的是贫困学徒仙吉的故事。仙吉在秤铺工作，生活拮据，渴望能有一次饱餐寿司的机会。终于他辛苦攒下了四分钱，准备买一个寿司解馋。然而，当他鼓起勇气走进寿司店时，发现钱不够，因此不仅没有买到寿司，还被摊主当众羞辱。偶然目睹这一切的贵族院议员A出于同情想请仙吉吃一顿寿司，却因缺乏勇气未能实施这一善举。某天，A终于如愿请学徒饱餐寿司，却不希望他知道是自己所为。事后，A被寂寞感和罪恶感所困扰，得到帮助的仙吉却将A当作神仙。

在小说的结尾，作者原本计划再写学徒找到A给的虚假地址，却发现那竟是一座小小的稻荷神庙。但他又觉得这样对学徒来说太过残酷，因此搁笔。这反映了志贺直哉对社会现状的深刻反思和希望。小说的结构和叙事方式精巧地描绘了不同社会阶层人物之间的互动，展现了底层人民的困境和人性中的善意与矛盾。

关于小说的创作背景，志贺直哉在其文艺创作随想录《创作余谈》中表明："学徒钻进寿司店，拿了一个寿司，在被告知价格后又将它放下，走了出去。我当场真正看到的仅仅只有这些。"②p89他以这次见闻为题材，创作出一篇流露出浓厚的人道主义思想的短篇小说。作者将人物性格刻画得淋漓尽致，多次出现的照应、双关等修辞手法也使小说的韵味更加浓厚。

小说通过仙吉与A的互动，揭示了底层无产阶级与上层阶级之间的巨大鸿沟。仙吉对A的善举感到感激，但由于阶级差异，他更愿意将这次关怀视为神仙的施舍，而非人类的善意。A的犹豫和内心挣扎则反映了上层阶级在面对社会底层时的复杂心理。

二、主人公的形象

（一）学徒的形象

文章开篇提到掌柜"坐在帐台边懒洋洋地抽着烟卷"⑦，而学徒仙吉则是正襟危坐在掌柜们身后，保持适当的距离，两只手规规矩矩放在围裙下面。从这段人物空间位置分布的侧面描写可以看出仙吉的社会地位十分低下。对于底层无产阶级人民而言，吃寿司与掌柜的地位密切相关，因此与前文A进入寿司摊时的犹豫相反，学徒是"挤到他面前的空位里"⑦p50，"猛地伸出手来"，但是由于身上只有四分钱，吃寿司的计划最终以失败告终，于是他缩回手的时候"不像刚才伸出来时那么神气，不知怎的忽然有点儿迟疑"⑦p150。在山下航正看来，学徒想要吃寿司这种行为是一种身份上的越境，因为买不起寿司，学徒的地位越境最终失败。⑧仙吉意识到阶级之间有着不可跨越的鸿沟，最终鼓起勇气抬起门帘走了出去。

仙吉被请吃寿司后，认为自己受到的款待与前几天在寿司摊上的尴尬境遇有关，觉得A是稻荷神的化身。在仙吉的印象里，稻荷神曾附身到伯母身上，让伯母浑身发抖，口吐预言。而A的装扮在他看来比较时髦，有点不像神仙。但对于他来说这次经历无论如何都是一次不平凡的遭遇。

由此可见，处于社会底层的仙吉在艰苦的日常生活中，从未受到过来自于社会上层阶级所施与的关怀，巨大的阶层差距让仙吉宁愿相信这是神仙所为，而非出自人类的善意。仙吉作为底层的无产阶级，希望未来能够到达掌柜的地位，但现实生活的阶级差距让他意识到这是不可能的。学徒与议员A的心境变化的强烈对比不仅凸显了阶层之间的巨大鸿沟，也深刻揭示了底层人民对于未来的渴望和无奈。

（二）议员A的形象

明治政府于1884年颁布《华族令》，建立贵族制度，将华族分为公爵、侯爵、伯爵、子爵、男爵五个阶层。1889年颁布《明治宪法》与《贵族院令》，赋予贵族担任贵族院议员的义务。贵族院议员基本上是由皇族、华族和勒选议院构成，是日本战前特权阶级的代表，因而年轻的贵族院议员A可以说是上层社会的杰出代表。

当时"江户趣味"在日本上流社会风靡一时，手捏寿司的吃法就是在江户时期诞生的。对于接受西式教育的上流知识分子来说，手捏寿司这种平民小吃自然成为他们好奇的对象。在永濑牙之辅《寿司通》的序文中曾如此描写吃寿司的场景："摊主捏好寿司后一放，客人就捏了捏，'砰'的一下扔进嘴里。'砰'的一声放下，又'砰'的一声放到嘴里，这种干劲对客人来说是很重要的。摊主的脾气和客人的脾气必须一脉相承。"[9]可见在江户时代站着吃手捏寿司是寿司的传统吃法，因此议员A特意去了京桥寿司店亲身体验下町文化。

A在体验下町文化时，看到已经有三位食客在站着吃寿司，就"稍微踌躇了一下，就把脑袋钻进布帘里去，为着不想挤进站着的人列中去，他就站在布帘低下后一点的地方"[7]p150他没有选择挤进人群，而是选择与不同阶层的人保持一定距离，这正是A潜意识中对于自己身份的一种矜持，也为下文A的内心纠葛埋下了伏笔。

在与B谈论学徒的时候，A想请学徒饱餐一顿的想法得到了B的赞成，虽然A说学徒吃到寿司自然高兴，但自己却直冒冷汗。冒冷汗含蓄地表明了在A的心中，两人之间的阶级差距已经固化，A虽然具有一定的人道主义意识，却还是缺乏跨越阶级差距的勇气。后文A遮遮掩掩不想让学徒知道是自己做的善事，正是因为当时的世间认为，上层人士对于下层人民施与的善良是一种伪善。

A请完客后"心里恰如被人赶着似的"逃离了寿司店，他感到了异样的寂寞。他认为是因为把这一件小事当作善事才受到了本心的批评和嘲弄。然而A的寂寞没有持续很久，在听完音乐会后，这种寂寞感便逐渐散去了。鹤谷宪三认为短篇缺乏对他者痛苦的共鸣和对自己所属阶层的无意识依赖。[10]作为上层特权阶级，A是很难跨越阶级差异，平等地对待下层阶级的。他所代表的有觉悟的上层阶级深受西方思想影响，但却又难以真正实践人道主义。志贺直哉同A一样，无法真正实施人道主义。

A是一位富有同情心的上层资产阶级，他出身优越，但在看到学徒因贫穷而无法如愿时愿意请他吃饭，并没有因其身份而看不起他。遗憾的是A最终并未跨越阶级，走进社会底层阶级之中，这恰恰体现出阶级之间的巨大差别，是一道不可逾越的鸿沟。

三、配角形象的对比

（一）学徒与身边人的对比

文中写到肥胖的摊主一边捏着寿司，一边盯着学徒，摊主的体态与其冷漠、讽刺的言行相结合，使得其负面形象更加鲜明。他对学徒这种底层人物带有强烈的蔑视和不信任感。摊主肥胖的形象与贫弱的学徒形成强烈对比，凸显了社会阶层之间的巨大差距。学徒因贫穷而无法享受一顿简单的寿司，而摊主不仅能随意吃寿司，还能对学徒冷嘲热讽。当学徒犹豫地拿起寿司时，摊主立即用价格吓退他，并抱怨学徒的行为，再次揭示出摊主的刻薄。这种对比不仅加深了读者对学徒的同情，也强化了对摊主态度的批判，揭示了志贺对中产阶级冷漠、自私态度的不满和批判。

介绍老板娘时作者采用了双关与暗示的修辞手法。文中的"kamisan"不仅指老板娘，还暗指神仙，为后文学徒认为请他吃寿司是神仙所为埋下伏笔。志贺写到学徒如饿狗上灶，不一会儿就将寿司吃了个精光。而老板娘为了让仙吉安心吃，特意关上门走了出去，学徒吃饱后还多次邀请他以后来做客，可以看出老板娘是资产阶级中难得的有同情心的人物。

（二）议员A与身边人的对比

和A处于相同地位的人物是贵族院议员B，但A与B对待学徒的态度却有明显不同。当A为学徒的经历感到难过的时候，B轻描淡写地提议道："那你就请他得啦，让他吃个痛快，他一定很高兴呢。"[7]p151虽然听起来这是一个善举，但B忽视了学徒的自尊心，武断地认为只要学徒能吃上寿司就一定会开心。这种虚伪的善意体现出了贵族阶层无意识的优越感和对底层人民的漠视。相较之下A的内心多了一层人道主义的同情和复杂的情感冲突，B则是纯粹的贵族阶层的代表人物。因此A在请学徒吃饭后，并没有与B分享他的寂寞感。

A妻子的身份地位与B类似，也拥有上层特权背景。A的妻子听闻其产生寂寞感的缘由后，安慰A自己也可以体会他的感受，然而出身上层资产阶级的妻子也理所当然地认为被请吃饭会高兴。妻子固然善良，却无法意识到善意背后隐藏的是阶级优越感和对底层人民自尊的无视。无意识的优越感正是上层阶级难以真正跨越阶级差距，实践人道主义的主要障碍。

四、主人公的对称结构

从出身上看，主人公学徒与A的阶层一低一高。学徒是来自封建制度下的底层人民，A则是来自贵族院的尊贵的议员。一方面，严格的等级地位划分表明仙吉工作的秤铺是一家充满传统色彩的店铺；另一方面，出租车、电话、音乐会这些在当时极为先进的事物对于A来说已经司空见惯。这些都暗示了先进与落后的对称关系。小说正是通过这些对比将当时社会巨大的阶级差距真实地表现了出来。

从空间结构上来看两位主人公是一南一北相对而来的。第三章中学徒与A第一次相遇。学徒从神田区到京桥区需要乘坐电车向南到东京市内，议员则是从银座一路向北到京桥区，直至两人相遇。无论是对于学徒还是议员A来说，京桥的寿司摊都不是他们日常生活中应该存在的事物。

据坂井健考证，小说开头掌柜们提到的寿司店名叫"吉野鮨本店"⑪，为日本有名的寿司老店，坐落于日本桥区，距离京桥区非常近。而学徒去的S秤铺，要在锻冶桥站下车，与吉野鮨本店所在的日本桥二丁目反方向。因此学徒是回神田区时专门绕路到寿司店的，可见仙吉对于寿司的执着。

对于A来说，去寿司摊是一种身份向下转变的行为，而对学徒来说，则是一种身份向上转变的行为。在第四章中A与B的交谈暗示A已经暂时回到上流阶级的世界。接着第五、六章中学徒与A再次相遇，在A的精心设计下他请学徒吃了寿司。他们此时处于同一水平线上，身份没有向上也没有向下运动。之后A逃跑一般地逃离两人的重合点，开始回到他自己的世界里，越来越远离仙吉的世界。A行

善事后以消极的态度对待此事，讽刺自己心眼小，对他来说寿司店已变成悔恨之地。与A选择遗忘相反，学徒从此铭记给予他恩惠的神仙，将寿司店当成圣域，并采取积极的态度面对人生。

五、结语

本篇小说切实地展现出日本战前社会的真实面貌，揭露了大正时期日本社会阶级的固化与差异。志贺直哉意识到了社会中的阶级差距，也意识到了自身的阶级局限性。当时的日本虽然在明治维新后吸收了大量的西方思想，但是并没有真正实现民主自由，依旧是封建的社会。作为特权阶级的上层知识分子在接受西方教育后却发现自己仍然无力改变社会现状，因此寂寞感也是那个时代下必然的产物。

注释【Notes】

①刘立善：《日本白桦派与中国作家》，辽宁大学出版社1995年版。

②刘立善：《论志贺哉〈学徒的神仙〉》，载《东北亚论坛》1997年第4期，第91页。以下只在文中注明页码，不再一一做注。

③刘立善：《论志贺直哉〈学徒的神仙〉与人道之爱的艺术性》，载《贵州师范大学学报（社会科学版）》2001年第4期，第96页。

④本多秋五：『「白桦」派の作家と作品』，未来社1968年版，第175页。

⑤高田瑞穂：『志贺直哉』，成城国文学会1948年版。

⑥宫越勉：『「小僧の神様」を精読する』，载『文芸研究』2010年第112号，第39—59页。

⑦[日]志贺直哉：《志贺直哉小说集》，适夷译，作家出版社1956版，第148页。以下只在文中注明页码，不再一一做注。

⑧山下航正：『志贺直哉「小僧の神様」论：文学作品の語りと教材化をめぐって』，载『国語教育研究』2008年第49号，第21页。

⑨永瀬牙之辅：『すし通』，四六书院1930年版。

⑩鶴谷憲三：『「小僧の神様」小論』，载『国文学：解释と鑑賞』至文堂1987年第1期，第95—98页。

⑪坂井健〉『小僧はどんな鮨を喰ったか：「小僧の神様」をめぐって』，载『京都語文』2010年第17号，第136页。

论《闺孝烈传》中的底层文人意识

赵　磊

内容提要： 清代张绍贤《北魏奇史闺孝烈传》（一名《闺孝烈传》）是最早的一部关于木兰故事的小说，然此书较之北朝乐府《木兰诗》有较大的差异，充溢着明清才子佳人小说之趣。本文从人物塑造、情节设置、结尾安排等角度去探究作者寄寓其中的意图，而这背后蕴含的底层文人意识，则是个体世俗情怀对时代反思下的一次凸显。

关键词： 《闺孝烈传》；木兰；文人意识

作者简介： 赵磊，淮北理工学院助教，研究方向为中国古代文学。

Title: On the Consciousness of Lower Literati in the *Women's Biography*

Abstract: *Women's Biography of the Northern Wei Dynasty* by Zhang Shaoxian in Qing Dynasty, is the earliest novel about Mulan, but this book is quite different from Mulan Poem of the Northern Dynasty, which is full of the interests of the novels of talented and beautiful women in Ming and Qing Dynasties. This paper explores the intention of the author from the Angle of character shaping, plot setting, ending arrangement, etc. The lower literati consciousness behind this is a prominent reflection of the individual secular feelings on The Times.

Key Words: *Women's Biography*; Mulan; literati consciousness

About Author: Zhao Lei, Huaibei Institute of Technology, assistant, majors in ancient chinese literature.

北朝乐府《木兰诗》中骁勇善战、智勇双全的巾帼英雄花木兰，一出场便给后世文学创作、影视搬演提供了大量的素材，它们以花木兰为原型进行生发，呈现出多类同中有异的花木兰形象。而对木兰故事的研究也一直是学界探讨的热点，主要集中在《木兰诗》的年代本事考证、主题研究、《雌木兰》杂剧研究等方面。①这些研究成果已经较为丰富，但在历代流传的木兰传记作品中，清代的木兰故事文献十分丰富，除之前的诗歌、诗话、笔记、戏曲之外，也进入到小说样式之中，是值得关注的一个现象。

《闺孝烈传》是由清代张绍贤撰写的一部关于花木兰故事的小说，也是花木兰故事最早敷演为小说的一部。然学界对此书的关注尚不突出，张雪《清代木兰故事婚恋主题的演变及其文化内涵》②

提及《闺孝烈传》的作者对花木兰故事的通俗呈现可能与其社会地位有关，孙悦《明清小说"双姝"模式研究》提及此书为"双姝"模式的代表性著述。③但上述研究对此书建构花木兰故事的缘由及其中蕴含的文人意识问题仍未有细致的探讨。

一、忠孝节义的人物内核

（一）行孝

一同《木兰诗》的开场，"昨夜见军帖，可汗大点兵，军书十二卷，卷卷有爷名。阿爷无大儿，木兰无长兄，愿为市鞍马，从此替爷征。"北魏受山贼匪寇侵扰，意欲出兵攻打，故喝令地方征召民兵，河北郡花家村的花弧也在上报民兵之列，然其年老，心力不足，其子又尚幼，家中顿时陷入困窘之境。

木兰作为家中长女，本着全忠全孝的立场，稍加思索，便决定替父前行，这样一件从古少有之事，进展得却无比顺利，木兰的父母虽不忍让女儿从军，但在忠孝缘由的前提之下，也都渐渐接受了。事后，花母常常因此埋怨花父，但花父的回答也常在"忠孝"二字上面，认为木兰"去也是她自己情愿行孝"。④与木兰定亲的王家，是一个典型的读圣贤书的人家，并不会因为木兰孝顺父亲代替他出征而取消这门婚事，反而赞赏木兰是不可多得的"孝女"。战争结束后，木兰回家，也是先说尽孝之事，讲述自己虽在军中挣得先锋的职位，但要紧处还在于未能屈膝尽孝。从始至终，"孝"为木兰出发的思想基调，这与其他行军之人的慕求是截然相反的，也更加突出作者的寓教之思，体现出木兰故事在"行孝"意识下的无功利性。

（二）全贞

以木兰故事做底色的《闺孝烈传》，让在疆场厮杀的队伍，多了些女子的身影，她们既是巾帼英雄，亦恪守闺阁之训。木兰出征，不仅受全忠全孝的道义驱使，还有额外附加的条件"保全贞节"。花木兰被扣留匪寇之处，在不知事态如何发展的紧急情况下，她考虑的并非是如何存续生命，而是宁死不受折辱。当她遇到其他女子时，也是同样告诫道："我看你未出闺门女子，为什么顺从山贼造反？岂不误了你的终身大事！"④p81

黑山三大王赵让的表妹卢玩花是与木兰不相上下的奇女子，武艺才谋也称得上是女中魁首，但终篇围绕着她的一件心事，就是如何寻觅良人，落叶归根。前一秒还与木兰场上酣战，下一秒，听得要与俊俏郎君木兰成亲，心中便十分欢喜。后识破木兰的扮装，心中十分恼火却并未揭穿花木兰扮装的缘由之一，也在保全其贞节。转而又被木兰情愿将自己郎君相让的条件所打动，做了北魏的内应。等到山贼败阵，贺虎慌忙逃窜，消息传到卢玩花这里，卢玩花庆幸的还是没有耽搁自己的终身大事，且其侍从兰香、廉玉也与卢玩花心中所想一致。明显，"全贞"也为卢玩花恪守遵行，也是最能打动卢玩花的理由，一旦有人体会到她威风之外的另一面，体谅到她本初的闺阁底色，她则心甘情愿地转

变阵营。作者对书中主要女性角色的塑造，反复申明其节义忠贞的核心，不外是其捍卫封建社会规范的文人意识的自然流露。

（三）尽忠

木兰首先是孝义的典范，其出发始终围绕一个"孝"字，不在乎自己本身是否能建功立业，只愿尽早拿下黑山，完成替父从军的孝心。然其对孝道的维护，最终也尽了臣子对君之"忠"。自身的安危在君王利益受损面前木兰认为不足为道："想我花弧既受朝廷爵禄，焉肯相从反叛？"④p110若违背忠义的立场，则与死亡无异。最终皇帝对木兰的评价也点明了作者寄寓在花木兰形象中的意图与考量，木兰替父从军十二年的行为，"不但全忠，而且全孝，又兼善能保全一身贞节而回"④p267。

同时，在君为臣纲的观念之下，书中竭力塑造了两位尽忠之臣，一是乌律合，一是辛平。北魏丞相乌律合是一位不可多得的贤相，为皇帝推荐剿匪的合适元帅，而在皇帝有所猜忌又情状紧迫之下，仍能进献忠言。黑山剿匪之事，长达七年，虽说已是战争的最后阶段，但如今却还需要花费钱财造船击寇，皇帝心中略有不痛快，反对辛平保举木兰做先锋的事情有顾虑，乌律合及时阐明此间利害，引用古语，渐次深入，让皇帝放下戒心，任用忠良之士。

辛平元帅智勇双全，黑山战役，长达十二年之久，而他在整个剿匪过程中，永远能够恪守本职工作。身先士卒，为拿下帽儿岭，亲自勘探地形，引诱敌人，擒拿满天刚盖熊，擒拿贺虎；足智多谋，瞧看山贼送来的诈降书，一眼便知晓破绽之处；勇武非凡，在战斗已进黑天之中，辛平迅速察觉明灯位置所在，眼疾手快，神箭射灯斗；心系良才，能够通权达变，不墨守成规，赏罚分明。他对智勇双全的木兰爱如珍宝，又在接到上部文书后，知是圣上差来监军就是新科状元，对状元之才，先流露出一丝欢喜之意。辛平为朝廷尽忠竭智，正是他义不容辞的责任与根深蒂固的观念使然。

二、"得道者多助"的情节安排

（一）神仙色彩的浓厚

在描写才子出身时，作家们常喜附会一些神

话以示才子之非凡，这其实是一种古已有之的天命论。⑤花木兰这一形象中的离奇遭遇，也当属作者对于天命观的反映。

卢玩花安排木兰脱身的方法，就是谎称其有遁地之术，贼寇竟也深信不疑。木兰行走在深山之中，豺狼虎豹不敢近身的原因就在于"花小姐的煞气正旺"。迷茫之际，托塔李天王出手搭救的理由也具有一定的神秘色彩，"目今北魏可汗服气正旺"，转而将乾坤弓与转天箭交付与木兰。花木兰对深山偶遇之人，心下肯定是神仙点化。而最难征服的黑山苗凤仙，攻克之难也全因其法宝飞铙的奇妙。

苗凤仙的飞铙杀平常人容易，可碰上二十八星宿的土貉星转世辛平元帅，便无可奈何，且因强行伤害转世的神仙，还会受到天命的反噬。这种观念不仅在代表正义的一方适用，走上邪术之道的人也深谙于心，不敢有丝毫违逆。在具有神异色彩的情节安排下，相信天命，得道者多助的思维模式，无疑加速了北魏征战的顺利。木兰正是借助神仙赐予的法宝击破了令人束手无策的飞铙，刺死苗凤仙，而法宝的原身在破了妖邪后，也完成了自己的使命，回归原位。

（二）木兰征战的顺利

木兰行军，可谓是一帆风顺。不论是正面所要击杀的黑山贼寇，还是内部要提防的牛和，都是这种恶人构陷的伎俩，太过明显，很容易使人察觉，是非常愚蠢的行为。写坏人便万般劣处，黑山的三位大王，面容丑陋不堪，且没有头脑，只是仰仗他人谋划，牛和无能、嫉妒英才的心思溢满纸上，他心无城府，次次落入敌人的圈套。写好人便诸多优点，卢玩花才貌双全，文武兼备，敌方心思缜密，木兰则更高一筹，卢小姐生性灵巧，花木兰则更为乖巧。这方面也反映了作者塑造形象的脸谱化与极端化问题的突出。故而，上位者也自然倾心于花木兰这一边。辛平元帅初见花木兰，即知是个英才，看到牛和呈上关于战报的文书，即明白前后叙述事件有误，恐是妄报军情。木兰接连打败走地飞赵让、卢玩花，辛平不吝称赞花木兰的奋勇，认为她实属国家栋梁之材。

书中除了能明眼识人的将帅之外，在具体征战之中，一些典型的带有征兆色彩的地名与前人典故的使用，也是极具有暗示性的。"卧牛坡"令多次隐瞒木兰功劳的牛和不由心生畏惧；"折腰沟"是辛平活捉盖熊之地；"伏虎岭"是擒拿贺虎之处。牛和设计让花木兰去送降书，本是毫无转机、危险重重之事，但木兰被扣下当人质，与卢玩花成亲，是"赔了夫人又折兵"的故事重演，也暗含事情尚有转机，平安归去之意。花木兰智渡黑河中的改造酒坛，令三百民兵悄然渡河杀敌，且毫发无损，也颇类于诸葛亮木牛流马一事。

（三）青云直上的仕途

文武两条线的发展推动着《闺孝烈传》故事的演进，战场上的纵横谋划由花木兰去完成，而文的一脉，则由王青云来展现。王青云作为花木兰的配偶，是典型的拥有得意人生的成长了的书生，也拥有着才子式的天生之清秀面容。前半生随父亲在家闭门苦读，熟谙孔圣之书，深达周公之礼，没有任何私心杂念，自觉地担负起维护封建秩序的责任，常以经国济世为己任。王青云之父有言"吾儿，你既然学成文武，就该货与帝王家"，可说是封建文人社会意识的一种流露。

适逢北魏开科取士，王青云乡试、会试、殿试均有佳绩，二十五岁便已高中状元，成为黑山之役的监军。初出茅庐、风光无限的状元郎，进入军营之中，竟也如鱼得水，没有丝毫怯懦之态，指挥调派军中人员，既"细查《广舆志》"，也入实地勘探，一切以符合当下兵况为主，不是一味苦读圣贤书的迂阔书生。

这一心醉于科举的情状与明清之时的士人是无比契合的，随着时代的发展，从早期士人的关注政治处境的不同，封建时代后期的士人，更着意于科举带给其的荣耀地位。吴秀华总结当时底层知识分子的整体状况为："一生奋斗，一生蹭蹬；一生漂泊，却又一生清贫。"⑥自身的无奈迷茫、求而不得与耀眼的仕途光芒形成巨大的冲击力，直击底层文人之心，转化为一种浓厚的悲剧色彩。

三、二女共侍一夫的大团圆结局

书的最后，王青云才貌兼备，仕途通畅，得妻先有木兰之美，又有卢玩花之美，双美在侧。这样的双美大团圆的模式，在清代才子佳人小说中，如《玉娇梨》《兰花梦奇传》中均有呈现，原本反映北地女子勇武之貌的《木兰诗》，似乎与此已然没有多大关系，落入世人心中的俗套结局。

从双美人物设定上而言，木兰小姐生得十分美貌，而且天性聪明，女工针黹，无一不精。此书明显地加入其裹小脚的细节，这与《兰花梦奇传》中女扮男装的陈宝珠一样。即使女子在政治、军事才能上超过男子，但女性的矜持端庄、温文尔雅的特征仍是女性人物形象塑造的重点所在，这样的女性观念，是明清小说戏曲家塑造理想女性形象时的自觉意识。另一女性角色卢玩花同木兰形象几乎一致，容貌上无可挑剔，生长环境也十分相似，"生得不但姿容秀美，而且千伶百俐，专能见影生形，漫说描鸾绣凤，就是琴棋书画，无一不精。她的父亲也曾做过一任团练使……又教她一身武艺"④p76。苗凤仙初见花木兰，也不同于砍杀他人的心狠手辣，只为花木兰的容貌动人，反更觉豹子皮贺虎的样貌丑陋；将她比作潘岳在世，心生怜爱，作战中慌了神；急里变孙思巧计划让木兰与卢玩花成亲时的一番说辞，左右不出才子佳人、郎才女貌、才貌相当之类的范畴；木兰劝说卢玩花与自己共事一夫时，也是将王青云的样貌才学说得地上无双，这才引得卢玩花最终同意接受这门婚事。

在双美形象之中，二者并不会因共事一夫而产生相互对立之念，反而关系更为密切。从此角度出发，也可说是作者对于理想家庭模式建构的反映，即中和型婚恋模式，其特点是二女或多女共同追随一夫，并在特殊的境遇下使这种难容的婚姻达到美满的相融。⑦木兰与卢玩花之间的关系正是如此，二女相互怜惜，卢玩花识破木兰的扮装之后，互道衷肠，称赞其为女中豪杰。她们结为姐妹，十分亲热，以贤姐贤妹相称。木兰既然答应了父母定下的王家亲事，便不会有二心，"我花木兰生是王家

人，死是王家鬼"④p14。即使还未与王青云成亲，也处处为丈夫着想，甚至在王青云不知情下，为其定下与卢玩花的这桩婚事。木兰最终成为贤妇的代表，功成名就，而因自古没有妇人封侯的先例，转赠其夫君，她完成了对自我的结构，成就了其夫万古流传的贤君美名。王青云奉旨与二位小姐完婚，成为众人艳羡之对象，与她们琴瑟和鸣，孕育子嗣，做了二十余年宰相后，上书辞官，带着贤妻美妾，终日饮酒赋诗，享人间至乐。

从对木兰忠孝节义形象的细致刻画，到木兰十二年几乎无一不胜的征战故事基本结束之际，作者的目光从木兰身上，自然而然地落脚到王青云的出场。很明显，王青云是一种普通底层文人难以企及的高度的形象，又是挣扎在底层的士人渴望寻求多方援助的体现。他们身在泥潭，进退维谷，希冀着从外界照射而来的光芒，但似乎无法实现，只能靠一种由内的幻境来书写情愿。那种畅通无阻式样的坦途，是其所能勾勒出的最完美的人生，而这样的无可挑剔的性质情状，终是传统道德装饰下的泡沫。对于人物极端化的处理，或许也是其清醒克制又无法逃脱困境的一种反映。

注释【Notes】

① 张雪：《木兰故事的文本演变与文化内涵》，南开大学2013年博士论文。

② 张雪：《清代木兰故事婚恋主题的演变及其文化内涵》，载《文艺评论》2013年第4期。

③ 孙悦：《明清小说"双姝"模式研究》，暨南大学2016年硕士论文。

④ （清）张绍贤：《新刊北魏奇史闺孝烈传》，黄山书社1991年版，第17页。（以下只在文中注明页码，不再一一做注）。

⑤ 章文泓、纪德君：《才子形象模式的文化心理阐释》，载《中山大学学报（社会科学版）》1996年第5期。

⑥ 吴秀华：《明末清初小说戏曲中的女性形象研究》，南京师范大学1997年博士论文。

⑦ 姚颖：《"双美共侍一夫"故事模式的背后——以〈聊斋志异〉和子弟书"志目"为例》，载《蒲松龄研究》2011年第4期。

《诗镜》经典地位与新时代价值

才让道吉

内容提要：《诗镜》是古印度文艺理论体系之一，它具有许多独特的传承体系、修饰方法、审美范畴。本文运用比较文艺、马克思文艺观的研究方法，对其译介与传承情况、审美范畴等进行剖析，探究其新时代价值。

关键词：《诗镜》；新时代；价值

作者简介：才让道吉，西南民族大学中国语言文学学院讲师，文学博士，研究方向：古典文艺理论

Title: The Classic Status and New Era Value of the Masterpiece *Poetry Mirror Theory*

Abstract: *Poetry Mirror Theory* is one of the theoretical systems of ancient Indian literature, which has many unique inheritance systems, modification methods, and aesthetic categories.This article uses comparative literature and Marxist literary theory research methods to analyze its translation, inheritance, aesthetic categories, and explore its new era value.

Key Words: *Poetry Mirror Theory*; new era; value

About Author: CaiRangDaoJi, lecturer at the School of Chinese Language and Literature, Southwest Minzu University, Doctor of Literature, research direction: Classical literary theory.

《诗镜》源于古印度，是藏族传统小五明学之一。自13世纪起，《诗镜》陆续传入西藏，西藏也成为《诗镜》的第二故乡。近代《诗镜》北传蒙古；20世纪50年代，《诗镜》西传欧美；20世纪60年代，《诗镜》工作者和修习遭到严重摧残，《诗镜》也几乎断绝；20世纪80年代后，在面对世界各种文化浪潮之下，一部分学者开始关注和继承《诗镜》，各寺庙也开始修习《诗镜》，从此《诗镜》逐渐复苏。《诗镜》是一门活着的文艺理论，亦是世界文艺学的一个璀璨部分。

一、《诗镜》的译介与传承情况

若我们综览藏传《诗镜》及其理论学派，便可以看出一部分继承《诗镜》本身的注释性研究，即坚持了《诗镜》原有的基本概念、范畴及艺术手法；另一部分继承和发扬《诗镜》的理论学派，就是把《诗镜》同教义与民间文学结合起来研究

和发展，从而总结出了一种适合本土文化的文艺理论。尽管关于《诗镜》发展的分期，还未有较合理的划分，但笔者根据《诗镜》传承及其文艺观点，可以将其大致分为三个历史阶段：第一，《诗镜》的传播期，为13世纪前后，以《诗镜》译介为标志。据文献记载，萨迦班智达以克什米亚班禅为师，学习梵语，精通大小五明，著书立说，并翻译了《诗镜》的少数章节。不久之后，遵照八思巴大师的指示，在雄敦多杰坚参萨迦寺完成了《诗镜》的全部翻译，为《诗镜》的传播发展打下了基础。第二，《诗镜》文艺理论体系建构完成与文论形成期，为13世纪至17世纪。随着《诗镜》的译介和研究，诸多学者一方面对古印度文论视野下的《诗镜》做了注释和研究[②]，其不同理论学派也得到了快速发展；另一方面诗论者继承和发扬了"味是灵魂"[③]"诗的灵魂是韵"[④]等学术争鸣，对文论观与理论建构起到了极大作用。第三，《诗镜》文论

发展、繁荣期，为17世纪至19世纪中叶。经学者对《诗镜》进行研究和注释，完成了《诗镜》的本土化，同时产生了"庄严派"⑤"诗美派"⑥"通俗派"⑦等不同文论派别。值得一提是，20世纪80年代初，面对世界各种文化与新文艺浪潮，《诗镜》文论体系内部发起了无派别运动，各派别一致认同《诗镜》的重要性，推动了多种文论的交流和对文论经典的研习。与此同时，国内外学者开始关注《诗镜》，一批比较重要的相关成果问世，并且出现了一些新的特点，文艺理论的学术交流也在逐渐增多。

二、《诗镜》经典地位与新时代价值

《诗镜》虽然到8世纪才成书问世，但其内容可以追溯到南亚吠陀时代。因此，《诗镜》的典范意义与新时代价值，可从以下三个方面来考察。

（一）《诗镜》是修饰手法的宝库

大约在13世纪，以译介为起点，《诗镜》在藏地经历了七百多年的发展历史，形成别具一格的文艺理论体系。《诗镜》修饰手法的价值有多高？据统计，出自《诗镜》原文的修饰法就有634条以上，构成了丰富的修辞学，留下了在今天仍然活力的文学手法。此修饰法也被称为庄严，可分为音庄严、义庄严及隐喻庄严。

1.音庄严

据《诗镜》云："不间隔和间隔体，词语重叠叠字饰。叠字可在诗行里，始末中间位置用；一二三四各行中，叠字格式如下情；始、中、末和中与末，中与开始始与末；如此划分中衍生，此种分类非常多。另分难作易作体，稍选数种将细说。"⑧音庄严与拼音文字的字音特征关系密切，主要在诗句开头、中间、末尾使用叠字，或者以词音变化为主的修辞方式。此类修饰法又分为易作体和难作体两大类，共47个分类。

2.义庄严

据《诗镜》曰："美化诗词之特点，古称诗歌之庄严……现对共同修饰法，其他诸类将细阐。直叙修饰和比喻，形象点睛与反复；否定修饰与叙因，翻案及存在修饰；暗示夸饰与浪漫，因由隐微

片面饰；依法喜悦和表情，威武托词与良缘；恢宏矫饰与双关，特写修饰和类聚；非宜赞扬和矛盾，隐赞树标与并具；互换祈愿与混合，连同己意共三五，此等作为修辞格。"⑧p27-28义庄严与文论的审美特征有关，主要强调诗句的内在意义，激发读者进行审美探究和见识，以获得一种美的享受。此类庄严分为35种，内部分类还有很多。

3.隐喻庄严

据《诗镜》曰："现将隐喻修辞格，形式内容作讲述。玩笑场合开玩笑，知己相聚用隐喻；为能蒙蔽各对方，隐喻正值适用时。"⑧p138-139隐喻庄严与日常俗语中的猜谜语相似，在创作诗歌中被隐晦的内容时，非常需要隐喻，故将暗示、双关、浪漫等类似隐喻纳入修饰法之中，统称为隐喻修饰法。此隐喻修饰法在《诗镜》中共分为16种，即：断句隐喻、两可隐喻、无序隐喻、嬗替隐喻、同形隐喻、艰涩隐喻、数字隐喻、穿凿隐喻、兼名隐喻、藏名隐喻、同名隐喻、迷惑隐喻、顶针隐喻、单避隐喻、双避隐喻、混杂隐喻。

总之，"庄严论者把修饰和美化诗歌的因素与语言文学、宗教哲学、因明逻辑等各个领域联系起来。这使《诗镜》的庄严成为一种无所不包的泛修辞话语，其内涵与外延难以为现代人准确理解"⑨。但值得注意的是，在《诗镜》文论体系中，庄严主义对修辞技巧的热爱或多或少地促进了此创作风格，也热衷于修辞技巧的立场，或多或少助长了这种文风。

（二）"庄严"的审美感极为丰富

在《诗镜》中提出了"喜悦""宏大""魅力""悦耳"等庄严，使修饰法更为丰富多彩，具有极强的审美感。

1."喜悦"

据《诗镜》曰："喜悦特喜心情生。"⑧p85"喜悦"既涉及作者主体的审美情感，也包含读者客体的审美感受。比如通常是作者首先表达一种令人欢喜的事件，然后是读者感受到一种欢喜。而且，以作者为中心的主题欢喜，以读者为中心的对象欢喜，归根到底，创作诗歌的主要目的在于将作者的审美情感传递给读者，这也是一种审美的境

界。正如婆摩诃所言："优秀的文学作品使人通晓正法、利益、爱欲、解脱和技艺，也使人获得快乐和名声。"⑧p113因此，在《诗镜》中，欢喜可被视为表达情感、创作诗歌、审美体验的核心内容。

2. "宏大"

据《诗镜》曰："只讲其中一部分，即知优他之功德；这种辞格叫宏大，写诗法中最可贵。"⑧p19"思想或者财富上，无比优越此修格；称作恢宏修饰法，学者都曾这么说。"⑧p90"宏大"即强调作品不仅有博大的思想内容，又能给读者传达一种美的享受。尤其是修习者，借用瑜伽、苦心、无常、怜悯等观念，并把"宏大"融入文论体系。因此，"宏大"是文人的胸怀，也与人文关怀息息相关。

3. "魅力"

据《诗镜》载："魅力所诠之内容，均在世间万事中。魅力叙述传闻事，赞颂现实应赞等。"⑧p22"魅力"与现代西方文论中探讨的"超现实"手法较为契合，这就决定了文论者的一种超现实、非理性的想象空间。而且，反观今天的新诗，大致也是奇妙惊喜为多。因此，如果我们运用"魅力"的手法进行生动、活泼的艺术形象创造，就像曾经引领自由诗的繁荣一样。

4. "悦耳"

此"悦耳"也称妥帖。据《诗镜》曰："悦耳词语和内容，皆应具有特殊性；如同蜜令蜂生悦，诗使读者喜悦生。"⑧p13以《诗镜》修饰法创作的诗歌均是相当唯美的绝句诗，其"悦耳"使诗之情与理的表达更为凝练、精粹。正如学者指出，"悦耳"是梵语的特质，世间没有一种语言可以媲美梵语的妥帖。由此来看，尽管现代新诗以无拘无束、自由自在著称，但若要与梵语的"悦耳"进行比较，新诗仅追求有机形式而缺乏音律、格律与必要的自然节奏，其"悦耳"显然是有限的。因此，新诗也需要在"悦耳"的形式上，借鉴和学习传统文论。

（三）《诗镜》是歌颂时代意义的工具

《诗镜》曰："或从往事中出现，或对现今之典范；四德之果圆满者，聪颖宽宏引导官。城市大海山与时，日升月落之赞叹；公园水中之嬉戏，饮酒欢乐之盛宴。失约受骗和娶亲，生育培养子成人；商议以及派使臣，作战命运兴衰等，均为描写之对象，尽量发挥不简从。"⑧p4虽然《诗镜》中提到比较广大的文学题材，但在经院内实质上被视为一种宣传工具。尤其在20世纪末，引人注目的是以格西西然嘉措、东噶洛桑赤列、毛儿盖桑木丹为代表，仍然运用《诗镜》修饰法创作了与时俱进的文艺作品。如西热嘉措大师《教诲语录》载："胸怀众生亦菩提，向党爱民亦如父；不畏凶险心如钢，如此风范毛泽东。敬畏天道不失衡，求智行善闻思修；诸事自行无压迫，如此风范毛泽东。赞颂圣贤无上志，罚治小人无公私；善恶分界明如镜，如此风范毛泽东。百言相劝无上进，恶人本性犹如墨；对此讽刺之锐器，永立风范毛泽东。向上英姿犹如神，向下忿怒恐三界；降魔除敌无遗漏，此乃亦是毛泽东。行事不公弯如弓，不求上进如污水；对此不弃善劝之，如此风范毛泽东。"⑩文中通过直叙修饰法勾画了一位胸襟博大、百炼成钢、无私无畏、气势磅礴、心怀悲悯的毛泽东，为我们展现了伟人领袖的人格魅力，使我们自己的人生中更有底气，更加保持一种淡定从容的姿态，非常有价值。又如《教诲语录》载："千万不幸苦百姓，不忍目睹此情景，身披坚固之铠甲，胜敌此乃共产党。精神虽是无神论，不妨他者自由信，遵纪守法好公民，乃是共产党之教。毛主席等领导者，检验无数之真法，三大旗帜党重任，公民乃需忠于此，乃是共产党之教。敌我矛盾坚决反，内部矛盾需协商，二者界限要分明，乃是共产党之教。"⑩p655-660文中作者站在老百姓的立场上，讲述了共产党坚贞不屈、忠贞不渝、克己奉公、忧国忧民之优良作风。另《诗学要义·诗例》载："犹如各民族人民心境般，大海深广浩渺色蔚兰；亦似大团结之凝聚心，海水无减永是滋润源。好像世界七洲之宝藏，全都聚于柴达木一样；可赞此乃祖国之物资，源源不断提供之现场。如同溪流岂可溅火花，亦如草原岂会热浪大；执行共产党的好政策，利乐工作岂会出偏差。如同众敬王和自乳王，阿育王等轮王权势样；那时王权兴旺且强盛，现今新时代亦福运昌。"⑪作者如实的表达——国家的日益发达，人民生活太平，各族团结一心、友好来往，是祖国取得卓越成就的有力证明。当然，在新时代，《诗镜》既与传统文论相承，也被赋予了历史使命。随着时代的步伐，诸多学者不断地研究《诗镜》，借鉴马克思主义文艺观，发现了文艺理论的普遍实用性。学者和人们唯有仍然运用《诗镜》修饰法来提炼、总结、宣传新时代思想，其时代价值才能更上一层楼。

三、结语

国内外关于《诗镜》的研究论著并不多，《诗镜》地位与新时代价值方面的研究成果寥若晨星。但《诗镜》的持久传播及其经典地位表明，其修饰法从来都不只是一种拘束又严谨的文言诗体，也不是死死坚守着陈腐不变的格律，反而是一种时代进步的重要助推工具。如在新时代《诗镜》走向普及化的过程中，文论工作者开始关注其"欢喜""惊喜""奇妙"等审美范畴。特别是几百年来《诗镜》对万物魅力的强烈关注，赢得了文论工作者的推崇及传承发扬，或许也可为新时代文论指明方向。

注释【Notes】

①西南民族大学2019—2020年度校级一流本科课程建设项目（项目编号：2020YLKC71）成果。

②雄敦多杰坚参虽然在萨迦寺完成了《诗镜》的翻译，但没有进行过讲授。此后，西藏学者邦译师首次对《诗镜》的译本进行了修正，并对《诗镜》做了注释。继而，学者纷纷对《诗镜》做了大量的注释与研究，也编撰了大量的学术论著。见降洛主编《藏文修辞学汇编》（藏文）（1—20册），四川民族出版社2016年版。

③味是灵魂："诗是以味为灵魂的句子，我们将会讲述味的特征。味是灵魂，是精华，赋予诗以生命。缺少了它，也就被认为没有诗性。"黄宝生译：《梵语诗学论著汇编》（下册），昆仑出版社2008年版，第816页。

④诗的灵魂是韵：欢增认为，智者们通晓诗的真谛，认为诗的灵魂是韵。这种说法辗转相传，广为人知。黄宝生译：《梵语诗学论著汇编》（上册），昆仑出版社2008年版，第232页。

⑤庄严派：该派比较注重文学的形式美，将《诗镜》创作更为庄严化。同时，此类文风促进了《诗镜》经院式进程。如五世达赖为首的格鲁派高僧学者之诗。

⑥诗美派：该派比较注重内容与形式的结合，将诗作与社会生活更多地结合。同时，这类文风促进了《诗镜》体系化进程。如博奎巴的《诗学巨著〈诗镜〉之本释·檀丁意饰》（1678年），且其被后世学者们视为经典著作，不仅在藏地闻名，也得到蒙古高僧推崇。

⑦通俗派：该派讲究通俗易懂，将《诗镜论·诗例》结合民间民谣古诗体，表达真实情感，实践性很强。如久米旁·南杰嘉措、赞巴珠、多珠丹贝尼玛等宁玛派静修者之诗。

⑧[印]旦志：《藏族诗学明鉴》（汉藏对照），多吉坚参等译，民族出版社2016年版，第109页。以下只在文中注明页码，不再一一做注。

⑨尹锡南、曾祥裕：《梵语诗学庄严论刍议》，载《南亚研究季刊》2010年第3期。

⑩喜饶嘉措：《喜饶嘉措文集（二）》，青海民族出版社2015年4月第二版，第655—660页。以下只在文中注明页码，不再一一做注。

⑪才旦夏茸、贺文宣：《诗学的庄严〈修辞格〉》，载《西北民族大学学报（哲学社会科学版）》2012年第6期，第82—95页。

母狼灰儿的宽恕之路：超越仇恨的生态启示

孔睿哲　张　陟

内容提要：《母狼灰儿》是雪漠动物小说中的一部佳作，讲述了母狼灰儿在狼崽瞎瞎被猎杀后对人类复仇的故事，深刻表现了一只母狼对孩子深切的爱以及她复仇时所展现出来的无畏与冷静，用通俗直白的语言写出了这种在所有物种身上共同的最深沉的感情——母爱。本文着重探讨作品中的母亲形象，同时进一步分析这种形象所体现的反人类中心主义的哲学内涵，以及人类与自然正确的相处之道。

关键词：《母狼灰儿》；复仇；反人类中心主义；生态平衡

作者简介：孔睿哲，宁波大学外国语学院英语专业在读本科。张陟，宁波大学外国语学院教授，文学博士，研究方向：英美文学、比较文学与文化、文学翻译与批评等。

Title: The Pathway to Forgiveness of Gray the Mother Wolf: the Ecological Enlightenment beyond Hatred

Abstract: *Gray the Mother Wolf* is an outstanding work of animal fiction by Xue Mo, which deeply narrates the story of Gray, the mother wolf, who seeks revenge on humans after her wolf cub, Xiaxia, is killed. The story portrays the profound love of a mother wolf for her child and her fearless and calm demeanor during her quest for vengeance. With plain and straightforward language, the novel vividly captures the deepest emotion common to all species—maternal love. This article focuses on the mother figure in the work and further analyzes the non-anthropocentric philosophical implications embodied by this figure, as well as the proper way for humans to coexist with nature.

Key Words: *Gray the Mother Wolf*; revenge; anti-anthropocentrism; ecological equilibrium

About Author: Kong Ruizhe, undergraduate student majoring in English at Faculty of Foreign Languages, Ningbo University. **Zhang Zhi**, professor at Faculty of Foreign Languages, Ningbo University. Ph.D. in Literature, research interests include English and American literature, comparative literature and culture, literary translation and criticism.

雪漠，原名陈开红，1963年生于甘肃凉州城北洪祥乡，是国家一级作家、中国作家协会会员、甘肃省作家协会副主席。他既是中国文化的书写者，也是中国文学的传播者，其作品近年来备受海外读者和汉学家的青睐，已被翻译成英语、德语、法语、俄语、韩语、日语、尼泊尔语、西班牙语、阿拉伯语等35个语种。雪漠的作品常常以中国西部文化精神为特质，关照人类共通价值，形成了文学、文化双重加持的独特精神内核。①

在当代文学创作中，非人类叙述者的运用正逐渐成为探索人性与自然关系的新兴叙事策略。这一趋势，不仅拓宽了文学表达的边界，也深化了我们对生态文学的理解。生态文学，作为一种倡导人与自然和谐共存的文学流派，其核心在于超越人类中心主义，倡导一种将所有生命体视为平等存在的生态世界观。《母狼灰儿》作为雪漠笔下的一部力作，正是这一文学类型中的佼佼者，它以母狼灰儿的视角，讲述了一段跨越物种界限的复仇与宽恕的故事，深刻地反映了生态文学的主旨与精神。《母狼灰儿》通过灰儿这一非人类叙述者，成功地将读者从人类中心主义的视角中解脱出来，引导我们从生态中心主义的立场重新审视人类与自然的关系。

母狼灰儿的复仇，表面上是对人类残忍行为的回应，实质上却是一次对人类自大与无知的深刻拷问。它告诉我们，自然界中的每一种生命都有其存在的意义与价值，人类不应以主宰者的姿态凌驾于万物之上，而应学会与自然和谐共生。在灰儿与人类关系的转变中，我们看到了从仇恨到和解的艰难历程，这不仅是对人类与自然关系的深刻反思，也是对人类文化观念的重塑与超越。

在接下来的论述中，我们将深入探讨《母狼灰儿》如何运用非人类叙述者的策略，实现对生态文学理论的构建与拓展，以及它如何通过灰儿的故事，引发我们对人类中心主义的批判，促进生态伦理意识的觉醒。

一、瞎瞎之死

《母狼灰儿》是基于大漠环境下，讲述人与狼对有限的资源展开角逐的有关生存竞争的故事。小说开篇便介绍了故事的主角母狼灰儿，她将孩子取名为大壮、二壮和瞎瞎，瞎瞎是出生时眼皮就一直没开，因此而得名。比起人类眼中狼冷漠残酷的形象，小说中的灰儿更像是一位慈爱的母亲。灰儿从未嫌弃这个孩子，反而是对它爱护有加，"明知道瞎瞎越长大，眼皮越是粘得牢，可它还是舔，像是期待奇迹的发生"[2]。我们在主角灰儿身上看到的是一个实在、善良的母亲如何被孩子的死亡带来的悲伤裹挟，进而一步一步向人类展开复仇的故事。作为大漠里生活的动物，灰儿是宽容的，面对孩子挨了一枪的情况，她首先不是被愤怒冲昏了头脑，而是想，"这事就归为误伤吧，要是只是伤了瞎瞎，那我就带他走，好好养几天伤，也就好了"[2]p22。作为一位母亲，她是冷静有原则的，即使是她最终选择向人类展开复仇，她仍然教她剩下的两个孩子狼不能轻易伤人的规矩，希望他们好好活下去。

在小说中，雪漠将狼崽瞎瞎的死亡归结为因猛子的眼拙而产生的意外，将狼看成了一只在偷饮水的黄羊便射杀掉了。实则不然，狼崽瞎瞎的死亡并非意外，而是人自以为能够凌驾于万物之上的结果，认为其他物种的生命可以肆意地践踏。在人自

己眼里，人类是善良、质朴的，而狼多是贪婪、自私、凶狠和冷漠的。实际上恰恰相反，雪漠让我们看到了自己的贪婪与自私，也让我们发现了动物身上守文持正的一面。在《母狼灰儿》的故事中，灰儿作为主角，站在人类以外的旁观者视角，窥视着人性中自私冷漠的一面，从动物的凝视中折射出人类的残酷与无知。人类的行事原则向来是以我为尊，黄羊偷喝了水便该杀。而狼却不会为了生存，随意闯入人类的地界，也不会肆意伤害人类。"狼有狼的规矩：人不犯我，我不犯人"[2]p19，不惹狼，狼也不会去动人的羊。然而，人类的冷漠却没有止步于此，杀了瞎瞎还想剥了皮做大衣领子，甚至把它的尸体拿去喂羊，戏谑中便"叫羊也尝尝狼肉味"[2]p60，仿佛害了一条性命也不甚在意。

至此，雪漠用瞎瞎的两次死亡，赤裸裸地写出了人性的自私与冷漠。探究起来，瞎瞎的死亡首先基于人类的自私。长期以来，人类总是将自己视作地球上的主人和万物的主宰者，他们常常希望按照自己的主观意愿来美化自然并改造自然，希望自然能够最大限度地服务于人类，当这种愿望不能实现时就以暂时牺牲自然作为代价。[3]大漠如今的荒凉与水资源的匮乏一定程度上是人类过度开发导致的恶果，但仅剩的那一点水源人类还要霸占，不允许除自己饲养以外的其他物种靠近，更遑论饮用。瞎瞎的死亡或许是被当成黄羊而导致的误杀，可更多的是人类对自然的无知和肆意对待。瞎瞎的第一次死亡不仅暴露了人类对于其他物种的冷漠和无视，也揭示了人类自身对于环境的破坏和掠夺。此外，瞎瞎的死亡也是人类对于自然规律的无知和误解的体现。人类自以为是地位高于其他生物，视自然为工具，而非生命共同体的一部分。在他们的眼中，不管是黄羊还是狼，不过都是可以随意捕杀的野兽，水源不过是可以侵占的资源。然而，这种错误的认知也在后面导致了不可挽回的后果，这不仅是对于动物生命的摧残，也是对于自身未来的威胁。

再者，瞎瞎的第二次死亡则是源自人类的无情与无畏和羊群的疯狂。猛子误杀了瞎瞎，第一反应既不是愧疚也不是想办法弥补，而是担心遭到来自灰儿的报复。在人眼里，动物的性命能否杀害仅

仅取决于自己随后会不会有所损失。女人间接害死了瞎瞎，也并没有畏惧和担心，而是将瞎瞎的尸体丢进羊圈，心里盘算的是要"物尽其用"，还为自己的冷漠行为找了一个看似合理的理由，"狼天生吃羊，今日个还个债"[②p60]。面对人类的投喂，长期生活在大漠里缺水少食的羊群自然是将狼吃干抹净，不一会儿，瞎瞎的尸体便消失得无影无踪，好像从未来过这世上一样。因此，瞎瞎的死亡是在提醒人类重新审视自己的行为和态度。否则，人类的自私和无知将最终导致自身的灭亡，这是任何一个生命都无法承受的代价。

雪漠用干净利落的笔触和朴实的语言告诉读者，我们作为自然的一部分，既不能将自己置于至高无上的位置藐视万物，也不能仅仅以我们的固有看法来审视一切。而瞎瞎的死亡实际上也是一种隐喻，所传递的正是我们人类对自然界的无知、傲慢以及对生命的漠视。人类常常将自己视作自然界的主宰，对其他生物的生存权利和生态平衡缺乏尊重和理解。瞎瞎被误杀，反映了人类对于野生动物生命的轻视和对自然规律的无知，这种无知和傲慢也在直接或间接导致对生态环境的破坏和动植物种群的减少，"一望无际的碧绿，已变成一道沙漠，一道石山，一绺草原了"[②p106]。同时，瞎瞎的死亡也象征着对生命的漠视和肆意摧残。人类将狼误认为黄羊，导致了无辜的生命遭受了不幸的结局。此外，瞎瞎的死亡也可以被视为对生态平衡与共生关系的警示。在自然界中，各种生物相互依存和影响，共同构成了一个复杂而微妙的生态系统。从前的草原，"草茂盛了，动物多了，灰儿也犯不着去招惹人"[②p86]，在这样的生态环境下，人与狼本可以和平共处。是人类的过度开发破坏了这种平衡的共生关系，灰儿带孩子去水槽饮水本也属无奈之举。但枪声一响，瞎瞎倒地，这一枪，打碎了母狼灰儿的心，成了母狼灰儿一生都摆脱不了的噩梦。

二、母狼的复仇

灰儿的复仇是小说中的主线部分，雪漠花了很大的篇幅去叙述灰儿是如何一步一步对人类展开复仇的。在小说中，雪漠通过灰儿的复仇行动，向读者展现了一场动物对人类残忍行为的反抗和抗议。从瞎瞎被误杀开始，灰儿的内心深处涌动着悲伤和愤怒，这种情绪逐渐累积，最终驱使灰儿走向对人类反抗的复仇之路。这一复仇行动不仅仅是为了个人的仇恨，更是为了向人类展示自然界的力量和母性的伟大。她在羊圈里闻到了瞎瞎的气味，和失了妻儿的豁狼一起，咬死了四十九只羊——这仅仅是复仇的第一步。灰儿当然明白，她真正的仇敌不是吃了瞎瞎的羊，而是可恨的人类。从最开始在羊圈里的隐忍，"一串长嗥差点迸出灰儿口腔了，它用了很大的劲才咽下了它"[②p70]，到后来，失子之痛逐渐将灰儿淹没，她再也无法忍受，"夜里，它便到旷野里嗥。那声音，悲凉，悠长，把天地都戳通了，表达着一个母亲的悲哀"[②p84]，"那幽愤的嗥声时时划破夜空，在牧人心头锯来锯去。它仿佛不是为了哭瞎瞎，而是在宣泄积蓄了千年的悲愤"[②p97]。自此，她展开了真正的报复，杀了猎人的牛，避开人类故意设置下的陷阱，随后辨认出杀害瞎瞎的真正凶手，并且和他展开了一场决斗，这场决斗的结果是两败俱伤，但灰儿仍嫌不够，"狼舌头湾那里，传来一声不甘心的狼嗥"[②p135]。而后，孟八爷等人给灰儿布下了更加阴毒的圈套，灰儿中了招，却仍然用尽了最后的力气挣脱出来。此后，灰儿仍是嗥，好似只有通过嗥叫才能减轻自己内心的伤痛："那母狼灰儿的嚎哭，却日渐勤了。那是真嚎，它仿佛有一肚子的苦水要诉，月亮也给嗥凄惨了。"[②p230]

灰儿的嗥叫声在整部小说中屡次回荡，它不仅是对人类侵犯的强烈抗议，更是动物界对不公与伤害的有力呐喊。每当灰儿想到死去的瞎瞎，她的嗥叫便如利箭般射出，饱含着愤怒、不满与深深的悲怆，这不仅是她作为狼族一员的尊严体现，更是她作为母亲对孩子无尽爱意的呐喊。每一次嗥叫，都是故事情节的转折，是灰儿内心情感变化的标记，不仅推动了故事的发展，也让读者能够深入灰儿的内心，感受她的愤怒、悲伤与不屈。通过嗥叫，灰儿的形象更加立体丰满，她重感情、有仇必报、勇敢坚毅的性格特点跃然纸上。灰儿的嗥叫声是对人类侵犯的抗议，是对自然与生命尊严的捍卫。读者通过灰儿的嗥叫与这位非人类叙述者共情，通过移情（empathy）与"视角换位"进入灰儿的内心世界，体验她的悲痛、绝望与愤恨，并反思人类与自然的关系。这种嗥叫，不仅是灰儿的，也是所有受伤害生命的呼声，它提醒我们，要尊重生命、珍惜和谐、与自然共存，共同构建一个更加美好的世界。

此外，在小说中，灰儿的复仇行动不仅仅是简单的报复，而是一场对人类自命不凡的智慧和权威的挑战。面对人类的陷阱和诱捕，灰儿展现了非凡的冷静和勇气，成功地避开了人类设下的种种障碍，并以自己的方式嘲弄了人类所谓的智慧。"那夹铙耳子，已被狼刨出沙外。旁边，是一堆白色的狼粪。"②p125通过巧妙地躲避人类的陷阱和追捕，灰儿向人类展示了自然界生物所拥有的直觉与生存技巧，她的行动挑战了人类对自身的过分自信，表明了自然界并非人类想象的那般容易被征服和掌控。

与此同时，灰儿的复仇也是对人类权威的挑战。人类往往以自己作为地球上的主宰，对其他生物肆意驱使和掠夺，将自然资源理所当然得视为私有财产。然而，灰儿的反抗行为展现了自己作为一只狼的尊严和自由，拒绝成为人类争夺资源下的牺牲品。这种对人类的报复，既体现了灰儿对自身生存权利的坚持，也是对人类中心主义的一种抵抗和反击，是对人类自负与傲慢的一种有力回击，以及对自然界权利和尊严的捍卫。进一步说，母狼灰儿的复仇行为不仅仅是对人类的抗争，更是对自然界作为一整个社会整体，所存在的不公与矛盾的回应。人物内心的悲愤与不甘、社会冲突的描绘，都让作品呈现出真实而复杂的社会画面。这种对现实矛盾的真实表达与后现代主义对社会现实的深刻思考相互契合，使得《母狼灰儿》在文学表达上更加具有现实主义的质感。

三、灰儿的报答

在故事的结尾，母狼灰儿以寻求帮助与答谢的行为，展现了超越种族界限的善良、感恩与情义，

凸显了生命的尊严与和谐共生的价值，与人类社会的虚伪与竞争形成鲜明对比，为故事增添了深刻的人性光辉。母狼灰儿来求人类帮助她拔出扎在身体里的狗牙刺，并在得到帮助之后的第二天，给女人送来了答谢礼——一只被咬死的黄羊。文至于此，母狼灰儿展现出了一种与之前复仇行动截然不同的态度，这种态度体现了一种对生命和善意的理解与回应。母狼灰儿并非仅仅是一只为了复仇而存在的狼，她也是一个有着情感和情义的生命体。当她面对狗牙刺穿体内的痛苦时，她没有因为仇恨就放任受伤的身体不管，而是寻求人类的帮助。灰儿的这种选择，充分体现了她的冷静与理性，她知道单凭野蛮和力量是无法解决问题的，因此选择向人类求助，哪怕她求助的人类的同伙曾经伤了她最爱的孩子。而当她在得到人类帮助后，她也主动送来一只被咬死的黄羊作为答谢礼，这样的举动更是展现了她的善良和感恩之心。这种行为超越了种族之间的仇恨和敌意，体现了一种更高层次的道德和情感观。她不仅仅是一只普通的母狼，更是一个有着丰富情感和情感体验的生命，她的行为彰显了对生命的尊重和对爱与和谐的追求，同时对人类的生存法则提出看法和评论，"不像两脚动物，面里'是是是'，背后动刀子"②p66，与人类尔虞我诈和生存竞争形成鲜明的对比。结尾这一情节的出现，为整个故事增添了更多温暖的元素，使得故事更加丰满和感人。

此外，母狼灰儿的行为呈现出了一种人性化转变，这种转变不仅仅是故事情节的发展，更反映了人类与自然关系的复杂性和深层文化背景的影响。在人类学和生态学的视角下，这种转变可以被理解为人类与动物之间存在的深层联系和共生关系的再次凸显。社会学家伯格（Berger）和卢克曼（Luckmann）提出的"社会建构主义"理论指出，人类与动物之间的关系不仅仅是自然界的现实，更是社会和文化建构的结果。在多数认知与传统中，人类与狼的关系常常被理解为一种对立或统治关系，狼长期以来一直被人认为是天然的"敌人"，因而人类对它既怕又恨③p37。但在这一情节

中，母狼灰儿的行为打破了这种固有的观念，展现出了一种更加和谐和共生的视角。母狼灰儿寻求人类的帮助以及送去黄羊作为答谢礼的举动，体现了她对人类社会的认知和回应，同时也反映了人类与动物之间的情感纽带和共生关系。这种转变不仅在故事情节中具有象征意义，还更深层次地反映了人类与自然关系的复杂性和人类文化观念的演变。因此，故事结尾母狼灰儿的行为不仅仅是情节发展的结果，更是对人类与自然关系和文化观念的深刻反思，为整个故事增添了更多的社会意义和文化内涵。

在《母狼灰儿》中，灰儿作为非人类叙述者，承担了叙述者、人物、聚焦者的多重角色，通过她的视角，读者得以体验和理解一个不同于人类意识和情感的世界。在灰儿的故事中，我们看到了深沉的母爱、痛失幼子的愤怒以及超越物种界限的宽容，灰儿与人类关系的演变，从复仇到和解，这一过程不仅反映了人类中心主义的局限，还展示了通过"视角换位"，即从非人类叙述者的视角重新审视人类行为的可能性。灰儿的宽恕之路，实质上是对人类的一种教育，促使我们反思人与自然的相处之道以及人类在自然界中的道德责任。因此，灰儿的选择——最终与人类和平共处，不仅是一种个体层面的宽恕，更是对人类发出的生态启示：我们需要履行我们的道德义务，把调节人与人之间关系的道德原则引入人对自然的关系中，将道德对象范围从人类共同体扩大到"人和自然"的共同体，对人改造自然的行为进行道德约束，形成处理人与自然关系行为的生态道德原则④。灰儿的故事鼓励我们走出人类中心主义的框架，认识到每个生命体都是地球共同体中不可或缺的部分，而人类应当以谦逊和尊重的态度，促进与自然界的和谐共生。

四、结语

《母狼灰儿》通过讲述母狼灰儿对狼崽瞎瞎被杀害后展开复仇的故事，向读者展示了人类与自然之间的复杂关系和生命的可贵。在这个故事中，作者雪漠通过灰儿的复仇行动，揭示了人类对自然

的无知和肆意对待，以及动物在面对人类侵害时的复仇与抗议。灰儿的复仇行动不仅仅是为了报复，更是对人类自以为是的智慧与权威的挑战。此外，灰儿的故事也成功触发了读者内心的情感共鸣。她作为母亲的坚毅、勇敢和机敏深深打动了读者的心灵。

最终，灰儿的善良和感恩之心在故事结尾得到了体现，她选择寻求人类的帮助并送去答谢礼，超越了种族之间的仇恨和敌意，展现了她与人类截然不同的对生命的尊重与珍视。《母狼灰儿》不仅是一部动物小说，更是一部关于生命、情感和人性的佳作。通过灰儿的故事，我们看到了自然界中母爱的伟大、生命的坚韧以及对于生存权利的坚持。著名的西方伦理学家、人道主义者阿尔贝特·施韦泽（Albert Schweitzer）曾说过："如果我们摆脱自己的偏见，抛弃我们对其他生命的疏远性，与我们周围的生命休戚与共，那么我们就是道德的。只有这样，我们才是真正的人；只有这样，我们才会有一种特殊的、不会失去的、不断发展的和方向明确的德行。"⑤生命的尊严是最高的价值，尊重自然生命，就是对人类自己的尊重。对自然的态度，就是对人类自身的态度。这部小说让我们重新审视人类与自然的关系，提醒我们尊重和保护自然，与自然和谐共生，才能够实现人类和地球的可持续发展。

注释【Notes】

①杨建新、雪漠：《走向世界的中国西部文学：作家雪漠访谈录》，载《外国语言文学》2023年第5期，第109页。

②雪漠：《母狼灰儿》，广东人民出版社2020年版，第14页。以下只在文中注明页码，不再一一做注。

③王宁：《当代生态批评的"动物转向"》，载《外国文学研究》2020年第1期，第39页。以下只在文中注明页码，不再一一做注。

④程静：《人与自然的和谐如何可能——对人类中心主义和非人类中心主义的再反思》，载《西南民族大学学报（人文社会科学版）》2014年第7期，第75页。

⑤阿尔伯特·施韦兹：《敬畏生命》，陈泽环译，上海社会科学出版社2003年版，第190页。

"枯坐"与"到江南去"：都市声景的现代倾听者

——从张枣的《悠悠》谈起①

严　涵

内容提要：《悠悠》是一个典型的现代听觉文本。"语音室""耳机""磁带"等意象浸满"听"与"说"的声音质素，展现技术手段对感官方式的改变，在听觉实践的具体展开中模糊了虚拟和现实的现代荒原景象。"戴好耳机的人"和"怀孕的女老师"各自在"团结如玉""枯坐"的状态中倾听大相径庭的都市声景，"听"的动作是自我处境的折射。张枣觉察到潜伏于效率神话里的危机，"虚空"与"甜"成为贯穿全诗的复调二重性，他把抵抗现实的希望寄托于"到江南去"，用词寻找意义，用命名对抗虚无。

关键词：张枣；《悠悠》；听觉诗学；"元诗"；甜

作者简介：严涵，华中科技大学人文学院中国现当代文学专业硕士生，主要从事中国现当代文学研究。

Title: "Sitting in Silence" and "Going to Jiangnan": Modern Listeners of Urban Soundscapes — Rereading Zhang Zao's *Youyou*

Abstract: *Youyou* is a typical modern auditory text. Imageries such as voice room, earphones and tape characterize "listening" and "speaking", illustrating the changes in sensory modes caused by technology and the modern wasteland scene blurring the virtual and the real. "The person wearing earphones" and "the pregnant female teacher" listen to different urban soundscapes in the states of "unity like jade" and "sitting in silence" separately, and the listening behavior reflects their self-situation. Perceiving the crisis under the myth of efficiency, "nihility" and "sweetness" constitutes the polyphony of this poem. Zhangzao relies on "Jiangnan" to resist reality, and words as well as designation are the path leading to meaning.

Key Words: Zhang Zao; *Youyou*; auditory poetics; "meta-poetry"; sweetness

About Author: Yan Han, postgraduate in School of Humanities, Huazhong University of Science and Technology, majoring in Chinese modern and contemporary literature.

相较于"梅花""江南""蝴蝶"等古典造境，张枣诗歌中的现代意象（如《一个诗人的正午》中的"播音员""地皮""脚手架"，《悠悠》中的"语音室""耳机""磁带"，《春秋来信》中的"上海""机器""空地"等）目前受到较少关注。事实上，梳理张枣留下的稍显"吝啬"的100余首诗作便会发现，都市景象已以不同形态进入张枣的诗学视野，表征张枣关于生活、关于现实、关于现代文明的体认。创作于1997年的《悠悠》集中了名目繁多的现代听觉意象，使全诗浸润在"听"与"说"的感官氛围，机械化泛滥背景下的现代荒原景象在堆叠的听觉符码中显现。此外，置身语音室的"学生"和"怀孕的女老师"侧重倾听不同的都市声音，超然于当前困厄的诗意生成在后者"枯坐"慌神的瞬间。

本文引入"听觉诗学"理论资源，试图通过对《悠悠》的细读揭示张枣以语言面临"空白"的诗学路径，同时探讨"元诗"写作与现实关怀的内在一致性，从而进一步把握萦绕在张枣心中挥之不去的"虚空"与"甜"。

一、"透明的语音室"：含混的现实

> 顶楼，语音室。
> 秋天哐的一声来临，
> 清辉给四壁换上宇宙的新玻璃，
> 大伙儿戴好耳机，表情团结如玉。

作为现代化教学场所，语音室主要面向有语言学习需求的群体开放，提供练习听、说的机会，是起伏各国语言的声音场域。为什么引入此空间时不使用纯粹的处所名词？为何要强调"顶楼"这一具体层数，难道顶楼的语音室和其他楼层的语音室并非功能相当？张枣对语言高度敏感且极其讲究用词推敲，他写下的"顶楼"绝非闲笔。事实上，"顶楼"不仅指向实际的位置，更为重要的是，由于占据相当的物理高度，"顶楼"打开了一定的空间感，造成视觉清透敞开和胸襟苍茫辽远的印象，铺垫宇宙想象的唤起。既然顶楼在某种程度上代表了高度的极限，那么处于何种视角才能将顶楼的语音室尽揽眼底？这里仿佛含有一个摄像机式的第三者观察视角，他可以洞悉发生在语音室及街上的一切，"高外更高之地"的模糊性与暧昧性也由此浮现。

"哐"是形容撞击声的象声词，安放在秋天降临这一动作上，赋予无声的季节以有声的动态之感，彰显秋的生机勃勃。玻璃窗成了"秋天—自然"和"语音室—城市空间"邂逅相撞的平面，内部的宁静沉寂被打破，而"哐"字凝结无限律动。值得玩味的是，秋天既不是"哐"地猛然到来，亦没有造成"哐哐哐"的接二连三的嘈杂声响，"一声"的限定留下缓和空间，流转声音的圆润，同时呈现出一锤定音的清脆印象，与前文的顶楼意象相得益彰。

秋日来临之际，"清辉给四壁换上宇宙的新玻璃"。"宇宙"是典型的"元诗"意象，用来修饰玻璃显得有些大小失衡。然而正如颜炼军对张枣诗艺的洞察，"他总能将具象置身于宇宙，让它获得形而上学气质；或者说，让宇宙的抽象，蛰伏于某个具体的物象，让形而上学之虚无，栖居于眼目前的即兴之物"[②]。经由语言的"陌生化"运作，词产生对现实的穿透性和超越性，引导人们把目光从眼前的此地此景向外投射，坐落于城市一隅的语音室演变为宇宙全息的一角，此中的场景实则是整个人类的缩影。

"清辉""新玻璃"，乍一看，此处承袭前文缔造的澄澈之境，玻璃所造成的视觉印象与听觉感受间的悖论却催生含混朦胧。鲍德里亚注意到，"玻璃以最高度的方式体现了'气氛'的根本暖昧：既亲近又遥远，亲密性和拒绝亲密性，传播和非传播"[③]。玻璃表面上"打开"了人们的眼睛，使人们感受着内部空间与外部空间的绵延，即玻璃的透明为感官的连续提供了条件，实际上，玻璃引起听觉和心理的割裂，混淆虚拟和真实。无独有偶，耳机的出现继续从听觉维度深化这层暖昧，活动其中的人彼此面临"距离最近的遥远"。耳机是私密性和个人化的代名词，满足了现代人对隐私和边界感的追求，戴上耳机几乎等于随身携带专属于自己的听觉空间，每个人都是一方声音世界的主人，周围的人不管距离再近都是"他者"——他人无法听我所听，我亦无法听他人所说。然而由于耳机安放在语音室内，情况变得更加曲折吊诡：人们在现实中失去联系的同时，又经由不受时空拘束的机械音勾连，所有人聚焦于耳机内的共同声源，被同一种声音支配，故"团结如玉"。"玉"再次显露出晶莹、洁白的特性，用于刻画人的神情时却充塞失真的质地。"戴好耳机的人"神情专注，精致无瑕，在"共听"共同体里丧失了人的真实血肉感，仿佛脱胎成一个个雕像。联想至上文的"玻璃"，语音室里的人似乎与城市橱窗里的石膏模特别无二致。

二、"晚报，晚报"：悠悠的诗意

> 怀孕的女老师也在听。迷离声音的
> 吉光片羽：
> "晚报，晚报"，磁带绕地球呼啸快进。
> 紧张的单词，不肯逝去，如街景和
> 喷泉，如几个天外客站定在某边缘，
> 拨弄着夕照，他们猛地泻下一匹锦绣：

虚空少于一朵花！

她看了看四周的

"也"拉开两种倾听行为之间的张力，有别于其他处于"共听"状态的人，"怀孕的女老师"沉浸在自己的"独听"寰宇。一般来说，倘若没有强制性的人为技术手段干预，声音的传播时限很短且不易捕捉，倾听者唯有用心"聆察"（傅修延语）方能抓住转瞬即逝的声音痕迹。另一方面，顶楼的位置与制造动静的声源隔着相当的距离，再加上玻璃往往具有隔音效果，女老师想要感知传来的声音全貌颇为困难，最终抵达耳边的难逃"迷离"，"吉光片羽"便是对这一情形的形象注脚——稀少，珍贵。"吉光片羽"出自刘歆《西京杂记》，通常用来比喻残存的珍贵文物，保有约定俗成的文化含义。鉴于词语的公共属性，这一形容就似乎不只局限于对女老师一人倾听结果的修饰，它好似隐喻着，女老师听到的声音细流是博物馆里的陈列品，是现代社会的罕见文物。

法国声音理论家皮埃尔·沙费曾提出人类倾听的三种基本模式：因果倾听、语义倾听、还原倾听。其中语义倾听"把说话的语音当作有规则的符号，从接收到的语音符号中辨识出说话者所要传递的意义"④，强调解码结果重点在于读出声音传递的实际信息；还原倾听侧重"还其本原"，聚焦声音本味，具有一定的现象学意味。语音室里的人的倾听行为和皮埃尔·沙费的提法不谋而合，"戴好耳机的人"侧重语义倾听，他们被同一机械力量支配，在学习的过程中把语言拆解成一个个符号；"怀孕的女老师"进入还原倾听的境界，她从同质化的语音环境中慌神，被"晚报，晚报"的人声吸引，于不动声色之间经历了一场心灵洗礼。后者的状态不禁让人联想至张枣提起的"枯坐"："枯坐是难以描绘的，既不是焦虑的坐，又不是松弛的坐，既若有所思，又意绪缥缈；它有点走神，了无意愿，也没有俗人坐禅时那种虚中有实的企图。反正就是枯坐，坐而不自知，坐着无端端的严肃，表情纯粹，仿佛是有意无意地要向虚无讨个说法似的。"⑤

那么，"怀孕的女老师"所听到的究竟是什么？"晚报，晚报"。根据出刊时间，报纸主要分为日报、晨报和晚报，类型不同，报纸的功能和风格也存在一定的差异。具体到晚报，雅俗共赏和娱乐性是其主要特征，再加上读报时间是在一天劳作结束之后，此时人们的心情较其他时间段更为放松惬意。可以说，"晚报，晚报"的声音片段里酝酿着一份精心编织的日常性和生活感。若再把意义向前推一步，叫卖的具体内容实际上已处于次要地位，重点在于"晚报，晚报"是一种发自肉嗓的充满质感的人声。卡尔维诺曾经谈道："一个声音就意味着一个活人用喉咙、胸膛和情感，将那个与众不同的声音送到空气中。"⑥因此即使听起来模模糊糊不甚清晰，这声音却持有直抵人心的吸引力，归根结底源于其中充盈着人情味和真实性，是一种未经技术污染和过滤的"原声态"。宛如普鲁斯特笔下的玛德莱娜小点心，熟悉亲切的"晚报，晚报"勾连起"悠悠"的诗性记忆，象征圆满生活的复归。

工业制品磁带与"晚报，晚报"并置，代表另一种手段下的声音形式，欧阳江河认为那是一种"超声音"，"原有的那个发自真人的声音，作为预设的现实，在被录制下来的同时被抹去了，而录下来的声音替代原音成了现实本身"⑦。作为发声源的"真人"之所以显得如此重要，关键在于声音不仅是物理视域下的波段，更具人本意味的是，"声音是在普遍形式下靠近自我的作为意识的存在"⑧，每一次的自觉发声都宣誓"我"的在场，声音是主体的言说方式之一。但当声音变成可批量复制的同质化产品，磁带里装载的世界语本质上已沦为纯粹的物，一种可以基于实用目的随意把玩、扭转、颠覆的物，词在机器的磨损挤压下变成"空白"，"空白是词，是空白之词，是废词、失效之词、被消费之词、暴力之词"⑤p45。"喷泉"的承接进一步说明了这种非自然化的普遍性，借助精密的仪器装置，水不再遵循惯性和内在规律流动，而在无形的机械之手的操纵下被扭曲成特定形状，最后四处散落，留下一片破碎，与词的境况如出一辙。

一个自然之声，一个机械之声；一个缓慢悠扬，一个呼啸快进；一个稍纵即逝，一个通向"永恒"。张枣以诗人的敏锐对工具理性提出质疑，就像"紧张"一词所暗示的那样，与磁带同构的形形色色的现代工具在名为发展的轨道上"呼啸快进"，塑造着现代人心中的效率神话，内里却呈现一副单一凝重的质地，缺乏张弛有度的轻盈："虽然我们获得了机器、速度等，但我们丢失了宇宙、丢失了与大地的触摸，最重要的是丢失了一种表情。所以对我来说，梦想一种复得，是我诗歌中的隐蔽动机，我追求浪费和缓慢，其他一切都不令我激动，都是悲哀。"⑨现实所不及之处诗显现，诗人"用诗的命名来抗拒或战胜那无时无刻不萦绕着我们生存的空白"⑤p34-35，在"磁带—紧张的单词—街景和喷泉—天外客—锦绣"的词语链条中，张枣用一个词淬炼另一个词，词义层层嵌套式迭代，原词最终被赋予新的意义和倾向。"夕照""锦绣""花"是孕育灵性的召唤之词，流淌着流光溢彩的甜蜜因子，构建出一种梦的情境，一种诗的情境，磁带由此脱离本身物性的滞重，变成具有新的人文内涵和美学理想的命名："虚空少于一朵花"，"甜"与"虚空"成为形影不离、相克相生的两朵花。从这个意义上看，女老师恍然出神的一瞬正是莱辛所说的"最富于孕育性的那一顷刻"⑩，复得的希望潜藏在"晚报，晚报"的悠悠，有待善听之人从中感悟真谛。

三、"到江南去"：奥尔弗斯主义者的抵抗

新格局，每个人嘴里都有一台织布机，

正喃喃讲述同一个

好的故事。

每个人都沉浸在倾听中，

每个人都裸着器官，工作着，

全不察觉。

待女老师从游离的慌神状态复归现实，出现在眼前的景象是"新格局"，"戴好耳机"倾听的学生开始张嘴喃喃讲述。"看了看"有种打量、玩味的意味，女老师的动作仿佛获得表情。"织布机"意象再次呼应文本编织的理念，强调词语的潜在作用力和诗所具有的可能施加于现实的积极力量。需要特别注意的是，"好的故事"不单是对学生口中内容的价值判断，语词背后更积蓄着互文内涵。《好的故事》原是鲁迅《野草》集的一首散文诗作，"我"在朦胧中看见一个"美丽，幽雅，有趣"的"好的故事"，但这故事很快化为一片碎影，"我"想要追回他、留住他。张枣讲评鲁迅《野草》时认为"好的故事"象征乌托邦，是经由诗抵达的生存理想国，在这里引入"好的故事"显然有着召唤文学资源并重申诗学主张的自况旨趣。思绪回到当下，"沉浸在倾听中"的他们是否还保留"好的故事"的原型？他们能否听出"好的故事"的真意？一切尚未可知，但经过诗人的命名，希望有了乍现的可能。

如果说在《悠悠》中我们是通过"元诗"写作痕迹追踪到张枣的复得理想，那么，《到江南去》直抒胸臆地吐露了张枣想要用诗意抵抗虚无的志向。《到江南去》同样以对现代生活场景的聚焦开篇，起介质作用的是作为人类器官延伸的电话。电话跨越时空界限的沟通性使得"天涯若比邻"不再是可望不可及的臆想，人与人之间的心理距离被大大缩短，长期漂泊异乡的张枣无疑享受到了这一现代技术的福音，但生活的便利并未麻痹他的感官，他敏锐地觉察到悄然蛰伏的危机。上一秒，距离难以阻隔生活共享和思想同步，相隔万里的"我们"兴致高涨地谈论虎骨、肥皂剧、樟树和琴，"我"以"我"的方式确认"你"当下的状态。然而不过瞬间的功夫，伴随电话故障一切突然陷入"漆黑"，"你丢失在你正在的地方"。"你"是肉身之"你"与主体之"你"的集合，此时"你"的肉身尚在原地，那个能和"我"产生精神联系的"你"却已经消失，现代人在此种境况下遭逢分裂。

根据日常生活经验，当与电话那头的人断联，我们多把注意力集中在看得见摸得着的电话上，一般很少有人联想至"卫星掉落"的层次。"卫星"在张枣的诗里成了语言世界的积木，烟花般乍

现的"卫星"将"我"与"你"的失联扩展到宇宙运行的境地，加深了思想的纵深感和辽阔性，隐隐暗示"漆黑"不仅是此时此刻声音消失的指认，更是文明的象征，预示今后漫长岁月的黯然无光。"带着酒气的监听者"形象的闯入进一步重申了这份生存忧虑，"监听"是一个"空白"，是一个暴力之词，关联一套有关权力运行的意识形态，表面上是人基于主观需要使用媒介，真相却是人役于物，我们在对物的过度依赖里忘却生命的本义。

室内，"我"倍感虚无，如临大敌；窗外，"朝天喊谁下来搬煤气罐"的声音响起。作为烹饪必备工具的煤气罐通向"食"之本性，联结日常生活中朴素又基础的部分，可谓返璞归真。胖姨的形象充满视觉的丰腴感，和"怀孕的女老师"异曲同工，她们都是寂静的打破者和现有秩序的局外人，体内孕育着新生的能量。"你会在哪儿呢？""朝天喊"极言声音的穿透性和所喊对象的模糊性，这喊声仿佛在代替"我"向遥远的那头的"你"召唤，然而"我们"最终能否重联悬而未决。尽管如此，"线路，这冷却的走廊，仍通着，/我不禁迎了上去"。实体的用于倾听的电话线转化为空间的心理感受，黑暗，逼仄，留给"我"狭窄的通道，但"我"还是要"用虚无的四肢"到江南去寻找"藕粉之甜"，江南是诗人这类奥尔弗斯主义者重新感受生命并焕发生机的理想之地。

四、结语

"文学是追问现实而不是反映现实。"[9p63]通过对《悠悠》与《到江南去》的互读可以发现，虽然张枣素来以对"元诗"即语言本体的不倦追求闻名，但这并不意味着他的写作囿于封闭，相反，他的语言呈现向大地敞开的姿态，像鹤一样俯瞰着"生活在凌乱皮肤里的人"。觉察到现代化背景下被虚无笼罩的人生形态，张枣的底色难掩悲观，"虚无"常以不同的形态弥散在他的诗歌之中，但

他并未由此走向绝望，他将所听所感的现世百态融入超现实的诗歌语境，致力于在用词所搭建的世界寻找意义，从而以诗的"甜"解脱现实的焦虑。

且以《我们的心要这样向世界打开》做结：

因此我们的心要这样对待世界：
记下飞的，飞的不甜却是蜜
记下世界，好像它跃跃欲飞
飞的时候记下一个标点
流浪的酒边记下祖国和杨柳
化腐朽为神奇
我们的心要祝福世界
像一只小小蜜蜂来到春天。

注释【Notes】

①本文系国家社会科学基金项目"博物诗学视野下的现代汉诗文体研究"（项目编号：20BZW134），华中科技大学自主创新基金文科重点项目"博物诗学专题研究"（项目编号：2023WKYXZD022）的阶段性研究成果。

②颜炼军：《诗歌的好故事——张枣论》，载《文艺争鸣》2014年第1期。

③[法]让·鲍德里亚：《物体系》，林志明译，上海人民出版社2019年版，第44页。

④傅修延：《听觉叙事研究》，北京大学出版社2021年版，第109页。

⑤张枣：《张枣随笔选》，颜炼军编，人民文学出版社2012年版，第4页。以下只在文中注明页码，不再一一做注。

⑥[意大利]卡尔维诺：《美洲豹阳光下》，魏怡译，译林出版社2015年版，第67页。

⑦欧阳江河：《站在虚构这一边》，载《读书》1999年第5期。

⑧[法]德里达：《声音与现象》，杜小真译，商务印书馆1999年版，第101页。

⑨张枣、颜炼军：《"甜"——与诗人张枣一席谈》，载《名作欣赏》2010年第10期，第63页。以下只在文中注明页码，不再一一做注。

⑩[德]莱辛：《拉奥孔》，朱光潜译，人民文学出版社1984年版，第83页。

"骏马奖"云南获奖诗歌的审美特征①

姜子卓

内容提要： 在历届"骏马奖"获奖诗歌当中，云南作品数量众多、题材丰富，从宏观意义上反映出新时期云南少数民族诗歌创作的整体风格和价值导向，凝聚了诗人们对于云南这片土地深沉而厚重的情感，呈现出静穆苍茫的地域风格、丰富多元的民俗文化以及和谐相处的生态样貌，蕴含着云南少数民族文化当中关于生命、自然、时间等重大主题的认识。诗人们将鲜明的地域意象、独特的民俗事象、诗意的生存理想以及真切的情感体验纳入诗歌创作当中，从诗歌风格、语言修辞以及价值导向三个维度呈现出云南少数民族诗歌独特的审美特征，也为当代少数民族诗歌创作、生态文明建设以及民俗文化传承贡献出文学智慧。

关键词： "骏马奖"；少数民族诗歌；新时期文学；诗歌审美

作者简介： 姜子卓，华中师范大学文学院在读博士研究生，中国音乐文学学会理事，主要从事中国民间文学研究、诗歌研究和音乐文学研究。

Title: The Aesthetic Characteristics of the Winning Poetry of the Horse Award in Yunnan

Abstract: Among the award-winning poems in the Horse Award, Yunnan works are numerous in number and rich in themes, reflecting the overall style and value orientation of Yunnan minority poetry in the new period in a macroscopic sense, and condensing the poets' deep and heavy emotions for this land of Yunnan, presenting a quiet and vast regional style, rich and diversified folk culture and harmonious ecological appearance. It contains the understanding of the major themes of life, nature, and time in the culture of Yunnan's ethnic minorities. The poets incorporate distinctive regional imagery, unique folklore images, poetic ideals of survival and sincere emotional experiences into their poems, presenting the unique aesthetic characteristics of Yunnan minority poetry in three dimensions: poetic style, language and rhetoric, and value orientation, which also contributes literary wisdom to the contemporary poetry creation of ethnic minorities, the construction of ecological civilisation and the inheritance of folk culture.

Key Words: the Horse Award; minority poetry; literature of the new period; the aesthetics of poetry

About Author: Jiang Zizhuo, a doctoral student at the College of Arts and Letters, Central China Normal University, and a council member of the Chinese Society of Music Literature, is mainly engaged in the study of Chinese folk literature, poetry and music literature.

文学作为一种审美意识形态，反映人的生活当中与美相关的部分。文学作品通过诗意的呈现，使得客观存在具备特定的审美价值。有学者提出，新时期文学审美特征论最初的设定即把文学艺术与美联系起来思考，认为美是文学艺术的基本属性。② 云南少数民族诗人基于特定的民族文化语境进行诗歌创作，赋予诗歌意象以特定的审美价值，在诗歌意象方面呈现出极具民族色彩的审美特点，在诗歌语言与形式上达到了形神兼备的审美追求，传递出普世意义上的审美理想，体现出云南少数民族诗歌的多维审美特征。

一、民族风格：多维意象的审美特点

诗歌语言是诗人抒发情感意志、表现审美理

想的载体。借助诗歌意象选择和多种辞格的运用，云南少数民族诗歌呈现出独特的审美特点。"骏马奖"云南获奖诗人基于文化语境进行创作，在诗歌修辞方面呈现出具有云南特色的语言风格和审美追求。总体来说，其诗歌意象的选择带有明显的民族风格，其动词、颜色词以及语气词等词语具有灵动自然的修辞特点。同时，少数民族诗人综合运用多种辞格，常见连用、兼用、套用等现象，进而呈现出更加突出的修辞效果，使得诗歌作品呈现出生动鲜明的民族色彩和云南风格。

（一）自然意象的民族化呈现

有学者指出，没有意象的发现、经营和创构，就没有真正的诗歌审美，也没有诗歌艺术。[③]在诗歌创作当中，自然意象渗透着少数民族诗人的主观感受，成为诗人抒情言志的重要载体，因此承担着多重文学功能。在"骏马奖"云南获奖诗歌的自然意象书写当中，云南少数民族诗人同样赋予诗歌意象以浓郁的民族文化特点，借助自然意象呈现不同民族的文化观念。

在云南部分少数民族文化当中，植物作为重要的图腾符号或文化象征参与到民族传统中，少数民族诗人同样也在诗歌创作中对具有民族特色的植物意象进行了特定的书写与呈现。例如彝族诗人王红彬在《马缨花》这首诗中写道："一个山林民族的今天，在你凋零开放的手掌中，渐渐饱满为文明的种子。"[④]在这首诗歌当中，诗人将马缨花称为"一部彝族历史的象形文字"，进而赋予了马缨花这一自然意象以民族色彩。作为彝族文化中重要的植物图腾，马缨花已经不单单是一个简单的植物意象，其背后包含着特定民族的文化指向，也作为重要的参与者见证着彝族历史的发展、参与彝族文化的构成。

通过带有民族色彩的自然意象书写，云南少数民族诗人将当地优美动人的自然生态样貌加以诗意诠释。因此，其诗歌语言具备民族审美的特点，营造出独具云南风格的诗歌意境和美学空间，从整体上呈现出意象丰富、内涵深远的多维层次，其背后同样彰显了云南地区人与自然和谐相处的民族文化特点。

（二）人物形象的民族化书写

诗人作为创作主体，在进行特定情境书写、情感表达的过程当中往往会借助人物形象的塑造来展现不同文化语境的特点，"骏马奖"云南获奖诗人同样在诗歌当中纳入了众多民族化色彩的人物形象书写，这些人物形象的塑造不仅使得诗歌作品呈现出浓郁的民族特色，同样也体现出不同民族文化所具备的精神气质、崇尚的道德品格，进而反映出云南少数民族文化当中深层的价值导向。

傈僳族获奖诗人杨泽文在《头顶瓦罐的姑娘》这首诗歌当中写道："你黄昏中的步履因此而不慌不忙，你头顶瓦罐的形象因此而愈加丰盈，那条小路才延伸着多么美好的时间，我苦难的心尖才划过意味深长的爱恋。"[⑤]诗人通过塑造一个头顶瓦罐的少数民族姑娘的人物形象，展现云南少数民族文化所特有的民族审美特点。黄昏之中的村庄经过一个姑娘，头顶的瓦罐当中存放着水或者粮食。在诗人看来，那是沉甸、充实、完美而坦然的，这一丰盈的人物形象在诗人笔下同样象征着特定的时空，进而与诗人对于家乡族群的怀念相关联。借助民族人物形象的塑造，云南少数民族诗人建构起具有地域色彩和民族风格的美学意境，也使得其诗歌语言具备了独特的民族审美属性。

（三）特定意象的审美化表达

在"骏马奖"云南获奖诗歌当中，诗人们将少数民族文化当中的特定意象加以审美化呈现和诗意性表达，进而使其诗歌作品呈现出更加鲜活饱满的民族风格，在多重意象的交织与组合当中，表现出云南少数民族诗歌所特有的多民族文化审美特点。

在云南少数民族文化语境中，火往往作为重要的意象参与民俗文化的构成。在诗歌创作当中，少数民族诗人同样赋予了火这一意象以审美化、神圣化、民族化的特有属性，并将其延展到相关意象的书写当中。德昂族获奖诗人艾傈木诺在《进洼》中写道："我把四季的丰收架进火塘。"[⑥]在《边河月色》中，诗人则写道："溶溶边河水，漾漾淌过我思乡的火塘。"[⑥]p21诗人将"火塘"与族群丰收的希冀、思念家乡的心绪进行了关联，进而指明了这一特定意象在德昂族文化当中所蕴含的神圣色彩和象征意味。彝族诗人沙马在《火塘》这首诗歌当中，对这一特殊意象进行了更为全面的诠释："一个民族的夜晚就这样开始……在无边的星空下，怀想火塘，这温柔又怜悯的时刻，我感到某种幸福。"⑦诗人透过"火塘"书写彝族文化当中对于火的崇拜与敬畏，诠释"火塘"作为文化符号象征着彝人的家园和故乡，同样也通过这一特定意象为整首诗歌营造出神圣而温暖的特定文化意境，借助诗歌语言展现其背后所蕴含的民族文化和象征意义，进而呈现出独特的审美表达。

二、形神兼备：诗歌语言与表现形式

云南少数民族诗人在进行诗歌创作的过程当中，注重情感与文辞的交织，其诗歌语言从整体层面呈现出灵动自然的审美特点。诗人们并不一味追求辞藻的堆砌和修饰，反而选用更加朴实自然的词汇，大胆使用色彩鲜明的语词，并穿插不同民族语言当中的方言语汇和特定名称，结合生动形象的诗歌修辞，使得诗歌作品呈现出平实而细腻、灵动而隽永的艺术效果。

（一）灵动自然的诗歌语言

1.色彩鲜明的诗歌用语

丰富多样的自然景观使得云南地区具备了缤纷的色彩空间，少数民族诗人同样大胆地使用色彩鲜明的词语，不仅营造出鲜活灵动的诗歌语境，同样也展现出云南多民族文化当中的包容、热烈、开放、自由、活泼与昂扬的审美特点。在诸多颜色词汇的使用当中，"红土"则成为代表性意象。彝族诗人王红彬在《芭蕉树》中形容"红土高原一年四季依然象少女般葱绿"④p22。可见在诗人的创作当中，红土与高原已经成为密不可分的意象，红土也成为云南高原显著的地域特征，为整体的诗歌创作营造出独特的地域色彩。傈僳族诗人李贵明也写道："我的胸膛长出一片绿色的麦子。根部，是睡眠的红土和雨滴。"⑧诗人书写绿色的麦子和红色土地，其中大胆明亮的色彩使诗歌具备了更加强烈的画面感。对于诗人而言，红土象征着自己肉体和精神的根本所在，联结着诗人的想念，同样也是家乡的代名词。红色土地这一意象的运用不仅为整

首诗歌创造出色彩鲜明的高原图景，同样也使得整个诗歌具备了更加苍茫、厚重的文学氛围与地域特色，从而产生了独特的艺术感染力和云南地区的风格特点。

2.独具特色的诗歌语汇

基于多民族文化地区的语言使用习惯，"骏马奖"云南获奖诗歌语言呈现出鲜明的风格特点，不同民族方言语汇的纳入，使得"骏马奖"云南获奖诗歌作品呈现出独特的地域属性和民族特色，同样也建构起具有云南风格的诗歌语境。在获奖诗歌当中，常见特定的民族方言表达。例如诗人王红彬在《芒市》这首诗歌当中提道："小卜少⑨不怕雨，大青树下卖芭蕉，淋湿了的叫卖声，还透着少女的俏皮。"④p14诗人在描写芒市、瑞丽这些傣族聚居地区时，特意选用当地傣语"卜少"来进行创作，使得诗歌呈现出浓郁的民族风格和地域特色，同时结合诗歌当中对于温柔的雨的书写，人物和情境实现了交织与融合。通过使用具有民族特色的诗歌语汇，少数民族诗人营造出灵动俏皮的审美空间。

而哈尼族诗人哥布在创作中也时常纳入特色语汇，例如在《春天》当中，诗人提道："人们在心里点了明灯，在田边吹扎比的人是谁。"⑩其中的"扎比"便是哈尼族的一种传统乐器。除此之外，还有"丫多""婆多得"等特定寨名的纳入，同样也使得诗歌呈现出独特的语言习惯和特点。而在《献给一只鸟儿的挽歌》当中，诗人则运用到了一个独特的诗歌开场："哎咳——天空消失了，土地也消失了……"⑩p82在诗歌结尾同样用"哎咳"结束。这种运用实际上借鉴了哈尼人唱哭歌开头和停顿时的叹词，同样是基于悲伤的情绪和语境，诗人从哈尼族传统的民间文学中得以启发，在为鸟儿创作的这首挽歌当中借鉴了哈尼族哭歌的特定语汇，进而呈现出独特的诗歌语言风格。

（二）丰富巧妙的诗歌修辞

云南少数民族诗人基于丰富多彩的自然生态环境和民俗文化语境进行诗歌创作，大量使用比喻、拟人、陌生化等修辞，呈现出多元而巧妙的诗歌修辞特征，这些修辞格的使用使得诗歌从形式上呈现出更加细腻动人的审美特点，其背后凝聚着诗

人们深切的情感，进而呈现出"形神兼备"的审美特征。

第四届"骏马奖"云南获奖诗人王红彬提道："彝人在日常表达当中，就习惯运用比喻、夸张等修辞手法，因此也有人称我们为'诗人的民族'，反映到诗歌创作当中，常常不自觉地运用这些修辞手法进行表达。"⑪少数民族诗人们将雄奇大胆的想象借助修辞进行阐释，使得诗歌产生了生动形象的艺术特征。王红彬在《山恋》当中写道："扛野猪的汉子，和疾风一道，从山上归来，钢炮枪还冒着烟，挎在肩上，像一团雾飘在一座山岗……她看见他牛一样健壮的胸膛，这时，她的心里暗暗发慌。"④p7诗人在这首诗歌当中，运用云南地区常见的日常意象来完成比喻，使得整首诗歌充盈着强烈的画面感，同时也生动地书写出山里的汉子如山一般巍峨、如牛一般健壮的品质和形象，使得整首诗歌具备了鲜活生动的表现力。

作为文学创作当中构建焕然一新的现实的手法，"陌生化"创造性地破坏习惯性和标准化事物，进而呈现出独特的文学效果和艺术魅力。白族诗人杨泽文在《山岗上的树》中写道："而你，却梦见蓝色天空中，将添一轮，绿色的太阳。"⑤p33一般而言，太阳意象在诗歌当中往往具备明亮、炽热、金黄等显著特征，但是在这首诗歌当中，诗人将太阳形容为"绿色的"，进而使得诗歌呈现出新奇独特的审美特征，打破了传统意义上读者对于太阳这一意象的认知，运用"陌生化"的手法，凸显出诗歌主旨当中山岗上一棵孤独的树，犹如一轮太阳一般的形象，批判了社会上的一些乌合之众，反面衬托出山岗上这棵树所具备的坚守、乐观等品质，进而生发出焕然一新的艺术效果。

（三）多样并存的诗歌体裁

云南少数民族诗人基于丰富的现实题材和雄奇的想象思维进行创作，在诗歌体裁方面同样呈现出多样并存的特点，除一般的诗歌形式之外，受到少数民族民间文学当中传统歌谣、对唱歌等体裁的影响，在"骏马奖"云南获奖诗歌当中，不仅包含题材丰富的叙事诗歌和抒情诗歌，类似于歌谣体的特殊诗歌形式也有所涉及。

1.叙事诗歌

白族诗人何永飞在获奖诗集当中，运用多种形式对茶马古道之上的人物、故事、情境进行书写。其中，叙事诗歌《阿十妹传》以茶马古道上一位著名的女马锅头⑫为书写对象，重点讲述阿十妹在千年古道之上带领马帮赶马的故事，通过8个部分的书写呈现她传奇的人生经历。从诞生、童年、嫁人、离婚、赶马、斗争再到老去、死亡，这些关键的节点在诗歌当中都有细腻的刻画。诗人写道："阿十妹用闪电，刮掉骨头上的胆怯，用山梁，堵住生命的流言蜚语，疲软的生活不再属于她。"⑬通过人物刻画和情节书写，一个比男人还要坚强勇猛的白族女性形象跃然诗间。这首叙事诗歌以突出的人物形象、层层递进的叙事逻辑，讲述茶马古道之上的动人故事，传递出诗人对于阿十妹的敬仰与尊敬，"风吹过，驼铃再次响起，那是她的骨头在唱歌"⑬p74展现出阿十妹勇敢美丽的精神品质和叙事诗歌高度的艺术概括性与感染力。

2.抒情诗歌

云南少数民族诗人饱含深切的情感进行诗歌创作，在"骏马奖"云南获奖诗歌当中，抒情诗歌同样作为重要的诗歌体裁而存在，且题材涉及广泛，包含爱情、友情、思乡之情、家国情怀等。其中有直接澎湃的情感抒发，例如普米族诗人鲁若迪基在《把你的手放在我的胸口》这首诗歌当中写道："啊，爱人，请把你的手放在我的胸口，在这颗星球，只有这颗心是为你而跳的啊！"⑭诗人借助诗歌语言将自己对于爱人的情感直接表达，生发出动人心弦的艺术魅力。还有委婉含蓄的间接情感表达，例如哈尼族诗人哥布在《红河》中写道："做饭的时候，不要用红河边的石头，红河边石头是乌龟，小时候父母的故事里，红河很遥远，我去过的地方也不少了，红河其实就在家门口。"⑩p98红河对于哈尼族人民来说，是最为熟悉的"水"的意象，诗人将孩童时的回忆与成长后的感受对比，借助这一特定意象表达对家乡的思念和眷恋，运用间接抒情的手法写出红河对于哈尼族人民的重要意义。这条河不仅仅是地理意义上的一条河流，也是一个民族的显著标志，走出这片河流滋养的土地，更能发觉这条河流背后所蕴含的家园属性。诗人透过特定意象传递出这一动人的情感，生发出深沉隽永的文学魅力。

3.特殊体裁

受到云南地区丰富的民间文学的影响，少数民族诗人在诗歌创作当中同样也涉及民族歌谣、民间小调等特殊形式的诗歌体裁。例如诗人李贵明在《祭天古歌》这首诗歌当中，借鉴傈僳族古歌的形式特点，从祈求五谷、祈求雨等8个部分进行书写，诗歌通篇采用古歌的形式创作，使得诗歌内外都具备了独特的民族审美色彩，表现出少数民族文化当中对于灵魂、神明、祖先、天地的敬仰与尊崇。在"祈求美"的这部分当中，诗人写道："是啊！土地是黑色的，像我妻子的头发，但我不清楚汗水，是不是也有白梨花香。我将在这片土地上，停留片刻，聆听一些声音。人，和世界的。"⑧p12在诗人笔下，傈僳族文化当中所祈求的美与土地、汗水、梨花相关联，在人与世界的和谐间性当中，生发出一种独特而苍茫、古老而静谧的美感。

三、审美理想：和谐内涵与价值追求

各族人民基于现实生活所创作的诗歌体现出不同的审美倾向与民族心理。"骏马奖"云南获奖诗人基于独特的文化语境和审美体验，在诗歌创作当中融入了云南地区少数民族历史文化传统当中关于美的理想观念，体现出鲜明的少数民族特色。总体而言，云南少数民族诗歌的审美理想主要包括生存理想、共同梦想以及人文关怀三个维度，体现出云南少数民族诗歌所特有的审美理想。

（一）诗意栖居的生存理想

"骏马奖"云南获奖诗人基于云南地区和谐美好的生态环境以及人际关系，书写现实和理想相互映照下的理想生存状态，对极具云南特色的山寨生活等进行了充分描绘。从整体而言，呈现出诗意栖居、和谐共生的审美特征。诗人在诗歌当中描绘诗意栖居的生存理想，也书写健康而美好的人性。诗人通过描写不同民族人民的行为活动与内心世界，展现出富有民族精神气质的人物形象，体现了直观形象和理性观念的结合，进而呈现出超越现实的审

美气质。傈僳族诗人杨泽文在《山寨清晨印象》这首诗歌中提道："清爽地起来，随你，听鸟的语言学，看雾的朦胧诗，读寨子的晨炊画。"⑤p30透过诗意化的创作，一幅勤劳朴实、温馨美好的日常生活图景得以呈现。同时，诗人对山寨清晨的鸟与雾这些意象加以描写，体现出生态多样性背景下人与自然万物和谐相处的生存环境，进而透过诗歌语言传递出诗人内心所青睐的诗意栖居理想。

（二）团结奋斗的共同梦想

作为新时期云南少数民族文学的代表性作品，"骏马奖"云南获奖诗歌充分彰显了云南地区多民族人民和谐相处、团结一心的价值追求和创作导向。云南少数民族诗人饱含真挚而动人的情感，书写自身对于祖国的热爱，体现出各兄弟民族之间的友爱和少数民族作家所具备的中华民族命运共同体意识。在获奖诗歌作品中，诗人们书写各民族同胞团结一心的现实情境，并对各民族共同创造的美好未来充满期待，传递出我国各民族同胞渴望团结奋斗而实现共同梦想的坚定与决心。白族诗人何永飞在《马语》当中提道："古道穿过各民族的心脏，一个民族的痛，会牵动其他民族的痛……痛和乐不分民族。"⑥p53通过诗歌语言，诗人书写出茶马古道上各民族互相帮助、互相体谅的动人情感。佤族诗人聂勒在《民族兄弟》这首诗歌当中也提道："你说的话，我无法听懂，可你的笑，是最通俗的语言，你是我的好兄弟……同在一片蓝天下，共饮一条长江水。"⑩诗人运用生活化的语言，书写各民族一母同胞的深切情感，以及追逐幸福的共同梦想，将各民族共同奋斗的现实题材转化为诗歌创作当中的重要组成部分，通篇洋溢着真诚、炽热、友爱以及明媚的诗歌氛围，进而呈现出各民族人民团结一心、共创美好未来的价值追求和美学境界。

（三）普世意义的人文关怀

在"骏马奖"云南获奖诗歌当中，少数民族诗人以博大的胸怀与广袤的视野进行书写，跳出特定的地域和族群，超脱个体的理想，呈现出普世意义之上的审美特征。对于和平、苦难、坚毅、面向未来等主题的创作流露出云南少数民族诗人悲天悯人的人文关怀，落脚于真善美的价值导向同样体现出

云南少数民族诗人的审美追求。这类诗歌创作超越了一般的个体意义和族群价值，与生命、尊严、自由等深刻主题相关联，关注全人类的命运与发展，体现出文学创作的终极审美追求。

佤族诗人聂勒在《假如》当中写道："假如我是一道彩虹，多好啊，我会俯下身来，做一座金桥，足立中华，手扶五洲，让所有热爱和平的人们，摒弃信仰抛却分歧，沿着我的脊梁，自由地来往。"⑮p182诗人运用灵动的诗歌语言，传递出一位少数民族同胞对于世界和平的向往与推崇，这种深刻而动人的价值追求幻化成为诗歌当中的核心力量，呈现出无私而博大的诗歌情怀，体现出云南少数民族诗歌当中对于人类命运的人文关怀。诗人所构筑的和平而美好的诗意空间同样也彰显了云南少数民族诗歌当中普世意义上的审美理想和价值追求。

傈僳族诗人李贵明于《在梦中听到摆时》这组诗歌当中，运用虚实相生的创作手法，描写土地和仪式中蕴含的人类文明和原始记忆："全世界的诗人们！听一听童年的声音，听一听大地的激情和岁月的伤痛。"⑧p42诗人饱含浓烈的情感进行诗歌创作，从怒江地区的自然环境和文化特点出发，书写出这片土地作为见证者所经历的沧桑。对于全人类而言，古老的土地和传统的文化联结了祖先和现实，成为永恒的精神家园，因此诗人从自身的民族出发，拓展到全世界的诗人群体当中，呼吁诗歌创作回望人类童年，观照历史与岁月的发展，进而呈现出纯净、自由、古老而深刻的审美特点。

四、结语

"骏马奖"云南获奖诗人兼备个体和集体层面的价值书写，透过诗歌创作传递不同民族文化当中共通的精神价值，同样也进行了多样而有益的诗歌创作尝试，体现了新时期以来云南少数民族诗人立足现实、心系家国的价值导向，展现出各民族同胞内心所蕴含的中华民族共同体意识。"骏马奖"作

为我国少数民族文学创作领域的最高奖项，体现了新时期以来我国少数民族文学创作的趋势和导向。同时，"骏马奖"云南获奖诗歌以其静穆苍茫的地域书写、神秘多元的民俗书写以及真挚动人的情感书写，在民族风格、诗歌语言以及审美理想等方面呈现出云南少数民族诗歌独特的审美属性和书写特点，也为少数民族诗歌创作提供了有益的参考与大胆的尝试。

注释【Notes】

① 本文为2023年云南省教育厅科学基金研究项目"新时期云南少数民族诗歌中的生态美学研究"（课题编号：2023Y0919）的研究成果。

② 童庆炳：《新时期文学审美特征论及其意义》，载《文学评论》2006年第1期，第64—74页。

③ 邹建军：《论诗歌意象的审美特征》，载《三峡学刊》1998年第1期，第36—42页。

④ 王红彬：《初恋的红峡谷》，广西民族出版社1989年版，第20页。以下只在文中注明页码，不再一一做注。

⑤ 杨泽文：《回望》，云南民族出版社1996年版，第82页。以下只在文中注明页码，不再一一做注。

⑥ 艾傈木诺：《以我命名》，云南民族出版社2007年版，第18页。以下只在文中注明页码，不再一一做注。

⑦ 沙马：《梦中的橄榄树》，大众文艺出版社1999年版，第10—11页。

⑧ 李贵明：《我的滇西》，昆明：云南科技出版社，2010年9月版，第154页。以下只在文中注明页码，不再一一做注。

⑨ 傣语，意为小姑娘。

⑩ 哥布：《母语》，云南民族出版社1992年版，第9页。以下只在文中注明页码，不再一一做注。

⑪ 笔者于2023年12月对"骏马奖"第四届获奖诗人王红彬进行访谈，这是对谈话内容的摘录。

⑫ 马锅头，指的是茶马古道上马帮的首领。

⑬ 何永飞：《茶马古道记》，云南人民出版社2015年版，第70页。以下只在文中注明页码，不再一一做注。

⑭ 鲁若迪基：《我曾属于原始的苍茫》，民族出版社2000年版，第9页。

⑮ 聂勒：《心灵牧歌》，云南美术出版社2004年版，第138—139页。以下只在文中注明页码，不再一一做注。

多模态隐喻视角下《宇宙探索编辑部》的主题表达

周芷夷

内容提要：隐喻是目前学术界炙手可热的论题，在人们的日常生活中处处都存在隐喻的痕迹。基于多模态隐喻理论，本文对于电影《宇宙探索编辑部》中的语言模态、声音模态和视觉模态进行隐喻发现：在语言模态和声音模态中，导演通过孙一通的诗歌、广播对人与自然以及人与外太空的关系进行探讨，表达人与自然是人寓于自然之中，人的存在意义来自于自己的选择与行为的主题；在视觉模态中，以四个主要探险队员的人员设置为源域，以《西游记》中取经的师徒四人为目标域，讲述一场与《西游记》主题对照的人生意义探索之旅，表达着人类在无意义中寻找意义的存在主义哲学思想。研究表明，电影通过视觉模态、语言模态和声音模态三者间的互补强化的关系，探寻人类存在的本质这一哲学主旨。

关键词：多模态隐喻；科幻表达；宇宙探索编辑部

作者简介：周芷夷，中南财经政法大学中韩新媒体学院学生。

Title: Thematic Expression of *Journey to the West(film)* in the Perspective of Multimodal Metaphors

Abstract: Metaphor is a hot topic in academia at present, and there are traces of metaphor everywhere in people's daily life. Based on the theory of multimodal metaphors, this paper makes a metaphorical discovery of the linguistic, sound and visual modes in the film *Journey to the West* (Directly translated as *Cosmic Quest Editorial Board*): in the linguistic and sound modes, the director explores the relationship between man and nature and man and outer space through Sun Yitong's poetry and radio broadcasts, expressing the theme that man and nature is a human being residing in nature, and that the significance of man's existence is derived from his own choices and behaviours; in the visual modes, with the personnel settings of the four main explorers as the source domain, and the four masters and disciples fetching scriptures in *Journey to the West (book)* as the target domain, the film narrates a journey of exploring the meaning of life in contrast to the theme of *Journey to the West (book)*, expressing the existentialist philosophical thought that human beings are searching for meaning in the midst of meaninglessness. The study shows that the film explores the philosophical thrust of the nature of human existence through the complementary and reinforcing relationship among visual, verbal and sound modalities.

Key Words: multimodal metaphors; science fiction expression; *Journey to the West(film)*

About Author: Zhou Zhiyi, a student at China-Korea Institute of New Media, Zhongnan University of Economics and Law.

引论

在人们的日常生活当中，隐喻无处不在。随着新媒体时代的来临，媒介的传播途径日益多样，交际形式呈现多模态化。而电影这一传播媒介，作为视觉模态的代表，在传播过程中呈现出明显的视觉、语言、听觉等模态交融和互补的特征，相关研究也越来越受到重视。本文将从认知隐喻视角研究《宇宙探索编辑部》中的隐喻，探讨电影如何通过

人物塑造、对白设置以及画面构图来传达人的存在意义来自自我选择和相应行为这一哲学思想。

一、文献综述

Lakoff和Johnson认为，隐喻是一种概念现象，本质为用某一种事物看待另一类事物。①学者苗瑞在《电影共同体想象的多模态转喻建构》②一文中提出："电影是一种蕴含着丰富的模态资源的多模

态叙事文本。不同于语言转喻，电影转喻是由纯语言系统、伴语言系统、身体符号系统和非身体符号系统等符号资源生成的。"学者孙毅③将电影中的多模态隐喻总结为："电影隐喻是隐喻的双域（源域和靶域）之间映射的复杂组合。"这一观点也应和了艾伦·席恩吉和科妮莉亚·穆勒的观点④，多模态隐喻是由不同表达模式，例如视觉、声音、剪辑等，进行构建的，而这些表达模式是呈现故事内核的重要手段，因此表达手法和故事内容的隐喻之间存在着自然的映射关系。

目前国内针对这一领域的研究主要体现在对于电影海报中的隐喻以及纯理论性分析电影的多模态隐喻，对电影主体和叙事中隐喻的研究仍处于起步阶段，研究重心在广告、漫画以及动画作品中。针对《宇宙探索编辑部》这部影片的隐喻研究，目前更是寥寥无几，因此本文基于概念隐喻理论和电影的多模态隐喻理论，对于电影《宇宙探索编辑部》中的视觉模态、语言模态和声音模态的隐喻及其协同产生的隐喻效果进行研究，从而讨论三种模态的隐喻对于电影主题呈现的影响。

二、电影《宇宙探索编辑部》的多模态隐喻研究

（一）视觉模态

《宇宙探索编辑部》这部作品在平遥国际电影展上一播出，就引发了热议。影片讲述了痴迷于探索外星人的主编唐志军，某天突然收到了一个疑似来自宇宙深处的异常信号，于是他和一群有着同样兴趣的伙伴一起寻找外星人，希望地外文明能够帮他解释困惑他终生的疑问。这使得影片的风格荒诞与纪实并存。

从纪实性的角度来看，导演在拍摄技法上采用了伪纪录片的形式，给观众提供了一个所谓"真实"的故事背景。在故事的开篇，导演也选择恶搞现实中存在的节目《法制进行时》，为唐志军提供了一个非常高调的出场。在这一场景中，唐志军这一理想主义者成为源域，而这个节目成为转喻的途径，让唐志军这个角色在最意气风发的时刻成为被囚禁在时代里的罪人。

同样的隐喻含义，也发生在唐志军为赞助商演

示老旧的宇航服的时刻。当唐志军被卡住在这件实际上是赝品的宇航服里时，这一时刻也许是唐志军距离宇宙最近的时刻，但是同时也在这一时刻，他被赝品的理想扼住了喉咙。唐志军这一角色成为许多现实中理想主义者的投射，传达着理想主义者在如今资本裹挟的社会里难以生存的现状。

故事中的道具也在承担着隐喻的作用，来找编辑部打广告的阿波罗热水器与广告牌上的外星人燃气灶在故事中成为源域，而现实世界中的物欲成为目标域，可以概括为"资本可以利用所有理想和资源"。这样的态度同样和影片最初唐志军在采访中提出的期愿形成对比，人们最初对于宇宙的探索是来源于对神的向往，但是随着社会发展、物质世界的充足，人们逐渐抛弃了最开始的信仰，走向了全面的物质化。

在故事的整个剧情上，将唐志军五人的旅程视作源域，其目标域为他们的心路历程。从科技发达的北京到杂乱的城镇，到奇怪凋敝的乡村，再到破旧废弃的工厂，最后到荒无人烟的深山洞穴。这是他们的旅程也是唐志军这一代人的人生，从影片开头采访中的意气风发，到后续连暖气费都付不起的现实，这既意味着理想主义者的没落，也意味着他们难以融入现实的物欲世界。最终的洞穴也彰显着唐志军最后来到了自己内心的本源，在这里他终于面对孙一通诚实地说出了自己内心深处的渴求：他疑惑女儿为什么会那么"轻率"地自杀，所以他一直在寻求人为什么活着？活着的意义是什么？

故事最后高举外星人腿骨的孙一通和光亮的洞穴口所呈现的构图，具有丰富的含义：其一，与柏拉图所提出的"洞穴隐喻"有关。在这个构图里，孙一通成为故事里高举火炬要出去的人，而唐志军成为留在山洞里的人。在"洞穴隐喻"中，高举火炬要出去的人代表了掌握真理的人，而留在洞穴里的人意味着留下的蒙昧的人。蒙昧的人对探索者提出疑问，影片中唐志军也对孙一通提出了疑问，请求他告知生命的意义到底是什么？但是孙一通没有给出最后的答案，可能是到最后这个答案并不是唐志军所希望听到的，会颠覆唐志军这么多年活着的意义，也有可能是孙一通所代表的地外文明也不清

楚这个答案。因此唐志军最后只能自己在结尾的诗篇里给出自己的解答：生命的意义是人自己的行为和选择。这本质上体现的是存在主义的思想即存在是偶然的、荒诞的，人是存在着的，然后通过选择去体现自己的本质。其二，如前文所提，故事本身的过程是对唐志军一行人心路历程的呈现。唐志军寻找这个洞穴的过程是在进行拉康提出的母腹的象征行为，从电影的故事线中，唐志军所展现出的特点就是对于这个世界存在着很多的疑问，而他攀登到最后遇到了孙一通这样的"智者"，于是他在洞穴里希望能寻求到答案，进而完成自身的成长和蜕变，在影片的最后他也实现了对世界的和解。

（二）语言文字模态

从笔者的角度来看，电影中对于许多神话作品和影视作品都有着隐喻。例如在影片开头，唐志军在介绍阿波罗号时，提出了人们对于阿波罗这位神明的身份的误解。此处的神明可以作为目标域，而影片中的"外星人"则作为源域。从后续唐志军对于外星人的提问上来看，外星人成为一个故事里的"地外神"，他也希望求索到一个"标准答案"。

较多的语言文字模态出现在孙一通的诗篇中，影片中的诗篇大多都存在着意象，基本上是对于影片桥段的描述或解读，理解它们也是理解主题的另一个手段。例如："隐匿的爆炸吞噬了灰尘/柴房的门缝里白布翻飞/大象用从未到来彰显庞大/指缝里那只手/指向峡谷"。

这一篇诗篇出现在影片中的日食之后，笔者认为，诗篇中的"爆炸"代指的是宇宙大爆炸，这样的推论可以和电影中唐志军介绍雪花点的来历有所互文，"大象"出自国外的俚语：房间里的大象。他指出的是明明显而易见但是却被忽略的事物。笔者以为此处的"大象"指的是外星人，也是生活里的理想主义者们，他们虽然存在却被社会忽视，突出展现了唐志军这类人的生存现实。

（三）声音模态

影片设计了大量的声音部分，其中包括电影的配乐、特殊音效、拟音、人物主旋律曲等。但是由于电影本身拍摄手法的限制，作为伪纪录片，所有的声音需要一定的逻辑来源。而这种虚实之间的声

音运用，提供了对于主题的隐喻。

首先是电影中唐志军的手机铃声，为席勒作词、贝多芬作曲的《欢乐颂》，歌词与旋律歌颂人类战胜自然，围绕着为自己赢得解放而展开。这恰恰也是本部影片所探讨的核心思想。

其次是出现很多次的声音广播，包括火车上的广播和村子里的广播两个部分。当火车到达四川时广播中朗诵了一首《蜀道难》，这既是在暗示着唐志军一行人的旅程将会非常艰难，也是在体现他们所具有的冒险精神和自我挑战精神。村子中的广播是一个过去式的物品，但是此时却出现在电影里，其主要内容为诗歌和日常天气，从村民的反应来看，他们不喜欢这样的诗歌，所以带上了耳罩。我们可以将其视作普通人对于理想主义者的不解与蔑视，也达成了对于现实的映射和讽刺。

（四）媒介即隐喻

影片中呈现了许多不同的媒介，首先是出现在影片里的伪电视采访，其次是《宇宙探索》这本杂志，再就是已经被现代社会逐渐遗忘的乡村广播这一媒介，另外还存在着一些非传统的媒介，如孙一通的头盔、唐志军的宇航服及影片中出现的交通工具也成为一种重要的媒介。尼尔·波兹曼曾提出：媒介即隐喻。⑤因此我们可以通过这些媒介去获取到不同的隐喻信息。

在电影中，存在的最重要的媒介是摄像机。当导演选择采用伪纪录片的形式进行拍摄时，故事的叙事里会存在一个额外的人物即拿着摄影机的摄影师。而这样的安排会生发一个问题：这个人是谁？在许多类似的伪纪录片中这样的一个角色会被安排成原有剧情线中出现的人物，如韩国电影《昆池岩》（2018年）。也有些作品会让这个角色成为故事里的纯叙述者，例如娄烨导演的《苏州河》（1998年）。那么在《宇宙探索编辑部》中这个角色被赋予了观众。

根据拉康所提出的"镜子理论"：电影本身属于一种镜像文本。而观众本身在通过电影的屏幕寻找自我，电影本身在观众认同中具有强大的主题性，这种主体性将形成一种新的影像——自反性影像，于是观众的自我也将被投射到影片中并伴随着

主人公一起经历自我探寻的旅程。

观众成为拿着摄影机的人，这一情节设定我们也可以理解是为了避免剧情逻辑出现明显问题而诞生的。因为在剧情的高潮：孙一通被外星人带走，从故事逻辑上讲此时应该只存在着唐志军一个人作为这一幕的观众，唐志军没有拿着摄影机，那么是谁拿着摄影机记录下这一切？那么只有观众自己了，观众成为这个故事里隐形的第六个存在。

因此这个故事表现出的唐志军五人的历险，也是现场所有观众的自我解放和自我探寻之旅。

除此之外，故事里出现了许多"失灵"的媒介，例如坏了的宇航服、刹车失灵的宇宙飞船车、满是雪花的电视机以及在最后失灵的唐志军的探测器。这些坏了的媒介阻隔了人们与内心神灵的交流，他们的"失灵"体现的是媒介的祛魅和显形。这样的呈现让故事发生的数字时代回到一种去媒介化的神话世界中，模糊掉现实和虚幻的边界，这也是为什么在影片上映后，出现了许多对于主角到底是不是有精神障碍的讨论。

三、电影《宇宙探索编辑部》中的模态协同及主题表达

张德禄提出模态间的表现关系理论，在影视作品中，通过录音、录像以及语言三者间的交叠与强化关系来呈现作者或叙述者所想要表达出的语境和语意。例如在影片最后唐志军独自去寻找孙一通这一段，光晕的特效较多运用以及较为朦胧的滤镜，搭配上比较梦幻的音乐，使得这一部分的叙事介于虚幻和现实之间，让观众在观看时会质疑这一部分的内容是否是唐志军食下毒蘑菇后的幻觉，而非真实发生的故事。

除此之外，这样的虚幻与现实的交织也出现在电影的第三章节"等待麻雀降落的少年"。在这一部分中背景音是孙一通在朗诵他的诗篇，而影片的画面与其一一对应形成对照。影片整体的叙事结构本身就类同于一篇章节式的散文诗，在这一章节中体现得尤为明显。诗篇中农家生活化的描写与唐志军一行人闲适的画面相呼应，这一部分所选用的背景音乐为门德尔松和海涅所作的《乘着歌声的翅膀》的纯音乐，歌曲本身就是一首浪漫的抒情诗，传达出一副富有浪漫主义色彩的图景，运用在这一选段更增添了这一部分温馨的氛围。而这一章节的结束，伴随着音乐的停止和诗篇的结束，由黑场镜头进行转场，在日全食之后，镜头聚焦在落满了麻雀的石狮子上。这一场景与影片中孙一通的台词实现了互文，且此处一切都戛然而止的节奏也给观众营造了很强的反差感，原本以为是胡言乱语的外星人第一次露出了痕迹，让影片前半部分荒诞的情节迎来的转折，开启了后续四人虚实相伴的探索之旅，也就是他们的寻神之旅。

同样地，在唐志军上山之后，看到了村子里消失的驴，前面还吊着一根胡萝卜，这里是一处互文，也是对于前面情节伏笔的回收。这里的驴作为本体，唐志军作为喻体，而寻找意义的人作为喻底；萝卜作为源域，人生意义的答案作为目标域。唐志军虽然还是用胡萝卜让驴走了一段路程，但最后驴还是选择了自己的道路。这暗示了其实所谓的答案是难以寻求的，但是我们可以通过自身的努力去理解，可以通过我们自身的行为来决定自己的人生。

结语

本文在多模态隐喻的理论基础上对影片《宇宙探索编辑部》中的视觉模态、语言文字模态、声音模态以及媒介手段所使用的隐喻进行研究，探讨"人类的存在意义来自自己的选择"这一主题。本文是对电影语类的多模态隐喻的个案研究，期待未来能够有更多相关研究和相关的语料库建立。

注释【Notes】

①Lakoff G, Jonhson M. *Metaphors we live by*. Chicago: University of Chicago Press, 1980.

②苗瑞：《电影共同体想象的多模态转喻建构》，载《当代电影》2023年第2期，第46—52页。

③孙毅、田良斌、陈朗：《FILMIP：电影多模态隐喻识别新进路》，载《北京电影学院学报》2022年第9期，第67—77页。

④Alan Cienki & Cornelia Müller ed. *Metaphor and Gesture*. Amsterdam: John Benjamins, 2008.

⑤[美]尼尔·波兹曼：《娱乐至死》，章艳译，中信出版社2015年版，第10—66页。

论赛珍珠的生态女性主义思想

——以《庭院中的女人》为例①

周亚萍　葛芳瑜

内容提要： 本文以赛珍珠的代表作《庭院中的女人》为研究对象，旨在探讨作者的生态女性主义思想。赛珍珠在作品中生动描绘了女性与自然同为"他者"地位的共生共存状态，并通过细致入微的描述，对尊卑有序的男权社会的等级体系进行了含蓄的批判性分析，展现了中国传统文化中的生态意蕴。此外，作者还表达了对理想社会生态关系模式的向往，即建立一种共荣共生、和谐包容的新型生态伦理关系。赛珍珠的叙事方式，对自然、社会及人生的整体性观照，以及她的悲悯救世情怀，均蕴含着中国传统文化中的生态女性主义基因，具有积极而深远的现实意义。

关键词： 赛珍珠；《庭院中的女人》；生态女性主义；他者；和谐包容

作者简介： 周亚萍，盐城工学院外国语学院讲师，文学硕士，研究方向：英美文学。葛芳瑜，盐城工学院外国语学院在读本科生，主要从事英美文学研究。

Title: The Ecological Feminist Thought of Pearl S. Buck: A Case Study of *Pavilion of Women*

Abstract: This paper takes Pearl S. Buck's representative work *Pavilion of Women* as the research object, aiming to explore the author's ecological feminist thought. Pearl S. Buck vividly depicts the symbiotic coexistence of women and nature as "the other", and through meticulous description, she makes a subtle critical analysis of the hierarchical system of the patriarchal society, revealing the ecological implications of traditional Chinese culture. Furthermore, the author expresses her longing for the ideal model of social ecological relationship, that is, to establish a new type of ecological ethical relationship of mutual prosperity and harmonious inclusiveness. Pearl S. Buck's narrative style, her holistic view of nature, society and human life, as well as her compassionate and redemptive spirit, all contain the ecological feminist genes of traditional Chinese culture, with positive and far-reaching practical significance.

Key Words: Pearl S. Buck; *Pavilion of Women*; ecological feminism; The Other; harmonious inclusiveness

About Author: Zhou Yaping, teacher of School of Foreign Languages, Yancheng Institute of Technology with a master's degree, engaged in the research on British and American literature. Ge Fangyu, undergraduate of School of Foreign Languages, Yancheng Institute of Technology, majoring in the English language and literature.

作为美国第一位获得诺贝尔文学奖的女作家，赛珍珠的一生与中国结下了不解之缘。她在襁褓中便与传教士父母漂洋过海来到中国，在中国生活了近四十年。她从小接受的便是东西方的双重教育，这种双重的文化背景造就了她独特的思想和视角。她通过一系列的创作如《大地》《母亲》《庭院中的女人》等向西方国家展示出中国社会真实的家庭生活、风土人情、传统道德伦理等，使得西方人能够用更深的人性洞察力去了解一个陌生而遥远的世界。

作为一名女性作家，赛珍珠有意识地进行了性别化书写。在她的作品中，既有勤劳坚韧的乡村女性，也有贪图享乐以色侍人的烟花女子，还有小镇上聪慧能干的贵族家庭的旧式太太，以及接受过西方教育的思想开明的现代女性等。不容忽视的是，在作品中让她花费同等笔墨的是中国广袤的自然场景，千百年来的儒家思想、父权制度等与女性之间产生的千丝万缕的联系。或许赛珍珠在创作这些作品时并未意识到，自己无意中成了生态女性主义的潜在的宣传者和阐释者。如学者韦清琦所言："我所理解的生态女性主义，聚集女性与自然的'后天性'关系，即两者以及所有的边缘群体同处在父权制的二元性压迫结构之中。"②人类对自然的占有和男性对女性的利用之间存在着的重要关联，便是生态女性主义研究的重点所在。也就是说，人类对自然的统治建立在一种父权制的世界观上，而恰恰是这样一种世界观确立了女性被统治地位的合法性。

本文以《庭院中的女人》为例，从一个旧式贵族大家庭入手，探讨作者在这个女性众多的院落中是如何呈现边缘化的女性的社会地位以及社会功能，并展示了其与男权中心主义之间的矛盾冲突，从而提出自己理想中的符合女性生态主义发展价值理念的社会建构模式。

一、共生共存：女性与自然的他者地位

人们惯常把奥波尼在1974年首次使用"生态女性主义"看作是这一术语的起始。其实早在1949年，法国著名的女哲学家波伏娃在其著作《第二性》中就阐释并发展了女性作为"他者"的理论框架，而这个框架实际上也成为生态主义的理论根源之一：父权话语体制分离自我与他者，将超越的主体性脱离自然的控制。女性的自然属性如生育、母性等被父权社会视为他者和第二性，女性由此与自然一样成为父权话语控制、超越、排异和统治的对象。波伏娃在书中频繁使用"他者"这一概念，使得其几乎成为女性的代名词。因而她所提及的"人与自然"叙事，无疑暗示了性别与生态研究之间的联系，以及男性和女性与自然相处方式的不同。

《庭院中的女人》刻画了一个大户人家出身的吴太太形象。她漂亮温柔，精明强干。在嫁入吴家之后，她将一个有六十余口人的庭院事务打理得井井有条，家族兴旺，一切似乎都欣欣向荣。吴太太并不用亲自下地劳作，吴家拥有土地，可以雇佣

佃户，同时也做些生意。她与赛珍珠早期所创作的小说《大地》和《母亲》中的女主人公农耕的生活方式大相径庭，因为她的人生富足悠闲、衣食无忧，与土地和自然似乎是疏离的。然而从更深层次来说，吴家利用所拥有的土地养活这么一个庞大的家族，其依靠的是对农民及自然的剥削，自然沦为了他者。与此同时，吴太太看似过着风光体面的生活，但并未能减少她作为女性所要承担的职责。首先是来自男性的凝视——她必须要长得好看。当年她与吴老爷的新婚之夜，他对她说："但凡你要是个丑八怪，我昨晚一准就在枕头上要了你的命。我顶讨厌丑女人了。"③虽然听起来是一句玩笑话，可其中的暗含之意不言而喻：于他而言，女性只不过是一个被奴役的物种，需要美丽精致的外表才能讨得男性的欢心。与自然一样，女性也是处于他者的地位，因而女性与自然也就具有了类似符号性的关联。其关联主要体现在两者对男性提供的服务方面。自然为男性带来了丰硕的收成和富足的生活，而女性不仅要依靠其外在的姿色侍奉男性，还要充分行使其性别所赋予的生育功能。在与吴老爷二十四年的婚姻中，吴太太共生了七个孩子，活下来的四个都是儿子。她的好友康太太十一次临盆，其中有六个女孩。即便是年过四十，康太太也难逃再次怀孕难产的命运，几乎丢了性命才在吴太太的帮助下生下孩子。康太太本人对自己存在的价值的唯一标准就是生育孩子，当吴太太问她是否生活中有巴望过别的什么时，她回答道："从来没有，假如我每年都能生个孩子——如果我再也不能'结果'了，我还有什么用呢？"③p246

正如波伏娃所言："不可能把女人仅仅看作一种生产力：她对于男人来说是一个性伙伴，一个生儿育女者，一个性欲对象，一个他者。通过她，男人寻找自己。"④这一点同样体现在吴老爷所娶的小妾秋明身上。从一开始，不仅吴老爷，而且吴家的仆人都把她看作是满足吴老爷个人的私欲以及传宗接代的工具。即便是后来吴老爷中意的侍妾茉莉，也不过是其找寻男人的存在感与价值感的一个介质而已。女性在他的眼里存在的意义，只不过是等同于"他者"的男性的附属品。

同样，自然于他而言，也是他者，也是配角。因为有吴太太操持整个家族大大小小事务，吴老爷从不关心田庄农事，不曾踏足其家族赖以生存的土地，也不在意外面的纷争战乱，只是一味沉迷于及时行乐，活得快活。他是典型的男权社会的热衷享乐者。他们与自然剥离，只心安理得地享受自然和女性带给他们的便利和成就，却从不承认自然与女性与他们属于同一范畴。尤其不承认女性与他们一样具有主体性和自我人格。"他期望在他在田地运用的劳动完全属于他，为此，劳动者必须属于他。他奴役他的妻子和他的孩子们。他必须有继承人，他把自己的财产遗留给孩子，在孩子身上，他的世俗生命得以延续，并使他死后获得灵魂安息的必要荣耀。"④p106

二、尊卑有序：中国男权社会的隐喻体系

中国传统的文化观建立在一种独特的宇宙观之上，包括天人合一思想、阴阳五行理论、道德宇宙论、循环自然观，天命观与宿命论等。可以说，中国传统文化建构了一个自然、人文、道德高度统一的宇宙观，这种趋向于生态化的观念深刻影响了中国人的价值取向和行为方式，同时它也是理解中国传统男权文化的重要基础。

赛珍珠的作品经常是通过一个家族的兴衰起落来反映历史的更替和时代的变迁，如《大地》三部曲中王家从王龙开始及其子孙后代的生活历程，《庭院中的女人》也是围绕吴家上上下下的发展变化来展开叙述。中国传统的男权社会意识形态在其作品中也得到了充分的体现。

主人公吴太太一直把传宗接代看作是女人最重要的使命。她积极为吴老爷安排纳妾的事，其目的不仅仅只是为了解脱自己，而是为吴家增添新鲜的血脉。女人一旦做了母亲，就顺理成章被内置于父权制的统治秩序中。她仍然需要服务并服从于丈夫或者丈夫的家族，但是对于儿女及孙辈却拥有统治权。中国文化中有着强烈的宗族观念，"重家族，敬长辈，尊祖先"的教化深入人心，形成了中国特有的家族式统治，家族内部尊卑有序，一切有理可依，有章可循。

赛珍珠在小说的开头就用白描化的手法详细描述了吴太太四十岁生日的热闹场景。吴家四世同堂，人丁兴旺，其乐融融。寿宴的座次安排也完全按照传统的长幼有序的方式。寿宴既隆重又正式，"气氛轻松随意而不失庄重，显得吴府即敬重老规矩也懂得新风气"③p29。这种"父子有亲，夫妇有别，长幼有序"的家族关系是家庭稳定、安全、和谐的基础，是赛珍珠所推崇的儒家文化中积极的一面。

在《庭院中的女人》里，由于吴老爷一味沉迷于享乐，吴太太成了家族的实际掌权者。在某种程度上，她其实是一个充满矛盾的女人。一方面，她即充满慈爱与怜悯，尊重自然情感与平等人格，对生命、爱情和亲情尽心尽力守护；另一方面，居于父权制秩序之下，她已经认同并内化了父权制的社会秩序，成为家族中的"强权之母"。作为正妻，她对姬妾仆从拥有主宰的权力，譬如给吴老爷选定了乡村女子秋明作为小妾，继续履行为吴家再添香火的职责；大度地接纳吴老爷所中意的妓女茉莉，允许她进门成为宠妾。她给两个儿子选定妻子，而儿子受道德礼教的影响和约束，也只有接受和顺从。从表面上看，女性似乎取得了一定的强权，但深入探究下去，她们的权力很少能真正威胁到男性的地位和统治。她们所获取的权力，只不过是在男性家长缺席的情况下，在诸如子女婚姻、家庭纷争、个人生活等方面当家做主，并未涉及家族真正的核心权力和利益。男性作为"主外不主内"的形象，其权力和原则只不过借助女性向家族内部事宜延伸出去而已。⑤因此，即便是精明强干如吴太太这样的女性，其行使的权力并不是她本身所被赋予的女性的权力，而是在遵从尊卑有序的原则下父权的一部分。

三、和谐包容：理想的社会生态建构模式

生态女性主义者主张人与自然关系的一体性的同时，也注重男女群体的一体性关系，认为应当打破父权体系对于女性和自然的压迫，充分发挥女性和自然本身的力量。另外，应当打破二元思维定式，构筑起一个全面具体的思维体系。他们致力于

解构压迫性的统治逻辑，取而代之以人与人、人与自然、人与社会和谐包容共生共存的内在逻辑。赛珍珠通过《庭院中的女人》不仅揭示了自然和女性受到的来自男权社会的压迫，同时也在努力探寻理想的社会生态建构模式。

小说中的吴太太在四十岁生日这一天做出了一个重要决定，为了从继续生儿育女的职责中脱身，她要为吴老爷纳妾，从而解放自己，可以看一些一直以来想看的书，做自己一直以来想做的事。她代替吴老爷行使了男性的部分权力，却没有意识到即将进入这个庭院的另一个女人的悲剧人生正是她一手造成的。洋教士安德烈对此评价说，她"买秋明就像买进一刀猪肉"③p297。洋教士的新智慧和新精神打开了她的心灵，她内心深处的自我意识也被唤醒。完全摆脱父权社会给她带来的思想上的束缚和禁锢并非一朝一夕之事，然而觉醒后的吴太太积极追随安德烈的脚步——尽管他肉身已逝，灵魂却永闪不灭之光，引导着吴太太走向一种更加宽厚、仁慈的境界。她在精神向导的指引下，思想达到一个前所未有的高度，"是爱唤醒了她沉睡的灵魂，让它生生不息"，因此"她知道她将永生"。③p467

除此之外，《庭院中的女人》把故事背景设置在20世纪30年代。其时远方的战火已经燃烧起来，但是还未蔓延到吴太太居住的小镇。镇上的人们依然过着太平的日子，但终究是逃不掉有家人卷入战争的结局。根据生态女性主义者的观点，当人与自然的斗争转化为人与人之间的斗争时，自然生态同样难逃被破坏被毁灭的命运。而男性也成了战争的受害者。老一辈人对战争忧心忡忡，而年轻的爱国青年们却热血沸腾，典型例子便是吴太太的二儿子泽漠和儿媳若兰。最终泽漠在十天的探亲结束后在回部队的途中遭遇飞机失事，一个年轻鲜活的生命戛然而止，他的身体从无边无际的天空抛向了大地。母亲孕育了他的生命，而他的肉身终将归于尘土。故事的结局让人唏嘘，却让吴太太意识到了和平的重要性。

尽管在小说的后四分之一部分，赛珍珠有说教嫌疑，但是她力图通过女性的独立和觉醒呈现的正是这样一幅理想场景：男性与女性不再是二元对立

的模式，女性作为命运共同体的组成部分，理应被包容，被接纳。⑥当父权制体系建立于两性乃至阶级之间的绝对压迫关系，生态女性主义则需要重新将女性视角的关怀伦理引入人与人、人与自然的和谐相处之中。这同时也是生态女性主义者想要实现的理想的社会生态建构模式——将人类的发展置于整体之中，形成共荣共生的和谐包容的新型伦理关系。让两性成为互助共生的整体，共同作为人类文明的重要组成部分相互协作、传承文明，远离战争和纷争。只有这样，才能促进生态女性主义本身不断发展，保持旺盛的生命力。

四、结语

赛珍珠在其众多作品中对于生态问题和女性问题都给予了深切的关注，无疑她具有一定的超前生态意识，超越了性别的视角审视人类与自然、男性与女性的关系。即便是如今，站在跨文化的角度来看，赛珍珠的叙事方式，对自然、社会及人生的整体性观照，以及她的悲悯救世情怀，均蕴含着中国传统文化中的生态女性主义基因，具有积极而深远的现实意义。

注释[Notes]

①本文系江苏省教育厅高校哲学社会科学研究项目《赛珍珠与中国儒学研究》（项目编号：2022SJYB2032）及盐城工学院2024年大学生创业创新省级项目《赛珍珠作品中的生态女性主义研究》的阶段性研究成果。

②韦清琦、李家銮：《生态女性主义》，外语教学与研究出版社2019年版，"前言"第19页。

③[美]赛珍珠：《庭院中的女人》，黄昱宁译，河南大学出版社2014年版，第3页。以下只在文中表明页码，不再一一做注。

④[法]西蒙娜·德·波伏瓦：《第二性I》，郑克鲁译，上海译文出版社2011年版，第84页。以下只在文中表明页码，不再一一做注。[法]西蒙娜·德·波伏瓦：《第二性I》，郑克鲁译，上海译文出版社2011年版，第82页。以下只在文中注明页码，不再一一做注。

⑤唐晶：《生态女性主义文学研究》，辽宁大学2016年博士学位论文，第63页。

⑥肖蓉芳：《生态女性主义视角下的赛珍珠小说》，湖南师范大学2017年硕士学位论文，第38页。

《文心雕龙·体性》与柯勒律治天才论的比较

杨洁荣

内容提要：《文心雕龙·体性》篇论及文章风格与作者才能的关系问题，刘勰以为作者的才气体现了文章的具体风格。《体性》一篇所体现出的核心观点与柯勒律治的文论思想也有一定的相通之处。柯勒律治的文学理论观点也肯定了作者的主体地位，其中他的天才论论述了作者的才能和想象力对于诗歌的重要性，也体现了风格与作者才能的关系，这与刘勰的《体性》篇不谋而合。现将《体性》与柯勒律治的诗论进行比较，探索中西方文论的相通相异之处，以求将中国古代文论的精华流传下去。

关键词：《文心雕龙·体性》；柯勒律治；天才论；文明异质性；天人观念

作者简介：杨洁荣，女，西华师范大学文学院比较文学与世界文学专业硕士研究生，研究方向：比较文学，世界文学。

Title: A Comparison between "Wen Xin Diao Long: Ti Xing" and Coleridge's Theory of Genius

Abstract: The article "Wen Xin Diao Long: Ti Xing" discusses the relationship between the style of the article and the author's talent. Liu Xie believes that the author's talent reflects the specific style of the article. The core viewpoint reflected in "Ti Xing" also shares some similarities with Coleridge's literary theory. Coleridge's literary theory also affirms the author's subjectivity, among which his theory of genius discusses the importance of the author's talent and imagination in poetry, and also reflects the relationship between style and author's talent, which coincides with Liu Xie's "Ti Xing". This paper compares "Ti xing" with Coleridge's poetics, and explores the similarities and differences between Chinese and Western literary theories in order to pass on the essence of ancient Chinese literary theories.

Key Words: "Wen Xin Diao Long: Ti Xing"; Coleridge; Genius theory; Civilization heterogeneity; The concept of heaven and humanity

About Author: Yang Jierong, female, is a master's student in Comparative Literature and World Literature at the School of Literature, China West Normal University, research direction: Comparative Literature and World Literature.

一、《文心雕龙·体性》概述

《体性》篇的重点内容就是阐述文章风格与作者才性的关系，作者的才性如何，文章风格就是如何。"所谓'体性'之'体'，即文学作品之风格。"① "所谓'体性'之'性'，即作家'才有庸俊，气有刚柔'之'情性'。"①p159刘勰由开篇的"夫情动而言形，理发而文见，盖沿隐以至显，因内而符外者也"论及文章的形式与内容问题延伸到了作者的才情与文章的风格之关系。紧接着刘勰进一步以贾谊、司马相如、扬雄、刘向等文学家为实证，点明文章写作范围的诸多变化以及文章风格的多样化是由作者的才、气、学、习这些主观因素造成的，是作者先天的"情性所铄"和后天的"陶染所凝"共同影响的结果。才与气为先天因素，学与习为后天素养。相较而言，刘勰更强调的是先天因素。在文之始自然以"学"为先，先以学优模仿为方向定性，其次再谋定型。至于"习"，刘勰也提出了自己的见解，博采众长是为成自家之言，学习他人是为了发挥主观能动性进行再创造，从而形成自己的独特风格和习惯。既要学习他人也需要融会贯通，掌握精义即各种风格的具体规律和基本特点。刘勰对历代文章进行总结，将文章风格分成了八个类型四个组别：典雅、远奥、精约、显附、繁缛、壮丽、新奇、轻靡。"雅与奇反，奥与显殊，繁与约舛，壮与轻乖"概括了各自的具体特点。尽管这个分类略显缺漏，但在那个时代已前无古人。刘勰虽然对各类风格的特点进行了分析，但又不仅仅局限于表面的形式和言辞，而是在分析的过程中抛却武断通过二元对立的方式，将内容与形式有机结合。尽管分成了八类四组，但彼此并非相反对立，而是有机联系在一起。

中国的文章风格论在《文心雕龙·体性》达到了前所未有的高度，《体性》篇，是刘勰专论文章风格的一篇文章，它对后世研究风格论产生的影响不言而喻。但在刘勰之前，研究文章风格的文论家已不一而足。王充的《论衡·超奇篇》、曹丕的《典论·论文》、陆机的《文赋》等，他们都在不同程度上发现了作者身上的主观因素对文章的具体风格所产生的重要作用，只是都存在一定的局限性。而刘勰在前人研究的基础之上进行再完善和再发展，取前人之精华，补前人之不足，这才使得我国古代的风格论有了长足的进步。这种进步性主要体现在更全面、更系统且眼光注意到了后天的"陶然所凝"。

二、柯勒律治诗论概述

塞缪尔·泰勒·柯勒律治是英国浪漫主义文学的重要奠基人之一。浪漫主义文学传统肯定了诗人的主体地位、主观感情以及个性。"浪漫主义文学批评与此道背道而驰，主张诗歌应该表达是人的情感。"[2]柯勒律治继承了这一浪漫主义文学传统，"表现论肯定诗人自我的情感"[2]p110。这里的表现论是对模仿的改弦更张，模仿论以理念、本质和法则作为诗歌的标准参照系，扼杀了创作者的创造力，表现论则是要摒弃模仿论之前所持的旧传统。《文学传记》作为一本重要的批评专著，也标志着柯勒律治秉承了这一批评传统。柯勒律治的诗学理论主要由天才论、诗性问题、创作者论和想象论四个方面来体现。

关于天才论，柯勒律治认为天才并非只需要先天禀赋，也需要去主动把握客观世界的规律而并非坐而论道。在《文学传记》中柯勒律治以文坛巨子莎士比亚为例阐述了这一观点："莎士比亚并非仅有儿童品质，并非天生奇才，并非被动受到启发，不被精神控制，也不控制精神。首先，他耐心学习，深思熟虑，细致入微地理解，直至知识成为习惯和本能性内涵，与他的习惯性感受结合，最后产出巨大的力量。"[3]柯勒律治在此强调的是后天努力和积累之重要性。"他主张天才不是神赐的能力，而是一种建立在对客观世界的规律高度把握的基础上的积累和突破，天才的诗人要去表现读者热爱的、感同身受的、真实体验的。"[4]而对于创作者来说，需要具备良好的思想品德素养。至于作者思想道德修养重要的原因在于，作者的风格也会体现在作品之中。"在乔叟的所有作品中，都弥漫着一种谨慎、一种男子气概的幽默，这使得我们几乎可以断定，作者本身在生活中也应该是这样的性情。"[3]p33柯勒律治用许多文学家举了例子，"弥尔顿同样如此，他的诗歌和诗性同样表现出了冷静，甚至是更强的自制力"[3]p36。如此可见，作家的品性和风格在作品中就可以窥见一二。

三、二者之异同

（一）两者之同

对比两者的诗论思想可以发现确实存在异曲同工之处。

文风与作者之风能互为表里。刘勰与柯勒律治都比较重视创作者的主观因素，作者其人能够影响和决定文章的具体风格。《体性》篇中，刘勰写道："长卿傲诞，故理侈而辞溢；子云沉寂，故志隐而味深；……故颖出而才果……"[5]这些文人的文章风格与作者的个人性情之间的关系密不可分。除此以外，李太白性情飘逸洒脱、豪放不羁、狂傲豁达，这在他的诗歌当中也可以瞥见端倪。"君不见，黄河之水天上来，奔流到海不复回。""飞流直下三千尺，疑是银河落九天。"这些诗歌当中足以见得诗仙李太白的洒脱旷达和狂放不羁。而与之相对的诗圣杜甫身上的爱国情怀与忧国忧民的情结也弥漫在他的"诗史"当中。杜甫的许多诗歌都是他家国情怀的归处，读他的诗歌仿佛看见一个年老体衰却依旧悲己不忘忧民忧国、发不胜簪的老者形象佝偻着站在我们眼前。王摩诘属意佛门，他的诗歌内容当中不可避免地流露出一些禅意，可见文如其人所言不虚。柯勒律治在他的诗论当中也涉及了作者与文章风格之间的关系。乔叟的作品中透露出了他本人的一种谨慎和男子气概的幽默风格，弥尔顿的诗歌和诗性也表现出作者的冷静性格。"风格的精确在于吻合思想的真诚的忠实的习惯的重要性，不严格思想的人就会不严格地写作。"⑥创作者的风格如何，作品亦如此。在这一方面，刘勰与柯勒律治达成了一致。

创作者才气高低影响作品。刘勰在《体性》中谈到了作者的才能对创作的影响时如此说道："故辞理庸俊，莫能翻其才；风趣刚柔，宁或改其气；事义深浅，未闻乖其学⋯⋯"⑤p330含义是，一个创作者在风格情趣方面所表现出来的平庸与丰俊与他的才智几何是分不开的，文章刚劲还是柔和亦取决于作者，文章义理同样如此。也就是个人才能决定了文章风格、形式与内容。柯勒律治认为诗歌是由诗才或诗的天才决定的，天才诗人与庸常的诗人所创作的诗歌自然是云泥之别。"这些作品和天才作品之间的差别不亚于鸡蛋和鸡蛋壳的差别。"③39写作的确需要才气的加持。

（二）两者之异

刘勰与柯勒律治的诗论思想也存在明显的差异。

创作者才能对作品的影响。刘勰在《体性》篇说："夫才由天资，学慎始习，斫梓染丝，功在初化，器成采定，难可翻移。"刘勰强调的是才能由先天资质决定，所以刚开始学习就该慎重，就像制作木器和给丝绸染色一样，重起始，否则木成形丝着色已然晚矣，可见刘勰更侧重于先天资质。而柯勒律治在《文学传记》中用例子说明莎士比亚并非天生奇才，而是通过后天的学习才名垂文学史，他并没有接受完整的学校教育，却成为文坛巨子，这份功成名就除了他自己天资聪颖，更不可忽略他在社会上摸爬滚打的学习经历。对客观规律的学习

掌握和运用，才能将其内化于文学作品。后天的积累才能让先天资质得到最大程度的发挥和拓展。总之，刘勰轻后天学习重先天禀资，柯勒律治更重后天学习。

想象力对创作的重要性。《体性》篇并未论及想象力之于创作的重要影响，柯勒律治尤其重视作者的想象力对诗歌的影响。柯勒律治是浪漫主义诗歌的代表人物，是表现论的积极拥护者。诗人的想象力是诗才的灵魂，"借助想象力创作出来的诗歌才是真正的诗歌"②p110。想象力让浪漫主义批评家们找到了对抗表现论和新古典主义的那一支长矛。肯定想象力的实质就是肯定作者的创造力，越是天才的创作者就越是具有丰富的想象力。刘勰的《体性》篇并无创作者想象力的相关论述，刘勰认为影响文章风格的因素是作者的才、气、学、习，而想象力刘勰在《体性》中并未着重论述。

四、不同的原因

（一）文明异质性

基于不同的文明土壤，刘勰的《文心雕龙·体性》与柯勒律治的诗论必然会存在差别。中西诗学体系的不同，呈现出两种迥异的光芒，也正是因为它们所生长的土壤与大气候都不同，中西的社会经济和政治特征都会影响中西诗学的体系。西方社会是典型的商业经济，而中国则是农业经济大国，经济差异是最根本的差异。这根本差异进而左右东西方的意识形态和政治领域，使两种不同的文明大放异彩，长此以往东西方文学也会呈现不同的样貌，中西方诗学同样如此。西方的叙事文学和中国的抒情文学也跟两种经济模式息息相关。商业经济与农耕经济的碰撞，造就了截然不同的文学范式。中国的文学艺术展现的是现实主义的人间生活和对人间生活的感物抒怀。西方崇尚个人的自由和个性的发展，个人的奋斗和创造性都得到彰显，所以柯勒律治的诗论非常重视创作者的丰富想象力对于诗歌的重要作用。对比之下，刘勰的《文心雕龙》的篇章中更重视气节和品格，这是经过千年农业经济和宗法制塑造的结果，因为宗法政治赞赏的是个人忠诚

和国家的统一，这就对个人的思想道德修养提出了要求。《文心雕龙》中的《体性》《风骨》等篇目的命名就体现出对气节品格的推崇。

（二）天人观念的不同

中西方是两种迥异的文明，这两种文明的不同属性也会造就殊异的天人观念。西方倡导对自然的战胜，是天人对立的关系，而东方则是主张天人合一。西方的商业经济模式下的人们进行航海贸易，漂洋过海的冒险经历必定伴随着未知的危险。比如海难，《鲁宾孙漂流记》和《奥德赛》当中就有海上冒险的经历，作品中反映的就是人与海洋的斗争，富贵险中求，为了赢得生存机遇，人们需要与自然作勇敢的搏斗获得金银财宝，于是英雄主义应运而生。西方海域广大，而在中国地大物博，耕地连片。中国农耕文明孕育下的人们需要依赖自然才能得以生存，人们看见的是杨柳依依，见证的是禾役穟穟，做的是坎坎伐檀。所以人们对自然敬畏而尊重。在封建王朝君王维护统治的手段之一就是将王权与天意结合在一起，君权神授和天人感应成为维护统治的政治手段。在《汉书·董仲舒传》中有云：“国家将有失道之败，而天乃先出灾害以谴告之，不知自省，又出怪异以警惧之，尚不知变，而伤败乃至。”人君统治有错，天降异象警示。可见古人认为天与人愿相统一。《尚书·泰誓上》中有言：“民之所欲，天必从之。”同样说明中国的农耕文明和维护统治的政治需求都决定了中国人的天人观念是天人合一而不是天人对立。破坏自然环境人类也会付出相应的代价，如今中国的环保意识也越来越强，“绿水青山就是金山银山”的观念深入人心。自然在中国人的心中就如母亲一样，所以中国人心中的人与自然的关系并不像西方那般尖锐。

综上所述，刘勰的《文心雕龙·体性》篇所体现出来的文论思想与柯勒律治的诗论思想有同有异，二人对于个人风格对作品的影响、个人才气对作品的影响的论述存在相同之处，在个人才能影响因素、想象力对作品的影响作用方面存在差异。而导致二人诗论思想存在差异的原因是文明异质性和天人观念的不同。中西方文论存在差异是必然的，而求同存异是文明交流碰撞的理想状态。中国的文论话语体系与西方的文论话语体本就属两个不同体系，花开两朵各表一枝。尊重差异，寻找我们自己的文论话语，是我们的分内之事。

注释【Notes】

①曹顺庆：《中西比较诗学》，中国人民大学出版社2010年版，第159页。以下只在文中注明页码，不再一一做注。

②王卫新、隋晓荻：《英国文学批评史》，上海外语教育出版社2011年版，第110页。以下只在文中注明页码，不再一一做注。

③[英]塞缪尔·泰勒·柯勒律治：《文学传记》，王莹译，中国画报出版社2019年版，第33页。以下只在文中注明页码，不再一一做注。

④王浩宸：《18世纪英国浪漫主义诗歌的罗盘——历史视阈下华兹华斯和柯勒律治诗学理论研究》，载《新纪实》2021年第30期，第30页。

⑤刘勰：《文心雕龙》，王志彬译注，中华书局2016年版，第333页。以下只在文中注明页码，不再一一做注。

⑥[英]柯勒律治：《关于风格》，见歌德等：《文学风格论》，王元化译，上海译文出版社1982年版，第38页。

西方视域下的中国女性形象审美传播研究
——以"东方脸"为例

崔梦捷

内容提要： "东方脸"是指在略显骨感的面颊上附有眯眯眼、吊梢眼、宽眉距、雀斑、塌鼻梁等面部特征。西方国家对这种样貌的宣扬包含了一定程度的刻板印象，近年来这种形象饱受争议。本文探究"东方脸"符号出现的起源，通过剖析"东方脸"所体现出的审美传播困境，提出突破困境的路径。

关键词： 东方脸；刻板印象；审美差异

作者简介： 崔梦捷，河南财经政法大学文化传播学院，新闻与传播专业在读硕士，主要从事整合营销传播研究。

Title: A Study on the Aesthetic Communication of Chinese Women's Images from a Western Perspective — Taking "Oriental Face" as an Example

Abstract: "Oriental face" refers to facial features such as narrow eyes, suspended eyes, wide eyebrow distance, freckles, and a flat nose on slightly bony cheeks. The promotion of this look in Western countries involves a degree of stereotyping, which has become controversial in recent years. This paper probes into the origin of the "Oriental face" symbol, analyzes the aesthetic communication dilemma embodied by "Oriental face", and puts forward the path to break through the dilemma.

Key Words: Oriental face; stereotype; aesthetic difference

About Author: Cui Mengjie, Master of Journalism and Communication, School of Literature and Journalism & Communication, Henan University of Economics and Law, majoring in integrated marketing communication research.

一、绪论

在全球化时代的国际文化交流中，图像叙述对民族文化传播的作用超过了以往任何时代。①随着互联网技术的不断发展，影视剧、广告、杂志等图像所传达的形象符号意义往往难以估量，特别是与国民形象相关的符号传播往往容易引起全球的讨论与关注。当国家自我塑造的国民形象符号与他者塑造的有所不同时，争议与矛盾随之而来。自古以来，西方社会对中国女性形象的描绘便蕴含着不同层级的刻板印象，往往将"眯眯眼"、上扬的眼梢、宽阔的眉距、雀斑点缀以及扁平的鼻梁等特征视为"东方脸"的标识，这一标签化认知体现了显著的审美偏见。随着全球化的深入，东西方审美观念虽存在差异，但曾有一段时期，国内部分群体甚至将西方审美标准视为高级与国际化的象征，引发了对本土审美价值的重新审视。然而，近年来，围绕中国女性形象的真实性与多元性的讨论日益热烈，社会各界开始广泛质疑并挑战这些刻板印象，呼吁更加客观、尊重与包容的审美态度。②

本文以"东方脸"形象为切入点，探讨西方社会刻板印象下的中国女性形象形成历程，剖析"东方脸"所体现出的审美传播困境并提出突破困境的路径。

二、"东方脸"的起源

（一）历史渊源

张骞出使西域，被认为是中华大地与西域的

最早往来，使华夏文明与陆上丝绸之路沿途的诸多文明进行了交流。彼时汉民族长相大多是典型的宽且有骨感的面颊、鼻梁较低、单眼皮，这种样貌可以从兵马俑身上找到佐证。元代蒙古人挥刀西向，甚至一举进攻到了莱茵河畔。当时的蒙古人样貌有颧骨突出、鼻梁不高、外眼角上挑等特点。此外，明末清初时期，两广福建地区的百姓多次"下南洋"，且"南洋"只是跳板，部分华人经由东南亚走向世界各地。

（二）绘画艺术的流传

东晋时期顾恺之的作品《女史箴图》在1900年八国联军侵华焚烧颐和园之际被英军盗往英国，后存大英博物馆，成为西方人了解中华文化的一个窗口。不难发现画中人物眼部与现在的"东方脸"有相似之处，即眼部修长上挑，呈现丹凤眼的形态。其实许多拥有丹凤眼的人物并非真正长相如此，而是画家在作画时为了传达出人物的飘逸灵动之感刻意为之。"手挥五弦易，目送归鸿难"[③]，古人作画尤为注重对眼神的描绘。这是属于中华民族的绘画美学，区别于西方古典美术。所以这种对中国古典绘画艺术的浅显理解，在一定程度上也助长了西方对东方面孔的刻板印象。

（三）黄祸论

李普曼认为，刻板印象的形成有赖于两个外部因素的共同作用，一是承载刻板印象的象征符号，二是将这些象征符号植入人观念的权威力量。[④]黄祸论是流传于19世纪末20世纪初的一种欧洲帝国主义殖民国家的极端民族主义理论。彼时，欧洲殖民者需要为其侵略造势并寻找合理性，提出了以"社会达尔文主义"为背景的黄祸论，力图左右当时西方社会的舆论倾向，刺激公众的忧虑情绪。黄祸论一词因彼时欧洲的各种宣传活动而闻名。比如在美术作品、小说、漫画中屡屡出现的反派人物"傅满洲"，他头戴清朝官帽、面目狰狞邪恶、眉目极力上扬，显然十分符合西方人对"东方脸"的刻板印象。傅满洲的形象随后也延伸至影视作品中，于是黄祸论和因黄祸论产生的"傅满洲"是如今"东方脸"刻板印象的又一重要起源。

三、中国女性形象审美传播的内部困境

内部困境是指内部意见不统一，或是无法形成主流评价，不能系统性地从美的角度出发，指出中国女性身上的美学特征、提出符合广大群众需求的审美意见。

社会审美的"去中心化"为西方的文化输出开辟土壤，原有的社会审美迎来自四面八方的不同声音。在短时期内对原有的"风情灵动"之美产生了审美的疲劳，对新潮的、异类的审美产生了兴趣，就会引来流量的关注，为西方的文化输出撕开入口。例如摄影师陈漫的作品《骄傲的矜持》在迪奥的会展上展出时照片上的"东方脸"模特手捧迪奥时尚单品。这种把刻板印象和时尚产品结合的做法会让我们的审美产生一种落差感，让我们怀疑是否自己已经和时代的审美潮流相去甚远，抱着这种落差感的受众会接受这种模特的妆容，并将其与"时尚""新潮"等字眼联系在一起，最后给自己一种心理暗示——"东方脸"就是潮流。

四、中国女性形象审美传播的外部困境

近年来，中国经济高速发展，国际影响力不断扩大，随之而来的是语权的增加。国家在提升综合国力的过程中一定会考虑硬实力与软实力的协调发展，但软实力的发展一定会面临西方不绝于耳的"修昔底德陷阱"。西方国家在传播学领域发展早、进步快，我国难以在一朝一夕之间撼动其原有的地位，更重要的是——我们不能受西方国家狭隘观点的影响，以"零和博弈"的眼光看待国家软实力的提升。再加之西方媒体引导舆论，占领了主要的信息渠道。长期以来，国际社会对中国的认知、评价，就在这种历史的建构中被逐渐误读，并形成了李普曼所描述的"刻板印象"。因此，突破西方话语体系的藩篱变得十分重要。

（一）他塑为主：西方国家围猎

随着世界经济文化交流不断深入，国际化发展已经成为当今时代世界领域普遍的发展趋势，而受到西方观念与其在全球化中扮演的角色的影响，目前的全球一体化在很大程度上被西方价值观所渗

透，而其他非欧美国家则普遍沦为被文化渗透的对象，自身的文化反而在这一过程中被边缘化。西方视野中的中国女性形象与实际上的形象大相径庭。以美国为首的西方国家将中国议题自然而然地纳入西方话语体系中予以建构，这使得受到意识形态、政治利益驱动下的西方媒体通过洗牌作弊法等宣传技巧对中国人形象进行选择性报道或片面夸大传播、妄下结论，并使用眯眯眼、塌鼻梁、皮肤蜡黄等刻板评价，从而使得中国人形象面临着"有理说不出""说了传不开""传开叫不响"的窘境。

（二）自塑缺失：跨文化传播隔阂

带有"零和博弈"观念的西方霸权主义思想，与中国所秉持的文化相对主义的"民胞物与"理念截然相反，然而正如西梅尔所提出的"陌生人"的概念，不同文化群体的人彼此之间是陌生人。中国文化与西方文化的语义视域交集有限，这种有限的交汇点往往成为文化误读的温床，特别是在中国女性形象的国际传播过程中，遭遇重重阻碍。全球范围内，文明、宗教、语言及意识形态的多样性构筑了复杂多元的文化生态，其间，巨大的文化差异和潜在的利益分歧极易触发不同价值观念之间的碰撞与冲突，为中国女性形象的准确展现与广泛认同增添了诸多挑战。⑤中西方的文化语境不同使得国外受众在解读文化时会存在"传播障碍"和"传播隔阂"。因此国外受众普遍认为中国形象就是所谓的眯眯眼、塌鼻梁。

五、如何正确传播中国女性形象

（一）打破污名化

在大量的有"东方脸"元素的作品中，模特们的面孔无不是呆滞、阴沉、缺乏生动的神态，这与我国原本追求的女性"风情灵动"之美毫无相通之处。这些模特的面容大都并不是如此，而是利用妆容刻意为之，这种妆容全无我国从古以来的对线条美的追求，反而很僵硬。因此"东方脸"和原本的社会审美是背道而驰的。打破污名化不是一蹴而就的，我们应多生产优秀的文艺学作品，让更多人看到中华民族传统文化中蕴含的美学基因，这种美学基因需要被传递来增强文化自信心，从而使污名化

不攻自破。

（二）讲好中国故事

对外讲好中国故事，必须细致考虑不同文化背景下的人们如何解构这些故事，以及可能遭遇的"拒绝"与"误解"。为此，跨文化讲述中国故事的首要任务是精心挑选故事内容，专注于那些能够跨越文化界限、促进不同政治体系间互惠理解和包容性接纳的题材。在人性、人道主义、人权及人类之爱等全球共通的主题框架内，我们应努力实现中国故事的广泛传播，以促进国际间的理解和共鸣。⑥展示真实、立体、全面的中国，扭转信息与话语权的"逆差"，调整中国真实形象和西方主观印象的"反差"，平衡软实力与硬实力之间的"落差"，要在中西方语境中寻找共通的意义空间，减少"文化折扣"，避免宏大叙事，从小切口微角度出发。

六、结语

"天鹅绒包裹下的铁拳"是提升我国文化软实力、传播中国声音、展示中国之美的关键所在。"现实中国"和"镜像中国"之间的差距已经摆在我们面前，让中国真正的审美文化走出国门任重道远。"东方脸"只是众多审美传播困境的一个案例，也是国际传播受阻后对国内传播造成困难的一个案例，我们应理性思考，怎样在如今信息的急流中保持自我的文化基因，树立高度的文化自信。以此为基点出发，我国才能在国际舞台上收获掌声。

注释【Notes】

①江宁康：《论全球化时代民族形象的文化建构》，载《南京社会科学》2006年第2期，第91—96页。

②范欣伟：《符号学视角下中国女性"东方脸"形象固化与抵抗》，载《新闻前哨》2023年第18期，第4—6页。

③陶明君编著：《中国画论辞典》，湖南出版社1993年版，第213页。

④刘泽溪、邹韵婕：《〈花木兰〉的他者化想象和东方主义困境》，载《电影文学》2021年第5期，第89—93页。

⑤刘健、严定友：《跨文化传播视野下中国出版走出去策略》，载《中国出版》2017年第17期，第52—55页。

⑥苏仁先：《讲好中国故事的路径选择》，载《中国广播电视学刊》2016年第2期，第43—45页。

"虚壹而静"
——胡塞尔现象学内涵

余龙旭

内容提要： 胡塞尔现象学作为严格科学的哲学，本文将其作为理性认识工具来重新理解荀子"虚壹而静"的思想。荀子在其著作中所描述的"虚壹而静"心理状态近似于胡塞尔现象学中的"悬搁"与"先验还原"，超越现实的"自然经验"，以获取"虚静"为人之根柢的审美心胸。运用现代的理性认识工具重新理解、审视中国传统文论关键词"虚壹而静"，这一基于感性的根基建立起来的文论话语，有助于拓展其在现代语境下的研究。

关键词： 胡塞尔现象学；荀子；"虚壹而静"；审美心胸

作者简介： 余龙旭，西华师范大学文学院文艺学专业研究生，主要从事中国古代文论研究，研究方向：美学、中国古代文论。

Title: "Xu Yi Er Jing" — The Connotation of Husserl's Phenomenology

Abstract: Husserl's phenomenology is strict scientific philosophy.This article uses the rational knowledge tool to re-understand Xunzi's thought of "Xu Yi Er Jing". The psychological state of "Xu Yi Er Jing" described by Xunzi's mental state described in his works is similar to Husserl's "epoche" and "transcendental reduction" in phenomenology, surpasses the "natural experience" of reality, in order to acquire the aesthetic mind of "mental tranquility" which is the root of human being. Using modern rational knowledge tools to re-understand and examine the key words of traditional Chinese literary theory "Xu Yi Er Jing", this literary theory discourse based on the perceptual foundation is helpful to expand its research in the modern context.

Key Words: Husserl's phenomenology; Xunzi; "Xu Yi Er Jing"; aesthetic mind

About Author: Yu Longxu, a postgraduate student of School of Literature, China West Normal University, mainly engaged in the research of ancient Chinese literary theory, research interests: Aesthetics and Ancient Chinese literary theory.

关于《荀子·解蔽》（以下简称《解蔽》）篇的研究论述众多，主要从荀子"虚壹而静"的溯源研究、内涵研究与价值意义研究等方面出发，从不同角度解读"虚壹而静"的理论内涵。"虚壹而静"是《荀子》认识论哲学中的一个重要组成部分，其中蕴含的"虚静"思想同样也是传统审美心胸思想的组成部分。荀子在继承管子学派"虚壹而静"思想的观点上，对"虚""静"的发挥在美学史上影响很大。本文从胡塞尔现象学的角度，通过其"悬搁""先验还原"等理性认识工具重新看待"虚壹而静"这一传统文论关键词，以期有助于"虚壹而静"在现代语境下的研究。

一、"虚壹"与"悬搁"——审美超越

《解蔽》中言："心未尝不臧也，然而有所谓虚。"[1]荀子认为，人心既要有"臧"也要有"虚"。这里的"臧"，文中解释为："人生而有知，知而有志。志也者，臧也。"[1]p343陶鸿庆认为"人生而有知"中的"人"，当为"心"字之误[2]，所以，可以将"人生而有知"理解为"心生

而有知"。荀子认为:"心者,形之君也,而神明之主也"。[1]p345 "心"是人身、感官的君王,是人心神的主人,这与管子提出的"心之在体,君之位也……故曰上离其道,下失其事"[2]p849强调"心"在人形体中占据着极其重要的地位是相通的。"心"在人身官能中起着领导作用,正确的认知需要通过"心"来感悟,"心生而有知"则是说人一出生就已经用"心"感知世界了,人心就像是一张纸,知觉就像是写在纸上的记忆,人从出生就开始在进行主客体之间的交换,实现知觉(客体)到记忆(主体)的过程。

"人生而有知,知而有志"的意思即是强调人从出生具有的感性认知能力通过"心"不断进行积累以达到量变引起质变的发生,最后通过理性的总结、归纳形成理性知识帮助人来认识客观事物,这就被称之为"臧"。但荀子认为一些知识的积累,一方面确实是一个人对外界事物认识的先决条件,是基础性的依据;另一方面,这些"先验"的知识也可能成为人们认识新事物、接收新知识的阻碍和成见,故人心需要进一步修养,就必须要以"虚"的状态来认知新的事物和知识。"虚"不是排除已经有的本来的知识,而是不以已经有的本来的知识妨碍将要接受的新知识,实现对固有经验意识的一种超越,以获得对"道"的真理性认识。从胡塞尔现象学来认识"虚"的超越,通过"虚"的方式探求真理性的认识同胡塞尔现象学谈到的经验个体对于"自然经验"的反思是异曲同工的。胡塞尔曾在1935年批判了当时欧洲流行的科学实证主义,认为其得不到对于事物真理性的认识,胡塞尔现象学强调的是"回归实事本身",为了达到这一目的,就需要通过"悬搁"这一途径。现象学对于"自然经验"态度的反思也是在这一宗旨下开展的,正如胡塞尔的助手芬克所指出的那样"自然态度的特征就在于它是信仰的态度"[3]。

荀子这里的"然而有所谓虚",同样是一种对于现实生活已有知识("臧")的反思,想要通过"虚"开辟一个拥有原初性认识与体验的新的认识态度与方向,由此深入到真理性的"道"的认识,

展开对客观现实世界经验的反思,这一过程已经与胡塞尔现象学的初级阶段——现象学"悬搁"的状态十分相似。

二、"大清明"与"先验还原"——超越先验的审美境界

如果说"虚"是方法论的话,"静"更多体现出对于"道"的真理性认识,对人心世界观的观照,更能体现个人心灵的修养,廖名春认为:"'虚壹而静'的'壹'是一时的选择,而'静'却是长时间的坚持。"[4]荀子"虚壹而静"中的"虚"和"壹"最后落脚于核心的"静"。《解蔽》中言:"心未尝不动也,然而有所谓静。"[1]p343荀子认为,人心始终是处于活跃的状态,"心动"才能保持对外界事物的感知,但只有动是不够的,人同样需要学会在动中守静。老子有"虚静"的思想,认为天地万物的本源状态就是"虚"与"静"的,而人需要排除外界的干扰和人心的欲望起伏,这些都会导致心灵的闲塞与心智的紊乱,庄子在老子思想的基础上同样也强调"圣人之心静乎,天地之鉴也,万物之镜也"[5],只有心如明镜,才能澄澈朗照万物,这与老子所提出的"涤除玄鉴"的思想是一脉相承的,而只有通过"静"最终才能认识万物的本源"道"。从荀子"虚壹而静"概念的整体来看,相对于"虚壹"来说,"静"的状态强调的是对于人心的内在修养,要求人应该于"静"中看事物,如此才能做到冷静与客观,将人心从活跃的不稳定状态下解放出来,而不受思虑的干扰、外界的影响。

如前文所述,"虚壹"所体现出来的状态已经近似于胡塞尔现象学"悬搁"的状态,同"静"结合起来,"虚壹而静"的理论概念已趋于完整,荀子在此基础上对"虚壹而静"的内涵进一步升华,即《解蔽》中言:"虚壹而静,谓之大清明。"[1]p344荀子认为,在通过了"虚壹而静"的解蔽之道后,人心便能进入"大清明"的境界,而"大清明"怎么同"虚壹""静"联系起来?唐君毅认为:"心以虚,而能无尽藏,故大;不以此一

害彼一，故清；静而察，故明。"⑥这样，"大清明"便与"虚壹而静"一一对应起来，"心"具有无限大的特点；在人认知客观世界时，才能让事物之间、已有的认知之间不互相妨害，心才能清；人心在静时才能用明照之心来鉴照"道"，内心清明，三者相结合便谓之"大清明"之境。这种境界已经超越了"悬搁"，对存在信仰已不止于反思的境地，已近似于胡塞尔现象学所提出的"先验还原"。

德国学者黑尔德在谈及胡塞尔现象学中的"先验还原"时，认为其是"悬搁"的彻底普及化⑦，也即是说"先验还原"处在比"悬搁"更高一层的阶段。"悬搁"是建立在同"自然经验"存在的反思对立面，对于"自然经验"进行限制，加上"括号"进行切割、圈定，而作为进行反思、怀疑的主体自我则成为对照组，存在信仰在这一组对照当中是作为参照物的形式存在的坐标。

举例来说，反思的自我与存在信仰就如同一个坐标系上相对的两个坐标，中间以线相链接，这一条线就相当于胡塞尔现象学使用的"悬搁"，而反思的自我在坐标系中的地位则是原点。而"先验还原"的阶段便是在一次次的"悬搁"中实现的，通过不断对括号内的内容加括号把反思推进到批判性层次，"悬搁"个体主观性（即"反思的自我"）而指向先验自我领域，最后摒弃反思自我的对照坐标，将自我的反思一步步转化为纯粹的"先验性"的主体，消解掉所有现实自我，成为所有在认知现实事物以及现实自我的一个前提，最后打开的是先验主体性的领域，其精神意识领域的根本性特征就在于去前提性，这同荀子的"大清明"之

境存在相似性，而在胡塞尔现象学中则被称为"纯粹意识"。

三、结语

综上，荀子"虚壹而静"中"虚壹""静"的思想共同汇成了人心无蔽、无垢、无塞的"大清明"状态。人心通过"虚壹而静"一步步地完成了对外界时间与空间、自然世界存在信仰、感觉与物理经验的超越，做到"观古今于须臾，抚四海于一瞬"。这也已经近似胡塞尔现象学"悬搁"的思路。"虚壹而静"同样也成为一种超越的审美心胸。"大清明"之境回返于天地之初的"虚静"状态，是一种极为纯净的精神领域，同宇宙万物相连相接，以审美的心胸囊括宇宙，使当下成为审美的对象，在感性认识的根基之上获得了对"道"的理性认识，以此实现对审美的超越。

注释【Notes】

①方勇、李波译注：《荀子》，中华书局2015年版，第343页。以下只在文中注明页码，不再一一做注。
②王天海校释：《荀子校释》，上海古籍出版社2016年版，第850页。以下只在文中注明页码，不再一一做注。
③倪梁康：《现象学经典文选》，东方出版社2000年版，第574页。
④廖名春：《荀子"虚壹而静"说新释》，载《孔子研究》2009年第1期，第40页。
⑤陈鼓应：《庄子今注今译》，中华书局2020年版，第348页。
⑥唐君毅：《中国哲学原论》，中国社会科学出版社2006年版，第251页。
⑦[德]胡塞尔：《现象学的方法》，倪梁康译，上海译文出版社1994年版，第30页。

电影叙事空间转向的女性主义表征

海 月 张 敏

内容提要： 21世纪以来，电影叙事出现由时间为主向空间为主的重要转向，性别叙事相应出现了一些变化。以时间为主导的电影叙事往往将女性视为男性的附庸，以空间为主导的电影叙事则提升了女性的地位。电影叙事中女性形象奇观化由身体转向思想和行为；叙事功能由单一到复杂；人物形象由女性化到中性化；从权力交换到主体意识觉醒。这些变化既是社会性别结构变化的表现，也是女性主义对社会的长期影响与作用的表现。

关键词： 女性；电影叙事；空间；时间；转向

作者简介： 海月，上海民办位育中学高三学生。张敏，上海大学教授，文学博士，研究方向：美学，文艺理论。

Title: Feminist Representation of the Shift in Film Space

Abstract: Since the 21st century, there has been an important shift in film narrative from a focus on time to a focus on space, and there have been corresponding changes in gender narrative. Film narratives dominated by time often view women as subservient to men, while film narratives dominated by space elevate the status of women. The spectacle of female characters in film narrative shifts from the body to thoughts and behaviors; the narrative function has evolved from singular to complex; the character image has shifted from feminization to neutralization; from power exchange to awakening of subject consciousness. These changes are not only manifestations of changes in the gender structure of society, but also of the long-term impact and role of feminism on society.

Key Words: feminist; film narrative; space; time; turn

About Author: Hai Yue, a senior high school student from Shanghai Private Location Education Middle School. **Zhang Min**, professor at Shanghai University, doctor of literature, research direction: aesthetics, literary theory.

20世纪60年代末到70年代初，全球范围内几乎同时涌动着几股潮流：文化领域的后现代与空间思维，电影领域的计算机技术应用与好莱坞系统的革新。它们又共同推动着一股暗流——电影叙事的转向。随着21世纪初的数字技术发展而完善，并逐渐成为席卷全球的一次电影美学和文化的变革。女性在时间主导的叙事中，作为男性的附庸，为男权中心地位服务。而后现代主义思潮下，空间叙事取代了时间的核心地位。在空间主导的叙事中，女性气质得以不断强化，地位与男性平等，或者突出了自身的主体意识。女性主义评论家庞蒂更加关注女性与空间之间的特殊关系："有些人察知到成群的'异类'——包括女性、同性恋和黑人——在现代主义的知识实践中，有系统性的沉默，而且认为后现代主义引发了由男性气质到阴阳共存的转变。但是，女性气质和空间之间的联结，却被有意地忽略了。"[1]她认为，后现代主义虽然觉察到了西方知识传统中的男性偏见，却仍然无法摆脱其中心观念，不承认系统性的不平等。近年来，关于电影女性空间叙事的研究逐渐升温。卡罗琳·布朗（Caroline Brown）研究了以非传统叙事来考察女性从属地位和种族意识形态体系的电影及其颠覆性叙事。每个电影都依赖创造和维持个性空间，反抗非本地女性的主导地位。[2]凯瑟琳·玛丽·特纳（Kathleen Marie Turner）考查美国女性小说家和电影主创与身体、空间和现代城市空间的权利相关的边缘化的女性形象叙事。借鉴女性主义理论和城市理论，考察有组织的压迫如何对女性生存空间和潜在的权力空间进行叙事。③K.维尔克（Katarzyna Wilk）通过对当代好莱坞电影的考察，总结出女性导演的影片在叙事、产业和影响力方面仍然与男性导演存在差距。女性导演的电影的关键角色有更高的比例是女性角色和工作人员，但与男性导演的电影相比，面临着巨大的预算和票房差距。④

一、奇观叙事：从身体到思想

以好莱坞为代表的主流商业电影从一开始就把奇观作为叙事的组成部分。女性也往往作为一种奇观，特别是其身体。1975年，劳拉·穆尔维在其女性主义标志性研究《视觉快感与叙事电影》中宣称："作为起点，本文提出电影是怎样反思、揭示，甚至利用社会所承认的对性的差异可作的直截了当的阐释，也就是那种控制着形象、色情的看的方式以及奇观的阐释。"在她看来，好莱坞电影的风格魔力来自"对视觉快感的那种技巧娴熟和令人心满意足的控制"。⑤电影不只是把女性作为奇观，还试图将一切具有争议性的画面引入，以引起人们的视线的投注。

以空间叙事为主导的当代好莱坞电影，奇观几乎成为叙事的全部，充满对传统电影叙事具有破坏性的手段，高度全球商业化的叙事形态。全球票房排行第一、三位的《降世神通》（Avatar 2009年）、《阿凡达：水之道》（Avatar: The Way of Water 2022年）女主角娜蒂瑞是生态女性主义的代表，既与男主同等地位，又对身边的生物充满了爱护，反抗侵略者。排在第二、六、七、十的漫威系列电影中，女性同样是拯救世界的英雄。新的蜘蛛侠系列电影中，米歇尔·琼斯不同于之前浪漫女孩和落难少女的角色定位，而是学霸，在与蜘蛛侠的关系中，主动而强势。这些女性形象与排名第四的《泰坦尼克号》（Titanic 1997年）女主角露丝不同，没有对女性身体刻意地进行性展示。由此可见，作为经典好莱坞叙事最后代表的《泰坦尼克号》（Titanic），与当前的女性奇观具有明显的不同。

二、叙事功能：由单一到复杂

女性角色在经典动画片中占据着十分重要的位置。此类爱情主题影片的主角往往就是女性，而这类影片的反面人物同样都是女性形象（经常是以女巫婆的形象出现），因此这类影片实际上可以概括为"两个女人的战争"。女性形象在经典动画片中要么被简单地神圣化，要么被简单地妖魔化。虽然正面女性角色是以影片的主人公出现的，但是她们在影片中的行动范畴十分有限，缺乏主动性。如白雪公主虽然是影片的主人公，能很友好地与动物交朋友，也能很有效地管理几个小矮人、主持家务，但是对邪恶的巫婆却无能为力，甚至连一点基本的识别能力都没有——吃了巫婆的毒苹果，最终还是要靠王子（白人男性形象的象征）来拯救。《睡美人》（Sleeping Beauty）中的公主同样如此，最后同样还是要靠男性王子的吻才能醒过来。

当代动画片中，女性形象有了多样的变化。《超人总动员》（The Incredibles 2004年）中的弹力超人开始要求超人先生恪守现在的身份角色，不要再扮演救世的大英雄。但是当老公被困的时候，她勇敢地去拯救自己的爱人。而看到老公把别的女人拥在怀中的时候，她又像一位普通妇女那样醋意大发。这种多元化的性格设置使她在叙事中可以扮演多种叙事功能。两部系列影片都位列全球票房前三十的《冰雪奇缘》（Frozen 2013年）、《冰雪奇缘2》（Frozen II 2019年），女性成为绝对的主角。不仅她们是皇权的代表，而且影片还通过姐妹两人之间的情感故事，塑造了女性形象的成长。

三、人物叙事：女性中性化

经典电影中的女性人物一般处于弱势地位，符合人们传统的性别观念。《魂断蓝桥》（Waterloo Bridge 1940年）讲述的是一对社会地位悬殊的恋人的悲剧故事。芭蕾舞女演员玛拉与军官罗依偶遇，并迅速坠入爱河。结婚之际，罗依却要奔赴战场，并且被误报为战亡。玛拉因生活所迫，堕入青楼。罗依凯旋，与玛拉重逢，希望重拾爱情。心碎的玛拉自知难以融入罗依的上层生活，选择在相逢之处自杀身亡。当女人遇到困境时，往往要以性为代价获得生存。即使是出身庄园主的斯佳丽，迫于生活压力，也要委身于暴发户弗兰克。另一类女性形象是站在男人的身旁，辅助他成功的人，如《卡萨布兰卡》（*Casablanca* 1942年）中的依尔沙。从她在巴黎离开里克，到在卡萨布兰卡与里克重逢，全部围绕民族运动领导人——她的丈夫拉斯罗。她自身没有爱情的独立性。

当代主流商业电影中的女性人物不再以出卖身体获得生存，而经常以更为平等的身份出现在故事中。全球票房排行榜前十的电影，均出现了女性平等甚至中心化的人物形象。《山丘之王》（*Avatar*）中，纳威族公主不仅是男主人公杰克·萨利心仪的对象，而且能够与他一起带领纳威族人与入侵者英勇作战。《复仇者联盟》（*The Avengers* 2012年、2018年、2019年）中，黑寡妇娜塔莎·罗曼诺夫与其他五位超级英雄一起，对抗邪神洛基，肩负起拯救地球的使命。

四、叙事角色：从工具到主体意识觉醒

《埃及艳后》（*Cleopatra* 1963年）是时间主导叙事的好莱坞代表作品。影片以史诗叙事方式，描述了埃及艳后克里奥帕特拉七世，以自己的色相和才智斡旋于恺撒和安东尼两位罗马帝国统治者之间，打造了一个帝国。男权主导的社会将权力赋予男人，而女人不得不以身体与权力者进行交换。女皇克里奥帕特拉为了与自己的亲生弟弟托勒密十三世争夺王位，献身于罗马执政官恺撒，并迅速建立起横跨亚非欧的强大帝国。恺撒遇刺后，她又与继任者安东尼产生了暴风雨般的爱情。女性在这种叙事框架中，即使是女皇也逃不出性玩偶的工具角色。

同样是女性皇权执掌者，《冰雪奇缘》（*Frozen*）中艾莎与妹妹安娜，能够克服内心的恐惧与软弱，逐渐走向成熟，带领臣民与黑暗势力斗争。而且，她们不被虚伪的男性迷惑，有权力选择自己的爱情。在美轮美奂的冰雪空间，她们不再是男人的配角，成为主宰现实与自己命运的主角。全球票房排名第十三的《芭比》（*Barbie* 2023年），则将女性意识觉醒叙事塑造得更为深刻。芭比是一个生活在芭比乐园（Barbie Land）的玩偶，拥有着完美的外表和无数的梦想。但是，她却发现自己无法适应芭比乐园（Barbie Land）的规则和期待，她总是被认为是"不够完美"的芭比（Barbie）。于是，她被放逐到了现实世界，开始了一段全新的冒险。她逐渐认识到自己的独特之处，并发现了自己真正想要做的事情。她用自己的方式展现了女性的魅力和力量，也启发了身边的人。"芭比可以是任何角色，女孩们能成为任何想成为的人。"这句话，展现了女性意识觉醒的力量。"她"们能够像男性一样成为自己。"女人讨厌女人，男人也同样讨厌女人，这大概就是我们唯一的共识了。"她抨击现实中女人社会角色的懦弱。"我是一个解放了的人，我知道哭泣并不懦弱。"⑥

五、结语

空间本来与女性没有必然的联系。然而，由于以空间为主导的电影叙事带有深厚的女性思想的觉醒。女性主义在电影叙事由时间向空间转向的过程中，在奇观叙事、叙事功能、人物形象和角色等方面表现出明显的变化。这种变化与当前现实社会女性地位的提升相应。

注释【Notes】

①[英]里兹·庞蒂：《女性主义、后现代主义和地理学——女性的空间？》，王志弘译，见包亚明主编：《后现代性与地理学的政治》，上海教育出版社2001年版，第323—324页。

②Caroline Brown. "The Representation of the Indigenous Other in Daughters of the Dust and The Piano". *NWSA Journal*, 2003, 15(1).

③Kathleen Marie Turner. "'My life story was spaces': Marginalized Women Maneuvering Urban Environments in Literature and Film." Northern Illinois University, 2013.

④Katarzyna Wilk. "Feminist Film Theory: The Impact of Female Representation in Modern Movies." Studia Humana, 2024, 13(4).

⑤[英]劳拉·穆尔维：《视觉快感与叙事电影》，见张红军：《电影与新方法》，中国广播电视出版社1992年版，第206、208页。

⑥电影芭比（Barbie）对白。

全球化时代文学教育创新：外国文学教学与比较文学的多维融合①

侯　营

内容提要：比较文学为外国文学教学提供了新的方法论，拓宽了文学教育的国际化视野。外国文学教学不再仅仅局限于单一文化或语言的学习，可通过对比与分析，帮助学生理解全球文学的多样性与普遍性，培养学生的跨文化理解和鉴赏力。外国文学教学的中国视角和跨文化视野以及外国文学经典的当代性阐释共同构成了外国文学教学与比较文学融合的三个维度。而数字化技术和"新文科"背景成为两者融合的新形式。

关键词：外国文学教学；比较文学；全球化时代；融合创新

作者简介：侯营，郑州师范学院文学院讲师。研究方向：当代英语文学、世界文学理论。

Title: Innovations in Literary Education in the Era of Globalization: Multidimensional Integration of Foreign Literature Teaching and Comparative Literature

Abstract: Comparative literature introduces new methodologies to the teaching of foreign literature, broadening the international perspective of literary education. A cross-cultural approach revitalizes the teaching of foreign literature, moving beyond the confines of a single culture or language. Through comparison and analysis, it helps students appreciate both the diversity and commonalities of global literature. The Chinese perspective on foreign literature, the cross-cultural vision, and the contemporary interpretation of foreign literary classics constitute the three dimensions of the integration between foreign literature teaching and comparative literature. Digital technology and the context of the "New Liberal Arts" provide new forms for this integration.

Key Words: foreign literature teaching; comparative literature; era of globalization; tntegrated innovation

About Author: Hou Ying, Lecturer at the School of Literature, Zhengzhou Normal University. Research areas: Contemporary English Literature and World Literary Theory.

外国文学教学在全球化背景下日益呈现出复杂性和多元化的特征，跨文化、跨学科的研究逐渐成为教学重点，这与比较文学的研究对象、研究目标和方法论有着天然的亲缘关系。全球化促使文学作品突破本土限制，以一种全球流通的方式跨越国界，使读者能够与异域文化进行直接对话，所以外国文学的研究和教学具有明显的跨国界特征。文学不再仅仅是某一国家或民族的文化表达，而是作为全球对话的一部分，融入国际文化交流的舞台。随着全球化带来的文化多样性，比较文学这一学科的发展也遇到了严峻的挑战。为了应对全球化带来的挑战，外国文学教学必须与比较文学多维融合，这样两者才能共同应对文学教育危机，通过跨文化、跨国界的视角，为学生提供更广阔的全球文学视野，培养学生的跨文化理解和鉴赏力。

一、外国文学教学与比较文学融合的学理依据与意义

外国文学教学与比较文学研究有着悠久的历史渊源，二者在文学教育领域中相辅相成。传统外国

文学教学以特定国家或区域的文学为核心，通过深入研究其文学传统、作家及作品，向学生传达该文化的独特性，由此产生的局限性也较为明显：偏重于单一文化的深度探讨，缺乏全球视野。最早发端于19世纪的比较文学，从形成之初就注重跨文化之间的对话与交流，致力于打破文化边界，建立文学的全球体系，从而帮助学生从多元视角理解文学作品及其文化背景。中国比较文学泰斗乐黛云先生指出比较文学与文学作品研究互为依存的紧密关系，"以跨文化文学研究为核心的比较文学，将以不同文化体系中文学研究的成果为文学与文化的研究提供丰富的资源而成为文学与文化研究的重要途径；对文学与文化关系的深入研究又必然为比较文学研究开创新的局面"②。外国文学教学不仅需要让学生认识到世界多元的文学传统，还必须通过比较文学的方法，拓宽学生的视野，将其置于全球化语境下，从而更全面地理解文学作品及其文化背景。因此，比较文学为外国文学教学提供了新的方法论，推动了文学教育的国际化视野的发展。

外国文学教学与比较文学的结合具有强大的理论支持，尤其是跨文化研究和跨学科研究的不断深化，为二者的融合提供了坚实的理论基础。最初，比较文学主要关注不同国家文学之间的相互影响和联系，而随着全球化的深入，比较文学逐渐转向文化间性的对话与跨学科研究。哈佛大学比较文学教授大卫·丹穆若什（David Damrosch）指出世界文学作品跨文化阅读的意义："我们不是在源语文化中心与作品相遇，而是在来自迥然不同文化和时代的作品所形成的张力中阅读。"③这种跨文化的视角为外国文学教学注入了新的活力，使外国文学教学不再仅仅局限于单一文化或语言的学习，也通过对比与分析，帮助学生理解全球文学的多样性与普遍性。此外，比较文学的发展逐渐超越了文学本身，开始与其他学科深度交叉。例如，文化研究、历史学、哲学等学科的理论和方法都被引入比较文学研究之中，形成了跨学科的研究模式。这一趋势不仅丰富了比较文学的研究内容，也为外国文学教学提供了更加多样化的教学方法。比较文学在外国

文学教学中的作用不仅体现在方法论的革新上，还体现在通过跨文化的比较，帮助学生加深对外国文学作品的理解上。运用比较文学方法，学生能够超越单一文本或文化的限制，将文学作品放在更广阔的文化背景中进行解读。这不仅提升了学生的批判性思维能力，也帮助他们更好地理解不同文化中的文学现象。文学间的比较意味着"跨越国家边界，越来越多的民族文学学者在某种程度上成为比较文学学者"④，通过相关主题、叙述手法和时代背景的比较，外国文学教学不仅能帮助学生理解文学作品的文本细节，还能帮助他们探索文学作品背后的文化、历史和社会因素，从而形成更加全面的理解。在分析后殖民文学时，比较文学的视角可以帮助学生理解殖民主义如何影响了不同文化中的文学表达。通过对比非洲、亚洲和拉丁美洲的殖民文学，学生能够看到不同国家和地区的作家如何在文学作品中呈现殖民经验，并对西方文化进行反思和批判。这种跨文化的比较，不仅深化了学生对外国文学的理解，还使他们能够在全球化语境下理解文学与权力、文化之间的复杂关系。

二、外国文学教学与比较文学融合的三个维度

（一）外国文学教学的中国视角

中国的比较文学研究起步相对较晚，但近年来取得了显著进展，逐渐形成了具有中国特色的比较文学理论体系。比较文学中国学派主张从中国文化与西方文化的对话中探寻出路，推动中外文学的相互影响与融合研究。中国的比较文学研究不仅为外国文学教学提供了新视角，使外国文学教学不再仅仅是对文学本身的研讨，也使其扩展到对文化背景、社会变迁及历史影响的分析，在全球化时代提升了深度与广度。外国文学的教授必然要与中国文学的历史发展相互参照和对比，如此才能更全面地揭示文学传统中的差异性与共通性，看到不同文化之间的对话与互动，正如丹穆若什教授所说："对于今天的我们来说，比较往往从本土开始。"④p2 通过对中外文学的对比，学生可以从自身的现实关切和感受出发，试图理解不同于中国文学审美风格

的外国文学。在教授莎士比亚作品时，不仅可以理清其在英国文学中的地位和影响，还可以从比较文学的视角，将莎士比亚作品与同时期的明代剧作家汤显祖的戏剧作品进行对比，进一步加深对中西文学传统的认识。通过这种教学方法，学生能够在全球化背景下提升跨文化理解力，增强他们的文化自信，发现世界文学的多元之美。

（二）外国文学经典的当代性

全球化时代，在外国文学教学中有效融入课程思政，一方面使外国经典作品得以重新阐释，产生新的意义，另一方面潜移默化地引导学生树立正确的世界观、人生观和价值观。外国文学课程的教学内容广泛，涉及世界各地的文学作品和文化传统，在向学生展示世界多元的文化魅力的同时，也能引发学生对中外文化差异的思考。在教授法国现实主义文学作家巴尔扎克的代表作《高老头》时，从比较文学的视角出发，不会再局限于分析作品涉及的19世纪法国社会阶层问题，也会与当代中国社会阶层流动、家庭婚姻情感关系和青年成长现象进行对比分析，使学生认识到中西政治体制差异，并理解文学具有批判社会功能的教育作用。这种将经典与当代问题相结合的分析方法，不仅拓展了外国文学教学的视野，还增强了学生对现实世界的理解力和对当下生活的感受力。

（三）外国文学教学中的跨文化视野

比较文学视角强调跨文化的理解，能够帮助学生在外国文学学习中领略多元的文学样式和文化形态。通过将不同文化中的文学作品进行比较，学生能够深入地理解不同文化在处理类似主题时的差异性与共通性。在讲解19世纪浪漫主义文学兴起时，教师可以将同期的德国、英国、法国、俄罗斯的浪潮主义文学进行比较，从而揭示出浪漫主义文学在这些国家的共同特点和不同特点，进而探究这些国家的文学传统导致的相异性原因和它们之间的相互影响。外国文学教学运用比较文学理论，还能够培养学生的批判性思维和跨文化认知能力。通过对不同国家和文化的文学作品进行比较，学生能够更加敏锐地发现文学作品背后的社会问题、文化冲突以

及权力结构。这种批判性分析方法，不仅能帮助学生欣赏外国文学作品的美学价值，还能够帮助他们深入思考文学在社会中的角色和影响。比较文学融入外国文学教学不仅培养了学生的文学鉴赏能力，也帮助他们在文化差异日益突出的全球化时代中形成更加包容和开放的文化态度。

三、外国文学教学与比较文学融合的新形式

（一）数字化技术对外国文学教学的推动与创新

在全球化和信息技术快速发展的背景下，数字化技术为外国文学教学与比较文学融合提供了前所未有的支持和创新机会。通过数字化平台，教师与学生能够更加便捷地获取全球范围内的文学作品、学术论文和多媒体资料。随着互联网的发展，海量的外国文学作品和学术资源通过在线数据库和开放获取平台可以为外国文学教学提供教学资源和学术动态发展。中国知网、Google Scholar、JSTOR等平台提供了丰富的资源，学生可以查阅全球各地的文学作品、评论文章和学术论文，从而打破了传统教学中由于地域限制无法获取学术资源的瓶颈。这种资源的获取不仅提升了教学的效率，还扩展了学生的全球视野，让他们能够接触到来自不同文化和国家的文学作品。值得注意的是，对于网上海量资源学生还必须运用比较文学的视野甄别，才能发现有价值的信息，而外国文学教学融入了比较文学才能真正实现跨文化的比较和教学。数字化工具还增强了外国文学教学的互动性和多样性。教师可以通过在线平台发布课后问题，而学生能够随时参与讨论和互动，大大提高了学生的参与感和学习积极性。互动性不仅局限于文本分析，视频、音频以及多媒体资源的使用也让文学教学变得更加生动。这种多样化的教学手段让学生能够通过多种感官和形式更好地理解和体验文学作品的内涵。

（二）"新文科"背景下外国文学教学的跨学科融合

2020年教育部发布了《新文科建设宣言》，大力推动了文学教育与其他学科领域的深度融合。"新文科"倡导跨学科的研究方法，强调文学与社

会科学、自然科学、技术等领域的结合，从而推动了文科教育的全面改革。"新文科"的提出旨在打破传统学科之间的壁垒，倡导跨学科的研究方法，推动文科教育与其他学科领域的深度融合。外国文学教学要打破国别文学界线，以比较文学方法论教授世界文学，"必须要打破外国文学和中国文学的界限，甚至要打破文学学科和其他一些学科的分隔。此后出现的文学意义上的'新学科'，可能只有'文学学科'，而不再去刻意强调中国或外国文学乃至国别文学的学科之分"⑤。党的二十大报告也提出"交叉学科建设"⑥，所以在外国文学教学中有机融入社会学、历史、艺术、哲学等人文学科和自然科学等成为文学教育的新方向。比较文学的跨学科特质与全球化时代外国文学对跨学科的需求不谋而合，两者的融合可以打破传统文学研究的局限性，所以将比较文学融入外国文学教学也就水到渠成。这种融合不仅丰富了文学研究的内容，也为学生提供了更为广泛的知识体系和视野。在"新文科"背景下，外国文学的跨学科教学尤其具有现实意义。外国科幻作品中的科技元素、环境问题、全球治理等主题，都可以通过与自然科学、生态地理、政治学等学科的结合，使学生深入理解外国经典作品的思想内涵和写作特点。这不仅使得外国文学教学更加贴近当代社会的现实问题，也增强了学生对跨学科研究的兴趣和能力，提高学生的批判性思维能力。

四、结语

在全球化时代和数字化背景下，外国文学教学面临着多元化与跨文化交流的挑战与机遇。借助数字化技术和"新文科"理念的推动，外国文学教学中将进一步深化与比较文学的融入。外国文学教学不能仅仅是文本分析，还要结合社会、文化、科技和艺术、哲学等多领域知识和视角，形成更具时代性的跨学科教育模式。外国文学教学与比较文学的融合不仅是教学创新的需求，更是全球化背景下提升学生文学素养和跨文化能力的必然趋势。未来，随着全球化的不断深入，这种融合将在外国文学教育中发挥更加重要的作用。

注释【Notes】

①本文系郑州师范学院"新文科视域下外国文学课程教师教学创新能力提升研究"（项目编号：JSJY-232378）、郑州师范学院"课程思政背景下汉语言文学师范生《外国文学》课程建设与教学改革"（项目编号：JXGGYB-232324）的研究成果。

②乐黛云：《比较文学与比较文化十讲》，复旦大学出版社2004年版，第41页。

③[美]大卫·丹穆若什：《什么是世界文学》，查明建、宋明炜等译，北京大学出版社2015年版，第328页。

④David Damrosch. *Comparing the Literatures: Literary Studies in a Global Age*. Princeton University Press, 2020, p.1.以下只在文中注明页码，不再一一做注。

⑤刘建军：《"新文科"还是"新学科"？——兼论新文科视域下的外国文学教学改革》，载《当代外语研究》2021年第3期，第26页。

⑥https://www.gov.cn/xinwen/2022-10/25/content_5721685.htm.

"邹惟山文学思想与创作研讨会"笔谈

主持人开场白与讲评

陈建军

各位嘉宾，各位专家、学者，各位朋友，大家下午好！

我姓陈，和邹建军（笔名邹惟山）教授同名，是8月1日出生的，邹教授是9月11日出生的。我经常开玩笑地说，我的生日是个节日，他的生日是个事件。不过，邹教授的确制造了不少"事件"，不同程度地引起了学界和文坛的震荡。我与邹教授是硕士同学，我们认识快三十年了。邹教授大概觉得我对他比较熟悉、比较了解，所以安排我充当这次研讨会（2024年8月30日）的主持人。能为与我的同名同学主持研讨会，我感到十分荣幸！

邹教授生于1963年，1984年毕业于四川大学中文系，同年任教于中南民族大学中文系。1998年晋升为教授。2003年，调到华中师范大学文学院。在从事本职工作之外，他先后兼任《外国文学研究》副主编、《华中学术》副主编、《中国诗歌》副主编、《世界文学评论》主编等。

邹教授1997年开始指导硕士研究生，2009年开始招收博士研究生。迄今为止，他独立指导或合作指导的研究生有180多人，其中博士生26人。邹教授在教育教学上倾注了大量心血，为国家、为社会培养了大批优秀人才。

邹教授著述宏富，已公开发表学术文章400多篇，出版学术专著近20部。邹教授开始在中国现当代文学专业，后转到比较文学与世界文学专业，再后来转到民间文学专业。但他的学术研究不受专业限制，学术视野非常开阔，涉及的研究领域极为广泛，包括现代诗学、港台文学、华文文学、文学伦理学、文学地理学、写作学以及女书文化、书院文化、地方文化等等。在这些众多的领域中，邹教授均有所发明和创造，均取得了令人瞩目的成就。

在从事教育教学和学术研究的同时，邹教授一直坚持文学创作，已经写了5000多首诗词、100多篇辞赋、300多篇散文，结集出版了多种诗集和《惟山文存》10卷，另有哲学笔记5种等等。教学、科研、创作"三驾齐驱"，这种现象在当下"唯科研、唯论文"的中国高校是极为罕见的。

今年是邹教授执教40周年，今天我们自发地在这里隆重而低调地举行"邹惟山文学思想与创作研讨会"，也算是一种纪念和庆祝活动。之所以举行"邹惟山文学思想与创作研讨会"，绝非集结一帮同好来"奉承""吹捧"，绝非什么"戏台里喝彩"，而是因为作为一个现象级的存在，邹教授成果丰硕、成绩斐然、成就卓著，堪称"60后"学人的典范，他的文学思想和文学创作值得认真总结和探讨。

今天的研讨会采取线上和线下相结合的方式，主会场设在武昌鲁磨路金域广场三楼会议室。在这里，要特别感谢余总(仲廉)，感谢他再次为大家提供了相聚的机会！从参会人员的身份来看，这次研讨会可以说是一个小型的国际性学术研讨会。

这次研讨会纯属民间活动。邹教授反复请求大家不要写正儿八经的论文，希望大家在一起聊聊天。按照邹教授的指示和要求，大家可以就自己最熟悉、最了解的有关邹教授某一方面的学术研究、文学思想、文学创作谈一谈,不用面面俱到,发言可长可短。

部分点评:

江老对邹教授科学研究和诗歌创作特色的概括、总结、提炼,应该说是非常准确的,比如,他说邹教授有"强烈的文体意识自觉"是完全符合实际的。邹教授有意识地借用西方十四行诗体,写了大量的汉语十四行体诗(昨天,在武汉诗学论坛微信群里,看到有人发了一部《现代格律诗家评传》的电子版,其中第八十九回"十四行诗大格局意境开阔气势雄",是专论邹教授的十四行体诗的。作者认为,邹教授的诗作"代表了十四行诗中国化的最高水平");后来,邹教授一度钟情于唐朝诗人寒山和尚,写了大量拟寒山体诗;近两年,他又在无韵自由体诗上做了有益的探索。令人敬佩的是,无论是十四行体诗,还是拟寒山体诗、无韵自由体诗,都不是单单一首诗,而是一组一组的组诗,这在中国诗歌史乃至世界诗歌史上都是少见的。

三夕教授比邹教授大10岁,邹教授在一首诗中说他们是"忘年交"。他俩常常一同砥砺学术、切磋诗艺、携手云游。刚才,三夕教授提到,他俩曾合作写了一篇《简论文学地理学对现有文学起源论的修正》发表在武汉大学文学院主办的《长江学术》2015年第4期上。这篇文章质疑流行的文学起源于"劳动说"或"游戏说",提出"文学发生于特定的自然地理环境与人文地理环境"的主张,在学术界产生了较大的反响。关于邹教授的"诗歌意象核心观",不能不提到《现代诗的意象结构》一书。邹教授重视"意象"的重要性,认为没有意象就没有诗,"诗是意象的序列组合"。这部著作总结、归纳了中外现代诗"意象"的各种结构方式,对于如何创作现代诗也具有切实的指导意义。

刘荒田先生主要谈了他对邹教授文学创作的看法。他认为邹教授的文学创作已经进入"巅峰状态",同时认为邹教授对当代文坛的创造性贡献之一在于"从零度出发",其显著特征是"从零度出发"而达到"简单的深厚"与"朴素的繁复"。因此,邹教授文学作品的辨识度很高。也就是说,邹教授的文学创作极富个人化色彩。这一看法或观感很有见地,真可谓一言中的。

吕红主编所讲的都是事实。为庆祝邹教授执教40周年,他的学生编了一本《邹建军教授执教四十周年纪念文集》。这本纪念文集共有六辑,第一辑是"四十年自述",第二辑是"教学回顾与反思",第三辑是"弟子的回忆",第四辑是"课堂实录",第五辑是"弟子关于教学的笔谈",第六辑是"学位论文后记"。第六辑选录了12则博士学位论文、硕士学位论文和本科毕业论文的后记。学生在后记中,一致认为邹教授博学多才、治学严谨,又宽厚和善、平易近人、关爱学生,对学生如何为学、做人、处世,都产生了积极的影响。我看了,很受感动,对邹教授的钦佩之情油然而生。

大兴教授是中国文学地理学会的会长,是中国文学地理学学科的带头大哥。今天,他谈了三点感想。他对邹教授的文学地理学研究和邹教授对中国文学地理学学科建设与发展做贡献的评价,应该说是最具权威性的。大兴教授刚才说过,他原来在中南民族大学任教过,邹教授也是从中南民族大学出来的。中国文学地理学学科的两位领军人物,都出自中南民族大学,这是一种非常有趣的现象。不知道邹教授从事文学地理学研究,是否受到了大兴教授的影响,待会儿在答谢时可以简单回应一下。

仲廉兄做事非常认真,说明他对这次研讨会高度重视。近段时间,仲廉兄写了好几篇关于邹教授的诗评,我看到的有两篇,一篇是《飞翔中的生命哲思与心灵探寻——评邹惟山教授〈关于人间的行走哲学〉组诗》,一篇是《文学与地理交互的生动实践——评邹惟山教授组诗〈拥斯茫水〉》(今天主要讲了这一篇)。在野三关时,有一天我和邹教授一起喝茶、聊天,他十分感叹地对我说,没想到余仲廉还是蛮有才气的。我说,是啊,他读的书实在不少,而且有心得、有思想,又勤于动笔。仲廉兄具有极其细腻的艺术感受力和极其敏锐的艺术判断力,他对邹教授两首组诗的解读、评价都比较准确到位。

克强老师是邹教授的老友,他的发言很坦诚,也很真诚。记得早在2013年,克强老师在为《邹惟山十四行抒情诗集》所作的序中，就指出邹教授的诗歌体现了一种"行走的美学"，并认为邹教授"以他自己的诗学理论或者诗歌美学，督导自己的诗歌创作实践"，敏锐地发现邹教授的诗学主张与他的诗歌创作之间存在一种互动的关系。其实，不仅仅是诗歌，他的辞赋和散文绝大部分也都体现了这种"行走的美学"。可以说，邹教授以自己的文学创作实践充分印证了他的文学起源说，也就是我在前面所提到的"文学发生于特定的自然地理环境与人文地理环境"的主张。克强老师也很看重《现代诗的意象结构》。这部著作是1997年出版的，当时邹教授仅34岁。一个学者的早期著作，往往是不可多得的经典。可惜这部著作未能引起广泛的注意，有机会，希望能修订再版。

南川教授满怀深情地回顾、分享了他与邹教授交往、交流的点滴。我特别注意到，南川教授认为邹教授的作品"无论诗歌还是散文都可以清晰地读到地理文学的影子"，由此可见，邹教授的文学研究、文学思想与他的文学创作之间确实存在一种互动关系。

海村惟一教授说，"惟山乃惟一的'文字之友'"。这句话似乎有两种理解，既可理解为邹惟山是他的"'文字'之友"，又可理解为邹惟山是他唯一的"'文''字'之友"。在他看来，邹教授是"一位文学性的破格学者"，也是"一位现实性的自由诗人"。海村惟一教授的发言稿写得灵动而有趣，读了令人"快哉！乐哉！"。

经常在余总的朋友圈里看到大中先生的诗和诗评，写得非常好。这两首诗是大中先生满怀激情地为邹教授吟唱的赞歌，是他为邹教授执教四十周年所奉献的一份大礼。谢谢！谢谢！

我和光明教授是老乡，都是湖北浠水人；我是巴河镇的，他是兰溪镇的。光明教授也是有家乡情结和文化情怀的人，2019年他回乡创办兰溪书院，在浠水县众多书院中办得最有特色、最有成效，产生了很大的影响。邹教授几次造访兰溪书院，在精神和物质上，对兰溪书院给予了实实在在的支持。正如光明教授所说的，邹教授的确具有"文化使命

感"。今年暑假，我和邹教授、三夕教授等人在巴东野三关避暑。在邹教授的组织和主持下，我们在云上花开书屋举行了"首届巴东野三关文学与地理学术研讨会"，为野三关地方文化建设与发展献言献策，深获当地有关部门的好评。余总看到报道后，还专门写了一首《野三关，梦想的画卷》。谢谢光明教授特地从浠水赶来参加今天的研讨会。

我曾写过一篇小文《"三仙"邹惟山》，"三仙"是指诗仙、酒仙和神仙。澳洲《中文学刊》主编庄伟杰先生说邹教授有"三多"——多才、多彩、多情。晓苏教授说邹教授有"四勤"——勤于游走、勤于笔耕、勤于社交、勤于布道。后臣兄说邹教授有"三丰"——丰产、丰厚、丰富。李强兄也说邹教授有"三多"——学术成果多、社会朋友多、兴趣爱好多。看来，邹教授又多了几个雅号——"邹四勤""邹三丰""邹三多"。"三仙""三多""四勤""三丰"，从不同侧面展现了邹教授的学术成就、创作实绩、精神风貌和人格魅力。

（陈建军，中国闻一多研究会会长、武汉大学教授。）

邹惟山教授的人生坐标与学术理想

王兴尧

邹惟山教授是我的博士生导师，也是我在桂子山上最为敬重的一位学者。欣逢邹惟山教授执教四十周年，邹门在读硕、博同学一同翻阅档案，梳理了他四十年来的执教历程。邹教授卓越的教学水平、独特的理论视野和强大的人格魅力已经深深影响到我。因此，回顾邹老师在教书育人、读书治学、为人处世等方面的往事，既是我再次走近老师、了解老师的契机，更是自我思考、自我反思的过程。

他1984年6月毕业于四川大学中文系，7月入

职中南民族大学中文系，为中国现当代文学教研室专任教师。他在教学工作上认真负责，在科学研究上积极进取，在培养学生上严格要求，创造了一套全新的教学模式，成绩斐然，多次受到奖励和表彰。他1989年晋升为讲师，1994年晋升为副教授，1998年晋升为教授。1997年开始指导硕士研究生。2003年7月调到华中师范大学文学院任教，2009年开始招收博士研究生。至今为止，他指导或合作指导的研究生有180多人，其中博士研究生26人，硕士研究生考上博士深造的有40多人。他先后参与重要教材《比较文学概论》《中国当代文学史》《民间文学概论》等的撰写，并主编《中国现代文学作品选》《比较文学与世界文学阅读系列教材》等。他先后开设"中国现代文学""中国现代文学经典""台港诗歌研究""比较文学""外国文学""西方戏剧名篇导读""新生研讨课""写作""新闻编辑学"等本科课程，"中国诗学""比较诗学""诗歌与戏剧研究导论""易卜生文学创作研究""文化地理学""文学地理学批评""民间文学与作家文学关系研究""民间叙事策略研究""民间遗产与文创产业"等研究生课程。

他先后创办"中外文学讲坛""文学地理学研究""中国文学地理学会硕博论坛""湖北省比较文学学会硕博论坛"等研究生成长平台。他还先后担任《外国文学研究》副主编、《华中学术》副主编、《中国诗歌》副主编、《世界文学评论》主编，为中国的文学研究和文学批评事业做出了重要贡献。他在从事文学批评和文学研究的同时，坚持从事独立的文学创作，有诗词5000多首、辞赋100多篇、散文300多篇，为大学创意写作开创了诸多典范。

面对任何事物，邹惟山教授总是能够从超越常人的高度去审视，他凭借艺术的眼光、批判的思维、辩证的态度和开放的格局，深深影响着学生并培养出一代又一代的优秀人才。以邹惟山教授这般的一流学者为导师，是我们面对学术及人生拷问的最大底气。在此喜庆的日子里，作为桂子山上受教多年的学子，所有在读的邹门弟子恭祝邹惟山教授

生活愉快、身体健康、工作顺利、文学与教育事业更有大成。

（王兴尧，华中师范大学文学院博士研究生。）

和邹建军教授做文友

[加拿大]郑南川

邹建军教学四十年了，是一位我尊敬的教授。虽没有做成他课堂里的学生，但很幸运地认识他做上了他的"文友"。

2017年多伦多约克大学"回顾与展望"国际华文文学研讨会上，第一次和他相遇。加拿大是我们唯一见过面的地方。那次会议我作为魁北克的写作人参加了活动，见到了国内不少著名学者，华中师范大学的江少川和邹建军教授也在其中。

有意思的是，在小组的讨论会上我们又坐在了同一个会议厅里。记得在小组发言中我曾从个人创作感悟谈到了关于文学与人学关系的一些看法，会下既然得到了邹建军教授的指教和点评。简单的几句话让我印象深刻，他不像是一般圆滑随意的学者，我对他留下了很深的记忆。

之后在文友群里我们有了陆续的交流。自从我把他拉到了"世界文学与华人作家群"，这种交流就多了起来。他谦和、热情，也很支持交流，经常推荐学术与文学文章，还介绍他的研究生入群来参与交流。也就是在群里，我开始接触到他大量的文学作品。他是那种创作激情十分旺盛、从不掩饰自己，是那种有着批评和被批评精神风范的学者，在学术上也保持着谦虚、开放和直白。

我读到他的文学作品，有十四行组诗、拟寒山体诗词、地理散文和辞赋作品，等等。作品的文学性、实践性、独创性、批评性和思想性都非常强。从风格上来讲，很自我、很独特、也很严谨，在几百万字的创作中，形成了一种"惟山文学"的奇妙

写法，是一位把学术与文学融合为一体、用创作实践来展现独立风格的学者。

作为一位文学系教授，邹建军诗歌走着一条严谨学术、情怀文学的诗路。他的诗歌以组诗为格调，每一组都有明确的主题，要么讲人生道理，要么关注国民生活，要么讽刺社会坏习，例如《在黄荆望楚》组诗就讲人生道理，批评丑恶世故；《江南云台组曲》确是颂扬美好山河，绘画一片风光。他的拟寒山体诗词作品，在诗歌创作上展示了奇妙的个性特征，从文学意义上来讲确乎跨出了一大步。这些作品接前人寒山体之灵魂，语言通俗浅白，阐说人生轮回，讥讽社会弊端，用古体白话叙事。诗句不抽象，不做作，很接地气。邹教授的拟寒山体诗词受到诗界专家学者的关注，被盛赞为具有延寒山诗体之魂路，又是当代"邹氏拟寒山体诗词"的个性示范。

邹建军是一位对诗歌很有研究的学者，对中国传统诗歌的韵律、规范和复杂要求，都把握得相当到位。他的诗，在语境、韵律、音乐、文体和表达等方面的运用，都很少有所缺失。他有雄厚诗歌研究的广泛学识，写过诗歌研究的论文、专著，能精准把握诗歌的概念、内涵和标准，把自己的创作文才与现代写作发挥到了极致。他的诗，似乎是通俗的、流畅的、快意的——读着就发现读进了故事里、情节里、思考里和进入强烈的哲学概念中。可以说邹教授的宏大的诗歌创作和深厚的研究理论，是形成他文学思想的重要部分。

散文创作的成就也是邹建军重要文学财富的一部分。他的散文与他的学术关系，像是一纸正文与纸本花边的关系，它们从来都是一页完整的文本。读他的散文就从来没有丢失过他的研究地域，如果说地理文学是最重要的学术研究方向，那么大部分的散文都是地理文学方向上发现的山地、花草和人群，从这些发现中可以找到地理文学的根据。例如，他写的黄荆山和多篇故乡行散文，就如同回老家是去发现地理文学的，是去实验地理文学的存在和意义。那里的山川草木，他看得细致，好似一位"考古学者"。从老家这个真实的现场，他读出

了学问，找到了地理文学的意义。作为一种文学尝试，他大胆地开放了自己的家事与生活，在散文里填满了感情与执着的爱，现身说法了家乡山水的人文世界，文字优美，语言精炼，真实感人。我想说，邹教授是中国地理文学重要的开拓者之一，更是这一理论研究的勇于实践者。无论是诗歌还是散文都可以清晰地读到地理文学的影子。

2021年国内有一个重要的地理文学学术研讨会，受邹建军教授邀请我在线上参加了活动。之前我对地理文学领域研究的学术信息的接触近乎为零，在他的鼓励下我用了一些时间补课，并从中获得了很大的启示。我注意到海外华文文学这个与地理概念有着特别意义的文学现象，从地理文学的角度出发，它有很多值得关注和研究的课题。是邹教授的学术思想让我大开眼界，产生了极大的兴趣。在那次研讨会上，我试图从魁北克唯一法语地域与整个北美英语区域文化的角度，提出了关于"独岛法语文学"与北美区域地理文学的不同性和并存性问题。这个新"概念"研究的想法让我兴奋不已。我深深地感激他的点滴指教，他为我的学术兴趣打开了一扇明亮的窗子。

我内心里一直对邹教授心存感激。作为加拿大的华裔作家，对诗歌的热爱是发自我人性本能的释放。这些年亲眼看到在他带领下，诗歌研究中心的朋友持之以恒，不断获得成果，我也有幸受邀参加过他们的诗歌创作与点评。我先后出版过中英文诗集六部，一直以来很少有人做过评论。说实话，评论诗歌是件艰难的事情，我拒绝那些对诗歌毫无体验和研究的人点评，这是一个原则。但有幸的是后来获得了邹教授的认可，他以自己丰富的诗歌创作经验和长期诗歌研究的学术水平，对我的诗歌作品做过情真意切的评论，让我对自己诗歌创作的特点、思想与风格有了新的认识，也使我在创作上有了更大勇气和信心。

我和邹建军教授的友情是"文学的"。

真切地为他教学四十年祝贺，为他祝福。

（郑南川，加拿大作家、文学评论家。）

花甲少年　风华正茂

——为庆祝邹建军教授执教四十周年而作

张三夕

人生易逝的感叹，往往会从与朋友的交往中不断加深。

我和建军教授是在华中师范大学文学院共事时相识相交的，没想到一晃20年过去了。建军教授比我小10岁，没想到转眼他已经执教四十周年了，俨然成为一位"资深的老教授"了。建军的教师业绩十分突出，没想到他指导的研究生已有180多人，其中博士研究生26人，硕士研究生考上博士深造的有40多人。我指导的全日制科学学位的硕士和博士只有五十几位，不到他的零头。至于他文学创作的作品那更是丰富多彩，他在今年8月所写的《龙船硒隐》诗中总结道：

有诗五千首，有文三百

有赋一百三，有论四百

有文集十大卷，著作

十六本，远比麻将更麻

远比大地更广苍天更深

"远比大地更广苍天更深"这话说得有点大，充满文化自信，但于此可见建军教授的多才多艺，高产丰产，至少可见其文学写作异常勤奋！

我和建军教授在工作和科研上有过紧密合作，在我担任《华中学术》主编的时候，建军教授一度担任过副主编。我们俩合作写过论文《简论文学地理学对现有文学起源论的修正》，发表在《长江学术》2015年第4期上。据编辑部同仁说，这篇论文反响较好，有不少转载或引用。这篇论文70%是建军教授的功劳，我的贡献大概只有30%。我有的著作如《20世纪的"最后性文本"》，请建军教授的高足陈富瑞给我写过书评。建军有大作出版，偶尔也会请我作序，如《惟山文存二集（赋）》，（香港）华中书局2023年9月出版，卷首就有我写

的序。我们俩的共同爱好是旅行和写诗，2014年7月，我、马良怀兄和建军教授三人曾做了一次环塔克拉玛干沙漠的旅行，九天九夜的同行，留下很多难忘的记忆。我们在一起，讨论最多的无疑是诗歌，我们的文字交往、精神交往更多的是诗歌创作经验与作品鉴赏。

建军教授的诗歌创作道路经历过三个阶段，第一阶段是汉语十四行诗，他创作了大约两千多首诗；第二阶段是拟寒山体诗，他大约也创作了两千多首诗；第三阶段就是无韵自由体诗，正在进行时，以他目前的创作速度，其产量将高于前两个时期。建军教授的诗学观我是认同的，概括起来讲有三点：一是诗歌意象核心观，二是诗歌自由表达观，三是诗歌自我表现观。建军教授的诗歌创作力图实践其诗学观。在我看来，建军教授在诗歌内容表达和形式创新上均取得很多成就，本文不能详细讨论，仅仅在这里讲最突出的一点，那就是组诗的创作。在我的印象中，建军的诗基本上都是组诗，他很少写单篇的诗作。我认为组诗是他创作的一大特色，一般而言，组诗的表现力，要强于单篇的诗作。

熟悉中国古典诗歌史的人都知道，《古诗十九首》，最早见于《文选》，是南朝梁萧统从传世无名氏《古诗》中选录十九首编入的，编者把这些作者已经无法考证的五言诗汇集起来，冠以此名，列在"杂诗"类之首，后世遂作为组诗看待。《古诗十九首》深刻地再现了文人在汉末社会思想大转变时期，追求的幻灭与沉沦，心灵的觉醒与痛苦。如果古诗只有一二首，显然就达不到十九首那样的效果。杜甫诗歌无体不工，语言丰富多彩，风格沉郁顿挫。五、七言律诗在杜甫手上达到了炉火纯青的境界。五、七言组诗或联章诗的形式也是在杜甫手上得到了创造性的广泛应用。我的老师程千帆先生曾有过专门的论述，见《被开拓的诗世界》。晚清著名诗人龚自珍的出类拔萃在于，他能把丰富的社会、历史内容与多变的艺术风格统一起来。大型组诗《己亥杂诗》竟有三百余首，数量之多，诗史罕见。诗人在己亥年即道光十九年（1839年），辞去

京官，南归杭州，在旅途中写下这组反映自己心路历程和社会危机的自传体诗篇，名垂诗史。建军教授的组诗之多，在古代诗人和当代诗人中都是很少见的。他大量的组诗在艺术形式上所取得的成就值得认真、深入的研究。

在现代自媒体发达的当下，建军教授在创作中经常会把一些新作通过微信发给友人征求意见，我偶尔也会记录下对他的诗作点评，现在摘录一段，以作为我对建军诗歌的个案分析。

2024年3月2日，建军发来《回川旅行诗集》，征求我的意见。我认真读过后，给他写了如下点评：

> 建军兄好！认真拜读了大作。为吾兄高产而叹服。12篇组诗可以看作是诗体游记、诗体日记。浓郁的生活气息扑面而来，抒情夹杂叙事，亲情友情乡情浑然一体，还有关于人类社会结构的哲理情思，皆如行云流水一般。其中有些地名仁兄带我去过如俩母山、越溪河，读来倍感亲切。这12篇行旅诗，从内容到形式均颇有新意。一切皆可入诗，一切皆可回味。个别处似乎还可锤炼，如少许白话散文句子，连续四小节采用某某来了的排比句，易使人因单调重复而感到视觉"疲劳"。祝建军兄龙年继续保持旺盛的创作激情，多写好作品！

诗体游记、诗体日记是建军诗歌创作的又一特色，这一类诗歌完全可以从文学地理学的角度进行深入分析。诗人善于以自然山水与人文景观为题材，穿插他与地方先贤的对话，揭示地域文化的风情乃至风水风貌，抒写人生的感悟与生命的体验，追求博大的气象以及超越的精神，让自然性与人文性达到某种程度的统一。建军教授喜欢写诗体游记、诗体日记，与他追求自由的诗学观念是分不开的。他认为，自由体诗的前提是自由思想与自由表达，"没有思想自由就写不了诗，没有自由表达就没有自由诗。行云流水、纪行叙事是最好的状态，最充分的自由诗"。纪行叙事，是题材，是内容，而行云流水则是诗歌创作的高境界。由于追求思想自由、表达自由，建军教授在无韵自由体诗歌创作

道路上已经停不下来了，更回不去了。汉语十四行诗、拟寒山体诗，早已成为有意味的过去或历史。我们没有理由不期待他在无韵自由体诗歌创作道路上取得超过前期的更大的艺术成就。

今天，我们开会庆祝建军教授执教四十周年，探讨其文学思想和方法，既是对建军教授的学术成果和创作生涯的一次重要的阶段性总结，也是以朋友关系和师生关系进行的一种民间的有意义的学术交流。今天的诗坛，看上去很喧嚣，到处都是诗人，其实某种程度上也是"万马齐喑"。有很多问题，需要诗人和学者和评论家深度思考。建军教授在他去年六十岁生日时，写了一组诗《花甲少年》（6首），其中第四首有云：

> 花甲少年，永远年轻
> 他要以自己的身体
> 穿过崇山峻岭
> 让亿年的土壤
> 感知一下
> 穿山甲的威严
>
> 永葆一颗诗心
> 以诗心发现人心
> 以诗情染就黄鹤
> 那万里的锦缎
>
> 花甲少年，在江南云台
> 也许，今夜无眠

我愿意借建军的诗句表达我的祝福并与之共勉：花甲少年，风华正茂！自由人生，永葆诗心！

2024年8月26日

（张三夕，华中师范大学文学院教授、深圳图书馆特聘研究员。）

惟一的"文字之友"

——我所认识的邹惟山教授

[日]海村惟一

甲辰年即首龙之年,恰逢吾友惟山从教行文四十周年。喜之!庆之!

惟山乃惟一的"文""字"之友。以"文"著书立说;以"字"抒情言志。惟一认为惟山应该是一位文学性的破格"学者",其学"文质彬彬",别具一格,故为"文"友:其门下犹如四时之花鲜艳人间。

惟一认为惟山应该是一位现实性的自由"诗人",其诗"天时地利",字间有魂,故为"字"友:其作品胜似五行之果观照环宇。

吾友惟山思维敏捷,诗赋论文丰盛,综合之其有十观:一是诗歌意象核心观;二是诗歌自由表达观;三是诗歌自我表现观;四是文学自在自足观;五是文学地理叙事观;六是文学地理图式观;七是作家地理基因观;八是地理天地之物观;九是散文随物赋形观;十是辞赋现代语体观。

惟山还有五部哲学笔记,其核心观点有十:第一,以自然为中心的哲学;第二,协合天下的哲学;第三,人类文学命运共同体的哲学;第四,前世今生相关的哲学;第五,学术入门与出门的哲学;第六,文地相生互助的哲学;第七,友善天下的哲学;第八,人兽相通并转的哲学;第九,大道周行并永恒的哲学;第十,海纳百川、山容万尘的哲学。

但惟一更欣赏惟山可流传千载的八字金言"反观自我,反思过往"。因为此言并非处于红尘的文人敢付之于实践的。

惟山门下的每个学子都是一把火炬,其照人、亮世、指道、引路会聚的能量如同莫扎特《C大调第16号钢琴奏鸣曲》,令惟一荡漾在明媚的春光里,问津于萧瑟的秋风里,不管夜晚白昼、路途曲折,只享迷惑中有真知之慧,慧慧和悟!

惟山作品的每个文字都是一个音符,其高低、缓急、激情、温柔组成的行间接近贝多芬的《命运交响曲》,令惟一融化在灵魂的银河里,沉醉于性情的温泉里,不知天上人间、净土红尘,只知混沌中有真善之美,美美与共!

以此文字遥贺吾友惟山从教行文四十周年。快哉!乐哉!

以此文字寄愿吾友惟山鹏鲲翱翔四十周年。怡哉!悦哉!

以日本汉诗遥贺邹惟山文学思想与创作研讨会(从教行文四十周年纪念)圆满成功及与会诸子与邹子同行翱翔妙笔生花:

文有情怀论越前,育人超众胜先贤。

披红照耀青春美,奋起攀登泰岳巅。

2024年8月30日(甲辰年叶月丙寅日)

(海村惟一,中国/深圳大学饶宗颐文化研究院客座教授、日本/社团法人惟精书院理事长、福冈国际大学名誉教授、文艺评论家。)

以诗歌为文化加冕

——邹建军教授与兰溪书院

毕光明

浠水县十大乡村书院最早挂牌的是我于2019年回乡创办的兰溪书院。兰溪书院作为公益性的民间教育与研学平台,主要功能是对公办教育进行补充,在乡村恢复传统私学的国学修养培育方式,结合现代大学里的书院规制,在小学生古诗文诵读、中学生的文学史初步、大学生与研究生的专业深造、地方历史文化丛书编纂、线上线下结合的名家学术讲座几个方面,立体化地开展教育、文化与学术活动,目标是活跃乡村的文化氛围,重点在发现本乡本地的可造之才,予以引导和帮助,使其得到更好更快的发展,为人才辈出的鄂东地区赓续崇文尚学的优良传统。书院的创办和运行,得到了学界同行的热情鼓励和大力支持，有多位文学研究同行给书院寄赠图书，并支持书院开展的学术活动，其中，邹建军教授是从物质和精神两方面助推兰溪书院起步和向远方行进的。

邹建军教授也是农裔学者，有家乡情怀，因此对乡村文化建设极为关注。兰溪书院挂牌不久，他闻讯后就给书院寄赠了他自己的著作。去年11月，他还约了余后臣老师专程从武汉坐车到浠水考察兰溪书院，指导书院建设。回到武汉的第二天，他就发来了组诗《在浠水兰溪书院拟无韵自由体》计6组10首。这是自书院诞生以来，由诗人专门记颂书院这一文化产品的第一组现代诗歌。邹建军教授，不愧是大诗人，他来书院，听了我的介绍，踏勘了书院左近的山水，锦绣文字便奔腾于笔下，举凡书院所在地的山川形势，历史人文，书院建造者的履历与家族的文教传统，书院设立的意义和当下的环境，都一无遗漏地在铿锵的诗句中得到表达和呈现，不啻是一篇诗体的兰溪书院记。设若将高等教育和学术文化引入乡村的新型书院好比成长中的文化少年，那么，这组出自著名诗人笔下的诗歌，无异于为他举行了神圣的加冕仪式，预示着浠水的乡村书院规模化建设的敻远前景。

对兰溪书院学术活动的开展，邹建军教授有求必应，鼎力支持。今年6月15日，兰溪书院与湖北师范大学文学院合作举办"语言文学教育与乡村文化建设"学术研讨会，以正式启动兰溪书院这一学术平台，是日下午两点半，邹建军教授有原定的博士生面试工作，但为了支持兰溪书院的第一次全国性学术研讨会，他还是在头天晚上坐动车赶来浠水，第二天上午参加完开幕式，做了精彩的大会发言后才赶去车站坐车返回武汉。回到武汉，只隔一天，他又发来了新创作的组诗《再到兰溪》，用7首诗写了参加这次研讨会的几位著名学者，还将兰溪书院与鄂东的历史文化名人联系了起来："闻一多就在旁边/熊十力就在身边/还有一个状元/是巴河三陈的祖先//复观了再复观/光明了又光明/我说兰溪姑娘/期待在兰溪镇/和清泉镇之间/有一场盛大的/舞会和晚宴"。无事无景不成诗，运思落笔即为诗，诗人邹建军用他的盖世才华为草创的兰溪书

院做了最好的装修，让她以清俊的形象进入爱书者的视野。

邹建军教授关注、支持且歌咏兰溪书院，并不只是出于他与我的私人情谊，而且是因为他对书院这一文化教育载体有独到的认识。他曾给我发来一篇题为《现代书院大有可为》的短文，文中写道："书院在中国文化中有深厚的传统，并且有不可替代的崇高地位。据研究，中国最早的书院出现于唐朝，开始于唐玄宗时代的国立书院传统，名集贤殿书院，主要是讲经、讲学、传道之用。而中国最早的私立书院，也在唐朝得以开启，据说是唐玄宗时代在四川遂宁开办的张九宗书院。而这个地方离我老家大概有150公里。苏轼与清泉寺的故事，令我这个苏东坡的乡人感动不已。而自他后的九百年，黄州居然存共47座书院，在湖北省是首屈一指的，几千人士子考中了举人和进士。苏东坡在清泉镇的兰溪边上，先后写了三首有名的诗词作品，从而开启了鄂东文脉的新篇章。我一生对书院有很大的兴趣，每到一处首先就是参观书院，岳麓书院，花洲书院，白鹿洞书院，鹅湖书院，石鼓书院等，是当地标志性的文化景观，我曾经多次参观过。我认为中国古代的书院，是综合性的教育机构，承担了讲经，修书，传道，授业，解惑，传承思想文化的责任。所以，恢复书院传统十分重要，特别是与当代中国的乡村振兴具有直接的关系。我们要有效地保护所有的书院文化景观，充分地利用现有书院，复兴文化传统，也要尽力支持乡贤回乡创建现代书院，以文化人，以文铸魂，带动一方各方面事业的大发展。乡村振兴的主要内容，就是文化复兴，而只是靠现在的大学是不现实的，因为体制和方法不一样。我相信，兰溪书院的建立与运作，利在本地，益在当代，而功在千秋。"可见，他是在文化史的视野里来看待书院传统的复兴和现代书院建设的，有这样的历史眼光和文化使命感，他所揭示的建设乡村书院的意义和价值才更令人信服，且能引起高校学界同仁向乡村输送文化与学术资源的兴趣。

（毕光明，海南师范大学文学院教授、中国小说学会名誉副会长。）

飞翔中的生命哲思与心灵探寻

——评邹惟山教授组诗《关于人间的行走哲学》

余仲廉

以飞机上身体的禁锢为引子，巧妙地勾勒出物质世界对个体的束缚，却也借此反衬出自我思想无垠的自由，邹惟山教授组诗《关于人间的行走哲学》如一股清泉，缓缓流淌，引领我们踏上一场关于身体与灵魂的深度求索，一次心灵的觉醒之旅。在这个快节奏、高压力的时代，我们常常被外界的各种规则与期待所限制，忘记了内心深处那份对自由、对真理、对美好的渴望，而邹惟山教授组诗《关于人间的行走哲学》，不仅仅是一次简单的飞行体验记录，更是一次心灵的翱翔，是对人类精神力量的颂歌。它让我们在字里行间重新审视自己，找回那份久违的纯真与梦想；它提醒我们，即便身处局促之地，心灵亦可遨游四海；即便面对生命起伏，也应怀揣谦卑与坚韧，勇往直前。对于这组诗，我有以下几点认识：

第一，身体的禁锢与思想的解放。在第一首诗中，诗人描绘了在飞机上由于受到长时间的禁锢身体产生不适。"双脚开始发痒/双腿开始生疼/一身都不自在"，这种切实的身体感受将我们瞬间拉入那局促的机舱情境之中。然而，恰如苏格拉底所言："肉体有灵魂陪伴，肉体就扰乱了灵魂，阻碍了灵魂去寻求真实的智慧了。"尽管身体受限，思想却得以挣脱束缚、自由驰骋，"从前走到后/从古走到今/思想走得太远/路程走得太近"。身体的困窘与思想的无疆在此形成了鲜明的对比，凸显出人类精神超越物质枷锁的强大力量。当乘务员关切地询问，诗人回应"还好，还好/我需要延伸，延伸"时，这简短的交流蕴含着深刻的内涵。正如帕斯卡尔所说："人只不过是一根苇草。"诗人坚定地追求自我思想的延展，表明他深知自己内心的光

芒所在，不为暂时的身体不适所阻挠，而努力向着更广阔的精神领域进发。

第二，童真的无邪与成人的枷锁。在第二首诗中，孩子们在飞机上无拘无束的奔跑和欢笑构成了一幅鲜活的画面。孩子们"想哭就哭，想笑就笑/想说就说，想喷就喷"，他们的纯真天性展露无遗。这样的情景让我们想起纪伯伦的名言："你们的孩子，都不是你们的孩子，乃是'生命'为自己所渴望的儿女。"孩子是生命最本真的体现，他们尚未被社会的规范和成人世界的种种束缚所压抑。而诗人感慨自己若如此肆意表达，将震惊飞机上的世界。这一对比深刻地揭示了成人在成长过程中逐渐失去了童真与率性。正如卢梭所说："人是生而自由的，但却无往不在枷锁之中。"成人在追求所谓的成熟与稳重时，往往丢失了这份能带来真正快乐的纯真，变得拘谨和保守。诗人以孩子为镜，映照出成人世界的虚伪与无奈，呼唤着我们回归那份失落的赤子之心。

第三，生命的姿态与谦卑的追求。在第三首诗中，诗人通过行走的体验、对飞机上坡与下坡的独特感知，展开了一场关于空间、方向与存在状态的头脑风暴。向后是下坡，向前是上行，这一发现如醍醐灌顶："原来我之所乘/是一个斜身飞车。"诗人所乘坐的飞机正处于一种不寻常的飞行姿态中，这既是实际情境的描绘，也是诗人内心世界的隐喻，暗示着日常生活背后存在的出人意表却又真实独特的生命姿态。"如像一只大鸟/努力向上飞行/如果遇见太阳/也许需要礼信"，诗人将斜飞的飞机比作努力向上飞行的大鸟，展现了对进取的追求，同时也强调在追求中保持谦逊和敬畏的态度。正如老子所言："知人者智，自知者明。胜人者有力，自胜者强。"在追求梦想的征程中，我们既要勇往直前，又要知晓自身的渺小，尊重自然与未知。

第四，个体的沉重与整体的轻盈。在第四首诗中，诗人以飞机的轻盈与个体的沉重形成鲜明的对比，巧妙地探讨了个体多样性与群体和谐之间的张力。"不同的人样/不同的表情/不同的眼睛"，诗人通过描述自己的沉重与观察到的周围人各异的

表情、眼神，展现了每个人类个体独特的外形外貌、内心世界和情感体验，强调了人的多样性和复杂性，这种多样性使得社会群体显得丰富多彩。然而，当诗人提到飞机的轻盈时，这种轻盈却与个体的动作紧密相连，暗示了在群体之中，个体的行为往往会对整体产生影响，这种影响可能微小也可能巨大。乘务员的话"您要稳定"则揭示了群体对个体行为的期待与规范，即个体在追求个体表达的同时，也需要维护群体的和谐与稳定。

第五，追逐光明与心灵的辉耀。在第五首诗中，诗人对追逐太阳的描绘充满了象征意义。"我乘坐的飞机/自东而西，追着太阳/不断地飞奔//太阳却一直在前面/无论如何追赶/他也没有停/他也不会停。"这永不停息的追逐，犹如古代神话中夸父逐日那般执着而壮丽，它不仅是一场物理上的追逐，而且是一种心灵与精神的追求，更是对人类真理、美好和希望的不懈向往。尽管太阳的实体难以触及，但它的尾光"照在了我的身上/照进了我的心灵/无比幸福，无限光明"。换句话说，即使目标遥不可及，但在追求目标的过程中，那一丝希望的曙光已然照亮心灵，给予我们前行的勇气和力量，让我们感受到生命的充实与意义。

第六，行走的真谛与生命的求索。在组诗的终章，诗人深入探讨了行走的意义。"如果不能行走/也就没有生命/如果不能行走/也就没有精神"，强调了行动与探索对于生命的核心价值。行走，是一种深刻的生活态度和人生体悟，不仅仅关乎双腿的移动，更在于心灵的探索与成长。在行走中，我们体验着生活的起伏与变化，感受着世界的宽广与深邃，从而不断领悟生命的真谛和价值。行走，是一种对未知的探索。每一步都充满了未知和可能性，我们不知道下一步会走到哪里，会遇到什么，但这种不确定性正是行走的魅力所在。同时，行走也是对自我的挑战和超越。在行走的过程中，我们会遇到各种困难和挑战，需要付出努力和汗水。但正是这些困难和挑战，让我们更加坚强和勇敢，让我们学会坚持和不放弃。

第七，诗歌在艺术上的特色。邹惟山教授的这组诗在艺术表现上独具匠心。其一，语言生动鲜活，极具感染力。其中细腻而精准的描写，如"双脚开始发痒/双腿开始生疼"，让读者能够产生强烈的共鸣，仿佛身临其境。其二，对比与象征手法运用巧妙。身体与思想、孩子与成人、个体与飞机、追逐太阳等的对比，深刻揭示了生命的矛盾与统一，而"飞机""太阳""行走"等元素则成为富有深意的象征符号，丰富了诗歌的内涵。其三，结构严谨，层次清晰。六首诗的内容相互呼应，由身体的感受逐渐深入到心灵的探索，再到对生命意义的终极思考，呈现出一个循序渐进、引人深思的逻辑脉络。

第八，诗歌的价值与对我们的启示。正如叔本华所说："人的本质就在于他的意志有所追求，一个追求满足了又重新追求，如此永远不息。"在当今纷繁复杂、物欲横流的社会中，《关于人间的行走哲学》组诗以其深刻的主题和优美的表达，具有重要的诗学价值和人生启示。它如同一盏明灯，指引我们回归内心，关注精神世界的成长；提醒我们，无论外在环境如何变化，都不应停止对自由、真理和美好的追求。同时，它也让我们重新审视童真的珍贵，学会在成长的过程中保留那份纯真与率直。此外，诗中所展现的对生命起伏的坦然面对、对光明的不懈追逐以及对行走意义的坚守，都给予我们在面对生活挫折时勇气和力量，鼓励我们以积极乐观的态度去拥抱生命的每一个阶段。

2024年8月1日

循善居

附录：

关于人间的行走哲学（6首）

邹惟山

之一

我坐在飞机上

已有三个小时

双脚开始发痒

双腿开始生疼

一身都不自在

于是开始移行

从前走到后
从古走到今
思想走得太远
路程走得太近

这时，乘务员说
您是不是不太舒心
我说，还好，还好
我需要延伸，延伸

之二

几个小孩，在飞机上
跑来跑去，在我身边
呼啸而行，呼啸而行

他们多么快乐
他们从不拘谨
想哭就哭，想笑就笑
想说就说，想喷就喷

如果我也大笑
如果我也大哭
飞机上的世界
就会无比的震惊

之三

我向后走去
发现是下坡
我向前走来
发现是上行

原来我之所乘
一个斜身飞车
这样一个发现
让我受宠若惊

如像一只大鸟
努力向上飞行
如果遇见太阳
也许需要礼信

之四

我很沉重，看到周边
不同的人样
不同的表情
不同的眼睛

而飞机很轻，很轻
因为我一动身
飞机似乎就会
失去了平衡

我立马坐了下来
乘务员说，您要稳定

之五

我乘坐的飞机
自东而西，追着太阳
不断地飞奔

太阳却一直在前面
无论如何追赶
他也没有停
他也不会停

他以自己的尾光
照在了我的身上
照进了我的心灵
无比幸福，无限光明

之六

如果不能行走
也就没有生命
如果不能行走
也就没有精神

即使在飞机上
和太阳相伴而行
即使在钢丝上
和雨滴相伴而生

但我仍要行走

在行走之中超度
但我仍要行走
在行走之中追寻

在人间的烟火中
相伴着许多幸福
在自然的云烟中
度过自己的余生

2024年7月12日
济南至喀什飞行途中

贺邹惟山教学生涯40周年

[美]吕红

认识邹惟山教授很多年，非常惊奇他何以有那么旺盛的精力，创作力极强。无论是诗歌、散文还是论文，几乎每天都有新作冒出；书也是一本接一本的出，别人出书千难万难，几乎要脱层皮，可在他那竟是小菜一碟，可谓能量惊人、著作等身了。而且他还教学和创作两不误，三天两头又参加各种学术会议，不断地四面八方出击。

邹教授教学生涯40周年，的确是一个值得庆祝的里程碑。在过去的40年里，邹教授以扎实深厚的知识底蕴和学术造诣，培养了一批又一批学生；不仅在课堂上启发了学生的思维，更以谦逊而严谨的学术态度成为了学生的人生导师（甚至有不少学生找对象或结婚都要老师来把关）。他对学生们的关心和帮助更是超越了课堂，在他的指导下学生不仅获得了学术上的成长，更在人生道路上找到了前进的方向。

邹教授的教学生涯，不仅仅是他个人成就的见证，更是无数学生成长和学术进步的推动力。他的教学风格既充满智慧又富有激情，总是能够将复杂的概念用浅显易懂的方式传达给学生，让他们在学习中感受到乐趣和成就感，并将继续激励着莘莘学

子前行。

40年的岁月，是一段辉煌的历程，更是一份珍贵的记忆。邹教授在科研和教学中，始终保持着对文学创作与研究痴迷热爱的精神。他不仅在学术研究上取得了丰硕的成果，还积极参与海内外学术界的交流与合作，应邀参加跨越太平洋——北美华人文学国际论坛，为推动世界华文文学学科的发展做出了重要贡献。

（吕红，美国华文文艺界协会主席、《红杉林》杂志主编。）

作为教育家的邹惟山

姜子卓

国之兴，必贵师而重傅。从宏观的视角来看，作为人类社会发展的动力和基础，教育活动参与到了人类社会的每一次跨越式发展当中；从个体视域出发，教育者点燃火焰而唤醒灵魂，独立其思想，自由其精神，在人格养成与文化昌明等方面，发挥着不可替代的重要作用。身处时代与历史之变的浪潮当中，邹惟山教授躬耕教育事业四十年，乐教爱生、弘道天下，在丰富的教育实践当中实现崇高的理想情怀与高远的价值追求，胸怀家国、身正为范，以热爱和担当书写新时代"大先生"的教育家精神，在大德行、大使命、大视野当中成就师家之典范、教育之楷模。

一、传道：个体灵魂的唤醒

雅斯贝尔斯曾指出："真正的教育是用一棵树去摇动另一棵树，用一朵云去推动另一朵云，用一个灵魂去唤醒另一个灵魂。"教育家不仅承担着传播知识和真理的重大责任，更肩负着塑造灵魂和思想的重要使命，所以教学实践是一切教育思想得以生发的前提和来源。通过丰富知识的传授和高尚道德的引领，教育家可以为个体发展与社会建设，提

供源源不断的精神指引。

邹教授1984年6月毕业于四川大学中文系，7月入职中南民族大学中文系，担任中国现当代文学教研室专任教师，2003年7月调至华中师范大学文学院任教至今。星霜荏苒，居诸不息，变化的是奔涌向前的岁月长河，不变的是他对于一线教学的热爱与坚守；变化的是不断成长的莘莘学子，不变的是四十年如一日的三尺讲台。在教学工作当中，他始终秉持认真负责的教学态度，并将科学研究与教学实践进行紧密的结合，以严格的学术要求、高远的理想情怀、优良的道德修养作为培养学生的目标导向，注重在一线教学当中纳入深层的人文关怀与人格涵养，结合不同学段的学生的特点，进行针对性、特定性的教学指导。

邹教授指出，本科教育作为高等教育阶段的重要组成部分，具有基础性和建设性的重要意义。在四十年的教学实践当中，他每个学期都坚持为本科生上课，开设适合本科阶段学生培养方案的相关课程，并创造出一套全新的教学模式，运用深入浅出的讲解为学生传道、授业、解惑，并多次受到奖励和表彰。他曾说："高等教育阶段的教师承载着重要的使命和担当，特别是对于师范类学校而言，我们所培养的是祖国未来的教育者、先行者和建设者，他们承载着国家和民族的希望，我们更有责任和义务把教育办好、把学生培养好，为祖国建设提供栋梁之材。"正是基于这样的教学理念，他始终扎根教学一线，以教育为人生志业，用三寸粉笔和一颗丹心擘画教育事业的未来，诠释出新时代教育家的伟大使命和责任担当。

二、耕耘：复合人才的培养

济济多士，乃成大业；创新之道，唯在得人。全面建设社会主义现代化国家，教育是基础，科技是关键，人才是根本。作为人类灵魂的工程师，教育家不仅在教学实践当中涵养道德品格、传承人类文明，还通过教育活动塑造灵魂和生命，进而在个体价值的实现与家国理想的追求中，承担起为祖国发展培养时代新人、锻造青年力量的重要使命。邹教授自1997年开始招收硕士研究生，自2009年开始

招收博士研究生，迄今为止，指导或合作指导的研究生已有180余人，其中包括博士研究生26人，硕士研究生考上博士深造的有40余人，几乎所有的学生毕业之后一直扎根高校，传承着他的教育理念，以德施教、躬耕杏坛。这些高等教育人才于各自的领域潜心笃行，矢志不渝地为祖国建设贡献自身力量，同样也映照出邹教授在人才培养事业当中的坚定初心与崇高境界。

袁宏在《后汉纪》中有云："盖闻经师易遇，人师难遇。"对于高等教育工作者而言，仅仅做到"传道、授业、解惑"者，只能成为"经师"，为学生提供专业知识上的指引，而真正的教育家更加需要涵养精神品格、触及灵魂深处，以自身崇高的道德行为带动、感召、熏陶学生，进而实现知识与德行的双向共生，以成"人师"。在硕、博研究生的培养过程当中，邹教授始终以独立的精神思想、严谨的学术追求和崇高的人文关怀来指导学生，从专业知识素养和个人品德修养双重维度开展教育事业，在知行合一的教学实践当中，真正做到"经师"和"人师"的统一，言为士则，行为世范，进而以自身的模范行为带动学生的不断进步与发展，注重学生整体素质和综合素养的提升，为祖国建设培养出一代又一代全面发展的高素质复合型人才队伍。

三、引领：教育思想的建构

严谨治学，深耕科研，提升理念，反哺实践，是教育家与普通教育工作者的显著区别之所在。在教学实践当中，机械而重复的知识传授与技能习得，并不能真正焕发教育活动的本质色彩。作为培养人的社会活动，教育实践的革新与进步离不开教育家们对于教学理念的总结与提升。邹教授基于非常丰富的一线教学经验，在学生培养的过程中注重总结教学思想、革新教育理念，并先后参与重要教材《比较文学概论》《中国当代文学史》《民间文学概论》等的撰写，并主编《中国现代文学作品选》《比较文学与世界文学阅读系列教材》等，在科研与教学的结合中，探寻教学思想的现实应用与教学材料的变革创新。

同时，邹教授通过系统的课程设置与论坛平

台的搭建，为教学实践提供更为广阔的教育舞台。基于整体的教学思想脉络，他根据不同阶段学生的能力水平和目标导向，设置不同的课程体系，先后开设"比较文学""外国文学史""中国现代文学""新生研讨课""中国现代文学经典"等本科课程，"中国诗学""文学地理学批评""民间叙事策略研究"等研究生课程，创办"中外文学讲坛""文学地理学研究""中国文学地理学会硕博论坛"等研究生成长平台，并出版五部《惟山哲学笔记》，为学生提供深度学习的经验总结与方法指引，将自己的教育思想透过生动有趣的教学案例与深刻动人的文学语言加以阐释。通过这些丰富的教学实践，邹教授建构起系统、整体、宏观层面的教育思想体系，并将其充分应用于教学活动与人才培养系统当中，为学生提供世界观和方法论双重维度的指导，进而引领教学实践不断走向崭新的层次，同样也为同类型的高等教育教学提供了可供参考的教育范式和先进经验。

四、超越：崇高理想的追求

蔡元培指出："志以教育，挽彼沦胥。众难群疑，独立不惧。"从至圣先师孔子呐喊出那一句"有教无类"，到近代教育家陶行知深沉道出的"捧着一颗心来，不带半根草去"，在我国漫长的文化发展历程当中，正是一代代教育家弦歌不辍、薪火相传，将教育事业的发展融入个体理想的追求当中，不断实现自我的超越、他者的超越和世界的超越，才能推动我国的教育事业不断取得新成就，促进我国文明赓续不断、源远流长。从我国漫长的历史进程来看，教育之大家并非仅仅从事单一教育活动的个体，他们往往将教育事业视为超越职业而存在的崇高理想追求，更为重要的是，他们以海纳百川的气魄和广博深厚的学识，传承人类文明的丰厚基因，不断探索未知的科学领域，志存高远，勇攀学术和人生的重重高峰，进而为学生提供了现实层面和精神层面的教育指引和榜样力量。

师者，人之模范也。教育的发生不仅存在于有限的课堂之上，更存在于宽阔的现实生活之中，教育家往往运用"春风化雨"式的教育方式，运用个体的道德行为、理想追求与人格魅力给予学生更为真切的教育体验和学习示范。孔子也曾指出："其身正，不令而行；其身不正，虽令不从。"邹教授在教育实践当中，同样以自身作则，笔耕不辍，教研结合，在充分开展教学实践的同时，坚持从事文学批评与研究，数十年来保持特立独行的文学创作习惯，现有诗词五千多首，辞赋一百多篇、散文三百多篇，实则也通过其自身的文学理想与追求为学生提供了创意写作等方面的诸多典范。邹教授在教学过程当中，还注重对学生独立思想的培养，鼓励学生树立远大的理想抱负，以开阔的视野和广博的胸襟面对人生。在《惟山哲学笔记》（第二部）中，他曾经指出："大学生最重要的人格，就是成为一个独立的人，成为一个独立观察、独立生活、独立思考、独立探索的人。"进而超越了一般意义上的知识传授与经验教学，创造性地发挥出教育的功能和价值，鼓舞和唤醒每一位学生的灵魂自由与思想解放，真正诠释出高等教育的深层内涵与意义。

国之大者，铸魂育人。邹教授心系家国发展，四十年如一日地辛勤躬耕于杏坛，将教育事业建设与个体理想追求进行深度的融合，始终以"言为士则，行为世范"的道德标准严格要求自身，坚守一颗无私奉献、乐教爱生的仁爱之心，充分运用因材施教、启智润心的教学智慧指导教育实践、凝练教育思想，不断实现自身与他者的超越，在创造性的教育活动中培育祖国的建设者和开拓者，以严谨扎实的科研学术和深刻动人的文学创作感召学生成长，用实际行动践行以德育人、以文化人的教育追求，用丰富而深刻的教学实践诠释新时代的教育家精神和无私奉献的生命底色。邹教授心系学子，以一片丹心弘大道之义，胸怀天下，以三尺讲台育国之栋梁，成为学生道德信念的示范者、思想精神的指引者和奉献祖国的引路人。他的教育思想生动地阐释了"经师"与"人师"相统一的"大先生"理念，并以超越而广阔的视野为学、为事、为人，当之无愧地成为为新时代教书育人的榜样与楷模，是真正的一代教育名师。

（姜子卓，华中师范大学文学院博士研究生。）

江少川学术思想研究笔谈

跨越世界的文化方舟，连接海内外文学参照

——江少川华文文学研究与《红杉林》

[美] 吕红

非常感谢邹建军教授发起关于江少川学术思想研讨会，也很感谢余仲廉先生的大力支持！犹记得2004年我们多位作家参加世界华文文学大会，与江少川教授在山东相遇，结下了不解之缘。20年来，江教授与我亦师亦友。他不仅与我导师黄曼君先生同属文学院专家，与师母陈老师还是教研室同事。自1993年起，江少川教授在华中师范大学开启海外华人文学课程，为莘莘学子开启一扇了解世界的窗口，迄今已逾30载春秋！已将他最宝贵的年华、最美好的岁月都献给了无限延伸的世界华文文学。而新移民文学的蓬勃发展，与江老师等一批有着明确经典化理念、开阔的文化视野、扎实的理论根基的资深专家的呕心沥血、扶植和推动密不可分。

本人每次回到桂子山，必与江教授、邹教授等欢聚。而每回相聚都有沉甸甸的新刊与大家分享。颇值得一提的是，我主编的《红杉林》美洲华人文艺，江少川教授撰写多篇重量级作家访谈文章，几乎占了海外华人创作研究的半壁江山，比如聂华苓、哈金、查建英、周励、虹影、苏炜、薛忆沩、陈河、沙石等一系列访谈在本刊首发，被其他报刊转载。不仅有访谈稿，还有相当重要的评论稿。20世纪80年代是新移民文学的发轫期，开中国大陆留学生文学先河的领军人物苏炜、查建英，以小说集

《远行人》《丛林下的冰河》蜚声文坛。《找到的就已不是你所要找的》《天涯每惜此心清》两篇访谈录，回忆了两位作家初出国门的经历，阐释了他们出国后创作小说的初衷以及在当时的影响与学界的评价。我为江教授牵线搭桥联系了获得主流文学大奖"国家书卷奖""福克纳文学奖"的作家哈金，并谈到获奖小说《等待》与新作《南京安魂曲》《落地》的创作体会。不仅如此，《红杉林》2019年1期封面为新移民代表作家周励，江少川教授逾万字访谈，引起各方关注并被多家媒体转载。

江少川教授认为："作家们谈写作、道体悟、说人生，视野开阔、体验深刻、见解精辟，访谈是真诚的记录、平等的对话与讨论、开放的交流与商榷。交流常常擦亮思想的火花，碰撞出真知灼见，给我以启示、反思、触动。访谈或曰对话体、对谈录等，有悠久的历史传统。它也是文学批评的一种重要方式。"他并例举了创刊于1953年的美国著名文学杂志《巴黎评论》，作家访谈是其保持长久而最为显著的特色，对福克纳、海明威、马尔克斯、米兰·昆德拉、莫利亚克、聂鲁达等作家的访谈，都成为极为珍贵的文学史料。

与其他研究者相比，江少川教授在海外华文文学研究领域耕耘多年，长期关注海外华裔作家的创作动态，与众多作家保持着良好而密切的关系，进行深度访谈就显得情感充沛内涵丰富，从而为文学史研究者提供第一手资料；扎实的学术根基令访谈游刃有余、从容交流，并由此对作家的创作个性和艺术风格进行深入的学理探讨。

2014年他将研究成果结集出版《海山苍苍——海外华裔作家访谈录》，横跨美加、欧洲、澳大利

亚，几乎囊括最具影响力的30多位海外华人作家。作为研究华人文学的第一手资料，包括新移民作家的创作历程、代表作品、创作体会以及新移民文学的发生、发展、现状及前景；新移民文学与外国文学、中国文学的比较与关系等，见证与记录新移民文学的发展历程。可谓"寻访群贤欧美澳，十年辛苦不寻常"。江少川教授表示："作为新移民文学发展历程的亲历者和践行者，作家访谈录正是这段文学发展历程的见证与记录。"资深作家李硕儒撰文点评："文学离不开阅读与批评，创作离不开作家、评论家间的沟通交融与相互提醒、相互砥砺。"称江少川教授不光评介了那些有代表性的海外华人作家的写作成就，同时也介绍了他们的生存状态、生命状态、写作状态和对生命的人文思考。海外作家既不能以写作为职业为饭碗，也不能靠创作的实绩得以职位的升迁，得到金钱的实利，他们的写作动力完全来源于"我在故我写"，这看似有些悲情，但也正如苏炜先生所说，这样"可以保留一种有距离感的、相对简单纯粹的写作状态和环境心境"，"可以远离纷扰，澄然静心地澄怀观道，进入相对沉潜、寂寞的写作状态"。《海天苍苍》为我们提供了一艘往返世界的文化方舟，也是连接海内外文学创作及至文化比照的生命脐带。

2014年在南昌举办的首届新移民文学研讨会上，美华文艺界协会向江少川教授、公仲教授颁发"海外华文文学研究"特别贡献奖。2015年5月，美华文协、《红杉林》杂志联合加州伯克利大学在旧金山举办《跨越太平洋——北美华人文学国际论坛》，邀请江少川教授等多位专家赴会，他率先提交《北美湖北籍华文作家研究》一文。之后出席洛杉矶"美中华文文学论坛"，提交《移民作家与文学经典》。同年，由他主持"楚文化视域下的湖北华文作家小说研究"获批湖北省教育厅人文社科重大项目。

江少川教授具有深耕细作的钻研精神，从他《华文文学在场》的学术年表可以看出，每年参加海内外诸多学术会议，以带头人身份参与重要的学术课题；他待人热情，尤其是对海外湖北籍作家那简直是如数家珍，细读作品并梳理创作脉络，捕捉

创作之闪光点。他不仅有创新精神、理论性强并具有作家般易感的心，对文字和细节都有独到见解。而更可贵的是，他的论述不仅有深度广度更有文学家的温度和史学家的厚度。

前不久，著名作家聂华苓文学馆在广水举办隆重的开馆仪式，我们向文学馆赠送刊登聂华苓封面人物访谈的《红杉林》杂志。江少川教授在《华文文学之光闪耀在广水的天空》一文中表示："进入新世纪的2015年，在吕红的大力协助下，通过聂华苓的女儿王晓蓝女士，克服诸多困难、隔空万里采访了远在美国爱荷华的聂华苓，这篇题为《三生三世的生命体验——聂华苓访谈录》发表在《红杉林》2015年第四期。我领衔的著作《海外湖北作家小说研究》由武汉大学出版社出版，请当时已九十高龄的聂华苓先生作序。"序言中说："能通过一本书看到故园的不同风景，领悟到他人对它的理解，这是一件幸事。"

纵观世界，追寻、梳理移居海外荆楚文人足迹，绘制鄂籍文学图谱，是将湖北文学的视野投向海外的新尝试。该书对作家群体做系统梳理、整合研究，填补湖北文学研究的空白，在华文文学的地域性研究方面具有开先河的意义。

在全球化背景下，从荆楚地域与文化的角度，研究作家群体小说创作的流脉与成就，探讨海外鄂籍作家的共有特征与个体风格特色，并分别从荆楚文化、地理空间书写、女性主义叙事、异乡想象、楚乡叙事以及作家研究新视野等方面展开多维叙事论述。生性达观行走四方的华人作家默默耕耘，创作出具有代表性的作品，为传承中华文化做出独具特色的贡献。

江少川教授在教学及评论同时并有原创作品见诸报刊。比如在《红杉林》陆续发表《江城二月望夜空·悼李文亮》《母亲河》《悼古远清诗词八首》等多篇诗词，充分表明创作与研究相辅相成互为映衬，也体现了江老师多方面的才情。

总之，从海外华文文学考察，对作家进行双向地域性研究，是一种研究移民作家的新思路。江少川教授与他的研究团队潜心钻研，克服了诸多困难，发表多篇作家专论及访谈，在海内外开花结

果。研究论述，视野开阔、角度新颖，展现了世界各地具有代表性华文作家作品概貌，体现了世界华文文学多元性的文化内涵。

江少川教授从教四十载，桃李满天下，在此我代表编辑部全体祝愿江老师身体康健，学术之树常青！

江少川教授与《世界文学评论》

雷雪峰

江少川教授是写作学的泰山北斗，是文学评论界的集大成者，其学术思想岂是我敢妄言的？认识江教授多年，常有来往，有几件小事难以释怀，在今天这个非常有意义的会议上，讲出来分享给大家：

第一件事，我老家嘉鱼县作协，托世界文学评论编辑部请几位专家到嘉鱼为本县的年轻作者讲一讲乡土文学，邹建军教授、晓苏教授同行，到场的100多位年轻作者至今还经常念叨。这次讲座江少川教授不仅认真准备了讲座稿，而且还是年龄最长、讲座时间最长的专家。江少川教授学者风范可见一斑。

第二件事，《世界文学评论》上有海外作家学者访谈的栏目，经常为没有合适的内容发愁，经邹建军教授引荐，江教授不计任何得失，为我们写了几篇高质量的稿子，发表后影响很大，为刊物引来大量作者和读者。后来才知道，江教授专注于华文文学海外作家的研究多年，并与以聂华苓为代表的海华湖北籍作家有很深的渊源，编辑和出版过系列专著，在文学理论研究界独树一帜，为中国文学研究和发展做出了卓越贡献。

第三件事，因不可抗拒力，《世界文学评论》停刊了，去年复刊时，我们邀请江少川教授写一篇复刊词，江教授二话不说，认真写了《而今迈步从头越》，这期刊物出版后，好评如潮，许多读者和刊物老作者纷纷来稿支持刊物的发展。江教授在本刊作者心目中既是学者大师，又是平易近人难能可贵的学术知音。

辽阔文疆，切实墨耕

——江少川教授与华文文学的经纬交织

陈鑫颖

在世界全球化与中国改革开放持续发展的背景下，海外华文作家迅速崛起，文学创作实绩硕果累累，华文文学作为中华文化的重要组成部分，已经成为世界文学中一道独特的风景线。而这三十多年来，江少川教授长期致力于华文文学的研究，特别是台港澳与新移民文学研究，见证了华文文学辉煌的发展历程。他的研究不仅关注文本本身，更深入挖掘其背后的文化、历史和社会背景，对于华文文学"经典化"框架建构具有重要意义。

在我逐篇细品江教授的作品时，我的心灵深处渐渐汇聚起两种深刻的感受：一为视野的辽阔无垠，二为研究的切实可感。江教授的作品有着其独特的两面性，体现出不容忽视的多样色彩，而在这双方的对立统一中，我们更能看到蕴含于其中的富有张力的文学魅力。

一、辽阔——"天高任鸟飞，海阔任鱼跃"

"苍穹浩渺展广博，云卷云舒任自由"，这是江教授的作品给予我的初印象。江教授的研究涵盖了华文文学的多个方面，包括台港澳文学与新移民文学等不同的文学样态，它们在不同时代、不同地域与不同作家身上各有其鲜亮之处。而在缤纷的文学样态中，不同的作家作品与写作题材就似是点缀在夜空上的群星，无论是古龙的武侠小说、高阳的历史小说，还是刘以鬯的意识流小说，都在华文文学叙事中展现自己特有的光辉，而江教授凭借着自己广泛的研究视野和深入的分析能力，将其进行理论化阐述与诠释，深入挖掘其中的内在价值与文化底蕴，极大推动了华文文学的"经典化"，并影响了相关书籍的市场受众与作品传播的走向。

在众多的文学篇目中，江教授不变的是其多维度的跨学科视角。他的研究不仅仅局限于文学本身，还广泛涉及文化、历史、社会、宗教、哲学等多个领域。在《中国长篇意识流小说第一人——论刘以鬯的〈酒徒〉及〈寺内〉》中，江教授不仅运用了文学的视角分析文本，还运用了心理学、精神分析学等跨学科理论，以深入理解小说的内在结构和人物心理。除此之外，在《世纪末香港都市交响曲——香港新生代小说家的都市书写》中，江教授在该文章中更是涉及社会学、文化研究等跨学科领域。这种跨学科的研究视角使得他的研究更加全面和深入，也为读者提供了多元化的思考角度。

除了卓越的文学创作，江教授在学术访谈领域也做出了突出贡献。他在新世纪伊始便着手进行新移民作家的系列访谈，这些访谈不仅记录了作家的创作历程和心路历程，还通过面对面的交流碰撞出思想的火花，为华文文学的研究提供了宝贵的第一手资料。江教授著写的访谈录在海内外产生了广泛的影响，如《海山苍苍——海外华裔作家访谈录》，全书几乎囊进了目前文坛上最具影响力的海外新移民作家，无论从广度或深度而言，都可以说是目前国内出版的唯一一部集中对新移民作家的访谈录，它为海内外读者打开了一扇新异的窗口，成为了解和研究新移民文学的重要参考资料。

江教授的研究具有鲜明的广泛性与深入性，他在华文文学研究这块学术土地上自由地播撒着理论研究的种子。他通过广泛的文献阅读和深入的实地调研，揭示了华文文学在不同地域、不同文化背景下的独特魅力和影响力。同时，他也关注华文文学在全球化进程中的变化和发展，为华文文学的传承和创新提供了有力的学术支持。其视野之广，其意义之深，大家皆是有目共睹。

二、切实——"以心悟之，以行践之"

"书中自有黄金屋，更有切实之道，需以心悟之，以行践之。"华文文学研究这座宏伟大厦的构建，离不开每位学者以切实严谨的态度，一砖一瓦地精心筑造。而江教授在华文文学研究领域的笔耕实绩，深刻体现了"切实"的学术精神。

首先，江教授在台港澳文学研究领域的开拓，本身就体现了一种"切实"的精神。在20世纪80年代，他敏锐地察觉到台港澳文学作为一个新的研究领域，具有承继中华文化优秀传统并吸纳外来文学影响的独特价值，且名家名作颇多，具备研究的实际意义和可行性，因此，江教授找到了属于自己的一块新的麦田，并在此基础上展开了多年卖力的耕作。这种基于实际情况的深入分析和判断，进而选择并深耕于这一领域，正是"切实"精神的突出体现。

与此同时，江教授在台港澳文学与新移民文学研究方面，采取了宏观与个案结合的研究方法。他既关注整个台港澳文学与新移民文学的发展脉络和整体特征，又深入剖析具体作家、作品的艺术风格和思想内涵。我们在《华文文学在场》这本书中，不仅可以看见如新移民文学的发生、特征与意义等宏观理论阐述，还可以欣赏到如哈金《等待》、张翎《金山》等名人名作深度赏析。这种研究方法要求研究者必须具备扎实的学术功底和敏锐的洞察力，能够准确把握研究对象的实际情况和内在规律，从而得出切实可靠的研究结论。这种对研究对象的深入了解和细致分析，也是"切实"精神在学术研究中的具体体现。

除此之外，江教授在学术研究过程中，始终重视研究的实际效果和学术贡献。他不仅仅局限于简单描述和归纳台港澳文学与新移民文学的文学样态，而是力求通过深入的研究和剖析，揭示出其中蕴含的深刻思想和文化内涵，为华文文学的发展提供有益的现实性的借鉴和启示。如在《乡愁母题诗美建构及超越——论余光中诗歌的"中国情结"》中，江教授通过深入分析余光中的诗歌作品，特别是其代表作中的"乡愁"母题，来展示余光中诗歌如何超越个人情感，构建出具有普遍意义的"中国情结"。这种分析不仅揭示了余光中诗歌本身的艺术魅力，也为华文文学中乡愁主题的探讨提供了新的视角和思路。这种追求实际效果和学术贡献的态度，与"切实"精神所强调的实用性和实效性高度契合。

江教授在华文文学研究领域所做出的贡献，深刻诠释了"切实"精神的内涵与价值。他通过精准定位台港澳文学与新移民文学这一独特的研究领域，展现了立足实际、勇于探索的学术勇气；在研究中，他坚持宏观视野与微观剖析双管齐下，体现了求真务实、精益求精的治学态度；更重要的是，他始终将学术研究与文化传承、时代需求紧密相连，追求学术研究的实际成效与社会贡献，展现了"切实"精神在推动华文文学发展中的巨大效用。因此，江教授的学术实践不仅丰富了华文文学研究的内涵，更为后来者树立了"切实"治学、勇于担当的典范。

三、浩瀚视野，坚实足迹——跨越时空的文学织锦

江少川教授，作为华文文学研究领域内一位杰出的学者，以其非凡的学术造诣、广泛的研究视野以及深入骨髓的分析能力，在华文文学的经典化进程中扮演了举足轻重的角色。他不仅深入挖掘了华文文学作品的内在价值与文化底蕴，更通过严谨的理论化阐述与独到诠释，为这些作品赋予了新的时代意义与学术高度。

在江教授的不懈努力下，许多原本可能埋没于时间尘埃中的华文文学作品得以重见天日，它们的文学价值、艺术魅力以及社会意义得到了前所未有的重视与认可。这一过程不仅极大地丰富了华文文学的经典宝库，更为后来的文学研究与创作提供了宝贵的资源与启示。

江教授的学术研究特色，一为视野的辽阔无垠，二为研究的切实可感，而横亘于二者之间的，则是他不惧艰辛的跋涉历程。他不仅丰富着华文文学的理论体系，还在不断地发展着自己的治学方法，从小到大，由点到面，他与他的学术研究共同谱写了有容乃大的华文文学发展的壮丽篇章！

认识一个人，打开一扇门。
打开一扇门，认识一个人

李　强

开门见山，首先感谢邹建军教授，感谢这位教授、诗人、热心人，是他今年介绍我认识了大学者江少川老师，为我这个工科生管窥台港澳文学、新移民文学，打开了一扇门。更要感谢江少川老师，以他深厚的学养，卓越的见识，几十年如一日的勤奋，为我们打造了一座海外华文文学百花园的观景台。

海内存知己，天涯若比邻。有海水的地方就有华人，有华人的地方就有中华文化的流播。各美其美，美人之美。美美与共，天下大同。中华文明5000年，源远流长，博大精深，历来是开放的、融合的、互鉴的，不是唯我独尊、孤芳自赏的。在改革开放的大背景下，主动参与境内外国内外文化交流，对文化现代化汲取营养，获得启迪，是十分有意义的。对此，江少川老师是先知先觉先行者，付出很多，收获很大，寻辟了一条新路径，另种了一块新麦田，为文学青年文学事业，展示了全新的风景线，值得由衷的敬佩与祝贺。

为筹备好7月31日的江少川学术思想研讨会，热心人邹建军教授5月11日就建了微信群。他是群主，是主持人，一手递资料，一手挥鞭子，使圈内人不敢懈怠不能懈怠。江老师的《华文文学在场》我一直放在案头，看得津津有味，看得压力山大，我一个会写诗的工科生，有资格有能力研讨发言吗？却之不恭，只好谈得感想。

《华文文学在场》好，好在又见了森林，又见了树木。全书三辑16篇，综述5篇，个论11篇，有统有分，有源有流，清楚明白，有利于教学，有利于阅读。印象最深的是《世纪沧桑中的澳门文学回眸》，条分缕析，娓娓道来，四百余年澳门旧文学新文学尽收眼底。江老师对澳门文学的观察与思考，一是尊重历史，无遗珠之憾；二是独具慧眼，

有先见之明。如以母土性、包容性、地域性概括其文学特点，又指出其中正温和的美学品格，此品格来源于稳定的社会环境，来源于传统的儒家文化，可谓真知灼见。

《华文文学在场》好，好在又讲了作品，又讲了作者。有一则关于钱钟书的逸事，有一位仰慕他的女士想拜访他，钱钟书婉拒道："假如你吃个鸡蛋觉得味道不错，又何必认识那个下蛋的母鸡呢？"他的言外之意是，读者应该重视作品，不必过分关注作者本人。这一番话，对普通读者是可以的，对文学批评是不行的。李白为什么是诗仙不是诗圣？杜甫为什么是诗圣不是诗仙？跟他们的出身经历息息相关。余仲廉为什么能写出《椿萱集》？跟他的出身经历息息相关。在《乡愁母题　诗美建构及超越——论余光中诗歌的"中国情结"》一文中，江老师既论其诗，又论其人，正面回答了读者的心底疑问：为什么余光中执着于成就于宏富深厚的乡愁母题？答案有四，第一就是无根一代的悲患情怀。几百年几千年后，新新人类离开这一背景品《乡愁》，能品出什么滋味呢？白开水吧。

《华文文学在场》好，好在情感真挚，语言朴素。修辞立其诚。文学即人学，文学的全部价值，就是为各种各样的人，提供了交流沟通的可能。巴金说过，艺术的最高境界是无技巧。读《华文文学在场》，读得明白，读得不累，是读者友好型佳作。想必江老师课堂教学，也是这种风格。

《华文文学在场》好，好在一册在手，尽现江少川老师文学风流。打开一扇门，认识一个人。你想认识江老师吗？读一读《华文文学在场》，你想知道的，有关学术的，里面都有。

儒者与学者、青年与长者

——我眼中的江少川教授

余仲廉

我自从1995年与华中师大结缘，30年来与华中师大许多老师都结下了深厚的友谊；然而，遗憾的是在2022年之前都未曾与江少川教授结识。我与江少川教授或许在华中师大的校园里，有过多次的迎面相逢，但都因不识而错过了。真正说起来，我与江少川教授的相识相熟，起源于请他为《椿萱集》作序。2022年，我为纪念父母亲、弘扬传统孝文化而创作的《椿萱集》即将出版，可还欠缺一篇有分量的序言，就请两位相熟的华中师大教授段维、邹建军帮忙介绍。鉴于是纪念父母、彰显父母德行的诗集，我跟两位教授说写序的人，年龄必须在八十以上，伉俪白首情深，子女恭敬孝顺，家庭和睦友爱。听到我的要求后，两位教授便将江少川教授的名讳脱口而出。其后，面对我的写序请求，江少川教授慨然应允。因而，江少川教授德高望重是我的第一印象。

2023年11月，江少川教授的《华文文学在场》在花城出版社出版；蒙他青眼赠书，我有幸拜读。老实说，在拜读《华文文学在场》之前，"华文文学"对我来说一个陌生的词汇，三毛的《撒哈沙的故事》、余光中的《乡愁》、席慕蓉的《七里香》、白先勇的《台北人》和严歌苓的《金陵十三钗》以及金庸古龙的武侠小说等可能就是我对港澳台文学的了解。在拜读了《华文文学在场》之后，我才知道华文文学指的是包含中国大陆在内以汉语（华文）进行文学创作的统称，也才明白江少川教授在华文文学研究、学科建构等方面所做出的突出贡献。因而，江少川教授学识渊博、贡献卓越是我的又一深刻印象。

莎士比亚说，全世界是一个舞台，所有的男女都是演员。他们都有上场的时候，也都有下场的时候，一个人在一生中扮演许多角色。江少川教授在世界、生命的舞台上扮演着各种各样的角色，婴孩、学童、青年、老叟、丈夫、父亲、学者、诗人、作家等。可是，我眼中的江少川教授，最为显著的是集青年、老年于一体，既有渊博的学识、丰硕的成果，又永葆不断创新、进取的精神；最为耀眼的是融儒者、学者为一炉，既有高尚的品格，又有专业的素养。

一、儒者之品格

《论语·宪问》有言："子路问君子。子曰：'修己以敬。'曰：'如斯而已乎？'曰：'修己以安人。'曰：'如斯而已乎？'曰：'修己以安百姓。修己以安百姓，尧舜其犹病诸？'"君子作为儒家的理想人格，孔子认为其可以分为三层境界：第一层境界是既注重修养内在德行又注重规范外在行为；第二层境界是能近取譬让他人安乐；第三层境界是博施济众让百姓安乐。孔子规定的以内圣外王为追求的儒家理想人格，对后世儒家理想人格的塑造和儒家知识分子的追求产生了深远的影响；孟子将个体人格划分为善、信、美、大、圣和神六个层次，《中庸》以格物、致知、正心、诚意、修身、齐家、治国和平天下视为修身进德的八条目；李膺"以天下风教是非为己任"，陈蕃"有澄清天下之志"；范仲淹标持"先天下之忧而忧，后天下之乐而乐"，顾炎武呼吁"天下兴亡，匹夫有责"，林则徐自陈"苟利国家生死以，岂因祸福避趋之"，等等。

《论语·阳货》有言："子张问仁于孔子。孔子曰：'能行五者于天下为仁矣。''请问之。'曰：'恭，宽，信，敏，惠……'"孔子认为，能处处实行庄重、宽厚、诚实、勤敏和慈惠五种德行的人，就是仁者或君子，就达成了儒家的理想人格。而我眼中的江少川教授，不仅有着高尚的个人品格，而且处处实行着宽厚、勤敏和慈惠等德行，就是一位比较典型的儒家知识分子。除去提到的请江少川教授作序时的所闻所见，他在《华文文学在场》的后记中也提到，他之所以选择华文文学作为自己学术研究的"庄稼地"，有大环境的变化，有学术资源上的优势，也有"中文系的同事们皆'术

业有专攻'，何必硬挤上他们的庄稼地，寻辟一条新路径，另种一块新的麦田，何乐而不为"的儒家"君子喻于义"的选择。2024年6月，在华师文学院2024届"行远思恩"毕业一课上，江少川教授教导同学们要学会感恩父母，毕业了不要让父母在自己的朋友圈里去找毕业照而是要主动发给他们，进入社会了要多回家看看父母，等等。

江少川教授的儒者之品格，不仅体现在他个人生活之中，而且体现在他将自己深沉、厚重的家国情怀和对中华传统文化的温情脉脉寄托在华文文学研究之中，寄托在分析华文文学对中华民族的审美情趣、价值取向与人文精神的延续和对汉语文学发展的丰富与拓展之中。他在《华文文学在场》一书中，反复强调"正如澳门是中国领土的组成部分一样，澳门文学也是中国文学不可分割的特殊组成部分"，"新移民文学与中国当代文学有着千丝万缕的血脉联系，它是中国文学的延伸、发展、补充与变异，与中国文学有着天然的互补互动关系"。为何如此？除了港澳台暨海外华文作家身上流淌着中华民族的血脉、精神里闪耀着中华民族的审美情趣、价值取向和人文精神外，最重要的就是江少川教授自身有着浓厚、深沉的家国情怀，有着对中华传统文化的款款深情。也只有如此，他才能解析出港澳台暨海外华文作家们在华文文学创作中描绘的对中华民族以及文化传统的现代想象，以及营造的与中华民族相通和共同的精神家园。

具体来说，在作品形式方面，江少川教授一方面突出强调港澳台暨海外华文作家使用富有中国文化意味的意象，另一方面强调他们在借鉴西方现代艺术、后现代艺术手法时让它们东方化。在阐述余光中诗歌的"乡愁母题"时，江少川教授强调余光中运用了许多富有传统色彩、民族神韵的原型意象，如月亮、布谷、鹧鸪。在分析张翎的《金山》时，江少川教授注重"碉楼"这一意象具有的中国地理和中华民族精神层面的意义。在分析刘以鬯的《酒徒》以西方意识流手法表现人性真实时，江少川教授强调他融入了中华民族的文化特点，通过理性控制了对内在真实的探索避免了西方意识流小说的晦涩难懂，并且让人物的意识流与外在环境产生

密切关联。在分析寂然小说的语言特点时，江少川教授强调其有两套符码系统，借鉴了海明威小说的节省、干净写法和讲究排比、对仗等富有中国古典文学风格的写法。

在作品内容方面，江少川教授一方面注重显示华文文学大多都是以中国现实或与中国文化相关的内容为题材，另一方面突出港澳台暨海外华文作家流露出来的中华民族传统审美品位、价值取向和人文精神。《华文文学在场》收录文章16篇，涉及港澳台暨海外华文作家17位，除了林湄的《天外》的地球村视域，其余作家的作品无一不是以中国或中国传统文化为题材。台湾与香港新生代小说家黄凡、吴锦发、黄碧云以及澳门作家陶里、寂然等，他们虽然采用的都是西方现代、后代文学技巧，但都是以港澳台的现实为题材；黄凡的《赖索》以西方意识流手法批判台湾政治生活、政治事件，吴锦发的《消失的男性》以卡夫卡式的幻想揭露了台湾社会现实对人权的侵犯，寂然的《月黑风高》以西方后设小说形式观照澳门的社会现实。

余光中乡愁主题的诗歌，延续着中国传统的悲患意识。高阳的历史悲剧作品不是以西方悲剧作品为模本，通过构造尖锐激昂的冲突，塑造有奇特本领的主角来展现人生、社会必然的悲剧；而是以符合中华民族性格的方式，在平常事、家常事之中，展现日常生活中的人物悲剧。张翎的《金山》充斥着对中华民族传统美德的讴歌，充满着对阿法拼命干活希望在家乡建起碉楼的家园意识和六指苦候阿法几十年等真挚的情感的赞美，洋溢着阿法将儿子名字由方睿改为方锦山、在温哥华欢迎李鸿章时高喊"重振大清江山"和将卖掉自己的洗衣馆得来的钱捐给北美洲保皇党总部等体现出来的华夏子孙朴素的爱国主义精神。陈河的《甲骨时光》不仅宣扬着汉字是中国文化的脊梁、甲骨文代表着中华文化优秀的历史文化传统，而且传递着对中华优秀传统文化的坚守与弘扬，更彰扬着中华民族传统知识分子的勇气和牺牲精神。

二、以学术为业

马克斯·韦伯在《以学术为业》的演讲中，区分了两种意义上的"以学术为业"，即"以学术为职业"和"以学术为志业"。"以学术为职业"指的是以学术为物质意义上的职业，以教学与研究作为一种传递知识、培养人才的职业。"以学术为志业"指的是以学术为内在志向，以教学与研究作为一种精神与价值追求、一种使命与责任。以学术为职业者众多，以学术为志业者少有，而我眼中的江少川教授，恰是既以华文文学研究与教学为职业，又以华文文学研究与教学为志业。之所以说江少川教授是以华文文学研究与教学为职业，就在于他从1993年在华中师大本科和函授班讲授台港文学课，到受聘于华中科技大学武昌分校（武昌首义学院）继续开设台港澳文学课，几十年来始终没有离开讲台，始终未曾中断传授华文文学知识、培养华文文学研究人才。之所以说江少川教授以华文文学研究与教学为志业，就在于他"华文文学在场"体现出来的以华文文学为自己生命之构成的使命感和意识。

"presence"（在场）一词，来源于拉丁语"praesēns"（意为亲自出席，现在、现时和当前），被广泛使用于哲学、文学和戏剧以及修辞学等领域。在哲学领域，"在场"指存在；传统哲学家强调感性对象（变动不居的在场物）和抽象概念（恒常的在场物）的二分，而现当代哲学家则强调在场物与不在场物在生活世界的融合统一，比如胡塞尔就强调我们意识中"在场"（present）的东西（现象）与我们意识中"不在场"（absent）的东西（世界是否存在）是纠缠在一起的。在戏剧领域，"在场"指通过模拟的手段，将不在场的现实展现出来，让观众仿佛置身于事件的现场，进而推进演员和观众之间的交互作用。而在修辞学领域，"在场"指说话者有策略有选择地呈现一些要素，试图让不在听者意识内的要素进入他们的意识，让已经在听者意识内的要素更加凸显。

"华文文学在场"中的"在场"，不应该从哲学意义上去理解，即从现象学或存在论的角度去探究华文文学的存在；而是应该从类似于戏剧学或修辞学意义的角度去理解，即书写者通过一定选择和呈现方式，让华文文学进入读者的意识或占据读者意识的显要位置。与此同时，对于"华文文学在场"，我们不仅应当从类似于戏剧学活修辞学意义的角度去理解，而且应当从它的反面"缺席"或"不在场"来理解。江少川教授在阐述新移民学的特质时，反复强调它的双重"边缘性"，即对移居国来说新移民文学是少数族裔文学，而对母国来说新移民文学也处于边缘状态。从某程度上来说，华文文学的不在场或缺席就等同于它们的边缘性；华文文学的在场，指的就是消除或减弱它们的"缺席"或"不在场"的状态，让华文文学进入读者的视野，进入文学评论者的视野，乃至进入中国文学史乃至世界文学史的视野。

第一，"华文文学在场"意味着，华文文学进入江少川教授的视野。江少川教授在《华文文学在场》的后记中提到，20世纪80年代，台湾文学比如余光中、席慕蓉等人的诗歌和白先勇、高阳等人的小说，开始进入大陆学者的视野。80年代后期，随着表兄从台湾寄来的几包台湾作家的作品集，江少川教授逐渐将台湾文学视为等待开垦的学术"处女地"，逐渐将华文文学当作自己的学术"庄稼地""麦田"。其后，随着香港、澳门的回归和上海世界华文文学第十二届国际学术研讨会的召开，江少川教授不断将自己的目光投向澳门文学、香港文学和新移民文学，不断将自己的华文文学研究视野扩展至北美洲、欧洲和澳洲等地区。

从《华文文学在场》的"台湾文学研究""港澳文学研究""新移民文学研究"三个辑名和收录的文章也可以看出，从20世纪80年代开始到21世纪20年代的四十多年来，华文文学一直占据着江少川教授意识或学术的显要位置。也许我们可以说，华文文学与江少川教授的生命是相互成就的。一方面，江少川教授通过出版《台港澳文学论稿》《海山苍苍——海外华裔作家访谈录》等著作开拓并推动着华文文学的研究，通过编写《台港澳暨海外华文文学教程》、呼吁建立合理的文学评论体系推动着华文文学学科的定位与建设，通过教授台港文学课和招收台港文学硕士推动着华文文学研究队伍的发展与壮大，等等；另一方面，"'华文文学研究与写作'已成生命之构成，做之苦哉，爱之愈

深"，华文文学以其独特的审美风格和艺术追求，影响、滋润着江少川教授的生命，构成他生命的重要组成部分。

第二，"华文文学在场"意味着华文文学进入一般读者的视野。在20世纪80年代以前，华文文学对大陆学者来说是缺席的、陌生的；在21世纪20年代，华文文学对大陆一般读者而言仍然是不在场的，除了少数知名作家。因而，"华文文学在场"意味着华文文学通过文学评论、网络传播或印刷书籍进入一般读者的视野。莱昂内尔·特里林在《文学体验导引》中称："评鉴无法穷尽作品的所有可说之处，作品本就在言说自身；我尽量让评鉴止步于提醒读者如何与作品建立起更为主动的关联。"江少川教授在《华文文学在场》的后记中也称："文学评论是构建理论与文学史研究的砖石，它既与学术研究的殿堂链接，又直通广大读者的读书现场。"华文文学评论或评鉴的意义，江少川教授的华文文学研究《华文文学在场》一书的意义，一方面就在于让更多的华文文学更多地进入一般读者的视野、读书现场，另一方面就在于让读者与文学作品建立主动或合适的关联。

作为一本对华文文学进行评论和研究的著作，江少川教授的《华文文学在场》一方面让张大春的《饥饿》、董启章的《安卓珍尼》、陶里的《百慕她的诱惑》和张翎的《金山》以及林湄的《天外》等我们一般读者不熟悉的港澳台作家和新移民文学作家进入我们的意识、阅读视野；另一方面让余光中、白先勇、古龙等我们一般读者熟悉的华文文学作家与读者建立更为主动、恒久的联系，比如突出余光中诗歌所体现出的"乡愁母题"和对乡愁的超越，白先勇小说所体现出来的时间诗学、悲剧诗学和象征诗学，古龙武侠小说在理念、人性探讨和艺术形式上对传统武侠小说的突破和创新。

第三，"华文文学在场"意味着华文文学进入文学评论者的视野。尽管从20世纪80年代开始华文文学重回大陆学者的视野，但是相对于中国当代文学研究或外国文学研究，华文文学研究在中国迄今仍然是不在场的、边缘的；不仅存在研究队伍零星、分散的问题，还存在研究者与作家缺乏直接沟

通的问题，更存在着华文文学批评滞后于华文文学发展和批评理论、视野与方法需要扩展突破的问题。美国学者康纳有言："一方历史，包括文化史，都会丧失光泽，对某一个作家某一部小说，热心的人不得不拿出抹布与擦粉，想叫大家看出时间的锈暗背后是宝贵的金属品。"从某种意义上说，江少川教授就是康纳意义上的"热心的人"，他通过文学理论分析和阅读审美体验，擦去遮蔽着华文文学作品的锈迹或灰尘，让其散发出时代的意义和宝贵的光芒。

耶鲁大学苏炜教授称："无专业评论家对作家和作品的深度阐述诠释，就无今天人们所看到的古今中外经典文学之林和文学经典人物画廊的存在。"江少川教授在《新移民文学的"经典"与"经典化"》一文中也称："文学经典因阐释与再阐释的循环而得以不朽。"从某种程度上说，江少川教授的《华文文学在场》就是通过阐释华文文学作品独特的主题和艺术手法，找到它们的原创性，找到它们在中国文学史、世界文学史或华文文学历史上的位置，进而将它们经典化。比如，突出余光中之思乡不同于古代思乡的地方在于余光中的归乡因空间的阻隔而遥遥无期，强调刘以鬯的《酒徒》是世界华文文学史上的第一部长篇意识流文本，在移民文学百年嬗变的基础上分析林湄《天外》以地球村视域反思21世纪新知识分子的精神困境的意义和独特之处。

三、又是青年又是长者

陶渊明感慨"盛年不重来，一日难再晨"，陈著叹息"花有重开日，人无再少年"，《增广贤文》劝诫"枯木逢春犹再发，人无两度再少年"，时间如流水，一路向东归入大海，未曾有片刻回首；曹操心中激荡"老骥伏枥，志在千里。烈士暮年，壮心不已"，王勃口中高唱"老当益壮，宁移白首之心"，苏轼胸中驰骋"酒酣胸胆尚开张，鬓微霜，又何妨！持节云中，何日遣冯唐"，虽然时不我待，青葱年少难回，但慷慨意气和壮志豪情却一直鼓荡于心胸，这既是人格精神的高昂，又是超越、对抗时间的哲学。我眼中的江少川教授，就是

曹操、苏轼这般人物，虽是华发丛生却又志在千里，虽是暮年却未移白首之心，虽是硕果累累、睿智博学的长者又是勇于创新、持续学习的青年。

"做学问同种庄稼一样，要选择自己的耕地，比如开垦一块处女地，精耕细作，总会有收成的。"从20世纪80年代到21世纪20年代，江少川教授在华文文学研究领域开垦、精耕细作了三十多年。在这三十多年时间里，江少川教授写就了上百篇影响广泛的学术论文，编写和出版了众多意义重大的著作，取得了丰硕的成果，赢得了广泛的社会与学术声誉，是名副其实的长者。

2005年，北京大学出版社出版了江少川教授历经12年完成的《台港澳文学论稿》；这本书不仅被认为是台港澳文学研究领域的"开山之作"，而且被许多高校制定为相关课程的必读书目。2007年，华中师范大学出版社出版了他与朱文斌主编的《台港澳暨海外华文文学教程》；余光中在序言里评价说此书"当有里程碑的意义"，2013年此书获得湖北省高校教学成果奖。2013年，华中师范大学出版社出版了他与朱文斌主编的《台港澳暨海外华文学作品选》，在学界引起广泛好评。2014年，九州出版社出版了他历时十几年完成的《海山苍苍——海外华裔作家访谈录》；这本书应当是中国大陆目前唯一一部集中对新移民作家的访谈录，2016年获评湖北省高等学校人文社科研究优秀成果。2019年，武汉大学出版社出版了他的新研究成果《海外湖北作家小说研究》，等等。

"一直在寻找学术研究的麦田"，"寻求新的学术生长点"，有着强烈的创新意识和勇于探索新的知识和学术领域，是江少川教授一生学术研究的写照，也是江少川教授永远是学术青年的例证。1979年回到华中师范大学任教之前，江少川教授主要研究和教授写作，并取得了丰硕的成果；他主编的《实用写作教程》《写作》不仅多次重印，还分别获得第六届全国教育书展优秀畅销书和被指定为全国卫星电视教育教材；而独著的《现代写作精要》不仅被列入国家"九五"重点图书，还荣获了中国写作学会第二届优秀著作成果三等奖。尽管在写作学上取得了显著的成果，但是已到中年的江少

川教授并未停留于此，并未满足于已有的成就，而是寻辟了一条新的学术路径，开垦了一块新的学术麦田，即华文文学研究。从20世纪80年代研究台湾文学开始，江少川教授在华文文学研究领域内不断探索，不断寻求新的突破，不断将研究的视野转向澳门文学、香港文学和新移民文学，不断将研究的触角伸向更多的华文作家、作家访谈和地域性研究等许多等待开垦的学术方向。

四、学者之精神

余英时曾提到，西方人常常认为知识分子是社会的良心，是理性、自由、公平等人类基本价值的维护者，他们一方面批判社会中违背基本价值的现象，一方面推动基本价值的充分实现。这种特殊含义的"知识分子"不仅必须是以某种知识技能为专业的人，比如教师、律师、艺术家，而且必须深切地关怀着国家、社会以至世界上一切有关公共利害之事。我眼中的江少川教授也是这种意义上的知识分子，他首先是在华文文学研究方面具有着深厚、广泛、专业的知识，其次在特殊环境下将对社会和国家利害的关注转换成了家国情怀和对中华传统文化的脉脉温情。后者在前面已有论及，在此仅就作为学者的江少川教授的学识、视野、理论与方法等做一番陈述。

江少川教授的学术知识是渊博的。江少川教授在分析林湄的《天外》时曾说："他们同时承继着两个以上的文化传统。从《天望》到《天外》，小说中两个文化传统交相辉映，带你进入到一个世界文化的大观园，让读者享受到一次文化盛宴与大餐。"因为《天外》里面提到了《易经》《礼记》《论语》、孟子、周敦颐、朱熹、高其佩和鲁迅等中国文化经典和文化名人，也提到了黑格尔、莎士比亚、弗洛伊德、莱辛等西方哲学家、文学家和艺术家。从某种程度上说，江少川教授的《华文文学在场》也是"一个世界文化的大观园"，"一次文化的盛宴与狂欢"。因为据我的不完全统计，江少川教授的《华文文学在场》提及了《诗经》《礼记》《红楼梦》、屈原、杜甫、李煜、汤显祖、王国维、鲁迅、胡适、郭沫若、戴望舒、张爱玲、季

羡林等众多中国文化经典和文化名人，提及了亚里士多德、黑格尔、马克思、海德格尔、萨义德、巴赫金、托尔斯泰、卡夫卡、毛姆、福克纳、布克哈特等近50个外国哲学家、历史学家、文学家。只有自己内心丰富才能明白别人内心的丰富，只有自己承继两种及以上的文化才能解析出华文作家所承继的两种及以上的文化传统，故而很难不承认江少川教授学识的渊博。

江少川教授在学术知识上的渊博，不仅体现在他承继着两种文化及以上的传统，而且体现在他在引用中外文化经典或名人名言时，鲜少重复而又应用得特别恰当。比如引用别林斯基的"要使文学表现自己的民族的意识，表现它的精神生活，必须使文学和民族的历史有紧密的联系，并且能有助于说明那个历史"来说明，余光中如何通过将文学与中华民族之历史联系起来表达自己的民族意识和民族精神；引用马克思的"当旧制度还是有史以来就存在的世界权力，自由反而是个别人偶然产生的思想的时候，换句话说，当旧制度本身还相信而且也应当相信自己的合理性的时候，它的历史是悲剧性的"来阐述，高阳《慈禧全传》中光绪帝新政失败的必然性和悲剧性；引用海德格尔的"人正是生活在诸种可能性之中，诸种可能性一起构成人的本质的最内在的核心"来解释，哈金《等待》中孔林面对的精神困境，即虽然有很多可能性或选择，但一旦选择就变成不是自己想要的。

江少川教授的学术视野是宽阔的。《华文文学在场》涵盖了丰富多样的研究对象和主题，不仅有对华文文学经典作品的重新解读，而且将目光投向了新兴的创作潮流和边缘的文学现象。余光中的《乡愁》、白先勇的《台北人》和古龙的《多情剑客无情剑》是华文文学中的经典，也是中国现当代文学的经典；江少川教授通过《乡愁母题 诗美建构及超越》《白先勇小说诗学初探》《古龙武侠小说的艺术世界》，分别向我们展现了余光中"乡愁母题"中的悲患意识、民族意识和归依意识，白先勇小说诗学的时间性、悲剧性和象征性，古龙武侠小说的求新求变。相对来说，《转型期新生代小说家姿态》《世纪末香港都市交响曲》则是对台湾、香

港新兴创作潮流的关注，分析黄凡、吴锦发如何描写政治经济转型时期的台湾社会和展现董启章、黄碧云与钟晓阳如何描写20世纪末现代都市的多维空间。江少川教授广阔的学术视野、广泛的关注，使得《华文文学在场》能够呈现出华文文学的多元面貌，为读者构建了一个比较全面而立体的华文文学景观。

江少川教授的学术理论是丰富的。江少川教授在《华文文学在场》的后记中提到，他最近十多年有意识地从宏观视野和理论层面对新移民文学进行研究与诠释。因而，在《华文文学在场》中有着诗学、伦理学、发生学、文学地理学等丰富的理论。比如《底层移民家族小说的跨域书写》中运用了俄国形式主义的"陌生化"理论（偏离习惯性、自动性和平淡性等生命常态），来分析张翎《金山》呈现的异域人眼中的异域风景；《地球村视域下现代人精神世界的探寻》中用克莉思蒂娃的"文本性"或"文本互涉"理论（单一文本的意义是不自足的，需要在与其他文本的指涉、参照中产生），来分析林湄《天外》对《浮士德》《红楼梦》的指涉、参照。在理论运用方面，江少川教授并非生搬硬套西方文学理论，而是结合华文文学的独特性，进行了有针对性地选择和运用。他善于从华文文学的实践中提炼出具有普遍意义的理论问题，并通过对具体作品的分析加以阐述。这种将理论与实践紧密结合的研究方式，避免了理论的空洞化，使理论真正成为理解和阐释文学作品的有力工具。

江少川教授的学术方法是多样的。江少川教授在学术方法应用方面展现了高度的创新性和综合性，他巧妙地融合了审美直觉和理论解读、内在与外在、个体与整体等多种方法，使对文学作品的解读不再局限于单一的维度。《乡愁母题 诗美建构及超越》分析了余光中乡愁诗在原型意象、语言张力和韵律方面的审美体验，《中西时空冲撞中的海外文学潮》则是从发生学去理解新移民文学的产生、特征和意义；《地球村视域下现代人精神世界的探寻》既有对移民文学百年嬗变（洋打工、淘金梦、文化寻根、海归与海不归）的归纳，也有对林湄《天外》的烛照。江少川教授在分析黄凡的《赖索》时，不仅分析了作品的文学艺术特色，还将其置于当时的社会政治、经济、文化背景中进行考察，揭示出文学与时代之间的紧密互动。

江少川教授的学术精神是纯学术的。江少川教授在《关于海外华文文学批评的思考》一文中强调："海外华文文学批评要走出粘滞社会现实政治、意识形态话语的局限，构建世界华人都认同的文学价值尺度。东西方意识形态不一样，然而优秀的文学文本，尤其是文学经典都会找到共同、相同的批评尺度。"由于东西方意识形态不一，江少川教授认为文学批评应当超越政治或意识形态具有争议性的视角，而应当从历史、文化和审美等文学的角度建立公共的文学批评标准。

五、结语

《荀子·劝学》有言："古之学者为己，今之学者为人。君子之学也，以美其身；小人之学也，以为禽犊。"荀子区分了为己之学者和为人之学者，即为了修养自身的学者和为了向他人显示、炫耀的学者。我眼中的江少川教授，是为己而非为人之学者；作为儒者，他品德高尚、家国情怀浓厚，堪为人之楷模；作为学者，他知识渊博、素养丰赡，是后辈之榜样；作为长者，他以慈善、厚重，关爱社会，帮助他人；作为青年，他以开放兼容之思想，接纳年轻人，教育年轻人。更为重要的是，他将儒者与学者熔铸，成为生命两个相互滋养的面向，一方面以儒者之品格砥砺学者之精神，一方面以学者之精神锻炼儒者之品格。"一千个人眼中就有一千个哈姆雷特"，这句话不仅适用于研读文学作品，而且适用于认识和了解一个人。实际上，不仅不同的人对同一个人会有不同的认识，而且同一个人在不同的阶段对同一个人也会有不同的认识。随着了解和理解的深入，我或许会对江少川教授有更深的认识，不过目前体会到的他儒者之品格与学者之精神、长者与青年之心态，已足够宏大辉煌。最后祝愿江少川教授身体健康、笔力雄健，继续引领着我们发掘华文文学的独特审美和艺术追求，继续引导着我们攀登生命精神的高峰和欣赏人格的独特魅力。

死亡问题的文化探索
——《死亡之思与死亡之诗》评介

姚伟钧

死亡问题是学术界关注已久的重要问题之一，也是横亘在每个人心头的必然命题，它不仅是个人命运的终极归宿，也是贯穿人类社会历史长河、引发无尽哲思的深刻议题。与世间诸多可回避、可搁置的困扰不同，死亡以其无可撼动的必然性，迫使每一个生灵直面其存在的本质，成为文化探索中最为深沉且持久的动力源泉。正因为如此，随着年龄的增长，我不时会拿起张三夕教授20世纪90年代在华中理工大学出版社出版的著作《死亡之思与死亡之诗》一书（台湾洪叶文化事业公司1995年出版该书繁体字本，书名为《死亡之思》）重温。虽然此书已经出版三十多年，但我仍然有一种常读常新的感觉，觉得有必要继续向有兴趣的读者评介。

一、死亡问题的普遍性与独特性

自古以来，生命归宿何方的疑问，如同夜空中最亮的星，引领着无数哲人智者踏上寻觅之旅。生命，无论绚烂如夏花，还是静美若秋叶，终将归于沉寂的死亡。在世俗的喧嚣中，人们往往对死亡抱有恐惧与逃避之心，试图以种种方式忽视其存在。然而，正如日出日落、潮起潮落般自然，死亡亦是生命不可或缺的一部分，无法逃避，亦不应回避。

正是基于对死亡的深刻认识，中国传统哲学以其独特的视角，对"死亡"进行了深入而细致的剖析。哲学不仅帮助人们正视死亡的必然，更引导我们思考其背后的意义与价值。通过哲学透镜，我们得以超越对死亡的恐惧，转而以更加理性和平和的态度，审视生命的有限与宝贵，从而在有限的时间内，追求无限的精神价值。

文学，作为人类情感的载体与思想的结晶，同样对死亡这一主题给予了丰富的表达与深刻的挖掘。从古代文人的诗词歌赋到现代作家的笔下世界，死亡被赋予了多样的色彩与形态。它不仅是对生命终结的描绘，也是对生命意义、人性光辉以及超越生死界限的深刻探讨。张三夕教授的《死亡之思与死亡之诗》一书，便是在这样的背景下应运而生，它以其独特的视角和深邃的思考，为我们呈现了一幅幅关于死亡的文化画卷。也由此可见，死亡问题正以其文化的普遍性与独特性，成为连接个体命运与人类历史的桥梁。通过该书哲学的沉思与文学的吟唱，我们得以更加清晰地认识死亡、理解生命，从而在有限的时间里，活出无限的精彩与意义。

张三夕教授作为该领域的杰出学者，其著作《死亡之思与死亡之诗》不仅是对中国古代文人学士死亡观的系统梳理，更是对中西死亡意识的一次深刻对话。该书通过上篇对中国人死亡意识的深入剖析，以及下篇对中国文学中死亡主题的全面解读，构建了一个既具时代特色又富含哲理深度的死亡理论体系。张三夕教授对死亡问题的长期关注与深入研究，无疑为我们理解死亡、思考生命提供了宝贵的思想资源。

二、死亡观念的文化差异性

在人类文明的长河中，死亡作为生命不可避免的归宿，在不同文化背景下激发了深邃而丰富的思考，形成了各具特色的死亡观念。中华民族，以其数千年的灿烂文明，孕育了一套独特的死亡观念文化，这不仅体现在深邃的思想体系中，也融入丰富的文学作品之中，成为我们面对死亡的宝贵遗产。《死亡之思与死亡之诗》一书对中华民族的死亡文化观念和宝贵的文学遗产进行系统的阐释。

中华民族对于死亡的思考，根植于儒、佛、道三家思想的沃土之中，这三者相互交织，共同塑造了中国人独特的死亡观念。儒家以"三不朽"（立德、立功、立言）作为生命价值的最高追求，倡导通过道德修养、社会贡献与思想传承来实现生命的永恒延续，从而在死亡面前展现出一种积极入世、重视生前功业的态度。道家则追求与道合一、长生久视的境界，通过修炼身心、顺应自然来寻求对死亡的超越，其生死观中蕴含着对生命本质的深刻洞察与对自由的无限向往。而佛家则以生死轮回、因果报应的宇宙观为核心，将死亡视为生命循环往复的一部分，死亡不再是终结，而是新生的起点，强调通过修行解脱生死之苦，实现灵魂的净化与升华，为死亡赋予了超越物质层面的精神意义。

这些古老而深刻的死亡观念，如同遗传基因一般，悄无声息地影响着当代中国人的思想与行为。当我们谈论死亡时，古人的智慧与先人的意识早已在我们的思维深处扎根，引导我们以一种既熟悉又独特的方式去理解这一生命的终极课题。因此，要深入探讨当代中国人对死亡的态度与观念，就必须回到我们共同的思想文化传统之中，寻找那份属于我们民族的精神根基。

然而，对死亡的探索不应局限于某一文化之内。张三夕教授在《死亡之思与死亡之诗》中，不仅深入剖析了儒、佛、道三家关于死亡的思想，以及中国古代文人学士的死亡观念，还适当地观照了西方人的死亡观念与文学传统。这种跨文化的比较与对话，不仅让我们更加清晰地看到了中国人死亡观念的独特性，也促使我们思考不同文化背景下死亡观念的共性与差异，从而更加全面地理解这一人类共同的命题。

面对快速变化的社会现实与日益多元的文化冲击，传统的死亡观念与态度是否依然适用？张三夕教授在书中提出了这一问题，并主张以现代人的眼光重新审视这些传统观念。他认为，只有通过不断的反思与清理，我们才能为当下的生存寻找新的精神资源，使古老的死亡哲学焕发出新的生命力。这种理论探索不仅是对传统智慧的致敬，更是对未来生存方式的深刻思考。

《死亡之思与死亡之诗》不仅是一部关于死亡观念的学术著作，还是一部引导我们思考生命、面对未来的精神指南。它让我们在古今中外的对话中，更加深刻地理解了死亡这一人类永恒的课题，也为我们提供了宝贵的思想资源与精神启示。对于每一位读者而言，这都是一次心灵的洗礼与思想的升华。

三、思想史与文学史的双重审视

张三夕教授以其渊博的学识与独到的视角，巧妙地融合了思想史与文学史的双重维度，深刻剖析了中国古代文人学士对于死亡这一生命终极议题的独特思考与情感抒发。这一跨学科的探索，不仅揭示了儒、佛、道三家思想如何交织共融从而共同构筑起中国人复杂而深邃的死亡观念体系，也通过文学作品的细腻剖析，展现了古代文人在生死命题下的心灵轨迹与艺术创造。

在思想史的浩瀚星空中，儒、佛、道三家犹如三颗璀璨的星辰，各自以其独特的光芒照亮了中国人对死亡的理解之路。如果说思想史为我们提供了理解死亡观念的理性框架，那么文学史则是展现这些观念在情感与艺术层面具体表现的生动舞台。从先秦的《楚辞》到唐宋的诗词歌赋，再到明清的小说戏曲，中国古代文学作品无一不蕴含着对死亡的深刻思考与丰富情感。这些作品或借死亡抒发个人命运的无奈与哀愁，或借生死轮回探讨生命的意义与价值，或借英雄豪杰的悲壮之死弘扬崇高的精神追求。张三夕教授通过对这些中国古代文学文献的细致解读，不仅让我们感受到了古代文人的才情横溢与情感真挚，更让我们在文字间体味到了生死之间的复杂情感与哲学意蕴。

张三夕教授思想史与文学史的双重审视，不仅为我们提供了一个全面理解中国古代文人死亡情怀的新视角，也启示我们在当代社会背景下重新审视死亡这一命题。他让我们意识到，无论是古代还是现代，无论是思想层面还是艺术层面，死亡都是人类无法回避且必须面对的重要课题。通过深入挖掘和传承古代文人的死亡智慧与艺术遗产，我们可以更加从容地面对生命的有限性，更加深刻地理解生命的价值与意义。同时，这种双重审视也为我们提供了一种跨学科的研究方法，鼓励我们在未来的学术探索中不断创新与突破。

在当下快节奏的现代生活中，人们往往被日常的琐碎与繁忙所裹挟，鲜少有机会静下心来，深入探索生命的本质与终极议题——死亡。然而，通过《死亡之思与死亡之诗》这部跨越时空的著作，我们得以窥见古人面对死亡时的勇气与智慧，以及他们在有限生命中不懈追求无限价值的非凡旅程，同时它也是启迪我们思考生命价值与意义的钥匙。

《死亡之思与死亡之诗》虽历经三十余载春秋，但其思想的光辉却如同陈年老酒，愈发醇厚而引人深思。这本书不仅是对古代死亡观念的深刻剖析，更是对现代人生命观的深刻启迪，引导我们正视生命的脆弱与宝贵，反思人生的意义与追求。因此，张三夕教授提出的以现代视角重新审视与清理传统死亡观念的主张，显得尤为重要与迫切。这不仅是对学术领域的贡献，更是对现实生活的深切关怀。通过这一理论探索，我们有望发掘出更多符合现代精神需求的思想资源，用以指导我们的现实生活，帮助我们在纷繁复杂的世界中找到内心的宁静与坚定，更加勇敢地面对生命的挑战与终结。

诚然，世间万物难以臻至完美，书籍亦不例外。在细致品读之后，我深感此书在诸多方面已展现出深厚的见解与独到的价值，但若要精益求精，我认为在死亡理论的阐述领域，尚有进一步丰富与深化的空间。这并非苛求，而是出于对作品潜力的认可与对其未来可能达到更高成就的期待。这正如作者在本书后记中所指出的："我们中华民族在几千年的文明史中对死亡的思考形成了一整套具有自己民族文化特色的死亡观念，留下了有关死亡问题的丰富的思想遗产和文学遗产。"这些思想遗产和文学遗产持久而又深入地影响着当代中国人，因此多学科、多层面、多角度地对死亡问题展开研究，无疑会极大地深化作者的死亡理论。希望未来有机会见到该书在这一重要议题上有更多的探索与完善，以惠及更多读者。

最近，我听说有出版社有意出版《死亡之思与死亡之诗》的修订版，如果能出修订版，那对于读者而言则是幸莫大焉！我们也热诚地期待着张三夕教授在有关死亡问题上新的研究成果不断问世。

2024年9月修订

（姚伟钧，华中师范大学历史文化学院教授、博士生导师。）

凤民俗的文化意涵及其传承发展

——评徐金龙的《凤与中国民俗》[①]

张明明

内容提要： 历史经验表明，中华民族不仅是龙的传人，也是凤的传人。龙与凤同为中华民族和中国文化的象征，但在当前文化传播中，人们常熟知龙而忽略凤，这种现象与凤的历史地位和文化价值不相称，对凤的研究亟须加强。徐金龙的《凤与中国民俗》作为"中华凤文化研究书系"的组成部分，着重从民俗的角度探究凤的起源形成、传承演变和创新发展。该书立足民俗视角，系统研究凤俗文化；遵循历史脉络，深入剖析凤俗流变；注重图文并茂，全景展示凤俗意涵；挖掘时代价值，创新发展凤俗资源等。该书为凤民俗的研究与资源的创造性转化提供了坚实的学术支持，成为探索凤民俗研究的又一力作。

关键词： 徐金龙；《凤与中国民俗》；凤民俗；资源转化；创新发展

作者简介： 张明明，华中师范大学国家文化产业研究中心研究生，主要研究文化资源与文化产业。

Title: The Cultural and Humanistic Connotations of the Phoenix Folklore and Its Inheritance and Development — A Review of Xu Jinlong's *Phoenix and Chinese Folk Customs*

Abstract: Historical experience indicates that the Chinese nation is not only the descendants of the dragon but also the descendants of the phoenix. Both the dragon and the phoenix serve as symbols of the Chinese nation and Chinese culture. However, in current cultural dissemination, people often are familiar with the dragon but overlook the phoenix. This phenomenon is not commensurate with the historical status and cultural value of the phoenix, so there is an urgent need to enhance the research on the phoenix. Xu Jinlong's *Phoenix and Chinese Folklore*, as a part of the "Chinese Phoenix Culture Research Books", focuses on the origin, formation, inheritance, evolution and innovation of phoenix from the perspective of folklore. Based on the perspective of folklore, this book systematically studies Phoenix folklore; following the historical context, analyses of phoenix in depth; paying attention to the combination of pictures and images, displays the panoramic view of phoenix image; and exploring the value of the times, innovates and develops phoenix resources. This book offers solid academic support for the research of phoenix folk customs and the creative transformation of resources, emerging as another masterpiece to the exploration of phoenix folk customs research.

Key Words: Xu Jinlong; *The Phoenix and Chinese Folklore*; phoenix folk customs; resource transformation; innovative development

About Author: Zhang Mingming is from National Research Center of Cultural Industries, Central China Normal University, specializing in Cultural Resources and Cultural Industry.

习近平总书记指出，要深入挖掘中华优秀传统文化蕴含的思想观念、人文精神、道德规范，结合时代要求继承创新，让中华文化展现出永久魅力和时代风采。[②]龙凤文化是中华优秀传统文化的重要组成部分，也是中华民族和中国文化的象征，当前关于中华"龙"文化研究蔚为大观，自成一脉，但关于中华凤文化的研究却寥寥无几，难成体系，正

如闻一多先生所言"龙凤是天生的一对"[③]，两者似乎不应过度悬殊。在推动中华优秀传统文化创新性转化和创造性发展的背景下，理应加强凤文化研究，更好传承弘扬中华优秀传统文化。

《凤与中国民俗》[④]是徐金龙继《从资源到资本》《民间故事资源转化研究》之后的第三部专著，获得国家社科基金后期资助项目"非物质文化

遗产资源转化研究"支持,列入刘玉堂先生主编的"中华凤文化研究书系"⑤之一,为构建凤文化研究体系、挖掘凤民俗深厚的人文内涵奠定了坚实基础。该书深入浅出,旁征博引,从民间文化与文化产业的视角,构建了完整的凤民俗研究框架,具有如下特点。

一、立足民俗视角,系统研究凤俗文化

该书绪论指出,现有成果缺乏对凤在民俗生活中的全方位、系统性探讨。针对凤民俗的研究往往聚焦于凤崇拜、凤舞和凤舟等具体的民俗事象,缺乏宏观的理论架构和系统性的分析。该书立足民俗学和文化学视角,从宏观层面系统且完整地构建了凤民俗研究体系,弥补了当前凤文化研究短板,深化和丰富了凤民俗的独特内涵,充分彰显了凤民俗资源的时代价值,促进了凤民俗资源向凤文化资本的创造性转化与创新性发展,推动了凤文化的资源转化与学术研究走向深入。

二、遵循历史脉络,深入剖析凤俗流变

该书在论述凤的文化意涵及发展变化方面以时间脉络为基础,以民俗类型为角度,深入剖析凤的起源演变、继承扬弃。

(一)凤角色的起源流变

该书在凤角色起源变化方面探讨了凤这一神鸟形象的演变脉络,揭示其从原始图腾崇拜到吉祥象征的变化过程。结合法国人类学家涂尔干的研究,该书指出鸟类图腾在澳大利亚、北美及中国等地广泛存在,为凤的图腾起源提供了跨文化的佐证;关于图腾的分割与组合,该书通过卡尔·斯特莱罗的研究进一步解释了凤集合多种动物特征于一身的原因,展现了不同文化信仰在形象上的融合,由此推论出凤更有可能源于鸟类图腾崇拜,并通过祖先崇拜与自然崇拜的结合,在氏族社会中逐渐确立其神圣地位。远古人类对某些动物的敬畏和崇拜,促使他们将这些动物神格化并通过仪式和图案加以强化,以此为凤角色的初步形成奠定了基础,而后凤在氏族图腾体系中经历了分解与重组,成为集多重

特征于一身的神鸟,融合了太阳崇拜、祖先崇拜等多重文化观念,继而形成了神秘而多元的形象。在秦汉及以后的历史演变中,凤角色从氏族象征发展为帝王和国家的象征,最终在隋唐时期转变为民间的吉祥符号,体现了文化扩散与社会阶级分化的过程,展示了凤从巫术起源到国家象征再到吉祥文化符号的完整演变脉络。

(二)凤纹样的发展演变

该书详细论述了凤纹样在中国各个历史时期的演变轨迹,并结合具体的历史文献,生动展示了凤纹样从早期图腾符号逐步发展为民间广泛应用的文化元素的过程。书中论述以时间为主线,从新石器时代到清代直至现代,逐一梳理各时期凤纹样的变化,深入探讨这些变化与当时的服饰文化、艺术风格及社会背景的关系,揭示出凤纹样作为一种文化符号在不同历史阶段对中国社会的各个层面产生的深刻影响,并不断渗透至民间生活与艺术创作之中。

如今的凤纹样已经全面渗透到全国各族人民的生活中,上到婚礼服饰,下至日常穿着,成为彰显中国传统文化特色的经典元素。

(三)凤礼俗的沿革渐变

该书以婚礼服饰为切入点,探讨了凤冠在中国婚礼文化中的演变,着重展现了婚礼仪式与女性身份之间的紧密关系。通过梳理周代、汉代及唐宋明清等各个时期凤冠的不同制式形态,该书阐释了凤冠的社会地位如何随着经济发展和文化变迁而变化。在分析论证中,该书运用历史文献与考古资料相结合的方法,引用《古代婚姻与女性婚服》等经典著作,展示了凤冠的逐步普及及其作为身份象征的演变。该部分还通过结构主义的视角,以"婚礼仪式"类比"祭祀仪式","凤冠"即是该仪式中的代表性物品,阐释了婚礼中产生这一特殊物项的深刻原因及其重要作用,探讨了凤冠在民间婚礼中的地位,为当代中式婚礼的复兴提供坚实的文化基础。

(四)凤文学的融合嬗变

该书清晰展现了凤文学从神话起源到近代复合

文学的嬗变历程。以鸟崇拜为起点，揭示凤了神话起源于原始社会的鸟图腾崇拜。随着社会文明程度的提升，凤的形象逐渐丰富，开始承载不同部族的文化与信仰，形成了凤神话的雏形。在商周时期，凤神话通过文学作品进一步深化，特别是《诗经》"玄鸟生商"这一鸟神话奠定了凤与王朝诞生紧密相连的基础。该书又引入《楚辞》《吕氏春秋》《史记》等经典文献，从不同文本中的玄鸟神话变化，分析其象征意义，并通过考古发现的鸮尊等文物进一步讨论玄鸟的原型问题。这一讨论体现了历史与考古、神话与文学交织的思维方式，使凤的象征不仅限于文学，还具备了物质文化的依托。现代民间流传的凤神话则以更具故事性的形式出现，因此该书通过河南、陕西等地的凤凰传说，展现了凤作为文化符号在当代依然活跃的状态。凤神话从古代图腾、自然崇拜逐步演化为政治、文化象征并在文学中不断丰富的这一过程，体现了文化的多维融合与神话的不断再生。

三、注重图文并茂，全景展示凤俗意涵

该书立足民俗学，围绕凤这一主题，从民间信仰、民俗生活、礼仪节庆、民间文学和民间艺术等五大板块包含十七个小项展开系统论述。通过文字描述、图片展示和案例分析等，多角度、多层次、多类别的阐释使凤的形象更加立体、系统、全面，有助于展现其丰富的历史内涵与象征意义，进而深化大家对凤文化的理解与认知。

（一）凤图案丰富多样

该书精选39幅凤的相关图片，形象展现了凤这一文化象征在中华传统文化中的多样化表现，这些图片涉及服饰、玉器、雕刻、绘画、剪纸等多个领域。该书通过对凤纹铜镜、凤纹服饰、凤与玉器等不同艺术本体和载体的展示，展现了凤在中国历史与文化中的深远影响。这些类型多样的凤图片，不仅揭示了凤这一文化符号在时间和地域上的传播与演变，也反映了它作为中华文化象征的多重含义。透过这些实物图案的展示，能够清晰地看到凤不仅是历史文化的象征，也已经融入到了中华民族日常

生活的各个层面，成为物质与精神世界的宝贵财富。这种论述方法以具体案例和视觉展现，既提升了读者的审美体验，也加强了读者对凤作为文化符号的深刻理解。

（二）凤图腾引经据典

该书以严谨的学术态度，通过对比研究中外学者的理论与古典文献，完成了对凤的起源、象征意义及形象表现的多维度论述。书中融汇西方人类学家的观点，如涂尔干、斯宾塞等，特别是他们关于图腾崇拜的理论，结合中国古代典籍《史记》《山海经》等，对凤的起源流变进行了多角度的阐释。这种跨文化对话增强了凤这一意象在人类社会中的普遍性，并揭示了其历史深厚的象征根源。在凤的文化象征意蕴中，文本不仅关注凤在中国文化中的特殊地位，还通过《论语》《文心雕龙》《三国志》等古典文献，挖掘了凤的多层次象征意义，包括人才的出现、祥瑞之兆、婚姻美满等，全面展现了凤的含义在不同历史阶段的动态增减。该书还通过引用大量的传说与神话，如"玄鸟生商""凤鸣岐山"与畲族凤凰装传说等，将凤与民间信仰、历史传承联系在一起，增强了凤作为象征性文化符号的生动性和民间共识。

（三）凤民俗全面呈现

从民间信仰、生活习俗到礼仪节庆等方面，凤被视为自然崇拜、图腾崇拜和祖先崇拜的象征，见证了其信仰渊源的延续与演变。凤纹在服饰、建筑、饮食器物中的表现，不仅展现了民俗生活的丰富性，也体现出凤文化的深入人心。在礼仪场景和节庆活动中，凤的象征作用得以具体展现，凸显了它作为祥瑞之兆的重要意义。凤在神话传说、民间故事和俗语中的广泛运用则强化了它在民间文学中的价值导向。凤的独特艺术魅力在工艺美术、音乐戏曲、传统舞蹈中绽放，成为文化符号的重要代表。该书运用丰富的实物案例，全面展示了凤作为文化象征的多样性和深远影响。

四、挖掘时代价值，创新发展凤俗资源

该书的一大亮点在于从文化产业的视角为凤

资源的创意创新和活化利用提出了针对性思路和对策，同时有意识地从跨媒介叙事的角度对凤资源转化开发进行探索。⑥在中国特色社会主义新时代的背景下，推动中华优秀传统文化的创造性转化与创新性发展已成为趋势，提升凤文化地位、加强凤资源的利用显得尤为重要。第七章详细论述了凤民俗在传承发展中的多元价值，充分展示了其在创意设计与文化旅游开发领域的潜力。

凤民俗对创意设计的价值体现在它所蕴含的深厚文化底蕴与现代生活需求的结合。书中提出传承发展凤民俗应当遵循三大原则：蕴含人文精神以保持文化核心，强化创意创新以确保其在设计中的独特性，注入时尚元素使其能够在当代审美中占据一席之地。在具体操作层面，传承凤民俗可采取直接应用、变形应用和分解重构三种方式。直接应用是指保存传统形象，变形应用则指适度调整凤的元素以适应现代需求，而分解重构则指通过重组传统符号为新设计理念提供基础。

文化旅游开发同样为凤民俗的传承注入新动能。与凤有关的神话传说、民间故事通过文化旅游项目得以弘扬和推广，满足游客的精神需求并带动地方经济发展。湖北洪湖的凤舟习俗、广东深圳的中国民俗文化村《龙凤舞中华》表演项目、湖南湘西凤凰古城的神凤文化景区深挖凤的神话传说，打造了富有吸引力的文化旅游项目，充分说明凤民俗

的传承与发展依托创意设计和文化旅游，正在实现"凤凰涅槃"。

该书深入探讨了凤在民间信仰、民俗生活、礼仪节庆、民间文学以及民间艺术中的艺术性表达，阐释了凤民俗在当代传承发展中的价值与方式。不过，值得注意的是，书中关于凤的讨论以正面为主，但现实情况中凤的负面形象也有零星存在。作为一部系统研究凤民俗起源流变、传承脉络、意蕴象征和创新发展的著作，该书在理论价值、探索精神、思辨意识和创新思维等方面仍具有启发意义，通过深入研究和大胆探索，为中国凤文化的传承和创新发展提供了坚实的学术基础和丰富的参考价值。

注释【Notes】

①华中师范大学国家文化产业研究中心文化资源与文化产业硕士生汤芷筠、吴静文等对本文亦有贡献。

②习近平：《决胜全面建成小康社会 夺取新时代中国特色社会主义伟大胜利——在中国共产党第十九次全国代表大会上的报告》，载《人民日报》2017年10月28日第01版。

③闻一多：《神话与诗》，武汉大学出版社2009年版，第64页。

④徐金龙：《凤与中国民俗》，湖北教育出版社2024年版。

⑤《中华凤文化研究书系出版发行》，2024年9月10日，https://hbsky.cn/Index/ArticleView.aspx?ID=21207。

⑥徐金龙：《跨媒介叙事：民间故事资源的转化策略》，载《华中师范大学学报（人文社会科学版）》2022年第5期。

图书在版编目（CIP）数据

世界文学评论 . 第 20 辑 / 世界文学评论编辑部编 .
天津 ： 天津人民出版社， 2025. 1. -- ISBN 978-7-201
-20994-4

Ⅰ . I106-53

中国国家版本馆 CIP 数据核字第 2025L0V428 号

世界文学评论 . 第 20 辑

SHIJIE WENXUE PINGLUN. DI 20 JI

出　　版　天津人民出版社
出 版 人　刘锦泉
地　　址　天津市和平区西康路 35 号康岳大厦
邮政编码　300051
网购电话　（022）23332469
电子信箱　reader@tjrmcbs.com

责任编辑　郭晓雪
装帧设计　黑眼圈工作室

印　　刷　廊坊市海涛印刷有限公司
经　　销　新华书店
开　　本　889 毫米 ×1194 毫米　1/16
印　　张　15
字　　数　415 千字
版次印次　2025 年 1 月第 1 版　2025 年 1 月第 1 次印刷
定　　价　78.00 元